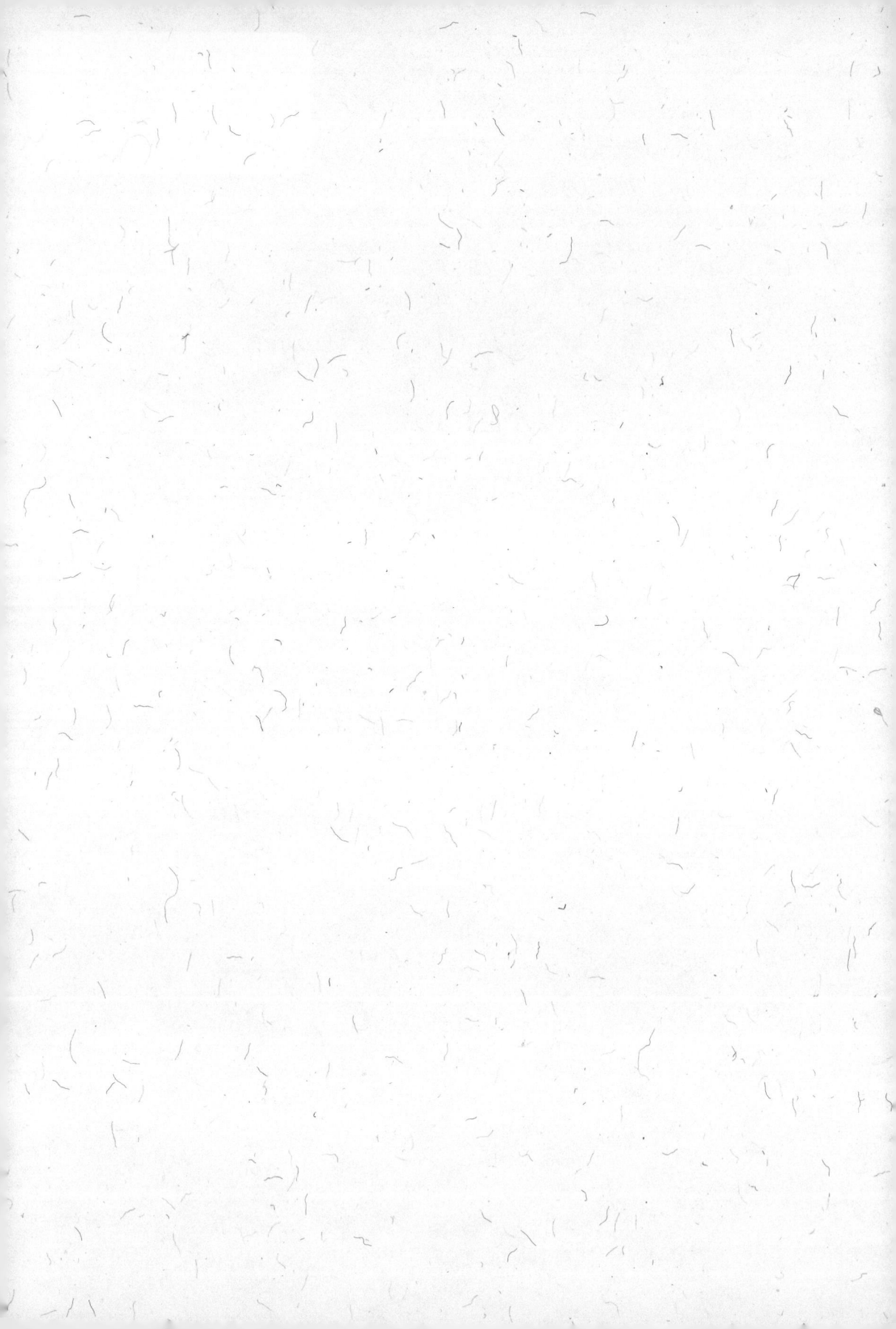

当代金融文学精选

长篇小说卷（三）

主编 —— 阎雪君

湖南大学出版社

图书在版编目（CIP）数据

当代金融文学精选.长篇小说卷.三/阎雪君主编.—长沙：
湖南大学出版社，2019.11

ISBN 978-7-5667-1815-0

Ⅰ.①当… Ⅱ.①阎… Ⅲ.①中国文学－当代文学－
作品综合集 ②长篇小说－小说集－中国－当代 Ⅳ.① I217.1

中国版本图书馆 CIP 数据核字（2019）第 264010 号

当代金融文学精选·长篇小说卷（三）

DANGDAI JINRONG WENXUE JINGXUAN ·CHANGPIAN XIAOSHUO JUAN（SAN）

主　　编：阎雪君
责任编辑：全　健　饶红霞　郭　蔚　李　婷
责任校对：尚楠欣　周文娟
装帧设计：秦　丽
出版发行：湖南大学出版社　　　　　　责任印制：陈　燕
社　　址：湖南·长沙·岳麓山　　　　邮　　编：410082
电　　话：0731-88822559（发行部）88820008（编辑室）88821006（出版部）
传　　真：0731-88649312（发行部）88822264（总编室）
电子邮箱：presszb@hnu.cn
网　　址：http://www.hnupress.com
印　　装：长沙鸿发印务实业有限公司
开　　本：710mm×1000mm　16 开　　印张：301.75　　　　字数：4481 千字
版　　次：2019 年 11 月第 1 版　　　印次：2019 年 11 月第 1 次印刷
书　　号：ISBN 978-7-5667-1815-0
定　　价：1980.00 元（全 12 册）

故事感动历史 文学照亮人生

——记载和讴歌壮丽的中国金融事业

中国金融文学艺术界联合会主席 梅志翔

古人云："盖文章，经国之大业，不朽之盛事。""文章千古事，得失寸心知。""江山留后世，文章著千秋。"由此可见，文章是经国济民的大事，是记录时代的大事，是讴歌时代的大事。

文脉与国脉相同，文运与国运相连。2019 年是中华人民共和国成立七十周年，七十年风雨沧桑，七十载山河巨变。七十个春秋，发生了多少震撼人心的故事，承载了多少金融人的热血情感。在过去的七十年中，中国金融事业伴随着新中国的成长不断地发展和壮大，取得了举世瞩目的成就。这些成就的取得不仅得益于新中国的好国情、好形势，更得益于数以千万计的金融职工筚路蓝缕、开拓创新，继往开来、一往无前的无私奉献。

新中国的金融事业无论在理论领域，还是实践领域，取得的成就都是翻天覆地、亘古未有的，中国金融人在专业领域创造了一个又一个奇迹，我们用几十年的时间追赶上西方人上百年甚至几百年金融发展的步伐。金融发展过程中涌现出了很多可歌可泣的故事，这些故事都是由千千万万顶天立地、敢作敢为的中国金融人用行动书写出来的锦绣篇章。中国金融已经成为支撑和推动经济发展的核心动力和促进时代繁荣的重要表征，为金融文学的创作提供了源源不绝的营养，金融文学像中国金融事业一样，是一片值得深耕的沃土，是一个内含价值极高的宝藏。

　　文章合为时而著。文学就应该为时代鼓与呼，金融文学就应记录和讴歌壮丽的中国金融事业。可长期以来，由于种种原因，中国金融文学创作未能与中国的金融事业取得同步的发展，金融文学作品创作落后于金融事业发展，在全国林林总总的文学橱窗和文艺殿堂里，金融文学常常缺席，在文学领域难闻金融之声，在文章海洋难觅金融浪花，在文化磁场里难以感知到金融文化的力量。2011年11月，在中国金融工会的大力支持下，中国金融作家协会正式成立；2013年5月，中国金融作家协会光荣地成为中国作家协会的团体会员。这是中国金融文学史上的一件大事和盛事，因为它不仅实现了金融作家组织的"零"的突破，而且让全体金融作家找到了心灵慰藉的"家"，它让所有金融作家找到了归属感和荣誉感。此后，金融文学创作不再是"不务正业"的闲事，而是可以为之终生奋斗的正事。过去许多金融作家在涉足文学创作上，"温温恭人，如集于木。惴惴小心，如临于谷。战战兢兢，如履薄冰"。如今在文学的康庄大道上，金融作家不用再羞羞答答地迈着碎步，而是可以昂首阔步地勇往直前。在中国金融工会、中国金融文联、中国作家协会的关怀指导下，七年间，中国金融作家协会延伸机构已经达到23家，其中先后成立省（自治区、直辖市、计划单列市）金融作家协会13家、总行（会司）作家协会10家。截至2018年底，中国金融作家协会已发展会员942人（其中，中国作家协会会员76人）。中国金融作家协会从无到有、从小到大、由弱到强，让写作变成了与金融工作一样充满阳光的事业。

　　执一支笔，写万千事。是啊，文学就这样不经意嵌入了金融人的生活，像春雨滋润着金融人，让金融人感恩生命的厚爱，让金融人的每一天、每一刻都充满激情、蓬勃向上；像疾风提示着金融人，生活和工作是坚守，也是搏击。文学之美让金融人心生愉悦，让日子有奔头，生活有笑声，奔跑有动力；文学之美让金融人涨满风帆，努力创造和实现自我价值、社会价值。值得肯定的是，一大批以金融人物为塑造对象的文学作品，都具有鲜明的时代特色，催人奋进。金融生活中无数可歌可泣的故事，不仅反映了金融系统广大员工投身改革、勇于奉献的精神，而且传播金融理念、倡导金融精神，展现了金融现实生活与人文关怀，成为千万金融员工启发心灵的精神力量。

在互联网金融时代，中国金融作家协会充分认识到平台对于会员发展的巨大推动和促进作用。金融作家协会是全体金融作家的"创作之家"，长期致力于为金融作家搭台子，为全体金融作家提供广阔的施展空间，为全体会员搭建了三大平台：《中国金融文学》杂志、《金融作家》公众号和中国金融作家网（内部）。《中国金融文学》杂志为季刊，设置了中篇小说、短篇小说、散文、诗歌、诗词、金融报告文学、金融作家随笔、金融作家艺术家、金融作家作品评析、金融文坛风景线、史海沉钩、学习与借鉴、金融文学剧本等18个栏目，每期发行3.2万册，年刊登作品数量近300篇（首）近100万字。目前，《中国金融文学》杂志不仅成为中国作家协会直属的行业作协重要会刊，为作家们提供施展才华的舞台，也是弘扬时代精神、传播金融文化和连接全国金融员工的重要文学桥梁，成为金融系统内外大众喜爱的读物。《金融作家》公众号，年发表300多位金融作家400多篇优秀作品。为了搭建多形式、多渠道的平台，中国金融作家协会还协同《中国金融》《金融时报》《金融博览》《中国金融文化》《银行家》《金融文坛》《金融文化》等报刊，为金融系统作家文学爱好者提供了更加广阔的文学舞台。

自中国金融作家协会成立以来，以"中国金融文学奖"为支撑点，着力创建金融文学品牌。自2011年至今已经成功举办了三届中国金融文学奖的评选，累计有200余部（首）作品获奖。中国作家协会领导及著名作家、评论家李敬泽、阎晶明、李一鸣、彭学明、梁鸿鹰、邱华栋、孙德全、何振邦、冯德华等人担任终审评委，体现了获奖质量和评奖的权威性。中国金融文学奖评奖活动范围广、层次高、影响大，评奖后正式发文通报全国金融系统，新华社、《人民日报》《光明日报》《文艺报》《金融时报》等多家媒体都进行了宣传报道，在全国引起了较大反响。

"千淘万漉虽辛苦，吹尽狂沙始到金。"这些文学成就充分证明广大金融作家具备了胸怀国家、胸怀金融的视野，金融扶贫、绿色金融的理念已经扎根于他们的作品中。如反映农村金融扶贫的《天是爹来地是娘》，带领乡亲脱贫致富的电影《毛丰美》，讴歌金融体制改革的长篇小说《新银行行长》《贷款》《高溪镇》《催收》，反映金融服务实体经济的《银圈子》《希望银行》

《海天佛国的中行人》《驼背银行》，反映促进多层次资本市场健康发展的《资本的血》《中国金融风云》，健全金融监管体系的《一眼看穿金钱骗术》，记录金融历史的《大汉钱潮》，等等。创作题材涉及金融改革发展的方方面面，创作类别也涵盖了长篇小说、中篇小说、短篇小说、散文、诗歌、评论、影视剧本、报告文学等。一部部作品记录的是金融事业的一个个生动场面，一串串诗行呈现的是金融人的一幅幅鲜活画卷。这是中国金融事业的春天，更是中国金融文学的春天。

成绩的取得主要归功于三个方面：一是经过新中国七十年的大发展，中国金融事业取得了令世界瞩目的成绩，它为文学创作积蓄了肥沃的土壤；二是中国金融作家协会励精图治、奋发有为，以快马加鞭的节奏为会员创作提供了绝佳的环境，为金融作家创作提供了一流的服务；三是中国金融战线上涌现了一批有思想、有情怀、有理想、有能力的作家，他们快乐地奋战在金融第一线，幸福地记录着身边优秀的人、精彩的事。这三个方面因素凝聚了"天时地利人和"的精华，而精华的基石还是中国金融事业的波澜壮阔和发展壮大。

如何让金融文学为中国文学大家庭发光发热，并成为指引全体金融文学人前行的光亮，这是中国金融作家协会重点研究的课题。经中国金融文联批准，中国金融作家协会与湖南大学出版社通力合作，决定由中国金融作家协会征集、选编，湖南大学出版社出版《当代金融文学精选》一套，系统地展现新中国成立七十周年以来，中国金融题材小说、散文、诗歌、报告文学、剧本、文学评论等创作成果，弥补当代中国文学丛林金融文学丛书的空白和缺憾，以推举和激励优秀金融文学艺术工作者，繁荣中国金融文学事业，为新中国成立七十周年献上一份金融人的文学厚礼。

《当代金融文学精选》堪称鸿篇巨制。本套丛书以讴歌金融人的精神为己任，根据文学自身的规律和金融文学的特征，秉承"金融人写金融事"为主要特征的文学理念，确定基本框架，精心策划，精心遴选，精心编排。为了确保作品的质量，中国金融作家协会成立了以中国金融文联领导、专家和杂志编辑为编委的作品编辑委员会。按专业特长分工，从金融机构和作家申报的作品中，经过长达数月的辛勤工作，最终组稿成12卷本的中国当代金融文学精选丛书一套：长篇小说4卷、中篇小说1卷、短篇小说2卷、散文

1卷、诗歌1卷、报告文学1卷、影视戏剧文学1卷、文学理论与评论1卷。选取了长篇小说23篇，中篇小说15篇，短篇小说45篇，散文45篇，诗歌近400首，报告文学31篇，影视戏剧文学10篇，文学理论与评论37篇。硕果累累，气势恢宏。

这些入选作品是新中国成立以来，尤其是改革开放四十年来壮丽的金融事业发展记录，更是中国金融事业取得巨大成就的见证。中国金融作家协会在中国金融文联和中国作家协会的正确领导和大力支持下，以记录和讴歌壮丽的中国金融事业为使命，带领全体作家深入学习贯彻习近平总书记有关文艺和金融工作重要讲话精神，以深化金融作家组织建设为基础，以宣传介绍金融行业先进的人物和事迹为重心，以鼓励和扶持金融作家创作优秀作品为己任，以推广金融作协和金融作家的影响力为追求，以文学的名义用精品力作为中国的金融事业鼓与呼。

从"养在深闺无人识"到"万人瞩目任端详"，《当代金融文学精选》能在这么一个值得纪念的年份出版，这是全体金融作家的幸事，更是金融文学的幸事！广大金融作家适应行业需要，兼顾写作的实用性、文体的多样性、参与的广泛性，初步形成中国金融文学的特色，那就是"写人叙事，不拘文体。信札公文，亦可荟萃。百花竞放，满园春色。开锦绣文章之先，为中国金融存史"。作为一名金融作家，最荣耀的不过是将自己最精彩的作品奉献给国家、社会和人民，让自己的作品与祖国同寿，与天地齐辉。这是一名金融作家对新时代最好的表达，也是一名金融工作者最无上的光荣。祝贺所有入选丛书的金融作家，也衷心感谢那些为金融文学默默奉献的金融作家和广大的金融工作者！

寄语金融文坛好，明年春色倍还人！

是为序。

2019 年 9 月 7 日

北京金融街

目 录
Contents

长篇小说卷（三）

NO.1

影子行长（浓缩版）

■付颀

作者简介

　　付颀，中国作家协会会员，中国金融作家协会副主席，《中国金融文学》杂志副主编，《中国金融文化》杂志文学顾问。曾任中国华融资产管理公司工会总经理级巡视员（已退休）。1978年在部队时开始写作，反映军旅生活的话剧《一刀两断》在部队文艺汇演中获奖，并在河北《新地》月刊发表。进入金融业后仍笔耕不辍。主要作品：金融题材长篇小说《影子行长》（荣获第二届中国金融文学奖小说组一等奖）、家庭问题长篇小说《父与子的战争》、长篇报告文学《金融大潮冲浪人》《舞动的K线图》《重塑的丰碑》，中篇小说《我爸是行长》、短篇小说《贷款》《假币》《收债日记》《一根筋》《邻居》等；创作并拍摄了《你是一团火》《中国梦·华融梦》等微影视作品。2012年被中国作家协会、中国文联、全国总工会、文化部等评为"全国优秀文艺工作者"，2014年被中国金融文联授予"德艺双馨文艺工作者"称号。

作品简介

转业军人傅宇光意外被派到城北支行担任行长，原主持工作的副行长郑跃进心里不服，工作中处处出难题。为了私利，郑跃进擅自将支行的巨额资金违规拆借到海南，投入到老朋友的房地产项目，并从中收取好处。没想到恰逢全国性信贷调整，银根紧缩，资金被套在房地产项目里难以收回，他只好拆东墙补西墙，想方设法挪用其他企业在银行的存款补窟窿，并制造假账企图蒙混过关。傅宇光到任后，面对重重困难，依靠群众，积极进取，勇于担当，克服困难，狠抓内部管理，努力吸收存款，逐步打开局面。但他也发现，支行时常发生一些奇怪的事情，似乎有人假借支行的名义在企业间秘密高息揽存，因为是"体外循环"，没有在支行账目中反映，所以一时抓不住什么证据。终于有一天，支行发生了惊天大案，西南科技投资公司存在支行的八千万巨额资金不翼而飞了！该公司财务总监吕丽娜一口咬定是与傅宇光行长多次接触后，支行承诺支付高息才把钱转过来的，但当她见到傅宇光本人时，才惊讶地发现，自己见过的那个"傅行长"是个假冒的。公安局经侦支队雷队长负责侦破此案，诸多线索指向副行长郑跃进。但恰在此时，关键证人——具体办理这笔业务的银行接柜员严艳丽突然失踪了。财务总监吕丽娜告诉警方，自己是通过一个叫肖娅的美发厅老板认识的那个假行长，当警察找到肖娅时，她已经在宾馆自杀身亡，案件变得越来越复杂。以傅宇光和雷队长为代表的金融卫士们与奸诈阴险的金融大盗斗智斗勇，最后终于粉碎了诈骗集团的阴谋，追回资金，保护了国家财产的安全。

第一章　开满鲜花的雷区

傅宇光要到城北支行当行长了！

消息传出来，别说分行大楼里的同事们不信，就连傅宇光自己也不信。心想：又是哪个捣蛋的家伙拿我寻开心呢，等我找出这个小子，一定饶不了他。

在大多数人的眼里，在这个分行机关大楼，谁都有可能下基层当支行行长，唯独傅宇光不可能，原因很简单：第一他是转业军人出身，入行后一直干工会工作，不懂银行业务。第二他在部队是笔杆子，虽然是正团职，但从没带过兵，不懂管理。第三，他身上一点行长的气质也没有，整天松松垮垮，嘻嘻哈哈，是个普通到极点的人，分行系统人才济济，怎么可能派他到城北支行这样的重点支行当行长呢？

直到几天以后，分行党委《关于任命傅宇光同志为城北支行行长的通知》正式下发了，大家才确信，傅宇光这回真的要当行长了。全行上下一片惊愕，好多人私下里都说："市分行的领导层这回是集体吃错药了？"

在惊愕的人群之中，心里最为难受的有两个人：

一个是城北支行临时主持工作的副行长郑跃进。郑跃进是分行系统的业务尖子，三年前组建城北支行的时候，郑跃进是筹建小组的负责人，是城北支行的"开国元勋"之一。本以为支行正式挂牌后，行长的位置非他莫属，谁知分行党委却派来了老资格的会计专家郭立田来当一把手，这让郑跃进心里十分委屈。据说没有让他当一把手的原因，是分行党委的一些领导认为郑跃进虽然业务不错，但是刚提副处时间不长，工作方法比较简单，为人有些骄横，民意测验中群众支持率还不到百分之五十，所以主张看一段时间再说。

郑跃进与郭行长的关系一直非常紧张。郑跃进分管的工作都是自己做主，我行我素，根本不和郭行长打招呼，几乎是建立了一个"行中之行"。他拉拢了一批跟他关系密切的年轻业务骨干，专门跟老实憨厚的郭行长作对，最后终于把郭行长气得住进了医院。郭行长自知不是郑跃进的对手，加上已接近退休年龄，无心恋战，于是便顺坡下驴，主动给分行党委打了报告，要求退居二线。郭行长回分行机关任巡视员后，分行党委临时指定郑跃进主持支行的全面工作，这让郑跃进感到非常开心，坚信一段时间之后，由他来接任行长之职那是水到渠成的事情。

谁知风云突变，在没有任何思想准备的情况下，市分行党委居然任命了一个对银行业务一窍不通的转业干部来城北支行当一把手，在郑跃进看来这简直是对他的侮辱。一口闷气憋在心里，他这几天脸色铁青，见谁训谁，闹得大家都尽可能躲着他。

而另一个对这个任命感到难受的，就是傅宇光本人，因为他根本就不愿意当这个行长。

傅宇光从小酷爱文学创作，一直认为自己是文化圈里的人，他的志向，是当一个作家。他当然知道，当了支行行长后，级别上了一个台阶，收入会大幅度提高。但当了这个行长就会忙得一塌糊涂，除了工作，还有没完没了的各种应酬，根本就没时间写作了。而且，他对郑跃进的骄横作风也有所耳闻。老行长郭立田已经被郑跃进整趴下了，自己不过是一介书生，恐怕不是郑跃进的对手。所以，提任支行行长的通知下发后，他心里没有一点喜悦，反而有点忧心忡忡。

傅宇光走马上任那天，是分行唐副行长亲自送过去的。郑跃进带着班子全体成员以及所有中层干部在银行门口列队欢迎他们。支行营业部大门的上方挂着一块巨型横幅，上面写着：热烈欢迎分行领导莅临我行指导工作！大门两侧摆着一人多高的大花篮，各色花朵五彩缤纷。花篮旁边是个大标语牌，上面写着：热烈欢迎傅行长到职！

在银行营业大厅办理业务的顾客不知是什么大人物驾到，纷纷跑出来围观看热闹。

车子还没有停稳，郑跃进就一步跨上来，帮唐副行长打开了车门，并把一只手垫在车门的上方，以免领导不小心碰到头。

唐副行长下车和郑跃进握了握手，小声说道："你搞这么大场面干什么？还'莅临'？跟哪学的这个酸词儿？"

郑跃进只笑不答话，唐副行长也不好再说什么，转身介绍说："这是新任行长傅宇光同志，我给你们送过来了。"

郑跃进热情地握住傅宇光的手说："欢迎啊，早就盼着你过来呢！"

傅宇光握着郑跃进的手，看着他阳光般的笑容，心里一阵感动。心想，都说郑跃进不大好配合，恐怕是捉风捕影吧，看人家办事有多周到，待人多热情。

郑跃进笑呵呵地介绍班子成员。站在最前面的是主管政工工作的副行长周正，然后是年轻的副行长林茹，她看上去不到三十岁，留着利索的短发，穿着合体的黑色高管套装，大概是为了显得成熟一些，戴了一副深色框架的眼镜。

郑跃进介绍说："林副行长是前年刚从美国回来的，曾经在华尔街摩根斯坦利国际金融公司工作过，是位年轻的金融专家。"

林茹笑着说："您别听他的，什么专家啊，不过是在国外多吃了几年洋快餐而已。以后还要请各位领导多多帮助呢！"

傅宇光注意到，唐副行长和林茹握手的时候，两个人的嘴角都微微翘了一下，好像关系很熟的样子。

一阵寒暄之后，大家簇拥着唐副行长到二楼大会议室，召开欢迎新行长的见面会。

唐副行长看到满桌花花绿绿的鲜花和水果，不高兴地说："小郑啊，你这是搞什么名堂，这还像个开会的样子吗？不知道的，还以为谁家办喜事呢。"

郑跃进笑着说："分行领导来看望我们、新行长到任，本来就是件大喜事嘛，全行上下都盼了好些日子了，今天搞得稍微热闹一点也是大家的心意啊。"

没等唐副行长再说什么，郑跃进就以主持人的身份高声宣布："同志们，今天我们怀着喜悦的心情，欢迎分行唐副行长莅临我行指导工作！同时，我们怀着同样喜悦的心情，欢迎新任行长傅宇光同志来城北支行工作。首先，让我们以热烈的掌声，请唐副行长做重要讲话！"

会议室里响起热烈的掌声，唐副行长脸上浮现出职业的笑容。他摆摆手，让大家停下鼓掌，开始讲话。

唐副行长首先代表分行党委向大家宣布了"关于任命傅宇光同志担任城北支行行长的决定"，然后简单地介绍了傅宇光的简历，同时对如何进一步搞好城北支行的工作，给大家提了一些要求。

傅宇光的发言很简短，他表示一定不辜负分行党委的信任，不辜负城北支行员工们的希望，搞好班子团结，把支行各项工作搞上去。

郑跃进面带微笑看着傅宇光侃侃而谈，心里却很不痛快。轮到他发言的时候，忍不住搞了一个小动作，在发言即将结束时他笑着说："同志们，我听说傅宇光行长过去在部队文工团是有名的笔杆子，他虽然不懂银行业务，但是吹拉弹唱样样精通，我相信，他到我们城北支行主持工作以后，一定会把我们这个集体搞得欢声笑语，其乐融融。"

这番不合时宜的话让唐副行长心里十分不快，傅宇光的表情也有些尴尬。

有人小声嘀咕道："不懂银行业务怎么当行长啊？"会场传来一阵低声的窃笑。

郑跃进见此情景心里颇有些得意，脑子一热，他又恶作剧式地提出了一个建议："同志们，我们欢迎傅行长给我们表演一个节目好不好？"

会场响起噼里啪啦的零碎掌声。唐副行长有些怒不可遏，这明显是在搞"秦王击缶"羞辱傅宇光嘛！他狠狠瞪了郑跃进一眼，厉声说道："你这是捣什么乱啊？又不是开联欢会！简直是乱弹琴！"

会场的气氛有些尴尬，坐在一边的林茹心里有点着急，很想站起来说几句话，缓解一下气氛，但一时又不知道该说些什么。

这时傅宇光大大方方地站了起来，对大家说："大家都知道，我是部队文工团转业回来的，我也很想找个机会给大家表演几个小节目。不过今天时间紧张，演节目的事咱就先放一放，我提议咱们大家一起唱个歌吧，唱个什么歌呢？刚才唐副行长在讲话中指出：城北支行是市分行系统中一个重要的支行，分行党委对我们寄予厚望，希望我们把工作搞得更好，关键的一点，是要全行上下团结一致，齐心合力，大家拧成一股绳，群策群力，那就没有扳不倒的山，没有过不去的河，大家说对不对啊？"

傅宇光一席慷慨激昂的话语，说得大家心里热乎乎的，大家齐声答道："对！"

傅宇光笑着说："那好，我就指挥大家唱一首《团结就是力量》，好不好？"

嘹亮的歌声在城北支行会议室里响起：

团结就是力量，

团结就是力量。

这力量是铁，

这力量是钢。

比铁还硬，

比钢还强！

……

这个支行会议室里已经很久没有歌声了，城北支行的中层干部们也很久没有在一起唱歌了。三年的争斗，三年的内讧，他们都觉得筋疲力尽；支行三年来登不上台面的业绩，员工们与其他支行相比较低的收入，都让他们感到不满、不服气，但又无能为力。此刻，他们从嘹亮的歌声里，找到了一丝希望，找到了久违的热情，有些老同志唱着唱着，不禁流出了热泪。

林茹看着傅宇光那潇洒自如的指挥动作，那充满激情的面容，眼睛里放射出敬佩的目光。她事前听说过关于傅宇光的一些传说，曾经担心，一个既不懂业务又不懂管理的人，怎么斗得过郑跃进那样的强势人物呢？恐怕用不了一年就会像郭行长一样被郑跃进赶走吧。从今天欢迎会上的情况来看，这个新来的傅宇光身上确实有一种说不出来的东西，到底是什么，林茹也说不清楚。

她瞟了一眼郑跃进，郑跃进的面色阴沉，好像在沉思着什么。

008

第二章　体外循环

郑跃进对傅宇光的到来虽然心里窝囊，但并不怎么担心，他知道傅宇光是个外行，说来说去，城北支行的主要业务基本上还是掌控在自己手里，只是有一件事他心里有点不踏实。

郑跃进有个老同学叫李大军，曾经也是银行的信贷员，几年前辞职，跟着几个朋友闯深圳，据说是赚了大钱。海南开放之后，他又转战海南搞房地产开发，现在是海南亚龙至尊房地产开发公司的总裁，正在海口建一座规模不小的旅游酒店。

前些日子郑跃进和郭行长暗较劲那会儿，为了躲清闲，曾经跑到海南玩过几天，李大军全程陪同，热情接待，同行的还有李大军的助理彭小姐。彭小姐是个年轻漂亮且风情万种的女人。她身材颀长，一头柔软的披肩长发，漂亮的脸庞上有一双秋波荡漾的眼睛，小巧的鼻子微微上翘，嫣然一笑，微露雪白的牙齿，特别迷人。郑跃进跟彭小姐握手的时候，感觉她的皮肤光滑细腻，软软的、香香的，顿时心里有一股麻酥酥的感觉。

躺在亚龙湾的沙滩上，李大军苦口婆心地动员郑跃进从内地给他融点资金过来，说自己的工程资金缺口很大，日子有点难过。郑跃进思前想后，觉得把钱拆借到海南来有一定的风险，就没有点头，李大军颇有些不悦。

吃过晚饭，李大军建议大家一起去泡温泉。三人换好了泳衣，来到酒店后边的椰树林，踏着石板铺成的小路，走到一个石块砌成的温泉池，池子里的水微微冒着热气，水面上撒了一层粉红色的花瓣。

李大军脱掉浴衣，慢慢走进温泉池。郑跃进和彭小姐也跟着走了进去。彭小姐穿了一件橙色的比基尼泳装，很小的三块布，遮住身体的部分很有限。彭小姐性感的身材在月光下显得更加白皙、迷人。郑跃进瞥了一眼彭小姐，心里忽然像触电似的动了一下，赶紧走到池子的深处坐了下来。

彭小姐大方地坐在李大军和郑跃进中间，一边轻轻拨着水花，一边向郑跃进介绍说："这里的温泉很有名，据说能够舒筋活血，医治百病，还能够延缓机体衰老，增强性功能呢。哎，你信吗？"说着她捂着嘴悄声笑了起来。

郑跃进还是头一回在露天泡温泉，他抬头向天空望去，一轮明月挂在天空，月光下的椰树林，在海风的轻轻吹拂下沙沙作响。郑跃进觉得此时此刻，自己就像飘在天上的神仙一样惬意。他心想：人活着竟然还有这样的享受，我以前怎么连想都没有想过啊？

李大军好像看透了郑跃进的心思，拍拍郑跃进的肩膀说道："兄弟，你要是能把资金给我弄过来，拿到的回扣，能让你天天过这种神仙般的生活。"

郑跃进冷冷地说："一旦我的资金出了风险，我就天天能过上吃牢饭的日子啦。"

话不投机，李大军有些扫兴，独自到温泉旁边的娱乐中心找小姐按摩去了。

彭小姐笑着说："大军就是那个德行，你别理他。对了，我朋友前几天送我一张外国影碟，听说不错，我们一起看看吧。"

郑跃进对看影碟没什么兴趣，但是他此时很想到彭小姐的房间去坐一坐，听一听她悦耳的声音，闻一闻她身上的香气，看一看她迷人的面容，于是他痛快地点头同意了。

郑跃进回自己房间冲了一个热水澡，换好衣服来到彭小姐房间。彭小姐的房间香气袭人，显然她也是刚刚洗了澡，穿着一件粉红色的浴衣半躺在沙发上。她起身为郑跃进倒了一杯红酒，亲热地说："喝点酒，聊聊天，看看电影，反正闲着也是闲着。"郑跃进端起酒杯喝了一口，感觉味道怪怪的，和以前喝过的所有红酒都不一样，他觉得血流加快，心里涌现出一种异样的冲动。

几杯酒下肚，郑跃进有点飘飘然。电视里的片子竟然是一部色情片，看着看着，郑跃进开始感觉内心深处有些躁动。这时彭小姐坐到郑跃进的身边，亲昵地说："看人家法国人真会玩啊，这才叫人性解放、享受人生呢。"她一边说着，一边好像是随意地搂住了郑跃进的胳膊。

彭小姐滑腻腻的皮肤贴在郑跃进身上，郑跃进的脑子里轰地一下子，热血忍不住往上涌。他情不自禁地也伸出胳膊，搂住了彭小姐的腰。

彭小姐忽然推开郑跃进的手，坐直了身子，好像刚想起什么似地对郑跃进说："对了，大军让我问问你，融资的事情你想好了吗？到底做还是不做呀？"

像是一个突然的急刹车，让郑跃进一愣。他隐约地意识到这或许是李大军的一个圈套：温泉、红酒、伟哥、A片都是设计好的局。但他这会儿已无法控制自己，他语无伦次地说道："噢，做，要做，听你的，一切都听你的好吧？"

彭小姐甜美地笑了，顺势倒在郑跃进的怀里。

一阵疾风暴雨之后，郑跃进大汗淋漓地躺在彭小姐的身边，这时他的脑子已经清醒了许多。他意识到，自己刚才的一时冲动已经埋下了祸根，弄不好将来会因此而毁了自己的前程。但是，此时此刻说什么都已经太晚了。不该发生的事情已经发生了。

郑跃进侧过头去看看彭小姐，彭小姐此时也还处在兴奋之中，呼吸急促，面如桃花，被香汗浸湿的几缕头发贴在脸颊，更显出几分妩媚。彭小姐脉脉含情地看着郑跃进：

"跃进，想什么呢？是不是有点后悔了？你们男人都是这个样子，又想尽兴，又怕担责任，是不是啊？"

郑跃进赶紧辩解说："你想哪去了？我是在想，既然答应了帮李大军融资，就不能食言，但是，怎么才能既把资金打过来又不让我们行里的人知道呢？"

彭小姐翻了一个身，白皙滑嫩的玉体压在郑跃进的身上，略带神秘地盯着郑跃进的脸问道："嗨，有一种资金营运的方式叫做'体外循环'，你听说过吗？"

"体外循环？什么意思？"

彭小姐说："我认识海天支行的吴行长，他是个金融界的老油条，跟全国十几个大城市的银行都有资金往来。有一次，他请我吃饭，当时他们支行正在接受审计部门的检查，检查组已经进驻半个月了，依然没有走的意思。我问他要紧吗？是不是有什么小辫子被人家抓住了？吴行长笑道："没事，他们再查两个月我也不怕。"我问："你上边有人罩着？"吴行长说："我是凭自己的本事干到这个位置的，上边什么靠山也没有。"我问："你私下做了那么多笔资金拆借，你的账就做得那么干净？能让检查组看不出一点蛛丝马迹？"吴行长得意地说："放心吧，妹妹。实话跟你说，我做的那些业务，根本就没从我们支行走账。"

"没从银行走账？什么意思？动了银行的资金怎么可能不走账呢？银行只要发生业务，就一定会在账上留下痕迹的啊。"郑跃进疑惑地问。

彭小姐说："是啊，当时我也有点奇怪。吴行长说，既然不能让上边知道，银行账面上就不能留一点痕迹。吸收的存款不能入银行账，要先在一家小商业银行开个临时户头，把企业的资金暂存在那里，然后直接划转给用款人。资金返回的时候也是走这条通道，反向操作就是了。整个资金运作的过程都是在本行体系之外进行，所以也叫'体外循环'。你想啊，资金从存入到拆出都跟我们行不发生任何关系，那检查组怎么能看出破绽呢？"

郑跃进还是不明白："吸收企业的存款不入账，怎么给人家开存单啊？没有存单人家怎么可能放心把钱存到你账上啊？"

彭小姐说："你也是行长，这点事你还没办法吗？"

"不会是开白条吧？"

"傻瓜，咱又不是村长，开白条人家能答应吗？"

"除非是……"

"除非是什么？"

"除非是私下搞一本空白的大额存款单，吸收存款后给人家开具这样的存单，盖上银行的公章，人家就放心了。然后资金不入账，直接打到外边的秘密账户去。"

彭小姐笑道："对啦，就是这个操作模式啊！"说着彭小姐在郑跃进的额头上亲了一口："真聪明！将来一定能够做大事、赚大钱！我就是喜欢你这样的男人。"

郑跃进又仔细琢磨一番，觉得这种方法很隐蔽，只要资金能够按时收回，存款人能够按时拿到利息，就不会有什么问题，一般人是绝对查不出来的。既然自己答应彭小姐要帮李大军运作资金，看来也只有冒险干一回了。

就这样，郑跃进从海南回来后，凭着自己这些年做行长的关系网，从几家熟悉且资金雄厚的企业筹集了五千万的对公存款，按照"体外循环"的模式，拆借给海南的海天支行，经吴行长又转到了李大军的账上。

一股"活水"流进了李大军几乎快要干枯的账户里,李大军长长地出了一口气。

几个星期后,李大军托人给郑跃进送来了一个密封的文件袋。郑跃进趁中午没人的时候打开文件袋一看,里面另有一个密封的小信封,信封里有一张信用卡。郑跃进在网上银行系统查了一下,不禁吓了一跳:卡上的金额竟有十万元!

从此,郑跃进便开始不断地给李大军的房地产项目提供短期拆借资金,借新还旧,滚动着维持李大军的资金链。

起先,郑跃进认为有李大军的那座在建的大楼作抵押,不会有什么风险。但后来他才知道,李大军四处借债,那座大楼早就重复抵押给好几个人了。郑跃进心里不踏实,多次催李大军尽早还款,但钱这东西,借出去容易,要回来可就难了。

傅宇光来之前,是郑跃进主持全面工作,手下有几个亲信,维持着这个"体外循环"基本没有问题。但现在傅宇光来了,作为一把手,他说不定哪天就会发现这笔违规拆借,一旦他向分行告发此事,后果就会很严重。郑跃进心里忐忑不安,连着几天给李大军打电话商量对策,可李大军的手机一直关机,彭小姐也不知道他跑哪去了,郑跃进一点办法也没有。

第三章　存款危机

郑跃进分管支行的对公存款业务,但他这段时间不仅无心去拉存款,还不断地悄悄将企业存款转到海南,城北支行存款完成情况每况愈下,多次遭到分行领导的点名批评。傅宇光对此感到十分恼火,但初来乍到,郑跃进又很少向他汇报存款工作,他一时也没办法扭转这种被动局面。

在分行召开的对公存款会上,唐副行长又点名批评了城北支行,傅宇光不敢吭声,散会之后赶紧夹起公文包准备一走了之,唐副行长在后边叫住了他:"小傅啊,你是怎么搞的?你们行地处经济繁华的城北地区,是吸收对公存款的黄金地带,可存款就是上不去,这个情况很不正常嘛。是不是你们支行有账外经营、截流转移存款的问题啊？"

傅宇光惭愧地摇摇头："这个——我不大清楚。"

唐副行长不大高兴地说："党委选你去当一把手，是因为你政治素质高，但你总是当外行可不行啊，闹不好将来会出大事，回去后你要好好抓一抓。"

回到支行，傅宇光独坐在办公桌前，想起唐副行长的那一番话，心里有点不踏实。

林茹敲门走了进来。"傅行，今天分行的会议有什么新精神吗？"

傅宇光苦笑着说："分行开会哪一回没新精神啊？加速放贷是创新，银根紧缩也是创新，上级行永远是正确的啊。"

林茹笑道："嘀，很少听到傅行发牢骚哦，今天这是怎么了？是不是在分行开会挨批了呀？"

傅宇光见林茹已经看破，便把今天在分行会议被点名的事情跟林茹大致说了一下。

林茹说："唐副行长的提醒确实很重要，要是真的有人吃里扒外偷偷倒腾行里的资金，那就麻烦了。最近我听说，咱们分行系统有不少支行都在给沿海特区拆借资金呢。"

"为什么要给那边拆借资金？"

"拿高息，给员工发奖金啊。"

傅宇光问："这些事你是怎么知道的？"

林茹笑了笑说道："别忘了，咱们银行系统可不止我这一只'海龟'哦，我们的脑袋上都是长着天线的，发生在南方的事情，就跟发生在隔壁一样，分分钟大家就信息共享了。"

傅宇光关心地问："那——以前咱们支行有没有把资金拆借到南方去呢？"

林茹说："没有，以前的郭行长很保守的，从来没有过。"

"现在会不会有人偷偷往南边倒腾资金呢？"

"这不大可能吧，如果有人动资金，怎么可能不让你这个一把手知道呢？"

"噢。"傅宇光心事重重地点了点头。

第二天，傅宇光紧急召开了一次行长办公会，专题研究支行的对公存款问题。郑跃进向班子通报了支行近期的存款工作情况，傅宇光让大家分析一下存款上不去的原因。

郑跃进忧心忡忡地说："最近有个新情况，我还没有核实，不知道说了合适不合适？"

林茹说："哎呀，怎么这么啰唆呀，有什么情况就快说嘛。"

郑跃进说："我听说，最近市商业银行打着牛副市长的旗号，正频频与咱们行的存款大户富康医药公司接触，提出了非常优厚的条件，要把富康医药拉过去。"

总会计老谢着急地说："那怎么行啊，富康医药在咱们行有四个多亿的存款，市商业银行要是真的把这户拉走，咱们的存款任务就更完不成了。"

傅宇光对郑跃进说："现在各行之间争夺存款已经是刺刀见红了，你看能不能安排一下，由我出面请他们公司的老总一起吃个饭，了解一下他们的意向，打听一下商业银行那边给了他们什么优厚条件，只要在分行政策允许的范围内，我们也尽可能满足他们。"

郑跃进点头应道："好，不过他们那个老总孙大头挺牛的，前些日子我请过他几回，都没请动。"

傅宇光说："你再试试，就说我们支行新来的一把手想拜见他，希望他给个面子。"

郑跃进问："这么低三下四的，有这个必要吗？"

傅宇光笑着说："世道变了，不是当年'贷款为王'的时候啦，现在谁有存款谁是大爷，只要能稳住存款，低三下四就低三下四吧。"

几天后，城北支行和富康医药公司的高层汇聚凯宾斯基国际大酒店。孙大头在左右随从的簇拥下刚一进门，傅宇光就赶紧迎了上去，握着孙大头的手说："欢迎孙总一行光临，我是初来乍到，以后还得请各位企业家多多关照啊！"

谁知孙大头不客气地打着哈哈说："傅行长，你主动请客我们非常高兴，不过，这个转存款的事嘛，是市领导的意思，我也无能为力，所以存款的事咱们今天就不要提了，大家高高兴兴吃个饭，好吧？"

傅宇光心里咯噔一下，心想：见过生猛的人，可没见过这么生猛的。你孙总的存款如果一定要转走我们也没办法，但也不能这么拿话噎人啊。

按傅宇光过去的脾气，你牛你的，老子还不求你呢。但转念一想，咱不能随着性子来，既然是一场关系到城北支行生存发展的存款保卫战，怎么能还没开战就认输了呢。

傅宇光笑了笑说："好，我们今天就是交个朋友，存款的事情，你不提，我是不会提的。"

孙大头摸着自己的大脑袋笑道："哈哈，傅行长，行，你不是那种装模作样的人，咱俩看来有缘。"

酒过三巡，孙大头觉得这酒喝得轻松愉快，情绪甚好。他哪知道，傅宇光为了吃这顿饭是认真准备了功课的。

看到一瓶茅台已经被大家干掉，第二瓶也下去了多一半，孙大头脸上现出红晕，话也多了起来，傅宇光知道火候差不多了，便假装随意地问道："孙总是军人出身吧？"

孙大头惊异地抬起头，看着傅宇光问道："嘿，你是怎么知道的？"

傅宇光笑道："因为孙总身上有一股军人的冲劲，要是我没猜错的话，孙总不仅当过兵，还上战场打过仗。"

孙大头啪地把筷子放在桌子上，大声说道："你这个傅行长还真有两下子啊，我打过仗的事，公司都没几个人知道，你怎么一下子就看出来了？"

傅宇光说："因为我也当过兵，上过老山前线，我和钻猫耳洞的战士们一起生活过一个多月，所以我能体会到，在战场上玩过命的军人与和平年代的军人有什么不同。"

孙大头眼睛放着光，问道："你也到过老山前线，在什么地方？"

"我随军区记者组，在老山前线松毛岭一带采访过 405 高地争夺战。"

孙大头突然从椅子里站了起来，喊道："我的那个奶奶呦，我就是守卫 405 高地那个'钢四连'的呀！"

说着他大步走过来，伸出粗壮的胳膊，一下子把傅宇光抱住，哽咽着说道："战友哇，405 高地的那一仗，打得太壮烈了啊！"

这突如其来的拥抱，倒是把傅宇光弄晕了。请孙大头吃饭前，傅宇光确实做了一些准备工作，他通过关系了解到孙大头当过兵，上过老山前线，还负过伤。碰巧的是，傅宇光当年也上过老山前线采访，他深知从老山前线下来的军人，不论是否认识，相互之间都有一种战友情结，对同在一个战壕闻过硝烟的人都有一种天然的好感。于是他心里筹划好了一个"回忆部队生活、稳住富康医药"的计划。但他没想到，孙大头竟然碰巧就是"钢四连"的兵，更没有想到自己刚一提起老山前线，孙大头就有这么强烈的反应。

孙大头抓着傅宇光的胳膊爽快地说："老傅，我知道你现在心里就惦记着我在你那儿的四个亿存款呢，是吧？"

傅宇光说："哎，孙总，你刚才可宣布过，今天吃饭谁也不许提存款的事，你可违规了噢。"

孙大头笑道："一高兴，忘了。得嘞，我正想罚自己一杯呢。"说着他一仰脖子把杯中酒喝掉了。

傅宇光欲擒故纵地说："算了吧，孙总，我也知道这件事你很为难。转存款的事是商业银行的贾行长找牛副市长做了工作，你作为市属企业，不服从也不行啊。咱们今天就是吃个饭，交个朋友，不要让存款的事扫了大家的兴。"

孙大头那股牛哄哄的劲头被傅宇光忽悠起来了，他瞪着眼睛说道："哼，咱们都是枪林弹雨里闯过来的，不是那种唯唯诺诺的小娘们。牛副市长怎么样，我还就不把他当回事。这样吧，傅行长，今天我也不听牛副市长的，也不听你傅行长的，就听茅台酒的。"

傅宇光有些糊涂："听茅台酒的？什么意思？"

孙大头扭头朝服务小姐叫道："给我拿四个玻璃杯来！"

小姐迅速拿来四个玻璃杯，孙大头拿起桌上一瓶新开的茅台酒，把四个杯子全都倒满，指着酒杯对傅宇光说：

"傅行长，你当过兵，知道部队喝酒的规矩，这个阵势你明白吧？"

傅宇光问："是不是一人两杯，谁赢了听谁的啊？"

孙大头摇摇头说："这四杯酒都是给你预备的，一杯酒一个亿，你喝下几杯，你就留下几个亿，剩下的我转给商业银行，算是给牛副市长一个交代，怎么样？"

这时林茹着急地说："那可不行啊，我们傅行长从来没喝过这么多白酒，他根本就没酒量。"

富康医药公司的赵总在一旁笑着说："不会吧，如今当行长的哪有不能喝酒的啊？不能喝酒，怎么能当好这个行长呢？"

傅宇光看了看桌上的四个酒杯，认真地说："孙总，咱们一言为定，你可不许反悔噢。"

孙大头拍了拍胸脯："当过兵的人，说话算数，就没有反悔那一说。"

傅宇光说："好！"

说完，他端起桌上的酒杯，一杯连一杯地一口气喝了下去。他闭着眼、皱着眉，喝得很痛苦，他的脸迅速地由白到红，由红到紫，最后变成了猪肝一样的颜色。

当他把最后一滴酒倒进嘴里的时候，包厢里掌声雷动，连孙大头都高兴地拍着傅宇光的肩膀说："行啊，兄弟，没想到你居然是海量啊！"

傅宇光盯着孙大头一字一顿地说："说话算话，四个亿！"

说完，他就像一块门板一样，直挺挺地向后倒了下去。

第四章　怪事频出

傅宇光到城北支行任职转眼已经三个多月了，尽管工作还算顺利，但他总是觉得支行的气氛有些怪异，郑跃进办事遮遮掩掩，员工们说话吞吞吐吐，好像在平和的表象下面隐藏着什么神秘的东西。

这天傅宇光被林茹拉着到下面的储蓄所检查工作，回支行的路上，林茹笑嘻嘻地说道："看不出来啊傅行，你这个正人君子竟然在海南还有一位红颜知己哦。"

傅宇光一脸茫然："没有啊？"

林茹笑道："别装了，昨天我跟海南来的一个朋友聊天，她说上个月在三亚遇到一个熟识的女大款在和一个男的吃饭，上前寒暄，女大款介绍说，身边那个男的是燕南市城北支行的行长，不是你是谁？"

"你就编吧，我上个月根本就没离开过燕南市一步，怎么可能跑到三亚和一个女大款吃饭呢？"

林茹一脸不相信的神情，调侃地说："哼，狡辩！如果那人不是你的话，就只有一种可能，是你的影子不听话，擅自离开你跑到海南搞腐败去了。"

傅宇光认定林茹是在诈他，就笑着和林茹聊了一阵子，这才转身往自己办公室走。

突然，他隐约看到走廊尽头有一个人影，似乎刚从自己办公室里出来，急匆匆向楼梯间走去。那人与自己个头差不多，也穿着城北支行的蓝色行服，从穿戴上看应该是自己支行的员工，可是，傅宇光却从来没有见过这个人。傅宇光诧异地想：这人是谁？为什么会跑到自己办公室来？他紧走几步追上去，但那人已闪进楼梯间不见了。傅宇光愣了一下，赶紧返回办公室仔细检查了一遍，倒没发现丢什么东西，只是自己办公桌上女儿小雨的照片莫名其妙地跑到报纸堆里去了。傅宇光把女儿的照片重新摆回原位，琢磨半天也弄不清这是怎么回事。

下午，傅宇光找资金营运部主任戴树和谈话，想了解一下唐副行长曾经点到的"存款流失"问题。

戴树和是个五十多岁的老同志，平日工作有板有眼，从没做过任何出圈的事情，傅宇光很是敬重他。谈话时戴树和显得有些紧张，傅宇光问到的几个问题他都是简单回答三个字："不清楚。"见傅宇光在盯着他看，便又补充了一句："傅行，我真的不清楚。"

傅宇光无奈，只好微笑着对戴树和点了点头，示意这次短暂的谈话结束，他可以走了。

戴树和愣了一下，起身往外走，走到办公室门口时他又停了下来，转过身来对傅宇光说："傅行，我看出来了，你是实心实意想把城北支行搞好，但是你这么老实可不行，该抓你得抓，得有手段，等有的人背着你把雷都埋下了，就太晚了。"

傅宇光听出戴树和话中有话，赶紧问道："戴主任，你能不能把话说明白点？"

戴树和有些为难地说："我就是随便这么一说，太多的我也说不清楚。"说完，赶紧打开房门走了。

傅宇光愣愣地站在那里，心想："城北支行的人就是怪，说话都是只说一半，让你捉摸不透。"

近来郑跃进的日子很不好过。

国家新出台的宏观调控政策使资金面一下子紧了起来，李大军的房地产项目已经到了"吃了上顿没下顿"的地步。前天晚上他从海南给郑跃进打电话紧急求救："跃进，兄弟这边遇到大麻烦了，你务必尽快给我搞三千万过来，否则我就完蛋了。生死关头，你无论如何要拉兄弟一把！"

听着李大军在电话里歇斯底里地喊叫，郑跃进一阵烦恼涌上心头：若不是自己这些日子为李大军搞"体外循环"，支行的对公存款也不至于掉下来。再说，筹集资金又不是在井里打水，想啥时要啥时有，想要多少有多少。现在全国的资金面都很紧张，筹集资金越来越困难，郑跃进已经感到有些力不从心了，可李大军还是不停地向他伸手。他最反感的就是李大军的那句话："你务必尽快给我搞三千万过来"。太霸道了！他当时就在电话里对李大军嚷道：

"你以为我是印钞机呀，你要多少我就有多少？"

李大军当时也是急得火上房了，脱口而出："我不管你有多困难，我现在已经是生死关头了，我要是完蛋了，你也好不了。"

郑跃进觉得这是李大军在威胁自己，心里非常生气，于是他对着电话冷冷地回了一句："那就一起完蛋吧！"说完，就挂了电话。

赌气归赌气，郑跃进不得不想尽办法筹集资金来堵海南的窟窿。

自从与戴树和谈话之后，傅宇光心里就开始犯嘀咕，睡眠特别不好，躺在床上翻来覆去睡不着，有时甚至觉得自己有点幻听幻觉，似乎有什么不祥的事情正在他附近酝酿着。想到林茹竟然说她的朋友在海南见到了自己，想到钻进自己办公室那个神秘的背影，想到戴树和关于"有人埋雷"的半句话，傅宇光隐约地感觉，城北支行可能会出点什么乱子。

傅宇光的预感不幸被言中了：几天后，城北支行真的出了乱子，而且是个大乱子——西南科技投资公司存在城北支行的八千万存款竟然一夜之间不翼而飞了！

这天傅宇光正和林茹商量新建储蓄所的装修预算，突然传来一阵弱弱的敲门声，一个五十岁上下的中年女人走了进来。

"请问傅行长在吗？我是西南科技投资公司的财务总监吕丽娜，我想找傅行长谈点事情。"

傅宇光站起身来，客气地跟来人打招呼："你好，我就是傅行长。"

谁知吕丽娜笑了笑说："您误会了，我不是找副行长，我是找那位姓傅的正行长，你们支行的一把手。"

林茹介绍说："这位就是我们支行姓傅的正行长，一把手。"

吕丽娜怔了一下，两眼死盯着傅宇光的脸，眼睛里露出惊异的目光："怎么会……你？你就是傅行长？你们这里，有几位姓傅的行长啊？"

傅宇光一愣："据我所知，目前只有我一个姓傅的行长，您找我究竟有什么事啊？"

吕丽娜身子晃了一下，好像有点站不稳，她强作镇定地继续问道："我想问一下，你们支行是不是正在发行一种年利率百分之十二的'海南开发信托基金'呀？"

傅宇光摇摇头说："对不起，我们行从来没有发行过什么'海南开发信托基金'，准确地说，我们支行没有发行过任何信托投资产品。"

听了这话，吕丽娜脸色惨白，说了一句："完了！我被骗了！我的钱没了！"说着，她身子一软，颓然地坐在了地上。

傅宇光愣了一下，赶紧和林茹一起把吕丽娜扶到沙发坐下，给她沏了一杯热咖啡，并立刻打电话通知了分行保卫处。

吕丽娜情绪稍稳定些的时候，分行保卫处谢处长陪着市局经侦支队的雷队长和几位侦查员匆匆赶到了。

经侦支队的全称是"燕南市公安局经济犯罪侦查支队"，负责全市公安机关管辖的经济犯罪案件的侦查工作。由于这几年银行发生的金融诈骗案件越来越多，所以经侦支队的工作重点也逐步向银行倾斜。

雷队长并不像电视剧里的警长那样身材魁伟、威风凛凛，他很年轻，三十多岁，带着一副金丝眼镜，穿着一件普通的夹克衫，猛一看有点像个毕业不久的大学生，这让傅宇光等人多少有些失望。

雷队长表情冷峻，简单和傅宇光握了握手，便摊开笔记本说道："听听情况吧。"

吕丽娜面色惨白，端着杯子的手在神经质地抖着，她开始断断续续、有些语无伦次地讲述她被骗的经过。

两个月前，吕丽娜所在的西南科技投资公司的一个投资项目发生了一点问题，被迫取消了，公司筹集的八千万资金只好趴在账上，等待新的投资机会。这八千万资金的筹资成本很高，长期闲置将会给公司带来很大的损失。公司徐董事长找到吕丽娜，要她尽快想办法寻找收益较高的投资项目。

但由于宏观经济过热，中央已经开始调整金融政策，投资机会也相应地大大减少。吕丽娜四处奔走，但一无所获。

一个偶然的机会，吕丽娜在"潇雅美发厅"认识了年轻漂亮的美发师肖娅。闲谈中，吕丽娜知道肖娅有一个表哥，叫傅宇光，是本市国商银行城北支行的行长，这让吕丽娜喜出望外，觉得通过这个渠道或许能找到不错的投资机会。

吕丽娜从肖娅嘴里了解到，城北支行正在发行一种"海南开发信托基金"，年利率是百分之十二。这么高的回报让吕丽娜动了心，马上请肖娅尽快安排与她那位表哥面谈一次。

几天后，在肖娅的安排下，吕丽娜和那位自称是"傅宇光"的人在市中心的潮皇海鲜酒楼见了面。

那次见面吕丽娜对"傅行长"印象非常好，风流倜傥、一表人才。介绍他们发行的信托产品时，更是口若悬河，讲得非常详细生动。让人觉得如果不赶紧购买这个信托产品那真是傻到家了。

当晚，吕丽娜就给在深圳出差的徐董事长打了电话，详细汇报了与城北支行"傅行长"见面的情况，认为这个项目是一个回报很高、风险较低、合作方诚信可靠的好项目，应该尽快签约实施。

徐董事长原则上同意做这个项目，但提出了一个附加条件：签署协议时，一定要在城北支行行长办公室里进行。他解释说，我们做金融投资的人，一定要保持一种如临深渊、如履薄冰的心态才是，我们是民营企业，我们输不起啊。

吕丽娜心里有些不悦，但只能服从。当她把徐董事长提出的附加条件告诉肖娅时，肖娅不高兴地"哼"了一声，说："你们那位董事长真够逗的，他是不是觉得我表哥是个骗子啊？那还到行长办公室签什么约呀，直接扭送公安局不就完了吗？"

吕丽娜好言解释，肖娅才勉强同意出面协调这个事，让吕丽娜等电话。

吕丽娜忐忑不安地等了几天之后，终于接到了肖娅的电话："OK，一切都按你说的办，下周二上午十点钟，我表哥在城北支行行长办公室等你。"

第五章　我的钱哪去了？

在约定的时间，吕丽娜和公司财务部老钱一起带着公章准时赶到城北支行。肖娅在门口热情地迎候他们。进门时，一个大个子保安还笑眯眯地给他们敬了一个礼。

吕丽娜等人随着肖娅走进行长办公室，"傅行长"放下手中的文件，热情地招呼他们："吕总监大驾光临，本来应该到门口去接你们的，可是有一个签报要赶紧报出去，所以就没顾上。"

"傅行长"一边和吕丽娜寒暄着，一边不停地接电话、批文件，弄得吕丽娜有点不好意思。便提出抓紧时间把协议签了吧。

"傅行长"拿起电话，让办公室立刻把准备好的协议文本送过来。

吕丽娜站起身来走到靠墙的一排书柜前，见里面摆的都是文学名著和写作方面的书，便夸赞道："看来傅行长对文学很有研究啊。"

"傅行长"头也不抬地摆摆手说："哪里，哪里，我们这些做金融的人，脑子里就是一个钱字，哪有心思研究什么文学啊。"吕丽娜奇怪，不喜欢文学，摆这么多文学书在装样子吗？

这时，一个女职员拿着两份协议文本走了进来，"傅行长"和吕丽娜先后签了字，并盖上公章，签字仪式顺利完成。

吕丽娜本来还想再了解一些关于"海南开发信托基金"的细节，但见"傅行长"不停地看表，显出一副焦急的神态，便知趣地告辞了。

现在看来,那天签约就是骗子做的一个局,从行长到工作人员都是假的,购买基金的手续也相当不正规,但当时吕丽娜急着要做成这个项目,自以为在行长办公室里签约肯定是万无一失,所以这次签约中的很多疑点都被她忽略过去了。

按照和"傅行长"的约定,吕丽娜将八千万资金存入了城北支行的临时账户,说好两周之后正式划款、拿权益确认书。今天吕丽娜外出办事正好路过城北支行,便临时决定进来看一眼公司的对账单。谁知这一看可不得了:公司的八千万资金被分三笔转走了,账上只剩下了一万元!

说到这,吕丽娜突然神经质地叫了起来:"你们赶紧去抓人啊!去抓那两个骗子啊!"

雷队长合上笔记本答道:"早派人去那家美发厅了,不过你觉得他们会在那等我们去抓吗?"

这时一名警察走进来,小声告诉雷队长:"潇雅美发厅关门,肖娅早就没影了。"

支行出案子的消息迅速在行里传开,这两天不时有警察在支行办公楼里进进出出地忙活,员工们纷纷议论:这是谁干的?骗子竟然敢在行长办公室搞假签约,真是贼胆包天啊。

下班后,傅宇光心情沉重地来到林茹的办公室,经过几个月的接触,傅宇光觉得林茹是可以信赖的一位助手,遇到什么事都愿意跟她商量。

见傅宇光情绪低落,林茹便劝他想开点,不要为案子的事过于心烦。

傅宇光说:"昨天雷队长提醒我要注意'家贼',你说他是不是有所指啊?"

林茹沉思片刻说道:"如果咱们支行真有家贼的话,我觉得郑行这个人有点可疑。"

傅宇光吃惊地问:"噢?你有什么依据吗?"

"郑行是分管信贷和对公存款的,会不会——?"

傅宇光摇头道:"怎么可能,没有我的签字,谁也没办法把支行的资金转出去啊。"

林茹说："支行大账的资金他确实动不了，可保不准人家动企业的存款啊，我听说，郑行前些日子到深圳出差的时候，悄悄拐到了海南，去会见他那个做房地产的老同学。你说，他会不会把咱们支行的存款偷偷倒腾到海南去了？如果资金被套在海南，为解燃眉之急，他临时挪用一些客户的沉淀资金去堵窟窿也是很有可能的呀。只不过这次没玩好，被西南科技公司的财务总监发现了。"

傅宇光心里一惊，如果真有此事的话，问题可就严重了。他赶紧止住林茹的话头，谨慎地说："没有确实证据，我们还是不要瞎猜的好。"

几天后傅宇光和郑跃进一起到分行开会，在车上傅宇光假装随意地问郑跃进在海南有没有朋友？谁知郑跃进立刻变得非常紧张，不但一口否认，还问傅宇光为什么无缘无故地问这样的问题，这更加深了傅宇光对郑跃进的怀疑。

在一次与雷队长单独谈话的时候，傅宇光把自己对郑跃进的怀疑跟雷队长说了，雷队长听后在笔记本上认真记了几行字，但什么也没说。傅宇光将雷队长的冷淡反应告诉了林茹，林茹不屑地说："没关系，咱们自己动手查。"

雷队长这几天一直在支行找有关人员谈话，了解西南科技公司的开户情况和骗子用转账支票盗走资金的细节。

这天快下班的时候，雷队长找到傅宇光，递过来一份司法鉴定书："我们请专家鉴定过了，转账支票上的印鉴是假的，银行审查不严，这回你们有麻烦了。"

傅宇光不服气地说："专家有专门仪器鉴定，我们的柜员靠肉眼凡胎，那么细微的破绽怎么可能看出来。"

雷队长哼了一声："那就是你们银行自己的问题了。噢，对了，我想看一下西南科技公司资金转出那几天的营业厅监控录像，你帮我调出来好吧？还有，楼下营业部负责西南科技公司业务的那个员工在吗？我想找她谈一谈。"

傅宇光说："噢，那个员工叫严艳丽，我派人去叫她，不过，我们银行的女孩子胆小，没见过这个阵势，你谈话的时候要尽可能和蔼一点噢。"

　　严艳丽坐在营业部杨主任的办公室里等待与雷队长谈话，雷队长进来的时候，严艳丽紧张地站了起来，低着头不说话。

　　雷队长笑了笑，请严艳丽坐下，回过头对傅宇光说："傅行长有事就先去忙吧，我和她单独谈谈。"傅宇光只好走出了办公室。

　　半个小时后，雷队长和严艳丽走出房间。雷队长告诉傅宇光，想请支行领导和严艳丽一起配合专案组看看监控录像，指认一下那个办理转账业务的人。傅宇光说没问题，马上让办公室主任老马去通知。

　　这时保卫处谢处长和几位干警已经在会议室摆好了电视机和录像机。因郑跃进在外地出差，支行方面只有周正、林茹两位副行长和营业部主任杨林前来观看。

　　最后一笔转账业务发生的时间是3月13日下午，所以最先播放的就是那天下午的监控录像带。

　　营业大厅的监控探头一共有四个，在储蓄专柜、出纳专柜、会计专柜各设置了一个，第四个是安装在营业大厅的门口，主要是看客户停车场的情况。

　　城北支行的监控录像设备已经用了好几年，比较陈旧，画面也不大清晰。加上为了节省录像带，银行都是把四个监控探头的画面分四个小格，录制在一个大画面里，所以看起来十分吃力。

　　观看监控录像是件令人很烦闷的事情，因为不知道嫌疑人什么时候出现，只好从当天下午银行开始营业那一刻看起。劣质的黑白画面，在镜头前穿来晃去的顾客，看得人昏昏欲睡，但事关重大，谁也不敢大意，生怕漏过什么重要的情景。

　　半个多小时之后，录像显示时间在下午两点十五分，一个男人走进画面，来到严艳丽的柜台前，会议室里的气氛顿时紧张起来，大家都死死盯住荧光屏。那人低头与严艳丽说了句什么，然后随意地转了下头，在场的人都吃了一惊：那人竟然是郑跃进。

　　严艳丽见大家都在看着他，便吞吞吐吐地说："那天，郑行确实来过，让我查一个企业的资金往来账。我觉得他是支行领导，不会有问题，所以就没跟你们说。"

雷队长警觉地问："他没办理任何业务？"

严艳丽肯定地说："没。"

几分钟后，一个看上去大约五十多岁的男人慢腾腾地进入画面，他戴一副黑边眼镜，身穿一件深色的夹克衫，有点驼背。他先是在周围转了一下，然后转身来到会计专柜前站定，把一张单据递进柜台，然后扭头和站在身边的郑跃进说了句什么。郑跃进看了那男人一眼，没说话，转身走了。

雷队长一手托着下巴，目不转睛地看着录像。

严艳丽略有迟疑地指着电视画面说道："好像就是这个人。"

所有人的目光都死死盯在那人的身上，可那人的头总是低着，在监控画面里看不到他的正脸，晃来晃去的总是一个背影。办完业务之后，那个男人慢吞吞地离开了营业大厅。

雷队长失望地摇摇头："有价值的信息不多啊。"

这时傅宇光小声问道："能不能倒回去再放一遍？"

雷队长看了傅宇光一眼，点了点头："好，再放一遍。"

第二次播放，傅宇光指着第四个画面小格说道："你们注意看这里！"

第四个小格记录的是门外停车场的情况，刚才大家的注意力都在营业大厅的会计专柜，没有人注意停车场。此时在傅宇光的提醒下，大家也把目光转移到这边。

画面显示，那个男人慢悠悠地走出大厅后，穿过停车场，走过马路，就在他即将走出画面之前的几秒钟，马路上开过来一辆汽车，那人扭头看了眼那辆车，突然挺直了腰，一改步履蹒跚的样子，大步飞快地穿过马路，消失在画面之外。

雷队长拍了一下桌子，兴奋地说道："狐狸尾巴终于露出来了！从形态上看，这人超不过三十五岁，另外，他这一扭头，我们至少大致掌握了他的脸型。"

说着他转过身来对傅宇光说："傅行长观察能力很强啊，不干公安有点可惜了。"突然间他发现坐在一边的林茹脸色发白，额头上渗出一层细汗。

雷队长关切地问道："林行长，是不是不舒服啊？"

林茹小声说："没事的，老毛病了，忍一忍就过去了。"

傅宇光说："那你就先回去吧，别跟我们这么熬着了。正好让严艳丽陪着你，让司机先送你们回家吧。"雷队长也催着林茹去休息，于是严艳丽便扶着林茹先走了。

雷队长回身对谢处长挥了一下手说："接着看，把刚才那段监控录像再看一遍！"

第六章　拆东墙补西墙

看过监控录像，干警们议论纷纷：那天郑跃进副行长为什么会出现在柜台？他和那个假扮老头的人是什么关系？傅宇光心里也充满疑惑，他问雷队长怎么看这些疑点，雷队长却淡然地说："我也得琢磨琢磨，天不早了，都先回去休息吧。回头请西南科技公司的吕总监也过来辨认一下。"说完，就夹着包自己先走了。

雷队长他们连夜观看录像的时候，郑跃进正在外地出差。忙了一天回到宾馆，刚要睡觉，电话铃响了。

"喂，郑行长吗？我是烟酒批发公司的老段啊。"

郑跃进心里咯噔一下：又是个催债的电话，早知道是烟酒批发公司财务处长老段的电话，就不该接。

郑跃进从烟酒批发公司拿了两百万用于"体外循环"，上个星期就到期了。可是郑跃进现在手头上一分钱也没有，于是能躲就躲，躲不过就一个劲地给人家说好话，扛一天算一天，这种日子真是难熬啊。心里这么想着，嘴上还得做出"有朋自远方来不亦乐乎"的热情：

"哎呀，段哥，好久没一块聚聚了，近来可好啊？"

"好个屁，你占着我的资金不还，我的日子能好过吗？"

"嗨，瞧你说的，你那么大的公司，那么多的资金，还在乎我用的这么点钱啊？好家伙，一个烟，一个酒，这两样广大人民群众离不开的奢侈品都让你们把持了。咱燕南市每时每刻有多少万支香烟在冒着烟啊，对于你们来说，那都是利润啊，你们公司的前途那是一片光明啊。"

"得得得，你别跟我这耍贫嘴，没心情跟你逗闷子。我们公司一年挣多少钱跟你没关系，问题是你拿走的那笔钱是我瞒着公司老总悄悄给你的，过几天总公司审计组要来查账，你要是不在审计组来之前把钱给我还上，那麻烦可就大了，你说我能不急吗？你今天给我个痛快话，到底哪天把钱给我划过来？"

郑跃进耐着性子跟段处长对付："段哥啊，这事电话里说不清楚，这么着吧，明天我就回燕南了，晚上咱哥俩一起坐坐，我当面跟你汇报一下我的还款计划，怎么样？"

"你又来这一套，你以为吃顿饭就能糊弄过去啊？这回跟以前不一样了你知道吗？这回是审计组要来了，我哪有心跟你吃饭啊。"

"正因为情况有变，所以咱们要见面认真研究一下对策啊，你说这事咱们在电话里能说清楚吗？"

"那倒也是，明天晚上在哪啊？"

"芙蓉会馆吧，那里新来了几个湘妹子，服务很周到噢。"

电话那边段处长心领神会地"嗯"了一声，就把电话挂了。

郑跃进放下电话，心里骂道：什么玩意，一听说有湘妹子，连个屁都不放就挂机了。这种人，就得让审计组好好查查他。

郑跃进对段处长是又爱又恨，爱的是他是个资金大户，经常能够在郑跃进最困难的时候，拿出宝贵的资金来支持他。恨的是这个段处长太黑，凭着自己是大公司的财务主管，手里有充足的资金，经常利用资金运作为自己索取高额回扣。一年下来，这小子光靠倒腾存款捞的钱就海了去了。

第二天晚上，段处长如约来到了芙蓉会馆。

这是隐匿在市区某公园里的一座三套小院，院门古香古色但并不张扬。大门内是一座假山，使整个院子半遮半掩，具有一种神秘的气氛。绕过假山是一片竹林，透过郁郁葱葱的竹子，隐约可以看到院内那红墙青瓦的客房。

像芙蓉会馆这样半公开半地下的会馆在燕南市不仅一家，这种会馆既不同于外边的饭店，也不同于内部的招待所，不接待一般顾客，是专门供那些大企业、大老板见面谈生意和增强感情的地方。

郑跃进已在预定好的"潇湘馆"点好了菜，边喝茶边等待段处长。见段处长进来，郑跃进赶紧迎上去，笑呵呵地说：

"段哥近来有些瘦了，是不是晚上与你那位小秘'研究工作'太频繁啦？"

段处长回应道："你少来，我听说你在海南挂了一个红颜知己，是个能文能武的高级白领，那品味肯定不一样啊。"

郑跃进没想到自己这点风流韵事竟然连段处长都听说了，心里有点发虚，赶紧转移话题，对服务员吩咐道：

"小姐，客人到了，走热菜吧。"

站在门口的小姐应承了一声，赶紧催菜去了。

郑跃进给段处长斟满酒，指着桌上的凉菜说："咱哥俩先喝着，趁着这会儿清静，先把正事说了。我定了两位新来的湘妹子陪你喝酒，一会儿人多，就没机会说话了。"

坐到酒桌上，段处长的脾气就没电话里那么大了，再加上听说还有湘妹子陪酒，段处长说话的语气委婉了许多：

"郑行长，不是兄弟我催你还钱，其实两百万对于我来说真的不算什么。可这回咱是遇到坎儿了，这次总公司派审计组来得有些蹊跷，我怀疑是公司领导层有些人在暗中整我，所以我必须赶紧把屁股后边的事清理干净，不然的话，恐怕这一关很难过去的。这回你就考虑一下哥的难处，赶紧把钱给我还上。俗话说，留得青山在，不怕没柴烧。只要我能渡过这个难关，以后你再用多少钱那都是一句话的事，对不对？"

"对，对，咱们之间是长期稳定的战略伙伴关系嘛。"郑跃进打着哈哈说。但是心里却嘀咕着：你遇到难关，我也遇到难关了呀。这回我要是熬过不去，你那边再有多少钱我也用不成了啊。

郑跃进想了一下，说道："最近中央宏观调控，银根紧缩，大家的日子都不大好过，我要不是遇到了一点意外，绝对不会拖欠你的钱。现在既然你们上级的审计组要来，情况紧急，咱们就都不要只考虑自己的难处了，咱俩要携手面对，共渡难关。"

"是啊，我也是这个意思。"

"现在咱俩都有难处，我手头也没钱一下子全都还给你。这样好不好，我想办法，无论如何在三天之内还给你一百万，你自己再想办法找一百万堵窟窿，先把审计组的麻烦扛过去再说。以后的事咱们再走一步说一步，好不好？”

段处长见郑跃进只肯还一百万，有些不悦，但是他也看出来郑跃进眼下确实是没钱，再逼他也没用。只好点头说：“那就只好这样了，你最好还是想办法尽快把钱还清了，谁知道这个审计组要在我这查多少天啊。”

这时走廊里传来女孩子嘻嘻哈哈的说话声，两个如花似玉的湘妹子走了进来，笑盈盈地打着招呼：

“呦，郑行长，我们还没到就自己吃起来啦？”

“啊哈，小辣椒，小凤仙，我给你们介绍一个大老板，这位是段哥，是个腰缠万贯的大财主啊。”

“噢，是段哥呀，好帅哦！”

两个湘妹子一左一右把段处长夹在中间，开始拼起酒来。

郑跃进忙里偷闲喝了一口茶，又开始犯愁：我到哪给他找这一百万去呢？

事情走到这一步，郑跃进心里真有些后悔，当初不跟李大军做这些资金拆借就好了。其实第一笔资金打到海南之后，郑跃进就暗下决心：就做这一回，见好就收。可当李大军把第一笔好处费十万元转交给他之后，他的想法发生了变化：这钱来得也太容易了。自己辛辛苦苦工作了十几年，也没攒下十万块钱啊。这回只是做了一笔拆借业务，钱就轻轻松松地来了，让人觉得跟做梦似的。

在海南的时候，郑跃进到李大军家里吃过一次饭，见到李大军的太太有一间屋子是专门存放衣物的，四个衣柜，塞得满满的。可是李太太还装模作样地叹道：

“唉，没有一件可心的衣服，每次出门都愁死了。”

而自己的妻子，在贵友商城看上一款一万多块钱的裘皮大衣，两年也没舍得买，每次到贵友商城买东西，她都会跑过去看一眼，回来对郑跃进说：“那种样式的大衣还挂着呢，算了，以后再说吧。”

明明是在试探老公的态度，但总是装得随便一问的样子，这让郑跃进心里很是愧疚。

郑跃进突然觉得自己很对不起妻子，结婚八年了，她从来没开口向自己要过一件贵重的东西，好歹也是个"行长夫人"啊，不能太寒酸了，郑跃进决定改变这种生活。

那天下班后，郑跃进到贵友商城，毫不犹豫地买下了那件妻子试穿过好几次的裘皮大衣。当他回家后把皮衣放到妻子面前的时候，妻子那副惊喜万分、幸福至极的样子，让他终生难忘。他觉得，为了那一刻，自己冒一点风险是值得的。

但是，郑跃进的运气实在是不佳：就在第三笔拆借资金打到海南后不久，国家宏观经济调控开始了。李大军那座"椰林之梦大酒店"还有几层就要封顶了，但他的资金链突然出现了问题，工程几乎难以维持。李大军陷入了困境，他唯一能够寄一点希望的，就是老同学郑跃进了。

在给李大军融资的问题上，郑跃进本来是有个"三项基本原则"的，那就是：总体规模控制，借新必须还旧，确保资金安全。

郑跃进测算过李大军的还款能力，知道给海南项目融资的规模应该控制在八千万之内，再多了就危险了。而且，不能一股脑地把钱都给李大军，每次拆借额在五千万之内，上一笔资金到期返回到郑跃进"体外循环"的账上之后，才可以把新的资金划转过去。中央宏观经济调控实施之后，郑跃进感到形势确实非常紧张，曾准备逐步减少对海南的资金投放，总量控制在两千万左右。但是，李大军那边资金周转越来越困难，每次还款也越来越不守时，若没有新的资金注入，李大军根本就不可能有钱归还郑跃进这边的账务。

郑跃进觉得，自己现在有点像老电影《南征北战》里那个见死不救的张军长。小时候看电影时，他曾认为张军长这人很不仗义，为什么不拉李军长一把呢？现在他明白了：不是见死不救，而是想救而救不得啊！这是一个大陷阱，自己多走一步，就会被李大军拉下万丈深渊。

第七章　李大军之死

自从西南科技投资公司八千万资金被骗走之后，吕丽娜感觉自己一下子老了许多，不仅仅是精神恍惚、心力交瘁、经常失眠，而且在一天早晨洗漱时，她竟然发现自己头上出现了几根白发，这个发现让她浑身发冷，精神几乎崩溃。

出事之后，吕丽娜天天盼着公安局抓住那个假行长，追回被骗走的巨额资金，但内心里又很怕抓住他，因为一旦骗子落网，自己心里最担心的那件事也就瞒不住了。

吕丽娜与"傅行长"签约前的一个晚上，"傅行长"突然来电话，请她到一个私人俱乐部吃海鲜。那天作陪的是"傅行长"几个商界的朋友。席间，"傅行长"拿出了一个精致的紫檀木盒子，说有一件珍宝请吕丽娜帮着看看。

吕丽娜轻轻打开盒子，掀开上面的金黄色绸布，忍不住惊叫起来："我的天哪！这不是传说中的那条'天下第一绿'翡翠珠链吗？"

"傅行长"嘴角带着一丝得意，点头道："好眼力！我听说吕总监是这方面的行家，所以想请您给我鉴定一下。"

说着，他戴上白手套，把那条难得一见的翡翠项链从盒子中取了出来，一边请吕丽娜近距离观赏，一边介绍道："这条翡翠珠链由 38 颗珠子组成，最小的珠子直径为 12.6 毫米，最大的 14.5 毫米，项链重量为 199.8 克。它的难得之处除了珠子质料好之外，还在于这 38 颗珠子的种、水、色几近一致，这对纯天然产品来说，可谓百年难寻了。"

吕丽娜对翡翠确实很有研究，自己也有一些不错的翡翠藏品。她仔细端详着这个"天下第一绿"珠链，接着"傅行长"的话头说道："听说，这串珠链取料于缅甸最好的玉料产地雾都河中游的会卡场口，是由业内顶级的玉雕大师，历时八年精心切割、打磨而成。质料费、人工费、运费、安保费等等加在一起核算，每一粒链珠价值三百多万元，全链价格超过一个亿，这绝对是如今国内市场上最贵的奢华首饰。"

吕丽娜恋恋不舍地把目光从项链上移开，点头说道："嗯，货真价实。这么珍贵的宝物是你的？"

"傅行长"得意地点点头："这是我们信托项目合作方给我们银行的抵押物，一旦出现风险，我们就有权对其处置。"

这时"傅行长"身边一位胖胖的朋友笑着说："吕总监你就放心吧，如果傅行长的信托产品出了问题，把这链子卖了就够还你的了。"

现在回想起来，那晚的情景就是骗子们做的一个局，在座的几个商人都是"傅行长"的同伙，他们的目的就是再忽悠吕丽娜一把，让她最后下定决心买那份根本不存在的"海南发展信托基金"，可是在当时，吕丽娜竟然完全相信了他们。

晚餐结束后，"傅行长"送吕丽娜出门，见旁边没人，"傅行长"小声对吕丽娜说："吕总，刚才当着外人我不方便说，我们这个基金有一个规定，对购买基金单位的财务负责人可以提取百分之一的佣金，银行方面对这笔钱给予保密，直接把钱存入信用卡后交给您本人。说白了吧，就是说这笔钱您的公司不知道，是给您个人的。"

吕丽娜心里一惊："哦？现在跟银行做业务也有回扣了吗？"

"傅行长"笑道："改革开放了嘛，过去不可以的事情多了，现在不都可以了吗？再说，这在银行业已经不是什么新鲜事了，我们去年对吸收存款有功的员工就已经发了高额的奖金，谁出力，谁拿钱嘛。这绝对符合社会主义多劳多得的原则啊。"

吕丽娜心里迅速地计算了一下：八千万，百分之一就是八十万！是她两年的年薪啊，面对这笔巨额回扣，她的心乱了。

事到如今，吕丽娜真的很后悔，如果当时自己没有收下那笔巨额回扣、没有被那串翡翠项链所迷惑该有多好。现在自己的问题不光是工作失误造成资金被骗，而且已经是犯了受贿罪，一旦败露就会面临牢狱之灾。即便自己现在把那笔钱拿出来，也已经太晚了，无法自圆其说了。

在沉重的思想压力之下，吕丽娜终于难以支撑，住进了医院。

就在郑跃进为堵住资金窟窿"拆东墙补西墙"四处奔忙的时候，出了一件大事。

这天晚上，郑跃进家的电话响了，郑跃进看了一眼来电显示，是李大军打来的，他无奈地摇摇头拿起电话："大军吗，你小子又来催命啦！"

电话里传来一个女人哽咽的声音："是跃进吗？"

"彭小姐？怎么是你？"

"跃进，出事了！李大军死了！"

"什么？"郑跃进简直不敢相信自己的耳朵，觉得一定是自己听错了，赶紧追问一句：

"你刚才说大军怎么了？"

"李大军死了，昨天晚上被人打死了！"彭小姐一边抽泣着，一边重复了一遍那个可怕的消息。

"啊？被人——打死了？这怎么可能？"郑跃进几乎惊呆了，这消息简直太突然了！他急切地问道："到底出了什么事？你快说！"

彭小姐在电话那边呜呜地哭了起来，边哭边说，断断续续的费了好大的劲，才把出事的经过讲清楚：

前些日子，由于郑跃进"体外循环"的渠道出了点问题，该打过来的资金迟迟不能到账，造成李大军在海南筹措的那些资金不能按时"借新还旧"，资金链岌岌可危，没办法，李大军就向当地开地下钱庄的"胡红子"借了一百万，维持项目的周转。

"红胡子"大名叫洪德明，因为长着一脸浓浓的络腮胡子而落下这么个外号。这家伙的地下钱庄是典型的黑社会性质，不仅利息奇高，而且经常是暴利讨债，他手下有一帮负责收债的流氓，动不动就会把那些拖欠债务的小老板打得半死。

李大军借的那笔钱也没能按时归还，"红胡子"几次打电话催要，李大军并没有当回事，他觉得自己跟"红胡子"关系还行，前些日子刚刚请"红胡子"吃过一次龙虾大餐，饭后还请他去洗浴中心潇洒了一回。当时"红胡子"跟他勾肩搭背、称兄道弟，甚是亲热，估计不会说翻脸就翻脸的，大不了到时候再请他吃顿饭、赔个不是也就过去了。

"红胡子"见李大军对他不理不睬，认定李大军是在藐视他，于是就动了"教训一下那小子"的念头。昨天晚上，"红胡子"带着一帮手下，把李大军堵在了他在海口郊区的别墅里。

李大军见"红胡子"带着一帮人进了屋，还半开玩笑地说："我说胡子，为区区一百万至于这么兴师动众的吗？一周之后，我连本带息给你送过去还不行吗？"

"一周以后？哼，那时候说不定老子就被公安局收进去了，老子现在就要！"

"现在就要？我现在手里没钱，你就是打死我也没有啊。"

"你他妈放屁！还想蒙我？前几天我亲眼看见你工地上有工人在干活，没钱的话你能继续开工吗？得了，我也不跟你废话了，今天就让你知道一下，什么叫做欠债还钱。"

说着他转身对手下命令道："别他妈愣着啦，给我把保险柜弄开！"

几个打手拎着电钻和撬杠，走向摆在卧室墙角的保险柜。

李大军见"红胡子"如此不给面子，也急了。抄起挂在墙上做装饰用的那把日本军刀，大吼道："住手！你们敢在我家里犯浑，别怪我不客气！"

李大军的强硬反而刺激了"红胡子"的杀气，他疯狂地对手下喊道："你们给我上，做了他！"

几个大汉像饿狼般地扑了上去，一阵乱拳，打得李大军满脸是血，抽搐着倒在地上。

这时保险柜已经被打开，里面只有区区几千块钱，这让"红胡子"非常失望，他走到李大军面前，用脚踩着李大军的头喝道："把钱藏哪了？快他妈给我交出来！"

李大军咧了咧满是鲜血的嘴，冷笑了一下："你入室抢劫，就等着坐大牢吧！"

已近乎疯狂的"红胡子"被李大军的轻蔑彻底激怒了，他顺手举起桌上的一个大花瓶，向李大军头上狠狠砸了过去……。

挂上电话，郑跃进忍不住泪流满面。他和李大军同学多年，在学校时就一直受到李大军的照顾和保护，李大军曾为了掩护他逃跑而遭受小流氓的毒打。现在郑跃进一闭眼，眼前还能清楚地浮现出鼻青脸肿的李大军向他使劲地挥手、让他快跑的情景。好端端一个人，怎么能说没就没了？

老同学的惨死让他非常难过，更让他难过的是李大军从他手里借走的那五千万资金这下恐怕是归还无望了。海南的钱回不来，郑跃进在燕南市企业间挖下的资金窟窿就无法填平。那些企业一旦知道自己单位的钱面临巨大风险，肯定会到银行来闹，那样一来，郑跃进"体外循环"的行径就要曝光了。郑跃进干过多年的信贷员，躲债、讨债、耍赖不还钱的事例见得多了；因为放了"黄账"，被批评、被撤职、黯然离开信贷岗位的同事也见得多了。郑跃进一夜未眠，翻来覆去也想不出一个走出困境的好办法。

第二天早晨一上班，郑跃进给彭小姐打了一个电话，商量偿还资金的问题。让他没想到的是，彭小姐对他的态度明显与以前大不一样，变得十分冷淡。她说自己现在正忙于料理李大军的丧事，还要配合公安局处理这起恶性杀人案件，忙得不可开交，没有精力考虑李大军遗留的债务问题。她甚至用轻蔑的口气指责郑跃进：大军尸骨未寒，你不说到海南来送老同学一程，却急火火地打电话逼债，真是有些冷血哦！

放下电话，郑跃进终于明白了，彭小姐与他上床不是因为爱他，而是因为爱李大军。在彭小姐的眼里，他郑跃进不过是一个能够提供资金帮助李大军发达的支行行长而已，毫无感情而言。现在李大军没了，资金拆借没有了，保持原有关系的基础也没有了，他与彭小姐的一切都结束了。

想到烂在海南的巨额资金和绝情的彭小姐，郑跃进仰天长叹：早知如此，何必当初啊！

第八章　金融大盗

雷队长通过查找"潇雅美发厅"的工商登记资料，掌握了犯罪嫌疑人肖娅的基本情况，雷队长把肖娅的照片拿给吕丽娜辨认后，立即请示分局发出了对肖娅的协查令。但在茫茫人海中寻找一个已是惊弓之鸟的罪犯谈何容易，案子陷入了僵局。

其实，此刻肖娅和那个假扮"傅行长"的骗子黄小鹏就躲在燕南市一个叫"罗马风情"的高级公寓里，观察着警方动向，准备携款出逃。

这种诈骗圈套黄小鹏已经玩了好几回了，回回都能得手。他的手法其实并不复杂，就是想方设法结识有钱单位的财务主管，以高息和巨额回扣诱使他们把钱存入指定银行。之所以必须存到指定银行，是因为那里有他的"内线"，通过银行的"内线"，黄小鹏就可以顺利地盗取客户的预留印鉴和法人名章，然后用假印鉴、假支票把受害单位的资金转到自己开立的临时账户，得手之后立刻销户，逃之夭夭。

肖娅和黄小鹏的关系很特殊，他们同居在一起，但不是夫妻，甚至连情人都算不上，因为尽管肖娅深深地爱着黄小鹏，但黄小鹏却从来没有说过他也爱肖娅，他给两个人关系的定位是：萍水相逢的性伙伴。

肖娅是在一个朋友聚会上认识的黄小鹏，她几乎是第一次见面就爱上了黄小鹏，高高的个子，不苟言笑，有点像日本电影《追捕》中扮演杜丘的著名演员高仓健。于是肖娅主动接近黄小鹏，很快他们就睡到了同一张床上。

黄小鹏虽然没有对肖娅表示过爱意，但是在生活中对肖娅还是很关心的。当他听肖娅念叨想开一家美发店的时候，马上表示所有费用都由他负责，一定要圆肖娅这个浪漫的梦想。黄小鹏还出资让肖娅参加了一个法国美发大师在国内开办的进修班，花钱买了一张有大师签名的高级美发师证书。很快，"潇娅美发中心"开张了。

当有一天肖娅发现了黄小鹏在吸毒，而且吸得很勤的时候，她惊呆了。她哭过，想过离开黄小鹏，但最后她还是决定留在黄小鹏身边，她觉得越是这样，自己越不能抛下黄小鹏不管，应该和所爱的人在一起，照顾他，劝慰他，让他逐步从毒瘾中解脱出来，过上正常人的生活。

有人说，当一个女人深陷爱河的时候，她的智商就基本降为零了。肖娅目前就处于这样一个状态。可是，后来发生的一连串的事情，却着实让她惊得目瞪口呆。

那是去年的圣诞之夜，黄小鹏带着肖娅一起去音乐厅欣赏英国皇家交响乐团的演出。幕间休息的时候，黄小鹏说要请肖娅喝热咖啡，于是两人来到一层的小卖部。在楼梯拐角处，一个中年男人突然走到他们身边，亲热地跟黄小鹏打招呼：

"哎，这不是黄行长吗？"

肖娅以为是那家伙认错人了，正要解释，谁知黄小鹏稍微愣了一下，便立刻笑容满面地与那人热情握手并攀谈了起来。

那人问："黄行长，我的那笔资金最近怎么样了？"

黄小鹏笑呵呵地说："许总，你就放心吧，咱们那个项目运行情况非常好。你的钱放到我们银行，就像是把金鸡关进笼子里一样，它只会下金蛋，绝对跑不了的。对了，我们的第一笔手续费已经给你打到账上了，收到了吗？"

那人有些紧张地左右看看，小声说："收到了，收到了，这事我还得谢谢你啊。"

"别客气，以后有资金就找我吧，企业有高息，个人有回报，多好的事啊。"

"好的，好的，咱们回头见。"那人急匆匆地走了。

肖娅奇怪地问："你什么时候又成了黄行长？你们说的手续费是怎么回事啊？"

谁知刚才还笑容可掬的黄小鹏，突然恶狠狠地对肖娅低声说："你给我闭嘴！打听那么多事干吗？"

从认识黄小鹏那天起，肖娅就没见过黄小鹏这副凶神恶煞的样子，她心里委屈极了，眼泪忽然涌了出来，她捂着脸，转身跑出了音乐厅。

晚上，恢复了常态的黄小鹏搂着依然一脸委屈的肖娅躺在床上，轻声细语地哄着她。

"好吧，既然你感到好奇，我就把我的事全都告诉你，不过我把话说在前头，你知道了所有真相之后，也就没有后路了。你想好了，听还是不听？"

"听！我不要什么后路，我愿意跟你一条道走到黑，但不许你有事瞒着我。"

"那好，我告诉你，今天在音乐厅遇到的那个人是东风柴油机厂分管财务的许总。"

"他为什么叫你黄行长？"

"因为我在他眼里就是黄行长。"

"什么意思？"

"我曾以黄行长的身份跟他谈判，以信托理财为名，让他把五百万资金存到了我指定的户头上，给了他二十万回扣之后，就把其余的钱偷偷转移走了。呵呵，那家伙现在还蒙在鼓里呢。"

"这么说你是个——？"

"对，我就是个骗子，是个假行长，我认识很多企业的老总，我干的活儿就是以高息和回扣为诱饵，把他们的钱骗到我的账上，然后销声匿迹，逃之夭夭。我就是个行走江湖的金融大盗，这回你满意了吧！"

肖娅被惊得半天说不出话来，许久，她怯怯地问："你为什么要这么做？"

"这还用问吗？当然是为了钱啊。在这个世界上混，没有钱你就是个屁。有了钱，才有朋友，才有尊严，才能活得像个人。"

"我们好好做生意、开美发店，一样可以挣钱啊，干吗非要做这种可能会掉脑袋的事情？"

"呵呵，你太幼稚了。做生意那点钱够干什么，连给我塞牙缝都不够。你知道现在'粉儿'多少钱一克吗？你知道我一天要吸多少吗？不想办法挣钱，我他妈活得下去吗？我还告诉你，我是和一帮有身份的朋友联手做业务，利益共享。我们的规矩是：谁要是出卖朋友，他肯定就活不成。"

肖娅吓得一句话也说不出来，她意识到，自己的未来将是一片黑暗。从那以后，肖娅开始为黄小鹏做帮手，成为了这个诈骗团伙中的一员。

前些日子，黄小鹏得知西南科技投资公司有一笔闲置资金，顿生歹意。经过周密谋划，设计了一套假扮傅行长、通过城北支行内线窃取资金的计划。其中，以"巧遇"的方式认识财务总监吕丽娜，牵线让吕丽娜与黄小鹏假扮的"傅行长"见面这个艰巨任务，就是由肖娅出面完成的。徐董事长提出"要在行长办公室签约"的条件着实让黄小鹏为难了一下子，行长办公室可不是随便可以进去的地方，弄不好被人堵在办公室里，就会成为瓮中之鳖。但黄小鹏毕竟是江湖老手，这点事情是难不住他的。他通过银行内线掌握了傅宇光不在办公室的准确时间，花钱雇用了一帮小骗子给他当"托儿"，光天化日之下，在傅宇光的办公室里为吕丽娜演了一场以假乱真的大戏，终于打消了西南科技投资公司的顾虑，顺利地将八千万资金骗到手中。那天也差点发生意外，"签约仪式"的时间有点耽误，当黄小鹏把吕丽娜送出门的时候，已经超过了计划的时间。黄小鹏赶紧转身返回行长办公室，迅速拿起自己的手包，并准备把办公桌上的物品恢复原状，但这时他听到走廊里有脚步声，他犹豫了一下，迅速冲出行长办公室，快步沿着楼梯向楼下走去。那天傅宇光到储蓄所检查工作提前回来，在楼道拐角处看到从自己办公室跑出来的神秘背影就是黄小鹏。当时傅宇光见办公室没丢什么东西，便也没太当回事，这个疏漏便滑过去了。

吕丽娜突然去银行查对账单并报了案，打乱了黄小鹏行动计划，接到银行"卧底"的密报后，黄小鹏和肖娅立刻收拾东西，仓皇躲到了这个早就准备好的秘密据点。这套公寓是黄小鹏一年前买的，离公安局只隔了两条街，用黄小鹏的话说，这叫"灯下黑"，是最安全的藏身之地。

虽然说公寓里生活设施齐全，冰箱里也是应有尽有。但整天躺在沙发里看电视，然后就是吃了睡，睡了吃，这种生活实在很无聊。

为了安全起见，黄小鹏已经换了新的手机，肖娅的那个白色手机也被黄小鹏没收了。

肖娅不高兴地问："凭什么没收我的手机呀？"

"现在是非常时期，必须小心行事，我是担心你把握不住自己，你的嘴那么快，万一打了不该打的电话，暴露了目标，咱们的小命就玩完了，懂吗你？"

"哼！"肖娅一脸不高兴，没再说话。在这个特殊时期，她也不想为一点小事和黄小鹏闹别扭。

肖娅半倚在沙发上，用遥控器胡乱地寻找着好看的电视节目。

"小鹏，咱总这么躲着也不是个事啊，咱什么时候出国啊？"

黄小鹏端着半杯红酒坐到了肖娅的身边。

"别着急嘛，还有点事要处理完才能走。咱们从西南科技投资公司转出来的那些钱还没完全提现，还有我那串'天下第一绿'的翡翠链，属国宝级珍品，太显眼，根本过不了海关，我得找个可靠的地方藏起来，办这些事都是需要时间的。"

"交给毕博士他们盯着不行吗？"

"哼，钱的事谁都他妈靠不住，别看毕博士他们对我毕恭毕敬的，如果咱们不在这死盯着，没准这些钱就被他们吞了，没有钱咱们在国外怎么混啊？"

"那得等到什么时候？"

"大概再等一个多月吧。"

"你就会骗我。"

"说什么呢？你瞧这是什么？"说着，黄小鹏笑嘻嘻地递给肖娅一个信封。肖娅打开信封，掏出两本护照，顿时喜笑颜开："这么快就办好啦？你真行！"

突然，她从沙发里站了起来，一脸不高兴地问："不是说好了去美国吗？怎么改泰国了？你这是搞什么鬼呀？"

黄小鹏点上一根烟，笑着说道："挺聪明的一个人，怎么突然就弱智了呢？曲线救国你知道吗？现在出了事都往美国跑，真跑出去的有几个？咱们先去泰国，风头过了再拐弯去美国，要安全得多，懂吗你？"

第九章　举报信风波

李大军死后，郑跃进私自拆借给海南的巨额资金立刻成了"坏账"。更让郑跃进担心的是，他得到消息：傅宇光和林茹在秘密查账，并开始走访一些存款单位，这样下去，郑跃进隐藏的这个窟窿很快就会暴露，情急之下，他想出了一个缓解危机的办法。

几天后傅宇光突然接到分行监察室的电话，说分行将派出一个廉政建设检查组，明天起进驻城北支行，进行为期一周的廉政检查。

傅宇光感到很奇怪，最近支行没有发生什么问题啊，检查组来干什么？

快下班的时候，办公室主任老马轻轻敲门走了进来："傅行，有些情况我得向您报告一下，外边传得可是有鼻子有眼的。"

傅宇光情绪不高，随意问道："又有什么传闻啊？"

"嗯，听说分行之所以要派检查组，是因为咱们支行有人给上边写信，反映咱们支行领导的一些问题。我听说，那封信的主要矛头是冲着您来的。"

"噢？说我有什么问题啊？"

"听说那封信主要反映了您三个问题，傅行长，您听了可别生气啊。

一个问题是反映您作风腐败，整天公款请客，和客户大吃大喝，说您请富康医药公司的领导吃饭，喝掉四瓶茅台，一桌饭花销七八千块钱。"

傅宇光的脸腾地红了："谁愿意跟那帮客户大吃大喝啊？喝得胃里翻江倒海哇哇地吐，那个滋味好受啊？那不就是为了保住支行的四个亿存款吗？不请客，不沟通，那存款就要被人家拉走了。为了那顿酒，我难受了一个多礼拜。真是的，王八蛋愿意喝那个酒！"

正说得气愤，他突然停下了，无可奈何地摇摇头："算了，不管怎么说，大吃大喝是不对的，而且那顿饭确实开销大了点，这条我认下了。还有呢？"

"第二条是反映您节日期间给分行处室和重点大客户送挂历。"

傅宇光眼睛一瞪："大家都送，我不送行吗？得得，你接着说。"

马主任有些犹豫地说："傅行长，这第三条有点胡说八道，您听了可千万别生气。有人说您跟林茹副行长关系有些暧昧，经常私下约会，怀疑那个什么——"

"简直是胡说八道！"没等马主任说完，傅宇光就拍案而起了。

正在这时，林茹走了进来。

她看看怒发冲冠的傅宇光和进退两难的马主任，故作轻松地对马主任说：

"说呀，怎么不说了？不就是有封群众来信吗，跟我也说说，都说我什么了？让我也乐呵乐呵。"

马主任满脸堆笑地说："都是他们瞎说，我们根本就不相信。你们两位领导有事情要谈，我先走了。"说着，他赶紧低着头走出了傅宇光的办公室。

傅宇光已猜出了林茹的来意。"怎么，你也听说了？"

"嗨，早就听说了，你大概是咱们支行最后一个听到这些传言的人了。我过来就是想跟你说，别瞎生气、瞎着急，往深处想，这封匿名信绝对是个阴谋。"

"什么阴谋？谁的阴谋？"

"你想啊，请孙大头喝酒、送挂历什么的都是老早以前的事了，为什么早不写信晚不写信，偏偏在这会儿写信？不就是因为咱们这几天在清查支行账务呢吗？肯定是郑跃进慌了神了，用这个损招儿来分散咱们的注意力。"

傅宇光点头道："是啊，这说明郑跃进确实有问题，我们的查账让他坐不住了。"

分行纪委书记吴学廉任组长的廉政建设检查组进驻城北支行第一天，就分别找班子成员和一线员工谈话，但一直没有与傅宇光单独谈话，这让傅宇光心里有些嘀咕。

眼看着已过了下班的时间，傅宇光知道吴书记今天不会跟自己谈话了，便收拾东西准备回家。

他看了看记事本，想起今天是女儿小雨的生日，早晨出门的时候太太嘱咐他早些回去的。于是他开着车先到商业区的音像书店给小雨买了一套《国际著名钢琴家演奏会》的光盘，准备作为女儿的生日礼物，又到超市买了一大堆女儿喜欢吃的零食，然后急匆匆驱车赶回家中。

因为手里抱的东西太多不便掏钥匙，傅宇光便用脚轻轻地踢了两下门。家里没装门铃，只好采用这种传统的敲门方式。

女儿小雨跑过来开门，见到爸爸给她买了这么多生日礼物，立刻蹦了起来，高兴地叫了一声："哇！谢谢爸爸！"

傅宇光按照老习惯，笑盈盈地弯下腰，小雨赶紧搂着爸爸的脖子，在傅宇光的脸上甜甜地亲了一下。傅宇光顿时感到浑身上下涌动着一股幸福的暖流，这感觉让他十分陶醉。

正要往屋里走，小雨在傅宇光的耳边小声说道："今天妈妈有点不高兴，你要小心点哦。"

"为什么？你又惹妈妈生气了？"

"不是我，中午楼下的陈阿姨来串门了，然后妈妈就不高兴了。"

傅宇光顿时心里明白了个大概。

楼下住的是分行宣传部赵部长，他的太太是个爱传闲话的人，人送外号"搅屎棍子"。她传闲话有个特点，人家有什么好事她从来不传，专拣那些丑事、绯闻、小道消息之类的东西传来传去，唯恐天下不乱，并以此为乐。不用问，今天"搅屎棍子"一定是把城北支行匿名信的事情跟太太夏梅说了，而且重点说的是关于"与林茹关系暧昧"的那件事。

傅宇光无奈地摇摇头。

太太夏梅在市中心医院药房工作，是个性格内向的老实人，她待人宽厚，人缘很好，但有一个毛病，就是耳朵根子太软，别人说点什么她都信。

几个月前，夏梅所在医院的刘院长出事了，是男女作风问题，趁值夜班的机会和一个漂亮的女护士搞到一起去了。医院上下议论纷纷。有同事对夏梅说："现在的院长、老总什么的，哪个没点作风问题？哪个没有小秘或者二奶？你家老公是银行的行长，银行可是个美女如云的地方哦，现在的女孩开放得很，为了升职、出国、拿奖金，什么事都干得出来，你还是小心点吧。"

原本是同事之间开玩笑的话，夏梅听了之后却心乱如麻，回家后不思茶饭，一个人发呆。傅宇光弄清怎么回事后，笑道："别听她们胡说，她们就是看咱们夫妻之间关系不错，心里不痛快，想挑点矛盾出来，她们好看笑话。我们银行是国有正规金融单位，不是那些写字楼里的小公司，哪有什么小秘、二奶的？你看我整天忙得昏天黑地的，像有小秘的样子吗？"

夏梅想了想，觉得老公说得有道理，心里顿时静了下来，自己也不好意思地笑了。

过了几天，夏梅回家后又犯别扭了，她对傅宇光说："我把你的话跟同事们说了，她们笑话我说，傻死你吧，谁说国有银行里就没有小秘啊？哪个老公在外边有小秘自己承认啊？我一想也是啊，你是不是在骗我啊？"

傅宇光哭笑不得，掰着手指头跟夏梅解释说："你看我，一大早就去上班，一忙就是一天。晚上银行五点半关门，六点半结完账，我差不多七点钟准时到家，对不对？晚上我哪也不去，在家陪你看电视聊天，你想想看，我哪有时间去泡小秘啊？"夏梅听了，觉得有道理，就又放心了。

这才过了几天安稳日子，"搅屎棍子"就又来挑事了。傅宇光知道今天这一关不大好过，但这种事躲是躲不过去的，只好硬着头皮拉着小雨往屋里走。

夏梅正在厨房里准备女儿的生日晚餐，见傅宇光进来，一副爱搭不理的样子。

傅宇光赶紧主动活跃气氛："呦，这么香啊，晚上吃什么好的？"

"大行长回来了？今天怎么没跟那位美女行长一起加班研究工作啊？"

不阴不阳的一句话，把傅宇光堵得够呛。要是在平时，傅宇光肯定会息事宁人地调侃几句哄太太高兴，可这些天连续发生案子，检查组又没完没了地查，傅宇光心情很是烦躁，变得耐心全无。

"你说你俗不俗啊？整天就琢磨这点破事。我在银行工作，能不跟女同事打交道吗？打交道就是关系暧昧，那天下还有好人吗？"

"哼，真是做贼心虚呀，我只不过问你今天为什么没加班，我说过你跟什么人关系暧昧了吗？别不打自招了。"

"你就是那个意思，不就是听'搅屎棍子'传了点谣言吗？你怎么什么都信啊？"

"那你说我信什么？信你？如果人家说的都是谣言，分行为什么派检查组来查你呀？分行怎么不查别人呀？"

"我，我跟你说不清，你爱怎么想就怎么想吧。"

这时小雨在一旁带着哭腔说道："你们别吵了行吗？你们就这样给我过生日吗？"

夫妻二人只好暂时停止了争论，傅宇光强作欢颜地对小雨说："我和妈妈没有吵架，我们是在讨论问题。"

"我不喜欢你们这样讨论问题。"

"好好，我们以后一定注意，来来来，我们赶紧插蜡烛，准备切蛋糕。"

傅宇光殷勤地把定制的奶油蛋糕摆到桌子中央，和小雨一起把五颜六色的蜡烛插到蛋糕上面。

正在这时，傅宇光的手机响了，电话里传来林茹急切的声音："傅行吗？你现在在什么地方？"

"我在家里，怎么了？"

"出事了，严艳丽失踪了。"

"严艳丽？"傅宇光脑子还停留在刚才的争吵中，一时没反应过来。

"就是那个会计专柜的接柜员，下午公安局的同志找她谈话后，她情绪不够稳定，提前下班回家了。可是刚才她母亲来电话说，她到现在也没回去。我有点不放心，会不会出事啊？"

"你别急，我现在马上回行里去。"

傅宇光放下电话一回头，见夏梅正靠在厨房的门框上冷冷地看着他。

"是她来的电话吧？"

傅宇光不愿意再和太太争吵，他重新穿上外套，对夏梅和小雨说："我必须马上出去一趟，你们先吃吧。"

"赶紧去吧，不然一会儿她该等急了。"

傅宇光一股怒火涌上心头，他真想对着夏梅嚷上几句。但是他忍了忍，什么也没说，一摔门走了。

第十章　可疑的男友

严艳丽失踪了！

凌晨一点多钟，雷队长和傅宇光还带着专案组在支行会议室讨论着。诈骗案发生那天是严艳丽在专柜值班，骗子使用的假印鉴顺利通过审验，而她却没看出任何问题，这是偶然的吗？有人反映严艳丽最近花钱出手大方，与她的收入不大相符；还有人反映，严艳丽最近认识了一个姓毕的博士，那人对严艳丽很殷勤，三天两头到银行来找她，并几次违规进入到柜台里边，和严艳丽说说笑笑，还随手翻动柜台里的东西，很是讨厌。城北支行发生诈骗案之后，他就再也没来过。严艳丽是诈骗团伙的卧底吗？她的失踪是潜逃还是出了什么意外？大家议论纷纷，众说不一。

正在这时，林茹的电话响了，她紧张地接听，大家都屏住呼吸看着她。片刻，林茹放下电话微笑着对大家说："是严艳丽的母亲打来的，严艳丽已经找到了。"

傅宇光着急地问："她在哪？"

"她母亲说，严艳丽刚从保定打来电话，说她在那里住院呢。"

雷队长疑惑地问："住院？为什么住院？"

"未婚先孕，没脸见人了，她有个闺蜜在保定一家妇产医院工作，所以她跑到保定秘密打胎去了。"

原来以为很严重的情况，竟然是一场虚惊。

专案组侦查员们都失望地收拾桌上的东西，准备回去睡觉。雷队长翻着手中的小笔记本问傅宇光："严艳丽怀孕不找自己的男朋友，为什么独自一人跑到外地打胎呢？"

傅宇光歪头想了想："是啊，我也觉得有点反常，难道说她的这个男朋友有问题？"

雷队长摆摆手说："瞎猜没用，你要不要陪我去保定探望一下你的这位员工呢？"

傅宇光点头："好，明天一早我们就过去。"

和严艳丽的谈话还算顺利。傅宇光耐心做了一阵子思想工作之后，严艳丽便断断续续地把事情的原委说了出来："他叫毕根鹏，是林茹副行长介绍给我的，听说是个博士，做证券的。我们见了几次后，互相都觉得挺合适。我想自己都这么大年纪了，就别挑三拣四的了，所以很快就确定了关系。嗯，后来我们就'那个'了，我打掉的那个孩子就是他的。"

傅宇光问："听说你怀孕后，他就不见了，是吗？"

"别提了，真是见了鬼了！我们行出了案子之后，他就突然像人间蒸发了一样，打电话没人接，找到那家证券公司，竟然说没这个人。问林副行长，她说她也是'人托人'认识的，也联系不上，唉，现在的男人啊，没几个好东西。"

雷队长问："除了电话，你们就没有别的联系方式吗？"

"没有啊，要是有的话，我早就去找了。他这人总是神神秘秘的，什么都不肯多说。"

"别着急，你再慢慢想想。"

严艳丽皱着眉头苦苦思索着，突然她抬起头说道："噢，他无意中说过他母亲是个开餐馆的，他经常晚上过去帮忙收账。"

雷队长眼睛一亮，赶紧问道："是什么餐馆？"

"嗯，好像是叫什么'川嫂小厨'，就在新街口那边。"

逃亡藏匿的日子是无聊的。这天傍晚，肖娅在屋子里觉得实在太闷了，提出要上街去买些化妆品，黄小鹏让她快去快回。

肖娅刚走，黄小鹏的大哥大响了起来，电话里传来一个女人的声音："哥，说话方便吗？现在情况不大好啊，肖娅的资料已经被警方掌握了，他们已经把肖娅的照片扫描后发到全市各分局和派出所，现在全市的警察都在找她呢。"

黄小鹏有点慌，低声问道："你的消息可靠吗？"

"我是刚从经侦支队雷队长那里打听到的，不仅如此，警察的意图是通过肖娅找到你这个假扮的'傅行长'，你一定要小心点。"

"知道了，我们今晚就换个地方。"

"哥，你想过没有，你带着那个女人一起行动是不是不大安全啊？"

"你什么意思？"

对方稍沉默了一下，接着说："你知道我是什么意思，究竟怎么办你自己决定。我只是想提醒你，过去因为留恋女人而丧命的人可不止一个两个啊！"

黄小鹏失魂落魄地放下电话，躺在床上边抽烟边琢磨。

肖娅回来的时候，见黄小鹏在卧室里似睡非睡的样子，便没有理他，自己到浴室去洗澡。

肖娅走出浴室的时候，黄小鹏正叼着一根雪茄坐在沙发里发愣。

肖娅一边用浴巾擦着湿漉漉的头发一边对黄小鹏说："真倒霉！刚才回来的时候，被几个'小脚侦缉队'的老太太盘问了半天。"

黄小鹏心里激灵一下子，忙问道："为什么？"

"说是看着我面生，哼，我看她们还面生呢！"

黄小鹏瞪着眼，张着嘴，愣磕磕地看着肖娅，额头上竟然冒出一层大汗。

肖娅奇怪地问："你怎么了？"

黄小鹏愣了一下，故作轻松地对肖娅说："嗨，闲着也没事，咱俩再玩一次'快乐性窒息'吧，飞天一样的感觉，很刺激的噢！"

肖娅对那种变态的"假上吊"游戏非常反感，甚至觉得很恶心，所以半天没吭声。

黄小鹏说："别怕，这样吧，你先把我吊起来，我过完瘾之后，再吊你。"

肖娅有些犹豫地说："我怕掌握不好时间出危险，要不，还是你先吊我吧。"

黄小鹏笑了笑："那好。"说着他找出一条长纱巾，挽了一个套，轻声说："纱巾比绳子软一些，你会感觉比较舒服。"

肖娅顺从地点了点头，站到了床上，把纱巾套在了自己的脖子上，嘱咐说："你慢一点，不要等到十秒钟就把我放下来哦。"

黄小鹏盯着肖娅的面孔，下决心似的把雪茄按灭在烟灰缸里，将纱巾套在暖气管子上，慢慢地将肖娅吊了起来。

十秒钟过去了，二十秒钟过去了，几分钟之后，黄小鹏把已经断气的肖娅放了下来，轻轻地抱到床上，为她整理好散乱的头发和睡衣，小心地替她盖上被子。

黄小鹏站起身重新回到客厅，收拾好自己准备带走的东西。然后戴上手套，把房间里所有可能留下指纹的地方都认真地擦拭了一遍。又从卫生间拿来了浸湿的拖把，倒退着从最里边的卧室一直拖到门口。最后他将拖把轻轻地靠在门边，弯腰提起放在门口的旅行袋，又用目光将整个房间检查了一遍，关上灯，慢慢退出房间，消失在夜色之中。

抓毕博士的过程很顺利，当他见到几个警察面色严峻地从不同方向围过来，立刻知道发生了什么事情，他没做任何抵抗，束手就擒。只是在给他戴上手铐的时候喊了一句："哎，轻一点好吧，要文明执法嘛。告诉你们，我有权保持沉默。"

毕博士是个老牌诈骗犯，心理素质超强，进了公安局依然是一副满不在乎的样子。

雷队长问："知道为什么抓你吗？"

"不知道啊，我还想问问你们呢。"

"你认识严艳丽吗？"

"认识啊，怎么了？我们是正常谈恋爱，谈恋爱又不犯法。"

"谈恋爱当然是不犯法，但是你在谈恋爱的时候，有没有做过什么犯法的事啊？"

"没有啊，噢，对了，你是不是说把她肚子搞大了那件事啊？那绝对是个意外，你想想看，我们的关系还没确定呢，谁愿意马上就要孩子呀，哎，你们公安局什么时候也开始管未婚先孕的事了？"

雷队长没理会毕博士的傲慢态度，接着问道："你常去城北支行吧？"

"是啊，去见女朋友，怎么了？"

"进过营业厅柜台里边吗？"

毕博士脸上闪过一丝不安："进去过呀，严艳丽叫我进去的。"

"动过什么东西吗？"

"我又没被限制自由，动过的东西多了，是不是哪位银行小姐丢了什么贵重东西啊？我可不是小偷。"

雷队长冷冷地盯着毕博士的眼睛说道："你不但是小偷，而且偷了银行客户的印鉴卡，伪造了客户的公章，实施了诈骗。"

毕博士有些心虚："你们，你们有什么证据？"

"呵呵，没证据我们能把你弄到这里来吗？"雷队长说着对站在门口的一个警察命令道："把银行送来的那几盘监控录像带拿过来。"

"是。"

那个警察转身走了出去，很快就把两盘录像带送了过来。

雷队长问："你要不要亲眼看看那天的监控录像啊？"

毕博士心里一惊，他犹豫地摇了摇头，又点了点头。

雷队长把录像带放进审讯桌上的录放机，把中指放在播放键上说道："有句话我得跟你说清楚，看录像之前你交代的事情，还可以算是主动坦白；等看过录像之后你再想说，那性质可就不一样了，明白吗？"

毕博士眼珠乱转，判断着如何决策才对自己最有利。几分钟之后，他抬起头，看着审讯室墙上那幅"坦白从宽抗拒从严"的白底黑字标语，长叹了一口气，对雷队长说："不要看了，我全说，争取个好态度吧。"

雷队长把放在录放机上的手收了回来："嗯，看来你还是个聪明人。"

负责记录的小刘心里暗笑："雷队长真是料事如神啊，他断定姓毕的肯定不敢冒险看录像带。"小刘知道，雷队长放进去的那盘带子根本不是什么银行监控录像，而是克里斯蒂的侦探影片《阳光下的罪恶》。

毕博士絮絮叨叨说了一个多小时，其中最让雷队长欣喜的是，了解到黄小鹏让毕博士预定了一张明天上午十一点飞昆明的机票。金融大盗就快落网了。

第十一章　追捕

雷队长带着十几名便衣警察在机场秘密布控，铺下了一张抓捕黄小鹏的大网。

飞往昆明的航班是十二点十分起飞，雷队长预计黄小鹏应该在十点半到十一点半这个时间段到达机场。他嘱咐隐藏在四周的侦查员，一定要听命令行事，不许擅自行动。因为候机楼旁边是一个很大的旅游商品市场，那里人很多，黄小鹏一旦钻到市场里，抓捕就很困难了。

雷队长带着小刘警官躲在候机楼二层的一个小房间里，用望远镜监视着候机楼前的动静。

这时电话铃响了，是傅宇光打来的，说查到郑跃进违规拆借巨额资金给海南房地产的线索。

雷队长有些不耐烦地回答说："那是你们银行内部监察的事情了，不归我们公安局管。我告诉你，从目前情况看，郑跃进跟这个案子没有什么关系，真正的金融大盗已是囊中之物，一会儿等我电话吧。"

傅宇光追问道："你在哪儿呢？"

雷队长没有回答，挂断了电话，但傅宇光清晰地听到了大型飞机起飞的声音。

眼看着时间已将近十一点了，黄小鹏依然没有露面。大家正在焦急之时，一辆面包车在候机楼前停了下来，一群外出旅游的年轻人从车上下来，嘻嘻哈哈地提着行李往里走。与此同时，一辆出租车悄然停在面包车的旁边，一位五十来岁的中年妇女慢慢走下车来，她穿着一件绛紫色的风衣，拎着一只轻便的拉杆箱，从容不迫地跟在那群年轻人身后走向候机大厅。

雷队长死死地盯着那个妇女，看上去似乎没什么特别之处，但是雷队长总觉得她走路的形态有点怪异。他拿起对讲机低声说道："各组注意，

各组注意，盯住那个穿紫色风衣的妇女，有点可疑！"

十几双眼睛从不同的角度锁定了目标。

与此同时，傅宇光正在城北支行的办公室里兴奋地来回踱着。当过几天侦察兵的他，敏锐地猜出，雷队长此时一定是在飞机场围捕那个金融大盗，看来银行诈骗案主犯的落网就在今天。

电话铃响了起来，他兴奋地跑了过去："喂！雷队吗？"

电话里传来林茹的声音："什么雷队？你现在就只认识雷队啦？我有个储蓄所装修的方案，现在送过去跟你商量一下方便吗？"

傅宇光说："回头再说吧，我在等一个重要电话。"

"噢？有什么好消息啊？"

"等一会儿雷队长他们在机场抓到人，咱们就知道骗走的钱到哪去了。"

傅宇光说完就撂下了电话，林茹愣愣地举着电话，脸色一下子变得非常难看。

雷队长在机场抓到人就知道钱到哪去了？

林茹突然哆嗦了一下，赶紧慌忙地放下听筒，跑到衣架前，从包里取出她的手提电话。

"哥，机场有警察！你赶快跑！"

林茹说完立刻挂掉了电话，她觉得自己的心都跳到了嗓子眼，紧张得喘不上气来，瘫软地坐到椅子上。

雷队长通过望远镜，看到黄小鹏接了一个电话后，立刻扔下拉杆箱，像只兔子一样，一头钻进了旅游商品市场。

当雷队长和侦查员们气喘吁吁地赶过来时，已不见了黄小鹏的踪影。

当晚十点多钟，林茹接到黄小鹏的电话后，悄悄来到坐落在燕南市中心的中美合资五星级饭店——"威尼斯大酒店"，她用一条浅蓝色的纱巾遮住了半张脸，低着头匆匆穿过大堂，乘电梯来到 1804 房间。

一进门，林茹就急赤白脸地对黄小鹏说："你抽什么疯啊？今天你差点就被警察抓到，现在竟然还敢住在市中心这么招摇的地方！"

黄小鹏看上去很疲惫，但他还是做出一副满不在乎的神态说：

"你懂什么呀？越是这种招摇的地方就越安全。"

林茹焦急地问:"你这么急急火火地让我过来干什么?多危险啊?"

黄小鹏走到客厅的吧台前,倒了一杯法国轩尼诗递给林茹:

"唉,哥预感不好啊。如果今天不是你及时电话报警,我现在已经是瓮中之鳖了。我觉得,现在咱们兄妹也是见一回少一回啦。"

"你瞎说什么呀,真晦气!那你下一步打算怎么办?"

"想直接飞到昆明肯定是不可能了,估计现在火车站也会有警察盯着,我想着从公路走吧。"

"公路上警察就不会设卡吗?"

"警察一般都是在高速路收费站设卡盘查,我准备雇一辆不起眼的小货车,走省道绕过收费站,出了燕南市管辖范围之后再上高速,然后从石家庄乘飞机到昆明,那边有人接应,再想办法去缅甸。"

林茹接过酒杯,想到今天跟哥哥这一别,说不定这辈子都再也见不到了,心中不禁一阵酸楚,忍不住流下了眼泪。

黄小鹏和林茹这对兄妹的命运确实十分坎坷。林茹原名叫黄小茹,她四岁那年,在部队当团长的父亲与在医院当护士的母亲离婚了,离婚的真正原因到现在他们兄妹也不清楚。父母离婚后,黄小鹏跟了父亲,林茹跟了母亲,并随妈妈改姓林。所以到现在他们兄妹依然是一个姓黄,一个姓林。

林茹很不幸,六岁那年,妈妈得了尿毒症,那个病是很费钱的,每周两次透析,花光了家里的所有积蓄,只能到处借钱治病。借来借去,有借无还,最后母亲再也借不到钱了。没办法,母亲在做了最后一次透析之后,趁着身子还有一点力气,把林茹送回了已提升为师政委的父亲那里。母亲流着眼泪走后,就再也没有了消息。有人说她回到农村老家,病死在了那里;也有人说,她把女儿送回前夫那里之后,就服安眠药自杀了。

那时候林茹年纪虽然很小,但这些事情她都记得很清楚。在她幼小的心灵里,记住了"没有钱就没法活"这样一个简单的道理。

大学毕业后林茹到美国留学,拿到了金融学硕士,毕业后曾在华尔街工作了两年,后回国考入国商银行,凭着自己的聪慧、学识和在美国华尔街的从业经历,她从业务主管很快就晋升为部门经理,去年通过竞聘,当上了支行的副行长。当有一天她知道哥哥黄小鹏竟然已沦落为金融大盗的时候，心里非常害怕。但是，她深爱着这个从小爱护她、保护她的哥哥，血浓于水，在劝说无效之后，她只能寄希望于哥哥顺利做成几单"业务"后，尽早洗手收山。在黄小鹏的要求下，林茹经常会给黄小鹏讲解金融业务的一些细节，回答黄小鹏提出的一些莫名其妙的问题，甚至给黄小鹏的行动方案出些主意。

最近一段时间，她按照黄小鹏的要求，把毕博士介绍给营业部老姑娘严艳丽，目的是盗取严艳丽保管的西南科技投资公司的印鉴卡；她还利用下储蓄所检查的机会拴住傅宇光，给黄小鹏假扮行长、在行长办公室与吕丽娜签约提供机会。

每次黄小鹏他们诈骗得手之后，都提出给林茹一些奖励，但林茹都拒绝了，她认为哥哥的那些钱很脏。她以这种方式安慰自己的良心，但实际上她内心里很清楚，她的行为已经陷入了诈骗团伙的泥潭，她自己也是一个不干净的人了。

想到这些，林茹痛苦万分，她的人生本来不应该是这个样子的。现在，哥哥又计划逃亡缅甸，且不说是否逃得掉，即便是逃掉了，下半生也将是一个漂泊在异国他乡的孤魂。他们兄妹可能今生今世都无法再相见。

林茹动情地抱住黄小鹏的腰，就像小时候跟哥哥撒娇一样扭着身子说："哥，我不想让你走。"

黄小鹏脸上强装出笑容，故作轻松地说："别闹了，还有正事跟你说呢。"说着，他从口袋里掏出一个信封交给了林茹。

"这个你要特别收好。"

"什么？"

"我在燕南市郊买了一幢别墅，这是房产证，这房子现在价值二百多万，你如果不住，就找机会卖掉变现吧。还有，我前几天交给你的那串翡翠项链一定要保存好，那是个价值连城的东西啊。"

林茹不解地问："你不是说那是假的，让我带着玩的吗？"

"我那是怕吓到你，现在告诉你，那物件绝对是真品，现在价值至少七八千万，你收好，万一哥真的发生什么意外，那件东西足够你快乐生活一辈子了。"

听哥哥这么说，林茹的眼泪又流下来了："别说这些丧气话，我不爱听。"

机场抓捕黄小鹏的行动意外失败，雷队长的情绪很糟。他断定黄小鹏会继续想办法外逃，而且不大可能再选择坐飞机走。他立即向分局领导汇报，请求在火车站、长途汽车站和主要公路收费站布控。

雷队长还让侦查员小刘与各汽车租赁公司联系，了解今天所有预约租车跑长途的信息，并将黄小鹏的身高及体貌特征通报给各个租车网店，要求他们密切注意，有情况及时报告。

晚上十点多钟，宏达汽车出租公司的经理来电话，说刚才有一位客人租车，要明天早晨去石家庄，这人的特征与公安局通报的有些相像。雷队长等立刻带着吕丽娜赶到宏达公司，当吕丽娜看到出租公司营业厅的录像时，立刻叫了起来："就是他！这个挨千刀的大骗子！"

第二天早晨六点半，黄小鹏身穿一件旧夹克衫，打扮成采购员模样来到城北农贸市场门口，他没有让出租车到酒店接他，因为那样的地方常有便衣警察出没。

一辆黄白相间的出租车开过来，黄小鹏看了下车牌号，又扫了一下周围。迅速拉开车门上了车，说了声："走！"

早晨街上车不多，出租车快速向出城方向驶去。黄小鹏看着窗外的街景，想到从此就要告别这个生他养他的地方，心中不免有些伤感。

车子三拐两拐驶进一个大院子，司机停下车，回头对黄小鹏说了声："到了，下车吧。"

黄小鹏心里一惊，问道："这是什么地方？"

"公安局招待所，我们雷队长想见见你。"

这时车门猛然打开，几只钢筋般的胳膊瞬间把黄小鹏按在了座位上。

黄小鹏似乎还没明白发生了什么事情，他一边挣扎着一边抬头喊道："你们凭什么抓我？你们凭什么抓我？！"

"就凭这个。"

黄小鹏抬头一看，雷队长站在他的面前，手里举着一个闪亮的警徽。

第十二章　意外的结局

因成功抓获了以黄小鹏为首的金融诈骗集团，雷队长受到燕南市公安分局的嘉奖。但让所有人都没想到的是，傅宇光却命运不济，因被骗资金大部分没有被追回来，造成了银行的损失，而且分行检查组又发现了城北支行违规拆借给海南房地产项目造成风险的严重问题，虽然那件事是郑跃进瞒着傅宇光做的，但作为支行一把手，免不了也要承担一定的责任。最后经分行党委研究，给予郑跃进免职及记过处分，傅宇光被免去城北支行行长职务，调回分行机关在工会任调研员——一个无职无权的闲差。这样一个结果让傅宇光及城北支行的员工都大感意外，有些员工提出到分行去反映问题，被傅宇光劝住了，他心平气和地接受了分行的决定。

让傅宇光没有想到的是，接任城北支行行长的竟然是林茹！其实论资历、论管理经验都轮不到她的。有人告诉傅宇光，林茹这个貌似单纯的女人并不简单，人家在上边有人关照着呢。

傅宇光无心考证那些乱七八糟消息的真伪，他反思了自己到城北支行后的表现，觉得自己对工作是尽了力的，支行的存款增加了，网点增加了，员工的收入提高了，队伍也稳定了，应该说是问心无愧了。他迅速调整了情绪，很快向林茹交接了工作，悄然离开了城北支行。

雷队长很为傅宇光的遭遇感到不平，经过这几个月侦破"黄小鹏案件"的合作，他们已经成了好哥们。他觉得自己这份功劳里有傅宇光的一半，应该找机会表示表示。

星期天，雷队长带着羊肉片和调料到傅宇光家做客，哥俩边吃涮肉边聊天。

几杯酒下肚，两人自然要说起支行那起诈骗案，雷队长遗憾地说："黄小鹏一伙虽然是抓到了，但是被骗资金还没找到下落，让你老兄丢了位子，我真是很郁闷。"

傅宇光嚼着涮肉说道："我倒没什么，我就是觉得企业的钱找不到，影响了我们银行的信誉，假如他们起诉要求赔偿的话，就会给银行造成损失，我觉得自己有责任啊。既然你们已经把黄小鹏抓到手了，就想办法让他交代实情啊。"

"嗨，别提了，那个黄小鹏很难缠，他明白自己犯的事太大，肯定是死罪，这些日子干脆就是一言不发，跟你泡死狗。"

傅宇光同情地看着雷队长："唉，赶上一个死猪不怕开水烫的主，真是没辙。"

雷队长和傅宇光又碰了一杯："对了，前天我到西南科技投资公司又找吕丽娜聊了一次，她吞吞吐吐地说到一件事，我觉得很值得琢磨。"

"噢？什么事？"

"她说，当初黄小鹏假扮'傅行长'骗她购买假信托产品时，为了让她放心，曾向她展示了一件价值连城的翡翠项链，据说是银行的抵押品，可以卖到七八千万，黄小鹏当时曾经安慰吕丽娜说，不要担心，假如我们的信托产品出了意外，我们卖掉这串项链，就完全可以归还你们西南科技投资公司的那些钱了。"

"什么宝贝这么值钱啊？"

"她说那个翡翠项链叫做'天下第一绿'，在收藏界非常有名，非常值钱。吕丽娜对珠宝玉器很在行，她说，黄小鹏的信托产品是假的，但是那个翡翠项链肯定是真的。如果我们能够找到这条翡翠项链，那我们的损失就可以挽回大半。你看，吕丽娜还给我画了一张项链的草图。"

傅宇光探过身子看了一眼那张图，想了想说道："我怎么好像在什么地方见过一条这样的翡翠项链啊？"

雷队长顿时兴奋起来，眼睛亮得像只猫一样，追问道："真的吗？你在哪见过？"

傅宇光努力地在记忆中寻找这条似曾相识的项链。

"哦，对了，是在林茹那里。前些日子我买了一架进口相机，英文说明书看不懂，就跑去问林茹。因为两人关系很好，我推门就进去了。当时林茹正对着镜子试戴一条项链，看到我之后她挺不好意思，因为林茹从来不戴首饰的。我说，真是难得啊，给你照一张，正好也试试我的新相机，说着就顺手给她照了一张。过了几天，林茹特意过来找我要照片，我就拷给她了，她问我相机里存了没有，我心里有点不悦，说早删掉了。后来我发现并没有删掉。她当时戴的就是一条绿色的翡翠项链，不过她说是假的，戴着玩的。"

雷队长瞪着眼睛听完傅宇光的讲述，着急地说道："那还等什么？赶紧把照片给我看看！"

傅宇光赶紧放下筷子跑到书房，取来照相机，找到了那张照片。雷队长把脑袋凑到相机的显示屏，瞪大眼睛叫道："放大些，再放大些。我看就是它，很像啊，回头让吕丽娜辨认一下。"

他兴奋地对傅宇光说："真是有点不可思议啊，这串项链怎么会在林茹这里？"

傅宇光也在琢磨着同样的问题："是啊，难道林茹和黄小鹏之间有什么联系？这不可能啊！"

雷队长说："有什么不可能？跟你说实话，其实我一直就有一个疑问，黄小鹏对金融并不熟悉，但是他的一些作案手段却非常专业，绝不是他这样的人能够设计得出来的。我觉得在他的身后，很可能有一个金融专家在给他出谋划策。是谁呢？有个人我一直有点怀疑。"

"谁呀？"傅宇光的声音有点发抖。

"林茹，也就是你那个红颜知己。"

"绝对不可能。我在城北支行的那些日子里，她是一直支持我的，给了我很多的帮助。"

雷队长冷笑道："很多帮助？你没有意识到吗？她一直在诱导你死死盯住郑跃进，甚至还想让我们也把侦查重点放在郑跃进身上，我看她的目的是搅乱侦查方向，掩护她自己。"

"雷队，你破案破得都红了眼了，是不是见谁都像是犯罪嫌疑人啊？"

为了缓解一下雷队长的情绪，傅宇光有意转移话题，他又把半盘毛肚倒进锅里，招呼道："来来来，咱们还是边吃边聊吧。"

雷队长此时说得正高兴："傅行，你不要被表面现象所迷惑，有些人是非常善于伪装自己的。"

"那你说说，你为什么怀疑林茹？"

"最早对她产生怀疑，是那次我们在会议室一起看黄小鹏在营业厅办理转账手续时的那段监控录像。当我们发现黄小鹏过马路时露出破绽的时候，林茹突然面色苍白，几乎晕倒，当时她解释说，是老毛病了，休息一下就好了。但是我事后了解，她以前从来没有出现过那种症状，她对我们说了假话。当时我就想，她为什么要说假话？为什么那么紧张呢？"

"你观察人真是很细致啊，是不是我每次头疼也都属于反常现象啊？"傅宇光一边独自吃着毛肚，一边用讽刺的口气给雷队长泼冷水。

雷队长并不在意傅宇光的怀疑态度，接着说："当然，那只是最先引起我怀疑的一点蛛丝马迹而已。后来我又注意到，严艳丽认识了英俊青年毕博士，结果印鉴卡被毕博士和肖娅联手窃取，而这个毕博士恰巧又是林茹介绍给严艳丽的，这次也是偶然吗？"

"哦，要是把这些事联系在一起来分析，确实有点蹊跷。"

"还有，我了解到，黄小鹏假扮行长在你的办公室与吕丽娜签约的时候，你正好外出到储蓄所检查，而那次检查也是林茹安排的。"

傅宇光想起来了，那天原本要检查四个储蓄所，因为傅宇光有事，只检查了三个就回来了。傅宇光回到自己办公室的时候，那个神秘的背影刚刚从房间里跑出去。如果不是傅宇光提前回来的话，是不会与那个盗贼相遇的。这么说来，林茹身上还真是有些可疑的地方啊。

雷队长注意到了傅宇光态度上的变化，他又抛出了一颗更有震撼力的炸弹："最后一点，我一直耿耿于怀的是，我秘密在机场布控，差一点就可以抓到黄小鹏了，可是他接了一个电话之后，撒腿就跑了。事后我一直在想，是谁打的那个电话？我排查了我们所有的人，没有发现问题，因为在行动之前，我们所有人的手机都集中保管了。那么是谁呢？后来我想到，关于那天我去机场的信息，除了我们专案组的人员之外，我只告诉了你一个人。"

"你怀疑我？荒唐！你怀疑我给黄小鹏泄密？"

"当然不会是你，我知道你和林茹走得很近，我怀疑你无意之中把那个信息告诉了林茹，于是林茹立刻打电话告诉了黄小鹏。当然，这只是个猜测而已。"

傅宇光有些心虚，但仍抱着一线希望说道："直到现在，我们也没法证明林茹确实有问题啊。"

雷队长得意地指着照相机里的那张照片说道："过去没有，现在咱们不是有证据了吗？证据就是挂在林茹脖子上的这条翡翠项链！"

傅宇光心里明白，这条项链确实可以证明林茹和黄小鹏是有关系的，想起那天林茹到他办公室来问照片有没有备份时那副焦急的样子，说明她当时已经知道了这串项链的价值，知道这张照片如果流传出去会给她带来极其严重的后果。

傅宇光长叹一声："唉，事情怎么会是这个样子啊！"

雷队长把那张储存卡从相机里退了出来，小心地放在自己的手包里，对傅宇光说："我必须马上赶回去向局长汇报，这几盘涮肉只能都便宜你了。"

傅宇光将雷队长送到楼下，目送雷队长的警车慢慢驶出了院子。他知道，雷队长公文包里的那张储存卡，很快就会变成一颗炸弹，它将彻底改变林茹的命运，而且后果会非常严重。有一瞬间，他甚至有些后悔把那张照片的事告诉雷队长。但是，他心里很清楚，这是原则问题，关系到国家资金的安全，是不能有丝毫个人情感揉在里面的。

他想起自己一直坚信的那句格言：手莫伸，伸手必被捉。

（2012年6月由中国文联出版社出版，获第二届中国金融文学奖小说组一等奖）

长篇小说卷（三）

NO.2

催收（节选）

■胡小平

▎作者简介

　　胡小平，湖南省隆回县人，中国作家协会会员、中国金融作家协会理事、湖南省金融作家协会副主席，毛泽东文学院签约作家，已发表、出版作品360多万字。作品散见于《散文》《芙蓉》《文学界》《创作与评论》《湖南文学》《经济日报》等报刊。出版散文集《血脉》《客路匆匆》、诗歌集《守望》、中篇小说集《钱去哪了》、长篇小说《催收》《蜕变》等9部。中篇小说《王老二和两张假钞》获中国第二届金融文学中短篇小说类一等奖；长篇小说《催收》获中国第三届金融文学长篇小说奖；短篇小说《信任》获中国金融作家协会征文一等奖；散文《五年圆三梦》获《湖南日报》、湖南省作家协会联合征文一等奖。现供职于中国银行湖南省分行。

作品简介

　　这部长篇小说以银行股改的前后时期为社会背景，围绕环球银行麻源支行与隆兴公司在贷款催收上的博弈来写。双方博弈的过程中，银行不断地探索创新催收的方式方法，企业不断地变革奋起，双方也从对立走向合作，最终实现银企双赢。《催收》虽然重点写的是银行和企业，但不局限在银行和企业，而是放在一个广阔的社会背景之下，真实地描绘了一幅银行、企业、政府、个人等之间错综复杂的社会关系图和社会生态图。《催收》形象地揭示了无论是银行还是企业，单位还是个人，都要讲求诚信、承担责任这一主题；《催收》故事曲折，叙述生动，注重情景的细节描写和人物语言的个性化提炼，使得人物形象跃然纸上。读者在阅读的时候，会感到真实、真切，感到故事就好像发生在自己身边，发生在自己身上。

昨晚江海涛加班整理好了上周在隆兴公司蹲点的情况，以便在今天的例会上通报。他早上醒来一想，觉得还有点不踏实，得再仔细过一遍，就比往日更早地去了办公室。离支行还有二十来米，他看到一个人侧身蹲在大门口的台阶上。

"王总？怎么一大清早就蹲在这里？"江海涛说着拍了一下王一鸣的肩膀。王一鸣一惊，在扭头的同时本能地跳了起来。江海涛问他，这么专心，在想什么？王一鸣咧嘴一笑，说没什么，就特意早点来，怕他又去了公司。江海涛领着他边往办公室走，边问他是不是还贷款来了。

"要是有了钱，哪怕是半夜三更，我也会打着灯笼送过来的。你也知道，我不是那种不讲信用的人，是吧？"王一鸣嘿嘿笑着。

"王总，做人做事，讲的就是诚信，靠的就是信用。"江海涛边说边打开饮水机，打开电脑，"一个不讲信用的人，没谁愿意和他交朋友，没谁愿意和他做生意，他骗得一回只一回。诚信无论是对单位还是个人，都是一种宝贵的财富。在诚信环境好的地方，谁要是银行贷款不按时还，或是赖着不还，那是很没面子的。在一些西方国家，那些在诚信方面有不良记录的人，就算你再有钱，消费的时候也不能坐头等舱，不能住豪华酒店，不能进高档娱乐场所。"他将泡好的茶端到王一鸣面前，"王总，你也是见过世面的，这些道理，想必我不说，你也是懂得的，是么？"

"懂得，懂得一些的。"王一鸣点着头。

"懂得就好。不过，光懂得还不行，还得有行动才好。"江海涛说着开始看那份报告。

"你应该知道，其实我一直在努力的。"王一鸣走到办公桌前，伏在桌上接着说，"噢，江科长，我今天特意早点来，一是怕辛苦你又去了公司，二是来汇报思想和工作的。"

"王总，我不是科长，只是一个副主任，相当于一个副股长，就叫我小江，或是叫江海涛就行。"江海涛抬头看一眼王一鸣。

"哎呀，没错的，你今天不是，明天就是啊，还不就是早一天，晚一天的事。我看啊，像你这样工作认真负责，又有能力有才气的人，只怕是要不了多久，那汪行长的位置就是你的呢。"王一鸣说着站了起来。

"王总，你可别乱说啊！"江海涛脸一沉，盯着他。

"没有呢，我刚才仔细看了，你命相上还不只是汪行长这个位置，有朝一日，只怕你们市分行行长的宝座也是你去坐的。"王一鸣讪讪一笑，"不过，真到了那一天，你可别忘了我啊。"

"王总，你，你，你怎么说话没个边了呢！"江海涛笔一放，站了起来。

吴天明大步流星走了进来。

"哦！吴科长，你早啊！"王一鸣跨步向前，伸出手，见吴天明没有握手的意思，就把手缩了回去，眼睛一转，"哎哟，真是不好意思，给吴科长脸上抹黑了。我知道是我的错，对不起你们，但我一定争取改正。"

"王总，我不想听你做检讨，只想看到你有钱进账，有钱还贷。"吴天明瞟一眼王一鸣，在沙发上坐下。

"吴科长，这个我知道。"王一鸣侧身坐在吴天明的旁边，看着他，"我今天就是特意来向你汇报贷款的事情的。"

"那你准备怎么还啊？"吴天明盯着王一鸣。

"吴科长，话是这么说。这贷款呢，我肯定是要还的，自古以来就是杀人偿命，借债还钱。这道理我懂，也没什么可说的。只是，要还钱，就得有钱，要是没钱，那拿什么来还，就是抵了命也没用；要有钱，就得赚钱；要赚钱，就得有本钱；有了本钱，才会钱生钱；只有钱生钱，才会有钱；只有有了钱，才能还贷款。你说是这个道理么？"

吴天明面无表情地听着，不时地瞟王一鸣一眼。

"吴科长，我想夏天的时候，你应该也是钓过蛤蟆的吧？你看，夏天那稻田里的蛤蟆，肥美鲜嫩，是难得的美味佳肴。但它们活跃在稻田里，你是看不到的，也是不好下田去捉的，因为稻子密密麻麻，完全遮挡了视线。

那怎么办啊？办法只有一个，那就是放钓，把蛤蟆钓上来。可你要钓到蛤蟆，那就得给蛤蟆一个蚱蜢，或是一条别的虫子，不能光是一条钓丝，一个钩子，就一条钓丝，蛤蟆不会心动，就一个钩子，蛤蟆会远离，而且那个蚱蜢也好，或是别的什么虫子也好，还得是活物，不能是死的。为什么？因为蛤蟆只能看到动态的东西，只对活物有一种猎取的欲望，对静止的会视而不见，不感兴趣……"

"王总，你绕来绕去的，到底想要说什么？"吴天明有些不耐烦地白了一眼王一鸣。

"就是，王总，你有什么就直说了，不用拐弯抹角的，吴科长还有事要去办呢。"江海涛说着起身给王一鸣添了茶水。

"不好意思，扯远了。"王一鸣喝了一口水，朝吴天明笑了一下，"吴科长，目前公司确实是遇到了前所未有的困难，拿不出钱来还贷款。贷款逾了期，我也非常着急，这些日子老是整晚的睡不好觉，半夜就惊醒了，想着怎么来还那贷款。说起来，在村里，在镇上，我也是个有头有脸的人，不想让人家说我不讲信用，更不想让人家说我是个赖账鬼。只是我翻来覆去地想，要能归还贷款就得多赚些钱来，要多赚些钱来就得多生产饲料，要多生产饲料就得多进原材料，要多进原材料就得有更多的资金。可公司现在连基本的运转都有困难，哪里还有钱去多进原材料。"他一声叹息，"原来公司红火的时候，别人是争着赊这赊那给我，就怕我不要，不要还生我的气，说我不给面子，现在好了，公司稍有点风吹草动，就要么躲得远远的，见不到人的影子，要么是催命一样，言语也难听，不给一点面子，不留一点情分，真是让人难受，令人心寒。"他掏出手帕，擦了擦湿润的眼睛。

吴天明扭头看着窗外。窗外是一片阴沉沉、灰蒙蒙的天。

"不好意思，我又扯远了。吴科长，我有这么一个想法。"

吴天明扭过头来，眯着眼睛看着王一鸣。

"就是想请银行再扶我一把，先借二十万给我，我马上把那逾期的十万还了，其他的用于提高产量，扩大市场，增加收入。我保证今后的货款一分一厘都进支行的账户，保证今后的贷款按时付息，按时还本。"王一鸣说着拍了拍自己的胸脯。

"王总，你这个想法是不错。"点着头的吴天明突然眼睛一睁，盯着王一鸣，"好啊，你这不是要钓蛤蟆，而是想钓鱼吧？可是，我告诉你，我不会上你的钩。你应该知道，银行做什么都是有制度、有规矩的，贷款只能是先还后借，如果你确实生产经营好了，有了偿还能力，再借也并不是不可能的，但现在的前提是你必须把逾期了的先还掉。"

王一鸣"噢"了一声，眼里的光亮暗淡了下来。

"哼！都什么时候了，他还想给个蚱蜢，给条虫子，真是异想天开。"王一鸣一出门，吴天明就指着门口这样说。

王一鸣走了，江海涛不清楚他是怎么想的，更把不准他下一步会怎么去做，但他的"蛤蟆理论"从此铭刻在了心底。

江海涛还真是没想到，隆兴公司的账上，在十天之内竟然陆续进了三笔钱，累计起来只差一万三，就能一次性扣收那笔十万的贷款了。

从进第一笔钱开始，吴天明就要江海涛告诉王小珍，这钱暂时不要扣收贷款，也不能支付，哪怕是动用一分一厘都要他签字。她鼻子一哼，对江海涛说："他算老几啊？你告诉他，我谁的话也懒得听,该付的照付不误！"

按照支行的规定，所有信贷单位的资金，支付时都要经信贷人员审批，大额的还要经分管行长或行长批准，以加强对信贷资金的流向、用途等方面的管控。

"她敢，她要是擅自扣了，或是让钱走了，我看她有几个脑壳！"

见吴天明这样说了狠话，王小珍虽然心中憋气，却还是不敢动那资金，只是跑到汪海洋那里，说隆兴公司账上明摆着有钱，吴天明却不准扣收贷款，不知他搞的什么鬼名堂，要是万一出了什么状况，她可不负责任，也不要找她。汪海洋说她关心公司的收贷情况，是负责任的表现，应该表扬，又说吴天明那样做，肯定也有他的考虑，就随他去吧。

"嘿嘿，两位科长好啊，我还贷款来了。"王一鸣站在门口，尽管是满脸春风，却是掩藏不了愁苦和疲倦。

"哦，还贷款？好啊，欢迎。"正在和江海涛一起，讨论养殖公司贷款问题的吴天明马上起身，给王一鸣让坐。

"王总，来，请喝茶。"江海涛将茶递给王一鸣，在他旁边坐下，待他喝了两口才说，"王总，据我所知，你现在账上的钱，要还那笔贷款本息，应该还差一万三吧？"

"嗯，对，我知道。"王一鸣放下茶杯，看一眼吴天明和江海涛，"哎呀，你们工作就是细致，情况掌握得一清二楚。不过，虽然还差一万三，但你们不要着急，我都带过来了。"他说着从包里掏出钱来。

江海涛将王一鸣带来的钱进了账，一查余额，却发现要全额扣收的那笔贷款本息，少了九百。

"怎么会呢？"王一鸣挠着脑袋，看着江海涛，"那钱一笔一笔都是我自己搞来的，加上今天带来的，应该是还了贷款的本息，还可以剩一点点的。"

再一查，是今天上午支付了一千五的现金，但支票上没有任何人的签字。

原来是今天上午，一个中年妇女，拿了一张隆兴公司签发的现金支票，到营业部要求付款。王小珍开始没有答应，说公司账上没钱，要她过几天再来。那人也没说不行，只是不走，就站在她的对面，笑眯眯地打量着她，过了一会才说："哎呀呀，王主任啊，你是好命相，好八字，好气质，好福气，好容貌，好身材呢，真是一个难得的六好干部啊。"

"是吗？"王小珍眼睛一亮。

"怎么不是呢。你看你啊，个子不矮，身体不胖，肤色不黑，眼睛不小，鼻子不塌，嘴巴不歪，头发不黄，真是一个十全十美的大美人呢，再看你，额头宽，鼻子高，耳朵厚，下巴圆，精气足，气色好，是一个大大的旺夫旺家的有福之人啊。"

"哎呀，看你说的。"王小珍脸上笑开了花，给那人又是看座，又是倒茶。

两人聊着聊着就成了老乡，又成了"亲戚"。她告诉王小珍，一千五是隆兴公司欠她的包装袋款，已经拖欠好几个月了，还有两千多在欠着，这张支票都是不知跑了多少趟路，磨了多少嘴皮，公司的出纳才偷偷摸摸开给她的。她又说她的厂子现在十分困难，是等着这笔小钱去救命的，请王小珍务必要帮这个忙，把这笔救命钱付了，她一辈子都会感激不尽。她说着说着眼睛就红了，眼泪也跟着溢出了眼眶。王小珍一感动，再一激动，就把支票丢给了万小红。万小红迟疑了一下，想说什么，见王小珍不高兴，就付了。

江海涛打电话给吴天明，把情况跟他说了，还没来得及问他怎么办，就听到"啪"的一声，电话挂了。一放下电话，他就后悔了，心想不该给吴天明打电话的，这么一个小事，自己先处理好了再说。

营业厅的气氛一下紧张起来。江海涛赶忙去招呼王小珍，请她先回避一下。她嘴上哼哼叽叽地说着"我怕什么"，人却离开座椅去了后面的过道。

江海涛赶紧上楼，想把吴天明挡在楼上，可还没走到门口，就已经感觉到一股浓烈的火药味扑鼻而来。

"是谁吃了熊心豹子胆，敢付了隆兴公司的钱！"火气冲天的吴天明一进营业大厅，就指着万小红等人这样说。

营业厅里火药味十足。江海涛担心谁一点火就会炸了，就赶忙给汪海洋打了个电话。

"我……"万小红缓缓站了起来，无辜和委屈写在脸上。她脸色由红变白，并随着脸色的改变而泪花闪动，泪水盈眶。

"哼！有本事就出来，不要做缩头乌龟！"吴天明的目光在搜寻着王小珍。

"呸！谁是缩头乌龟？谁又怕了谁？"王小珍从过道里跨入内厅。

"好！有种的你就给我滚出来！"吴天明指着王小珍。

王小珍眨了下眼睛，偏着头，指着吴天明，嬉笑着说："好啊，你要还是个大男人，你就给我滚出这扇大门去！"

"好啊，看我今天不砸扁了你！"吴天明大步朝内厅走去。

江海涛连忙上前劝阻，却被吴天明一把推开了。

吴天明大步走着。王小珍昂起头，嬉笑着站在那里。他们之间的距离从二十米到十五米，到十米，到五米。王小珍突然转身，闪进了过道，并迅速地把门关了，那门差点撞着了吴天明的额头。

"干什么！"随着一声断喝，汪海洋快步走进了营业厅。

吴天明转过身来，怔怔地看着汪海洋。

"像什么话，想打架是吗？好啊，到外面马路上去打，我来给你们当裁判，打赢了的我来颁奖。"汪海洋说着笑了一下，有点像《渡江侦察记》里的参谋长。

江海涛悄悄跟汪海洋说了几句。江海洋摸了一下脑袋说："真是的，你们想打架也要看时候嘛，怎么能让人家王总在这里等着。人家王总是来还贷款的，不是来看你们表演的。少了的那几百块钱，你们赶紧想个办法不就行了，非要吵吵闹闹的，像什么话！"

"汪行长，谁不都怪，只怪我，是我没搞清楚，账上少了钱。"王一鸣停了停，"要不，那贷款，就等我去弄到钱了，再来还吧。"

"不用，那几百块钱，我先给你垫着就是。"吴天明边说边从内厅往外走。

"那就谢谢吴科长，也谢谢各位了。"王一鸣朝大家拱手致谢。

江海涛随吴天明上楼，边走边说他刚才那架势着实吓人。吴天明说那是做样子的，谁还真的去打她，别打脏了自己的手呢，只是如果今天不给她做个样子看看，她就不知道自己姓甚名谁了。

"两位科长好，今天真的是谢谢你们了。"吴天明他们刚进办公室，王一鸣就跟了进来。

"王总，怎么还没走呢？天都要黑了。"吴天明望了一眼暮色沉沉的窗外。

"还早，不急呢。"王一鸣说着也看了眼窗外。

"还有事吗？"吴天明边收拾桌上的东西边说。

"就……就是那笔贷款我已经还了，明天你们是不是再添一点借给我，这……"

"这个啊。"不等王一鸣说完，吴天明就接过他的话，"也不是我们两个说了算的，你先回去，我们再请示一下市分行，有什么消息我们再告诉你。只是春节前两天，你还有一笔五万的贷款到期，要做好还款的准备。"

王一鸣的笑容僵在了脸上，眼睛直直地盯着吴天明，过了一会他才走了。江海涛送他下楼，看着他上了车。小四轮在轰隆声中离去，冒出一串黑烟。望着远去的小四轮，江海涛的心里莫名地有些沉重。

汪海洋召集讨论隆兴公司的贷款问题。有人说，公司的贷款是不能再放了，一来市分行有要求，只收不放，这是原则；二来公司的情况不明朗，前景难料，不好把握。又有人说，公司与支行合作多年，一直不错，现在遇到了困难，如果能雪中送炭，救它一把，那也是功德；还有人说，如果在公司困难的时候给予支持，让公司闯过难关，那公司自然会是感恩不尽。因此，从发展的眼光来看，放一点也未尝不可，只是如果贷款放了，万一公司没有好转，贷款收不回来，那岂不是增加了新的问题，那谁又担得起这个责任，所以，从保守的角度来看，还是不放的好。

　　"我也说两句吧。可是，我又说什么呢？"王小珍瞟一眼吴天明，"我什么也不好说，也不敢说。说不好，人家又要砸烂我的脑壳。我的脑壳只有一个，可不想给别人砸了。再说了，人家是专家，是行家，自然会看得准，自然会有办法，用不着我来操心，更用不着我来多嘴。我是一个外行，什么都不懂，自然是说不上话，也说不出什么名堂来。你看，我还没说，人家就急眼了。我还是不说的好，免得自讨没趣。"

　　看着王小珍的吴天明身子一挺，嘴巴一动，却没有开口，转而向江海涛示意，要他发言。江海涛正要说话，汪海洋的手机响了。

　　江海涛做记录，就坐在汪海洋的身旁，能清楚地听到电话里的声音。电话里说："汪行长，我是……哈哈，什么？你听出来了？好，那就好。汪行长，我跟你说啊，上回开发公司贷款的事，你把握得很好，不能贷就是不能贷。什么？指示？哈哈，哪里有什么指示哦，就是隆兴公司的贷款，今天我要说个情了。这隆兴公司，是我老家的骨干企业，不仅为青石的经济建设，也为麻南的社会发展做出了贡献的……什么？这个啊，我也清楚，公司现在是碰到了困难，但那只是暂时的嘛。我想啊，隆兴公司的贷款，你就考虑一下吧。说实话，我本来是不想跟你说的，但想来想去，还是说了。为什么？因为我要是不说，那我就对不起青石父老啊。当然，贷不贷，那是你看着办，不要为难就是。我知道，现在情况不一样了，我也不想背个干预银行贷款的名声哦！"

　　汪海洋刚接完王永兴副县长的电话，一眼就看到青石镇的镇长李小虎，和企业办主任罗兴祥到了门口，就连忙起身，示意大家先散了，只有江海涛和吴天明留下。

寒暄几句之后，李小虎要罗兴祥汇报情况。罗兴祥清了清嗓子，又干咳了一声，拿出一叠纸来，照着就念，才念到第二页，就被几次插话的李小虎抢过稿纸，自己汇报起来。

"汪行长，我跟你说，这隆兴公司可是镇里的骨干企业，发展到今天这个样子，那是非常不容易的。现在虽然遇到了困难，但一定是暂时的。我们镇里对公司是看好的，更是有信心的。"李小虎点了一支烟，吸了一口，"不瞒你说，今天我就是代表镇政府来跟你打个商量的。现在你不仅不能把灶里的柴撤出来，而且还要添把火才行。"

汪海洋笑了笑，用商量的语气说："李镇长，我想，既然镇上这么重视，那能不能请镇上再多支持一把呢？"

李小虎拍了一把自己的大腿，哈哈一笑说："哎哟，我的汪行长呐，要是镇上有办法，那我还要来找你么？现在我是'王八吃秤砣，铁了心'，只找你了。"

"只找我？"汪海洋看着李小虎，面带难色地说，"只是，只是养殖公司已经明确通知我们，不再为隆兴公司的贷款担保了。李镇长，你也是知道的，现在所有的贷款都是要有抵押，有担保的。"

"养殖公司也真是乱弹琴。他孙总又怎么能乘人之危，过河拆桥呢？"李小虎将烟蒂在烟灰缸里一摁，皱着眉头站了起来，在地上来回走着，突然一拍脑袋，"哎呀，行长大人，他娘的养殖公司不担保了，那我镇政府来担保，怎么样？"

"镇长大人真是爽快，只是按照《中华人民共和国担保法》的规定，镇政府不具备担保资格，是不能担保的，就是担保了，那也跟没担保一样。"汪海洋开始想说得委婉一点，但脑子一转，就还是直说了。

"不会吧，镇政府什么事都能做，怎么就不能担保呢？你可别哄我啊。"李小虎盯着汪海洋，眨眨眼睛，"你是怕我赖账吧？你放心就是，我代表的是政府，怎么会赖账呢？"

汪海洋双手抱在胸前，眼睛望着窗外，不置可否。

"汪行长，规定是死的，人是活的，你就不能改动一下，或是变通一下？"李小虎挨着汪海洋坐了下来。

汪海洋看一眼李小虎，轻轻摇了摇头。

"怪了，什么都可以改，就你这个不能改？"李小虎面有疑色。

"镇长大人，那些规矩都是上面定了的，我就是想改也改不了啊。要收回隆兴公司的贷款，那也是上头的要求，根本就不是我想不想收的问题。"汪海洋一副无奈的样子。

"那好，隆兴公司的贷款不能收，那也是我们镇里决定了的，可不是你想收就能收的。"李小虎偏着头看着汪海洋。

汪海洋按捺着心中的不快，朝李小虎笑了笑说："镇长大人，收隆兴公司的贷款，我们也是职责所在，没办法，还请镇长大人多多理解、多多支持才好。"

"好好好，好个屁。"李小虎斜着眼睛对汪海洋说，"汪行长，我今天可是特意来的，如果你就这样打发了我，那我又怎么好回去？回去了又怎么好交代呢？"

"这……"汪海洋不知说什么好。

吴天明想开口说话，见汪海洋用眼神示意，就话到嘴边又打住了。

"汪行长，你怎么不说了呢？"李小虎逼视着汪海洋。

"我……"汪海洋往旁边挪了挪，看着李小虎，"那你要我怎么说，又说什么呢？"

"你，你你你。"李小虎铁青着脸，气呼呼地指着汪海洋，"那好吧，我该说的都说了，可你就是不赏脸。既然你是这个态度，那我也就不客气了。你要知道，我今天来找你，可不是为了我自己，而是为了隆兴公司，代表的也不是我自己，而是镇政府和镇上千千万万的老百姓。我告诉你，从今天开始，公司的贷款不能再收一分一厘，如果你硬要逼着收贷款，把公司逼死了，那这个责任，就只能完全由你来承担！"他说着拍了一把茶几。

汪海洋愣愣地看着李小虎。

"汪行长，我还要提醒你，真到了那一天，要是哪个振臂一呼，来了几十、甚至上百号人，把你的大门堵了，把你的牌子砸了，可别怪我，也别想请我来替你做什么工作。你就是用轿子去抬我，我也不会来的。"李小虎说着"嗵"地站了起来，气冲冲地下楼去了。

汪海洋赶紧追了下去，吴天明和江海涛跟在后面，李小虎头也不回地上车走了。

"他算个啥，还那副样子！"一进门，吴天明一拳砸在茶几上。一个纸杯跳了起来，倒在茶几上，再一滚，滚到了地上。

"天明，你可别拿我的茶几出气。"汪海洋躬身捡起纸杯，丢进垃圾篓里。

"这李镇长官不大，脾气倒是不小啊。"江海涛笑着说。

"海涛，你要知道，镇长虽然官不大，却是一路诸侯，一方霸王，脾气大一点，也是不足为怪的。"汪海洋苦涩地笑了笑。

"一个小镇长，算个什么！"吴天明边擦着茶几上的水边说，"就他这副样子，这隆兴公司的贷款，我还就只收不放了。"

"天明，这话可只能在这里说。"汪海洋轻轻一笑，"我们可以他说他的，我做我的，不得罪，不照办，有原则，有灵活就得了。你知道么，他今天是镇长，明天也许就是县里哪个局的局长，后天说不定就是副县长什么的，今天管不着你，不等于明天后天管不着你。"他走到窗前，望着外面的河湾，在心底一声叹息，又摇了摇头。

"两位科长好，我'蛤蟆'又来了。"李小虎才走了不到一个小时，王一鸣就笑呵呵地进了办公室。

"哎呀，王总，真是不好意思，现在是既没有'蚱蜢'，也没有别的什么'虫子'了。"吴天明边说边放下手中的笔。

"哪里，我分明看到一只鲜活的'蚱蜢'就悬在空中，正向我招着手呢，只要你们攥着竿子的手松一松，那'蚱蜢'就会活蹦乱跳地下来了。"王一鸣嬉笑着。

"可惜那钓竿不是握在我们的手上。"吴天明摇着头。

"那在谁的手上？"

"你说呢？"吴天明看着王一鸣。

"我看就在你们的手上啊。"

"不，是在你自己的手上！"

"怎么会呢？"王一鸣睁着眼睛。

"怎么不是呢，就是你自己把钓竿举在空中，下不来了。"

"是吗？"王一鸣眨着眼睛。

"是呢，真是这样。"江海涛说。

"看来你们是真的不想给我贷款了？"

"不是我们不想给你贷款，是你自己把贷款的路给堵了。"吴天明说。

"我不是把贷款还了吗？你们可是答应我还了再借，并且还增加一点的哦！"

"谁答应你了？"吴天明盯着王一鸣。

"你……你们不是说要请示的吗？"

"没错，是请示了，只是请示的结果是没有'蚱蜢'，也没有'虫子'。"吴天明站了起来。

"你们怎么能这样呢？人家把贷款还了，却不再给了。你们这……这不是在'戴笼子'吗？"王一鸣涨红着脸。

"什么？还成了'戴笼子'了？要说'戴笼子'，那也是你自己戴上去的。"吴天明双手撑在桌面上。

"也是哦，确实是只怪我自己，怪我头脑太简单。我要早知道会是这个结果，那就打死我也懒得还了。"

"好，说得好，终于说出了心里话了。"吴天明点着头。

"吴科长，你别误会，是我说错了。"王一鸣举着手，"我要说的意思只是现在不想还，也不能还，并不是想赖账，要赖账。"

"没错，你现在是缺钱，但不只是钱。"吴天明瞟一眼王一鸣，"半年前，你就偷偷摸摸在别的银行开了账户，近一段时间来，销货款又几乎全部进到别的银行去了。我们多次要你撤了其他银行的账户，把销货款进到支行里来，可你就是一个字也听不进去。"

"对不起，这是我错了。"王一鸣顿了顿，"只是在别的银行开户，将销货款进到别的银行，那都不是我的想法。"

"不是你？那是谁啊？"吴天明看着王一鸣。

"这……这个，你们也知道，公司是三个人合伙的。他们说多个银行多条路，再说别的银行也是多次到公司里来，拉着要去开户。前段日子，公司的销货款少了，他们又说要多个心眼，莫让银行一笔扣了贷款，就把钱进到别的银行去了。对这些，我都是不赞成的，可他们坚持要那样，我也是无能为力。"王一鸣做出一副无奈的样子。

吴天明手一挥，说："那好啊，既然他们说多家银行多条路，那就让他们去找别的银行贷款啊！"

"这是个好办法，既解决了你们的难处，也帮了我们的大忙，好，一举两得。"江海涛边说边给吴天明和王一鸣添上水。

"要真是这样就好了，我也不用来求你们了。当初公司好的时候，那些行长、科长都围着我来转，现在好了，去找他们，一个个都躲得远远的，就像躲瘟神似的。"王一鸣摇摇头，一声叹息，"你们银行为什么就不能雪中送炭，却只干锦上添花的事呢？"

"王总，银行虽然喜欢锦上添花，但也常常雪中送炭的。"江海涛笑着看王一鸣，"只是那炭是要看准了才送的，送过去的炭要能燃烧起来，能驱走寒冬，融化冰雪，迎来春光灿烂，鲜花盛开才有意义。"

"两位科长，我现在就需要你们雪中送炭啊。"王一鸣用乞求的眼神看着吴天明和江海涛，"公司现在正处于生死的边缘，你们可不能见死不救啊！"

"王总，你要知道，现在不是我们见死不救，而是生也好，死也好，一切都掌握在你自己手中。"吴天明避开王一鸣的目光。

"这个我知道。只是也请你们理解我对公司的感情，我把公司看得比亲儿子还重要。"王一鸣抹了抹湿巴巴的眼睛，"八年前，镇长硬是把我当能人，从广东拉回青石，要我投资接管那个半死不活的加工厂。这些年来，其间的辛酸、劳累，还有苦难、屈辱，你们也许知道一些，但只有我自己最清楚。当然，在公司，我也得到了许多，其中就有快乐，而最快乐的就是看到员工领到工资的笑脸，和那笑脸里的幸福。可是现在，这一切都将可能不再存在。你说我能不焦急，能不心疼？如果在这骨节眼上，得不到你们的帮助，那公司，也就是我的孩子，真的就这么夭折了，那我怎么去面对一张张曾经幸福的笑脸，怎么……"他说着眼泪就滚出了眼眶。

吴天明低着头，沉默不语。江海涛有些被感染了，却又不知说什么，只好扭头望着窗外。

"我不否认，公司还存在管理上的缺陷，诚信度还不够高，但绝不是想要逃避还贷。你们应该还记得，那天我是带了一万三的现金来还贷款的，其中的三千本来是要付包装袋款的，人家的包装袋都已经运到了公司门口，就等着我付钱就卸货，但我还是把钱拿过来了。还有那一万，那是我娘的，是我几年前给她老人家养老用的，可她知道我现在用钱紧巴之后，就硬是给了我。我……"王一鸣已是涕泪在嘴角混为一体，顺着下巴往下淌。

吴天明还是沉默着，脸上没有表情，似乎有些麻木。

江海涛将纸巾递给王一鸣。王一鸣擦了擦脸，擤了一把鼻涕。

"吴科长。"王一鸣轻轻喊了一声，见吴天明没有反应，又提高一点声音再叫了一声。

"啊！什么？"吴天明抬头看着王一鸣。

"我贷款的事，能不能请你再考虑考虑？"

"你贷款的事，你是要考虑考虑，春节前几天还有一笔到期的，请你务必有所准备，不能再有逾期。"吴天明冷漠地说着。

"吴科长，看来你是真的要把公司往死路上逼了？"王一鸣红着眼睛。

"王总，请你不要怪我，是你自己逼的。"吴天明说着扭头望着窗外。

"什么？是我自己逼的？"王一鸣擦一把眼睛，"好，吴科长，那我再问你一句，我的贷款的事，你到底还考不考虑？"

"没考虑！"吴天明回答得十分干脆。

"你……你什么意思啊？"王一鸣指着吴天明。

"什么意思？"吴天明一拍桌子，"你想干什么？"

"好吧，既然你们不给我机会，那就别怪我了！"愣了愣的王一鸣朝吴天明手一指，撂下这么一句，转身就走。江海涛看一眼吴天明，赶紧追了上去。站在大门口，望着王一鸣远去的背影，江海涛不由得担忧起来。

吴天明坐在椅子上，双手分别按着左右太阳穴。

"他走了？"江海涛一进门，吴天明就问。

"走了。"

"他说了什么？"

"没有。"

一阵沉默。

"海涛，你说我刚才是不是有些过了？"吴天明看着江海涛。

"也没什么。"江海涛停了一下，"只是刚才王总那样子，还真是有些那……那个。"

"看来你是同情他了。你是不是觉得我有些不近情理，应该答应他的贷款要求？"吴天明盯着江海涛，目光冷峻。

"没，没有，我不是这个意思。"江海涛摇着头。

"海涛，我跟你说，做信贷工作，无论是看人还是看事，都得理性、克制，感性、冲动是信贷人员的死敌，也是信贷人员的悲哀。我不否认，他刚才说的有真实的成分，但也不能肯定就没有伪装的一面，前者是能感染人、打动人，让人怜惜，让人同情的，而后者呢，往往就隐藏在前者之下，只有当你看得深、看得透，或是揭开了庐山面目的时候才会明白。"吴天明目光柔和起来，看着江海涛，"你还要知道，一个人在某种情境下说的话，做的事，有时是具有一定欺骗性的，而这种欺骗性往往能遮挡人的耳目，麻痹人的心窍。"

"其实刚才我听了他说的那句，'既然你们不给我机会，那就别怪我了'的话，心里也是有些不舒服的。还'别怪我了'，什么意思？"江海涛摆出一副不满的样子。

"海涛，我还告诉你，根据方方面面的经验，凡是有过不愉快经历之后的贷款，十之八九不会有好的结果。跟你说实话吧，隆兴公司当初贷款的时候，我就是有看法的，当然那时我并不是对王一鸣有看法，而是对公司是合伙的不看好，因为许多的案例证明，几个人合伙办企业，成功的不多，还有就是公司在镇上，不便于管理。至于贷款怎么又放下去了，那不是三言两语说得清的。近几个月来，隆兴公司的一些做法你也都看到了，养殖公司现在又明确表示，不再为隆兴公司的贷款担保，你说这贷款还能放不？"

"噢，我明白了，明白了。"江海涛恍然大悟似地点着头。

"嗯，读了书的人就是不一样，反应得快，理解得透。"吴天明脸上露出了笑意。

"哪里，那都是你带得好呢。"江海涛真诚地说着。

"哪里，那都是你聪明好学，又长进快。我只不过是比你痴长了十几岁，早进行里十来年。"吴天明往椅子上一靠，看着江海涛，"其实，我也照过镜子，知道自己有一个不小的毛病，那就是性子直，容易冲动，遇事不会转弯。这样不好，容易得罪人，也有点不适合做信贷工作。就说刚才吧，我就不该拍桌子。"

"这个啊，我看就不一定是缺点，一个人有时就是要有点性格，没一点性格，糯米粑粑一个，别人就会觉得你好对付。我就敬佩你做事有原则，有分寸，敢说敢做，敢做敢当，不像我一样顾前顾后，畏首畏尾。"

"你这是在批评我，还是在表扬我啊。"吴天明满脸是笑。

"你看我，真是不会说话。"江海涛看了一下时间，"哦，都快一点了。"

"好，不说了，走，你跟我回家吃饭吧，这个时候食堂早关门了。"吴天明说着起身，拉着江海涛走出门去。

前一天下午，吴天明就和江海涛商量好了，第二天一早让江海涛去隆兴公司，看有没有新情况。

"你们如果真的要这样，那公司就搞不下去了！"离王一鸣的办公室还有十来米，江海涛就听到了王一鸣的声音。

"搞不下去就搞不下去，这样要死不活的，还不如早点散了伙，这样每个人还能分点什么，不至于光着屁股回家。"这是合伙人刘财旺在说话。

"嗯，我看也是。反正再搞下去也没什么指望，现在卖了还不至于亏了老本。"另一个合伙人王二发说。

"不管怎么样，公司不能垮，必须搞下去！"这是王一鸣坚定有力的声音。

"你有本事，那你去搞，我是不来了。"刘财旺说着从王一鸣的办公室走了出来。

"对，要搞你去搞，我也不来了。"王二发跟着也出来了。

"你，你们。"王一鸣边说边追了出来。

江海涛站在一旁，抬起手，依次跟他们打着招呼。刘财旺看到笑着的江海涛，顿时怒气直冲胸口，冲到江海涛的跟前，举手就是一拳。江海涛本能地头一偏，拳头没有击中鼻子眼睛，却砸在了嘴角上。他还没来得及疼，刘财旺又举起了拳头，只是拳头被赶上来的王二发抓在了空中。王二发又高又大，刘财旺的拳头在他的手上根本动弹不得。

"你是疯了吧，好好的就给人家一拳，人家犯着你什么了？"王二发一拉，刘财旺连退了两步。

"哼！他就是犯着我了。我要打的就是他！"刘财旺攥着拳头，瞪着江海涛，"一天到晚，在这里晃来晃去，幽灵似的，整天就知道逼债，瘟神一样。要不是他，公司会是这个鬼样子？"

江海涛感到了疼痛，用手擦了一下嘴巴，一手的血。

殷红的血滴在地上，溅开，开成了一朵朵小花。

"刘财旺，我看你真的是疯了，赶紧给人家赔个不是！"王一鸣盯着刘财旺。

"哼！我赔个卵！"刘财旺转过身，甩开手，挺着胸，摇头晃脑地走了。

"江科长，没事吧？对不起，我来给你赔不是。"王一鸣指着远去的刘财旺，"他就这个火爆脾气，一点就着的。"

望着扬长而去的刘财旺，江海涛想着自己长这么大，还是头一回给人打烂了嘴巴，而且是在众人面前，心里真是恨不得冲上去，给他两拳，咬他两口，但嘴上还是说没事，不疼。

"江科长，不好意思，你也看到了，公司现在就这个样子，乱糟糟的。我还有事，就不多陪你了。"王一鸣说着就走了。

三四天前，刘财旺试探着跟王一鸣说，公司现在这么个样子，不如散伙算了。王一鸣一听就十分恼火，大骂刘财旺是败家子，还抓起桌上的一个烟灰缸，要朝刘财旺的头上砸过去，好在王二发赶忙从他手上抢了下来。昨天，刘财旺改变了策略，说的还是散伙的事，但不正面说，也不直接说，只说公司内忧外患，对内人心涣散，对外银行逼债，公司已是风雨飘摇，只怕是回天无力。何去何从，不如早做决断。王一鸣听得心里发慌，背上发凉，一时没了主意，老半天没说出话来。刘财旺以为王一鸣是默认了，就拉着王二发商量起散伙的事来。昨晚王一鸣躺在床上，翻来覆去一想，再一权衡利弊，觉得公司还是不散的好，特别是对他个人而言，但让刘财旺吵一吵，闹一闹，也未尝不是好事。因此，当今天一早，刘财旺兴致勃勃地跑来，跟他说怎么散伙的时候，他是既不赞同，也不再那么激动。

王一鸣一走，人就都散了，剩下江海涛一个人，孤零零地站在那里。

风裹着地上的枯枝败叶，在地上奔跑着，旋转着，时而东，时而西，时而快，时而慢，时而聚，时而散，几次聚到他的跟前，舞蹈几下，又飘忽而去。看着看着，他心头一动，不禁笑了起来。

车间里，两条生产线只有一条在运转。老工人张富贵皱着眉头，问江海涛找谁，江海涛说是来提货的，看看就走。张富贵边熟练地扎着袋子的口子边对他说："老板，这饲料还不错吧？"江海涛抓了一把饲料闻了闻，又摸了摸，说："嗯，是不错。"张富贵叹了一口气说："你算来得好，过几天来就没货了。"他问："为什么？"张富贵说："如果今明两天没有玉米进来，这条线也就要停了。这机子一停，我就没事干了。"

中午，江海涛去了隆兴公司旁边的一家小面馆吃面。由于嘴角肿着，他只能慢慢地吃。老板站在炉火前打趣说："你这嘴都翘到天上去了，也亲得太狠了吧，就不能省着点力啊。"老板娘坐在小吧台里面的高脚凳上，边收钱边说："我看才不是亲出来的，准是被哪个美女啃了，留下了印记，回家后给老婆整出来的吧！"

小面馆里笑声一片。笑声一起，江海涛也跟着开心起来，大半天的郁闷一扫而去。

回到隆兴公司，江海涛一眼就看到停在台阶下的摩托车轮胎瘪了，再仔细一看，是有人动了气门嘴子，故意把气放了。他心底窜起一股火来，却又不好发作，也不知向谁去发，周边没有一个人在，那大耳朵狗分明是要走这边来的，见到他也绕道走了。他只好一声叹息，推着摩托往外走。

"怎么啦？你没气了？"黄力达从传达室踱了出来。

"你才没气了呢！"他没好气地冲黄力达说着。

"不好意思，我说快了，不是你没气了，是你的摩托没气了。"黄力达嬉皮笑脸地看着江海涛，"怎么样？你早上一来，我就说了，你在公司已经是一个不受欢迎的人了。"

江海涛懒得理他，推着摩托就走。

"你就推着走？那你还得推两三里路，要到镇上才有充气的呢。"见江海涛出了门，黄力达又补上一句，"路上可得小心点，悠着点骑哦！"

江海涛心中清楚，这气肯定就是黄力达放的。也就他补上的那句话，让江海涛在回家的路上格外谨慎，平时只要一个多小时的，今天走了近两个小时，进城时路灯已经开始放亮。

"哎哟，你这嘴巴是怎么啦？"加了班，准备回家的王小珍在支行门口拦住了江海涛。

"没什么。"江海涛躲闪着。

"还没什么，都快要成猪嘴巴了。是哪个混蛋弄的？也太狠了吧。还疼不？来，我看看。"王小珍说着伸手去摸他的嘴巴。

他头一低，身子一矮，脚一蹬，推着摩托就往院子里溜。

"哎，海涛，你告诉我是哪个弄的，看我不整死她！"她边说边招着手。

进了院子，他看到吴天明和信贷员张驰边说边从楼上下来，就刹住了摩托。

"你这嘴巴是怎么了？"吴天明关切地问道。

见吴天明非要问出个原委，江海涛只好简要地把事情的经过说了。

"什么？还敢动手打人了，真是岂有此理！我看他刘财旺就是一条疯狗，一个混账王八蛋！"吴天明一拳砸在摩托上。

"吴科长，你别生气，也没什么。"

"还没什么？他们简直就是颠倒黑白，恩将仇报！"吴天明狠狠地呸了一口。

江海涛轻轻地开了门，探进头，只见热气腾腾的饭菜已经摆在桌上。徐一欣坐在桌前，随意地翻着杂志，显然是心不在焉。

"报告，我回来啦！"他突然出现在门口。

她立马丢了杂志，冲上来就双手勾着他的脖子，在他的脸上响亮地亲了一口。

"哎哟！"他叫了一声。

"你这嘴？"她睁着眼睛。

"没什么，在路上摔了一下。"他本能地捂着嘴巴。

"是吗？"她扑闪着眼睛。

"是啊。"

"不对吧。"她拿开他捂着的手，"摔的话，应该不是这个样子。"

"你怎么知道？"

"你又忘了我是干什么的了。"她一笑，指着他，"这到底是怎么回事？是哪个狐狸精亲的，还是哪个母夜叉啃的，你给我老实交代！"

他嘿嘿笑了笑，只好把事情的经过说了。

"你看，为公家的事情，忍气吞声别说，还要挨打受骂，你说值得吗？"她心疼地打量着他。

"那你说值不值得呢？"他盯着她。

"嗯，我看啊，当然也是值得的嘛！"她眼睛一转，低着头，背着手，踱了几步，突然转过身，抬起头，朝他手一扬，"小江啊，你要知道，一个人的经验，总是在挨打受骂中积累起来的，一个人的成长，总是在忍气吞声中锻炼出来的。在工作中，万一遇到群众打骂，那要骂不回嘴，打不还手。不过，话又说回来，工作也是一门学问，一门艺术，是要讲究方法，讲求技巧的。如果你方法对了头，别人打你的时候，你就会少挨打，别人骂你的时候，你就会少挨骂。你说是不是啊？"她说着"扑哧"一声，笑得弯下腰去。

"你这是从哪里学来的腔调？"他边说边给她轻轻地捶着背。

"我们局长就常常这样训诫我们。"她直起腰，头一昂，"当然，这中间也有我的一点点智慧，一点点发挥哦。"

"说得好，发挥得更好。"他看着她，嬉笑着。

"还疼不？"她抚摸着他的嘴唇。

"不疼，一点也不疼。"他感到痒痒的，有一种冲动。

"那好，来，快吃饭。"

"哟，这么多菜啊！"

"你不记得？今天是你的生日啊！"她嗔他一眼，"我本来想早上提醒你的，只是想给你一个惊喜，就没告诉你，我还以为你自己会记得的呢。"

"有人记着，我就用不着记了呀。"他幸福地笑着。

"我爸妈本来也是要过来的，只是打你的电话，一直是关机，也不知道你要什么时候才能回来，我就没让他们过来了。"她边说边给他碗里夹菜。

"哦，下午手机没电了。"他正说着，座机响了，是他母亲打来的。母亲一开口就祝他生日快乐，又说下午打他的手机，老是打不通。他向母亲问了好，谢谢她记挂着。母亲说他总是挂念着她，她自然也惦念着儿子。听着这话，他眼里泪花闪动起来。

放下电话，他就想，今天这生日，过得还真是有意思，一辈子都会铭记在心。

"怎么？你今天又来了？"黄力达从供销部办公室出来，一抬头就看到江海涛。

"是啊，今后的一段日子，如果没有特殊情况，我每天都会来的。"江海涛眼睛看着屋里，"怎么？不欢迎？也不请我进去坐一坐？"

"欢迎，当然欢迎啊。尽管别人不喜欢你来，但我有时还是不讨厌你的。"黄力达边说边指点着，"你看，这么大的院子，没几个人走动，我还正愁着无聊呢，现在好了，有你陪着，我就不孤单寂寞了。"

进了办公室，黄力达挑了一把新一点的椅子，吹了吹灰尘，请江海涛坐下，然后拉过一把椅子，坐在江海涛的旁边。

"江科长，只是天这么冷，又没有火烤，你受得了吗？要是把你冻坏了，我可是担待不起哦！你要知道，你跟我们不一样。你是什么？你是银行干部。而我呢？是个打工仔。所以啊，这样的地方，我受得住，你过不了。因此，你就还是早点回去吧，明天也不要来了，免得在这里活受罪。"

江海涛随他去说，懒得理他，只是看那挂在墙上的有些破旧的框子、发黄的图表，看了一会，就听到了黄力达的鼾声。黄力达歪在藤椅里，肚子一起一伏，藤椅伴着起伏一摇一晃，摇摇欲坠似的。江海涛怕椅藤倒了，就轻轻地搬了两个木椅分别靠在藤椅的左右，再把搭在椅子上的一件半新不旧的军大衣盖在他的身上，悄悄出了门，把门关上。

财务部的门虚掩着。江海涛心中一喜，轻轻推开一点，探头进去，见只有王雪飞坐在那里，正埋头织着毛衣。江海涛就哈着腰，悄悄进去了，再把门掩上。她知道他来了，却视而不见，既不起身，也不看座。

她是王一鸣的女儿，高挑个，大眼睛，高鼻梁，小酒窝，长头发，三年前大学一毕业就来了公司。她没有结婚之前，江海涛每次来公司，总是有人开玩笑，说他们是郎才女貌，天生的一对。每次被人开玩笑的时候，她总是娇羞地红着脸。江海涛也不是没有心动过，只是那时他已经和徐一欣谈上了，也就没有多想，但有时还是免不了暗自叹息。六七个月前，她结了婚，丈夫丁小宝是青石镇的干部，也是王永兴夫人的一个远房亲戚。她结婚那天，他本来是不知道的，只是那天市分行的信贷科长来了，说要去公司看看，就正好赶上了。回来的路上，回想起在仪式上丁小宝和她亲吻的样子，他心里不免有些伤感和失落，杜牧的那首"自恨寻芳已到迟，往年曾见未开时。如今风摆花狼藉，绿叶成阴子满枝"的诗也在脑海里一句一句地闪过，尽管这首诗用在他和她的身上不是太妥帖，却还是能抒发他此时此刻的某种情愫。

"雪飞，你学习回来了？去了快半个月吧？"他站在那里，好不自在，不知说什么，憋了好一会才找出这样一句话来。

她似乎没听见，没有半点反应。

他挠了挠脑袋，试探着说："是在给孩子织毛衣吧？"

她过了一会才抬一下头，瞟他一眼。

"你，你是不是哪里不舒服？"她这一瞟更是让他慌了神，不知怎么又冒出了这么一句话来。

"哎，你到底要干什么？"她将毛衣往桌上一放，抬起头，盯着他，"你是盼着我不舒服就好了，是不是？"

"没，没什么。"他摇着头，"哦，不，不是。"

"那你站在这里干什么？"

"你没说要我坐啊。"他说着拉过一把椅子，准备坐下。

"谁要你坐啊？"

"你。"他屁股还没挨到椅子又站了起来。

"你，你来这里干什么？"

"你在这里啊。"

"我在这里又碍着了你什么事？"

"没，没有，只是，只是看你这不开心的样子……"

"不开心的样子？不好看是吗？不好看就别看啊！"她说着站了起来，看着他，"告诉你，我是不开心。公司这个样子，我能开心吗？我能开心得起来吗？我不开心你就开心了是吗？你……"她说着抬起手，摸着额头，身子随之有点晃动。

"我，我……哦，雪飞，你，你……"他边说边张开了双手。

她身子一歪，软在了他的怀里。他脑子里"嗡"地一响，一下子全懵了，根本就没弄清楚她是没站稳倒下来的，还是顺势倒过来的。不过，后来他细细回味的时候就想，她无论是无意倒下来的，还是有意倒过来的，当时那姿态、那神态应该都是美妙无比的，只是因为太突然，当时没能欣赏到，真是美好的遗憾。

他搂着她，也不知过了多久，当他睁开眼睛看她时，只见她鼻翼翕动，双眼微闭，长长的睫毛上挂着晶莹的泪花。

两颗清亮的泪珠从他的眼角滑落，掉在她的脸上，溅开，化作一片梦幻般的霞光。与此同时，她开启眼帘，眼里浮动着幽微的笑意。

他扶着她坐回藤椅，觉得脸上滚烫滚烫。

"我……"她娇羞地看着他，红晕在脸上洇开了去。

"雪飞，我……我不是故意的啊。"他看着她，像做错了什么似的。

"谁又说你什么了，真是。"

他摸着头，嘿嘿笑着。

她示意他搬了一把椅子，在她对面挨着炉子坐下。

"你们那贷款就不能等一等再收？"她边织着毛衣边问他。

"嗯。"

"就一定要收？"她盯着他。

"嗯。"

"不收就不行？"

"嗯。"

"你就只知道嗯嗯嗯是不是？"

他有点慌乱地点了一下头，又有点不好意思地朝她笑了一下。

"你知道不，公司现在本来经营状况就不好，刘财旺他们又闹着要散伙，你们还要收贷款，这不是明摆着要把公司往死里整么？"

"这些我都知道。不过，公司那可是散不得的。"

"要我看，散了就散了。"王雪飞故作漫不经心地，"散了才好，一了百了。"

"那不行，那是万万散不得的。"

"你既然知道，那你怎么还要逼得这么紧？"她放下毛衣，盯着他，"难道你不知道，你这是雪上加霜，是落井下石？"

"我知道，哦——不……不是的，是……"

"是什么？"

"是……也是没……没有办法。"

"真的就没办法？"

"分行指令要收，支行坚决要收。你说我能说不收？再说了，也是该收啊。"

"可是现在这个样子，你怎么去收，你能收得到吗？"

"所以啊，还得请你支持才行呢。"

她浅浅一笑说："你倒是说得轻巧。你也不想一想，我父亲是公司的负责人，我是公司的财务部长，你说我会支持你把公司搞垮吗？"

"你现在也许还不明白其中的道理，当你想明白了就会支持我的。"他将椅子向她挪了挪，"你知道么？其实你支持我就是支持公司，也是支持你父亲，更是支持你自己。"

"真是莫名其妙！我懒得跟你说呢，你走吧！"她说着将头扭到了一边。

"怎么是莫名其妙呢？你看啊，你要是贷款欠着不还，就会有不良记录，到了一定的时候，还会上黑名单，一旦有了不良记录，上了黑名单了，大家都知道某某公司是不讲信用的，哪个还敢跟你做生意？哪家银行又还敢给你贷款？同时你也要理解，如果公司不按时还款，那银行的日子也是不好过的。而如果你在困难的时候，还是积极配合银行，想办法偿还贷款，情况就完全不一样了，那就是一种诚信的姿态，一种诚信的表现。我也知道，你放弃了政府机关的工作来到公司，是希望公司有所作为的。可是，哪一个不讲诚信的企业，又长成了参天大树呢？"

"你说得不错，我一点也不否认。"她点了点头，"可是，诚信是要有基础，有条件的。公司就现在这个样子，怎么讲诚信？讲得诚信，公司就得死掉，何况现在就是公司死掉，也难以保全诚信，如果现在欠着，暂时不讲诚信，将来还有讲诚信的资本。'皮之不存，毛将焉附'的道理，还有'留得青山在，不怕没柴烧'的说法，我想这你应该都比我更懂吧？"

"这些我当然都懂得。只是诚信是一种态度，更是一种精神。想诚信的话，在任何时候、任何情况下都是可以做到，也是可以体现出来的。说实话，我根本就不想让公司衰败，更不想让公司垮掉，只希望公司走出困境，走向兴旺。这一点，我们的意愿应该是一致的。一个企业从创办到成长，从成长到成熟，期间的每一步都不容易。我虽然没有办过企业，但我和各种各样的企业已经打了几年的交道，还是知道一些办企业的艰难和辛酸的。"

"好，后面这两句话还说得像句人话。"

"雪飞。"王一鸣推门进来了。

"王总。"江海涛说着站了起来。

"你又来了。"王一鸣冰冷地说了一声，眼睛看着别处。

"来了，刚来的。"江海涛脸红了一下。

"雪飞，你把应收和应付账都给我好好清一下，明天给我。"王一鸣说着走了。

江海涛跟王雪飞打了个招呼，尾随王一鸣而去。王一鸣一进办公室就关了门。江海涛只好在门外徘徊。

王雪飞给王一鸣送来中饭。王一鸣打开门，探出头来，接过饭盒，对江海涛说："你走吧，我没时间陪你。"

"我。"江海涛才开口，门又关了。

王雪飞看他一眼，走了，走了二十来米又回头一看。

"好啊，你不想见我，我偏要见你。"站在王一鸣办公室门口，江海涛在心里这么说着。

北风呼呼地刮着。江海涛搓着手，走动着，蹦跳着，以此来暖和身子，抵御风寒。大耳朵从斜对面踱了过来，一副凛然不可侵犯的样子。他后退两步，挨着了墙根，有了依靠，胆子就大了。大耳朵快到他跟前的时候，突然抬起头，朝他露出白森森的牙齿，又粗重地"嗡"了一声。他握着拳头，横眉怒目，向前一步，再身子一蹲。大耳朵一愣，低头小跑而去。

"纸老虎！"他拳头一松，差点笑出声来。

"你去吃饭吧。饭在我办公桌上。"王雪飞走到他的跟前，"哦，你要不放心，我在这里给你守着。"

他看她一眼，摇着头。

"你不相信我？"

他还是摇头。

"你，你怎么是这样一个人呢？"她说着一甩手，走了。

他心中一笑，笑她对他还是不那么了解。

"怎么？给王总站岗啊？"黄力达摇头晃脑地边说边走了过来，"江科长，这么天寒地冻的，你就快点回去吧，明天可千万别再来受这个罪了！"

"来不来那是我的事。"他斜了一眼黄力达，"不用你操心。"

"好，你的事，我不操心。"黄力达朝他一笑，扬着手，退着走了几步，转身离去。

"你呀，快吃吧。"王雪飞将饭盒端到他的面前。

他没有接饭盒，只是盯着她。她将饭盒往他手上一放，转身就走。望着她优雅的背影，他心头一热，却说不出是一种什么感觉和滋味。

内急，实在憋不住了，却又怕王一鸣走了，不敢离开，就捧着小腹，一下蹲在地上，一下又躬腰站着。突然眼睛一亮，他看到地上有一小段绳子，就拣了过来，将门上的拉手和门框上的锁扣拴在一起。

放下包袱，一身轻松。他哼着《月亮之上》的曲子，一路小跑着回到门口，一看，绳子成了两段，躺在地上。再到窗前透过玻璃往里一看，王一鸣不见了。

"你爸呢？"他跑去问王雪飞。

"问我？"王一飞抬起头，"你不是一直在那守着的吗？"

"跑了。"

"你呀。"她看了一下时间，朝他莞尔一笑，"你就快点回去吧，时间不早了。回去晚了，你家里那个又得着急了。"

走在回家的路上，想着守了王一鸣大半天，最终还是让他溜了，话都没说上一句，江海涛心中不免有些懊恼。

在离公司三四里路的地方，有一个弯道，又是下完坡就上坡，而且路面不宽，也不怎么平整。平时每到这个地段，他都要格外小心。

突然，随着"砰"的一声，他眼睛本能地一闭，"哎哟"还没出口，已连人带车一起到了路边的沟里。睁开眼睛一看，他发现自己仰面躺在水沟里，摩托车侧身横架在水沟的两沿上，轮子还在悠悠地转着。他正要起身，黄力达纵身跳了下来，将他扶起，围着他打量了一圈，拍打着他身上的泥土。

江海涛只是右手手背擦去了一小块表皮，渗出密密的小血珠来，头上碰了一小包，不摸还看不出来。摩托也没什么大问题，只是右侧有些刮擦。

"没大事就好，真是谢天谢地。"黄力达看着江海涛，"哦，江科长，你就没想一想，好好的，怎么就一下掉进沟里去了？"

"自己没骑好呗。"听他这一问，江海涛心中更是犯起了嘀咕，嘴上却这样说得轻松。

"不是，是我害的。"

"是吗？"

"是的。"黄力达指点着，"你看，这坑就是我挖的。那边路面本来就烂，这边相对要好，按照行车规则你也应该是走的这边，因此我就在这里挖了这个坑。开始我是想把坑挖大一些，挖深一些，但挖的时候没挖几下就停下来了，停一下接着又挖，就这样挖挖停停、停停挖挖，才挖成了这个样子。就在我想不挖了的时候，我听到后面有了摩托的声音，我猜着是你，就赶忙扔了锄头，趴在路边。其实当我听到摩托的声音的时候，你应该是已经到了坡上，也应该是可以看到我了的，只是你没有注意。"

"我确实是没看到，不知那时在想着什么。"江海涛边看边说，"不过，当时我就是注意了，也是绕不开的。你看，你这坑挖得多漂亮，多有水平，无论是从位置的选择，还是从形状的设计，都是完美的，谁来了也会插翅难飞。"

"不瞒你说，这个地形我是反复选择了的，这个坑也是精心设计了的。我的想法就是既要让你受到惊吓，但又不能有太大的损伤。因此，你看啊，一方面就是你刚才说的，到了这里，你必然会摔下沟去，另一方面，这沟是土的，而且没有水，离公路也不是太高，掉下去也不会有太大的危险。"

"那也不见得。常言道，三寸水池淹死人，两尺台阶摔死人的。"

"那三寸水池能淹死的人，两尺台阶会摔死的人，都是该死的人。"

"你怎么就知道我会没事？"

"我就感觉到你会没事。这些天来，我是越来越感觉到，在你身上有一种东西，总是围绕在你的身边，但到底是什么，我又说不出来。"黄力达朝他笑了笑，"说实话吧，我现在是既恨你，又爱你。正因为恨你，我才要放了你轮胎的气，才要让你掉进沟里去，又正因为爱你，才要告诉你去镇上充气，才只挖出这样一个坑来，而且我还告诉你，就是我坑挖好了，你还没有来，我也会在旁边等着，不会走的。不过，你比我想象的运气还好，我是想起码要让你摔痛，要让你出点血，要让你不想再来，也不敢再来的。"

"那你想错了。我就是断了脚，断了手，也还会来，除非你们主动把贷款还了，就是贷款还了，我也还会来的，因为还有你这样的朋友。"

"不是有我，而是有雪飞姐那样的好朋友吧？"黄力达盯着江海涛，"不过，雪飞姐还真是一个好女人呢。"

江海涛脸红了一下。黄力达笑他，又要他这事千万别跟王雪飞说，否则他就惨了。江海涛说如果今天他真的伤着哪里了，那她自然会知道。黄力达说她万一知道了，那也不怕，他这样做，是为她好，为王一鸣好，为公司好，当然也是为自己好。

"如果真的伤着你了，或是吓倒你了，那你就来不了，你来不了，那就没有谁来收贷款了，贷款不收了，公司就有救了，公司有救了，王总就不会唉声叹气了，雪飞姐也就不会愁眉苦脸了，我也就不会没事干了。你说是不是？"

"黄力达，那我问你。这坑是王总要你挖的，还是她要你挖的？"

"不是，都不是。"黄力达连忙摇着手，"是我自己要挖的，真的。"

"亏你想得出来。"江海涛指了指黄力达，"你以为就是我伤着了，行里就没人来了，我吓倒了，别人就都怕了？告诉你，不会，照样还会有人来，贷款照样得还。"

"那我不管，反正谁干对王总不利、对雪飞姐不利、对公司不利的事，我就跟他没完。做人还得讲个良心，没有王总，没有公司，就没有我黄力达的今天。你是不知道的，三年前，我出来打工，上当受骗，弄得身无分文，又不想乞讨，差点饿死街头，是王总救了我，又把我安排在公司上班。王总就是我的恩人，公司就是我的家。"黄力达已是泪流满面。

江海涛鼻子一酸，心中滋味难以言表。

"告诉你，我真的恨你，恨你们银行。看到你在公司转来转去，我恨不得冲上去就给你几拳，看到你站在王总的门口，我真的恨不得冲上去就咬你几口。"黄力达甩了一把鼻涕。

"我真的那么可恨？"江海涛摇了一下黄力达的肩膀。

"只是每次当我握紧拳头的时候，自然地又想起你平时的好处，心就软了下来，手上也就没了劲。"黄力达看着江海涛，"这几天的事，你可别往心里去。其实，我也不是那种蛮不讲理的人。"

"我知道。"江海涛拉着黄力达的手，"说起来，王总也好，你雪飞姐也好，他们都是不会希望你这样做的，这样做对谁都不好。"

"嗯，是我错了，对不起。"黄力达低着头。

"你错了，但又没错。"江海涛拍了拍黄力达的肩膀，"错的是你不该用这种方式，没错的是你有一种精神，而公司最需要的就是员工的忠诚。你有了这种忠诚，你就是公司一个可靠的员工，一个优秀的员工。"

临走时，黄力达再次要江海涛别将挖坑的事告诉王雪飞。江海涛要他放心，这事就只他们二人知晓。

早上一起床，江海涛就感到头重脚轻，一摸，额头一片滚烫。徐一欣心疼地说："这么冷的天，这么远的路，骑个摩托跑来跑去的，能不感冒？"

出门上班时，她又叮嘱他，今天不要再去公司了。

吴天明一见江海涛就问他是怎么了，脸色这么难看。他说没什么，可能是有点感冒了，没事。吴天明说那不行，得去看看。他说没事，挺一下就好了。吴天明在抽屉里找了感冒药出来，让他吃了两粒。他向吴天明汇报了昨天的情况。吴天明说那正好，反正你这样子也是骑不了摩托的，今天就不去公司了，在行里一起参加天宇贸易公司的贷款评审会。

从工商注册和税务登记来看，天宇贸易公司在麻南也算是一家大公司了，不仅注册资金多、经营范围广，而且贷款将由省优秀民营企业，也是县里、市里最大的一家民营企业三源集团担保。

看了资料，大家都说公司符合贷款的基本条件，特别是贷款的偿还能力充足，担保可靠，是一个好的潜在重点客户。

"还有一个情况，我没有写进调查报告，也不怎么好写。"信贷员张弛看了看大家，"就是这家公司名义上的法人代表是张大虎，张若水只是公司的顾问，而实际上公司的老板是张若水。张若水曾经以开发公司的名义在行里申请过贷款，但没有通过。我想，当时他应该是有些想法的，当然这也许是我想多了。至于张若水这个人，大家应该都知道，现在是麻南一个有点神秘色彩，又神通广大的人物，与官方，与商界，都有着千丝万缕的、错综复杂的关系，当然……"

不等张弛说完，王小珍就抢过话头说："当然什么呢？张若水是个什么人，大家都知道，用不着你来啰唆，是不是？"她扫视着评委。评委谁也没去看她，也没吭声，只有综合部主任谭广平瞟她一眼，嘴角蠕动了一下。见没有哪个搭腔，王小珍觉得好没有面子，脸霎时红了。吴天明示意张弛接着说。

"当然。"张弛扫一眼评委，"现在天宇公司也并不是没有银行愿意贷款，而是几家银行都抢着要贷款的，特别是四海银行的张行长那边盯得最紧，只是张总坚持要在我们支行开户，也希望能与我们建立信贷关系，前……"

"前几天公司已经在支行开好了账户，昨天账户上又进了钱。"王小珍边说边左右看着。

"是的。张大虎还跟我说了，现在公司有的是钱，不仅不要贷款，而且可以将在其他行的资金转过来，给我们做存款，在一段时间内将是一个纯存款客户。"张弛边看评委的反应边说，"公司之所以要申请贷款，只是为了和我们建立一种信贷关系。因为在不少公司的眼里，能够和我们这样的大银行建立信贷关系，那就是一种荣誉、一种资本，也是一种有实力、有财力的表现，更是一种讲信誉、讲诚信的象征。"

"还有这样的好事？只有存款，不要贷款。这样的好事，哪家银行谁都是求之不得的。"王小珍手一挥，"这还要讨论什么呢？我看啊，不要犹豫，同意了就是！"

"我建议，请王小珍同志回避。"吴天明举着手。

"回避？为什么要回避啊？"王小珍盯着吴天明。

"你自己应该知道。"吴天明瞟一眼王小珍。

"我就是不知道啊！"

"你好像是张若水的什么小妹吧？"吴天明偏着头，眯着眼睛，看着王小珍。

"是啊。怎么啦？眼红了！"王小珍伸着脖子。

"既然是，那就请你自觉回避。"吴天明扭过头去。

王小珍看着副行长梁志民，梁志民看着汪海洋。汪海洋示意梁志民说话。梁志民笑眯眯地看着王小珍，就是不开口。

王小珍终于坐不住了，站了起来，扫一圈会场，斜看着吴天明，说："什么鬼评审会，有什么了不起，要不是你们请我，我还不想来呢！人家来了，却又要搞什么回避，不知你们搞的什么鬼名堂。好，也好，我回避就是，看你们能评出个什么鬼花样来！"她将门一甩，下楼去了。

王小珍一走，会议室里就活跃起来。有的说，天宇贸易公司背景复杂，难以捉摸，难以把握，弄得不好就会出大问题，看问题要着眼长远，不能只图眼前，看问题要看本质，不能只看表面，何况目前对天宇公司的情况还不太了解，其经营的状况也不太明朗，可先观察一段时间，如果确实不错，再给予贷款支持也是不迟，一句话，对天宇公司的贷款要谨慎，要三思；有的说，天宇公司资金充足，实力雄厚，又有背景，有关系，好做生意，能干大事，贷款又有可靠的担保，没什么可怕的，完全可以发放贷款，何况天宇公司现在是各家银行抢着要的"香饽饽"，这么一个优质客户主动找上门来，不能错失良机，不要到时候再来后悔，说没有抓住机会。

"上回开发公司申请贷款，我是坚决反对。为什么？因为不符合贷款的基本条件。就因为这个，我还得罪了一路的人。当然，我不怕，得罪了就得罪了。这一回，天宇公司申请贷款，我看基本条件是具备的，而且从材料上来看，是优质客户，尽管公司的背后有着复杂的关系，如果我们照章操作，加强管理，应该是没有问题的。我一贯的原则就是对事不对人，上一次张若水是直接要贷款，我没给他一点面子，这一回，他是绕着弯来的，我原则上没意见，只是调查还要再深入，情况还要掌握得更细致。"吴天明喝了一口水，"我觉得有背景不一定就是坏事，当然，也不一定就是好事，关键看怎么去利用，怎样去掌控。"

吴天明说了之后，大家的目光再次投向了梁志民。梁志民笑眯眯地看着汪海洋，把大家的目光引到了汪海洋的身上。

"那好，那我就说几句吧。"汪海洋清了清嗓子，"说起来，这样的评审会，我本来是没有资格参加的，也是不能参加的，但如果不参加呢，那些借款人的相关情况，我又不能全面、详细地了解，平时也没那么多的时间去实地考察、调研，那审批贷款的时候就成了想当然、摸脑袋，那就是瞎审批、乱审批了，而想当然、摸脑壳，我是不放心的，瞎审批、乱审批，那就更不敢了。而你们呢，也总是要客气，每次开评审会都非要请我参加，我不来，你们就不开。也好，那我就列席会议吧。而列席会议，按理说是只能听，不能说，是没有表决权的，可我总是犯毛病，每次不来的又来了，不说的又说了，而且一说，就又给你们定了调，束缚了大家的思想，不利于大家充分发表意见。这样不好，真的不好。今天啊，我是怎么也不说了，就听一听，评审意见就请梁行长拿吧。"

"这个……"梁志民微笑着，"其实今天大家都已经说了很多了，应该是充分发表意见了吧？刚才大家说的都有些道理，我也没别的意见。"他笑眯眯地看着汪海洋，"汪行长，我看，这个还是请你来定个调吧。"

"看来我不说几句是不行的了，是不是？"汪海洋笑了笑，"好，那我就再说几句，仅供大家参考。我看啊，这天宇公司总体是不错的，可以作为信贷客户来发展。我赞成天明同志刚才说的那句话,公司有背景不一定就是坏事,也不一定就是好事。说起来,我们过去还就是与职能部门往来不多,有背景的客户较少,所以我们与财政相关的业务份额才不高。这正是我们要改变和改善的地方。当然,关系也好、背景也好,那都是一把双刃剑,用好了,会让你如虎添翼,用不好,又会让你一败涂地。"

就这样,天宇公司贷款的事,其实就是吴天明定了个调子,汪海洋做了个结论。

吴天明正要宣布散会,徐一欣的头从门缝里探了进来。

"哟,我们的徐警花来了,快进来啊!"汪海洋热情地招呼着。

徐一欣脸一红,进来了。

"汪行长,梁行长,还有各位,不好意思,打搅了,我过来给他送点药。"她边说边走到江海涛的跟前,把药递到他的手上。

汪海洋满眼是笑地指着江海涛,说他真是好福气。徐一欣带着一脸娇羞出了门。望着她那飒爽英姿的背影,江海涛有一种说不出的无比美妙的幸福感。

下午,江海涛坐在办公室,不知怎么地就感到心神不宁,烦躁不安。

与此同时,隆兴公司是一片混乱。在公司的操坪里,众人泾渭分明地站成了两个阵营,一个以王一鸣为首,一个由刘财旺领头。

"一句话,是死是活,你今天必须给一个答复,反正我是打死也不会跟你搞下去了。如果你答应把厂子卖了,那我们就做三股分了。当然,你要是话说得好,我们还是可以考虑给你多分一点。这些年来,你比我们是要多干一些事,多操一些心,我们还是看在眼里、记在心里的,我们也不是那种不讲良心、不讲道理的人,你说是不是?"刘财旺扭头看着身边的王二发。王二发先是有些茫然,接着是点头。

"好,你也看到了,听见了,他也是同意的,就看你的了。"刘财旺盯着王一鸣,"怎么?还没想好?我知道,你是不愿意,也舍不得。可谁又舍得?谁又愿意?谁要舍得,那就是乌龟脑壳,谁要愿意,那就是王八羔子。可舍不得又有什么用?不愿意又有什么法子呢?我告诉你,现在是舍不得也得舍，不愿意也得愿意，就像是自己的孩子，谁都不愿意，也舍不得卖给别人，可要是自己实在养不活了，那就不如把孩子卖给别人，总不能眼睁睁地看着孩子饿死吧。把孩子卖了，孩子好了，有了新家，自己也好了，有钱用了。这可是两全其美的大好事。大家说是不是这样啊？"

"是啊！"刘财旺左右的几个人附和着。

刘财旺看看左右附和的人，指了一下王一鸣，"你看到了吧，这就是群众的呼声，就是群众的要求。王总，民意不可违啊，我们就顺应民意，尊重民意吧。不瞒你说，我两个月前就在做顺应民意的事，为公司的前途着想了。现在我可以告诉大家，买主我已经联系好了，是一个外地的大老板。人家愿意买，也出得起价钱。说起来，我们把这个事情做成了，不但我们自己脱了身，贷款也不要管了，还给镇上引进了项目，引进了资金，多好的事啊！"

"好啊，大家听到了没有，原来刘总早就在干吃里扒外的事情了呢。"黄力达大声说着。

"呸！你算个什么，这里可不是你说话的地方，快滚到一边去！"刘财旺指着黄力达。

"你不是说要顺应民意，要尊重民意吗？现在我倒是想听你说说，那买主出了多少价钱，合不合理，大家说是不是？"黄力达举着手，环视着人群。

"是！"应和声响成一片，就是站在刘财旺这边的人也有少数跟着应和，只是声音没有对面的响亮。

"刘总，你看，这也是民意。你就尊重一下，说一说吧。"黄力达朝刘财旺笑着。

"好，那我就给大家一个天大的惊喜。你们猜一猜，人家出价多少？"刘财旺故意停了一下，"嘿嘿，人家一开口就出价一百三十万，我再跟他一番讨价还价，人家又涨到了一百四十万。怎么样？人家够意思的吧。"

"呵呵，就一百四十万，还够意思，真是的，杀猪了，血都不放一滴，叫都不叫一声，还美滋滋的呢。"黄力达大声说，"告诉大家吧，我也了解过，像我们这样的公司，如果要卖的话，一百五十万是没一点问题的，要是谈得好，一百六十万也有可能。为什么到了刘总的手上，就只能卖一百四十万了呢？大家想一想，这是为什么？"

黄力达这么一说，人群中立马就议论开了，各种各样的目光投射到了刘财旺的身上，使他如芒在背。

"你……你这样看着我干什么？什么意思啊？"刘财旺斜起眼睛，盯着王二发。

"什么意思？你自己心里清楚。"王二发没好气地回答刘财旺。

"你他妈的黄力达这小子，你……"刘财旺说着朝黄力达冲了过去。黄力达退着往人群里钻。有人拖住了刘财旺，刘财旺骂骂咧咧地退了回去。乱了阵脚的队伍很快恢复了原样，只是刘财旺的阵营人员稍许有些流失。

"财旺兄弟，你能不能再听我说几句？"王一鸣上前一步，看着刘财旺，"你说把公司卖了，贷款就不要还了？那可没那么简单，也没那么容易。你想一想，银行能答应？养殖公司会同意？"

刘财旺"呸"了一口，说："我才懒得管他们答应不答应，同意不同意。"

"好，那就不说这个事。只是财旺兄弟啊，算起来，我们兄弟三个一起办这个公司，也有七八年了吧，记得当初我们三个接管公司的时候，你是最坚决的，也是你坚持要我来牵这个头的。这些年来，你和二发兄弟都信任我，支持我，我从内心里非常感激。"王一鸣抹了一下有点湿润的眼睛，"目前公司是遇到了前所未有的困难，但我想只要大家齐心协力，一起来想办法，就没有闯不过的。而只要一咬牙，挺过去了，那公司就会好了。"

"你不要跟我说这些了好不好？这些我早就听厌了，不想听了。"刘财旺挥着手。

"可是，你要想一想，公司能走到今天，真的不容易。你就真的舍得给了别人？"

"不给别人，还留着等死啊！"刘财旺把一个"死"字说得又粗又重。

"你放心，只要我们还像当初那么齐心，那么努力，公司一定会闯过难关，一定会有更大的发展。"

"你去哄鬼还差不多。"刘财旺说着呸了一口。

"刘总，话可不能这么说。"黄力达边说边挤进来，"我看，王总说得有道理，大家在公司干了这么多年，对公司是有感情的，别说你们这些元老了，就是我这个外来人都是舍不得离开公司，相信公司会闯过难关，明天会更好的。"

"你小子说的比唱的还好听。可是，你那美好的明天是什么？只不过是一句空话，一个画饼而已。你们谁看得见，谁摸得着？"刘财旺指点着人群。

"明天的东西现在是摸不着，但你把眼光放远一点，那是能看得见的。"黄力达指着厂外，"你看，就在前面。"

刘财旺顺着他指的看了一眼，回过头来，指着黄力达说："我说你这小子，真是个大蠢蛋，是不是脑壳有问题啊？你就不想一想，要是现在把公司转给别人，你一样还可以在公司做事，但你的工资比现在会更高，而且不要再担心公司哪天垮了，没事做了。这样的好事只有傻瓜才不干呢，你说是不是？"

"刘总，我看你是在做梦吧，只可惜现在不是晚上，是大白天。谁信你的？傻瓜才信呢。"

"什么？你说谁是傻瓜？"刘财旺扬起了手。

"谁相信谁就是傻瓜！"黄力达笑着。

"他娘的，看我不捶死你！"刘财旺指着黄力达，冲了过去。黄力达慌忙往后躲避。有人拉住了刘财旺。

刘财旺手一甩，转身走了两步，突然转过身来，指着王一鸣说："王一鸣，我再问你一次，你到底是卖还是不卖？"

"那我再告诉你一次，不卖！"王一鸣说得非常坚决。

"好，你不卖，那我就把机子拆了卖。"

"你敢！"

"好，你看我敢不敢！"刘财旺眼睛一瞪，挥拳就朝王一鸣砸了过去。王一鸣本能地往后一退，同时站在王一鸣左侧的王雪飞往右前方一挪，拳头就落在了她的身上。她身子一个旋转，倒在了地上。

"干什么！"就在刘财旺的拳头又要举起的同时，一个炸雷般的声音从人群的后面传了过来。

全场的人被这一拳一喝弄懵了。

李小虎出现在众人面前，身后还跟着罗兴祥和两个镇里的干部。

刘财旺还是握着拳头，像一头斗牛一样站在那里。

"看你像个什么样子，老远就听到你在这里吼吼吼的。你吼什么鬼啊？"李小虎说着一巴掌朝刘财旺抽了过去。

刘财旺一个趔趄，王二发忙一把扶着。刘财旺捂着脸，横着眼睛瞪着李小虎。

"你还要在这里闹闹闹，看我不把你捆了！"李小虎指着刘财旺。

刘财旺像只斗败的公鸡，低下头去。

"同志们，大家都在关心公司的前途和命运，这是好事啊！"罗兴祥顿了顿，环视着，"尽管大家对公司下一步怎么走，有不同的意见，但这没关系，大家可以坐下来，一起好好商量嘛。其实就是分歧再大，矛盾再多，通过商量，问题总是可以解决的，用不着伤了和气，伤了感情，是不是这样啊？我告诉大家，今天李镇长率领我们来，就是来听取大家的意见，跟大家商量公司的未来的。不过，有一点我可以明确地告诉大家，那就是公司绝对不能散，也不能卖给外人。这是李镇长的想法，也是镇党委的决定。"他扭头看着李小虎。李小虎满意地点着头。

刘财旺转身要走。罗兴祥一把抓住他的手，告诉他和王二发，等一下李镇长就找他们个别谈话，谈了话以后还要一起开会。

江海涛刚将摩托停放稳当，就看到李小虎从王一鸣的办公室里走了出来。王一鸣和王二发紧随其后。李小虎扬了扬手，王二发就退了回去，倚在门框上，目送李小虎。

李小虎边走边对王一鸣说："好了，就按刚才说好的办，谁也不准反悔。他刘财旺要有意见，也不要怕他，翻不了天的。"

王一鸣点着头。李小虎抬了抬手，示意他不要送了。他止了步，要李小虎慢走。江海涛朝李小虎走过去。李小虎握着江海涛的手说："江科长，你来得好，就请你转告汪行长。昨天，隆兴公司开了一个'遵义会议'，一切都有了重大转折，有了重大变化。也就是说，今天的隆兴公司已经不再是昨天的隆兴公司。既然公司的情况不一样了，那你们的思路和做法也就要改变才行了。说白了，就是你们的贷款不要再收了，也不能再收了。

这一点，你一定要跟汪行长说清楚。这既是公司的想法和要求，也是镇政府的意思和意见。”

"这……我可以转达。"江海涛咬咬嘴唇，"但……"

"但什么喽，就这样了！"李小虎拍拍江海涛的肩膀，转身就走。

江海涛走向王一鸣，伸出手。王一鸣稍一迟疑，把手伸了过来，并朝江海涛淡淡一笑。他这一笑，让江海涛心头一动，又一次有了'他也不容易'的感慨。看得出，这些天来，他是明显地憔悴了。

进了办公室，王一鸣挑了一把半新不旧的藤椅，让江海涛在他的对面坐下，又招呼王二发去弄杯水来。江海涛说不要。王二发还是去了。

"从昨天下午到今天凌晨，李镇长主持召开了公司的合伙人会议。刘财旺坚决要卖公司，王二发摇摆不定，我坚持公司不能散。经过激烈争吵和反复协商，李镇长提出了一个方案，将公司作价一百四十五万给我。刘财旺应分得的四十五万由我给他写条子，十五万半年之后按半年期银行贷款利息兑付本息，另三十万一年之后按一年期银行贷款利息本息照付，并可享受同期的公司分红。王二发应分得的四十万一半在公司入股，一半一年之后按刘财旺的标准兑付。对这个方案，三个人谁都没有一口应承，但又没有提出异议。为什么？因为大家都知道，李镇长从来是说一不二的。可以说，要不是李镇长压着，那个方案肯定是通不过的。"王一鸣说着轻轻一声叹息，又摇了摇头。

"看来，李镇长也是不希望公司散伙的？"江海涛看着王一鸣。

"那是。公司散了伙，无论是对镇上，还是对他本人都没有好处。"

江海涛心里并不明白王一鸣这句话的含义，嘴上却"哦"了一声。

"就这样，今天的隆兴公司已再不是昨天的隆兴公司，情况发生了根本性的变化，不再是合伙制，而是成了股份制了。"王一鸣说着眼睛光亮起来。

江海涛起身，向王一鸣伸出手，真诚地说："感谢你的坚持，没有让公司散伙，祝贺你的成功，让公司获得了新生。"

"哪里，今后还要请你多支持才行啊！"王一鸣握着江海涛的手。

"也恭喜你成了公司的第二大股东。"江海涛握着王二发的手，"好了，今后你们两个还是在同一条船上，但愿你们能够风雨同舟，和衷共济。"

"那是，那是。"王二发边点头边说，"家和万事兴嘛，这个道理我懂，我懂。"

"好，好，能够这样就好了。"江海涛大声说着。

"一鸣啊，你也知道，我是一个没耳朵根的人，人家说得几句，自己就没了主意。开始刘财旺总是跟我说，公司现在就这么个样子，银行都逼着收贷款了，还有什么搞的，再搞下去无非是多亏一些，不如早点卖了，还能多分几个钱，后来又跟我说，他找到了一个大老板，答应一次性付款把公司买了，我想真有这样的事，那自然是好了。"王二发不好意思地笑了笑，"后来听你一说，特别是听李镇长一讲，我又觉得公司还是有点希望的，但心里还是不踏实，有些担心，就留了个心眼，把分得的那四十万一半在公司入了股，一半让你给我写了欠条。"

"二发兄弟，我还是那句话，我给你写的欠条，到时候如果你要现金，我一定兑现给你，如果你想转为股金，我也欢迎。"王一鸣拍了一下王二发的肩膀。

"好，一鸣兄弟，有你这句话，我什么也不说了。"王二发转身握着江海涛的手，"好，江科长，你们聊，我去车间看看。"

"好了，王总，你现在是公司最大的股东，是真正的法人代表，真正的一把手了，你可以说话算数了。"

"可是，现在的这个代表，可不好当啊。油盐柴米，一样都没有着落，都愁死了！"王一鸣摸着头发，"你看，才多久，就白成了这样！"

"你担子是重，要生产，要还贷，还有欠条要兑现。"江海涛点着头。

"其实刘财旺说的把公司卖了，把钱分了，我也并不是没动过心思。说实话，一夜之间，我们把公司盘给了别人，钱到了自己包里，你银行也好，养殖公司也好，拿我们也是没有办法的事。"

"可是，如果真的那样，那你们就失去了做人的基本道德，也失去了做事的基本诚信。再说，你就是变卖，只怕也是没那么容易，一来银行和养殖公司不会答应，二来买方也不会随便就买。"

"正因为想过，我才坚决反对，没有妥协。"

"我不排除你想过，但你并不完全懂得。你更多的，最直接的，还是对公司有了很深的感情，希望公司能在你的手上继续搞下去，并能有所发展，从而实现自己的价值，假如……"

王一鸣手一摆，脸稍一红说："不要假如，你说得对，是这样。"

"好，谢谢你的坦率。"

"不过，我希望我的坦率能换来你的理解，能得到你的支持。我现在最需要的是资金。这个你也知道，你……"

"我觉得你现在最缺的不是资金，而是诚信和信任。"

"这么说，贷款你还得要收？"王一鸣盯着江海涛。

"对，必须得收。"江海涛说得非常干脆。

王一鸣低着头，大口地吸着烟。

"刚才的话是不是说得太生硬了？是有点，但没办法，只能这样说，收贷是必须执行的，不能心慈手软，不能让他心存幻想。"江海涛这么想着，猛然又对贷款怎么收，从哪里收，朦胧地有了新的想法。

"江科长，你这不是硬要把公司往死路上逼吗？"王一鸣抬起头，盯着江海涛，"你要知道，一家企业，没有银行贷款，也许可以生存，可以发展，但有了银行贷款，总是会发展得更快，更好。而有了银行贷款的企业，如果银行要把贷款收了回去，那对企业的影响是很大的！最明显的有两个方面，一个是资金上的短缺，必然带来经营上的困难；另一个是名誉、声誉上的损伤，在别人的眼里，你的信用和实力就会大打折扣。因此，企业总是不希望银行收回贷款的，除非是自己主动还款。"

"这个你说的是有些道理。贷款对企业来说是一把双刃剑，对银行也一样。无论是对企业，还是对银行，成也在贷款，败也在贷款，这样的案例多的是。"

"说起来，企业做生意，做的就是一个财气，一个人气。"王一鸣弹了弹烟灰，"你财气旺，资金一充足，人家就不怕你，就敢给你供货，你的人气也跟着就旺了，人气一旺，生意自然就好，生意一好，资金就更是充足。银行可以让企业财气和人气兴旺起来，也可以让企业财气和人气黯淡下去。"

"看你说来说去，还是在做我的工作，希望我能有所改变。"江海涛笑了笑。

王一鸣点点头说："不错，我是想做通你的工作，让你接受我的想法，不仅不收回到期的贷款，还能将那已经收回的再借给公司。"

"王总，我理解你的心情和处境，但我可以肯定地告诉你，这都不可能！"

"好，那我也明确地告诉你，你要收回公司的贷款，那也是不可能的！"王一鸣将烟蒂在烟灰缸里一摁，"江科长，我还想请教你一下，为什么别人欠着银行上百万、上千万都可以，而我才欠你们这么一点点就不行，非要催命一样逼得这么紧呢？"

"别人欠别的银行，不管是谁，不管多少，我懒得去管，也管不着，可欠了我们银行的那就不行，不管多少，不管是谁，那我都得去收，而且要收回来！"

"江科长，这贷款又不是你的，你又何必这么认真？再说，这贷款当初也不是在你手上放的，也不关你什么事，收不收得回也不是你的责任，你又何必要这么较真呢？"

"没错，这贷款不是我的，也不是在我手上放的，可我现在就在这个岗位上，催收就是我的职责，我就有责任把贷款收回去。希望你能够理解，能够配合。"

"既然是这样，那我们就得相互理解，相互配合了！"王一鸣看一下时间，"哦，不好意思，我差点忘了，李镇长还在等我商量事情，我得赶快过去，就不陪你了。"他瞟一眼江海涛，起身就走。

"王总，你还有一笔贷款过两天就到期了，你一定要想个办法哦！"江海涛追到门口。

王一鸣头也不回地大步走了。

王雪飞静静地躺在病床上，闭着眼睛，眼角还有淡淡的泪痕，脸色苍白，显得很是虚弱。江海涛站在床边，默默地看着，就怕呼吸把她惊醒。他刚才去公司敲了王雪飞的门，想看看公司的应收应付账款，见没有动静，便去找了黄力达。黄力达臭骂了刘财旺一通，把她带到镇医院来了。

"你来了。"王雪飞睁开眼睛，脸上随即浮起了一层薄薄的红晕。

"嗯，来了。"

"我就感觉是你来了。"王雪飞说着就要起来，江海涛摆手示意她躺着。她说已经躺了大半天了，也想起来坐坐。他上前扶她，感到她的手开始是凉凉的，但很快就温热起来。她略带羞涩地看他一眼，将手从他的手上收了回去，搭在自己的另一只手上。欣赏着她那羞涩的样子，他心海随之激荡起来。

"海涛，你知道我是怎么躺到这里来的吗？"看着江海涛，王雪飞轻轻地说着，眼里多了几分伤感和伤痛。

"知道，黄力达把一切都告诉我了。"

泪珠从王雪飞的脸上滑落到她搭在胸前的手上。

"那他……他知道了吗？"

"给他打了电话。"

"他怎么说？"

她轻轻地摇了摇头。

"他没说回来？"

她轻轻地点了点头。

"他也许是工作忙吧。"他顿了一下，"不过，就是再忙也应该回来看看啊！"

"没事，没事呢。"她止住了眼泪，擦拭了一下眼睛。

"我……"他真不知怎么来安慰她了。

"没事，真的没事。"她淡淡地笑了笑。

看着她那样子，他不知怎么地就心酸起来，心疼起来，头脑里也有了假如，假如不催收那贷款，公司会不会就不是这个样子，假如那收了的贷款又给了公司，那刘财旺就不会提出要变卖公司，就不会有刘财旺那一拳了……

"你在想什么？"她轻轻地问他。

"没，没什么。"他脸热了一下。

"我问你一个事。噢，没什么，也没什么。"她轻轻地摇了一下头。

"你这就不好了，话到嘴边又不说了。"他期待着。

"公司的贷款你还收吗？"她盯着他。

"这……那还得收呢。"他低着头。

一片寂静。

"好，那你收吧，我不为难你。"

他睁大了眼睛，没想到她会说出这样的话来。

"怎么？你不相信？"她浅浅一笑，"如果没记错的话，公司过两天
有一笔五万的贷款到期，我没有把握能够全部还清，但我一定会想办法，
给你一个交代。"

他看着她，眼前模糊起来，朦胧中看到一支洁白的荷花，正在碧波中
绽放……

江海涛哼着《潇洒走一回》回到家里，本想高高兴兴地告诉徐一欣，
今天催收有了新的进展，让她也一同分享自己的喜悦。不料一进家门，就
感到气氛不对。

"好，还哼着歌，看来今天真的是潇洒走了一回啰！"正在拖地板的
徐一欣也不看他，只是不阴不阳地说着。

"怎么啦？"

"怎么啦？你还来问我？"她直起腰，双手扶着拖把，似笑非笑地审
视着他。他把自己从胸前看到脚下，从手上看到腿上，什么异样也没看出来。

"你是真不知道，还是装迷糊啊？"

"我什么时候在你面前说过半句假话？"

"据说隆兴公司的王总有一个女儿，是不是？"

"是。"

"听说长得天仙似的，是不是？"

"是啊。噢，不，她再天仙，也没你天仙呢。"

"你别啰唆，就回答'是'或'不是'、'好'或'不好'就行。"

"是。好。"

"她叫王雪飞，是不是？"

"是。"

"你喜欢她，是不是？"

"不，没有的事。"

"她喜欢你，是不是？"

"没有，没有，人家都早就结婚了。"

"结了婚就不能喜欢了，是不是？"

"是，哦，不是，噢，是。"

"到底是还是不是？"

"是！"

"你天天往那里跑，是为了看她，是不是？"

"不是，是为了催收。"

"也顺便看看她，是不是？"

"是，也不是。"

"那你明天还去，好不好？"

"好。"

"去了还去看她，好不好？"

"好。"

"你明天把她带回来让我也看看，好不好？"

"你到底要干什么？你把我当谁了？你在审犯人啊？职业病！"江海涛将包往沙发上一丢，一屁股坐在沙发上。

"你还真的是禁不起审呢，就这么几下就蔫了，没劲。"徐一欣头一扬，"不过，你刚才说的还基本上是真话，虽然有遮遮掩掩的地方，但我能理解。一个大男人，如果看到天仙般的美女，一点也不激动，一点也不心动，那他要么是一个白痴，要么就是无能。"她放下拖把，在他身边坐下，"我就实话跟你说了吧。今天下午下班的时候，我从你们银行门口经过，有一个人从后面追上来，神秘兮兮地对我说，隆兴公司有一个大美女，长得十分漂亮。你家那个近来天天就往那里跑，是不是迷上她了，或是被她勾了魂去了，你可得好好问问，千万不要大意，真的到了那一天就晚了，来不及了。这男人的心啊，要么是不变，一旦变了，是九头牛也拉不回来。你家海涛算得上是一个大帅哥呢，要是被别人勾了去，那你就惨了。当时一听，我心里也是酸酸的，怪怪的，不那么舒服，可回到家里一照镜子，自信就上来了，我就不信我会比王雪飞丑到哪里去，还有啊，我也想，你就是有那个心，也应该没那个胆，是不是？"

"是，是是是。"

"你不要问我，也不要去猜，是哪个跟我说的。我必须给人家保密，不管人家是出于什么目的，但人家还是提醒了我，我不能出卖人家，你说对不对？"

他鸡啄米似地点着头。她朝他嫣然一笑，笑得他心底一热，一把将她抱了过来，横在腿上，一手搂着她的脖子，一手托着她的双腿，低下头去。她双手一勾，笼住他的脖子，顺势就将滚烫的嘴唇送了上来。

早上上班的路上，江海涛碰到了吴天明，就把昨天在隆兴公司的情况向他做了汇报。吴天明也把昨天去市分行汇报天宇公司贷款的事跟他说了。

走到支行门口的时候，有三个人本来是站在那里有说有笑的，一见他们就不说不笑了，一个扭过脸去，一个低头斜视着他们，一个朝他们笑了笑，却笑得很不自然，笑里好像是隐藏着什么东西。

"这是怎么回事？"江海涛想起了昨晚徐一欣跟他说的话。

"你刚才看到了没有，那些人怎么一个个都是怪怪的？"一进办公室，吴天明就问江海涛。

"看到了，我也正纳闷着，怎么就一个个弄得神秘兮兮的？"

正说着，汪海洋出现在门口，朝吴天明招了一下手，示意吴天明跟他过去。

不到十分钟，吴天明黑着脸回来了。他走到办公桌前，抓起一本台账就要撕了，一看，又将台账丢在桌上，顺手抓起一个健力宝易拉罐做的烟灰缸，重重地砸在地板上。烟灰缸在地上"咚隆咚隆"地滚动着、弹跳着。

江海涛不知道是怎么回事，也就不好问他，不好劝他，但他猜想，与今天早上在门口看到的情形肯定有关。

吴天明点了一支烟，大口地吸着，吐着。烟雾环绕着他，看不清他的面目，只能听到他粗重的呼吸。他猛然站了起来，将烟蒂往地上狠狠一扔，用力一踩，就在地上大步来回走动起来，走了两个来回，突然打住脚步，指着江海涛说："海涛，你说，这是不是造谣，是不是诬蔑？莫名其妙，真是岂有此理！"

江海涛怔怔地看着吴天明，不知说什么。

"你看，你看看，竟然有人举报到市分行，说我肯定是得过隆兴公司的什么好处，要不怎么会对隆兴公司的贷款不敢去催收，要不怎么会给王一鸣垫钱来还贷款。"吴天明双手一摊，"你说，我在公司得过什么好处？又能在公司得到什么好处？天地良心，在公司，我不说没吃过饭，没喝过酒，没抽过烟，但我敢说，这么多年下来，我还真就没吃过几餐饭，没喝过几回酒，没抽过几包烟。我还敢说，搞了这么多年的信贷，就没收过哪个一条烟，没喝过哪个一瓶酒。你给我算一算，县里有这么多的银行，有这么多的人在搞信贷，又有几个人能像我一样敢说这样的硬话。"他将胸膛拍得"砰砰"直响。

"那是，谁不知道，你不仅对自己严格要求，对我们也是言传身教。要不是这样，在去年的考评中，支行又怎么能评上'最受信赖银行'？你又怎么能评上'最廉洁信贷员'呢？"出于义愤，江海涛本能地为吴天明抱起不平来。

"那是，这可是实实在在的，不是自己吹出来的，也不是凭什么关系搞出来的，而是几十家单位的代表坐在那里，一个一票地评选出来的。"吴天明走到桌前，喝了两口水，一抹嘴巴，"要说我得了隆兴公司的什么好处，那就是公司在行里贷款的头一年，快过年了，王二发提了两个蛇皮袋子，往我办公桌前一丢，说一个里面是一点羊肉，一个是两只土鸡，是王一鸣要他送过来给我过年的。他说完就走，我一追，他就跑，跑得贼快的，我追不上，没办法，只好收下，却是数了钱的，钱打在了公司的账上，王一鸣知道后说我不够意思，有点意见。不过，也好，从此以后，他就再也不让人给我送什么来了。"

"这也不算啊，你是数了钱的。"江海涛说。

"是啊，幸好我是数了钱的。"吴天明挠着脑袋，"我就想不通了，不就是一点肉两只鸡嘛，而且是数了钱的，怎么也……"

"也没什么。"江海涛眨眨眼，"不过，问题也就出在这里，可能是有的人只看到你收了王二发送来的肉和鸡，却不知道你是收了东西付了钱的。他们看到你收了肉和鸡，就联想到你可能还会收了这样那样，甚至是收了钱。"

"钱钱钱，钱个鬼，简直是胡说八道。他娘的，要有本事就给我写清楚，什么时间，在哪里，得了什么，别这样不明不白地往老子脸上抹黑，往老子身上泼屎泼尿。"吴天明猛敲了一下桌子，"还说什么我不敢去催收隆兴公司的贷款。真是扯淡！我怎么不敢去了？我不过是这几天有别的事，去不了。就算我没去，可你海涛是天天去了的。你去跟我去又有什么区别，不是一样吗？"

"那是。"江海涛给吴天明添了水，"要我看，这无凭无据的东西，不去管他就是。常言说得好，清者自清，浊者自浊，公道自在心中，是非自有评说。"

"你倒是说得轻巧。你身上本来是干干净净的，人家硬要往你身上泼屎泼尿，你还能干净？就是洗了，就是洗得再干净，身上也还是会有点气味，人家见了你，也还是会想起你身上曾经有屎有尿。"吴天明朝江海涛苦涩一笑，"你也别高兴，我告诉你，人家一样把你也告了。你知道告的你什么吗？"

江海涛一惊，忙问是什么。吴天明故意停了一会才说，人家也没告你别的，只说你和公司的某某关系暧昧，才催收不力，没多大成效。江海涛一时语塞，嘴唇哆嗦着。

"怎么啦？你也着急了？生气了？"吴天明偏着头。

江海涛好一阵没说话，却有刘禹锡的一联诗句涌上心来。他将"长恨"改成"只恨"，拿起笔，写在了纸上："只恨人心不如水，等闲平地起波澜。"

"好，写得好，写得真好！"吴天明念了念，边点头边大声说着。

江海涛琢磨了好一阵，也不能肯定这个写信的人是谁。在纸上写写画画的吴天明在一个名字下划了一杠，叫江海涛看。江海涛虽然也有七八分确定是这个人，但一想，嘴上还是说不会吧。

会议室里灯火通明。汪海洋和梁志民坐在主席台上。办公室主任谭广平坐在吴天明和王小珍的中间。江海涛坐在第二排，就在吴天明的后面。

梁志民拍了拍话筒，向大家笑一笑，问个好，带头鼓掌欢迎汪海洋讲话。汪海洋扫视一圈会场，从手包里取出一个褐色的小笔记本，翻开，扫一眼，又合上，喝口水，清清嗓子，再扫一眼会场，从裤兜里掏出手机，调到震动，放到桌上。他先说了个开场白，强调会议非常重要，请大家把手机调到静音，最好是关机。梁志民第一个关了手机。台下跟着就有人调手机，关手机。

汪海洋就近来各网点的存款增长情况做了点评，强调要充分利用春节前后抓储蓄存款的黄金时节，把储蓄存款突击上来，又说了一些抓存款的举措。接着他话锋一转，敲了一下桌子，说还有一个事，今天他得说一说。台下一时格外地寂静，几十双眼睛齐刷刷地看了过来。

"有个事，我本来是不想说的，但一想，还是要在这里说几句，要不说上几句，我就怕有的同志不能把握好自己，会犯错误，会害人害己。"汪海洋收敛了笑容，拉长了脸，变得严肃起来。汪海洋一严肃，气氛就变了，大家也跟着严肃起来。

"我要说的是，近来有人向市分行写信，反映行里的情况。这说明有个别人关心行里的工作，关注同事的成长，这本来是好事，但从反映的情况来看，又说明这个人还很不成熟。为什么？因为信上写的全是一些无根无据、无因无果、上不着天、下不挨地的东西。"汪海洋扫了一眼台下，咳了一声，"一个人做事情，在任何时候，都要对自己、对他人负责，对个人、对集体负责，不能只凭自己一时的感情冲动和头脑发热，不能只凭个人的喜好和恩怨做事，要理智、理性。不负责任地说行里怎样怎样，说某某怎么怎么，那是一种非常不负责的做法，那是既不通情理，也是不讲道德。我还是那句话，支行并不反对大家向上级反映情况，无论是对支行的，还是对个人的，但反映情况一定要实事求是、有凭有据，不可主观臆断、妄加猜测，更不能胡编乱造、无中生有，这样对别人不公平、不公正，也有损自己的形象和人格。大家说是不是这个道理啊？"

"对，就是这个道理！"王小珍将椅子一推，站了起来，转过身去，眼睛搜寻着，"我看啊，有本事的，要告人家，那就要拿得出真凭实据，要数得出个一二三四，就要堂堂正正，真刀真枪，敢写上自己的真姓大名。

谁要是无中生有、偷偷摸摸地告这告那，那就是小人，就是王八蛋！这样的人我看着就不顺眼，想着就恶心，我要是知道了是谁，恨不得现在就咬他几口，让他放点血，长个记性，今后不再乱告。"

谭广平埋头看着桌子下边。吴天明瞟一眼王小珍，嘴角嚅动了一下。王小珍的这一举动，让江海涛心底先是一惊，接着是一震，之后一想，原来她虽然平时言语有些泼辣，带些荆棘，却也还有这样的可爱之处，但再一想，又觉得自己是不是有些太简单，太肤浅了。

王小珍这么一说，会场一片鸦雀无声。汪海洋眯着眼睛，目光在台下左右上下移动着。员工一个个都勾着头，梁志民还是那个姿势坐着，微微笑着。

"好了，其实也没什么。大家不要去议论，也不要去猜测是谁告的，更不要去打听告了谁的什么。我也在这里表个态，欢迎大家来监督我，以及我们班子。"汪海洋轻轻敲了敲桌子，"不过，我也要提醒大家，反映情况也是有规矩的，有什么情况，有什么意见，可以直接跟我说，也可以跟梁行长说。你说了，如果我们解决不了，那我们会向上级报告，请上级帮助解决。当然，如果我们不去解决，那是我们的问题，那你可以通过正当渠道、正当方式向上级反映。"

台下的气氛又轻松起来，有人在左顾右盼，有人在悄悄说笑，而更多的人是在认真倾听，有的还做着笔记。

"我想啊，大家能够坐在一起共事，那是一种前世修来的缘分。个人之间有什么矛盾，有什么意见，不要怄在心里，要及时化解，及时消除。"汪海洋笑了笑，"我告诉大家，解决问题的最好办法就是交流，交流，再交流，就是沟通，沟通，再沟通。"

梁志民微笑着，点着头。

"好了。我说了这么多，最后提一点要求，也是一条纪律。"汪海洋正了一下身子，"大家都知道，支行现在正处于历史最好的发展时期，这样的安定团结的大好局面来之不易，大家要珍惜，不能做不利于局面的事情。当然，在工作中我们不可能尽善尽美，不可能事事让人满意，难免会有这样或那样的不足和问题，对这些问题和不足，我们真诚地欢迎大家提意见、提建议，也不反对有的同志向上级反映情况，但反映情况一定要按正当的程序、正当的方式，一定要实事求是、有理有据，如果哪个要无中生有、胡编乱造，给支行造成不良影响，对个人造伤害，那我们一定会严肃处理，绝不姑息！"

梁志民带头鼓掌，台下掌声一片。汪海洋示意梁志民说几句。

"我是不赞成胡乱编造地写匿名信的，更不容许无中生有地告黑状。在我眼里，写匿名信的是小人，告黑状的是无赖。谁也不要以为你写的是匿名信，别人就不知道了，其实别人还是心中有数的，千万不要把别人当傻瓜。常言说得好，'要想人不知，除非己莫为'。大家要记住，做人做事，都是要不得小聪明的，耍小聪明的人，常常会是聪明反被聪明误，搬起石头砸了自己的脚。"梁志民有些激动地看着汪海洋。

一向谨言慎行的梁志民说出这番慷慨激昂的话来，让江海涛在感到意外的同时，也顿生敬意。

"报告领导，今天我还去隆兴公司吗？"早上，江海涛问徐一欣。

"你想去，那就去呗！"

"不，我不想去。"

"真不想去？"

"真不想去。"

"看你这话说得，你是想去，又不想去，是吧？"

"你怎么知道？"江海涛嘿嘿笑着。

"看你，又忘了我是干什么的了吧。"徐一欣用手指在他额头上轻轻一点，"你呀，你是想见那个大美女，却怕我有意见，又怕别人说闲话；不想去公司，却又不得不去搞催收，是不是啊？"

"哎呀，你说得太对了。高，实在是高，我看你不只是神探，还是神仙呢。"他摇摇头，一声叹息，"只可惜我天天和神仙在一起，怎么就没沾上一点仙气呢？"

"好了，别啰唆了，你就去吧。见了人家，代我向她问个好，方便的时候也邀请人家到家里来坐一坐，让我也见识见识。"她突然眼睛一亮，看着他，"哦，你那催收，是不是也可以搞一搞统一战线呢？"

"统一战线？"

"就是你策反她呀，让她帮助你，做做她父亲的工作，协助你催收啊。"她走到门口，又回过头来，"不过，这可能性不会太大，毕竟她和她父亲是一家，而她和你又是什么呢？是朋友还是……好，就算是朋友吧。不过，我倒是要提醒你，你可得立场坚定，旗帜鲜明，千万不要给她统一了过去，跟她打成了一片，蹲到一条战壕里去了。要不你到时候向行里交不了差，跟自己也是不好说话的。你说是不是？"

"是，是。"他嘴上应着，心里一琢磨，嗯，还真是呢。

去不去公司，他心里是矛盾着的。想去的是，他确实牵挂着王雪飞，更让他想去的还是那个所谓的举报，他明白只有去公司，让催收更有成效，说他催收不力的流言才会不攻自破。而不想去的是，他怕徐一欣嘴上没意见，心中有想法，更怕别人说闲话，造谣中伤。现实中常常是这样，闲话一多了，假的也就真了，没有的也就有了。这往往会断送一个人的未来，而自己年轻着，还有更好的前程。

"去，必须去。催收是自己的职责，没有理由推脱，没有借口逃避。"走到支行门口，他终于下定了决心。

吴天明说他也想去公司蹲上两天，不能让人家说他不敢去催收。正准备要走，市分行公司业务部的副主任林慧敏打来电话，说天宇贸易公司的贷款市分行已初步通过，请抓紧补充资料，好呈报给石行长审批。刚放下电话，汪海洋又走过来，说天宇公司贷款的事一定要抓紧，越快越好。吴天明摇头一笑，说那就只好改日再去隆兴了。

远远地就看到公司的门口，悬挂着两条十分醒目的横幅。走近一看，一条写着"欢迎大家都来做公司的主人"，另一条写的是"公司是我家，兴衰靠大家"。

进了公司，只见公司公示栏的上方写着"有一分钱出一分钱，有一份力出一份力"，下面公布的一栏是入股人员的姓名和数量，另一栏是集资人员的名字和金额。入股栏上赫然写着"黄力达"三个字，而且是第一行，认购的是五千五百份（元）。

王二发和黄力达肩并肩，有说有笑地从小礼堂那边走了过来。

"江科长，你又来了。"黄力达举着手，大步走向江海涛。

"来了。"江海涛嘴上应着，目光落在公示栏上。

"有变化吧？"王二发笑着走到江海涛面前。

"岂止有变化，应该说是翻天覆地才对！"黄力达满眼兴奋地说着。

"是吗？"江海涛盯着黄力达。

"江科长，这几天，公司的变化可是太大了，太快了。"黄力达指了一下公示栏，再指了一下门口的标语，又指了一下小礼堂，"昨天，公司在那里开了一个职工大会。正式开会之前，王总领着大家一起唱了《国际歌》，大家唱着唱着，有的人就哭了。会上，王总跟大家说，现在公司遇到了前所未有的困难，而最大的困难就是缺少资金，缺少资金就不能进玉米，就不能生产，就没有饲料卖出去，就没有货款收回来，就没有工资发给大家，大家的生活就会有困难。那资金从哪里来？靠银行？靠不住，银行是扶强不扶弱的，现在银行是不仅不给贷款，还要把贷款收回去。靠政府？不要去奢望。李镇长说了，镇里工作人员的工资都发不出去，哪里还有钱放到公司里来，不到公司来刮这刮那就谢天谢地了。靠别人？那是假的，你好的时候，别人可以赊东西给你，也可以预付货款给你，你不好了，别人躲还躲不及，有用吗？没用。靠菩萨？也不灵，菩萨保佑不了这么多。那靠谁？靠自己，只有自己才是真心的，才是不要条件的。怎么靠？靠的方式有两个，或是途径有两条，一个是入股，公司赚了钱大家一起分，多赚多分，少赚少分，没赚不分，一个是集资，公司每年按一定的利率付给集资人利息。王总还分析给大家听，入股风险要大，但收益相对也可能会多，集资风险要小，但获利也相对要少。当然，无论是入股，还是集资，都存在一定的风险，这个风险就是如果公司经营不好，到时候就可能会不仅分不到红，收不到利息，而且连本金也会有所亏损。但是，现在的公司跟过去不一样了，一定会越来越红火。我看王总说得在理，就第一个报名入了股。我为什么要入股，而不集资呢？我觉得虽然入股的风险要大一些，但更过瘾一些，要做就要做公司的主人。王总说了，谁入了股，谁就是公司的股东，就是公司的主人。"他嘿嘿一笑，"我也想清了的，反正我是早就把自己跟公司捆在一起了，公司好我就好，公司不好了，我就没有出路了。一句话，我是没有别的，只能拼了命地让公司兴旺发达才行。再说，我那几千块钱本身也就是公司发给我的工资，现在我把它入了股，也算是来之于公司，用之于公司，尽自己的一份力了。"

江海涛点着头，心里想着，他王一鸣原来还真是有两下子，那说的做的，都在情理之中，也在情势之中。在这个时候，公司确实是别无选择，只有自己救自己。

"王总还说了，说不定现在入的股，到时候就是一本万利。"黄力达眼里放射着憧憬的光芒，"真要是一本万利，那我就发财了呢。"

"会的，会的。"江海涛边说边着点头。

"你看，又有人入了股，集了资呢。"黄力达从走过来的王二发手上接过单子，在江海涛面前晃了一下，走到公示栏跟前填写起来。

"江科长，你见多识广，你说公司这什么入股、集资的，靠得住么？"王二发悄悄问道。

"你说呢？"江海涛看着王二发。

"我……我就是心里没个底，还有点儿怕啰。"王二发停了一下，"不过，对一鸣这个人我还是信得过的，还有那么多的人也入的入了，集的集了，我心里也就踏实了一些。"

"对公司是要充满信心。"江海涛看着王二发，"特别是你，你不是别人，你是公司的大股东，不少的人都看着你。"

"这个我也知道。"王二发点着头。

"知道就不要再想这想那，怕这怕那，就要一门心思和王总一起好好干，你说是不是？"

"是，是。"王二发点点头，"不过，江科长，你是不知道，我的那点本钱可是我的血汗钱，是我用命换来的，你说我能不心疼么？"他叹口气，望着远方，"十多年前，我好不容易才凑了点盘缠，随一个表亲到外地去挖煤。那井下挖煤的滋味，你是肯定没尝过的。苦着呢，简直不是人干的活。苦还倒没什么，我也不怕，一个泥腿子怕什么苦，怕就怕不知道哪一天竖着进去，横着出来，或是尸首都找不到了。你要知道，在井下，那可真是将脑袋挂在裤带上，有人说下井挖煤，那是活着埋了，只是心还在跳，眼还没有闭。为什么？因为随时都可能瓦斯爆炸，随时都可能塌方，随时都可能透水……只是想着要赚钱，也就不怕苦了，不怕死了。其实也不是不怕死，只是一来想着能赚钱，二来想着出事的毕竟还是少数，不会运气那么差，自己一生不做亏心事，菩萨会保佑的，三来想先猛搞几年，赚了钱就不再冒这个险，干别的什么去。因此啊，那时我总是有使不完的劲，卖不完的力，就想着法子多加班。你别说，那几年运气还真不错，别人有伤了的，有残了的，有死了的，我倒是天天'高高兴兴下去，平平安安上来'，什么事都没出过。挖了几年煤，积攒了一点小钱，也积累了一些经验。就在我想不再挖煤的时候，当地一个老板邀我合伙跟他开一个小煤矿。搞了几年，运气真好，钱也赚了，人还轻松。但毕竟那开矿风险大，不出事还好，一出事就可能是倾家荡产。我们相邻的一家小煤矿就因为出了一个事故，老板被抓了，矿也被封了，到头来是人财两空。于是，我就带着从矿上分的钱回来了。一回来就碰到王一鸣，他就拉着我入了伙。"

"好，看得出来，你还真是一个有运气，有福气的人，和王总一起共事，也算是你们有缘。目前公司是有些困难，但门前的横幅，公示栏上的数字等，这一切的变化，难道你就没能从中看到什么？"江海涛微笑着看着王二发。他稍一想，说看到了，看到了。

"噢，王总，您回来了。"

江海涛听到黄力达在说，转身一看，果然看到王一鸣从旁边快步走了过去。王一鸣一进办公室就关门，可迟了，江海涛的一只脚已经跨进了门槛。王一鸣拿起扫把扫地，扫得江海涛一下东一下西地躲避着。扫完地，王一鸣将扫把往角落里一扔，从抽屉里拿出一叠纸和一个计算器，计算起来，看都不看他一眼。他窘在那里，站也不是，坐也不是，心底不由得升起一股无名火来，心想是你欠着我的债，不是我欠着你的钱，你倒是这个态度，真是岂有此理！手一抬，就要拍那桌子，可就在垂着的手抬到齐肩高的时候，猛然想起这桌子还真是拍不得，催收还得有他的支持和配合。正好此时王一鸣也抬起头来，看到他举着的手。他只好将手再往上举一点，顺势在脸上挠了几下。

"江科长还在这里，我还以为你早走了呢。"王一鸣边说边站了起来。

"不敢走啊。"江海涛一笑，"看你那么专心的，也不敢打搅你。"

"别站着，坐啊。"王一鸣指了指江海涛身边的椅子，点上一支烟，吸一口，"江科长，你也不用说了，我知道你想说什么。我也不转弯抹角，就实话跟你说了吧。你来，如果是帮我出主意、想办法，那我欢迎，如果还是要收贷款，给我添麻烦，那就请你早点回去。"

"王总，其实我一直在帮你出主意、想办法的。"江海涛坐下，"只是那催收也是我的工作，我的职责。再说，这两者也并不矛盾，并不冲突。"

"你不矛盾，可我矛盾。如果你是真的想帮我，那就请不要再谈什么收贷款，我没有两者，只有唯一。我现在最缺的就是一个字，钱！"王一鸣咬着牙，将"钱"字说得特别重，声音拉得特别长。

"王总，你现在是缺钱，但最缺的还不是钱，而是两个字，一个词，两个字一个是'诚'，一个是'信'，一个词就是'诚信'。"

"江科长，我看你是饱汉不知饿汉饥，躺着说话不腰疼。"王一鸣将烟蒂在烟灰缸里一撚，"我问你，你没有钱，你怎么去'诚'，怎么去'信'，怎么去'诚信'，还不是一句空话。这样的空话现在我也不说，等公司好了，有了钱了，自然就什么都出来了。"

"王总，诚信是一种信念，一种观念，一种态度，一种精神，如果不讲诚信，你就是再多的钱，一样可以找借口；而一个讲诚信的人，你就是再没有钱，也会有一种诚信的姿态，有一个诚信的做法。诚信是抽象的，但也是有形的，就像人身上的精气神，你虽然摸不着，但是可以从人的眼神、表情、姿态等反映出来的，诚信也一样，总是会从你的言行中表露出来。"

"那好，你说我不让你收贷款，就是无'诚'无'信'无'诚信'，那是不是你不收贷款，你就是有'诚'有'信'了呢？"

"王总，你这，这是什么理啊？"

"歪理，是吗？可是我现在没办法，只能跟你说这个理。"

"是吗？"

"怎么不是呢？哦，你是不是看到公司这两天有点钱了？我可告诉你，那点钱是大家入股的钱，集资的钱，是公司的救命钱，也是大家的发财钱，谁也别想动一分一厘。"王一鸣往椅子上一靠，"江科长，我还要告诉你，现在的隆兴公司跟过去不一样了，过去是我们三个合伙人的，现在可是大家的了。当然，这个我得感谢你，是你曾经启发了我，我才想起这样做的。"

"那你是不是想贷款就不还了？"

"江科长，这是你说的，我可没这样说啊！"

"可是，你没这样说，不等于你就没这样想啊。"

"不瞒你说，我是想过，但没有认真想过。不过，现在好了，谢谢你提醒了我，那我……"王一鸣呵呵一笑不说了。

"我提醒了你？"江海涛也呵呵一笑，"王总，我还真是要提醒你呢。隆兴公司尽管有些变化，但既没有倒闭，也没有破产，并不改变公司对银行的债务关系，归还原来的贷款是理所当然的，想逃也是逃废不了的。"

"江科长，别吓我，我可没说要逃废贷款啊！逃废贷款这个帽子太大、太重，我可是戴不下，也戴不起。你想给我戴上这顶帽子，让我上黑名单，让人说我是个赖账鬼，那我可不干，不能坏了名声。公司还得红红火火搞下去，大家还指望着发财致富呢，我也还得做好这个董事长，还梦想着做一个市里的，甚至是省里的明星企业家呢。"

"可是王总，一个不注重诚信的董事长，你说能成为明星企业家吗？"

"江科长，我还是那句话，我只是现在没有能力还贷款。这与不想还贷款，那可完全是两码事。"

"王总，我看你说来说去，还是一句话，不想还。"

"不是。"

"不是？那就请你把明天到期的那笔贷款还了。"

"明天还不了。"

"那要到什么时候？"

"这个我也说不清。不过，你放心，有了钱就会还的。好了，过两天公司就要放假了，我还要去车间看看，你就自便吧。"王一鸣说着就要走。

"王总，你不能这样！"江海涛说着伸出双手，拦着走过来的王一鸣。

"那你要我怎样？"王一鸣偏着头，睁着眼睛看着江海涛。

"我要你把明天到期的贷款还了！"

"对不起，我还不了！"王一鸣说着一把撇开江海涛，出了门。

站在门口，望着王一鸣远去的身影，江海涛心情十分沮丧，心底一酸，眼泪上涌，只是强行忍着才没溢出眼眶。他将王一鸣办公室的门关上，转身却不知道往哪里去了，回去吧，时间还早，何况明天到期的贷款还没有一个结果，也不好交差，去医院找王雪飞吧，人家都还躺在病床上，也不好开口。他站在坪里张望，希望黄力达出现，可左看右看就是不见他的踪影，就低头踱步了起来。

江海涛猛一抬头，看到王雪飞站在半开着的门口。王雪飞一把将他拉进门去，顺手将门关上。

"我以为你还在医院呢，没想到你就回办公室来了，真是……"

"真是什么？"

"是……"他摸着头。

"是心有灵犀？"

他猛然想起了"统一战线"，便点着头。

"看你，还脸红呢。"她有些苍白的脸上洇开了淡淡的红晕。

"还说我呢，你看看你自己。"

"看我什么？"她将她的茶杯递给他，"刚才冻坏了吧？来，快喝口热茶。"

他双手接过杯子，捧着喝了两口，温暖随即流遍全身。她倚着办公桌站着，身体稍稍后仰，一只手自然地放在胸前，一只手撑在桌上，笑盈盈地打量着他，从上至下，让他有一种熨帖过的快感。

"你怎么就回来了？也不多休息两天。"

"公司现在这个样子，我能躺在医院里吗？"

墙壁上钉着一个大钢钉，钉子上挂着一个空盐水瓶，输液管还插在上面。

"那也不能把身子弄坏了，身体可是革命的本钱。"

"可又有什么办法，这个时候我不回来，能行吗？"

"也是。"他点点头，喝口茶，"这两天行里有事，过不来，给你打电话也打不通，心里就老是想着，不知道你怎么样了。"

　　"是吗？"她看着他，"今天你还敢来？"

　　"怎么？"

　　"不是有人说你和公司的某某美女，怎么怎么的吗？"

　　"你怎么知道？"

　　"不瞒你说，我不仅知道这个，还知道你们好多的事情呢。"

　　"是吗？"

　　"是啊，你们昨天晚上开了大会。我还以为你怕了，不会来了呢。"

　　"怕了？那有什么怕的，我才不怕呢！"

　　"说大话了吧，其实你心里好虚的。"

　　"没，没有啊。"

　　"还没有呢，你的眼睛就告诉了我。其实，你现在的五脏六腑，我都看得通透通透的。你呀，你是想来，却又怕来，怕来，却又不得不来，对不对？"

　　他点了点头。

　　"那你想的是什么？怕的又是什么？"

　　他嘿嘿一笑，看着她说："想来看那个大美女，却又怕人家不欢迎，想来收贷款，却又怕收不到。"

　　"你倒是想得美呢，既要看美女，又要收贷款，还要两者兼得，真是个人才啊。"

　　"只可惜美女是看到了，而要收的贷款，却不知道在哪里。刚才和王总又理论了一阵，彼此都不是那么愉快。"

　　"你见到我爸了？怎么样？"

　　"说来说去，他还是那句话，贷款现在不想还，不能还。"

　　"是吗？"她说着慢慢坐了下去。

　　"雪飞，我知道现在公司有困难，也清楚你爸的难处，更理解你爸的苦衷。每次过来，看到你爸那焦虑的样子，我心里也是非常难过，就想帮他一把，可又不知怎么去帮，我有时还想，要是这贷款能不收那多好。我也知道，我不该跟你来说这些，给你心里添堵，别说那天你躺在医院的情景，就你现在这个样子，我看着都心疼的。"他靠近她，倚着桌子站着，边观察着她表情的变化边说，"只是这贷款不收又确实不行，上头催得紧。我现在的工作就是催收，要是这贷款没收回去，我个人受点处罚还是小事，就怕影响支行的考核，还有全行五六十个人的收入。说起来，这么天寒地冻的，我天天往公司跑，确实是想来看看你，这一点在你面前我毫不隐瞒，但这只是里子的事，而面上的事是来收贷款的，如果这面上的事都没做好，那里子也就不好看了，不……"

"不要说了，你在这里等我，我一会就回来。"她说着起身，拿着账本，走到门口，开了门，又回头看他一眼。一股寒风从门缝挤进来，她打了一个寒颤。他跑过去，帮她将羽绒衣的帽子戴上。

他在她坐的那个藤椅上坐下，闭上眼睛，猜想着她去干什么，又想着"统一战线"的事情，觉得自己是不是在利用她，这样好不好，她知不知道，知道了会是怎么想……

他正想着，她回来了。进了门，她不看他，也不说话，将账本放进抽屉，就在藤椅上坐下，低垂着眼睛。他预感到情况不妙，又不知怎么开口问她，就只好站在她的旁边。

"海涛，对不起，你的事我没能办好。"她抬起头来，看着他。她的脸色更加苍白，而且白里泛青，目光里也流露出烦闷和愧疚。

"没事，没事呢。千万不要为了我的事生气，气坏了身子，我可是担当不起的。"

"你怎么担当不起啊？又不用你担当别的，只要你每天来陪我一会就行了。"

"每天来陪你一会？只要你愿意，我倒是求之不得。"

"是吗？假话。"

"假话？"

"逗你的呢，我哪敢让你天天来陪哦。"

"怕什么？"

"怕你家那警花姐姐到时候拿着枪，指着我，厉声说，他为什么天天就往你那边跑，你是不是……"她说着笑了起来，脸上也透出了淡淡的血色。

"是什么？"

"是……"她一只手捂着嘴巴，一只手按着胸口，眼里闪亮着泪花。

"雪飞，我告诉你，你那警花姐姐可好了，她说要我请你到家里去玩呢，还说就想见见你这个大美人。"

"你呀，你真是傻呢。你还听不出来，她已经吃醋了。"她一只手指着他，一只手擦着眼泪。

"是吗？"他挠着头。

"好了，不说这些了。"她看着他，"告诉你吧，刚才我跟我爸争论了一阵，他总算答应明天先还两万块钱的贷款。"

"好啊。其他的呢？"

"他说以后再说。"

"谢谢你。"他向她鞠了一躬，"我就知道你会帮我的。"

"不敢当，不敢当呢。"她摆着手，呵呵一笑，"其实，我这不是在帮你，而是在帮公司，更是在帮我爸和我自己。"

"好，真好。"他拍了拍手，"雪飞，看来你不仅是一个大美女，还是一个大才女，又良心大大的好，把事情想到了这个份上，真是了不得。"

"哪里，你家警花姐姐才是才貌双全呢。"她站了起来，"我看，你呀，就早点回去吧，天寒地冻的，免得警花姐姐着急。"

"是你怕我回去晚了，担心路上不安全吧！"他看着她，笑着。

"你自有人担心，我才懒得管呢。走吧！"她推着他往门外走。

他转过身，盯着她，真想一把将她抱住，可就在双手刚刚举起的瞬间，徐一欣的笑脸浮现在他的眼前，他只好将右手伸了过去，握住了她的手。

天黑时分，江海涛刚进家门，就听到后面有脚步声，回头一看，果然是徐一欣。就在回头之际，手机"叮咚"一响，来了信息。他一看，是王雪飞问他"到家没有"，他赶忙回复"平安到家"。

"哟，还有人关心到家里来了。"他刚按下发送键，她就到了他的身后。

"没，没什么，人家就是问一下我到家了没有。"他随手把手机放进上衣口袋。

"我也没说什么，有人关心，那是好事。"她边说边换鞋子。

"真的没什么，不信你看。"他掏出手机。

"你就自己留着多看几回吧，我才懒得看呢。"她边说边换衣服，准备做饭。

"你不看，我偏要你看，人家什么也没说的，就问到家了没有。"他打开那条信息，往她面前亮。

她瞟了一眼，却装着没看似地，边把手机往一边拨，边说："你别挡着，我要做饭去。"

"好，是你自己不看的，可别疑神疑鬼，东想西想的。"他说着把手机收了。

"我才懒得去想呢。"她说着进了厨房。

他靠在沙发上看《中国文人传说故事》中的解缙智对财主。过年了，解缙在门上贴了一副春联："门外千竿竹，屋内万卷书。"财主一看，气了，就将竹林砍了。解缙就在对联上添了两个字，变成："门外千竿竹短，屋内万卷书长。"财主一看，更是生气，就把竹子连根都挖了。解缙又添了两个字，对联就成了："门外千竿竹短无，屋内万卷书长有。"

"你想吃什么菜？"她从厨房探出头来。

"随便。"他边看书边回答着。

"哪有什么随便？"

"就是随你，你想怎么就怎么。"

"随我？什么叫随我啊？"她说着走了过来，拉着他就走，边走边说，"还是请你自己去看看，冰箱里东西多的是，你想吃什么就拿什么，免得到时候又说这个好吃是好吃，就是要能换成什么什么的就更好了。"

"我知道，你是想要我陪着你做饭吧？"

"怎么？陪不得？不想陪？"她偏着头，盯着他。

"愿意，非常愿意。"他将书往餐桌上一丢，嘿嘿一笑，"欣赏美女做饭那也是一件愉快的事情，而边欣赏美女做饭，边跟美女聊天那就更是开心的事了。"

"你呀，就这张嘴会说。"她嫣然一笑，在他额头上一点。

她淘米，煮饭。他坐在小板凳上慢慢悠悠地择着菜。

"我说你嘛，就嘴上厉害，择点菜，这么久了，还是原样子。"她说着蹲了下来。

　　"领导，我把这黄叶一点一点地剔除掉，又把嫩的和老的一一分开，主观上可是想把事情做好，希望能得到你的表扬，没想到事与愿违，还挨了批评，真是的，不干了。"他说着放下了手中的菜。

　　"好，不错，做事认真、细致，有责任感，有上进心，是个好同志。只是按照你这个速度，只怕是要到明天早上才会有饭吃的。到了那时候，人都早就饿晕了。因此，我认为，干革命工作，不管是什么，既要讲求质量，也要注重效率，把两者有机地结合起来。你说是不是呀？"她眼睛看着他，手上却是麻利地择着菜。

　　"说得好，很有建设性。只是，我刚才还有一句话没说呢。"

　　"什么话？"

　　"就怪你。"

　　"就怪我？"

　　"还不怪你？就是因为你那淘米呀，煮饭呀，一连串的动作实在是太优美了，还有你那漂亮的背影，实在是太有吸引力了，害得我老是去看你，才影响了工作的进程，降低了工作的效率。"

　　"是吗？只怕是有的人更优美，更有吸引力吧！"她说着起身，去洗菜。

　　"谁啊？"

　　"你不一进门，人家的关心就来了吗？"

　　"你怎么就知道是她？"

　　"你又忘了我是干什么的了吧？再说就凭女人的直觉，还有你的眼睛，我也知道。"

　　"我真是服了你了，你可是比福尔摩斯还神啊。"

　　"我要不神一点，你只怕是早飞上天了。"

　　"你这是在夸你自己吧！"

　　"随你怎么说。"

　　"自己的老婆不夸，还夸谁呢。"

　　她"咚咚咚"地切着菜。他在旁边观赏。她不时地瞟他一眼。

"你那'统一战线'搞得怎么样了？"她突然问他。

"怎么说呢？"

"怎么啦？"她回过头来。

"辜负了你啊！"他摇着头。

"不对吧？"

"怎么不对？"

"我看你那样子就不对。"她转过身来。

"当然啰，也不是没统出一点成效。"他停了一下，"还好，经过她和她父亲的一场激烈斗争，她父亲不得不答应明天先还两万的贷款。"

"好啊，这就是良好的开端，真是可喜可贺！"她将右手拿着的刀转到左手上，向他伸过手来。

"哪里哪里，只能说是初见成效，还任重道远呢。"他嘿嘿笑着。

"想起来，那统一战线是多么难的事情，你却是建起来了，而且是旗开得胜，真是不简单，不容易啊！"她盯着他的眼睛，"你说说，你是怎么建起来的啊？"

"怎么建起来的？还不是老办法，晓之以理，动之以情。"

"怎么个晓之以理？"

"就是讲道理嘛，正也讲，反也讲，上也讲，下也讲，左也讲，右也讲，讲清楚，讲明白，讲深刻，讲透彻，讲到她无话可说，讲到她无言以对……"

"好，吹得好。那你又是怎么动之以情的？"她将刀换到了右手。

"我……"他指着她手上寒光一闪一闪的刀。

"怎么？不敢说？是拥抱，还是亲吻？"她冲他笑着。

"没有，都没有，就……就走的时候握了一下手。"

"我谅你也不敢。"她点着头。

"那确实，不敢，真的不敢。"他摇着头。

"看你这傻样子，可爱，真是可爱！"她将刀往砧板上一扔，双手捧着他的脸，滚烫地左右亲了一口。

吃过晚饭，她只看了一会电视，就洗澡去了卧室，连她平时喜欢的侦探片也不看了。他明白她的意思，心里也想早点过去，却故意坐在客厅看电视。

"你明天不上班啊？"她在里面催他了。

"好，我知道。"他嘴上说着，脚却没动。

"你能不能把声音开小点啊！"她又在催了。

电视剧一结束他就关了电视。

卧室里，弥漫着朦胧的红色灯光，及浓淡适宜的清雅的香水味道。她侧身躺着，好像是睡着了。他上了床，轻轻地唤她，见她没有应答，又轻轻地推了推，她还是没有反应。他心中明白，就和她背对背侧身躺着，只隔不到一指宽的距离。不到一分钟，他转过身来，仰天躺着，伸手摸了过去，却又中途止住，想让她先摸了过来。可她不仅没有摸过来，反而有了轻微的鼾声。她的体香沁入他的鼻孔，刺激着他早已按捺不住的那根神经。

"你就装吧。"他说着一出手，将她揽入怀中。

"你要干什么啊？"她故意扭动着。

"我要……"

"你不是……"

不等她说完，他的舌头已经搅在了她的嘴里。柔软的被子下面，她那山山岭岭、沟沟壑壑朦胧可见，那涓涓细流、叮咚泉水依稀可闻。他屏息欣赏着、品味着，一切是那样的完美、那样的奇妙，怎不令他激情澎湃，而她那起伏的胸膛、渴望的眼神，又怎不令他豪情万丈。

两团火纠缠一起，燃烧着。可是，就在要对接的一刹那，她突然推开了他，把手伸到了枕下。

"那东西不好，隔靴搔痒的，没意思。"他边说边去按她的手。

"我知道，可现在不用不行的，不安全。"

"为什么？"他躲避着。

"你真的不要？"

"不要。"

"那好。"她将那东西往床头柜上一扔，转过身去。

"哎呀，莫生气啰。你知道胡适先生是怎么说的吗？"

"谁生气了？我才懒得跟你生气呢。"

"胡适先生说，世间最可厌恶的事莫如一张生气的脸，世间最下流的事莫如把生气的脸摆给旁人看。这比被打骂还难受。”

“是啊，是给旁人看，也没给你看，你急什么。”

“哎呀，何必呢。我爸爸妈妈，还有你爸爸妈妈，都早就盼着抱孙子了，再说别人也在议论，我们都结婚快两年了，也不见一点动静，是不是这个那个。你是没听见，我是听到了，一个大男人的，听着心里好不是滋味。”他边说边看着她的反应。

“我也没说不生，只是想等几年。”她转过身来。

“我可不想等。再等人都老了。”

“我也是为你好。你想一想，要是生了孩子，我还能有这样的身材，还能有这样的容貌，还能有这么多的时间来关心你，还能有这么多的精力来疼爱你？”

他不说“是”，也不说“不是”，只是傻乎乎地看着她。

“你这么看着我干什么？难道你不知道，现在好多女孩都不生孩子了。不过，不生孩子我倒是不干。”她闪亮着眼睛，“你还别说，有时看到别人带着孩子那种幸福的样子，还真是让人心痒痒的，就有一种渴望，一种期待。”

“就是嘛，一个女人，要是没有孩子，那就不是一个完整的女人。”

“那我们就只等两年，怎么样？”

“不，一年。”

“好，一年就一年。”她说着就往他的怀里拱。

从上午等到下午，一直不见隆兴公司有人过来，也不见有钱进账，急得江海涛好像热锅上的蚂蚁，楼上楼下不停地跑着。

“江海涛，你这是在干什么，窜来窜去的，人都给你窜晕了，你还有停没停啊。”王小珍倚着门框，双手抱在胸前，不咸不淡地说着，“你呀，也真是，就这么容易相信别人，真要想来，那早就来了，何必要你等到这个时候。我看你准是中了人家的美人计了。”她咯咯一笑，朝他手一扬，“我还告诉你，美女哄起人来，那是能哄得你半死的。”

他没搭腔，只是笑嘻嘻地听着，等她说完了，请她告诉相关人员，要是下了班，公司的人还没来，那就稍等一会，也许人家正在来的路上。

"等等等，等什么啊，你发加班工资？"王小珍嘴巴一撇，转身进了办公室。他知道她嘴上是这样说，等是会等的，就没理她，出了营业厅，在大门口等着。

是王雪飞忘记了还贷款的事，还是公司确实没有钱？是王雪飞改变了主意，还是王一鸣又变了卦？他这么想着，又一一否定。

下班了，办公楼里的人陆陆续续地下来，回家去了。

"到底还来不来啊？"王小珍居高临下，站在她办公室的防护窗前，朝江海涛边扬手边说，"要是不来，那我们就走了。"

"再等五分钟，就五分钟，好不？"他眼睛望着路口，边说边朝她伸出五个手指。

"看来是不会来了。"他心里这么想着，摇摇头，朝营业部走去。还在营业部的门口，就听到了王小珍和几个人正在热议着琼瑶和她的电视剧。

"哎呀，这个琼瑶的电视剧我是想看，又不想看，为什么？想看嘛，里面的人物确实是一个比一个漂亮，一个比一个可爱，那主人公的命运也是一个比一个让人牵挂，一个比一个让人同情，让你想不看还不行；不想看呢，主要是一看就让人泪流满面，搞得哭兮兮的，让人伤感不已，搞得悲悲戚戚的，让人实在难过，伤心死了，自己一个晚上睡不好不说，还害得我老公有时也要陪着我抹眼泪。哎哟，不过，每次说不看了，结果还是看了，一集也没落过，这琼瑶真是了不得，真是……"

"真是个屁呢，谁像你一样的多愁善感，只有你才那么痴痴呆呆地看，才那么糊里糊涂地信。你知道不知道，电视里的东西那全是假把戏，是万万当不得真的。你看看，现实中，有几个真的那么爱得天昏地暗、死去活来？大多数就是凑合着过的，只是尽一个责任，尽一个义务。'无巧不成书'说是这么说，可现实中，哪来那么多的机缘？又哪来那么多的巧合？那些机缘巧合的东西，都是那些无聊的文化人编撰出来，哄你开心，骗你掉泪的。"王小珍拍了一把桌子，往桌子上一坐，"说实话，琼瑶的那些东西我就不想看。为什么？哼！在她的那些东西里面，女人一个个的就是阿弥陀佛，可怜巴巴的，一个个的就知道哭鼻子、掉眼泪，没点用。女人就是这样的吗？不是！

女人就应该是这样的吗？更不是！"

"王主任说得真好，全说到我心坎里去了，我看不惯的也就这一点。"万小红仰视着王小珍。

"所以，你们看是看，可不要看着看着就中了毒，生活中的爱情很现实，没有电视剧里的那么浪漫，也没有那么悲惨，也不是花前月下，而是实实在在、真真切切的。"王小珍指着万小红，"特别是你，正在恋爱吧？我看你最好不要去看，要看，就要戴上防毒面具。"

万小红红着脸，点着头。

"还是没来吧？"王小珍头一偏，看到了江海涛。

"还没有。"他点着头。

"我说了不会来的吧，害得人家都在这里白等。你知道么？耽误别人的时间，就等于谋财害命。"她手一挥，"姐妹们，走，还等个屁呢，都给我回去！"

"江科长！"

江海涛转过身来。在他面前的黄力达正捂着胸，喘着气，一脸灰尘，一身泥土。

"不……不好意思，我来……来迟了。"黄力达边说边从挂在胸前的包里取出钱来。

"没事，来了就好，来了就好呢。我就知道你会来的，果然是你来了。"江海涛满心欢喜地接过钱，递给万小红。

"还真的来了，不错，不错啊！"走到营业外厅的王小珍说着返身进了内厅。

"江科长，这事你可不能怪雪飞姐。"黄力达看着江海涛，"她是要我上午早点来的，只是我准备走的时候，一个客商来了，王总要我跟他好好洽谈洽谈，结果一谈就是一个上午，两人谈着谈着就成了朋友，中午就请他在镇上的馆子里喝了几杯，喝着喝着就忘了时间，等我回到公司，已经是快四点钟了。雪飞姐在大门口见到我，还以为我是从银行回来了，问我怎么样，我说还没去，她一听，脸色一下就变了，指着我，想骂我几句，但没有骂出口来。我看天色不太早了，就问她，可不可以明天再来。没想到她眼睛一瞪，手一指，声色俱厉地说不行，要我马上就来，承诺了的事就要兑现。"

"看来这王雪飞还不仅仅是一个大美女，还是一个讲义气、有情义的人呢。"王小珍拍一下桌子，"好，这样的人我喜欢。"

"那是的，像雪飞姐那样的人，哪个不喜欢。"黄力达自豪地咧嘴笑着。

"看你这一身泥的，是怎么回事？"江海涛端了一杯茶递给黄力达。

"还不是雪飞姐要我快点走，我只好一路飞奔。"黄力达喝了一口茶，"就在那个叫刘家坳的鬼地方，又是下坡，又是转弯，我也不知道是怎么搞的，反正等我明白过来的时候，人已经趴在路边的田里了，还好在那田里没有水，离路面也不高，人没伤着，车子也没什么大问题，只是弄了好一阵才把车子搞到路上来。"他将茶杯放到柜台上，边朝王小珍和万小红她们拱手做揖边说，"对不起，让各位久等了。"

"没有，你才辛苦，我们等一会算不了什么。"万小红说着把还款回单递给黄力达，请他顺便带了回去。

黄力达收了回单就要走，江海涛说天快黑了，明天再回去。他说不行，天黑不怕，车子有灯，再说雪飞姐肯定还在公司等着。江海涛说给她打个电话就是，他说不行，应该今天回去的就不能明天回去。江海涛只好让他走了，一再招呼他慢点走，路上小心。

"江海涛啊江海涛，真看不出来，你还有这样的本事。那个王雪飞我也是打过交道的，也算得上是个角色，看上去是柔弱随和，实际上却是柔中有刚，不好对付的，怎么就服了你了，看来你还是有点能耐，有点魅力哦。"王小珍边说边走了过来，"我还以为你中了她的美人计，没想到，是她中了你的美男计。"她说着在江海涛的胸前擂了一拳，扬长而去。他摸着胸脯，望着她的背影，回味着她刚才说的话，不由得笑了起来。

（2015 年 5 月由中国金融出版社出版；湖南省作家协会 2014 年度重点扶持作品；获中国第三届金融文学长篇小说奖）

长篇小说卷（三）

NO.3

大地之子（节选）

■彭有权

‖ 作者简介

　　彭有权，笔名北斗，中国作家协会会员，中国金融作家协会理事，甘肃省金融作家协会副主席，天水市作家协会副主席，现供职于甘肃省农村信用社联合社天水稽核审计中心。1993 年开始在《莽原》《飞天》《小说月报》等报刊发表小说、散文、诗歌，共计二百多万字。中篇小说《骆马情仇》获 2004 年甘肃省首届黄河文学奖二等奖及《飞天》十年文学奖；中篇小说《向深处走来》获"全国金融文学大奖赛"一等奖；长篇小说《望天鸟》获第四届黄河文学奖、天津市梁斌小说奖、第一届麦积山文学艺术奖；散文《一只藤椅》获甘肃省农村信用社联合社成立十周年全国征文大赛一等奖。出版中短篇小说集《月亮回家》《碎片》《西北风》、长篇小说《望天鸟》《大地之子》。《皮鞭的记忆》入选《新时期甘肃省文学作品选》散文卷，《共度天涯》入选《新时期甘肃省文学作品选》小说卷。

作品简介

　　《大地之子》是一部以生态农村建设为题材的长篇小说。望天地处甘肃东部，本地的特产大麻质地优佳，历史悠久，曾在明清两代作为贡品远近闻名。八九十年代，这里盛产的大麻却不能给当地农民带来经济效益，面对父老乡亲"端着金饭碗讨饭吃"的现状，身为共产党员的秋子心急如焚，却一筹莫展。一次偶然的机会，秋子做的麻鞋被外国人看准后，在农村信用社的支持下，成立了大地股份有限责任公司。作为大地公司董事长的田秋子是一个正直善良、大公无私的女强人。她的丈夫逝世后，她独自承担着生活的压力和一些流言蜚语。又由于鸡罩等人的构陷，她的女儿蒙尘于大都市之中，多年无颜回家，因此，她又不得不背负着丢失女儿的巨大痛苦。然而，在生活的重重打击面前，她的身上却焕发出了巨大的能量，她创办的大地公司主要生产大麻制品，收购了望天一带一直滞销的大麻，带动了大麻种植产业，来增加村民经济收入。大地公司在信用社的支持下，发展很快，尤其在董事长秋子被选为望天四村支部书记后，她把望天四村全部建成了仿古庭院式新农村，公司又出资建起了养老院、幼儿园等。就在事业如日中天之际，她突然决定从企业退出，将公司主动让给村委会，属于集体所有，并辞去了董事长职务，让公司完完全全回到村民手中，真正做到了还富于民。牛若谷因反对给以造假牟利的徐飞制药厂贷款，被免职后烧锅炉。联社副主任丁力群力荐信贷员高天为望天社主任，他任职后，在丁力群的庇护下，失信于民，加之二级法人等诸多弊端，官小权大的他肆意挥霍，与制药厂老板徐飞、高利贷者鸡罩内外勾结，造成大量贷款无法收回，致使望天信用社到了连存款都无法支付的地步，联社不得不再次任命牛若谷为望天社主任。牛若谷上任后，他不忘初心、坚持原则、刚正不阿，一言一行无不透射出一股凛然正气。牛若谷不顾信用社内部一些落后势力的反对，与大地公司董事长秋子精诚合作，一心为民，把一个偏僻又贫穷的望天，建成了一个远近闻名的"聚宝盆"。在引领信用社走向辉煌的同时，与大地公司一道将当地农民快速带入致富之路。

楔子

在广袤的大西北，土地固执地秉承着贫瘠的习性，倔犟地与穷人较劲，但向土地刨食的农民从来没有放弃对它的热爱，他们用智慧和勤劳创造出了光荣的历史，哪怕种下一棵眼仁珠子，长出的则是一根狗毛，他们依然不会有丁点的怪怨，更不会怠慢和嫌弃。土是他们的命，地是最近于人性的神。因此，望天人紧紧地拥抱着大地，从不践踏，从不亵渎，从不违背。虔诚地向它祈祷，自信地向它索取，无奈地向它倾诉；饿了，爬地而食，渴了，跪地长饮，困了，席地而眠。笑语漫苍天，泪水润大地。这就是他们如此眷顾和热爱土地的理由；尽管这个尘世慌乱芜杂，但总有一群人热衷于为它效劳，因为另有一群人质朴、善良、憨厚甚至愚昧，这就是他们比这群人更"愚昧"的最伟大的理由！

1

望天的春天总是来得迟了些，尽管唱"春牛"的人早已走了，但冰雪还是懒懒得不肯退去。屋檐上挂着一根根水晶一样的冰凌，是小孩子们最热爱的琴键了。他们可以挥起竹竿或者皮鞭，随意地在这些琴键上演奏。那晶莹剔透的一排排冰柱，随着孩子们轻轻地一挥，便慌乱地散落一地，在铜一般的冻土上弹跳。他们捡起光与水凝结的冰块，边啃边作为追打伙伴的武器，尽情嬉闹。溅起的一片碎玉，瞬间即逝。任性的挥霍满足着稚嫩的童心，脆脆的响声在望天婉转悠扬。即使因为孩子们的顽皮让本该童话般的屋檐变得残缺了，但也不会因此而少了檐口银色冰帘的景致。纯洁的冰——毫不埋怨孩子们的无情，总是抱着对残阳的幻想，把屋顶最后一瓣雪的消融，变成唯一的纠结和思念。每当夜幕垂落之际，屋檐下的冰柱又像倒立的春笋，它不会像钟乳石那样生长一万年，只需傍晚余晖的一瞬。

　　望天地处西汉水源头。西汉水是古书上说的，当地人便叫它汉阳河了。望天东面紧靠崦嵫山，海拔两千多米。崦嵫山周围是黄土堆积的丘陵，如盛开的莲花。一朵莲花的花蕊就是一个小盆地，里面窝着一个或者几个村庄。望天处在一个较大的花蕊里，西汉水从崦嵫山流出，经过平缓的川道，本应端端流走，它却左顾右盼地随意摆出两个半圆来，酷似太极图，望天人又形象地叫它太极河。这样一来，西汉水就是它的官名，汉阳河与太极河便是乳名了。另有传说：老子出关，把陕西八百里秦川的山赶到秦岭后，他胯下的青牛疲乏得不能动弹了，老子挥起长鞭，被惊吓的青牛向太阳落下的地方奔跑，第一个踩出的蹄印就是望天，青牛流下的汗水，向西流去，就是西汉（汗）水。被赶在秦岭以西最高的一座山便是雄镇三江的崦嵫山，也就是分水岭。三江为长江、黄河和西汉水。长江黄河均属支流，西汉水确源于此。因此，就有了崦嵫山不大不小，压着三江河垴的赞誉。崦嵫山以西，山势逐渐趋于平缓，山头细浪滚滚，素有崦嵫岛浪之称。山下厚土堆积，让西汉水漫道逍遥随意流淌。西汉水流至铁堂峡，两座山门神一样两岸对峙，被迫挤出一条细细的瘪沟。那日夜流淌的西汉水，打转了一座座水磨和油坊，再次造福望天人。西汉水穿过铁堂峡，就是三国古战场岐山堡了。

　　曾经由老子的青牛踩踏出的蹄印，变成了一个承载望天人福祉的聚宝盆，在这里分布着四个自然村庄：东有崦嵫山下的分水岭村，西有铁堂峡村，南有明光村，北有望天村。四个村子世代交耕田地，向土地讨要光阴。这里农民的日子虽然清苦，却相处和谐，除把这四村亲如一家的统称为望天外，中华人民共和国成立后，又把设置在聚宝盆里的人民公社也以望天命名，后来就自然而然的成了望天乡政府了。望天四山环抱，南北一座独木桥连接着两岸的酸甜苦辣，东西一条太极河融通了千家的喜怒哀乐。在这个聚宝盆里，一代代先辈们繁衍生息，创造过曾经的辉煌，大约在明朝中期，因这里盛产的大麻在当地很有名，却被选为贡品，一时声名鹊起，望天人的血汗也就随之悄悄流入王侯将相之家了。因此，望天人对聚宝盆里的每一寸土地都视为生命，觉得土地是他们最可靠的神。就连汉阳河两边的小路都挤在柳树下了，生怕少长出一苗大麻，谁也不敢浪费这寸金之地。直到中华人民共和国成立后，竟然在平平展展的聚宝盆里建置了乡政府、信用社、供销社、学校和卫生院等单位。一些村民也紧跟其后，把原本在山上的房子搬迁在了大麻地中。

望天自古不缺水，不缺土，更不缺种籽。一到开春，惊蛰一过，骚情的土地被锋利的犁铧拉开一道道鲜嫩的口子，撒一把种籽，经春雨细细浸润，青苗在柔弱的阳光里一冒出地皮，见风就长。但这些年不行。这些年人们对土地太苛刻，种一根狗毛，便会被要求长出一棵大树。贪婪的人们在欲望的捉弄下，给土地里埋进了化肥农药来催生庄稼。一年一年地娇惯，尝到甜头的土地会像任性的孩子，开始倔犟地不听穷人的使唤，不见这些化肥、农药就偷懒，甚至装死。硬是把一粒粒饱满的种籽，折磨得长出了一根软不拉叽的绒毛来，病怏怏的。作为农民，这样的庄农你能拿出手？人家的禾苗阳春三月拔节的时候，在早晨的露水里叭叭作响，而你的则像一片霜打的蔫草。不怕你丢死人，就怕青苗丢了命！

望天人是世代的庄稼把式，哪个想在营务庄稼上落于人后？唉，这年头！日子过得好一些的不必说，贫穷的人家就难受了。春节自然就过不好，本该热闹的年也不敢放纵。一声春雷，会把穷困人的胆炸破。没钱买化肥农药，地就种不上，也没有值钱的眼珠子倒卖，只好把精选出来的上等麻丝便宜卖掉，真叫人心疼，更叫人惆怅！

望天的大麻远近闻名，这个小盆地和四季分明的气候，使大麻在这片热土上占据着得天独厚的优势，加之世代种麻技术的延续，上帝也在不经意中恩惠了望天的子民。可是现在大麻成了冷背货，当今的人几乎很少用麻丝，不穿麻丝做的麻鞋而穿皮鞋，不用麻丝织的麻包而用塑料袋。本该引以为豪的大麻，不料却失去了往日荣光，成了累赘。囊中羞涩的望天人不得不像泄了气的气球，蔫软得没一点脾气了。虽说大麻的销路不行，但总比种庄稼划算些，再说，除了种植大麻，哪有经济来路？没有别的办法可想，春耕的化肥农药只能指望农村信用社了。

望天信用社在汉阳河边上，旁边有两棵百年倒柳。一棵已被雷殛了树冠，只剩下半截丑陋的树桩，可怜的它再不敢奢望发芽的机会；另一棵树桩躲过了天灾，却遭遇了人祸。树桩被人和虫子已掏空了多一半，里面供奉着财神爷的画像，隔三差五会有人来烧钱。虽然这棵树还剩一半，但还要三四个大汉联手才能合抱。在这棵树桩的门洞上，不知是哪个调皮鬼贴了这样一副春联：烧冥元想换人民币，求贷款为生钱儿子。这幅惹笑的春联先不去理会，只说这棵饱经风霜的百年倒柳，只靠这半边的树皮供养仍能枝丰叶茂，不得不叫人肃然起敬。从远处看，这两棵古柳更不一般，成了汉阳河畔的特大盆景。那棵被雷殛过的树桩，酷似一块丑石，猥琐地立在另一棵老树的下面，却增添了不少景致。柳树下清清的河水在它的倒影里流淌着，春风把枝条儿荡来荡去，像姜太公的鱼竿，小鱼儿来回穿梭。差点儿伸到河面上的柳枝儿，天真地抚摸着永远够不着的影子，执着的有点可笑。就在这两棵树的下面，裸露着虬龙一样的树根，每一段弓起的根节上面，都被望天人的屁股打磨得油光闪闪。这里不仅是儿童的乐园，更是望天人休闲谝传的场所。

　　黄村长坐在树下，旱烟锅插在嘴里，也不冒烟，好像睡着的一只公猫，就连他腿下面的欢欢也慵懒地用一只前爪捂着脸，在开春的阳光里仿佛要睡上一万年。看来，这个小狗和它的主人一样，都害着睡不醒的病。

　　"马上就到惊蛰，地醒了，人倒睡着了。"贵成子看着黄村长说笑。

　　"睡醒了！我的地早就哇哇乱叫，渴得吃雪。"

　　"吃雪？供销社码了一仓库的雪，吃去。嘿嘿嘿！"

　　"听说谁要给徐飞的制药厂种当归，人家就给谁管化肥。"

　　"哼！想到猴子手里叼食？"

　　"想天上的腊肉？小心掉块骨头砸碎你的大板牙，说话漏风。"

　　"人家的贷款有了眉目，才说风凉话嘛。"

　　"唉，财神爷叫徐飞包养了！"贵成子擤出了些粘稠的鼻涕，提在右手还未甩掉，只听见黄二楞几声咳嗽，呛出一口陈年老痰，朝信用社的大门射去，差点落在被风撕残的半页春联上，大家这才看清失群的"鱼"和"水"两字委屈地相互张望。又见一窗户角的防盗筋上结着蜘蛛大网，上面有一只残缺的蝴蝶翅膀，故意在春风中颤抖，想必是要挣扎着重新飞起。外面很冷清，里面却不断传出热闹的下棋声：

"吃兵。"

"将军！"

太阳快下山了，一抹余晖照到汉阳河边的柳树上，那一条条柳枝泛着紫红的光泽，看来它们早已按捺不住春心的挠动，悄悄地发芽。

黄村长把头抬了起来，嘴里仍咬着熄灭的烟锅，他把目光从信用社的门口抽回来，又落在了他烂出一只"眼睛"的布鞋上，嘴唇嚅动了几下，狠劲地吸了两口烟锅，把本来鼓起的腮帮吸出两个大坑来。这时的他，好像喝了一口肥羊汤，舒坦得脸上开了花，眼睛已瞪在了额头上，鼻子却把松软的大口压得拔不出烟锅，最后，他只好把烟锅左右摇了两下，才勉强拔了出来，再把烟锅里半生不熟的烟灰，对着他脚上的一只"眼睛"干净利落地磕掉，然后才从嘴里吹出一柱长烟，在贵成子惆怅的脸上碰出一堆蓝色的氤氲。

贵成子惊呆了，黄村长嘴里哪来这一股妖烟。他抬着个死烟锅都睡半天了？贵成子伸直了懒腰，吓得倒退一步说：

"村长，你在要把戏吗？"

黄村长向贵成子和善地笑了笑，重新又装了一锅烟，擦着火柴，把一个精神的、跳跃着的火苗倒进了装满烟叶的黄铜烟锅里，只听见"嗞"的一声，一个鲜活的生命立马消失了。随即，他抬起头，猛然咂了两口，一堆浓浓的蓝烟把黄村长的头埋在了里面，又是"嗞"的一声，又一根烟柱从那一堆烟里冲了出来，直指天空。

贵成子馋得嚼着空空的大嘴，便笑嘻嘻地从村长手里接过来烟锅，狠命地吸了几口，咽了，也像黄村长一样，一仰头，然后从两个向外翻着的、猪一样的鼻孔里喷出两根烟棍，捣进黄村长的皮袄里，戳得白色的羊毛东倒西歪。只见黄村长怀揣浓烟，好像是他从心里冒出的。

"钱儿这狗日的。"贵成子把两个瘦小的、干瘪的、黑玛瑙一样的眼珠子差点从眼眶里笑了出来，给黄村长点着头，死皮赖脸地说："我咋一辈子就缺这孙子呢！"

黄村长把头一歪，看着可爱的贵成子。

"你咋不管？你是村长。"

"我算柳树洞里的财神爷还是信用社主任？"

"我不管，你总该是村长吧！"

黄村长看着不懂事的贵成子，把烟锅夺了回来，没有抬头，只是抽烟，一口接一口地抽，看样子，他要把这块黄铜非融化不成。

"今年没化肥种不上地，我就不给你承包费，还有村提留。"

"我也不……"

"想给，只是没有。"

"哼，逞能。"

"不是逞能，只是……"

贵成子正想说下去，信用社的门"咣"一下关了，主任高天和望天制药厂老板徐飞笑骂着出来了。信贷员小唐锁了后门，瞥了一眼树下的闲人，紧跟着高天他们去了街道的另一头。在他们的声后，淫秽的脏话散落了一地。这些浪言秽语没有惹怒柳树下的人，倒是黄村长的欢欢跳了起来，瞪大眼睛，朝他们愤愤地叫了几声，好像它是人似的。

"把门扇给踩烂，再看他说开就关……"

黄二愣气愤地说了错话都不觉得。

"你踩了，李木匠的款就贷上了。"贵成子嬉皮笑脸地奚落李木匠，见李木匠没有理他，看了一眼装死的黄村长，又看了一眼高天他们远去的背影，轻轻地说："唉，饭没盐像水，人没钱像鬼！"

春天的傍晚，灰蓝的炊烟漫延在大地上，把整个村庄隐隐约约地托了起来，云里雾里，若隐若现，显得飘渺而神秘，坦然又祥和。偶尔透几声狗吠，又几声鸡鸣，还有牛的响鼻，驴的惊叫，倒把本该死气沉沉的村庄闹腾得又活跃了起来。

秋子家住在河边上，门口筑着石碾盘。如今这个碾盘除了望天人在腊月时节，碾煮黄酒的酒醅外再无它用。但在早年间它的用处可大了，天旱磨面全靠它。农业社时期，防暴雨，碾炸药，它也没少出力。秋子的男人白平和在世时是远近闻名打暴雨的炮手。他一听到雷响，便立马带着贵成子向北山顶的堡子跑去，履行他一个民兵连长的职责。山顶上有专门为打暴雨挖的防空洞，里面存放着炮筒和几箱子白平和他们自制的炮弹。只要有黑黑的乌云向望天方向袭来，贵成子便拿出炮筒，白平和麻利地装上炮弹，点燃后，马上钻进防空洞里，只听得"轰"一声，一颗炮弹冲进乌黑的云里，把那堆狂躁的黑云打得四处逃窜，有些顽强地掉下几滴眼泪，有些知趣地变为白云，自由于天空。白平和有他自己的看家本领，专打云头，几炮下来，便会云开雾散。对于白平和打云头的稳、准、狠，贵成子很是佩服。但有一次，极不幸运，风一过，雨就来了。白平和没来得及叫上贵成子，一人连滚带爬上了山顶后，已是乌云翻滚，雷雨交加。他把一颗炮弹点燃装进炮筒，便跑进防空洞后，没响，等了一阵后，又没见响。就在白平和跑出去的一刹那，炮弹在炮筒里炸了，非但没打着云头，倒是打着了白平和的头。当牛若谷从黑云和暴雨中把白平和背下山的时候，他已没命了。后来有人把谣言推在瞎子半仙身上，说是白平和打暴雨时把龙王爷的头伤了。又说秋子家门口那个碾盘，正是"白虎"当道。秋子不信这些，好友巧姐儿劝她把这个"白虎"搬走，秋子只是叹气罢了。她想过年大家都要用它碾酒醅，放这儿方便，也习惯了，搬走它，门口倒冷清清的。

秋子住着三间坐西向东的房子，两间南房为厨房，两间北房用作仓库。这么大一个院子，可惜只有她和女儿棉花两人住着，青岗叔一直住在北山上，日夜守护着七太太的陵墓。白平和去世后，秋子去请了好几次，他舍不得七太太，不肯下山来，也就只好由他去了。这个曾经上过抗美援朝的老兵——军人出身的他就是这么倔强。

棉花生性腼腆，已经是十七八的姑娘了，和黄村长的儿子三郎在天台城读书，一般两个星期回一趟家，取点米面油什么的，顺便来看看妈妈和爷爷。棉花一来，秋子家就像过节一样，青岗叔也会被乖巧的棉花软缠硬磨请下山来，秋子呢，便会拿出她的手艺来，做他们爱吃的麻麸馍、馄饨或者"面鱼儿"。难得一家团圆，当然她也有了兴致，做起饭来就格外精神。

又是一个周末，秋子也没什么事，便到分水岭的半山去接棉花。春风徐徐，她漫步于山上，已深深感到春天的温暖。时令如约，节气一到，什么也无法阻挡。这就是大自然。宽宏的它平待众生，不论穷富，不论老幼，都会给你一样的节令，一样的空气，一样的雨露和阳光。其实，世间万物只要你一遍又一遍反复观察体味，就会认清它的本质。不论万物如何变化多端，终会回归根本，总以和善厚德来抚育尘世苍生。秋子看着山下的望天，烘托在大自然的雾岚里，那些平展展的土地，经过了一冬的休养，早已精力旺盛。憨厚平坦的土地，永远蕴藏着一颗对人类的慈爱之心。它一年又一年地奉献，为生灵源源不断地提供着各类食粮。在它无限宽阔的胸怀里，上帝无私地变幻出不同的物种，不同的花色，不同的气味，不同的果型，不同的营养等，来供众生选择享用；在它无限宽阔的胸怀里，动物来了，植物来了，猛兽来了，飞禽来了，虫菌来了，病灾来了；在它无限宽阔的胸怀里，大象漫道逍遥，蚂蚁匆匆忙忙。土地啊！一个伟大的母亲，一个盖世的英主，一个空荡荡的神……

一群回窝的鸟，从秋子的头顶掠过，留下了欢快的声音，才把她从遥远的思绪中惊醒，又回到了现实中，静静地看着眼前这片生她养她的土地。在她看来，国家的政策这么阳光，极力让农民富裕起来。望天人守着上帝赠予的聚宝盆，端着金饭碗，咋就富不起来？这是近几年最折磨她的一块大心病。眼下正值春耕生产的大好时节，望天的大多数人面临着无钱买化肥农药的实际困难，严重影响着适时春播。这件事叫秋子很是揪心。眼看惊蛰很快就要到了，望天人总不能把种籽紧攥在手里吧！

秋子热爱望天，更热爱望天的人。白平和去世后，是他们把她从痛苦中拉了出来。他们的善良、质朴、憨厚和执着时时地感召着她。她想报答，可惜没有机会。一个"穷"字，烙在她的心头，叫她好不难受。她曾经给原信用社主任牛若谷反映过，但他已被免去主任，到天台区农行家属院烧锅炉去了。望天人都清楚，新提拔的主任高天一上任，就很少给望天村民贷款，而是把信用社的一大部分资金贷给徐飞，办起了望天制药厂。村民形象地说，不是制造什么当归丸，是把信用社"当鬼玩"。村民怨声载道没用，人家徐飞上下有人。再说，信用社还不是支持乡镇企业？总要让一部分人富起来。秋子看着雾气中的望天，看着处在聚宝盆最中心的信用社，她一个妇道人家，多少有些理不清，道不明。让一部分人富起来，究竟是哪一部分？为什么只让一部分人富起来呢？这一部分人当中有没有选择？比如年轻有为者，比如仁义道德者，再如衷心地为大家服务者？她——疑惑不解……

秋子这样想着，但她还是为当下的春耕生产着急。如果牛若谷在，那当然大家就不会操心了。他是信用社的主任，也是共产党员，再退一步，他更是地地道道的农民的儿子，应该晓得农民与农事。

农民为何这样苦？农业为何这样落后？农村为何还这样穷？秋子作为农民的儿女，共产党员的她深思着，看着山下的望天……

秋子一到家门口，刚刚站在石碾旁，五儿就迎了上来，摇头摆尾，并向她轻轻地叫了两声。从它微弱的叫声中，秋子能分辨出它在委婉报屈，不该把它丢在家里。它不能舍弃主人，跟随主人是它的本分。如果主人没必要带它，它会在家守卫，绝不会有半点埋怨。但主人也不能随意不顾它的感受，若有若无一样，这样它就不高兴了。但五儿一见到秋子后，调皮而欢快地缠磨在秋子的身旁，却把一切不快全忘掉了。秋子抚摸着它，天慢慢黑了下来。她看着皓洁的明月边上有一片云慢慢游动，她的头顶出现了短暂的阴影，一股忧伤再次轻轻袭来。她立于石碾旁，石碾的冰冷，寒月的清辉，促使她悲伤的思绪在春天的夜晚一次次涌动……她一人在家，棉花一人在学校，青岗叔一人在北山上，还有她苦命的男人白平和在天国。一家四人，各自一方。秋子在月下静静地聆听着汉阳河流动的声音，再次抱着五儿，感叹一阵后，她又感谢起了近乎绝情的上帝，在给她带来悲伤的同时，又给了她生活的希望。棉花——她的宝贝是多么的善解人意，小小年纪就懂得为妈妈分担忧愁，这不能不说是上帝送给她或者补偿给她的最好礼物吧！另外，青岗叔虽然不是她和白平和的亲人，但又胜过亲人。他正直善良，注重感情，简单真诚。他为了曾经的主人七太太不顾生命危险，舍身救助。他为了死去的七太太终身不娶，甘愿做一个多情善感而无怨无悔的守墓人！

2

自从牛若谷被免去望天信用社主任，调到农行家属院烧锅炉之后，他仍是愤愤不平，主要是联社把徐飞的制药厂也当乡镇企业，把徐飞这样的造假者也当企业家来支持，把高天这样的人放到主任岗位上来管理一个信用社，他怎么都接受不了。他当时大发雷霆，粗暴而狂躁得简直就像一头笼中的狮子。他当着望天信用社的同事撒过酒疯，他带着怒气闯入联社副主任丁力群办公室论过理。他不是舍不得主任头衔，更不是丢不了这张脸面，主要是望天信用社他已苦心经营了多年，太有感情了。另外还有老前辈的心血，一旦毁于这些人之手，真是太可惜！徐飞竟然把火炉子沟的白土掺和些"美国二铵"，用编织袋装了运回他的老家当化肥卖，坑害父老乡亲。这样没有道德底线的人把他扶持起来，后果不堪设想！不管牛若谷当时怎么理论，丁主任总认为他闹腾的理由就是被免去了主任职务。趾高气扬的牛若谷把他曾经上过老山的经历作为资本，时时刻刻拿出来显摆和炫耀，这是丁力群作为堂堂联社的副主任最不能容忍的。早就想拔了这颗老虎牙没个机会，正好他来阻止改革、反对支持乡镇企业，撞在风头上，借改革之名把这个犟牛也"改革改革"，等待他的不是锅炉房难道是联社主任岗位吗？

后来，牛若谷也慢慢想通了。他敬重的青岗叔在抗美援朝中曾经受过几次伤，一个酷似月牙的伤疤在他的右屁股上跟随他半辈子，现在不也是心安理得的守墓人。他又一想，觉得自己好无聊，这就是世事！现在，他在看似乌黑的锅炉房里不是很满足吗！他把堆放杂物的墙角腾了出来，收拾干净后用土坯盘了火炕，把他的铺盖卷在上面摊开，贴着炕两面的黑墙用牛皮纸糊了，买来几张白底蓝色菱形块图案的墙围纸，又覆了一层，然后接了灯泡高悬头顶，一下子亮堂而温馨起来。看门的老赵耍笑说他在收拾洞房。他也笑着说："对，要与锅炉结为百年之好。"他在锅炉房里倒觉得自由自在，这里成了他的王国。他在这里可以随意地把每一块煤丢进张着血盆大口的锅炉里，他还可以任性地说笑和喊叫，甚至在酒后大声高歌和哭泣。他不怕脏和累，热爱这份"来之不易"的工作。他把锅炉身上的所有陈年老垢清理得干干净净，把吊在房梁上的一串串灰尘用水龙头冲刷下来，把本该黑而脏的地面拖出了水泥的光亮，甚至将砖墙缝隙里的尘土全冲进了地下水沟。他等待着夏天的来临，便会把火炉子沟被徐飞造过假化肥的白土拉来，叫它真正派上用场，把整个砖墙粉刷成白色，把这一堆煤山照亮。

在他经营的王国里要黑白分明，好叫每个角落里的煤块显现出来，让它发挥应有的热量，把这一点温暖，通过管道输送到每一户人家。

就一栋家属楼和一栋办公楼的暖气，在膀大腰圆的牛若谷手里能有什么干头。闲下来的时候，除了给看门的老赵帮一会忙或顶替一两个班外，他再没有丁点的事做。幸好后院有一片废弃的菜地，他像绘画大师见到上品的宣纸一样，一心扑在上面，仿佛要创作出不朽的神品来。

每逢农历二五八，就是望天逢集的日子。一大早，赶集摆摊的人便迅速地占据了有利地形，人背牲口驮，把待销售的土特产全堆在自己的摊点。不大的市场，主要交易的是大麻丝和大麻手工制品，如麻绳、麻袋、麻布以及麻鞋等。在信用社门口的河畔，摆摊的人把绳子往两棵柳树上一拴，上面挂起了长长的一道道麻丝，成了这里最亮丽的风景。太阳从崦嵫山冒了出来，照到这一道道麻丝墙上，银光闪闪。这里的人不仅是种麻的把式，更是做麻制品的高手。黄村长编织的绳子在汉阳河一带远近闻名。大绳、小绳应有尽有。大到赶马车的套绳、架子车的拉绳、人背的扎绳；小到背带、马鞭以及三尺长的裤带。方形的有棱有角，圆形的通身粗细一致，扁的薄厚宽窄均匀。有时要上茅房，黄村长先抽出自己的裤带吊在脖子上，或者挂在茅房外的椽头，主要是拿出来显摆。三尺长的裤带，中间一段为一寸的扁，两头收成一指见方后，再绠出筷子粗细的圆，然后在梢头打一个八棱的节再梳出两个小辫儿，采摘一朵花瓣揉碎，染出他想要的颜色来。吊在裆中，漂亮极了，骚情极了。要是黄二楞的老婆百灵鸟在公众场合说笑起来，便会在一把抓住小辫儿的同时，趁势抓住黄村长的八棱节。每当这时，黄老头子会皱着脸哇哇大叫，连声求饶。只要百灵鸟一松手，他假装被这蛮婆捏坏了子孙，死皮赖脸地向人家索赔。在娱乐大家的同时，也顺便过过浮云之瘾，放松放松浑身的闲肉，借此捞一点便宜，才会满足，要不村长白当了不成？

秋子的一架麻丝像围墙一样把她圈在其中，中间台案上摆着她精心制作的鞋，有男有女，有大有小。不管是一双布鞋，一双麻鞋，还是娃娃的小靴子，她都从不怠慢。她的针线活，极为精致。尽管这样，买卖还是不尽人意，一天下来也买不了几个钱儿。不过，在家也是闲着，何况在家门口。

秋子坐在纺车前，背靠麻丝墙，一手摇动着纺车，一手拉着一根粗细匀称的麻丝线，有节奏地缠绕在纺车上。动作娴熟，从容不迫，淡定自如。一双大而黑的眼睛总是水汪汪的，再加上她光亮的脸蛋和舞蹈的双手，看上去她不是在纺线，倒像在春天的阳光里表演。啊！这不是《国风·豳风·七月》中的"昼尔于茅，宵尔索绹"中的"索绹图"吗！

巧姐儿更是机灵极了。她在秋子的身旁摇着挑车，活像虔诚的藏族佛教徒，稍有区别的是她始终带着微笑，不像佛教徒那样庄严。她与秋子酷似佛前的两个童子，把人间的有形生命在无形中拉伸。在她们的手上，把一条条细细的柔软麻丝，紧密地编结在一起，拧成结实牢固的绳子——这大概就是最朴素的合作力量吧！

黄村长坐在摊位上，捻着麻线。他的道具简单得叫人不可思议，只用胡萝卜一样的半截木棒作为线陀螺，先把一头缠在木棒中间，一转动陀螺，线的另一头就得赶紧续上麻丝，他随意地搓揉着，一条麻绳就会在他的手里延长。贵成子过来了，夹着棉袄，接过线陀螺自如地转动着向后倒退，他看着黄村长续上丝麻，便用双手轮换着架起麻绳不停地捋，这样才能匀称紧密，光泽鲜亮。贵成子龇着两颗大黄牙，也学了村长的架势，抬上半截自制的烟卷，用半张嘴呜哩哇啦地说："收线，收线。再不收就翻过分水岭了。"这时的黄村长玩着把戏，有意不收线。贵成子只好紧转木陀螺，在他手里的麻绳就像是一根铁丝一样，一头直钻进了贵成子敞开棉袄的怀里，他还要往后退时，只听见后面的人开始喊叫，急得贵成子大喊："你在和汉阳河比长吗？"这时，黄村长开始急急收线，猛拉了几下，把个猴子一样的贵成子拉得向前跑了几步，麻绳的弧线险些拖在地上，他又往后一仰，立马把弧线拉了起来，一步一步地跟着村长的节奏往前移，快到秋子的摊位上时，秋子看着被黄村长戏耍的贵成子，不住笑着。贵成子很想停在秋子的面前说句话，不料，黄村长再次耍起小心眼，拉紧了绳子，不会给他留有奸猾的机会。贵成子噘着嘴，把一对瓷实黄嫩的板牙紧紧地包在里面，生怕受了风寒一样，不情愿地人往前走，头向后看。黄村长拿捏麻丝自如有度，且眼神挑剔。扯着绳子转陀螺的贵成子躬身卖力，又像孩童一样顽皮，极富情趣，这不又是一幅滑稽有趣的"索绹图"吗！

在笑声中贵成子看见黄二愣的老婆百灵鸟牵着一头猪仔过来了，他顾不了黄村长在收线，便放开嗓门说：

"鸟鸟儿，把猪仔牵来干啥？"

"找你，猪仔一早不见你就急得不行，这不，一见到你就乖了。"

"嘿嘿，你不要卖了它，再丑也是你亲生的呀。"

百灵鸟见猪仔被贵成子吓着不走了，便在它的屁股上踢了一脚，猪仔疼得叫了一声，她又大骂开了：

"叫你大吗？"

"你俩争啥呢，不就一个是猪大，一个是猪妈。"黄村长一边说着，一边取下抬在嘴边的烟锅，生怕说不真切似的。

赶集的人们看着这个场景，听着放荡的嬉闹，把半条街笑成了一条喧闹的河。

百灵鸟一点都没笑出来，她把猪缰绳递给贵成子说："骚驴，给我卖了，我娘家有事哩。"

"你把男人二愣节省下用我？"

"他能卖个好价钱，老娘也不至于穿得像个叫花子。"

"你看你穿得像个妖精，你这是……嫌卖猪丢人，叫我给你垫背。"

"丢人？丢个锤子。听说天台的区长都在夜市上摆地摊着哩。"

"那叫趁黑摸。"黄村长笑着说。

"对对的，听说旧社会城里有个黑房子，里面圈了一房子的女人，有老有小有黑有白有肥有瘦，只要你交了钱就进去摸，摸个啥就是个啥。听说你男人的丈母娘就是摸出来的。"贵成子还在逗百灵鸟。

百灵鸟抓起黄村长身后的一把扫帚，劈头拦脸打了贵成子一顿，并把猪仔拴在了贵成子的腿上骂到：

"老叫驴，把猪仔卖不了，你给我化肥？大麻种不上我割了你的肉蛋儿，炒了下酒。"

巧姐儿看着自己的男人贵成子和百灵鸟在人群中笑骂着，她的脸倒是先红了，显得好不自在。

腿上拴着猪仔的贵成子，想往前走，猪仔却被惊得往后扯，他险些被摔倒，便赶紧唤起猪来：

"噢唠唠唠……噢唠唠唠……"

大家看着狼狈的贵成子和受惊的猪仔，大笑不止：有弯腰的，有扶墙的，有流泪揉肚子的，有咳嗽不止的，甚至还有瘫坐在地上只喘着粗气流着哈喇子的……

这两个骚货，又一次把整个集市弄得摇晃了起来。

大概是这热闹的笑声把信用社的门抬翻了，信用社的门便开始晃动。太阳已照在信用社营业室的窗台上时，小唐取下门窗的镶板，防盗筋后的玻璃闪着亮光，再次把那些蜘蛛的作品裸露在了太阳里。窗棂上的铁红漆早被一层层尘土代替，从玻璃上透出的窗帘，也失去了曾经的本色。

还没等小唐完全收拾好，门外的村民饿狼一样扑了上去，怕迟到一步被人抢走他的钱儿似的。几十个人把本就窄小的柜台推得吱吱作响。

"挤啥挤？今天没钱，等几天。"

"昨天不是说今天就有了？"

"再多也经不起你们这样取。"

小唐挤进柜台后，只听得"咣当"一声，营业室的柜台边门就反锁上了，谁知这时一本存折竟从人群头顶上飞了进去，落在了小唐的怀里。

李村长在一堆人后面踮着脚尖喊："小唐，是我的，都取了。"

"这不行，只能取五百，不就两袋化肥，能用这么多钱？"小唐一看这是明光村委会的存折，有三千元存款，便瞪大眼睛说。

"还有其他人哩，贷不上款，先借给他们。"

"那不行，我们信用社就是把钱全拿出来，也满足不了你们。"

外面的人一听小唐这么说，就更急了，生怕自己取不上，又是一阵骚动。

李村长急了，赶忙把几个人的存折收起来，从后院进去了。

高天还在沉睡中，李村长凭着村长的头衔硬是把他的门敲开了。高天呼哧着满口的酒气开了门，李村长一见满地的烟头，赶紧从门后拿起笤帚，很认真地打扫着火炉旁的垃圾并笑着说："我的爷，你不支持我，明光村的地咋种嘛？"

高天挣扎着坐了起来，给李村长递了一支烟，自己也抽了一支，李村长不好意思地从上衣口袋里掏出一包完整的烟，放在了高天的床头上。高天接过李村长手里的一沓存折，一一看了，便顺手放在床头上，吐了一口烟说："李村长，你也太抬举我们信用社了，全部业务停了都给你取不了这么多。我一共不到一百万的存款，都贷出去了，另外你也清楚，前些年叫牛若谷把信用社差点弄倒了，他放的款大多数都在你们这些村民手里收不回来，你说说，我这个主任难不难？"

李村长又听高天叨咕牛主任，暗暗替牛若谷叹了口气说："那你得给我想想办法，我们的牛架在犁上等化肥，要不，有些人取定期存款干啥？还要赔利息。"

"我给你解决两千元，其余的叫他们自己想办法去。"

"离了信用社，还能到哪想？"

"听说火炉子沟村长鸡罩有高利贷嘛。"

"那要三分的利，我的爷。前天有人去了，他今年又长到五分了。"

高天房子的火炉被李村长捣鼓得很旺，屋子里一下子暖和多了。这时，小唐进来说："主任，库里没钱了，干脆把门关了吧。"

李村长用脱下的帽子擦去了流下的汗水，睁大眼睛看着高主任和小唐，张开的大口，半晌合不拢了……

黄村长和李村长约好去找乡政府王哲东乡长。王乡长刚从老家回来，把房子收拾得很是整洁。王乡长是出了名的"王干净"，干净得头上几乎没了头发。他不抽烟不喝酒，可是常年吃着老婆给他配的单方。大虚症把他折磨得更加绵软了，温和得好像没一点脾气。原先他一直吃六味地黄丸，不见效，老婆到处给他求神打卦，采集各种治肾的灵丹妙药。他只要一回家，大包小包总要带一些，诸如何首乌、党参、金锁阳等。药吃得不少，就是不见效，看上去总是疲塌塌的，缺少男人的阳刚。怪了，他说话不但不"娘炮"，有时突然冒一句能顶倒墙，这和他的性格倒反差很大。不过，他虽然是一乡之长，也不要官架子，更没有官腔，随和的脾气落下了好人缘。黄村长和李村长还没有进王乡长的门，一股中药味儿扑面而来，他俩正要敲王乡长的门，却见他端着一罐药渣出来了，里面还冒着热气，李村长赶紧伸出双手说：

"王乡长，来来来，我喝了，还有点药效哩，倒了可惜。"李村长开着玩笑。

"小心烧手，灶房后有一堆灰，倒里面埋了。"王乡长披着一件呢子大衣，给李村长递过药罐后抖了两下肩膀，把黄村长让进门来，用手指了一下火炉旁的椅子，黄村长一屁股坐下，习惯性地掏出了旱烟锅，装烟，捋嘴，空嚼牙。王乡长给刚进门的李村长递了一支烟后，自己端起一碗还冒着热气的汤药，碗沿儿一挨上嘴皮，只听见"吱"的一声，半碗汤药不见了。

李村长坐到椅子上抽着烟，王乡长又把一包药倒进药罐里，里面倒了凉水，把一张包过药的麻纸捋展后盖在药罐上，放进办公桌的下面，然后从柜子里端出一盘子油饼，七八个叠在一起，从油饼里跑出了一股胡麻油的香味，把黄村长的喉结弄得上下蠕动。王乡长拿过来了茶罐和茶杯，放了些茶叶，倒上水靠到铝壶旁边窜出的火焰上，他坐在黄村长对面的椅子上，给黄村长一个油饼，黄村长笑着说："乡长，不吃还真不行。"李村长只咬了一口，就在黄亮的油饼上留下了个大大的月牙儿，伸着脖子边嚼边说："这油饼香到骨头缝缝里了。"

"你一辈子遇上这样的弟妹，真是不枉来一场。"黄村长笑着说。

"你老婆亏了'一篓油'的绰号，油篓里装的全是坏油。嘿，两只狗眼死死盯着怕你偷吃食儿。"李村长笑话黄村长。

"你老婆把你喂得猴精猴精的，给你吃的啥？燕窝海参还是黄豆油渣。"黄村长骂着李村长。

"黄豆油渣牛吃上犁地，你吃了光攒狗粪。"

"说正经的，说正经的。"王乡长说。

"乡长，今天不是吃油饼喝你的陕青茶来的，你看看，惊蛰都过了，有些人没化肥种不上地。"黄村长端着杯茶说。

"明天要召开"三干"会。这次区上的会议精神除了春耕生产，还有计划生育。我们望天的"黄牌"要是今年摘不了，我这个乡长的脸往哪儿搁？"

一提到计划生育，李村长就抬不起头，他的大儿媳妇生了两胎都是女娃儿，怕呆在望天有个闪失，和大儿子一直在外地打工，几年都没回来了，这是他最怕的事。哪怕十年种不上大麻都是小事，但儿子给他种不出个孙子，这才是他几代人的大事。李村长脱掉了帽子，汗水悄悄从他干瘦的耳朵后面密密麻麻渗了出来，几根软软的头发粘在一起，倒显得很黑很油亮。他推让过了王乡长再次递过来的油饼，本来还想吃，但不好意思地低下了头。

"你明光村今年再给我放水，我的乡长就下课了。"

"王乡长，我们望天村今年问题不大，一个钉子户年前从外地抱回来了个带把儿的，这家伙这两年可把我折腾坏了，硬是把家丢给他老子，带着媳妇一心在外边打工边生娃，也算他命大，年三十的晚上还给我送来了两瓶'西凤'。"黄村长说着又拿了个油饼。

李村长像霜打了的一样，埋头抽烟。心里骂着黄麻子，脸上的坑二升麻子都填不满，脸麻心黑，麻蛇心毒。你个黄麻驴想喝稀粪我给你担两桶，你不应该在这里说大话。黄村长意识到他的话刺伤了李村长，赶紧转了话题对王乡长说："王乡长，信用社不但不贷款，连存款都取不上，你难道不管？你是乡长。"

"高天把乡政府不放在眼里，他成天和徐飞这些人在一起吃肉喝酒，我看非把信用社折腾垮不行。"王乡长喝了一口茶，叹了一口气说："要是牛若谷在就好了。"

"听说牛主任给农行烧锅炉，唉……"黄村长紧跟着也叹了一口气。

"明天的"三干"会上，我要说说信用社，叫他高天在会上表个态。"

"对对的。"李村长抬起了头，又给王乡长说："还有，他总不能不取存款吧。他真推着不取，我就领上明光村的村民，把信用社围了，攻打不下我不姓李。"

"乡党委刘书记病在家里，给高天已经捎过话了，他说好要解决。真不行，我要找区信用联社的主任去。"

"对！找他的头儿。"黄村长停下正在装烟的手，指着伸起的火焰，像批斗他儿子三郎一样严肃而激动地说，不向区联社告他，这家伙就把信用社办成自己的了。听说，他把一部分款贷给了火炉子沟的村长鸡罩，鸡罩的生意比信用社还红火。

"鸡罩心太狠了，我也找过他，他的利息今年要五分。"李村长说，"我给他讲到二分，人家还不答应。"

"一分都不行，这是违法。"黄村长看着王乡长说。

"明天会后，我要找鸡罩，他还这样乱搞，至少村长就别干了。"王乡长说着，从柜子下取出了药罐，用一只筷子搅了几下，搭在了火焰升腾的火炉上。

李村长和黄村长从王乡长办公室出来，李村长的气不打一处来，他瞪了一眼黄村长说："老黄狗，你要喝稀粪，我老婆一早给你酿造的足够你三天喝，你何必在王乡长面前逞能。你能确保三郎给你生个带把儿的？"

黄村长自觉理亏，被李村长骂得脸上像晒干的猪尿脬，一脸的难为情，便低了头说："你看你，你看你这人。"

3

刚下过雨，望天川道里的大麻猛然长出了一尺多高。山坡上的玉米、洋芋等农作物长势喜人。河堤上的柳树，像两道绿色的墙。仅仅一个多月的时间，裸露着黄土的望天被打扮成了绿的世界，花的海洋。雨后的望天更有一番景致，简直像是从水里捞出一样，清新鲜嫩，就连小路上也是绿草茵茵，踩踏在上面软绵绵的。太阳从崦嵫山升起，好像把所有的光都泼洒在了望天，绿色的天盆刹那间变成盛满金光的天然容器。布谷鸟开始叫了，把整个河道叫得宁静而激情。老黑牛在河边喝完水，把笨拙得如卵石一样的厚嘴唇高高噘起，在太阳里闪着紫灰色的光，一串水珠顺着嘴唇滴答着溜进河里，把本该清清的河水搅得浑浊起来。老黑牛吃了一夜的草，喝足了水，现在正是它开始又长膘的时候，它悠闲自得地把头抬起，扬眉吐气地叫着：

"哞……"

它那超低音的叫声，宽泛厚重，虽不懂得音律，却能唱出浓郁的乡音。那委婉的超重低音紧贴着绿色的地皮，传出老远，传出望天，传出了铁堂峡……

牛若谷和秋子漫步在河堤上，看着长势旺盛的大麻，不由心里泛起了幸福的涟漪。这么美的景色，这么美的望天，就是神仙也会羡慕的。上帝把这么美好的聚宝盆赠予了望天人，如若让这里出产的大麻滞销在仓库里，简直就是对天的大不敬。

"这么好的大麻在近年却没有销路，真叫人揪心。"秋子皱起了眉头，指着一片片精神的大麻说。

"何止是揪心啊！牛若谷说，我们不能只督促村民种，更要关心它的销路。"

"也是，销给谁？"

"办法总会有，或许有牙板的人正在等着锅盔。"牛若谷转过脸看着秋子说，"你做鞋的事考虑好了吧？"

"我和巧姐儿她们商量好了，如能贷款一万元，我准备多请些姐妹，多做一些，销路没问题的。我们的定价看卖的情况，还贷款我是有把握的，即使庙会上剩一些，我也会在城里把它卖掉。最坏也不会伤本。"

"我想也不会有闪失。如果你决定了，今天就给你贷，我约你出来就是这事。"牛若谷说。

"那好，大主任，只是我没抵押品。"

"只能放信用贷款，超越了我的权限，上会时我给他们做工作。"

"肯定要难为你。"秋子有些难为情地低下了头。

"没有什么，信用社就是贷款的。"

"你看吧，万一有难度就等一步。"

"等会你来信用社，拿上身份证、户口本和私章。"

秋子点点头，看着远处阳光下闪闪发光的大麻，幸福地笑了。

"这房子太有点……"牛若谷站在信用社的后院，他今天看到这一排房子很是脏乱，特别没精神。这些天老想着把房子粉刷一下，一直腾不出手，现在供销社的款马上就还清了，他要力所能及地改善一下环境。

小唐还在刷牙，小吴已经在厨房做早点了。小丁洗完脸，和牛若谷站在院子里的花园旁，里面的野百合长着墨绿墨绿的花苞，每片叶子上粘着豌豆大小的黑蛋儿。牡丹正在盛开，一片一片重重叠叠，皱褶套着皱褶，组成了瓷瓷实实的花朵，有几朵足有碗口大。小丁已急不可耐地等着它谢了用来装枕芯，她像林黛玉一样不想叫这么美好的花瓣葬入泥土。她是个很用心的人，把每一件事都做得很精细，尤其是女工，秋子一指点，她就会了。秋子有一次开玩笑地说："等你和小唐结婚的时候，我给你做一双鸳鸯鞋。"小丁一听不屑一顾地说："就他？活脱脱一个邋遢鬼。"

"秋子申请一万元贷款。"牛若谷抽着烟给小唐说。

"我们资金不是很紧张吗？"

"对。是紧张，她是做麻鞋的高手，她要在崦嵫山庙会前赶做一批麻鞋去卖，节会一过就还上了不是？"

"好，但是……"

"但是什么？"牛若谷把脸转过来笑着问小唐。

这时，小丁躲在牛若谷身后给小唐使了个眼色。小唐马上明白小丁什么意思了，立马改口说："好的，主任，秋子姨的手工确实太精致了，给小丁做了个荷包，我都爱得很。"

"小吴你什么意见？"

"我没意见，只要她到时能还上。"

"小丁？"

"主任，我还要向秋子姨学习做鞋。"

小唐听到小吴小丁都很爽快地答应了，后悔自己不会看脸色，就赶紧说："主任，吃完就办？"

"她来了，你再把我们的政策讲清楚，落实一下还款的事。"

"好的。"小唐说完，觉得是给主任办了一件私事，就高兴地唱了起来。

小丁给小唐呶着嘴，进了厨房。

秋子的款贷好后，赶紧把巧姐儿、百灵鸟、五朵梅她们都叫到家里，叫她们分头联系手巧的姐妹们，可以把她们的大麻卖给秋子，还可以到秋子家来做麻鞋，秋子可按每双的式样付报酬。经巧姐儿她们一张罗，来了十几个，把个秋子家的房子挤得都喘不过气来。秋子很快就按自己的尺寸样式和要求进行了布置。整个技术工作由秋子来把关，进度质量由巧姐儿来监督。一时间，秋子家变成了真正的手工作坊，热闹起来了。

黄村长听一篓油说秋子家办工厂了，真不敢相信自己的耳朵，过来一看，果真有十几个女人在这里连说带笑地做着各种鞋子。秋子见黄村长来了，便说："嫂子的身子好些没有，能不能请她给我帮几天忙？"

"她是个药罐子，再说你这都是技术活。她要帮你骂街，那可是个得力主将，不比黄二楞的婆娘百灵鸟差。"黄村长笑着说。

"我怎么了，等着村长，你要是把见不得人的事干下，我给你热闹一场，你要觉得饭里没油没盐没味道就来找我。一篓油还是你从人家手里撬来的，这会子嫌弃人家没技术。没技术？你的三郎是你拖出来的？"百灵鸟看上去是一脸的怒气，但她的心里却在笑。

"母猪没技术也能把猪仔产下来。你这鸟。"黄村长逗着百灵鸟。他又怕百灵鸟抢住话头不饶，赶忙对秋子说："秋子，要是有啥出力的粗活，你倒给我说一声！"

"村长，你想干粗活？"

"哈哈哈……"

"好男不跟女斗。"一看阵势有点不妙，黄村长赶忙走开了。

黄村长站在石碾盘旁，看着秋子挽起的发髻，如黑黝黝的花卷，又像一朵黑牡丹，盛开在她的脑后，他急忙说："我们村子就需要你这样的能人，带头致富嘛。"

"以后还得你大村长多帮忙。"

"好，我是一万个想帮，但帮不上，有人给你帮了。"说完黄村长急急地回了家，秋子听出黄村长话外有音，也不去理会。

躺在家里的炕上，黄村长心事重重，并且有些烦乱。加上一篓油在旁边不停地捣鼓，就更加郁闷。在家呆不住了，索性他把老黑牛牵到外面溜溜，散散闷气。当他吆着老黑牛走到信用社门口的河边上时，正好碰上牛若谷出来了。牛若谷一见面就乐呵呵地问黄村长："你放牛去？"

"噢，对。你，忙啥去？"

"你没听说，秋子在家办起手工作坊，我去看看。"

"早听说了，你还给贷了一万元？"

"是的。做麻鞋是她的看家本领，还款没问题的。"

"你就不怕其他人说啥？"黄村长左右瞅瞅，见没有人才小声说。

"说什么，我光明正大，有什么？"

黄村长装出很神秘的样子，又装出关心的样子说："人家都说你和秋子……把你老婆扁豆丢在家不管。"

牛若谷无奈地笑了，"别人的嘴我堵不住。"

"你注意些，唾沫星子能淹死人。"黄村长皱着眉头说。

"心正不怕影子歪，我能管住自己，我是个军人，更是个党员。"

"可不是，也是，也是。"这时，黄村长不知说什么才好。

黄村长牵着牛走着，感觉自己头大得很，折身见牛若谷走进了秋子家的院子，便把烧得很热的铜烟锅往老黑的腰眼里钻去，烫得老黑惊跳了起来，他扯着牛缰绳，口里不停地骂：

"吃你的肉吗？往油里跳！"

牛若谷站在碾盘旁，隔门看着秋子家一片繁忙的热闹景象，心里也美滋滋的。他虽不把黄村长说的话当回事，但他是望天信用社的主任，要常在这里工作，为了避免不必要的麻烦，苦笑了一下又回单位了。一进后院，不知怎地，他来了兴致，很高兴地说："小唐小吴，叫小丁一人看门，我们这两天把房子粉刷一下。"

"主任，我哪会？"小唐出来说。

"跟我学，我就是你师傅。"牛若谷笑着说。

小吴有意说："听从牛主任的指挥，你不会粉刷墙，难道你会造飞机？"

"我会造！"小唐没好气地说。

"你俩把房子的东西收拾收拾，我去借工具。"说完，牛主任就走了。不到一支烟的工夫，牛主任拉着架子车来了，又借了两把粉刷墙用的抹子，叫小唐和小吴两人拿上抹子铲墙，他出去拉土了。

小丁用报纸给她俩各叠了专供刷墙用的帽子，笑着送给他俩说："好好表现，男的把力气省下干吗？"

小吴给小唐说："听见没有，小丁叫你不要省力气！"小唐过来打小吴，小吴却冷不防，被小丁顺手一杯水浇在身上。急得小吴便说："都湿透了咋干活嘛！"

他们说笑着，牛主任拉着一车细细的黄土进来了，看着小吴身上的水笑着说："这么好的太阳，浇点水凉快。"

晌午时分，小丁看着他们三人干得很卖力，小唐热得满头大汗，便递给他一杯水。

"小丁我也渴了。"小吴还在那里讨着便宜。

"好，想必是你的衣服渴了，还想要一杯吗？"小丁说着把热水壶放在廊上，端出了牛主任和小吴的茶杯，把茶泡好后，知趣地往厨房走，一边说，"我可不会做，谁要嫌弃我做的就别吃。"

牛主任只顾干活。小吴说："你做的就算是猪食，小唐吃着都是人参。癞蛤蟆很丑，但是公癞蛤蟆觉得母癞蛤蟆比天鹅都漂亮。"

小丁从厨房出来，端着半马勺水准备浇到廊上的一棵夹竹桃里，听到小吴在戏弄她和小唐，往花里浇了半马勺，趁小吴不防备，又往小吴身上泼了一点儿。小唐倒觉得不好意思，过来帮小吴抖落还挂在身上的水珠。小吴向牛主任告状说："主任，我全身是水，咋干活呀！"

"你把人家当癞蛤蟆，人家把你当青蛙洗一洗你还有理告状。"牛主任听着他们的玩笑，心想，年轻真好。在开心的同时，却又夹了一分怅然。

小丁头上搭着一条毛巾说，"别闹了，我只炒菜，面让小吴擀。"

"小丁，你到乡政府的压面机上多压一些，这两天都是你做饭。"牛主任擦了头上的汗水说。

"呵呵！我做的可难吃，嗯——"

小吴看着小丁嗲声嗲气的样子，给小唐偷偷说："她在叫春。"

小唐把一铲灰打在了小吴的头上，小吴笑着摇头，再次抖落帽子上的灰土。

中午的太阳好热，好像要把地晒裂开一样。牛主任又拉来了几架子车土，从黄村长家背来了一背篓麦衣，倒到土里面，搅拌均匀了，在中间用铁锨弄出一个窝儿，再倒了些水。蹲在一旁抽了一支烟后，便脱掉鞋子和袜子，挽起裤管，钻了进去，用两只脚踩着泥土，因为脚在粘稠的泥里面行动很不方便，只好伸直两只胳膊，好像走钢丝绳的人掌握着平衡一样。

小唐站在板凳上，看着牛主任钻进泥土里面，他也过来要进去。牛主任说："别来，你细皮嫩肉的，我的老皮子了。"但小唐觉得很好玩，天又热，钻到里面不知是什么感觉，三下五除二就把鞋脱了，钻进去后猛然叫了起来，差点摔倒了，牛主任过去一把扶住他。他这才觉得脚在泥里面往出拔很吃力，掌握不好就会摔倒。像滑雪一样，他很快找到了感觉，牛主任在前面大步大步地踩踏着泥，他在后面提着裤子吃力地跟着。踩了一阵，牛主任把外面的一圈较生的泥用脚勾到中间，继续踩着。一直到小丁的饭做好，牛主任才把一堆泥踩踏得熟透了，像胶一样。在小唐提着鞋去河边洗脚的工夫，牛主任再把泥往起堆了堆，用铁锹抹得光光的，从中间又弄出一个小窝儿，倒了些水，作为对泥的保护，要不这么热的太阳会把它晒干的。

经过三天的努力，牛主任他们把营业室及宿舍、厨房的内外墙都粉刷了一遍，门窗也刷了油漆，擦了玻璃，整个信用社焕然一新，很干净，看上去也很舒适。

信用社旁边的另一棵大柳树，借着树皮，把小河旁的水不停地往上汲取，使得这棵看似苍老的柳树枝繁叶茂，伸出的树冠像一把大伞，在百十步方圆遮蔽出一片阴翳，显得格外的凉爽。小河在流淌，柳条儿在垂荡。有一只调皮的知了，站在高高的柳枝上，把夏天叫来了！

4

秋子家院子里支起了几架纺车，几个女人纺线的纺线，纳鞋底的纳鞋底，很是热闹。秋子给纺线的百灵鸟说："一定要把线纺均匀，纺紧密，纳出的鞋底儿才平整。"她又对五朵梅说："鞋口的边要绲细，越细越受看。"她正在给大家指教着，三郎气喘吁吁地从大门跑了进来。

"姨，快，快……"三郎上气不接下气地说。

"三郎，咋了？"秋子扶着三郎急切地问。

"棉花在医院……"

"你慢慢说。"

"棉花病倒了，很重，我和王老师一直送到医院她都没醒来。大夫说要做手术。"

"现在？"秋子吓得面如土色，她稍微镇静了一会说。

"醒了，大夫叫你马上去。"三郎点着头说。

院子的姐妹们个个都吓傻了，五朵梅在原地坐着不能动弹了；百灵鸟一手抚着胸部，张着大口；只有巧姐儿赶紧过来扶着秋子，她的一对眼睛是谁说话看谁。当她们一听棉花醒了时，大家才都松活了过来。

秋子和三郎叫了辆小四轮拖拉机往医院赶。一直到分水岭，才碰见一辆过路的货车，她跪在地上硬是把车挡住了，司机知道是有急事就赶忙叫他俩上了车。

棉花在病床上躺着，旁边站着护士在输液体。秋子和三郎进来了。

"妈妈！"棉花睁开眼叫了一声。

秋子站在床前，一见活蹦乱跳的棉花躺在了医院的床上，眼泪就哗啦啦地流了下来，并安慰女儿说："棉花，不要怕的，有妈妈哩。"

棉花点着头，苍白的脸上显出有气无力的样子。

秋子看着她的宝贝女儿，给她擦着眼泪。

三郎把秋子叫到医生办公室，医生给秋子说："你姑娘是先天性心室缺损，需要尽快手术，你得准备三万元。"秋子一听跌倒在了椅子上，呆呆地看着大夫，不住地流眼泪。

"三万元？"三郎瞪着眼睛问大夫。

大夫点了点头。

牛若谷带领大家把房子粉刷了一遍，心情大好，对这两天小唐他们的表现很满意。单位就要这样，同心协力，就是一家人。晚上，买了一只鸡宰了，又买了两瓶酒，犒劳了大家。酒到兴头，牛若谷也不见了平时的严肃劲儿，连连给小唐他们说："我是个粗人，大家不要计较。但我是个优秀的锅炉工，等信用社壮大起来，要给大家安装上锅炉，我会把火烧得很旺。"他们喝得正尽兴，青岗叔来了，火急火燎，喘着粗气说：

"若谷，快快救我的孙女，棉花在医院。"

一听说棉花在医院，牛若谷猛得一个机灵，酒也清醒了许多。他急切地说："叔，你说啥？"牛若谷硬是把青岗叔按在了椅子上。等问明白了情况后，牛若谷和青岗叔一同来到了秋子家。

秋子在门槛上坐着流眼泪，哭着说："她才十七岁呀。三万元，我哪去凑！"

青岗叔激动地说："若谷，只能看你了。你想想办法吧！我就这一个命根子。你不要怕，我还有军人优扶款哩，本本给你。"青岗叔掏出他的《军人优抚证》给牛若谷说，"你放心，你就领到我死了为止。还有山上那一片林子，我明天全砍了它。"

牛若谷抽着烟，这才弄清楚了实际情况。对秋子和青岗叔说："不要紧张，会有办法的。"他抽了几口烟后说："叔，林子千万不要砍，您老辛苦了半辈子。再说，望天长这么一片林子也不容易。钱，我想办法。三万元一时半会借不上，只能贷款。"

"不管想啥办法，只要能把钱儿抓到手。"青岗叔端端地在牛若谷跟前站着。

"救人要紧！先贷上款再说。"

秋子虽然很感激牛若谷，但她想着这分明是难为他。她知道三万元远远超出了他的审批权限。牛若谷肯定有难处，再说给她刚贷了一万元。她好后悔自己冒失地贷了一万元，给女儿贷款设置了障碍。

"太好了。咱都是军人，说出的话就像打出的子弹，得有个声响。"青岗叔用双手按着牛若谷的肩膀说。

"我哪怕犯错误，也要……"

秋子听着牛若谷的话，心里更加难受，但她也没有办法呀！

营业室坐着的牛若谷不停地抽烟，他看着小吴他们说："虽然信用社正在困难时期，可这是一条人命，青岗叔又是抗美援朝的老志愿军，咱得优先。再说，他在北山种植了一大片林子，那也是他对望天的贡献。另外这笔款我负责收回，要收不回就从我的工资里面扣，直到扣清为止。"

"用啥抵押，这……手续咋办？"小唐看着牛若谷说。

"她家有啥抵押，这是救人，制度得放宽一些。"牛若谷不假思索地说。

"就怕上面要查下来呢？"

"怕啥，信用社就得为望天乡的老百姓排忧解难。连人都救不了，支农还有意义吗？"

"我同意。"一旁的小吴站起来说。

"就是，救人要紧，但账上没钱。"小丁看着牛若谷说。

牛若谷站了起来，大口大口地抽烟。等了一会说，"小唐，你先通知秋子来办手续，钱我想办法！"

5

棉花的手术正在天台区医院进行。手术室外秋子、牛若谷、三郎都静静地站着，仔细地听着里面的动静。秋子有些过意不去，叫牛若谷坐在过道的连椅上，牛若谷勉强坐一阵，又站起来，走到秋子身旁，也没有说什么。三郎站在手术室门前，死死地把守着这扇紧紧关闭着的门，一直从门缝窥视着。

天台区医院本来没有做心脏手术的技术，但前年北京仁和医院与天台医院搞扶贫对结，凡有心脏病人，先把病历传过去，那边专家确诊后认为能在当地做，就派专家来这边医院做手术，这样，手术费就大大减少，如果到北京做，整个下来要十几万元。秋子交了从信用社贷的三万元后，人家才请来了北京的专家做手术。

下午两点进去的，快五点了还没有动静，秋子慌得一只手挠着另一只手。牛若谷好像觉得秋子的眼睛转动都不灵活了，他都不敢正视秋子。三郎一直盯着手术室的门缝，秋子也想亲眼瞅瞅，但三郎始终没有离开过。"哐当！"秋子听见里面传过来的声音，惊得叫出了声。牛若谷扶住秋子，六只眼睛齐刷刷穿过了门缝，仿佛落在了黑黑的地窖里。正当大家心急如焚的时候，从里面传来了"咚咚"的脚步声，秋子和牛若谷都屏住呼吸，听着从里传递来的声音。

门开了，大夫说，"病人马上出来了。"

"我女儿怎么样，大夫？"

"很好，手术很成功。"

"天啊！谢天谢地。太好了！谢谢你们，我的救命恩人！"当秋子听到棉花的好消息时，两条腿倒颤抖开了。

就在秋子他们的心都在嗵嗵直跳的时候，一辆白色的手术车推了出来，棉花的头露在外面，鼻孔里和身上插了好几根管子。秋子扶着手术车叫了一声棉花，眼泪扑簌簌地流了下来，流到了棉花盖着的洁白的被子上。

车子后面走出来了一位很和善的大夫，另一位大夫边摘口罩边给秋子介绍，"这是北京来的张大夫，手术就是他做的。"秋子一把拉住张大夫的手说："太感激您了，救了我女儿一条命。"

"好的，好的。手术很成功，不要怕，好好养着就行。估计三个星期就可以出院了。"

"太感谢了。大夫，还要注意什么？"牛若谷说。

"不用，你是孩子他爸吧。"

"不是，我是……"

"噢？你们听医院大夫的就行。"

"我真不知该怎么报恩。"秋子边扶着手术车边说。

"不用不用。这是我们的职责和义务，应该的。"大夫和气地笑着。

棉花被送进了重病监护室，各种仪器都在护士的掌控下转动着。秋子和牛若谷什么也不懂，只有三郎说，"心率、血压、超声波都正常。"一旁的护士看了一眼三郎，秋子向三郎点点头。这时，他们悬着的心总算都放下了。

三郎守着棉花，看着她苍白的面颊，不由得心疼起来。

牛若谷把秋子叫到过道上，从兜里掏出了两千元现金和一个存折说："这存折是我来时叫小丁给你存的，八千元，这是两千元现金，你拿上零花。"

"你这是？"

"你先留下应急。"

"手术费都交了，也用不着，你拿着吧。"

"说交钱人家一句话，再说，棉花还需要精心护理。"

"那也用不了这么多？"

"又不占你的手，用不了出院还贷款吧。"牛若谷把钱塞在秋子手里，又掏出二百元说："这是人家小丁的一点心意，叫给棉花买营养品。你俩先操心看着，我去趟联社，晚上就过来了。"

秋子用一串眼泪送走了牛若谷，她也不知说什么好。牛若谷走了几步又折过身来说："存折是你的名字，医院门口左拐有个信用社，存折里有你的私章。"

秋子看着牛若谷的背影，说不出半句答谢的话来。她倒是很担心，为他捏着一把汗，不知见了领导会对他怎么样？不会又去烧锅炉吧……

于主任见牛若谷来了，给他倒了一杯茶，牛若谷简单地汇报了望天信用社的工作后，他向于主任说："高天的稽核报告给您了没有？"

"怎么，还没出来？"

"人家丁主任说出来了，要您先看了再发。"

"他是分管领导，这事还需要等我回来？我明天问他，他这人，真是的。上次我从望天回来的第二天，就给马行长汇报了，马行长也很赞同我的意见。"

"高天给徐飞放的违纪贷款我已经起诉了，您不在，我给丁主任汇报了，他说要等你来。我已调查清楚，徐飞在城里西关有一家电器门市部，他把资金转移到了那里，从南方进了些乡镇小企业的电器产品，冒充是长城系统的。我怕夜长梦多，所以就先起诉了。"

"好！采取法律手段，对这些人不能手软。"于主任沉思着，说："高天最近表现怎样？"

"他请假了，丁主任签的字。"

"啊？"于主任气得站了起来，"丁力群出差了，回来我要他把望天稽核的事说清楚，他有意拖延是什么意思？"

"于主任，还有个事，我向您检讨。"

"什么事？"于主任有些吃惊地问牛若谷。

"我越权放了一笔款。秋子，就是您上次来时在灶上做饭的那个，她女儿在学校突然得了心脏病，急需手术要贷款三万元，我以为您还没回来，也来不及给您汇报，我做主放了。"

"噢！治病救人，无论遇到谁都会这样做。这样，你叫她们从医院回来后，写个申请，你们加上意见，补个会议记录，不就合法了？"

牛若谷觉得给于主任添了麻烦，不好意思地说："我……我……本来我们的资金很紧张，但我一定收回来。"

"望天信用社的存款是望天人民的，望天人民有了难处首先要设法解决。这就是我们的职责，也是共产党员的良知。你做得好！"

"谢谢领导的关心和理解。"牛若谷对于主任很是感激。要是丁主任，他碰到个这事，会是什么样子？他庆幸地笑了。从于主任办公室出来后，他到一家饭店买了几个油饼，高兴地提到医院去了。

牛若谷把于主任的态度一说，秋子悬着的心终于落地了，她激动得再次流下了热泪。秋子想着，她摊上事，总会能遇到一些好心人，她这辈子哪怕再苦，也很知足。

牛若谷在医院硬撑到第三天，棉花也被安排到了普通病房里，秋子也催着他回单位，他便安慰棉花说："安心养病吧，很快就会出院。"

"谢谢牛叔叔。"棉花脸上泛着粉粉的红晕，微笑着。

秋子把他送出了医院的大门口，这次没有流泪，倒是幸福地一直看着他的背影，直到消失在她视线的尽头……

牛若谷到信用社已经天黑了，小吴给他从厨房拿来了一个饼子，他叫来小唐说："徐飞和鸡罩贷款一事区法院已经受理了，联社于主任说要抓紧。"牛若谷用力嚼着饼子说："这次要拔一拔老虎牙！"

"听说今天一大早，徐飞把厂子压着的东西搬走了。"小唐说。

"噢？"牛若谷停下吃了一半的饼子说，"现在就去看看，好给法院汇报。"

小唐一怔，后悔自己多嘴，愣了半晌才说："别管他，主任，他能搬到天尽头？再说，哪个是值钱的东西？一堆烂铁。"

"不行，他有啥动静要马上给法院汇报。"

"要不明天吧，黑了去不好。"

"走，黑了怕啥，他又不吃人。"

小唐才走出大门，又折身回来，向小丁要了只手电筒，跟着牛若谷出去了。

徐飞的屋子里，几个小伙正在收拾东西，屋子里一片狼藉。徐飞一见牛若谷和小唐，冷笑着说："啊呀，小唐，你终于把大主任给领来了，寡妇那儿的事可忙完了？大主任心真好，帮着破鞋做破鞋，又去医院救女儿。开门见山吧，我的牛若谷。半夜三更还不睡觉，你究竟想干嘛？"

"收贷款，你装啥蒜？"牛若谷咬着牙说。

"哼，款是从高主任手里贷的，真要还也轮不到你，近年的骗子多如牛毛，你不是不知道。"徐飞点了一支烟，把几个干活的人叫了出去，一会他又说，"看来，你今晚是有备而来吧。"

牛若谷看着进门的徐飞说："好，不拔了你这颗虎牙我不姓牛！"

"来！"徐飞把头伸到牛若谷面前，并张着大口。

"我真要看看马王爷长了几条胳膊。"

"我告诉你，我的胳膊肯定比你的多。"徐飞把目光从牛若谷身上移开，看着牛若谷身后的小唐笑着说："小唐，我这里有你一张生活照，还要不要了。"小唐没敢吱声，身子一缩，跟着牛若谷走了。

牛若谷和小唐刚走到小桥边，几个蒙面人像黑风一样旋了过来，将牛若谷压倒在地就是一顿拳脚。小唐被吓得魂飞魄散，只听他小声并颤抖着喊："救命！救命！"

几个蒙面人打了牛若谷一顿后，飞快地消失在黑夜里。小唐被人蒙住了头，并没有挨打。蒙面人走后，小唐赶紧过来扶起牛若谷，找见了手电筒一照，只见牛若谷鼻子里出了血，吓得小唐惊叫了一声。

牛若谷在地上呆呆地坐着，轻轻地转动了脖子，又用手砸了砸背，低头不语。

"来，我背你，到卫生院去，我再报案。"小唐被吓得哆嗦着说。

牛若谷坐着，掏出了一支烟，点着烟后，摇了摇头。他想站起来，屁股疼得使不上劲，他索性又躺下了。他听着汉阳河里的水在他身边叮叮咚咚地流淌着，好长时间才看清天上有几颗星星，零散地钉在天幕上。疼痛的眼眶中又映出一弯残月，它吃力地穿过了一片云。好久以后，他才长长地叹一口气，对小唐说："小唐，我得回趟家，这件事你给谁也不要说。给小丁和小吴就说我家里有点事，过几天就回来了。"

小唐跪在牛若谷身边，活像灵堂的孝子在哭喊着刚刚离去的亲人，他的两只手搓揉着手电筒，慢慢地说："这……这咋能行？先到卫生院包一包，真要回家，我送你去。"

"包啥包，伤了点皮，没事，死不了。你咋样？"

小唐被这句话问得不好意思，半晌才说："我没事……"

"没事就好。明天你赶紧去趟法院，把徐飞搬家一事向法院汇报清楚。"牛若谷从地上站起来说。

小唐内疚地把手电筒递给了他，不知如何是好，呆呆地看着牛若谷。

牛若谷从信用社门口路过，也没进去，看了一眼就顺着河边走了。刚刚回到信用社不到一个小时，就挨了打，他努力地回忆着，这还是他有生以来第一次挨打。曾经上过老山的军人，被一伙流氓打了个闷葫芦，不知是耻辱还是无奈。他又苦笑着低头走着，地下有薄薄的月光，仿佛在粘脚底，走起来有些吃力。

牛若谷听见后面有响动，便猛然转过身来说："谁？"机警地用手电一照，发现是小唐，便有些纳闷地说："你来干啥？"

小唐站着不吭声。

"回去！我连疯狗都不怕，还怕狼？"

"我……我……"

牛若谷继续往前走，小唐也往前走。牛若谷站住了，他用命令的口气道："你给我回去！"

"我要送你。"

牛若谷转过身来，用手电照着他，小唐脸上的眼泪在闪光。

"男人的眼泪金贵，哭啥？我这不是好好的嘛！信用社事儿多着哩，咱俩都不在单位咋行？"他安慰着小唐说："去，回去吧。"

小唐站了一会儿，慢腾腾地折身回去了。

"谁？"小唐敲了敲小丁的门，小丁大喊。

"我。"小唐说。

小丁拉开了门，一片灯光铺在了小唐脚下。小丁看着小唐脸上的泪痕，便问："咋了，出啥事了？"小唐摇头不语。小丁赶忙说："啥事，你还瞒着我？到底啥事？"

"牛主任……他……"小唐吃力地说。

"牛主任咋了？"

"被人打了。"

"谁？"

小唐将发生的事一五一十说给了小丁，并让她保密。小丁又气又急，便哭了起来，嚷道："这都是你惹的祸！"

牛若谷绕道从北山的小路上走去，顺便要给青岗叔说一说棉花住院的事。他本来打算今晚要和青岗叔聊聊天，安慰安慰他的，结果出了点意外。

牛若谷还没到青岗叔的山上，五儿便叫开了，他往前走着，五儿摇着尾巴迎了过来。青岗叔这两天一直睡不踏实，他在等着棉花的消息。五儿一叫，他知道来人了，便出了院门站着，果然，他听见了牛若谷的声音。

"若谷，你回来了？"

一贯粗声大气的青岗叔，今晚轻声细语，这叫牛若谷听到很是亲切，又无限伤感。他一个军人，一个壮汉，却被徐飞这样的人打了……但是，他又一想，现在棉花安然无恙，这是他最大的慰藉了，哪怕他被人打十顿，也值！想到此，他一下子精神了许多，便站在青岗叔对面说："叔，棉花手术做得很好，一切正常，再过十几天就回来了，我特意来给您报个平安。"

"天哪！谢天谢地，快快进屋。"

"叔，月儿捎话来了，说她妈这两天不吃不喝的，我现在得去看看，她很犟。"

"就现在？明早不行吗？"青岗叔心疼他，但又一想，军人就应该像钢板一样！其实青岗叔也希望他快快回去看看她们娘俩。

"不行，叔。狼又不吃我。"

"好，你去吧。"青岗叔早就看不见夜色中的牛若谷了，五儿还摇着铃铛跟在牛若谷的身后，代表主人送了一程。

牛若谷坐在山顶上，凝视着山下笼罩在月光中的火炉子沟，隐隐约约能看见几座平房和黑乎乎的几团草垛。山下传来了鸡的叫声。

牛若谷走到家门前，刚要举手敲门，又停下了。犹豫了一阵后便敲了几下："咚咚咚！"

"谁？"扁豆在里面问。

"我。"

"谁？"

"我！"牛若谷大声咳嗽了一声，觉得脸上绷得紧紧的，就是这一声咳嗽，明显感觉有点疼。

"月儿，快，你爸回来了。"

门打开了，月儿还迷迷糊糊地站在地上，她没有看见爸爸脸上的伤。

月儿点着了油灯，牛若谷问："怎么没电？"月儿说："灯泡坏了一月多了。"牛若谷心里好一阵难受，半晌说："不是面柜的粮食里埋着一个？"

"晓得，我不敢换，电打人哩。"

"噢……明天我换吧。"

扁豆睡在炕上。牛若谷坐在扁豆眼前，有意背着灯光。

月儿还没醒透，她又梦见用城里的水洗头发。她摇了一下头，猛然觉得清醒了好多，这时她才问："爸，你咋这么晚回来了？听鸡罩哥说你又调回咱望天信用社了。"

"嗯。爸这几天真忙，白天没空儿看你俩。"牛若谷又对着扁豆说，"最近咋样？"

"老样。"扁豆的一堆乱发动了一下说。

"慢慢就好了。"

"这能好？瘫十年了，早晚的事。"

"妈，爸才来你就……"

"不说了，不说了。"

"爸，你走这么远的路，肯定饿了，我给你做饭去。"

"不饿，不饿，早点睡吧，明早再吃。"牛若谷赶忙说。

月儿把灯放在爸爸眼前，无法逃脱的牛若谷这时被月儿看清楚了，失声惊叫了起来："爸，你的脸咋了？"

牛若谷用手挡着脸说："夜不观色，看不清路，摔了一跤。"

扁豆从炕上勉强挣扎了一下身子说："啥？快，让我看看。"

牛若谷把扁豆肩膀上的被子压了压说："好着哩，好着哩。擦伤了一点皮。"牛若谷将头低下，脸转给扁豆。扁豆看着，有些怀疑。

"哟，这咋办，村子里又没个大夫，家里一点药也没有。"月儿关心地说。

"月儿，快用热毛巾给你爸敷一敷，要趁热。"

一大早，牛若谷就起来了，他原以为休息一晚上脸上的肿块就散了，结果，他觉得眼睛都睁不开了，并有些胀疼胀疼的。他从月儿的镜子上一看，把他吓到了。怎么成了这个样子？左眼鼓起了个大包，青黑得像霜打后营养不良的茄子，倒有几分光泽。他心里悄悄说，这家伙下手可不轻啊！他又回忆起昨天晚上挨打的经过。他从没有这样委屈过，怎么被人打成这样还没个应手呢？他慢慢才想起，他在桥头被几个人蒙了头，三下五除二打了个混沌不清，人家就跑了。他估计这是一只脚干的，幸亏眼珠子没出来，要不就成独眼龙了。他们也是胆小鬼，要不跑他们可能要吃亏。又庆幸保住了眼睛，其他就不要紧了。他又从镜子里看了一会，倒把他惹笑了，这个妖怪一样的脸，不把月儿吓跑才怪。为了叫月儿做好思想准备，他故意把脸用手罩住，给月儿说："昨天不顺，在上分水岭的时候又叫一只蜂把脸蜇了一下，昨晚你看时不是好好的，今早就肿成这个样子了。这家伙可能是一只毒蜂。"

月儿把爸爸的手掰开后，吓得惊叫了起来："爸爸，昨晚我看着就是没肿这么大。"

"就是。别怕，用热水再敷敷就好了。"

扁豆借着从窗子照进来的光看着，闭上了眼睛。月儿摸了摸硬硬的肿包，心疼得骂道："真毒！"

早饭过后，牛若谷喝了点汤出了点汗，觉得轻松多了，他不好意思出门，就照顾扁豆，和她说说话。

　　牛若谷闻到炕上的味道很浓，便给月儿说，"爸爸好长时间没吃苦苦菜了，你上山也逛一逛，顺便挖点苦苦菜。"月儿很少见爸爸要求什么，一听他要吃苦苦菜，高兴地拎上篮子一溜烟跑了。说实话，她为了伺候妈妈，很少出门，大姑娘了，老呆在家里憋得难受，今天正好出门野一回。

　　牛若谷在房子另一头的大灶里烧了一锅开水，再兑些凉水，要好好给扁豆洗一洗。

　　自打扁豆病倒后，牛若谷就把厨房搬到了她们娘儿俩住的房子，一头是一盘大炕，一头便是厨房了。这样月儿做起饭来方便，即便天黑了，她也不至于害怕。就是屋子里烟熏火燎的，倒是被月儿打扫得干干净净。

　　偏巧漆黑的房顶，正迎合了燕子喜欢黑色的秉性，或者是怜悯这娘儿俩孤单，便在房梁上筑了巢，一呆就是几年，成了她俩的老邻居。燕子抱了一窝儿子，一早就叫个不停，张着一张张比头还大的小黄嘴，怕抢不到食一样。牛若谷抬起头，看清了这些孩子们在巢边上乱叫，有些担心地说："小心掉下来。"

　　这时，睡在炕上的扁豆说："掉不下来，燕子它妈用缰绳拴着哩。"

　　"啊！你又说胡话了。"

　　"不信你去看看吧。"

　　牛若谷支了张板凳踮起脚，借着从门口进来的阳光，费了好大的劲才看清，小燕子的脖子上的确拴着一根细细的绳子。他被眼前的这一幕惊呆了。燕子妈妈真是聪明绝顶，怕孩子们在她出去觅食时掉下来，为了避免这个危险，它从外面衔来一根根细细的绳子，用她的嘴把绳子系在巢边上，绕过小燕子的脖子，再系在另一边。为了保险，它又衔来泥巴，粘在两头的绳扣上，等泥干涸了，就像一根铁链一样将它们一个一个牢牢地拴住。这样一来，燕子妈妈喂起食来也很方便，挨个儿平均分配，对谁也不偏不向，倒也落个公道。这就是妈妈。这一伟大的创举震撼了性格倔强、自视甚高的牛若谷，他对燕子妈妈的这一创举佩服得五体投地。披着黑色羽毛的小燕子，内心却红得像火一样。它对子女如此热爱，如此负责，如此用心良苦。自己对月儿和扁豆又做了些什么？灯泡坏了一个多月，黑暗就伴随着她俩一个多月。他羞愧得不能原谅自己，他欠她俩的太多太多。一滴眼泪从他青肿的眼眶渗了出来，另一滴早已落在地上的尘埃之中……

牛若谷打来一盆温水，用手试了试，觉得不热不凉，端在炕头。然后把门窗都关严实了，拉亮了他早上换的电灯泡，屋子里一下亮堂了。扁豆觉得灯太亮刺眼又费电，嘴里嘀咕着。

"今天把你要晒在灯光下，我要好好看看你。"他动手给扁豆脱衣服，她害羞得不让他脱。牛若谷玩笑着说："老夫老妻的怕什么？"

扁豆挣扎了几下，觉得她的根扎在炕上动弹不得，也就随他去了。牛若谷看着扁豆干瘦的身子，瘪瘪的屁股上结了几个死疗，像几枚她私藏的铜钱，贴在上面。一身的肉就这样被病魔消耗成空皮囊了，真正的皮包骨！面对干柴一样的扁豆，他欲哭无泪，只有心头在滴血……这时，扁豆倒是精神了，她好像回到了年轻的时候，猛然想起那年在分水岭的苜蓿地里，她被犍牛一样的牛若谷三两下剥了个精光。那不是在灯光里，那是把她晒在了火红火红的太阳里……

扁豆还没从美好的回忆中醒过神来，她又一次被他剥光了，牛若谷仔细又亲切地给她擦着身子，洗了一遍又一遍，擦洗完后，又将她的浑身轻轻搓揉。她清楚他的心思，他想搓醒她的死肉，唤醒她半个僵硬的身子。明知是白费力，但他还是努力仔细地完成着每一个动作。扁豆不害羞了，觉得她自己活了，年轻了，能跑了……

牛若谷把扁豆像一把鸡毛一样抱了起来，在黄亮的灯光里，他仿佛抱着小孩子一样转着圆圈，一阵把她抛起来，一阵把她举过头顶。窝边的小燕子看见后，被惊吓得吵闹着，他才意识到由于他的放纵和任性，小燕子要是挣断了脖子上的缰绳，他怎么对燕子妈妈这个老邻居交代呢？牛若谷赶紧把扁豆抱在怀里，又心疼，又怜惜地不住看着……牛若谷怀抱着光溜溜湿漉漉的扁豆，狂吻起来，亲得扁豆半个身子热辣辣的。她一时觉得，那半个不见的身子也重新回来了……

火炉子沟到处一片干旱的景象，山体裸露着它的脊梁。山坡的玉米只有一尺来高，远山上的麦苗儿狗毛一样软不啦叽。风一吹，露出了干涸的地皮。

从山顶小路上走来了一个老头儿，弯着腰背着一桶水，吃力地走着。山坡上有几只牛低着头认真地寻草吃，有一个牧童唱着山歌：

"尕妹子要喝水哩

跑断了哥哥的腿哩

尕妹妹还要洗哩

气得哥哥抖哩……"

牛若谷脸上的伤好了一些，便和月儿在自家的地里锄着地，牛若谷挽着裤管，很卖力也很在行的样子。月儿停下了锄头，用毛巾擦着汗说："爸，咱火炉子沟离望天村也不是多远，咋就这样干旱，连吃的水都没有。"

牛若谷停下了手里的活，望着天空说："我小时候虽说也缺水，但吃的水没断过。前些年风风火火开荒造田，把山上的林子都给毁了，伤了大山的元气，这些年种了些树，但急忙成不了气候。"

"听说城里家家户户都有自来水。等妈妈好了，我想到城里耍一趟，我要用城里的水洗头发，我常梦见用自来水洗头哩。"

牛若谷看着月儿，又长长地叹了一口气，半晌说不出一句话来。但他又想起了房梁上那一群系着缰绳的小燕子……

6

牛主任在山梁上走着，他的脸上还留有疤痕。他站在分水岭酸梨树下，看着山下的望天，川道里的麻子已变成了墨绿，铺在地上厚厚的一层，聚宝盆好像是把世界上所有的绿都盛过来了。风这个妖精把整块的麻子林掀来掀去的，在蔚蓝的天空下放着羊儿。掀过去的时候，把麻叶的灰白背面翻在了上面，看似白浪滚滚直至尽头。一碰到对岸，反身折回来时，正面的绿叶迎了过来，一浪儿追着一浪儿的绿。偶有长尾雀掠过，好像踏浪者，轻盈地滑行在绿浪之巅。最怕这位健将兴奋得过了头，踩不住这些浓烈的绿浪，让它溢出聚宝盆外，漫过铁堂峡，那简直就是最大的人间憾事了。绿色——最富于生命的色彩，在聚宝盆里，绿得厚重，绿得深沉，绿得安逸恬淡而又从容。山下是一片绿，半坡上却是一片片金黄的油菜花，密密麻麻挤在一起。从远处看去，好像是一块块金砖铺在了望天。由墨绿和金黄镶嵌而成的图案，和谐自然地拼接在望天的聚宝盆里，加上汉阳河弯出的太极图缠绕着河边的柳树，以及错落有致的民房，构成了一幅醉人的画卷，不得不叫人嫉妒上帝对望天的偏爱。

牛主任正沉浸于望天的美景之中，小唐气喘吁吁地跑上山来了，他一见牛主任站在不远处的酸梨树下，便大声喊叫："牛主任，牛主任！"小唐跑到牛主任跟前，累得一手压着胸口，一手指着山下。

"咋了？"

"联社稽核股查账来了，说要对发放给秋子的贷款严肃查处、通报，还要……"

牛主任坐在地埂上，掏出一支烟，又掏了半天，没有掏着火，便将烟咬断，唾了出去。这时，飞过头顶的一只"下水瓶"叫了起来，紧接着，一道闪电，随后是一声闷雷……

"主任，想想办法，怎么应对？"

牛主任揪了一根草放到嘴里嚼着说："好，你回吧，我接受处分。"牛主任站起来后，折身大步往家走。

"牛主任？"小唐小跑着跟在牛主任身后说。

牛主任不理小唐继续往前走。

小唐跑在前面，拦住了牛主任。牛主任继续往前走，小唐只好面对面地在牛主任眼前往后退。

"你先到信用社再说吧。"小唐劝着牛主任说。

牛主任一把将小唐拨到一边，呆呆地往前走。

"牛主任！"

牛主任猛然站住了，慢慢折过身来看着小唐。

信用社只有小吴和小丁傻傻地坐着。牛主任和小唐进来了，小吴和小丁正悄悄议论着什么，一见牛主任进来了，两人都站了起来。

牛主任径直走到办公桌前，看到一张便函，抬头写着"关于牛若谷停职检查的通知"。

小丁只好把丁主任电话里的原话转达给他。小丁对丁主任说："本该就对违章贷款发出了警告，还置之不理，又越权贷款三万元，这是对抗，联社不得不采取措施。"

"我服从组织安排。"牛主任苦笑了笑说。

牛主任转身要出去，小唐拦住他说："牛主任，我们听你的，不管他。"

"对，听你的，不管他。"小吴和小丁说。

"这是组织原则，必须无条件服从。"牛主任出去了，但他想着给于主任汇报过此事，已经得到了他的同意，又折回身来，还有点心不甘地说："我给于主任早就汇报过了，这是他同意的，我给他打个电话。"

"主任，这几天你不在，于主任叫河南明清法院抓走了。"小唐说。

"什么！"牛主任瞪大眼睛，站了好久，他瘫软地坐在椅子上说："这是前几年天台营业部老主任在人家的证明上盖了章的事，明清法院说要执行联社营业部，但他们为什么要抓于主任呢？"

"只听丁主任说于主任被抓了，不知什么情况。"小唐说。

"没事的，不是他犯法了，是他们明清法院犯法了，随意抓人。"牛主任说完，坐在椅子上，闭上了眼睛，好像睡着了。

秋子在去信用社的路上，老远看见几个女人在交头接耳地说着什么，叽里咕噜的。

"听说要法办牛若谷。"

"啥事？"

"他给秋子贷了款。"

"三万元！三万元得多少？"

"三万元要装一箱子哩。"

"啧啧。三万元的利息怕要一篮子哩。"

"嘿，人家才不给利息。人家那个上了。"

"我说是……"

秋子一阵晕眩，趁她们几个长舌妇不注意，折身回家了。

天上像蒙了一层牛皮，把月光遮在里面。牛若谷坐在青岗叔院子的草墩上，低头抽烟。北山上很安静，只有蛐蛐在鸣叫。院子里坐着的还有秋子和半仙。

秋子坐在七太太的青石板供桌前，一只手捂着腮帮说："我就怕这三万元给你惹个祸。"

"不光是这件事，你的三万元不是已经还了一万多。"

"还是因我而起吧，唉，我这人只有闯祸……"

"他们给我挑刺，根源是高天给徐飞贷款的事。"

"很快就过去了，不怕的。"半仙叔说。

"我怕？哼，我才不怕！"

"就是，不怕。他们要给你找毛病，我找他们论理去。给孩子治病，贷个款有什么？真要处理你，我直接找他们的领导。我寻到北京天安门！爷爷屁股上的伤疤还留着，他们算什么葱。我们可以动员望天群众，把望天的存款全取了，我们自己办合作社。五三年创办信用合作社就是我带头入股组建起来的，要是我识几个字，我就是主任。要揭老底我到北京揭去。合作社是大家伙儿的，怎么现在就变成他们的呢？他们拿着我们的钱倒勒我们的脖子。我们不答应。为人民服务究竟到哪里去了？毛主席说过，共产党说过，领导就是人民的公仆，公仆就是服务员，服务员就得为人民好好服务。我打仗的时候就是为人民打的，如今的人民倒成了服务员不说，还讨我们的价钱。若谷，不要怕。男人就得顶天立地。这点委屈算啥。那阵子闹运动，我替七太太说了句公道话，就犯法了，绑了我陪七太太游街。现在想起来，真是老天在拨调，是造化，是和七太太的缘分。嘿嘿，值！"青岗叔说着说着，激动地站了起来。

牛若谷第一次听到青岗叔义正言辞地讲演，听得他直点头，"就是，为人民服务到哪里去了。"他正要理论一番，半仙把嘴噘得老高，好像要说给天上的神仙听一样，也说得慷慨激昂：

"说得对，说得好！信用合作社是你带头入股的，那供销合作社还是我带头入股的，我要有眼睛，也是个主任。可是老天只送给我一条根，有棍就有路，明天咱就上路，讨个说法去。"

牛若谷赶紧把还在气头上的青岗叔扶在板凳上，对半仙叔说："叔，你俩不要激动，不是你们想象的那么严重，没什么。信用社的钱是大家的，但主要是我没按制度办，越权了。你们也不要生这么大的气，给棉花做手术的贷款，我给于主任汇报过，人家于主任很赞成，秋子也知道。现在关键是于主任也出了点事。"

秋子听着，对他们的正义感非常敬佩，她从心底感激这些人，他们为她家付出了那么多，她用什么来报答呢？每次到灾难降临后，总有一些人像一堵墙一样为她遮风挡雨，渡过难关。她抬头看着天，心在想，假如有一天她有了回报大家的机会，她会献出一切。滴水之恩，涌泉相报！当她听到青岗叔再次提起了"为人民服务"五个大字后，给她的骨髓里注入了新的力量。忠诚组织，热爱人民——这才是大地之子，这才是真正的人间正道！

青岗叔又站了起来说："战斗！他停了你的职，停不了你的工作，怕啥！"

牛若谷猛然一怔，听着青岗叔的话如醍醐灌顶，他拍了一下自己的大腿说："对呀！我是给望天人民干，为望天信用社干，不是为他丁力群干。"

"对。战斗。"

"战斗！"

半仙叔也笑着说："你两个兵娃子，当了三天兵就战斗战斗的，遇事光不能战斗。姜太公没钓上一条鱼，却钓上来了一个皇帝，一个王朝！"

7

于主任从外地学习回来后，向马行长汇报了学习情况及近期急需处理的一些事，着重专题汇报了原望天信用社主任高天的离任稽核审计。马行长要于主任负责处理，如急需要商量的事，尽快准备，召开会议一并解决。下班后，一直在办公室准备材料的于主任，回家时已经晚上十一点了。他刚把自行车骑在家门口，向小胡同拐弯时，从路旁停着的一辆吉普车上下来了几个人，用一件大衣把他的头捂住，前抱后拥拖到车的后坐上，两个人扭住他的胳膊时，车子启动了。

车子明显感觉到在上山，走了大约半小时后，车上的人把他头上的大衣揭开，他一眼认出其中一人好像在哪儿见过，还没允他说什么，只听前排座位上的人说：

"我们是明清法院的。现因你干扰公务，决定对你执行拘留。"

于主任这才清楚了，马行长因为这事开过会。事情可追溯到1989年，天台区有个叫李峰的人，开着一家皮包公司倒空卖空，与河南明清地毯厂的张厂长同住在一家招待所，两人在闲谈中，得知张厂长在推销地毯，李峰便一口答应说他需要。张厂长觉得又推销出去了一些产品，两人当晚喝酒吃肉，一阵江湖哥们义气，第二天就签订了合同。等到要按照合同发货时，对方要求李峰在开户行要开担保货款的证明，李峰找到他一直开户的联社营业部张主任后，张主任和李峰由于业务往来也熟悉了，就不假思索地盖了个营业部的财务公章。结果，李峰收到货后转手一卖，用这笔钱做其他生意，后来亏了血本，他就一直躲藏在外。那几年通信设施又不发达，身份证也是可有可无，并且假身份证也非常多，张厂长一直在找李峰，几年下来不见踪影。明清地毯厂也因大量货款被诈骗，加上外债和经营不善而面临倒闭。张厂长由于操劳过度和年老体弱也中风偏瘫了。因此，厂子的工人发不上工资，常蜻蜓点水在市政府院子里闹事。后来，明清法院把李峰找见了，抓去后关了些日子，但因他没钱，死猪不怕开水烫了。就这样李峰被抓去了好几次，最后因解决不了任何问题又放回来了。市政府对此事很是头疼，和几家单位协商后终未有较好的解决办法，只能边走边看。工人闹，他们就力所能及地给解决。最后，工人们疲劳了，就没人管这事了。结果有一次，厂子的工人在电视法制专栏中看到了和他们相似的内容，由于工人闹事，政府出面把拖欠的工资协调解决了。这件事再次点燃了地毯厂一些工人闹事的激情，有人出头，带着厂子的男女老少把市委和市政府一并给围了。新上任的市政府领导调查此事后，觉得还是法院执行不力，天台联社营业部既然在担保证明上盖了章，就说明他们在担保，于是，分管市长把法院的院长叫来狠狠地批评一通说："你们和天台联社协商，这件事办不好别回明清。"

明清法院组织了工作队奔赴天台区，先是和单位正面交涉，他们拿着法院的证明来找了马行长，马行长也召开了会议商量了此事，会上说法不一，加之咨询了法院领导，他们的态度也很强硬，一致说不让理睬，诸如此类的经济纠纷太多了，他们能在天台怎么样。最后，联社接到了明清法院的传票，天台联社也没有理睬。后来，明清法院的人来天台，认真规划了周密的抓人计划。最先锁定的目标是马行长，因为马行长是联社的法人。由于马行长住在繁华的地段，几次实施都未能成功。他们要做到万无一失，如有闪失，他们可能有走不出天台的危险。为了保险期间，还是把住在郊区的于主任作为目标。他们把于主任家的情况摸了个清清楚楚，就连于主任家几口人，他上班和平时散步的路线，以及他家里的一只狼狗都掌握了。在家里行动，怕人多，也怕狼狗，就把胡同口选定为最佳位置。

合该于主任这晚要出事，他因在外学习刚回来后，单位事多，加上要准备会议，就一直工作到深夜，正好这个时候路上人也少，就被他们轻松地抓走了。

他们把于主任送到了火车上，一直到第二天才给天台联社办公室打了电话，说："他们是明清法院的，你们于主任因干扰公务被拘留了，要求尽快来明清法院联系处理。"

办公室接到电话后赶忙给马行长打了电话，马行长召集紧急会议后，还是众说不一。最后马行长请来了法院院长，院长说，这样，他们既然把人抓走了，我们派一律师去和他们协商。马行长说我们得去人，院长说，这个时候，他们也不按法律程序办事，你们去一个，他们保不住会扣一个，只有律师去保险一些。但是于主任家属不同意，说这是你们单位的事，要求单位去人，他们家属也一并前往。马行长最后决定派了办公室主任，随同蒋律师和于主任儿子去了明清法院。

第三天一早，蒋律师他们三人去了明清法院执行厅，接待他们的厅长说："终于见到你们了，你们不知道我们往天台跑了多少趟，光差旅费花了多少，到现在都是我们自己垫付。你们来了好，就一句话，见钱放人。"

蒋律师拿出律师证，厅长说不看，见钱放人。

"你们抓人也要通过天台法院。"

"天台没有法院。我们的传票你们理了吗？"

"我们没接到。"蒋律师争辩说。

"一看你们就是一群法盲。我们没时间接待你们，见钱放人。于主任我们会照顾好，他毕竟是你们单位的领导，已安排在明清宾馆，你们可以去看一下。"

蒋律师三人在法院办事员的引领下，赶紧去了明清宾馆，于主任果然在宾馆里，由两个法院的人看管着。于主任的儿子一见到于主任就大哭起来。于主任安慰了他，并说人家也没难为他，叫天台联社商量办法就是。只待了半小时，人家怕出意外就把蒋律师他们支走了。

当晚，蒋律师和马行长电话商量，到第二天看能否先把人放了。于是他们一早就又去了执行厅，厅长的态度更强硬了，说："我们把人放了，给市委市政府怎么交代，给明清地毯厂的职工怎么交代？给你们一星期时间，钱若汇不过来，我们就把于主任送到看守所去了。"

蒋律师还想说什么，这位厅长已经不耐烦地走了。

8

于主任被明清法院扣押后，联社暂时由丁力群副主任主持工作。马行长召开了班子成员会议，他又传达了农村信用社与农行脱钩的政策，要成立农村金融体制改革办公室，以后农村信用社就由体改办管理。但是，联社要尽快极力营救于主任，等他回来还有好多事，主要是与农行脱钩的事。

丁主任等马行长走后，与许大山总稽核和稽核部门、信贷部门的同志召开了会议，安排了一下近期工作。他在会上说："牛若谷把徐飞贷款一事已起诉了，要求牛若谷来联社汇报一下，法院马上要执行。"丁主任说："我原先劝过他，起诉徐飞是迟早的事，这时他什么都没有。牛若谷硬要添乱，和联社作对。当时的政策就是这样，他一个小小的高天能顶得住。行政干预嘛，但也是支持乡镇企业。这事我们要等待有利时机，结果牛若谷和高天有些个人矛盾，借公事打击报复？徐飞既然被牛若谷起诉了，法院也催得紧，于主任又不在，大家说怎么办？"

许大山像一尊泥塑的笑佛，开会常不表态，只是微微笑一笑，偶尔脸红一下、或者两三下就是他的态度了。说话听音，锣鼓听声，稽核部门和信贷部门的人还有什么可说的呢。

高天从一辆出租车上下来后，向徐飞的电器门市部走去。门口站着一位客人，正在和服务员争吵。客人说："你看看，你这空气开关，连我的设备都烧了，你不赔，我要告你。"

"这哪是我们的，你胡搅啥哩。"

"不是你的，我这有你的发票，你想赖账？"

"发票是我们的，但开关不是。"

"我不和你说，叫你们老板。"

"老板不在，要找到海南岛找去。"

高天走过去劝客人说，"一个开关就生这么大的气，划不来，干脆重买一个得了，这年月谁还有时间吵架。"

"同志，你看看，这就是他们的开关，你看这服务员，利害得很。"

"老板不在，你跟她一个丫头吵没意思。你老消消气。"

客人气呼呼地走了。高天走进电器门市部，徐飞坐在套间里的沙发上，吸着烟。高天进去后，徐飞爱理不理的样子。

"牛若谷把鸡罩也给起诉了，这家伙看来真动刀子了。那天晚上挨了揍也不见长进，真是个'毒锭子'。"

"哼！难道他牛若谷刀斧不入？"徐飞生气地说。

高天呆呆地看了一阵徐飞说："法院那边咋样了？"

"都是弟兄，还能咋样！"

"我的事呢？"

"放心好了，不就是个时间问题，好事多磨。"

"好，我这次上台，可轻饶不了牛二。我一上任，先给你放款。管他妈的腿！"

牛主任和小唐坐在黄村长家的麻子地里。牛主任给黄村长递了一支烟说："黄村长，这次来催收贷款和动员存款，还要靠你哩。"

"信用社给咱帮大忙了，你看看眼前的麻子长得跟树林一样。你安排，咱行动。"黄村长笑着说。

"你掌握谁家有钱？晚上地里干活的人回来了，咱上门去。"

黄村长想一想说："二愣妈前天把小姑娘嫁出去了，光彩礼三万多。不过二愣妈是个心眼鬼，恐怕我去……"

"她怕露富是不？"

"对，谁到她家借钱，就是要命。"

"你把我领到她家门口，你不要进去，我去动员她。"

晚上，在微弱的灯光下面，二愣妈在炕上纳着鞋底。牛主任和小唐坐在椅子上。二愣妈不耐烦地说："没有，我穷得舔蒜锤哩，哪有闲钱存。"

"那好，那好，以后有了再来存吧。钱存咱信用社保险，咱有这么大的钢铁保险柜。"牛主任用手比划着，"不怕老鼠咬，不怕贼惦记。再说存信用社还有利息，等于你的钱在信用社生儿子着哩。"牛主任说。

二愣妈停住手里的活计，睁大眼睛看着牛主任，急忙溜下炕，手倚在门框上向外看了看小声说："我没钱，你是听谁说的？我真的没有，你俩贵贱不要胡说。"

牛主任给她解释说，"没不要紧，等以后有了再存吧。"

二愣妈点了点头。

第二天一大早，牛主任带着小唐在一块地里锄地。牛主任干得汗流浃背，小唐却在一旁垂头丧气。二愣妈扛着锄头从对面山上走来，她进地后看见牛主任和小唐就怔住了，吃惊地说："你俩……你俩干这粗活？这咋能行哩，快歇下。"

牛主任擦着头上的汗水说："白天大家都上地了，你看看，我俩收款也没个人，咱也闲着。听黄村说，二愣两口子也很少管你的地，你一个女人家伺候它真不容易。"

"就是的，不说了。"她又往前走了一步说，"公家人咋能给……干活，你看我的脸快烧熟了。"二愣妈看着牛主任说，"其实，你昨晚一走，我就后悔，家里真有点钱闲放着哩，就是……走……干脆回家里拿去。信用社又不怕贼偷老鼠咬，存信用社还有利息。"

牛主任向她笑着说："不急不急。大嫂，你看看这锄头，正想吃土哩，我还带了个徒弟，叫他也学学，要不这城里娃以为粮食是苹果树上结的。"

"你真会说笑，你一说笑，我的脸越红了。不过，但这事千万不能叫二愣媳妇百灵鸟晓得，她这两天缠磨着说娘家兄弟要说媳妇，我说娃的一点儿彩礼还要给我买棺板。她借就是猫借耗子。"

"信用社会对每个存款户保密的，你放心吧。"

二愣妈把门锁打开后，牛主任和小唐就进屋了。有一只鸡正在啄着口袋里的玉米，受到惊吓后飞了起来，差点碰在小唐的身上。二愣妈顺手拿起笤帚，朝院外逃跑的鸡打了过去，略微站了一会，看了看外面没有闲人，就折身进门来了。二愣妈胆怯地说："我存下吧。"二愣妈从柜子的粮食里掏出了一卷钱，又把挂在窗扇后的一件大衣取下来，撕烂了墙上糊着的一张纸，露出个小洞口，她从里面摸出了一卷钱，一共三万元。小唐当面点清了钱，填写了存单给她。

"这里面有我的钱儿吗？"二愣妈拿着存单，高兴而猜疑地笑着说。

"不但有三万元，还有它生的儿子——利息。"

二愣妈用一只手捂着嘴，憨憨地笑着："这名字受听，真个好！"

牛主任和小唐还要去另一个村子，小吴来了，说是联社打电话，有急事，叫他俩马上去联社。

牛主任和小唐赶到联社的时候，丁主任已经去了拍卖现场，信贷股的同事说，"丁主任说了，如果牛主任来了，就叫他赶紧到拍卖会现场来。"牛主任一听要拍卖徐飞的电器产品，心里高兴得差点跳了起来，暗暗地想，他一直怀疑丁主任、徐飞和高天他们有牵扯，怕给收回贷款设置障碍，结果，是人家丁主任把他起诉的贷款已经联系上拍卖会了。他内疚地想着，觉得很对不住丁主任。

拍卖会场上坐着不多几个人，高天和徐飞在前排坐着。牛主任和小唐一同进了拍卖会场，找了个中间位置坐下了。牛主任一直在寻找丁主任，还不见来。

拍卖师上场了，会场静了下来。小唐附在牛主任的耳朵上悄悄说了什么，牛主任才看见徐飞和高天在前排坐着，一直在叽叽咕咕地说着什么。拍卖师宣读了要拍卖的东西和注意事项后，开始拍卖，拍卖会场很冷清。还没等牛主任反应过来，拍卖师的槌已经落下了，徐飞三十万元的电器产品只卖了十五万元。拍卖会场人都散了，只有牛主任坐着不动，嘴张得大大的，一个人喃喃地说着：

"怎么会这样！怎么会这样！"

小唐进来再催牛主任，他才从椅子上站起说，"丁主任呢？"

小唐说："是不是在后面坐着，我一直没看见。"

牛主任在回联社的路上，简直像是做了恶梦一样。可这些残断的梦他总是连接不起来。他进了拍卖会场后才坐下不久，还想着要和徐飞好好论理争辩，还想着能拍卖个高价钱，还想着……怎么后来就成这样了？没见丁主任的踪影，他不是说到会场了？

牛主任和小唐赶到丁主任办公室的时候，丁主任正在给一缸金鱼喂食，牛主任进去后，丁主任把鱼缸旁边的奖杯不小心打翻了。丁主任一见牛主任就没好气地说："你个牛若谷，办事太鲁莽。这就是你办事的结果，这样你就高兴了吧！我刚给马行长汇报了，等于主任来了给你请功。"

牛主任气得脸色铁青，他愤怒地说："这法院的官司没法打了，怎么是这样呢？"

丁主任大声说："三十万元的电器产品只卖了十五万元，就这十五万元，还是我给人家磨了嘴皮子，他们也是支持信用社，要不还有人等着接收，法院给我们半天的时间，明天一早就给人家回话。"

牛主任不想和丁主任再说什么，低着头出来了，不知不觉走进了他曾经工作过的锅炉房，他擦得干干净净的锅炉，如今又落满了灰土。他久久地陷入了沉思……

丁主任给马行长电话上汇报了望天信用社起诉徐飞贷款一事，加油添醋地叙述了一番，说现在是赢了官司输了钱。马行长说你们尽快上会拿出个方案，他到省农行开会，可能顾不上，电话联系就行。另外，和明清法院的事怎么样了，于主任要尽快想法接回来。

挂了电话，丁主任叫来了许大山以及稽核部、信贷部和办公室的负责同志一同开会，另外又叫来了牛主任，也参加了会议。丁主任把他给马行长汇报的内容又向大家详细叙述了一番，他没说马行长催促于主任的事，只说马行长叫马上拿出接收徐飞电器产品的方案。现在是法院委托拍卖行将徐飞的电器产品全部进行了拍卖，只拍卖了十五万元。法院的意思要全部抵清望天信用社三十万元贷款本息，让大家讨论该如何定，明天一早就要给法院答复。如我们觉得损失太大，法院明确表态，还有人急着要接收。大家谈谈看怎么办。

会场一下子吵了起来。

牛主任站了起来，大声说："他们就这么办案，我觉得对徐飞的电器产品评估就有问题，望天信用社的贷款三十万元，他们就给评估了三十万元，这里面肯定有漏洞。我听小唐说，这些产品原是南方一家乡镇企业的，徐飞私下弄来了长城公司的商标，价码就翻了好几倍。"

丁主任严肃地说："牛主任，你和小唐调查清楚了？"

"这还用我们调查？要他们法院是干啥吃的，这些情况我早就给他们用书面材料汇报了。"

"有话慢慢说，慢慢说……"许大山不紧不慢地说着，坐在椅子上轻轻地笑着。

办公室主任方一天猛然坐直了身子，打断了许大山的话说，"官司已经到这一步了，说明徐飞这人很有本事，法院他们这样办案也不合适。第一，电器的评估有疑义；第二，对电器产品的生产厂家有疑义；第三，咱们要联合长城公司打这场官司。输了钱，得输个明明白白，不要说给职工有何交代，最起码要给自己的良心有个说法吧！"

"这个样子我心不安！"牛主任看着方一天说，"就是，我们要将这场官司打到底，我们的钱儿不是风刮来的。"

看样子丁主任只是心平气和地记录着，根本不去理会他们的争辩，更不理会方一天的振振有词和牛主任的暴跳如雷，心里冷笑了一下，心想，你逞能吧，等会看你牛大胆如何解释给那个女人贷款的事。丁主任抬起了头，他不慌不忙地说："好了，好了。这件事就这样。另外，望天信用社已经是灾难重重，牛主任，你在那里违章贷款，不到一个月给一个女人连续贷款四万元，你今天也说说理由。望天能经得起你这样折腾？"

"好！秋子贷的第一笔是她做生意的，要赶在崦嵫山庙会前做一些麻鞋，贷款一万元，期限是半年，没问题能还上。至于第二笔三万元，是她女儿得了心脏病要马上做手术，这是救人，我们若连救人的款都不贷了，那支持农民发展经济还有毬意义？"牛主任站起来气愤地说。

"你理还长得很，我们又不是福利院。"

"用望天人民的钱救望天人错了？"牛主任又站起来质问丁主任。

"……你这样去救人……你这样怎么……"丁主任气得说不完整了。

"好了好了。"许大山和几个同志分别劝了起来。

本来徐飞官司的事就使牛主任窝了一肚子的火，这会儿丁主任又给他大发脾气，大家一劝，反如汽油碰到了水星，他更加声音大了，整个楼上都是他牛大胆的声音：

"丁力群，我贷的这四万元已收回了一万多，要收不回来，你把腿叉开，我从你裆里钻过去。高天给徐飞贷的三十万元，法院只拍卖了十五万元，加上到今天的利息十三万元，一共二十八万元的损失谁赔？"

丁主任一听牛主任这样无理，竟然当着大家的面在农行与联社合署办公的楼上直呼其名，他反倒放低了声音冷笑着说："难道你不清楚，这都是你起诉惹的祸。徐飞我调查了，他还在发展企业，若等他壮大了再起诉，我们能有今天的损失？结果你倒好，这样一起诉人家法院结了案，这不全完了。你怪谁？我给马行长汇报过了，等于主任回来再处理你。"

"既然你调查了他在发展企业，你现在主持联社的工作，你怎么就不撤诉呢？"牛主任觉得占理不饶人。

气得丁主任浑身发抖，指着牛主任说："你……你……真是个牛大胆！"

牛主任对着大家说："我要到明清去找于主任，叫他来看看徐飞的案子，究竟是怎样造成的。为什么是这样的结果？"

"好，你找于主任去，你去，现在就去。我把这一任务交给你，限你一周之类把于主任接回来。你是个多大的蒜？你就是个莽夫！"丁主任指着牛主任喊叫，气得直打哆嗦。

"对，我就是个莽夫，我上过老山前线，请你睁大眼睛看看，我见了子弹都不怕！"牛主任的牛劲上来了，说着一把将上衣的三个纽扣都撕崩了，露出了锁骨上的弹痕，像一只眯缝着的眼睛。

"你……你……"丁主任也有点胆怯了，牛主任确实在老山前线荣获了三等功，档案里有他的复印件。丁主任强压着心窝，闭着眼睛，一下气得好像一个快要昏倒的人。

9

棉花从医院回来后，经过秋子的精心照顾，已基本恢复了，秋子要她尽快上学去。棉花却向妈妈说，她真不想上了，为她治病贷了这么多钱，不知哪年哪月才能还上。秋子搂着女儿指着她的脸蛋儿说："妈妈即使砸锅卖铁也要供你上完大学。"

夜已经很深了，棉花在炕头睡着，秋子坐在棉花旁边，摇着挑车捻着麻线，神情不定的样子。捻着捻着，秋子困了，便靠在墙上睡着了。

川道里的麻子已超过一人高了，整整齐齐排成一行行。牛若谷和秋子在麻子林的深处站着，秋子看见一片向她伸过来的麻叶，酷似一只很大的手掌，她把自己的手也伸了过去，却被牛若谷的大手一把握住了，霎时，热流传遍了她的全身，她折身抱住了他，他把她抱得更紧。她把头贴在他的心窝，听着牛若谷的心在咚咚直跳，几乎要跳出来一样。好大一会后，牛若谷一把推开了她，在她模糊的双眼中，只见牛若谷把他的红背心向麻树梢儿抛去，吓得几只从他们头顶掠过的小鸟调头乱飞，并发出急促的鸣叫。牛若谷再次紧紧地抱着秋子，她简直喘不过气来，便随身倒去，慢慢压倒了一片片麻树，腾出了平平展展的空地。太阳照了进来，落在了他们的身上，照到了闪闪发光的麻杆上。他俩被一堆光埋在里面，酷似一个很大的人体琥珀，却又像一颗雨后荷叶上的露珠，在同一个圆点不停地颤动，始终离不开圆心……

不知过了多长时间，牛若谷再次将秋子抱在怀里，他双手棒着她的面颊，看着她红扑扑的脸，大大的眼睛里含着滚烫的泪珠，鲜红的嘴唇微微颤抖，并向他开启。他再也控制不住了，便又狂吻起来。然后紧抱着的两人像碌砖一样，从麻树上不停地翻滚，压倒的麻树像一条决堤的大河冲泻而去；被压过后的麻树又一排排哗啦啦随之翻起，就像一只船划过后留下的一道道浪花，迅速地愈合了船桨划过的犁沟⋯⋯

轰！一声巨响，紧接着是电闪雷鸣，雨——哗啦啦下来了！

秋子被这一声雷惊醒了，浑身的汗水湿淋淋的，连头发都湿透了。她定了定神后，才觉得又是一个梦，便又甜蜜地笑了。她仔细地回忆着梦中出现的每一个细节，生怕由于她的粗心而忽略或被永久遗忘。她在这美好的回忆中尽情地享受着，吮吸着还残留在舌尖上的甜蜜。一转眼看见酣睡中的棉花，羞怯得一把拉灭了电灯，把她和大脑深处的销魂片段，一并悄悄寄存在这浓烈的、深不见底的夜里⋯⋯

牛主任这两天像变了个人一样，一个人常常说胡话，老是说："怎么是这样的结果，怎么是这样的结果呢？"小唐听见后心里酸酸的。小吴和小丁也安慰过，他还是这样嘀咕来嘀咕去。有时端个空杯子喝着水，有时刚把水倒上，立马大口地喝起来，烫得连吐都来不及。从他的宿舍刚出来，到办公室还没坐稳当，又出去回到宿舍。抽起烟来更是不正常，有时刚把烟放在嘴上，没点着火，便使劲地吸；有时点着火，刚吸几口便丢进烟缸里。

"怎么是这样的结果？"牛主任张口不离这句话。

牛主任在床边坐着，一见到鸡罩，好像马上恢复了正常。鸡罩穿着皱皱巴巴的西装从门口兴冲冲进来了。他给牛主任恭恭敬敬地递了一支烟，顺手把一包烟放在椅子上，自己也点了一支，蹲在了椅子旁的地上说："姨夫，这回我真没想到！你放心好了，我说过，我鸡罩日鬼谁都不日鬼你，外面名声虽不好听，可心里红着哩。姨夫，姨那边你不要操心，我媳妇雪娃隔三差五会过去照看她的。我今早又去看她了，她比前几天精神多了，一顿能吃三碗搅团。她还说想吃羊杂碎。羊杂碎有啥好吃的，我干脆给她买些羊肚子，能花多少钱？钱是个毬！"

"谢谢你的好意。鸡罩，你晓得我今天叫你干啥？"牛主任斜视着鸡罩说。

"贷款，还能干啥。你放心贷，我给你不丢人。姨夫，明说吧，高天贷的款我打心眼就没想着还，你晓不得，我给他花了这个数。"鸡罩伸着两个指头。

"我今天叫你来，就是要让你还上这个钱！"

"姨夫，你，你这姨夫，耍笑我。"

牛主任严肃地说："没有。"

"没有？"

鸡罩环视了一下屋子，静静地看了一阵牛主任，他从地上站起来一屁股坐在了椅子上，一下变了脸说："你张开了个大口袋叫我往里钻？"

"我这是为你好，也为你一家着想。"

"好！你就是把我捣成调和面子，也卖不了多少钱。"

"鸡罩，你看，这是你媳妇雪娃前两年叫我存在城里的两万元，她叫我再动员你，赶快把剩下的还了吧，少背债你有啥不好的？"

鸡罩一听是雪娃存的钱，顿时，眼睛瞪得老大，转动着眼珠子，略微想了想说，"我这钱是⋯⋯这是我的保底钱，我怕万一⋯⋯"

牛主任一听才明白这家伙还留下这一手，真是狡兔三窟。他冷笑着说，"不管是你的什么钱，先得还款。"

"你少管，快把我的两万元拿来，那又不是从你跟前贷的。"

"这款是谁的？"

"我的。"

"从哪儿来的？还不是望天信用社的。"

"信用社的咋了？我背着利息。"

"你今天真不还，我就要起诉你。"

"嘿嘿嘿！起诉？好。你要不嫌村子里人笑话你就起诉，我这会子真想进黑房子，帐逼得我正好没个窟窿钻哩。"鸡罩看着牛主任也冷笑了一声说，"你干脆吃了我吧，来吧，连肉带骨吃了。"

"哼！你又不是铁做的。你看，鸡罩，我已经将你起诉了。"牛主任说着从抽屉里取出传票，"收不回你的贷款我给你当孙子。"

牛主任将传票递给鸡罩。鸡罩看了一阵，撕了两半并大声说："我把你个牛大胆，大流氓！你以为你干的事我不晓得。给寡妇贷的钱用啥抵押着哩，该不是用她埋在土里的男人吧！"

正说话间，小唐进来了，见鸡罩在骂牛主任，就对鸡罩说："你咋骂人哩？"

"难道骂了他天还不雨了？你不要狗趁人势，我还给你付过小姐的台费，你先给我二百元再说。"

小唐恼怒地说："你怎么血口喷人？你……"

"咋来？想打人？好，你不给，到时间我可给你算个驴打滚。"鸡罩说着将头伸到小唐怀里，又顺势倒在地上，双手抱着头大哭大喊起来："信用社杀人了！信用社抢走了我的两万元。快来人！"

闹腾一阵后，觉得房子里好像没人，便睁开眼四下瞅瞅，见牛主任和小唐都出去了，便从地上爬起来跑出去。原本要到营业室去闹，门打不开，又去了信用社大门前，正好是逢集的日子，人很多，他一轳辘倒在地上大喊大叫起来，几声过后，便眼泪一把鼻涕一把真正哭喊开了：

"啊呀！我的肉。

我的肋条。

我的两万元存折。

疼啊，天爷爷！"

几个人围了起来，大家说笑着：

"这是谁？"

"火炉子沟村长鸡罩。"

"哈哈，村长大人咋了？"

鸡罩一听有人关心他，便两脚朝天蹬着说，"我被信用社打了。"

"信用社怎么打你了？"

"老牛，小唐，打我的软肉，打我的肋条。"

黄村长过来了，一看是鸡罩，便说："鸡罩村长，快起来。别丢人现眼了。"

"我起不来，肋条断了。"鸡罩觉得有黄村长关心他，哭得更伤心了。

黄村长站在鸡罩面前大喊："哎——这谁的两万元存折丢了？"

鸡罩"哗"一下从人群中站了起来，擦了两把眼泪说：

"我的，我的，快快拿来！"

大家看着吊着眼泪，却又憋笑的鸡罩，一个个笑得收不住了，把个本该热闹的集市抬翻天了。

10

黄村长这些日子情绪不太好，一篓油一直给他气受，常在夜深人静的时候说半仙叔除了饭量好，再没有好的地方。埋怨黄村长把半仙叔还比她好，她常年有病，就是没人管。她这几天想吃点牛心，黄村长总是不理睬，她的气就更不顺畅了。一句话，半仙叔不是三郎的亲爷爷，她说黄村长不应该揽下这麻烦。

黄村长在院子树下的阴凉里编着绳子，半仙叔在一旁干他力所能及的一些活儿。半仙叔虽然眼睛看不见，但人很灵醒，他用挑车拧绳子的功夫黄村长都赶不上，只可惜上帝把他的眼睛挖了，叫他受了些不应该受的罪。一篓油一直在挑半仙叔的毛病，黄村长为了息事宁人，要么不吭声，要么依着一篓油，倒把她给惯坏了。

一篓油从炕上爬起来，故意摇摇晃晃地走在院子，手搭着凉棚皱着眼睛向太阳看了看，又折回厨房，锅碗瓢盆便开始叮叮咣咣地响开了。半仙能听出来，她又在生他的气了。其实他老想着和青岗叔一样在南山的地里盖一间茅草房独自生活，侄子就是不让他走。黄村长曾不知多少次给一篓油说："叔怪可怜的，老天收了他的眼睛，本来就心事多，我们要是对他有半点的怨气，他就会受到十分的伤心。每个人都有脸面，人活脸面树活皮。我们又是小辈，如果我大还活着，他会怎么看待我们呢？另外，天有不测风云，人人都难保自己这辈子能一杆子扎到底。谁还没个三灾八难？叔生活又能自理，就是有点不方便。不是人家不走，是我不叫他走。他是我们的长辈，我是他的侄子，我照顾他，这是我们望天人的家风，更是黄家的德性。"不管黄村长苦口婆心怎样解释，都难以打动女人冰冷的心。

半仙要去挑水了。他从旁边抓住跟随他几十年的木棍子，硬是把他这副老朽的骨架撑了起来。黄村长看着半仙叔吃力地站了起来，知道他要干啥去，便说："叔，我担水去，我正好要走一趟信用社。"

"噢！好，你去吧。"半仙又借着棍子坐下了，高高地抬着头，摸着了麻丝，把它续在挑车一头的绳梢上，专心地感觉着两片本不是同根生的麻丝，用他的唾沫黏在一起，在摇动挑车里紧紧结合了起来。半仙自如地摇着挑车，发出呜呜的声音，一根麻绳在他几乎没有肉感的、瘦小的手里向外抽出。他的右手很有节奏地摇着挑车，左手配合着呜呜的旋律，把一簇簇麻丝变成了一根根匀匀的结实的麻绳……

太阳里，半仙倒像个没事干的闲人一样，端端地盘腿而坐，把头高高扬起，仿佛看着他永远也不能企及的高处。他把会说话的嘴巴倒是紧闭着，却用一双永不干涸的、一年四季向外翻开的眼睛默默与天诉说。他不会向上帝讨要眼睛，岁月把他敲打得不会有丁点儿的奢望了。既然上帝有了这样的安排，就有它安排的理由。妄想总会被生活击碎，承受自然成了是他最好的选择。因此，只有默默地接纳这些生活的碎片，拼凑成一个听话的傻子去面对一切，这才是他宽容淡定的秉性，也是一个残疾老人被命运折磨出的可悲技巧。天爷爷——谁能阻止仁慈的上帝为这位暮年的老人免降于他不该承受的灾难呢！

端端坐在树下的半仙叔从挑车里发出轻轻而平和的声音，从树枝的缝隙里洒下的阳光照到他的身上，斑斑驳驳，仿佛披了一件袈裟的高僧大德，在菩提树下从容地诵经；而他摇着挑车，又多像一位弹着三弦的艺人，投入地演奏着一曲即欢快又悲怆的尘世之曲……

黄村长把水桶放在井台上，慢腾腾地来到了信用社。牛主任正在厨房前的竹子下坐着，见黄村长来了也没有理。黄村长走过去，牛主任嘴里又嘟噜着这句话："……这样的结果……"

"牛主任？"

"坐。"

"牛主任，我想贷点款。"黄村长一看哪有个坐的，便蹲在牛主任身旁说。

"干啥？"

"养牛。"

"你不是有老黑？"

"我要多养几头挣点钱儿，三郎要上学，老婆要吃药。"

"多少？"

"一万元。"

"信用社暂时没钱，你等一等吧。"

"我又不是三万五万。"

"噢！我不当家了。"

"你不当谁当。"

"小唐。"

"我不管，我认你。"

"秋子说多少你贷多少，我贷一万你……"

牛主任清醒过来了，眼睁睁地看着眼前的这个人，好像从不认识一样……

热辣辣的天，似乎要将望天烤着了。牛主任沿着河堤向秋子家走去，那个石碾盘简直像一堆火，要不是门口的绿叶给他一片阴凉，他会被从碾盘上反射来的强硬之光刺死。牛主任赶紧钻进楸子树下，顿时使他精神了起来，这才看清楚秋子家院子里挂着一排排麻丝，每间房子里都是巧手的女工。

百灵鸟一看到牛主任来了，赶紧从女人堆里撂过来一句话，"牛主任，"她娇滴滴地说："验货来了？"

牛主任向这些女工们笑笑。

五朵梅笑着说："这么热的天，不说给我们买个冰冰的冰棍，两手空空地打着胯子就来了。"

"牛主任，你是吃烟哩嘛喝酒哩，还是坐一阵子就走哩。"

"一个个嘴像刀子。"秋子从屋里出来了，便又对牛主任说："你今天有空？"

"我来看看棉花。"

"棉花上学去了，你可能是看我的，对吧。"百灵鸟的一张嘴不饶人。

"不说话又憋不坏你。"秋子说，"牛主任，不要和这些长舌妇费口舌了。"

百灵鸟给五朵梅她们做个鬼脸并小声说，"不要费口舌了！"巧姐儿赶忙用手堵上她的嘴，另一个女人从百灵鸟屁股的软肉上狠狠地掐了一把，百灵鸟像骗猪仔一样尖尖地叫了一声。

牛主任看到秋子屋里堆了这么多的麻鞋，花色样式很好看，他高兴地说："做了这么多？"

"不做怎么行，把你都逼上梁山了。"

牛主任向秋子微微地笑着，摇了摇头。

秋子看着牛主任在向她轻轻地笑，她不好意思起来，猛然间想起了那个夜晚的那个梦……

扁豆家院子里的几只鸡咯咯地叫着，一副自由自在的样子。菜园里的蔬菜因为缺水，显得软不啦叽的，没一点精神。

鸡罩赶着一头毛驴，拉着一辆架子车进院了。一进院子便喊住了毛驴。他把左手提着的一包礼品往上一扬，惊跑了院子里的鸡。

扁豆在炕上睡着，炕沿边放着一根竹竿，是专呹鸡狗的。门外铃铛的声音和毛驴的响鼻声，扁豆听见了。

鸡罩装作一副愁眉苦脸的样子，进门后便一屁股坐在地下的草墩上，傻着脸说："姨……"

"咋了？鸡罩。"

"姨……"鸡罩说着便哭了起来。

"究竟咋了？"

"姨夫把我告下了。"

"啥？"

"姨夫不让我活命，把我告下了，还打了我……"他伤心得说不下去了，便哭了起来。

扁豆看着鸡罩，气得她半个身子都在颤抖。鸡罩毕竟是她娘家的远房侄子，她便气愤地说："损阴德啊，牛家多少辈还没出过个告状的。太爷手里把一圈牛叫人呹走了，都没有想着告人家。"

"我的事还不算个啥。还有比这更不要脸的……我真不好开口。"

"啥事？"

"我说了对不住你，不说更对不住你，干脆说了吧。"

"啥事？"

"望天村有个叫秋子的女人你晓得不？那婊子可不是个好货色。就是她和姨夫钻在一起，把她男人白平和才硬给逼死了。人见人唾，都嫌她脏。"鸡罩偷偷看了一眼扁豆继续说，"这下好了，她男人死了，给姨夫和这婊子腾宽展了。"

扁豆从炕上挣扎了一下，一堆乱头发像落了一层霜。她看着鸡罩，只有嘴唇颤抖了几下，硬是没有说出话来。

鸡罩点了一支烟说："你这病也不算大病，姨夫把钱花在那婊子身上了。"

"你慢慢说，你说清楚。"

"秋子有个姑娘心上有病了。姨，心上的病，你猜猜花了多少钱？"

扁豆摇了摇头。

"三万元。都是姨夫给贷的，上头为这事还处分了他。三万元，啧啧。三万元是多少，三万元把火炉子沟都买下。"

扁豆惊懊的脸上流着泪水。

"你这算啥病。头脑清楚，能吃能喝。人家的心上烂了个窟窿都补好了。把你这算个啥病嘛。"

扁豆终于哭出了声……

"姨，你也不要伤心，咱不能睡下等着叫坏人欺负，我真是看不下去了，人家就望着叫你早点走哩，你死在炕上人家才……那婊子还说了句最叫人揪心的话，她骂你说，这个半死的老太婆咋还不走，都粘在炕上了还想站起来吗？这是人说的话吗！这样，我今天把你拉上走，你去看看就清楚了。"

扁豆好像没听见一样，鸡罩赶忙摇了摇她说，"姨，难道你不管？"

扁豆的眼睛又闭上了，挤出两颗肥大的泪水。

"你不去？"

"我咋去?"

"我有驴车,在外停好着哩。"

扁豆看着鸡罩。

"不过,你得答应我一件事……"鸡罩擦去了脸上的泪痕,便死皮赖脸地笑了笑说,"叫姨夫给我贷十万元吧!"

扁豆摇着头……他俩正说着,月儿回来了。

"鸡罩哥,你来了。"

谁知鸡罩呜呜地又哭了起来。他把一张叠着的纸递给了月儿,哭着说,"你看这是啥?"

"传票是干啥的?"月儿看着被撕成两半的一张纸说。

"进监狱的。"

月儿看见扁豆一脸的怒气就上前劝妈妈。

鸡罩止住了哭泣说,"姨,你也别伤心,可能是姨夫一时糊涂。月儿,我要请姨给姨夫说个人情,你把门看好,一两天就回来了。给姨夫说说看能不能有救,万一没治,我就进黑房子吧……"

"我要去看看你好心的爸爸。"扁豆把头抬了两下说。

"姨,眼下只有你救我了,驴车在门口等着哩。"鸡罩擦干了眼泪说。

月儿不知发生了什么,隐约觉得出大事了。

扁豆气愤地说:"走,寻这负心鬼去!"

鸡罩将扁豆抱在了早已铺好被褥的架子车上,赶着毛驴,一路小跑。

11

于主任的家属在联社闹腾了几次,今天又来了,丁主任烦也无奈,只好说:"你先再等一等吧,马行长回来一定研究,我也决定不下。"

于主任的老婆对丁主任说:"要是马行长不来就不管了?"

丁主任安慰她说,"于主任是联社的领导,怎么能不管?"丁主任想着他也委屈,便说:"又不是我把于主任送到明清去的,我如果能把于主任换回来，宁愿自己去明清住宾馆休息，联社的事太多太杂，我确实也坚持不住了。"

"你怎么这样说话，既然这样说，你就换他去。"于主任老婆生气地说。

"你镇静一下。"

"我能镇静？"

正在于主任老婆和丁主任吵的时候，电话铃响了，丁主任接起电话一听，是马行长，便说："喂？噢马行长，他老婆正在我办公室闹腾着向我要人。"

丁主任正说着，于主任老婆把电话抢了过去说："马行长，我家老于你们怎么就没人管了？"

"我正向丁主任问这事，我们尽快想办法营救，我们要是没有其他好的办法，就给人家先付款，把人营救出来再和他们打官司，你放心。你叫丁主任接个电话。"

于主任老婆听马行长这样说，一下子高兴了，对马行长说："谢谢马行长，请你救救他，我这几天心脏病老犯。"马行长在电话里说，"那你赶快到医院去检查一下，要不我安排办公室带你去，营救于主任的事我现在就和联社商量。你快把电话给丁主任。"

于主任老婆把电话递给丁主任，在一旁竖着耳朵听着里面的对话：

"丁主任，最近怎么搞的，叫人家家属催我们，我们给于主任怎么交代？你通知联社股级以上干部开会商量，我马上到。另外，叫办公室把于主任爱人领到区医院检查一下，她身体不太好。"

"好，这事都怪怨我了。"丁主任不情愿地说着。

"丁主任，请你不要误会，我的心情你应该理解。"于主任老婆听到了电话里马行长的安排，赶紧给丁主任道歉。

丁主任打电话给办公室主任方一天说，"你过来，陪于主任爱人去趟医院。"

"不要紧，不要紧，我的是老毛病。只要能把老于救回来，我没事的。"

联社会议室里一片静寂，马行长看了看左右说：

"人到齐了我们开会，今天主要讨论营救于主任的事。都好长时间了，他在那里肯定很急。丁主任先说一说最近的进展情况。"

丁主任还在郁闷当中，他今天破例没有会前的开场白，开门见山地说：

"于主任的事主要是法院插手，我们只是配合，法院那儿我一直在催，人家也忙些其它案子，我催急了人家说等您来一起商量。他们说，必要时可以把明清法院的人也骗来抓了，最后交换人质，这虽然是个下策，但很奏效。"丁主任看了看一直盯着他的马行长又说，"其实最近好多事把我忙得晕头转向，稽核上的、信贷上的、还有些杂事等等等等……"

"这样吧，既然法院推托忙，我们干脆不要依靠他们，我们再派人去和他们协商，两个办法：一是给他们付款，把人先救出来，再和他们打官司；二是派两个干练的人设法把于主任偷偷接回来，哪怕给看管的人花点钱。"

丁主任猛然抬起头说："我们现在不能给钱，他们把我们的人非法抓了，我们还给他们钱，这不是叫我们人钱两空，叫他们逍遥法外吗？"

"我们现在不能说钱了，救人要紧。再说，农行与信用社马上要分家，于主任不在，影响着两家的分家事宜，说重了，就是影响着天台农村信用社的改革大局。大家都表个态，还有比这更好的办法吗？"马行长看着大家。

"我看派人去偷偷接出来，这样好些……"许大山微笑着说。

"各部门说说意见。"马行长说。

稽核部门和信贷部门都同意许总稽核的意见。只有办公室主任方一天说："在我们派人去接的同时，另外做好付款赎人的另一手准备。如我们的计划败露就给人家付款，把于主任营救回来是联社的头等大事。"

"好！"马行长又对丁主任说，"你的意见？"

"我没意见，你怎么安排我们怎么执行。"

"你这是什么态度？你是当前负责工作的主任，连个明确的意见都拿不出来？"马行长一下子变脸了。

"马行长您误会了，于主任救不出来，我也很着急，您看我有好多事都定不下点来。您开会去了，于主任又不在，我也难，我恨不得现在就把于主任救回来，有事让他顶着，我也落个省心。"丁主任有点激动地说。

"我想听你明确的意见。"马行长说。

"我同意派人去营救。"丁主任说。

"好！这样，先派一名联社办事干练的同志，再把于主任的儿子叫上，多带点现金，去后先说我们要看人，都以家属身份与他们谈判。给法院就说单位不管了，天台联社正忙着和农行分家，根本顾不上这事，给营救创造有利条件。如营救失败，立马打钱，在一个星期内无论如何要把于主任救出来。大家看怎么样，行不行？"

"行！"

因为联社处理了牛若谷，秋子想，如干不出点名堂，那真对不住他，再说，她要早点还了贷款才是对牛若谷最好的解脱。她似乎觉得牛若谷的一双眼睛一直在暗处注视着她……

秋子把压力变成了动力，和姐妹们一起加班加点已完成了一千多双鞋，心里轻松了。这天晚上，把青岗叔请下山来，黄村长也来了，牛若谷自然少不了。秋子做了几个菜，买了酒，也算是小小的庆贺。同时，也向正在处分当中的牛若谷一个别样的道歉吧！

青岗叔坐在上席，牛若谷和黄村长分坐两边，秋子坐在炕沿上，她还要忙乎。

牛若谷把酒端起来，没等秋子的开场白就对青岗叔说：

"首长，给您敬一杯，祝您健康长寿。"

青岗叔捋了捋白花花的胡须，自豪得笑个不停，并示意与大家共饮。

"酒令大过军令，首长。"

青岗叔一饮而尽。

接下来，牛若谷把酒端起说："黄村长，感谢你对我工作的支持，还把我当主任。"

"在我眼里，你永远是主任，但你慢些，这可是我弟妹秋子的酒。"黄村长笑着说。

"罚我一杯吧。"牛若谷仰脖而饮。

这时，秋子端起酒说："叔叔和黄村长都在，牛主任为给我贷款停了职，受了处分，我实在过意不去，但我一定要把贷款还清。咱也没有啥，请大家来吃一顿麻麸馍，喝一杯水酒，也是我一点敬心。"

"你也太客气了，叔是我多年的酒友。你这样客气，以后我还真不敢来了。"听着秋子的话，牛若谷心里美滋滋的。

"穷人有个穷心。来，战斗。"青岗叔端起酒杯说。

"停了职，也停不了我的工作，来喝酒。"

"你永远活在我们望天人的心中。"黄村长说。

"哈哈，你是一棵青松，寒风吹不枯，战火烧不死。"青岗叔大笑不止，这是他从战场上背下来的唯一一句文绉绉的台词。

秋子家屋里热闹非凡，他们说着、笑着、狂饮着……

月亮很亮。信用社的大门紧锁着，门前小河边的柳树在月光下显得很安静，只有水在哗哗地流着。细碎的月光在地上漂浮不定，落到水里，却显得很幽深。

鸡罩将驴车停在信用社大门前，看见信用社平房里只有牛若谷屋子里的灯黑着，他背着扁豆在牛若谷宿舍的背窗前听了听，不见响动，又焦急地在大门外打转转。

鸡罩猛然一怔说："好！"鸡罩将毛驴拴到信用社的大门上，便背着扁豆向秋子家走去。

鸡罩隔大门偷偷听着，秋子家欢声笑语，牛若谷在秋子家喝酒。正好！他从窗户上看见了牛若谷的背影，便将扁豆放在大门口的石碾盘上歇了一会，就用两只脚倒换着蹬掉了鞋子，光着脚板一步一步慢慢向院子里面走去。

鸡罩脖子伸得像一只鹅，看着喝酒的牛若谷和青岗叔。鸡罩以为身上的扁豆睡着了，他轻轻地叫了一声："姨？"

扁豆没吭声。

"姨，你看。"

扁豆还是没吭声。

"姨？"

秋子家外面的灯亮了，五儿窜出来狂吠。鸡罩将扁豆扔在廊上就往外跑。

牛若谷和秋子从屋里出来后，见扁豆躺倒在廊上。

"扁豆，你？"牛若谷惊奇地说。

"嫂子。"秋子紧忙扶起扁豆说。

牛若谷把扁豆抱了进去，放在炕上。扁豆像木头一样一言不发。

青岗叔大惑不解地问："这是咋了？"

"鸡罩……"秋子叹了一口气，用手朝门外指了指说。

"鸡罩？"青岗叔觉得莫名其妙，便说："是到城里去看病？"

牛若谷摇了摇头。

青岗叔向门外看了一眼，再看看牛若谷和秋子，问牛若谷："这？"

牛若谷苦笑着说："这几天我起诉了鸡罩的贷款，这家伙在燥我的皮。"

青岗叔想了想，有所明白，便掏出了烟锅，抽起烟来。他看着躺在炕上的扁豆说："扁豆，最近好些了？"

扁豆的泪水终于流出来了，便大声哭泣了起来。

"牛若谷是个好娃，你不要听鸡罩的闲话。我老汉不骗你。"

青岗叔给牛若谷使了个眼色，牛若谷和秋子都出去了。青岗叔语重心长地说："你不要伤心，人有病了心事多，这也难怪。"接着，他把牛若谷如何催鸡罩还贷款，如何得罪了鸡罩的事详细地给扁豆说了一遍。扁豆听着这些事儿，心里才有点缓过劲来。青岗叔又说："秋子不是个坏女人，你也晓得，棉花爸在打暴雨时走了，我也对秋子说过要叫她再走一步，可她……咱们是石头瓦渣子对凑的一家人。我也不是她的亲爸，是人家娃娃见我一人孤孤单单的，就收留了我这棺材瓢子。牛若谷这娃人心好，棉花得了个大病差点要了她的命，要不是他给贷了钱儿，棉花也……你说说，棉花爸走了，棉花要是再有个三长两短，秋子怎么活呀？牛若谷是个直肠子，常给我说你的病，他也没有个好办法。他端的是公家的饭碗，不能长时间伺候你，只好把你托付给月儿，一再说对不住你。他还要混公家一口饭，你也要吃药打针的。再说，他当着个头儿，还有信用社一摊子烂事。"

"叔，你说我这病能治好不？"扁豆流着眼泪说。

"慢慢会好的。"

"是不是月儿爸在惜疼钱儿？"扁豆揉着眼睛说。

"他惜疼钱？他不是惜疼钱的人。扁豆，你这病慢，要不，这十来年若谷愿意让你窝在炕上？不要乱想，前几年月儿小，他是又当爹又当妈，也不容易。"

扁豆点了点头。

"嫂子！"秋子进来了，上前攥住了扁豆的手，扁豆也紧紧地握住了秋子的手。秋子把扁豆扶在怀里抱着，两人哭成了泪人。秋子要扁豆住在她家，她说自己现在一个人，有个伴也好打发时间。扁豆觉得上了鸡罩的当，她也知道自己水火不利落，就叫牛若谷立马把她背上回。牛若谷知道她的脾气，便安慰她说："要不先到信用社住一晚上，明天再回好吧！"

青岗叔说："就是，就是，夜不观色。"

扁豆摇头说："该死的鸡罩。我要回，半路上我就觉得不对劲，他硬是把我骗来了。月儿一个人在家我不放心。"

青岗叔抽着烟说："这样吧，就依扁豆的，干脆套上架子车，把扁豆送回去也好。随她的方便，晚上也不热。"

"你看她这一把鸡毛，还不如我在老山每天背的行李重，我膀大腰圆的，背得动。好，走吧！"

秋子送他们出了院门，热泪扑簌簌地直往下掉，不知是伤心还是内疚……

天上干干净净的，只有一颗星星。山坡上的庄稼隐隐约约能分辨出来。牛若谷背着扁豆在小路上走着。

牛若谷为了不叫她生闷气，便尽量讨好扁豆，便笑着说："多少年没背过你，没想到你轻得像个屁。"

扁豆也不是个糊涂人，对牛若谷关心地说："担头不稍书，我连皮带骨怕要七八十斤哩。"

"哪有，我的脊背是一杆称。"

"脊背上没个准，心才是一杆称。"扁豆笑着说。

"你把心放宽展，秋子也是个苦命人。"

"就是，心也善，她能收留下青岗叔，孤儿寡母的，真不容易呀！"

牛若谷听扁豆这样一说，心中一阵酸楚，不知是怜悯扁豆，还是怜悯秋子，他长叹了一声，抬起头时，天也大亮了。

扁豆说："她爸，你放下我，我要在这儿坐一坐。"扁豆看着眼前的石崖，往事一下子涌上心头。

那是一个夏天的下午，扁豆吆着一头怀了犊的母牛在山上吃草，走到崖畔的时候，突然暴雨就下来了，她牵着牛在石崖上一步步艰难地往前挪。由于母牛的身子不灵便，脚下一滑，看着母牛就要滚下去了，她就拼命地往上拉牛的缰绳，结果，雨哗啦啦倒了下来，连牛带她一起滚下山了。

扁豆眼睛直勾勾地盯着石崖，泪水就再也控制不住了。

牛若谷抽着烟，在一旁看着这个叫他和扁豆痛心的地方。

东方出现了一片红霞，牛若谷怀里紧紧地抱着扁豆，在石崖旁坐着。山顶上站着秋子，呆呆地看着他俩的背影……

12

三郎的录用《通知书》下来了，考中了陕西师范大学。棉花和三郎在汉阳河畔小桥旁的麻子地边站着。夜静静的，麻子林里有蟋蟀的叫声。河边的一排树仿佛顶着天空，三郎和棉花两人各靠着一棵树。月光洒下来，反倒把麻子林照得黑咕隆咚的。棉花手里拿着一片麻叶，看着如钩的月光给三郎说："不要怕，反正学要上。"

三郎用一只脚尖踩着从头顶漏下来的细碎月光，叹了口气说："上啥，从考的那一天就没指往去上。只不过是给父母一个交待罢了。妈妈是药罐子，家里已该了好多债，爷爷身体又不好，硬撑着，生怕给家里再添负担。"

"不要怕，要不找牛叔，牛叔人可好哩，我看病的钱还不是从信用社贷的。"

"贷款？家里买一袋化肥我爸都……四年下来要两万多元，还不把他给吓死。"

"总归有个办法，棉花看着三郎说，总归会有办法的。"

"有什么办法，望天人都穷疯了。"三郎把一片麻叶揪下来，丢在了河里，河水打着旋儿，轻轻将它飘走。三郎看着远去的麻叶说，"一个比一个穷。"

"三郎哥，你说说我们望天怎么这么穷？"棉花又把身子转了过来，没看三郎，却看到了小河里漂去的麻叶说。

"没文化，不讲科学。"

"那你还不去上学。好好学知识，为家乡做点事，我们也科学一把。"

"穷且益坚，不坠青云之志。"三郎看着深邃的天空感叹。

棉花听着三郎优美的诗文，更加钦佩他，便把一片麻叶举在三郎的脸上说，"这是谁的句子？快说说。"

"唐诗人王勃《滕王阁序》里的句子，是说一个人处境越是艰难，就越要坚韧不拔，才能不丧失远大崇高的志向！"

"既然是高远之志，何不想法去实现？"

"一个人的价值大小，应该看他给社会奉献什么，而不应当看他索取什么。"

"你不读书能奉献出什么？只有读书才能实现自我价值！"

"你说的对。但……"

"你好好上大学，有知识才能改造望天。"

三郎给棉花点着头说，"望天不应该这么穷。"

"就是，我们这里有这么好的大麻，听妈妈说这是天下最好的。"

"是，爷爷也常说，望天的大麻是贡品，从明朝开始就上贡了。"

"要是现在的人都穿麻鞋麻布该多好啊，我们也给他们上贡。"棉花笑着说。

三郎深情地看着眼前天真的姑娘，好可爱的样子，他忘记了眼前的烦恼，夺过她手上的麻叶，在她的脸上挠了挠，棉花觉得浑身酥酥的，她背靠在树上，微闭着双眼，等待着他再来挠她，哪怕是他的双手……

黄村长靠在八仙桌的前腿上蹲着，阴沉着脸，吸着烟。一篓油坐在炕边上，搅着她的药罐子说："娃是我身上的肉，你不疼我疼。没钱，总不能断送了娃的前程。"

黄村长不说话。

一篓油往碗里边倒汤药边说："没钱又不是女人家的事。你说娃身上没挂一丝一线，没吃上一口热饭，你从我脸上啐一团我都没说的。"

黄村长还是不说话，像睡着了一样。

一篓油气愤地说："娃走不起，把房卖了，我住窑去！"

半仙坐在门槛上，低着头，从门外进来的月光把他的头照得不见了，好像一个背篓倒扣在门口。一根棍搭在他的身上，好像升起的一根天线，他在接收神仙的信号吗？风把他吹得动了一下，在微弱的月光里又动了一下，他像接收到了上帝的喜讯一样，猛然说："叫娃上学去，我有一罐子银圆，是你爷爷留给我的。我没眼睛，我有银圆，你想法先从别处借上，以后我还这笔账。"

"叔，你说你有银圆？"一篓油听见半仙叔说他有银圆，惊得差点把药罐子丢掉了。

黄村长像没听见一样，只是抽烟。

"有，你爷爷叫我对天起过誓，没有灾难不能用。他老人家怕我糟蹋了它，只能等我死后，才能给三郎还债。真要借不上钱儿，我的老命也不值钱，现在去死也能成……"半仙说得很吃力，他把头抬起了，一个人的样子才得以复原。他变大了，门框倒小了，好像六尺高的门装不下他似的。

"叔，你……"黄村长看着半仙说。

"这钱儿……我活得很好，就留给三郎吧！"半仙说完吃力地出门了，从他烂眼眶里流出的泪水悄悄地掉在了清凉的夜里。

一篓油跳下炕，手倚在门框，看着挪向房间的半仙叔的背影说："叔，你要守好它，望天有贼哩！"

黄村长从地上慢慢站起来后，看了一眼还伸长脖子的一篓油就出门了。路过半仙叔的房门时，他看到浓烈如汁的黑夜已将半仙叔淹没了……

13

几经辗转，于主任进入了河北境内，又租车沿小道绕往北京，准备坐飞机到西安。但于主任与肖书记又仔细商量一番，怕万一人家在机场等他们，就会功亏一篑。肖默然与马行长联系后，为了保险期间，马行长说要派车去接，这样是最最安全的了。马行长叫他们在北京找个宾馆住下来，好好休息一下，如果于主任愿意，可在天安门、长城转转，好好放松放松。

于主任也觉得到了北京，又不是他们明清，便与肖书记说，去见见毛主席他老人家。两人住下后，在等车的同时，终于实现了多年想瞻仰毛主席遗容的夙愿。

天还未亮透，他们早早来到天安门广场，先观看了升旗仪式，再排着队，去瞻仰大厅。

来自祖国各地的群众，在天安门广场自觉地排着队，于主任心里喜滋滋的，几个月来在明清所受的委屈烟开云散了。其实，在明清的一段日子里，他对自己进行了总结，他对工作的得失，对同志的喜怒无常，对家人的漠不关心。这一切的一切，都猜疑自己做人的品质有所下降。不要说对农村信用社的宏大抱负，最起码得讲点奉献吧。而他奉献了什么？即使在一些人为钱当孙子的年代，他总觉得，一个真正的共产党员做人做事的宗旨，还应该是一句老话，那就是为人民服务。这么一想，他所经历的事算得了什么？他起先住着宾馆，有鱼有肉，哪怕最后转移到家庭小院，吃的是家常便饭，也没受罪。在战争年代，那些革命先烈为了人民的利益牺牲了一切，爬雪山过草地万里长征，枪林弹雨死里逃生，他们的目的是什么？还不是为了叫人民过上好日子。既然做了共产党员，不管到啥时候都应懂得一个道理：为人民服务——这才是他的天职！

不知不觉间，于主任被涌动的人挟裹着，来到了瞻仰大厅，他抬起头，睁大眼睛，看见毛主席他老人家静静地躺在水晶棺里，容貌慈祥，红光满面。他那高大的身躯好像不是躺着，而是矗立着，幻觉中，他仿佛看见毛主席在天安门城楼高呼：

为人民服务！

为人民服务！

（2017 年 12 月由敦煌文艺出版社出版）

长篇小说卷（三）

NO.4

涅槃（节选）

■ 冯衍华

作者简介

冯衍华，1963 年 10 月生于山东淄博，高级经济师，中国金融作家协会会员、山东省作家协会会员、山东金融作家协会理事、中国散文家协会会员、柳泉诗词协会理事，中国金融作家协会首届"德艺双馨会员"。作品散见于《山东文学》《时代文学》《当代散文》《齐风》《东方散文》《柳泉诗词》《深圳诗词》等报刊。现供职于中国工商银行山东省分行。

著有长篇小说《涅槃》《工会主席》两部；与冯延伟等人合作出版散文集《春天的梦》《古窑韵事》《十八棵数》三部。《涅槃》获 2011 年聚焦工行全国金融文学大赛金奖、第二届中国金融文学奖；《工会主席》获第二届中国金融文学新作奖、淄博市第十一届"淄博文学艺术奖"；短篇小说《晶莹的泪花》获庆祝改革开放四十周年"金融人的故事"短篇小说征文三等奖。

作品简介

2004 年 8 月初,工商银行齐州分行办公室主任钱融赴泰城支行任行长。此时正是工商银行进入股份制改革时期,这是一个令人振奋又令人困惑的年代。面临工作中层出不穷的矛盾,钱融作为一名工商银行基层行的改革及经营管理的具体实践者,以任劳任怨的忘我精神,在忙碌、疲惫而充满意义的沸腾生活中,团结带领支行一班人,不断提升奋进的意志、信心和力量,扎扎实实地组织了各项改革,圆满地完成了股份制改革的各项任务,最终使一个落后行进入到了先进行的行列。

作品通过对钱融、张军、梅霞、肖珊、钱进、李志良、李宇群、孔云飞等一群普普通通工行人的不同工作经历和命运的展示,刻画了工商银行员工“求实创新、吃苦耐劳、顾全大局、团结奋进”的精神风貌,剖析了改革的难度和希望。

作品着重描写了这群基层工行人在股份制改革时期的一段生活经历。没有大起大落的人生跌宕,没有沸沸扬扬、怨天尤人的情爱纠葛。而是把主人公放到了作为中国国有商业银行的工商银行股改岁月的历史进程中,着重渲染的是股改岁月中人的内心的一种情感、一种意识、一种心态、一种精神,令人震撼,激人奋进。

一

2004年8月初，是齐州市最燥热的季节。多日无雨，烈日如火一般直射大地。柏油路面被烈日晒得软软的。道路两旁，高大的法桐树叶子都软软地低垂着，一只懒洋洋的蝉在树梢上有气无力地聒噪着，一切都了无生机。这种燥热让人难以忍受，人们无不期盼着一场细雨凉风的早日来临。

齐州市工商银行的行长工作会议刚刚结束。中心议题就是支行的"三定"和撤并低效网点改革，重点是定编、定岗、定员的"三定"改革。区、县支行的行长、分管人事工作的副行长们陆续步出市工行21层的大楼。

就在一天前，市行周政行长和时任分行办公室主任的钱融作了一次长长的谈话，这是改变钱融命运的一次谈话。一见面周行长就开门见山地对他说，要他接替黎臣，担任泰城支行行长一职，并且分行工作会议后即到任。黎行长在泰城支行任行长已整五年，这次调市行是正常的干部交流需要。但一切来得那么突然，一切都出乎钱融的意料，他根本没有思想准备，愣愣地站在那里。

周行长看出了钱融的心思，给他倒了杯茶，说："大道理不讲，派你去泰城支行是分行党委的决定，泰城有困难，人事改革不说，单那宗不良资产就把泰城的考核长期拖在了全市倒数的位子上。挑来选去，考虑你在泰城干过副行长，熟悉那里的工作，又有分行这两年的锻炼，相信能胜任的。"周行长喝了口水，顿了顿，意味深长地说："我们这样一个从计划经济时期走过来的大行，内在机制、员工思想观念还存在很多痼疾，要走股改之路，创世界一流商业银行，困难是不言而喻的。可是，时代赋予了我们这一代人最庄严的使命，无论千难万难，都要去完成。"

谈话结束后，钱融脑子里乱成了一团麻，总也理不出个头绪。泰城支行的工作环境可不比他现在工作的办公室，而且还是全市的落后行。可一想到周行长那期望的眼神，他又感到了一种神圣的责任落在肩头。

泰城区三面环山，一水穿城，是一座自然风光秀丽的山城。二十世纪八十年代至九十年代中期，面临国家经济转型和市场经济发展，许多大中型企业相继破产，仅下岗工人就两万余人，这给当地金融业发展带来了前所未有的困难。半年前，钱融就听说黎臣要交流，黎臣家在外市，为了干好工作，把家安在了泰城。苦苦干了五年整，消化处置了大多数不良资产，但还是留下了一个老虎尾巴的硬骨头。黎臣来的时候顶一头黝黝黑发，现如今已是"前秃光明"了。钱融对继任者排过队，压根儿也没想到会落在他的头上。

正是中午时分，黎臣行长、张军副行长急急奔向轿车。司机小刘正开了空调在车里等候，"黎行长，在市行吃饭吗？"小刘问道。"回去吃。"黎臣说完，拨通了支行办公室主任梅霞的手机："我们正从市里往回返，准备点水饺，并通知其他班子成员和全体中层干部，下午一上班在会议室召开会议。"

小刘听了黎行长的电话，悄悄地回头看了一眼神情严肃的黎行长，从话里听出了黎行长马上就要离任。早就传闻行长要变动，可没想到是在今天。他跟了黎行长整五年，此时，却是别有一番滋味在心头。小刘启动轿车，驶向高速路。

泰城支行会议室里，人声嘈杂，由于都早已知道了人事变动，大家七嘴八舌地议论着。有的根本无所谓，眉飞色舞地谈论着昨晚电视剧里的故事情节。当周行长、黎行长、钱融和其他班子成员走进会场时，大家才静了下来。目光齐刷刷地朝向了钱融，有的充满期待，有的流露惶惑，有的莫名震惊，所有的目光像舞台追光一样从会场的各个角度射向了他。周政行长刚刚宣布完分行党委的任命，钱融看到坐在台下前排的老同学梅霞第一个带头鼓起了掌。钱融的目光和她对视了足足五秒钟，算是对这位老同学的谢意。看到梅霞脸上溢出的真诚微笑，尤其梅霞那修整的一丝不乱的短发，沉稳优雅、干练大方的姿态，钱融一时竟走了神。梅霞和钱融同岁，尽管已入不惑，她的脸上却完全没有岁月的影子，风韵灼灼，魅力依旧。提起梅霞的发型，只因了钱融当年的一句话。那是在入行培训班结束时的聚会晚宴上，他们坐在同桌，当端起酒杯互相敬酒时，钱融端详着梅霞，梅霞红了脸，温情脉脉地说："看啥，有啥好看的。"钱融竟一时语塞，轻声道："梅霞，你今天的发型真好看。"梅霞瞪大了眼睛："真的吗？那以后我就定这个发型了。"没想到，二十多年来她就真的没再变过。掌声将钱融拉回会场，他内心却暗暗地滋生了一丝丝甜蜜。他前一天精心准备的就职演说，当面对台下曾经那么熟悉的部下和同事时，又一时感到语塞，只是谦恭地作了表态和感谢大家的信任和支持。

二

没有什么比钱融和黎臣的交接来得更简单。黎臣将一张尚未签字的任务分配表和一打文件交给了钱融，其他需要交代的支行情况总共两张表，有的也早已交代给了梅霞。周行长对钱融说："行里的安排和任务都交给你了，泰城支行和二百多人也都交给你了，未来任重而道远。一切服从工作需要。长话短说，我们还要赶回分行。"说完，黎行长跟周行长动身往回赶。

送走了周行长和黎行长，梅霞安排车和张军副行长陪同钱融去拜访了区人民银行、银监局领导以及分管金融的副区长。

回行的路上，车内钱融身子靠在座椅上，微微眯着眼睛，既在思考着分行会议的贯彻，又在考虑着繁重的业务指标。自从周行长和他谈了话，这两天他就没睡个囫囵觉。这位刚过不惑之年，身材魁梧、体格健壮的汉子，此时，却无处不透出一种疲惫感。

这时，车内蒋大为的歌曲《敢问路在何方》激昂、高亢地响起，声音苍劲，富有弹性，似战马出壕，具有冲垮一切的气势，锐不可当。钱融随着歌曲声调的起伏，有节奏地打着节拍。不知怎么，却让他联想起唐僧师徒遭遇八十一难又历尽坎坷的万里跋涉。想到这，他感到肩上的担子沉甸甸的。

钱融、张军和梅霞赶回支行时，已近下班。

"钱行长，小别胜新婚啊。今天是周末，您又是第一天上任，还不早一点儿回家和嫂子团聚。"梅霞表情丰富半开玩笑地说。她眼神游走不定，氤氲迷离，那视线似乎是凝视他，又似乎在用心地品味自己。总之，那一瞬间让钱融心底泛起微微的涟漪，一种别样的情怀和风韵颇耐人寻味。

　　钱融略略一怔，微微一笑："哪有那心思啊，这满脑子的事。不过还真忘记了是周末，一会儿安排点便饭，通知全体班子成员开会，研究一下如何贯彻分行会议精神。"沉吟片刻后又说："我可是在全体中层会上表了态的，我们的工作要经得起领导的检验，经得起员工的检验，经得起实践的检验。更要对得起领导，对得起员工，对得起自己的良心。没有退路，背水一战。"说完，钱融在心里暗暗地骂自己不是东西，自己是来干什么的，可不是风花雪月，男人更应当肩起一份责任，站着就是一堵墙，能挡风避雨。躺下就是一座桥，能铺平道路。不仅在社会和单位，家庭亦然。想到这，钱融的心里平静了许多。

　　钱融开完会回到家时已是晚上十点钟，上中学的女儿萍萍刚下了自习回家。孙莉正在看电视，见他进了门，半娇嗔半讽刺地说："我的大行长要以行为家了，脑袋上有了这顶乌纱帽，不大可也不小，那些个霞啊燕的，咱可不能当彩旗在外面摇啊。"

　　钱融瞟了孙莉一眼，从她的眼神和酸溜溜话语里猜透了她的心思。慢条斯理道："嗨，我们可是革命同学加革命同事啊。"

　　钱融和梅霞同学多年，从童年就在一起。走出校门，他们是唱着"年轻的朋友来相会"一块踏入银行工作的。一段时间，丝丝缕缕还真就萌生了爱恋之情。然而，他们之间更多的是兄妹情。后来，缘分使然，钱融与孙莉走在了一起。梅霞则嫁给了一位军人。1988年两人一块入了党，钱融干副行长那年，梅霞干了办公室主任。1996年春，梅霞的丈夫徐森从部队转业分配去了省城政府某机关任职，徐森动员梅霞调省城工作，梅霞却不愿离开生活、工作了多年的小城。泰城有着她的童年往事和青春岁月，有着她多少甜蜜的梦，她的根在泰城。为了孩子的学习，徐森便将孩子的户口迁到了省城。平时，梅霞或两周、或一个月的去一次省城。

　　说起来，这同学感情和一般同事不一样，那可是"一起扛过枪，一起同过窗，一起下过乡"的"三铁"哥们儿。社会上的大情小故，礼尚往来谁不用这张网。钱融忽然想起《红楼梦》里的那张护官符，如今这社会上流行关系，没有往来你就难立足。钱融想到这，下意识地拍了下脑袋，还真就邪了门，他们的革命同事加同学感情纯洁得简直是一塌糊涂。

三

第二天，就在支行总支会研究分行会议贯彻意见时，办公室文档员朱月走进会议室，说："钱行长，有人来行投诉，闹着要见行长。"钱融忙放下手中的文件，对秘书孔云飞说："云飞去把人叫来。"

一会儿，来人走进会议室，是位四十岁上下的男子，中等身材，面部微黑。只见他拿眼环视了一遭，带着满脸的怒气而又目中无人地说："哪位是行长？"

"请坐吧，我就是，有话慢慢说。"钱融说着让孔云飞为男子送上一杯茶。

来人推让了一下，愤愤地说道："我可不是来喝茶的。"

孔云飞拖过一把椅子，让他坐。男子冷冷地看了孔云飞一眼，并不理睬，站在那里便滔滔不绝地嚷开了："刚才我在你们楼下营业室交电费，我先去了三号柜，一男服务员很不耐烦地接过款，见是百元票，说自己柜上没零钱找，要我拿零钱。我轻声说你们银行没零钱吗？他倒来了劲，斜着个眼，蛮横地说，你不办去四号柜。说完，一扬手把凭证扔了出来，你看那做派简直就一社会上的小流氓；我忍气吞声地来到四号柜，柜员看了我的卡，耷拉着个脸说你住供电局宿舍啊，咋不直接去供电局交费。边说边心不在焉地敲键盘，又说死机了。把我推到六号柜。我想既然死了机，就自认倒霉，憋着气又到六号柜。是一位女同志，还露着灿烂的微笑，这回总好了吧，没想，人长得漂亮，话却噎死人。其他行也都能办，你咋就偏到我们这里。我忍无可忍，拍打着柜台，你这是什么态度，我来这里办不行吗？这时，你们的一位值班干部听到吵嚷声才赶过来帮我收下了电费。一笔业务，推了三个柜，窝了一肚子气，行长，你们就是这样服务的吗？"

等中年男子一口气说完，钱融已明白了是怎么回事。男子的一席话，像一枚钢针扎在钱融的心头。他从茶几上拿过一包烟，熟练地弹出一支递给中年男子，自己也点燃一支，轻轻地吐出一口烟雾，说："我作为行长首先感谢你对我们的信赖，在这里我也为我行的服务郑重地向你道歉。"平时钱融是极少抽烟的，除非遇上像眼前这样不愉快的事情。他略一思忖，认为今天这事是柜员的错肯定无疑，因为他注意到了一个细节，男子在诉说时，嘴角都微微的有些抖动。不是气到极处，谁会浪费时间来争辩这些事。按照分行的服务考核办法，对于客户的投诉，核实后要给予客户50元奖励。钱融从口袋里掏出50元钱，转向男子温和地说道："这事我们一定严肃处理，同时，对你的意见建议，我真诚地欢迎，并给予奖励。事后我们会让那三名工作人员上门道歉。"

"道歉就不用了，再说我可不是为了50元钱，就是打心里气不过。你们工商银行是大行，俺们一家人的工资都在你行发，这种服务可真不敢恭维。行长，有你这番话，我也没啥说的，就不打搅你们开会了。"中年男子听了钱融的一番话，气消了大半，起身要走。

钱融急忙与男子握手，并再次致歉，让孔云飞将男子一直送到大门外。然后问张军："前台柜员的考核与业务量挂钩能占多少？"

张军说："柜员制名义上实行了，考核办法中也提出了要与业务量挂钩，实际工作中考核起来却还是沿用了老一套。因此，效益、效率包括服务却是没有实质性改变。"张军又详细地分析了其原因。

自从前年总行"闹哇"系统升级成功后，营业部率先改为综合柜，一个专柜便能办理各种业务。但前台柜员在办理业务中"推、拖、拒"的现象还是时有发生。其根源就是业务量并不与个人收入挂钩，无论干多干少，到季末一样拿工资奖金。说到底，还是分配考核机制上存在弊端。这场投诉风波更加深了钱融对这次"三定"改革的认识。钱融曾详细地研究了支行的考核办法，前台柜员不与业务量挂钩；业务部门和营销业绩不匹配，甚至仅占很少一部分；人力资源分配严重不合理，客户经理严重不足，就说公司部目前总共八个人，业务涵盖小企业、票据、风险和综合岗，客户经理根本走不出去，不要说去营销，企业的情况都摸不清，所有这些都将影响到基层行的同业竞争和发展。

等到孔云飞回到会议室，副行长张军一脸严肃地说："云飞，马上找营业部李宇群主任查一下那三名柜员是谁，不愿干趁早回家吃热乎饭去。"本来说话声调就高八度的张军，此时，声调更是要吵破屋顶。大家面面相觑，无言以对。

不一会儿，孔云飞和李宇群气喘吁吁地跑到会议室。李宇群见大家沉沉的脸，站在会议室门前低声说道："三号柜是老行长的儿子孙德明；四号柜是一名柜员合同工，他的父亲是区委宣传部的宣传科长；六号柜是市行吴总的外甥女儿。"

没等李宇群说完，钱融只觉得一股热血直往头上涌。他很难想象一个服务投诉，竟然牵出那么多的社会关系。这二百多人的支行，过去干副行长时，他平时忙于业务却很少去研究每位员工的社会关系。

张军听完，"腾"地一下从座位上站起来，狠吸了一口烟又用力地吐出，然后，将燃着的烟蒂拧灭在烟缸里，冲着李宇群嚷道："不管是谁的关系，柜员合同工立即退回，其他两人每人罚款1000元，全行通报批评。"

在座的几位，都知道张军是个炮仗脾气，你看看我，我看看你，却没人表态，谁也不知道应该说什么好。谁知道新行长心里想的是什么？大家最后把目光都投向了钱融。

钱融见大家都不表态，掂量再三："对服务投诉我们不是有规章办法吗，我建议按章办事，依照办法处理，要让员工心服口服。"稍稍停顿一下，接着说："先别辞人了，统一罚款，通报也免了吧，正处在这个节骨眼上，处理人，领导那里也不好说话。你说呢？"钱融转向张军，似征求意见，可又是在做着最后的决定。又抬头冲着李宇群说："你回去让他们写出检查，要引以为戒，首先在营业部开展一次服务整顿，然后以此为例，在全行开展提升服务活动。处罚不是目的，起到教育员工和真正改进服务提升我行的竞争力才是最终目的。"李宇群离开后，钱融接着说："要赢得客户的好口碑，你首先要为客户提供最优质的服务。改进服务的根本在于员工的观念，尤其是干部的思想观念。因此，我们必须下决心在考核机制、用工机制等方面全力革除存在的弊端。大家对如何改进服务还有什么好的意见？"

钱融和张军搭班子几年，最了解他的脾气性格，张军似桃园三结义的张飞，看似粗暴，其实工作是粗中有细，对支行、对工作有着很高的忠诚度。钱融想，我这刚上任，就对他分管的工作不留情面地指责，总不利于将来工作的沟通和协调。

大家讨论起服务工作来，一致认为比其他不少股份制银行差。服装不统一，工号牌好多人没有，这几年支行的服务检查也少了。钱融在分行时就负责服务工作，对基层行的服务还是有所了解的，但没有像今天这样清楚。针对大家的意见，他说："本来想把服务工作作为专题来研究，今天提出来了，咱就一块儿解决。我提四点意见供大家讨论，一是从形式抓起。年底前全行实现统一着装，统一工号牌。二是实行双向监督。首先是学习大公司的经验，聘请"神秘人"帮助我们进行暗访监督；其次是办公室定期组织服务检查，找准问题症结。三是认真考核。纳入全行绩效千分制考核。四是落实奖罚。奖罚要分明。从而在全行形成有部署、有监督、有考核、有奖罚的服务工作机制。具体工作由办公室组织落实，张军行长和鲍书记负责领导。会后，分头落实。适当时候，召开全行服务工作大会，力争到年末，全行服务工作有个大的提升。"

其实，钱融心里最明白，刚才云飞提到的那三个人谁都不好惹。先说分行吴总，负责业务检查，都说上级行为下级行服务，自己在分行工作了两年，没见上级行为基层服务多少，倒是添麻烦挺多。上边来支行搞调研和检查工作，无论是当官的还是一般人员，来到基层大小是个领导，你就要好好接待。若吃不好住不好，明着不说，回去就会抓你的辫子。长期以来，官僚作风愈演愈烈，银行不是真的银行，倒像政府个别部门，好在这一切都在改革着。宣传部门管新闻更是惹不起，有些记者只要不给你添乱就是帮忙。若惹了他们，你磕头作揖都晚了。最难的是老行长的儿子，老行长对他有恩，这上任第一天，还没去拜见老师，倒先给了老师儿子一个处分，过后怎么向老师交待。反过来，这第一板子你若打不出去，班子成员都看着你，以后的工作更难开展。想到这，钱融拧紧了双眉。

对钱融的意见，其他人也附和着说了几句不痛不痒的话，并没提出反对意见。钱融深深地叹了口气，说："那就这样吧。"

说完，又继续开会。钱融首先提出了自己的看法："根据分行意见精神，要用三周时间完成'三定'改革和人员分流工作。当前重点做好两项工作，一是认真落实好'三定'工作；二是内设机构合并为公司部、营业部、个金部和办公室三部一室。特别一提的是，这次周行长推出了一项大胆改革，即取消支行事后监督和核算科，在分行成立'核算中心、监督中心、现金中心'，要从各支行抽调部分人员集中到市里，这项改革可以分流大量人员充实到客户经理队伍，提升支行的竞争力，这是一项划时代的改革。据说分行上报的可行性报告得到了上级行的充分肯定，称其在全省乃至全国也具有重要推广意义。另外，还要在公司业务部单设两名资产风险员，负责全行的不良资产处置工作。机构好办，难点是有的员工要离开工作多年的地区，分流去分行工作。而且，最为难的是根据新的机构设置和现有的干部职数要有七到八名中层干部落聘转岗。多年来，行里的干部只要不犯大错，无论干好干差，都是只上不下，那就是铁交椅。这项工作是我们人事改革的关键，我们要集思广益确保顺利进行。关于不良资产的处置问题，我们另外专题会议研究。"钱融说完，让大家广泛讨论补充。

在大家讨论方案时，钱融把梅霞喊到他的办公室，问晚上向区长和人民银行、银监局领导汇报工作的事安排得怎样了。梅霞说："放心，都安排好了，在泰城大厦凤凰厅。已和各位领导的秘书定好了，我们各自去。"梅霞看了钱融一眼接着说："也算给您接风了。"钱融和梅霞两眼对视的一刹那，已感到了梅霞柔美的眼神里飘出的一丝温存。

钱融看到办公室里新添的那盆正火辣辣盛开着的君子兰和一个精致穿衣镜，心想梅霞真细心。钱融看了看表："不早了，我们先走，可不能让领导等我们。"

四

清晨，霞光初照，泰城支行办公楼洁净的玻璃幕墙镀上了一层绚烂的粉色。门前四株高大的梧桐树冠都染成了金黄，透着一份祥和宁静。

离上班时间还有二十分钟，泰城支行院子里的宣传栏前，围满了员工。大家七嘴八舌地议论着，这是秘书孔云飞刚刚更换的一期关于贯彻分行会议精神的专栏。

就在宣传栏的左边，一位白发苍苍的老人，手持拐杖，戴一副老花镜，边和人打招呼，边仔细地阅读着宣传栏的内容，他就是孙德明的父亲——老行长孙国栋。当年父亲给他取名字时就是要他成为国家的栋梁，他没有辜负老人的期望，从一名普通的银行职员，成长为国家银行的行长，为国家的解放事业和新中国的银行业发展作出了自己的贡献。

钱融听说老行长来了，几乎是小跑着，从办公室来到院里。"老师您怎么来了，我这徒弟还没去看您呢。"钱融双手搀扶着老行长说道。

"你当了行长我就不能来啊，我不仅来支行，我还去了咱们的网点，去访了一些老客户，就是给你们找茬的，不影响你的改革吧？我是对咱们有些员工的服务看不惯，尤其是我那个逆子。"钱融听出老行长话中有话，扶着老行长去了办公室。

老行长是钱融的恩师，是老行长把他从一个储蓄员培养成行长秘书、办公室主任。老行长像父亲对待儿子一样，从严要求。钱融深深地体会到"一日为师，终身为父"的常言。钱融为老行长递上一杯茶，说："德明的事您知道了？我这刚到任，还没来得及坐下来和德明聊聊。"钱融心里想，好端端的一个家庭咋就有这么个不肖之子。

"小融，你不用说，我都知道了。你可不能手软，古语说慈不领兵。若信得过你老师，你就从小明开刀，有事老师顶着。再说，往大处说是为了行里的发展，往小处说也是挽救他，绝不能让一颗老鼠屎坏了一锅汤。我怎么有这么个逆子啊。"老行长眼里透出一股不可遏制的怒火，他尽量抑制着自己的激动，端杯子的手还是不自觉地哆嗦起来。

茶水溢出来，溅在茶几上。梅霞拿过抹布去擦拭，这时老行长才猛然意识到自己的失态，竟然没注意梅霞何时到的。

"怨我的命不好啊，儿子接了他妈的班，没有望子成龙的奢想，只想他能做一名好员工，却是那么的令人失望，都是他妈从小娇生惯养。"老行长越说越伤心，眼角竟滚落几滴混浊的泪花。

对孙老师的家庭钱融再清楚不过了。孙老师三个孩子，上边两个女儿，个个长得漂亮，又好学上进，都有个好工作。大姑娘已是齐州市人民银行的副行长，这也是老行长的安慰。德明是他老来得子，生得眉清目秀，聪明伶俐。老伴儿视若掌上明珠，溺爱尤加。含在嘴里怕化了，衣来伸手，饭来张口。德明打小就是个顽主，不仅搅得家里不安宁，还经常惹得邻居找上门来。碍着老行长的面子，邻居都让着他。为此，德明小时候没少挨过打。每到这时，老伴就出来护着，说他还是个孩子。老行长说，从小看苗，打小不成人，到老是个驴驹，早晚这孩子会毁在你的手里。随着一天天长大，德明又是死活不愿学习，老行长为了他没少和老伴儿吵嘴。可工作忙，也就疏忽了管教。结果，德明高中毕业，再也不出门。老伴儿亦没了招儿，只好让他顶替进了银行。后来娶妻生子，常常和社会上的一帮混混在一起酗酒打牌，玩心不退。有一次，与几个小混混在一起喝酒，大闹酒店，被派出所扣了起来，尽管他未参与打群架，派出所可不管你是否动手，所有参与者一律处罚，老行长托人说情才总算保出来。老行长气得大病一场，差点没气过去。俩姐姐苦口婆心地劝，从那，总算有了收敛。然而，他又与外面那些小混混本质上不同，闹归闹，痞归痞，对老人却是极尽孝心。只要不和他那帮小兄弟在一起，他就又变了一个人。看似外表刚强，内心又柔弱无比。前年冬天，老行长的老伴儿生了一场大病，高烧不退，烧得迷迷糊糊，时说胡话。他坐在病床前拉着母亲的手，竟"哗哗"地流泪。一连在医院陪护三天三夜未合眼，大姐劝他，才回家睡了一觉。拉起家事，老行长一肚子的苦水倒不出来。

"小融，我是看着你成长的，你来了，对德明的管教我也看到了希望，把我这半残老人的激情也给撩动起来了。原来黎行长在任时，我也找过他，可人家毕竟是外人，不了解咱的家庭，又碍于面子，深了浅了的不愿管。你可要好好的替我管教，也算我这八旬老人求你了。"老行长说着，扔了拐杖，双手抱在一起，站起来要给钱融作揖。

可能是由于心情激动，老行长站起来时，身子晃了两晃，差点摔倒。钱融慌忙大步上前扶住："您老万万使不得啊，德明是我的弟弟，我会帮他的。"钱融知道，老行长年轻时为了保护好银行的账簿，左脚受过伤，留下了残疾。老了旧疾复发，走路一拐一拐的，而且，离了拐杖便走不稳。

说到老行长这脚伤，与泰城支行有着密切关系。泰城支行的历史可追溯到抗日战争时期。1938年4月，中国共产党胶东抗日游击第三支队在解放区建立了北海银行，12月1日总行在山东掖县的县城开业，在蓬莱、黄县设分行。1946年，解放战争全面爆发。那时，刚满16岁的孙国栋进入北海银行总行会计队学习班，三个月后被派遣至泰城分行工作。在一次护送款包时，他左脚受伤，鲜血染红了麻袋。从此，留下了严重的后遗症。

对泰城支行来说，老行长功不可没。老行长不仅业务精、服务好，而且能左右手打算盘，被称为"神算手"。二十世纪六十年代，他还被评为全国财贸系统劳动模范，进京见到了刘少奇主席。退休前还被授予"全国金融系统优秀基层行长"。

钱融一想到老行长和泰城支行，就感到了身上肩负的责任有多重。

钱融重新把老行长扶回沙发上。老行长从口袋里拿出一盘录音带，说："我来可不仅仅是为了那个逆子，关于咱们行服务的事我还想和你说道说道，我是真替你着急啊。"

老行长刚说了半句话，突然，传来一阵敲门声，他皱了下眉头，说："不影响你的工作，我想说的都在这盘录音带里了。"说完，把录音带放在了钱融的手里，取过拐杖，要辞行。

钱融见是办公室朱月来送文件，说："放桌上吧。"转身扶起老行长："那我就不留您了，您老多保重，过几天我去看您。"说完和梅霞送老行长下了楼。在回办公室的楼梯上，钱融对梅霞说："你和张行长尽快与区财政局联系，争取在本周内安排一下。"

"放心吧，按你的时间表，还有和几个大客户的见面都已作了安排，你就听通知吧。"梅霞按照钱融的意图和业务发展的需要，早已把日子给他安排得密不透风。

午饭后，钱融撂下饭碗就带着孔云飞去了网点调研。东城办事处地处东郊，由于存款不足4000万元，被列入了撤并名单。下午已过一点半，钱融和孔云飞来到东城，见还没开门营业。钱融看了下表，皱起了眉头。

云飞上前敲门，里边吼道："敲什么敲，急着跳油锅啊。"一股浓烈呛人的烟雾随着门的打开喷涌而出，却并没见主任靳连庆。小李见是行长，怯怯地缩到了一边。

"你们主任呢？"钱融问道。谁也没想到是行长来了，办公桌上的扑克牌还没来得及收，午饭后的锅碗瓢盆零乱地堆在桌子一角，残羹剩饭杯盘狼藉。哪里像银行，简直就是一个无人管理的烂摊子。眼前的一切，令钱融从未有过的怒火淤积心头。尤其看到面前开门的小李吊儿郎当的样子，若搁在往日，钱融早就怼上了。

"行长、主任请里面坐。"在别人整理桌子时，小李红着脸喏喏地说道。

钱融"嗯"了一声，看到里面根本进不去人，简直连狗窝都不如。抬头，迎面一幅业务宣传张贴画已断了一个角，却还脏兮兮地粘在墙上，办公桌左侧墙上是一个精致的柜台纪律镜框，第一条就是禁止在办公室打牌、玩游戏、会客，钱融望着镜框，哭笑不得。他拿手轻摸柜台，留下五个印痕。最令人气愤的是五个员工五种着装，有两人竟然连服务牌也未戴。霎时间，钱融感到脑袋都要胀开。这样的网点即使有存款，还有保留的必要吗？钱融简单地询问了业务和生活情况，业务工作谁都说不全。至于生活，不用说，都摆在那里，他们倒挺会过日子啊。

从东城办事处出来，钱融窝了一肚子的火，他强忍着，不再像干副行长时那么直截了当，透过这些表象，他更多了一分深沉的思索。他接连又走了几个网点。下班前，去了营业部调研；晚饭后，到公司部调研。本来就有在支行工作的基础，经过初步调研，钱融的脑子里对下一步工作如何开展有了新的认识。

五

晚上七点整，天气异常闷热。泰城支行会议室主席台上，行长钱融、副行长张军、纪检书记鲍凯等总支一班人依次而坐。台下全行员工除保卫值班人员外全部到场。参会人员人人在签到簿上签了字。会议气氛庄重严肃。

会议由鲍凯主持，首先由张军传达分行会议精神和支行贯彻意见。会议室里，两台旧空调嗡嗡地轰鸣着，好像在告诉人们它们的勤劳，但无论怎样的勤劳都很难把室内温度降下来。人们起初还是静静地用心聆听张军副行长的讲话。但随着时间的悄然逝去，有的难以忍受，开始用报纸扇着风。

张军喝口水，看了一眼台下，擦去脸上的汗水，说："今天天气比较热，大家再辛苦一点，要认真听，这次'三定'工作和去分行三中心人员都关系着每个人的切身利益。尤其要大家注意的是，我们对撤销网点人员的安排和增加全行客户经理的要求。"说到这里，张军又详细地介绍了具体程序。这时，一度燥热沉闷的会场上，有的人开始叽叽喳喳议论起来。会场上的温度，也一下升高了许多。尽管空调还在不停歇地工作着，好多人却觉着透不过气来。像是到了人生的十字路口，何去何从，大家都面临着人生的一次最艰难的抉择。

接下来，钱融宣读了总体改革方案。会场很快又静了下来，这是近年来会风最好的一次。当宣布散会时，台下沸腾了。破天荒要动真格的，人人都格外激动。工商银行从1988年提出向商业银行转轨，直到今日总算迈出实质性的一步。有的人迷惘了，有的人犹豫了，有的人无所适从了，多数人则在这阵痛中有了窃窃的惊喜。泰城真的要干起来了，一个充满竞争活力的崭新银行将要在这场变革中获得新生。

其实，在泰城区，由于地区经济环境差，谁家没个下岗工呢？近年来，有的企业破产，4800元的失业金都未领到手，已离厂转岗自谋生活的大有人在。然而，金融业却不同，计划经济模式下人人端的是金饭碗，长期以来养尊处优，工资收入高，在一个岗位上，只要不出差错，干一天下来就轻轻松松拿工资，工作无压力。一旦触及转岗便是晴天霹雳，人人在心灵上受到了无比巨大的冲击和震撼。特别是一部分人过中年的员工，不愿再学习，怕难适应。散会后，人们步出会场，才猛然感到了一丝丝凉风拂来。原来，不知何时，天空中飘起了细雨。久旱逢甘霖，人们内心抑制不住地兴奋起来。这一夜对好多人来说，肯定是个不眠之夜。

一夜细雨，并未带来多少凉意。次日，燥热依旧。经过一天的观望思索后，有人心绪已不在工作上，互通着信息，了解着他人的情况。一时间，人心散乱，工作无序。一潭死水被搅活了起来。

早已过了下班时间，钱融还在办公室里翻看着一张张聘任岗位的申请表。张军走了进来。

"这次申请竞聘客户经理的人不少啊，我们可得要提前谋划好各个岗位的人员安排。特别是对网点调整人员，要保证网点人员充足，网点撤并工作先缓一步稳妥进行，要尽量压缩二线人员，千万不可因空岗而影响了网点开门。"钱融说完，双眉凝成了个结。

钱融拿过一张画有许多标记的网点图，对张军说："昨天晚上几乎一宿未合眼，从申请转岗的人员看，有两个网点主任想转公司业务，也有刚分配来的大学生，对他们要特别做好工作，让大家站好最后一班岗，所有转岗人员未办理交接手续不准离岗。另外，在分步实施过程中，全体中层以上的领导干部，要分片包所，从现在起暂时取消休息日。全行的工作不能乱。"

张军似乎已猜透了钱融的心事，用力地攥紧右拳，挥动了一下，坚毅而又充满自信地说："放心，我们应该相信支行这支队伍还是有一定素质的。"说完，张军将工作预案和一张图表交给了钱融。钱融看过图表和各种预案，听了张军简短的介绍，信服地点了点头。钱融对张军对待工作的严谨和吃苦耐劳的敬业精神，比较赏识。过去，张军一直是钱融的部下，也正是张军的这种敬业精神和职业态度，让他不仅成了钱融工作上的得力助手，也成了他生活中的挚友。

钱融看了张军一眼，说："好了，咱先吃饭吧。"

两人走出办公室，钱融见梅霞和孔云飞在等候，笑笑说："今天我请客，水饺城吃水饺。"

吃饭间钱融的手机响了，钱融说："是我，什么事？好吧，我一会儿就回家。"

钱融放下电话，对张军说："是行里几个人去了我家，说有事咨询，我先走了。"说完匆匆离去。

"一顿饭都吃不安稳。什么事不能在办公室里问，还要去家中打搅。"孔云飞不满地说。

"梅霞、云飞，这次'三定'工作涉及面广，触及人们切身利益，你们都要多动动脑子，凡事要想到头里去，多替支行出主意，要给支行当好参谋助手，大小事都不能掉以轻心，丝毫马虎不得啊。无论面对怎样的困难，咱们都要为支行扛着，不能往上推，一定要把工作做细做好。"说完，张军长长地叹了一口气。

"放心吧，张行长，我们就是几天不睡觉不吃饭也不能耽误工作。"梅霞应着。

"可不是让你们不吃不喝地干工作，要先保重身体，否则，工作也就做不好。"张军从桌子上拿过一张餐纸，擦着手，说："咱也走吧。"说完起身向水饺城外走去。

钱融回到家时，妻子孙莉正在替他招待客人，女儿已睡下。钱融见都是一线网点人员，还有所主任秦友。秦友是他从小一起长大的同学，这使钱融感到惊讶。夏天，钱融刚装了台立式空调，尽管客厅里坐满了人，室内温度依然舒服凉快。

"不好意思，让大家久等了。"钱融为每人续着茶水。

"钱行长，因为这事关系着我们的未来，还有些不清楚的，想找您咨询一下。"说话的是曾和钱融在一个储蓄所工作过的储蓄员小杨。

接下来，众人是你一言，他一语地询问着有关竞聘客户经理和去市行三中心的事，多数人关心的是竞聘的岗位若不能如愿，还有没有岗的问题。钱融耐心地聆听着，从大家的话语中听出大家对支行的改革还是积极支持的，对每个问题都一一作了答复。

秦友听着大家的问询，看了大家一眼，又瞅了下钱融："我想对钱行长说，我想……"话未说完，下面的话就支支吾吾含混不清起来。

见秦友犹犹豫豫，在座的都心领神会，纷纷离座，说："好了，不再耽搁行长的时间，该问的都问了，秦主任还有事，我们先走了。"说完大家起身离去。

钱融与秦友对面坐了。

两人沉默了片刻，秦友突然说："我想辞职。"

钱融大吃一惊："干得好好的为什么要走啊？"

钱融被秦友的决定一时给弄懵了，说："秦友，我一直想和你谈一下，我们是从小一块长大的，大道理咱不必说，你想辞职的事弟妹是否同意？家中伯父、伯母是否知道？有无反对意见？"钱融没等秦友回答就提出了一连串的问题。

"家里都同意，你弟妹让我自己拿主意。"秦友极轻松地说道，脸上透露的却是难以掩饰的矛盾心理。

钱融见秦友那么果断表态，知道他对辞职的事早已成竹在胸，皱皱眉说："说实话，我还是想你能留下来，我们一起干，毕竟你是老网点主任，业务熟，我这干一把手可是大姑娘上轿，正需要你和梅霞的帮助啊。"钱融忽然想起了什么，关切地问道："想好再干点什么了吗？"

"想去一家上市公司做会计，已联系过了，那里条件还不错。其实我也不情愿，毕竟我们在一块工作了二十年，人的一生，工作能有几个二十年啊。可以说，最美好的青春年华在工行。无论走到哪里，我都会说是工行培养了我，造就了我。咱们是从小一块长大的，工作中你曾给过我许多的关照和帮助。去年我的工作安排上，我还去市行找过你，尽管没办成，我还是要感谢你。只是我感到那次行里的安排对我是不公正的，我还是保留意见的，这也是我离开的原因之一吧。这事始终压在我的心底，沉重如磐石，说出来心里倒痛快了。"秦友的话深深地触动了钱融。钱融怎么也没想到，常常与自己在一起聚餐、说笑的秦友的心里竟然有如此沉重的心事瞒着他。

"秦友，你我之间可不是外人，有事你应该对我开诚布公地谈。今天你说的工作上的事，其实你是有误解的，当时，支行正在搞竞聘上岗，为了你的事我还专门去找过黎行长，他非常肯定你的工作。你竞聘去个大所，论工作能力，你完全能胜任，可突然安排你去了离城较远的小所，总支是有考虑的，那个所各方面基础差，人员思想涣散，而你业务素质、政治素质高，想让你去治理一下。作了安排才找你谈话，又是让你服从组织安排了，在这一点上，你们之间缺乏沟通。虽是竞聘上岗，双向选择，一切都按大家的意愿选择。但是，仍然是由组织考察决定的，我想在选择面前作为一名共产党员的中层干部应该是有大局观念的吧。"钱融说完，也深深地感到了思想工作这几年做得不够。

"秦友，你就不再考虑考虑了？"钱融无论是从领导，还是从同学、同事、大哥的角度劝说道。

"不了，我心已定，希望能尽快安排人与我交接。也请你放心，作为所主任，我会站好最后一班岗。今天来也算向你提前道个别吧。"秦友说这话时充满无限感伤。

"别这么说，到时我会和梅霞为你送行的。不是同事了还是好友嘛，以后有难处，只要我能帮上忙，我会尽力去做的。"钱融用力握了秦友的手。秦友又向孙莉道了别，默默离去。

送走秦友，钱融回到沙发上，许多事在脑子里搅成了一团乱麻。钱融、梅霞和秦友都是在陶镇长大的，打小一块玩，一块上学，又一块进了银行工作。在所有的好友中，没有谁比他们三人更亲近，也没有谁比他们更知根知底。但秦友突然想辞职令钱融怎么也想不明白。

"你看你这行长当的，在家里都要办公，至于吗？"孙莉心疼地埋怨着。她打了一个哈欠，接着关切地说："早点休息吧，看你疲惫的样。"

"你先睡吧，我再看一下明天的安排，心里总觉得没底。"刚说到这里，门铃响了，孙莉开门是钱融的弟弟钱进和他的未婚妻肖珊。

"哥、嫂子，你们很长时间没回家了，母亲挂念你们，这是给萍萍捎来的蒸包。"钱进说着将一大包蒸包递给了孙莉。孙莉接过蒸包，忙给他们让座。

"爸妈都好吗？"钱融问道。

"都很好，我给爸妈说了，这段时间你忙，嫂子还要照顾萍萍。家里有我，你就放心吧。"钱进虽和肖珊早已买了房子，却因哥哥忙顾不上家，钱进隔三差五的回家住。

"肖珊，你和钱进都老大不小了，你们的婚事也该考虑了，今年就办了吧，也好让老人放心。"钱融一边为他们倒茶一边说。

"哥，我们的事不急，等过了这段时间再说吧。"肖珊轻柔地说。肖珊长得端庄秀丽、活泼开朗，是那种既古典又极具现代派的知识女性。

"可你们已经推过一次婚期了，结婚还能耽误多少工作？"孙莉插话道。

"我们的年龄还不大，放心吧嫂子，我们自己会安排好的。萍萍睡了吗？"肖珊问。

"啊，明天要月考，早睡下了。"孙莉说。

"哥、嫂子，时间不早了，我们该走了，你们好休息。"钱进和肖珊说完起身向外走去。钱融和孙莉送他们下了楼。

望着肖珊这个未来弟妹的背影，钱融由衷地敬佩肖珊的人品，更为钱进找了个好伴侣而高兴。想到刚才孙莉说他们已经推过一次婚期的事，钱融心里也很不是滋味。在家里钱融是老大，还有弟弟钱进和妹妹钱芳。

钱进和肖珊在同一年考入北方经济大学，钱进读的是法律专业，肖珊读国际金融。因为都爱好文学，两人参加了北方经济大学文学社，肖珊爱好古典诗词，钱进爱好现代诗。肖珊当选会长，钱进为秘书长。也就在那年的一次校园青春诗会上，两人彼此仰慕继而走到了一起。两人在大学里，志趣相投，生活上互相关心，同一年入党。毕业后，他们以优异的成绩双双考进了泰城工商银行。钱进被分配到公司业务部，肖珊在一线网点任主任。

去年，本来定好五一完婚，房子都装修好了。当时，市行组建风险资产中心，找了几个人谈话都不愿去。于是，黎行长亲自上门找到了正筹划婚事的钱进和肖珊，说："钱进，今年上级行把处置不良资产作为信贷业务的重中之重，市行要专门成立风险资产中心，对近二十年来积累的不良资产集中处置，这项工作政策性强，时间紧，任务重，行里认为你在大学学的是法律，又干过两年的信贷业务，比较适合这个岗位，你愿意接受这项工作安排吗？"

黎行长正说着，钱进略一沉思，与肖珊对视一眼，说道："行，您放心，只要行里认为我合适，我愿意去锻炼一下。"钱进愉快地答应了。

"可是你们要有思想准备，这项工作不仅是日夜加班，更多的是一种压力和责任，今年恐怕留给你们的时间就少了。"黎行长说着。

肖珊最理解钱进的心思，说："行长，我们都还年轻，只要行里需要，就让钱进去锻炼吧。"听了肖珊的话，黎行长深为有这样一位懂事理、顾大局的员工感到由衷的欣慰。他们很快推迟了婚期，钱进全身心地投入到了工作中去。处置不良资产进入攻坚战，一段时间为了做好各种资料报表，整夜加班加点，肖珊不仅一点也没有埋怨还时常用晚上和休息日帮钱进整理文件。

送走钱进和肖珊，妻子已睡下。钱融看了表已是夜里十一点，钱融怕影响妻子，忙关了灯，却怎么也睡不着，于是他用默默数数这个最古老的办法来培养睡意，然而越数越清醒了。整整一夜，钱融都处在一种似睡非睡的朦胧状态。

六

天亮了。

一夜未休息好的钱融来到办公室，他揉了揉木胀胀的太阳穴，还未来得及整理办公桌，门外走廊上传来吵吵嚷嚷的喧闹声。钱融出门，见是老宿舍区的十几位离退休老同志，说宿舍下水道堵塞，楼前污水横溢，大热天的搞得整座楼臭气熏天，已是两天不能用水了。要求行里维修。

钱融把老同志请进办公室，一一为大家倒茶。找来梅霞问是怎么回事。梅霞说："上周楼下的化粪池堵了，支行已联系环卫所抽过一车污水，很可能是下水道堵塞。"钱融点了点头。

"各位老师，这大热天的，还大老远跑来，打个电话就行。大家先回去，我们立即研究解决。"钱融极热情地接待着老人并爽快地答应下来。这是钱融在接待来访者时的一向风格，特别是对待老同志，说话轻柔善体谅对方，再难的事很快就能达成共识。

"钱行长，那我们就不耽误你的时间了，你忙着。"老人们脸上洋溢着感激之情，说着纷纷向外走去。

"梅霞，你找面包车把老同志们送回去吧。"钱融和大家握手告别，老人们连声道着谢，随梅霞下了楼。

泰城支行离退休干部三十多名，在齐州市行是离退休干部最多的支行。许多方面都要做好服务。"把他们都送走了。"梅霞的话语把钱融从沉思中惊醒。

"梅霞，老干部是我们的财富，上级行一再强调要关心老干部生活。我们入行时，他们正中年，手把手教我们业务，工行的今天有他们的贡献。

做好老干部工作充分体现了党的政策和温暖，更关系到全行的稳定。方方面面，我们都要跑到前面，不要让人找到我们才去做啊。"说着，钱融长舒一口气，"叫上云飞，咱到宿舍区看一下。"

这是一座上世纪八十年代初的旧楼，地处城中心，两个单元，共二十四户。支行新建宿舍楼后，本来老同志可以参与新楼分配，可是，老同志图方便，就都没搬新楼。这里的其他楼是搬迁户，没有物业管理，长期以来支行办公室还要来收水电费，而且跑冒滴漏严重，每月都超额，行里要补贴一块。街道居委会要集中管理，因物业费收费标准问题，始终不能达成一致。

到了楼下，污水遍流，人们放了砖石跳跃着过往，污水散发的臭气直刺钱融的鼻子。梅霞指了指路对面正在修路的那座旧楼说："这两座楼共用一条下水道，肯定是修路时堵了，要从头上疏通。目前，那座旧楼根本就没人管。"钱融会意地点了下头，走到路对面，查看了下水道的方向。

"修好大体要多长时间，花费多少钱？"钱融问梅霞。

"上周我来看时，让办公室大体搞了下测算，若重新铺设管道，约万元左右吧。时间要看找工人的情况。"梅霞说。

正在这时，楼上住户看见了钱融一行人，一会儿工夫，男女老少围了二十几个人。

"行长，何时能解决呀？我们可是三天未用水了。"一个胖女人声嘶力竭地吼道。

钱融向梅霞耳语了几句，转向大家说："放心吧，两天内修好，大家就不要再找了，行里说到做到。"回头钱融喊过梅霞："就按要求迅速去办理吧，两天内完工，绝不能让大家再找到行里去。"梅霞皱皱眉头，却没有反驳，她深知钱行长对待工作的认真态度。梅霞留下处理下水道的事，钱融与孔云飞回行里去了。

"三定"工作和竞聘选岗申请报名时间已结束。下午，钱融在办公室里踱着步，他一边思索着下一步的工作，一边在办公桌正面墙上贴着的那张"改革时间进程表"上小心翼翼地打着勾。每结束一项工作，哪怕是极细小的一件事，他都认真地在表上做记录，并看看下一环节的安排是否完善，再进行注解和补充。做完这些工作，他看了下表，已过了下班时间，心想今天总算有点时间，平常忙于工作很少与钱进他们吃顿饭。便打电话说道："钱进，今天下班后和肖珊到家里吃饭吧，我让你嫂子做几个菜。"

"哥，今天就不去了，下班后，肖珊她们所里业务考试，恐怕要挺晚，我们在外边随便吃点就行。"钱进放下电话，拨通了肖珊的电话："珊珊，考完试来电话，我去接你。"

肖珊是在下班后紧接着进行网上考试的，今年以来，这样的业务考试在网点经常举办，对她们来说早已习以为常。晚上八点钟，肖珊才结束考试。钱进为肖珊和所里参加考试的同事送去了盒饭。简单的饭后，钱进接了肖珊回家。

泰城初秋的夜晚，灯火辉煌，车水马龙。一丝凉爽开始驱散白天的燥热，沸腾了一天的都市，夜生活才刚刚开始。

肖珊轻轻地挽着钱进沿着泰河畔漫步。此时的肖珊，着一袭淡蓝色的套裙，端庄大方，丰满柔美，脸上总是笑吟吟的。尤其她那双大眼睛，清澈明亮又沉静若水，溢满柔情，是典型的江南水乡妹子。无论是她的相貌、服饰还是她的气质举止都显现了她的卓然超群。他们的漫步无不引来路人的注目和回望。钱进心中荡漾着自豪感和幸福的满足感。他们呢喃细语，款款深情，融融爱意把空气也揉和得那么温馨。这两个年轻人一旦走在了一起，工作一天的疲倦早已荡然无存。

清清的泰河水在阑珊的灯影里缓缓东流，婆娑的岸柳，如一幕幕挂帘舞动。远望街灯，像串串明亮的音符跳荡着、闪烁着。临街酒吧射出的红暗相间的彩光里淫浸了欢歌笑语。时而高亢嘹亮，时而柔曼舒缓，让人陶醉。

"多美好的夜色啊，珊珊，我已很久没这样陪你散步了，为了我，咱们的婚期一拖再拖的，真对不住你。"钱进紧紧地揽住肖珊，几乎是俯在她的耳旁轻轻地说道。

"看你说的，这不能怪你，最近行里事多，过段时间结婚也不迟啊，我又不是老了。再说这'三定'工作和全员竞聘，所里人员也不稳定，咱要是去结婚，我还不放心呢。"肖珊抬头望着钱进，眨了眨那双调皮的大眼睛。

"珊珊，你真好。好多事，你总依着我，真想马上把你娶过来。哎，你知道当初我追你，是因为啥？"钱进故作神秘地问道。

"为啥？"肖珊像在听别人的爱情故事一样听着钱进的诉说。

"因为你的微笑。你知道在大学里，男生们都称你为微笑天使，未言先笑，这是你的魅力所在，和你在一起，好像生活永远是微笑、阳光和快乐，永远没有忧愁和烦恼。是你的微笑勾去了我的魂啊。"钱进说道。肖珊的老家在苏南，为了爱情，大学毕业和钱进来了泰城，平常忙于工作很少回老家。"珊珊，还记得在大学里我对你许诺，我们小城最具特色的是饮食，我会陪你尝遍各种风味小吃，可我还没有兑现。"钱进说完，一种愧疚感涌上心头。

肖珊感觉到了钱进瞬间的心理变化，说："有位诗人说过，生活像一杯美酒，要细细品尝。我们的美好生活才刚刚开始啊。"肖珊的温柔，使钱进感到了全身心都被幸福包围着。

肖珊也沉浸在热恋的幸福之中。在肖珊的心中，钱进是个既有事业心和责任感，又富有同情心和正义感的男人，和他在一起，生活是美好的。她似乎看到了未来，一切都才刚刚开始，美好的生活正等着他们去创造。

不知不觉两人漫步到泰河畔的陶然桥边，与城里相比，这里显得格外幽静，钱进凭栏远眺，心情激荡不已。肖珊凝视古桥，说："还记得我刚来小城时，也是在这座古桥上，也是这样一个美好的夜晚，你给我朗诵了徐志摩的《再别康桥》吗？"

"怎么不记得，准确地说应该是我们两人共同朗诵，那个夏夜让人刻骨铭心。当时我触景生情朗诵起《再别康桥》，你说你喜欢。于是，我们每人一段动情地朗诵起来。东流的泰河成了我们的配乐曲，心与心融在了一起，心与诗融进了那美好的夜的意境。"钱进说着，紧紧地拥抱了肖珊。

"轻轻的我走了，正如我轻轻的来……"你一句，我一句，他们又朗诵起那首共同心仪的美好诗篇来。多么美丽的诗句啊，多么美妙的夜晚啊，多么美好的青春啊。肖珊还未朗诵完最后一句，钱进已紧紧地与她吻在了一起……

七

要不是周一召开总支成员碰头会，钱融很想躺下来好好地睡一大觉。可是，他连打个盹的时间也没有。连日来，工作日程排得满满的。钱融很早就到了办公室，对一天的工作进行了细致安排。碰头会结束后，十点钟，梅霞来到他的办公室。钱融问了孔云飞的一些情况。

这次有三名保卫人员参加客户经理的竞聘，自从去年保卫科合并到办公室后，保卫人员不足，却没有增加。梅霞考虑到保卫专业在银行中的特殊性，对其实行半军事化管理。然而若是再走三人，带来的人荒会让梅霞大伤脑筋。

"能不能再给我增两名保卫？"梅霞还没等人员变动就去找钱融。

"梅霞，这次改革你最清楚，一下子调整那么多人，网点一时又撤不掉，咱只能就米做饭。人一时还没有，再说，银行守押走向社会已提上议事日程，困难自己克服吧。"钱融无奈地说道。

"可是，巧妇难为无米之炊啊。保卫专业一直缺员，都一年多了也没解决。在全行唯独他们一年三百六十五天地连轴转，又要值夜班。其他专业能搞个聚餐、野游什么的，保卫人员可从来未能凑齐过。加班成了家常便饭，大家可都有意见啊。就说李志良已是半年没休一天了，家中还有卧病在床的老母亲，在家是孝子，班上又是老大哥。啥叫任劳任怨，有的人能任劳，却很难做到任怨，李志良咬着牙顶班，硬是不说一个悔字。"梅霞带着些许抱怨，更多的是向钱融诉苦。梅霞抬头看了钱融一眼，接着说："我怕这次改革后，这支队伍更不好带，大家都看到客户经理将来有产品奖，绩效多，谁不想多拿收入。"

钱融对梅霞的真诚和直率很赞赏，更为她的坚忍而感到佩服，一位女同志管理着一帮老爷们儿，也着实难为她了。这帮老爷们儿还就是佩服梅霞，在行里的干部民意测评中，梅霞总是第一。用他们的话说，人家梅主任行得正，走得直，管得有理。因此，办公室的各项工作可以说是顺风顺水的。上周，她就找钱融，要借这次全员竞聘的机会去干业务，甚至说去业务部门竞聘副职也行。可钱融这头板斧子还没打开，正需要她的帮助。

想到这，钱融也交心地说："梅霞，你说的情况我非常清楚，回过头来看看，全行哪个专业不缺人？自前几年行里实行内退政策，人一下子走了那么多，这业务上谁不是天天加班啊。网点上他们一天都快干对时了。我们的业务发展这么快，金融业竞争这么激烈，再像过去那么按部就班，四平八稳地工作和生活，只能是被淘汰。越到这时，越需要我们的干部冲在前面，为大家做出表率，团结带领大家去积极地克服困难。"说到这里，钱融顿了一下，"云飞不是有持枪证吗，我在市行办公室时，经常去检查保卫工作，也办了持枪证，非常时期，就要有非常时期的办法；关键时我们顶岗，保卫工作无小事，既要坚持制度，又不能耽误工作，让云飞合理安排好班次，办公室要带好头。"

梅霞没有再说什么，只是默默地与钱融对视了一眼，便悄悄地走出了他的办公室。

梅霞前脚出门，靳连庆走了进来。自从上次钱融和孔云飞去了他们办事处后，靳连庆就一直想着能单独见见钱融解释一下。"上次你去办事处，我正在企业。中间我来找过你，见你都忙。"靳连庆想解释，可一时又不知说啥好。

"咱是老同学、老同事了，有些话如果你不介意，我就直说。"钱融平静地说。

"你尽管说。"靳连庆自知理亏，默默地低着头，猜不出钱融要对他说什么。

"连庆，咱这人事改革，全员要竞岗，中层干部要重新洗牌，你的东城办事处以目前的管理水平和业绩，你还够资格去竞聘吗？"靳连庆没料到，这第一次与钱融单独谈话，本想争个官，钱融给他的却是一个不软不硬的问号。

靳连庆诺诺地说："我的工作是出了点问题，我正在整改。你就看在我多年老中层的份上，多多帮忙，我想竞聘主管。"

钱融说："好啊，我支持你，我也希望你能竞得上。可是竞争是残酷的，什么事都有可能发生，你也要一颗红心两种准备。"两人的谈话，在不愉快中结束。

转眼又到了周末。下午刚上班，梅霞便来到钱融的办公室。钱融坐在办公桌前，正用手摁着肚子，他的胃疼病又犯了。梅霞见状焦急地说："去医院看看吧。"

见梅霞进来，钱融急忙装出若无其事的样子，端起茶杯，大口地喝水。说："没事，昨晚喝了点冰镇啤酒，太凉，胃不太舒服，喝点热水就好了。"

"你都这样了，晚上财政局还安排吗？"梅霞不忍心再让他受罪，她知道钱融虽然在宴席前总是咬牙说少喝，可一旦开始，就不是他了。人家喝大了会悄悄地将酒往水杯里倒，或撒在手绢上。他只会往肚里倒，他奉行的是酒品看人品，酒量小，你可以醉，但你不能欺骗朋友，或者从开始就什么都不喝。对他来说，这是做人的原则，而不仅仅是一场酒。也就凭着他这热诚和他那不成文的原则，在泰城交下了政界和企业界的许多朋友。许多与他交往的人，对他的评价是厚道、诚信、可交。

"不变，和人约好的事咋能随便改呢？"他不容梅霞辩解地说。见梅霞迟疑不动，接着说："通知张行长和机构部主任、客户经理，下班后，咱们一起去。"

晚上的宴会，钱融和张行长一行提前等候在凤凰厅。六点三十分，几位局长和科长们赶到。因都是熟人，相互问好后，钱融将燕局长引到主宾位子上，他坐主陪，张军副陪，齐副局长坐副宾，其他人依次坐了。梅霞端庄大方地坐在了燕局长身边。梅霞见都落座，便招呼服务生开菜。

钱融首先开场："燕局长、齐局长及各位领导，我重返老家，今天行里略备薄宴，一来算是向局长大人报到，二来也是重续友情，这第三更重要的也是对各位领导多年来的关照表示最衷心的感谢。"钱融见上了第一个热菜"清汤海参"，在座的诸人酒也斟满，转头望了望燕局长接着说："按咱泰城的规矩，这第一杯七上八下九最大，我带六个，张行长带三个咱干一杯。"钱融环视一周，除了梅霞喝的是干红，其他全是白酒。白酒是梅霞精心准备的，她知道燕局长喜欢高度白酒，两杯以后换干红，别人只好往死里陪。

燕局长比钱融大两岁，在区里是年轻干部，早已有传言说要提副区长，被誉为有魄力、能干事、会干事、干大事的干部。钱融刚要端杯，燕局长拦住说："我也说两句，首先欢迎钱行长回家，再是感谢工行的盛情。不多说，开始吧。"燕局长说完，钱融开始带酒，一连带了六个。一杯酒下肚，钱融感到脚底发热，胸中像燃了一团火。本来他就不善白酒，可在燕局长这里，必须一杯后说话。第二杯他换了干红，燕局长两年前就知道他的酒量，也由他换。服务生斟酒的间隙，钱融和燕局长说了这两年来的情况和这次回来的困难。燕局长爽快地说，在泰城有事尽管说。钱融正要端杯敬酒，梅霞禁不住向他看了一眼。巧得很，恰好钱融也斜眼过来看她。钱融看出梅霞的眸子里透着一种温存和关爱，多年的共事，他们早已成了默契，钱融知道梅霞要给他挡酒，不觉心头一阵热乎乎的。梅霞始终保持着很端庄的姿态，慢慢地从椅子上站了起来，双手端起酒杯，礼貌地说："各位领导，我也带一次，咱来个十全十美，我喝的是红酒，我都干了大家随意喝。"

这时，全桌人好像忽然发现了美女的存在。燕局长见梅霞一口干了，说："美女主任干了，咱这白酒也得下一半。"

热菜一个接一个陆续地上着，钱融与梅霞瞬间交流了一下目光。看了梅霞的安排，虽是泰城菜，内涵却都变得更深了。也是"参打头"，那清汤海参不仅个头大，汤头更是鲜美。钱融随即说："咱听燕局长的，这杯红酒我也干了。"

接下来，是相互敬酒，大家你一杯，我一杯。喝到耳热处，都开始掏心窝地表豪情壮志，有的已开始语无伦次。钱融毕竟在市里见过大市面，大将般的沉稳，脸上却早已漾满了浓浓的酒意。这时，钱融见局里的孙科长已卧在桌子上，忽然想起喝酒的四个状态，"默默无语，细言细语，豪言壮语，不言不语"，这总结的那叫到位，若没有切身体会很难有此感受。

酒宴直到晚上十点钟才结束。钱融强行送走了客人，司机小刘去送他。临上车，梅霞说："回家多喝水啊。"钱融轻轻地握了一下她的手，即上了车。梅霞去结账，大家各自散去。

八

八月中旬，泰城支行"三定"、全员竞聘上岗工作拉开了大幕。一时间，这一工作成了全行议论的焦点，无论是在柜台前、办公室，还是茶余饭后，人们都在猜想着干部谁能上、谁能下，员工谁能转岗。也有的人认为猜也没用，这么多年了，改来革去的，还不就这么过来了吗？俗话说：朝里有人好为官。还能逃过那些人情世故，竞聘不过是走过场，挡人耳目罢了，还不是光打雷不下雨。再说，行里的领导干部，只要不犯错误，见哪个下来了，不都是一年一年地干到退休吗？

然而，当天在全行大会上，张军行长宣读了竞聘方案，许多人开始坐不住了。按这次定编的要求，中层干部限定了名额，部门打破了以往的正副职格局，竞选五名主管和十六名主办。现有的三十名中层人员必须有九人落聘，另外，够条件的员工也可参与本次竞聘上岗。有些中层紧紧盯住了那五个主管的位子，并加紧活动了起来；有的四下打听看谁谁报了哪个岗，尤其是主管岗，那是秃子头上的虱子明摆在那里，"知己知彼，百战不殆"，避实就虚更有希望；有的甚至影响到了工作。

竞聘上岗的第一环节是考试，支行事先下发了复习题，主要以总行的业务知识问答为考试范围，考试成绩占竞聘总成绩的百分之三十。若都认真复习考试是拉不开分的。为了保密，钱融行长、张军副行长、鲍凯和办公室文档员朱月负责出题，梅霞、孔云飞及参与竞聘人员都进行了回避。

晚上钱融的办公室里，灯火辉煌。他和张军从复习题中按填空、选择、简答、论述四种题型选出试题。同时，答出了标准答案。当交给朱月时已是午夜。

钱融伸了伸胳膊，走到窗前，推开窗子，满城的灯火一齐扑进了办公室。一幢幢楼房上的城市霓虹灯闪闪烁烁，交相辉映。东去的泰河穿城而过，把美丽的小城一分为二，小城这特有的自然风光曾被全国园林专家称为"北方的小江南"。泰河畔路灯下，还有三三两两的夜饮者。工行的办公大楼在泰城中心，与区委、区政府相邻，是俯瞰小城的中心位置。小城美丽的夜景令他格外振奋。"钱行长，吃碗面吧。"张军和鲍凯把加班专利端到桌上，三人相视一笑，全没了睡意，大口地吃起面来。零晨四点钟才校对完试卷，复印封存好放进了保险柜。"钱行长，你休息会儿吧。"张军和鲍凯说完回到了自己的办公室。钱融刚躺到沙发上，一想到明天的事却难以入睡，起来又坐到了办公桌旁。

次日，上午八点钟，报名主管的中层人员在会议室进行了考试。分行巡视员进行了督考。

晚上钱融拖着疲惫的身子回到了家。孙莉埋怨道："啥大的事，还要在外住宿。"说完，又说了她弟弟来家找他的事。"我弟弟还买来了一大堆的东西，都给放那了。"

钱融看了看堆在书桌前的各类物品，不满地说："他这是做啥，我们这次竞聘是公开、公平、公正，是不能有任何私心的，整个过程也都在市行的严密监督下进行，我作为一把手更要以身作则。"

"你也甭发那么大的脾气，就是亲戚来看我，也犯不了你们的纪律吧。给人办不了就别去找那些客观原因。"孙莉见他生气的样子，没好气地数落道。

说归说，孙莉还是去厨房为钱融煮了西红柿鸡蛋面。饭后，钱融独自闷闷地走进了书房。他胡乱地翻着书，根本看不下去。其实，这个弟弟是妻子娘家的叔伯兄弟，他叫孙亮，论年龄钱融大他几天。现在干部都讲知识化、年轻化，孙亮高中文凭，他的工作是无可挑剔的，为人老实能干，进银行二十多年一直在营业室管库岗位上，前年被聘为科级检查员，工作起来没有休息日、节假日。银行每年的大年初二就上班，每次都是他值班。泰城偏偏有大年初二看老丈人的习俗，若不去甚至晚一天，人家都会笑话。每回走丈人家，他总是匆匆打个逛就走，弟妹说他就不能换一天休，他唉声叹气地说："没办法，谁叫咱是'官'呢。"别人要替他，他也不让，他有个极朴素的想法，当官凡事就要跑在前头，就要比别人多奉献。因此，无论业务加班、节日值班都是别人休息回家团圆，他去顶班。长年累月，毫无怨言。在这一点上，全行无人能说出他的不是，钱融更是看好他。因为他在工作上有一股执拗的钻劲，一旦安排他去干一件事，若是干不好，他日夜不睡觉也会泡在里面。平常，他没有其他爱好，就是行里、家里两点一线。钱融认为凭他的吃苦耐劳，若调到营销岗上肯定是把好手。有一年在推荐立功人员时，行总支一班人全票通过他荣立全省二等功，这也是建行以来，泰城支行的唯一一个二等功。

内弟的为人处世，像过电影一样在钱融眼前闪过，凭他过去的工作业绩和为人处世应该没问题。可他的事迹只能说明过去，如今金融同业竞争日趋激烈，银行到底要求员工偏重忠诚，还是服从，或者敬业呢？其实这些要求都是银行想要的，然而还有一个"核心"的要求，那就是要靠业绩说话。而业绩的取得靠的就是业务技能。这不仅是银行对员工的要求，更是同业竞争对支行提出的条件。孙亮在内部管理上也有一套，可存款任务、对外交往、同事往来、客户资源却极少，几乎是月月完不成存款任务，挂钩工资还没拿全过。在存款第一、效益为先的考核机制下，又有谁还会想着他那金光闪闪的奖牌呢？这几年，青年人上得快，这次若弄不上个主办恐怕就没有机会了。偏偏他那个检查员的岗位又取消了，前年他和弟妹找到钱融想要调一下工作，换个部门干副手，说："这个位置除了几个保卫人员、解款员外，几乎无人了解他。"钱融当时刚分管人事工作，怕影响不好，结果一拖就是两年，为此还遭到妻子的抱怨，说："人家都说一人当官，鸡犬升天，亲戚朋友跟着沾光。你倒好，自从跟了你，为了你们行里的那些事，我在家成了你的家庭秘书，不是给你接待来访，就是听人家骂娘，还帮着你服软，亲戚你也没有尽亲戚的情分。"钱融自知对不住内弟，也不去理会妻子的唠叨。

想到这，钱融抓起电话："是孙亮吗，咱是自家人，你还跑啥，你的事你姐姐都跟我说了，根据你的表现，大家去给你争没问题，可这次，还有中层测评、员工测评，至于这些，那就看你的努力了，无论怎样的结果都要正确对待啊。"钱融考虑到这次的难度，话也未敢说满。

"测评应该没问题，全行谁不知道我是一个靠在行里、以行为家的人啊，行里的联欢会上大家不都在夸我的为人诚实能干吗？"孙亮似乎蛮有把握地说。

"这是你自己的想法，别人怎么看，你知道个一二吗？就是那几个位子，还要下来九个，你自己多努力吧。"钱融说完挂了电话。这么多年来，无论是行长还是中层干部，只有上的，只要不犯大错误是不会下的，直到退休。人们似乎早已习惯了这种官本位制，因此多数人从思想里认为只要你挤进了干部队伍就进了保险柜，就可以当一辈子官了，即使再平庸也不会危及到你的位子。

钱融刚放下电话，妻子推门进来，说："对了，昨天晚上你没在家，大姨还和葛伟来家放了个卡，说给孩子买点东西。萍萍的老师还替叶琪送来了一张购物卡。"说着把东西放在了桌子上。

在人事上，钱融对社会上的请客送礼、拉关系说情极其反感。有一年，他参加全市竞聘，笔试他自认为凭自己的知识水平会大获全胜。谁料，却遭暗算，稀里糊涂地名落孙山了。笔试成绩根本就未公开，一肚子的怨气也就无从查考。后来，才知是"孙山"有硬关系走了"礼道"。从那，他发誓，自己要组织竞聘，决然要大公开，绝不能让类似自己的冤案重演。

"明天，你最好替我一一送回去，人事的事谁都不能一人说了算，谁也不能对外承诺，这是纪律，谁违规，就处罚谁。全行几百双眼睛在看着，人事改革这第一步改不好，就无法建立新的人事用工机制。再说，这不是一般的同事间帮忙。就是同事间有事帮个忙的，咱也不能收人家的礼啊。"钱融由于激动，竭力控制着情绪，放缓口气说："好了，你休息吧，我还有个材料要修改。"钱融刚拿起材料忽然想起了什么："靳连庆也来过吗？""这不，他送来的。"孙莉将一大堆东西放到了钱融面前，说："别急着给人退了，都是亲戚里道的，等过了再退也不晚。"

钱融陷入了沉思。靳连庆论能力还可以，自身素质也过得去，干中层已有多年了，长期在偏远的城东办事处，领导着七个人，业务上迟迟打不开局面，对公业务仅十几个中小企业，效益又一般，存款也上不去，贷款企业每月都欠息，储蓄存款更是月月完不成任务，这样的业绩人人都看在眼里。尤其是他在管理上欠缺，自由散漫，惹得众人不满。上次在办公室想多说他几句，可又怕他误解。这次靠公平竞争恐怕是难上难啊。这也是令钱融最头痛的事。

上周去市行开会，中间休息时，市行仇行长来到他的身边，笑呵呵地对他说，会后去他的办公室一下。当时，钱融就猜到可能与支行的人事改革有关，可又一时猜不出行长要给哪位大仙说话。常言道，谁知道哪块云彩有雨啊。钱融走进仇行长办公室的时候，仇行长正站在窗台前的一樽根雕旁兴致勃勃地赏玩。收藏根雕是仇行长的业余爱好，说是业余，据说在齐州市根雕收藏界早已是凤毛麟角。他却从不参与这协会那协会组织的展览和评奖，既不显山，也不露水。听说他的根雕价值不菲，但人们能见到的只有他办公室里的几件。仇行长属狗，对眼前这个名为"哮天犬"的根雕，就格外地珍视。但见那"犬"，两耳直竖，怒目圆睁，栩栩如生。恍若在等主人一声令下，就咆哮而去。仇行长轻轻抚摸着"哮天犬"的耳朵，也不正眼瞧钱融，说："钱融你来看看我这木头咋样？"钱融近前，小心地说："这哪里是木头，分明是只有着鲜活生命的神犬嘛。仇行长您这'齐州根雕王'的称号，实至名归啊。"仇行长得意地笑了。拉了钱融的手，来到沙发旁坐下。茶几上是套古朴典雅的红木茶具，一把玲珑的紫砂壶显示着主人的品味和高贵。仇行长取过一包正山小种沏上。对钱融说："钱融，分行党委派你去泰城，可是寄予厚望，我是投了赞成票的。这用人啊，也似根雕赏玩，你说它是名犬，就贵若黄金，你说它是块木头，就一文不值。我不敢以赏玩专家自居，不过，我看好的'木头'不会有错吧。"钱融听出仇行长是话中有话。在分行时，仇行长不分管钱融，除了工作上的事，他们私下里几乎没聊过。钱融明白，这次仇行长叫他来，可不是来赏玩的，而是"项庄舞剑"。泰城支行作为齐州分行人事改革的首批试点行，钱融改革的事，在全市早已是炒得沸沸扬扬，"山雨欲来风满楼"啊。钱融正走神，仇行长和蔼地说："在支行工作还顺手吧？"钱融说："还过得去。"仇行长会意地点点头，"那就好，我今天找你来就是随便聊聊。"突然，仇行长像想起了什么，望着钱融的眼睛问道："靳连庆干得咋样？"钱融被这突如其来的问话给懵住了，略一沉思，说："挺好的。""真是挺好吗？那就好，那就好。"仇行长忽然从赏玩转到人上来，钱融恍然。见再无他事，钱融辞别。仇行长拍了拍钱融的肩，拉着钱融的手像一个长辈嘱托晚辈，"好好干，你还年轻，大有希望啊。用着我时，尽管言语。"

从仇行长办公室出来，钱融回到泰城，思绪乱成了一锅粥。就在回泰城的路上，他还接了分行欧行长的电话，让关照一下靳连庆。回到办公室钱融跟梅霞闲聊，问到靳连庆和仇行长的事。梅霞说："你可别小看了咱那老同学，他跟仇行长走得可近了。对了，仇行长办公室里的那只'名犬'就出自靳主任之手。"钱融"啊"的大叫一声，自言自语道："明白了。"

梅霞说，"看你一惊一乍的，你明白什么了？"钱融只是拍大腿，却没有回答梅霞。反问道："梅霞，你说咱这人事改革，该不该照顾个别硬关系？"梅霞疑惑地问："你今天是咋了？这可不是你的性格，干副职时，你就豪言，有一天你说了算，六亲不认，就任人唯贤。咋？在这节骨眼上动摇了？"钱融说："明白了。"梅霞说："你又明白啥了？你今天有什么事吗？"钱融摇摇头。钱融掂量再三，我大会小会讲，这次人事改革公平、公正、公开，这会就是天王老子说情，我也不变。他想，老同学啊，别怪我无情，就看你自己了。竞聘中，对你有丁点不公，我会出来说话，若是公平，你落聘了，我绝不更改。这样做的后果，钱融心里明白，对上，一次会得罪两个行领导，必将会影响他今后的仕途之路；对下，又会得罪一些老同学，将来会付出代价的。但，决心已定，谁想改变他是万难的。如今，宁可自己仕途受影响，也要按自己的想法做一回。因为，自己没有错。

　　已是晚上十一点多，还有人往家里打电话，有的是上级行领导，有的是区里的领导，也有自己入行时的老师和亲友。比较集中的是关于竞聘主管的几个岗位，要他多关照。他应答着各个电话，又都十分明白地向来电话的人阐明了这次人事改革的公开性、公正性。这一夜，钱融面对来自方方面面的说情者，他失眠了。泰城支行像一棵大树，人事改革将其摇动的枝干都飘摇了起来。

九

　　大清早，钱融就来到行里，一方面是准备好了人事改革时间安排表，一方面又准备着上午的中层会。

　　八点钟，上班的铃声已响过，泰城支行还有三三两两的员工走进大门。所有这些，钱融和张军都看在眼里。

　　九点钟，支行会议室里，坐满了中层干部。会场上很不安静，一会儿这个手机响，一会儿那个又被员工喊出去，有的还在交头接耳地谈论着什么。此时大家都没注意，主席台一侧多了台录放机和电视机。

钱融神态严肃，脸上凝重的表情透出一种少有的威严。他用锐利的目光扫视了一下会场，清清嗓子："现在开会，全体起立！"

全体中层人员被他那严肃而有力的话语弄得愣在那里。这么多年来，开中层会这还是第一次举行起立仪式，大家全然不知行长要干什么。

整个会场立时鸦雀无声。

"唱国歌。"钱融对梅霞说。梅霞打开了录放机。

顿时，"起来，不愿……"激昂的国歌声响彻会场。

落座后，钱融依然严肃："我们确实已经到了最危险的时刻。先说纪律，一个中层会出出进进，这个打电话，那个有人找，这样的中层队伍怎样去带好员工？再说指标，三季度还有一个月的时间，存款目前在四行中占第三位，不良资产处置没有一个项目落实，利润与市行指标比仅完成 50%。指标完不成，我们的工资、奖金都将成为泡影。业务指标说到这里。下面我重点说人事改革的事，我们有些中层干部不是积极对待，而是我行我素，看不到工行日益快速发展的形势，在那里说些不凉不热的话，不是积极地带领员工去完成指标，强化管理，而是作壁上观。自己不干，还指手画脚地去指责干的人。特别是在我们的干部中，长期养成的干部终身制观念，在国有商业银行光环的照耀下，习惯了端金饭碗，坐铁交椅。工作上敷衍搪塞、不负责任，对行里指标、对部门指标及辖区情况一问三不知，当一天和尚撞一天钟，混同于一般员工。更有甚者，还不如一名普通员工的爱行爱岗意识。人事制度改革就是要打破这种旧体制，就是要让能者上，平者让，庸者下，就是要能进能出。如今我们一再强调服务，有的仍然对制度置若罔闻，竟然在柜台上与客户争吵起来。你扪心自问，人家来银行是和你吵架的吗？若是你的家人来，你的朋友来，你也这样把人气走吗？"钱融努力克制着自己的情绪，"对不起，我说话有点激动。可严峻的现实就摆在我们面前。"钱融从包里拿出一盘录音带，对梅霞说："梅主任请放一下让大家听听。"

在梅霞放录音带的空当，钱融说："这是老行长拖着一条伤病腿，跑了三天得来的真情回报，我们每回去客户中征求意见，得到的都是一片赞美声，人家那是不信任你。你们听听客户是怎么对老行长说的吧。"

主席台上的录音机响了起来，是老行长在区老龄委的走访。先是一些老同志向老行长问好，老行长说明了来意，大家你一言我一语地扯了起来。全是对工行的意见，有位老人说："我今年已 76 岁了，腿又不好，去你们一路所交费，三次才交上，还受了一肚子气。"老人说着录音机里传出了啜泣声。听有人在劝，却怎么都劝不住。一会儿是在凤凰苑社区，大家从不同方面提了各自的意见。录音整整半个小时。

关闭录音机，钱融说："各位同事，这盘录音带我从头到尾听了三遍，每听一遍就会生出新的感触，每听一遍我都会热血沸腾。听听老人的啜泣声，声声都如钢针扎在我的心头。不到伤心处，老人能至于此吗？当然，事情已弄清了，是一柜员合同工所为，可是我们的中层干部都到哪里去了？工商银行的声誉被丢尽了！有人说中国工商银行这六个字的无形资产价值 10 亿美元，我们对这种有损声誉的行为能无动于衷吗？我们这次改革是有决心的，不怕打击报复，更不怕来自方方面面的压力，就是要打破我行一切旧的阻碍发展的体制，让工行在浴火中获得重生。如果谁在那里消极怠慢，你就不配去竞聘中层。今天的业务指标，每人一张表已经下发，既要集中精力抓好改革，更要下大力气把业务搞上去。否则你自己也就不用去竞聘了。梅主任，请再放一下录像。"钱融一番话严厉而又语重心长、掷地有声。

梅霞打开了录像机，是办公室配合"神秘人"的暗访录像。在场的看了不规范服务的录像，开始还有人在笑，一会儿，会场上一片沉寂。原来，在座的人的不雅举止也上了电视。看完录像，钱融说："我们自己对照一下，我们的不足还用再说吗？提升服务水平已是刻不容缓，行里已有了整体意见，会后下发，希望大家认真学习，力争都成为好典型。"

张军久久地凝视着钱融，全神贯注地聆听着他那慷慨激昂的讲话，也在安排着他分管的工作。开完中层会，钱融回到他的办公室，张军、鲍凯和梅霞、云飞也跟了进来。钱融看了大家一眼，说："正好，都来了。这次人事改革关系重大，是我们工行建行以来第一次这么动真的，来实的，特别是我们泰城支行社会关系复杂，人员结构老化，难度大。因此，在时间安排表、程序、各个环节、细节上，都来不得半点疏漏。总的时间安排和程序由张行长把握，其他同志按分工做好动员。"钱融又将这次改革的业务应急、稳定工作、监交工作分别向各行长们进行了部署，说完，又对当前存款和处置不良贷款几项具体事项进行了安排。

十

全员竞聘上岗考试是在附近的一所小学里进行的，有校方老师监考，完全按学校的考试要求，一切都还顺利。晚上钱融带领办公室秘书加班加点，很快便出了成绩。

第二天，中层测评和答辩，市行派监督组到现场督查。答辩人员当场抽签，确定顺序。工作开展得井然有序。梅霞、孔云飞和办公室人员把竞聘人的四项得分进行了综合，参与整个过程的工作人员都实行了亲属回避。出结果后，支行总支一班人进行了分析汇总，次日上午十点钟才公布结果。梅霞竞得办公室主管，孔云飞竞得办公室副主任；靳连庆竞聘主管落聘，后竞得主办岗位；原中层干部中有九人竞聘主办落聘；有三名具有全日制本科学历的员工竞聘为主办；葛伟、叶琪、孙亮竞聘主办落聘了。任命通知上午就发了下去。

中午时分，行里刚开完总支会，靳连庆和葛伟便找到了张军副行长。在办公室里就大声地吵闹了起来，声称此次竞聘上岗不公正，并列出了一大串的理由。张军沉下脸来，尽量压低噪音说："你们也别激动，这次竞聘，所有过程市行督导组全部参加，检票也是在市行监督下进行的，至于你们所讲的不公平更是不存在的。我们在一起共事多年，你们在中层位置上也干了多年，我相信还是有这点素质的，应该信任组织的考核和选拔。"在张军副行长的再三劝说和解释下，他们才悻悻地离去。

下午一上班，他们两人带了浓浓的酒意又来到钱融的办公室。进门靳连庆就把办公室的门反锁，说："老同学，你也真够意思啊，不就是那点事吗，就你自命清高，你做得可以啊。"

"连庆，你说这话就不对了，首先，我是无功不受禄。咱在一块这么多年了，你应该了解我的为人。其次，全员竞聘自始至终，无论对谁我都坚信评分是公平公正的。"钱融听了靳连庆的一通牢骚，并无和他对簿公堂的意思，而是一边给他们倒水，一边用极其平静的口吻劝说着。

"我们认为这次竞聘不公正。"几乎同时，他们两人大声嚷嚷道。

"钱行长，咱是同学，又一块儿入行，在一起工作二十几年了，如今你当着行长不旱不涝的，就不能高抬贵手拉我们一把？退一步说，我们干上主管，难道工行就会退步？"靳连庆极不冷静地说。

钱融说："这是两回事，如果你们认为不公正，有支行党总支，也可到市行告状，这是组织原则。这几年，我行的人事改革正朝着更加公开、透明、公正、更加规范的道路迈进，人情、资格老都不再重要。如果能力有限，业绩不好，又不注意学习，思想观念再跟不上，那只有被淘汰。工行快速发展的形势和任务，要求我们必须把素质高、业务能力强的优秀青年干部推上前台。再说，今后这样的竞聘每年都要搞，只要肯努力，人人都有机会。"

靳连庆见木已成舟，忽然怪声怪气地嚷道："我要辞职，所主任不干了。"

钱融见他们火药味正浓，一改平静态度，严厉地回应道："好啊，作为一级组织，有组织程序，只要你交了辞职报告，支行总支会作出决定的。但是，在没有经总支批准前，你必须按行里的统一部署到岗，没有讨价还价的余地。如果还有想不通的，抽机会我找你们沟通，若没别的事，请回吧，我可不希望因此影响了工作。"说完钱融起身做出送客的架势。

见状，靳连庆用轻蔑的口吻说："好吧，我们看不到工行的大势，你走你的阳光道，我过我的独木桥，咱们走着瞧。"说完气呼呼地摔门而去。

靳连庆和葛伟几个人已没心思上班工作，整个下午凑在一起品评是非，发泄私愤，人人情绪激动，议论纷纷。

送走他们，钱融临时组织了一个短会。把张军和其他行领导叫到了他的办公室，说："大家要充分认识这次人事改革的难度，这么多年来，我们这是第一次动真的、来实的。因此，我们总支一班人要按照各自的分工，一是要迅速做好人员的交接工作，决不能空岗；二是当务之急，要抓紧分头做好落聘人员的思想工作，既要保持全行的稳定，又要加快业务的发展，确保季末完成各项指标。"

其实，靳连庆的为人处世在钱融的心目中，一直以来应该说是坦诚、实在的。工作上虽是个炮筒子，可总是实话实说、观点鲜明、性格直爽。

当有的人在违心地表态或歌功颂德时，他却从不隐瞒自己的观点。有一年，钱融和他在一个储蓄所里。一次，一大个子男子因存折换折，嫌女储蓄员办得慢，误了他赶路，嘴里不干不净地骂。女储蓄员哭着给他办完业务。当时，在场的同事只是去劝说。唯独靳连庆实在沉不住气，气愤地走出通勤门，冲了大个子愤愤不平地说："对不起，请你放尊重些，嘴里干净点儿。"男子斜睨着他，还在骂咧咧的："我就骂了，与你有什么关系？"没想到，这话激起了在场客户的不满，都去劝说他不该骂人，有话好好说。靳连庆实在按捺不住心头火，说："你再骂，我真揍你。"高个男子被靳连庆的威严所震慑，拿起存折灰溜溜地离去。过后，主任说他不该顶撞客户，要他就服务问题写检查。说遇事要以理服人，得理让人，文明服务。他说："主任，在场的客户都看不下去了，大庭广众之下，骂一位女同志，他还算个男人吗？俗话说，树要皮，人要脸。人活什么？脸面啊！"尽管当时他想不通，不过，事后还是在周会上作了检查。

作为"三定"工作的第一步，中层干部竞聘上岗工作结束后，钱融组织召开了新聘干部集体谈话，支行班子成员和全体新聘干部参加。钱融说："首先，对大家走上新聘岗位表示衷心地祝贺，相信大家会在更高的层级上作出新的更大的贡献。在这里我提三点看法与大家进行交流，一是大家竞聘的成功归功于组织和你的团队。大家能够走上新的岗位得益于工商银行改革发展与成功，得益于领导与同志们的关心、爱护与支持，也得益于大家自身所做的不懈努力。二是新聘任职既是对过去工作的充分肯定，也对大家提出了更高的要求。大家应该从工行改革发展大局出发，以新岗位应具备的能力、素质、胸怀、眼光来要求自己、改变自己、丰富自己、发展自己，尽快适应角色的转变。三是希望大家在新的岗位上作出更大的贡献。在新的岗位上继续推动工商银行的改革创新，做出成绩，报答工行。"在广泛交流思想的基础上，钱融要求大家要多一些感恩，多一些责任，多一些爱心，要做一个具有职业精神、专业才华与管理能力的人。要学做一个善于学习、创新求变、有所作为的人。新聘任的同志纷纷表示要严格要求自己，努力工作，不辜负领导和同志们的厚望。

十一

全员竞聘上岗，打破了原有的格局，从储蓄所、分理处到营业部会计、出纳专业都进行了定岗定编。其实，营业部会计、出纳随着"闹哇"系统的开通和计算机不断升级，早已成了综合柜员。

竞聘在程序上省去了演讲答辩，只保留了考试、全员测评和考评小组测评，而考试仅占据 20% 权重，全员测评占 50% 的权重，因此全员测评显得尤为重要。

钱融正认真地复核着测评表的姓名时，孔云飞进来了。钱融问："有事吗？"

"钱行长，这几天我看你忙，也没来得及向你汇报，下面的人对这次全员测评意见较大，说有人在拉选票，已提前几天开始宴请了。"孔云飞直截了当地说道。

工作再忙，下面的这些事情钱融又怎能一无所知呢，许多嘲讽的话语甚至对这次人事改革更为难听的话，风风雨雨的早就灌满了他的耳朵。况且有些中层干部也被拉了进去为他人拉选票了。"云飞，岗位都摆在那里，谁能上岗、谁转岗，哪个岗位更适合谁干，我想大家人人心里有杆称，应该明白的。再说，竞聘总得有个结果，这个结果就必须有个标准让大家作为依据，目前这种测评在理论上是公平、公正、合理的。另外，咱的竞聘上岗实施动态管理，即使上了岗，若无业绩，同样会调整。"钱融深深地理解孔云飞的疑惑，他叹了口气，继续说道："前天，靳连庆还来我的办公室，拉开他的直筒子就开始放炮，说，银行不去抓存款、收利息、抢客户资源，整天挑起群众斗群众，弄得人人心神不宁，没有人去想工作，而是在挖空心思地拉关系、争选票，工作上有了错也无人管，怕得罪人而背后落井下石，好好的人际关系都成了敌人。靳连庆说这话，我是很不客气地回了他一通，改革就是要付出代价，任何改革没有十全十美的，而不改仍四平八稳地走着老路，全员仍旧不疼不痒地上班下班，人人没有紧迫感、压力感，工行的路只会越走越窄。我坚信，对于改革，支持者还是占大多数的，那些在背后拉拉扯扯企图阻挠改革的总是极个别的。因为他们能力差才去拉选票，才赖在那里不想工作，才去阻挠改革。"钱融看了孔云飞一眼，放缓语气："至于改革中出现的问题，我们有纪律约束，这首先要党员领导干部带头，决不能让歪风邪气在支行抬头。"

"钱行长，过去你也曾管过人事工作，我们听到、看到、想到的就是这些，也是提醒领导在中层会和全行会上要严肃地强调纪律。"说完，孔云飞脸上带着疑虑地走了。

孔云飞走后，钱融思绪万千。自己没黑没白地干，即使每一张选票百分之百的正确，每一道程序都严格地执行下去，云飞所说的这种情况又怎能杜绝呢？本身泰城支行的人员，除了近两年招考来的几个大学生，已是近二十年来未进新人，人员关系更是错综复杂，七姑八大姨的，三人拉话中说不巧就有一个是远房亲戚关系。这样的格局，更使人事改革难度进一步加大。越是这样，就越要走改革之路，唯有改革，才能把人们固有的惰性和裙带关系网打破，把人们的旧意识革除，建立起一种新型的考核机制和人际关系。从而，达到人人去想工作、争业绩，而不是靠侥幸的关系网。想到这，钱融更是有理扯不清的事如一团乱麻萦绕心头。

由于营业网点人员星期天也正常上班，全员测评安排在了晚上七点钟开始。六点五十分，人们都来到支行会议室，两人一位，部门之间实行回避，进行交叉座位。

"哥，有事跟你说"。钱进走到钱融跟前说。

"什么事？"钱融问道。

"今天姥姥的生日你咋没去？上午我去了市行送材料，打你的手机也联系不上，我和肖珊是中午赶去的，母亲没见到你，挺不高兴的。说了行里搞全员测评，母亲才没再说什么。"

未等钱进说完，钱融自责道："钱进，我真是离不开，你看今天这么多事，我能走吗？早晨我让你嫂子去了。"

"嫂子单位也留住她加班，没有赶去。"钱进说。

"怎么了？那过后你和我去一趟吧。"钱融见人已到齐，让钱进回到了座位上。忙和张军、鲍凯走到主席台前，张军宣布全员测评开始。他拿出测评须知，逐条逐项地进行了宣读。宣读完毕，孔云飞把测评表分发给大家。

钱融拿着一张表，又强调指出："希望大家都要认真对待测评，要根据员工的述职和业绩及平常表现，公平、公正、严肃认真地为其打分。表上印有全行员工的名字，后面是优秀（90～100）、良好（80～89）、合格（70～79）、不合格（60～69）四栏，你觉得谁属于哪一档，就在那一个栏里打上一个恰当的分数，若在两栏里打分或者打"√"号者均视为废票。"

接下来，按抽签顺序，由员工述职，每人三分钟。钱融深知，不怨孔云飞的怀疑，这样的无记名投票，无论是谁，你根本无法左右他瞬间的想法。唯有良心和对工商银行事业的忠诚度。员工的述职在不间断地进行着。述职人的声音清晰可辨。钱融环视会场，绝大多数员工都在认真听讲和思索，在做着公正的评判。在泰城同业之间，工商银行这支员工队伍整体素质是在前面的，是忠诚于工行的。但也不乏例外，俗话说，十个手指头还不一样齐呢。因此，在今天的测评中，也就有佯佯不睬的，极个别的还心怀鬼胎，充分利用自己手中一票去淋漓尽致地发挥着小伎俩。

测评工作进行了近四个小时，直到宣布收表，人们从会议室走出来，全部放松了身心，开始说笑着，轻松自如了。

秋夜渐深，人们三三两两地走着，行走中，也不知是谁从后面拍了前面一位的肩膀，说了句："我可是给你打了满分。""你小子平常可没白喝了我的酒。"前面的那位应道。是否真给他打了满分，谁也不会知道，听了这话心里却感到了舒畅。人群里不时传出谁谁可真没良心的话来，人们在吵嚷中松松散散地向家走去。

测评和综合考评的结果出来了。后三名分别是路江晖、丁旭和孙德明。他们竞聘的岗位被别人竞得，考评领导小组和支行党总支意见一致。按规定他们三人只好转岗，三月后考核合格上岗。转岗前有一段学习时间，绩效工资只发待岗工资，这是钱融最头痛的。

钱融说："结果是出来了，我也尊重这个意见，可还有许多工作要去做，这么多年来这是第一次在员工中实行待岗，他们一时肯定难以接受，要靠上做耐心细致的思想工作，党、政、工、团要齐抓共管，搞好配合，要从政治上、工作上、生活上特别地关心这三位同志，争取早日考核上岗。"

下午，钱融和检查辅导员小陈来到了山城储蓄所为路江晖办理稽核交接。

路江晖见到钱行长一行，已知道要找他办交接，看到外面拥挤的人群，路江晖眼里几乎是满含着泪水，说："钱行长，我再给他们办完这几笔。"

"不忙，江晖你沉住气。"钱融说完又去查看安全保卫、用电设施等方面情况，这已成了钱融的习惯。干副行长时，只要有时间他就到网点去检查安全保卫，且大会小会的讲，干银行"三防一保"要天天抓、时时抓，一刻也不放松，特别在通勤门和用电安全上，若是让他抓住，无论是谁，他从不留情面。"安全、高效、和谐"，安全是基础。

这时，柜面上的客户少了，小陈为路江晖去办交接，收了他的柜员权限卡。办完交接，接款的押运车已到所门口，大家结账，准备下班。

钱融叫过路江晖和肖珊说："我还有好多话想和你们说说，我们一块吃晚饭吧。"说完，又打电话叫来了梅霞和孔云飞。

黄昏，下起了蒙蒙秋雨，雨丝细得若雾，整个天空灰蒙蒙地撕扯不开。梅霞找了家小酒馆，他们很随便地坐了下来。

还未等钱融开口，路江晖已哭出声，说："自己回家无法跟妻子和儿子交待啊。"身高一米八的男子汉，钱融第一次见到他这么放声痛哭。

"江晖别这样，你的情况，我是清楚的，这次岗位竞聘，从头至尾你都参与了，咱是公开、公正的，测评得分你并不低，关键是考试得分太少，拉开了档次。这也是教训啊。"

"我知道，都怪自己不重视，考试前一天跟人忙公事，第二天脑子像一盆糨糊。可这待岗，总是不好向家里交待啊，咱泰城支行历史上就没有过。"路江晖止住哭声说。

"江晖，你的基础并不差，我认为，一是要端正态度，正确认识这次改革，对待下岗认识要到位。二是要以此为教训，刻苦学习业务，充实自己，适应发展，争取三月后在全行的考核中取得好成绩，早日上岗。三是待岗并不是支行抛弃了你，而是更加从政治上、生活上、工作上关心着你，无论在哪些方面有困难都可以找组织。待岗不是你脱离了这个'家'，而是这个'家'要重塑一个更加适应岗位、善于学习、勇于竞争的优秀员工。"

钱融的一番话语，使路江晖深受感动，他也下决心尽快赶上去。肖珊也把路江晖在所里的工作情况给领导们作了汇报，江晖很受鼓励。菜很快上齐了，大家为路江晖倒满酒，尽量说着宽心话。

十二

这天下午班后，丁旭几乎是一路哭着跑回家，一头扎进房间，倒在床上，抱着枕头，呜呜地哭泣。

眼睛哭红了，枕头湿了……

平常，行里的事，她也不太和家人说。丈夫陈庆河见她进门眼睛湿润，红红的，一句话不说就去了房间，不知在外发生了什么事。

陈庆河已经几次敲房间的门叫她吃饭，桌上的饭菜热了又热，她就是不出来，只是瓮声瓮气地说了句在外吃过了，便又没了动静。其实她不仅没有吃饭，连水也没喝一口。她对了镜子，望着里面的她，好像不是自己了。她觉得目前整个世界最不幸的人就是她，明天她将怎样面对曾经那么熟悉的人和事。家人、同事、领导，甚至那些客户都会看不起她，世界怎么对她那么的残忍，她究竟做错了什么？

天渐渐黑下来，陈庆河推门进了房间，见妻子半卧在床上，目光呆滞地在愣神，就说："小旭，你有什么事不能和我说说吗？"丁旭望着这个世界上最可信赖的人，本来已平静下来的她，又禁不住泪流满面，抽泣着说了自己下岗的事。陈庆河并不惊慌，而是耐心地劝说和安慰她，他知道此时愈是跟着发牢骚、骂娘只会愈加增加小旭的烦恼。其实，陈庆河对所谓下岗是早已习以为常了。陈庆河在泰城机械厂工作，由于厂里经营不善，他已在家待岗半年多了，这半年靠去了一个私营小企业打工过日子。

他用心地劝着妻子，不知过了多久，丁旭才疲倦地睡下。

张军副行长的车被人拦在行门口，是下午两点钟孔云飞告诉钱融的。钱融忙放下手头工作去看个究竟。见是丁旭一家，几个人拦在车前，好像要把车掀翻的架势。钱融忙迎上前，拉住丁旭的姐夫钱伟的手打招呼。在老家他们是邻居，而且属同宗同祖。

"张行长，今天你说不出个道理来，就甭想走出这个大门。"丁旭的父亲带着一股怨气，怒气冲天地吼叫着。丁旭的丈夫、母亲和姐夫也都七嘴八舌地冲张行长嚷着。

"你们想干什么，请让开，我没什么和你们好说的，我要去区里开会，市、区领导都在等着。"张行长上前去拉扯丁旭的父亲。

"咋，你还想打人吗？你打我这老婆子吧。"丁旭的母亲用头去撞张军。"今天没个答复谁都甭想走。"边哭边絮叨着什么，这时，一家人乱哄哄地喊叫着。

"伟哥，就让张行长去开会，丁旭的事我们上楼去说吧。大叔、大婶，希望你们都冷静一点，我会给你们一个满意的答复。"钱融一步上前拉开张军，一边去搀扶两位老人，一边与钱伟去握手。

"其实，我们就是不明白，小旭平常工作那么好，咋就没岗了？"

钱伟说："爸、妈，既然钱行长来了，就让张行长去开会，我们上楼听听钱行长怎么说吧。"说完，一家人才让开路，跟随钱融上了楼。

等大家都坐下来，钱融让孔云飞给他们沏上茶，首先对丁旭的工作从正面给予了肯定，讲了她入行以来做出的贡献和成绩。接下来对全国上下银行施行改革的目的、意义，用极其温和的语气抓主要的给他们做了解释。最后又把支行这次全员竞聘上岗所有的操作和程序用通俗的语言讲给他们听，并谈了丁旭的情况。钱融说："钱伟哥，你也是区里的部门领导，我们这次竞聘上岗是全面公开的，也是公平的。至于丁旭这次待岗，并不是说她就没了前途没了希望，全市有65人待岗，只要努力，很快就会上岗的。组织上对她很关心，我们都分工进行家访的，这不还没去，你们先来了。你们的到来，我表示欢迎，只有沟通，才能理解，才会把工作做得更好啊。"大家听后，又提了些要求，钱融都一一记下。

"既然我们都清楚了，领导又那么关心小旭，我们就回去吧。"钱伟扶起两位老人，又拜托了钱融才和大家离去。

临近下班，钱融对孔云飞说："通知肖珊，一会儿去路江晖的父母家。"又特别嘱咐云飞给老人称上三斤豆腐，老人喜欢吃豆腐。都说马尾栓豆腐提不起来，泰城的豆腐却能用秤钩称。老人更喜欢它"都富"和"陡富"

的寓意。

路江晖的父母住在陶镇，和钱融父母的家恰在陶镇的一东一西。这是一处尚未改造的老居民区。

钱融、肖珊和孔云飞走过曲曲折折的匣钵路，紧贴着匣钵墙，脚下随处是堆积的陶瓷碎片，不远处，零星地可见顶部长满荒草的废弃的古圆窑卧伏在那里。拐进一个用匣钵围成的小院落，推开一道木栅栏门，就是路江晖的出生地了。听说来了客人，路江晖的母亲从屋里迎了出来。屋里的家具陈旧而简易，老式的"八仙桌"、挑山脊、三圆腿大床、破旧的椅子，听江晖说他父亲患有严重眼疾，多次去省城看病，花了不少钱也不见好，家中至今也没有电视机，更显出一分贫寒。

"路叔，我们来看您了。"钱融说着，让肖珊和孔云飞把一包物品放在了"八仙桌"上，把豆腐放在了挑山脊上。

"大融你还买这么多东西。老头子，大融给你带来了一块豆腐。"江晖的母亲说。

"这是我们钱行长和肖主任。"孔云飞上前搀扶着路江晖的父亲指着钱融和肖珊说。

路江晖的父亲似乎并未看清他们，而是凭了声音，迎上去拉了钱融的手，说："大融吗？你们工作那么忙还来看我，还想着我爱吃豆腐，真得谢谢你啊。听说，我们小晖没少让你们操心啊。"

"江晖很好，您放心。你们还好吧？"钱融问。

"老了，腿脚不利索，血压高、冠心病，腿还不听使唤，退了休是一身病啊。单位里早已不报销药费，这不就靠小晖那几个钱。大融，你和小晖一块儿长大，我们是多年的邻居，小晖你可多说着他，不能让他走错了路。"江晖的母亲看上去身体还算硬朗，路江晖还有两个姐姐，也都是陶瓷厂的工人。如今都已下岗，在私营小厂里给人打工，一月400元的工资，都带着孩子，也就是维持着生活。

"路叔您好好养病，日子总会越来越好。您的家庭有困难，我是代表行里来看您的。"说着，钱融将500元慰问金递给了老人。"钱不多，就补贴一下生活吧。"

老人连声道谢："大融，你父母身体也不好，你还来看我，回来一趟去老人那里，替我问好啊。"说着眼里已含了泪花。见时间已不早，他们向老人道别。

从老人家走出来，居民区里不知谁家的电视里传来《让世界充满爱》的歌曲："这世界在变换，唯有渴望不能改……"听着歌曲，孔云飞苦笑着："让世界充满爱，唯有渴望不能改，我们的渴望是什么呢？"

钱融瞟了孔云飞一眼说："云飞，怎么你这智囊团的人员，也对我们的改革没有信心吗？"

"钱行长，我不是那意思，你们听到的少，在下面议论的可多了，在泰城，工、农、中、建、交五大银行，目前，可能就是我们改革最先锋，收入最底锋，员工们都称我们是'两峰'银行。你是没听社会上怎么说工行的，'穿的是人模人样，看的是铁门铁窗，拿的是杯水车薪，玩的是键盘钞票，说的是您好再见，做的是点头哈腰，唱的是还我节假，等的是明日下岗'。今天改，明天革的，大家缺乏一种归属感和安全感。"孔云飞无可奈何地说道。

此时此刻，《让世界充满爱》的歌曲那美妙的旋律还在悠扬地飘荡着。孔云飞一番话语引来钱融的深思。近几年，在指标要求上力度进一步加大，要达到股改上市，必须要大力处置不良资产，不良率要低于2%，要消化历史财务包袱，计划经济时期积累下来的那些包袱要用这几年来消化，唯有靠多挣的利润来补充。有人曾形象地称我们这一代人好像是从解放战争过来的军人，刚看到和平，又遇上"抗美援朝"。是军人就要付出，甚至是付出生命。但这种转轨又是那么快，没有任何铺垫。人员在减少，业务量却成倍增加。员工长期加班加点，却领不出一分钱的加班工资。完不成指标，不仅拿不到奖金，而且工资里的挂钩部分也拿不回来。思想工作再跟不上，只谈讲政治、完成指标，长期以来的"五必谈""五必访"都抛得无影无踪。这怎能让全行充满爱呢，大家又怎能会不抱怨呢？孔云飞的一句话，给钱融和所有基层领导干部提出了一个严肃而重大的课题。

小车驶到山城储蓄所，肖珊下了车。钱融和孔云飞回了支行。

傍晚，直到华灯初上，钱融才离开办公室向家里走去。刚出门，天空飘起细雨来，雨丝不大，钱融顶了这雾一样的雨继续赶路。

为了工作方便，出门他有专车，但只要不是公务，他都坚持步行上下班，钱融分管办公室时，行里大小车辆归他调配，他却从没有坐车上下班的习惯。几年来都是如此，无论多晚，他都步行。逢人还乐呵呵地说："安步当车。"背后有人说他是注意干部形象，员工说他作风朴实，司机们则说他体贴人、关心人。对于这些背后的说道，他从来不做解释。他有个朴素的想法，办公室坐了一天，步行正好锻炼。他就是想找一找生活的真正感觉。反正行里离家也不远。沿途，他一边看风景，一边了解市场行情，有时还能和行里的员工走一路，聊一路，更有利于自己了解情况。

细雨中的夜晚，步行街上行人稀少。不经意间，钱融感到了季节转换竟如此之快，在凉凉的雨丝中，他不由地缩了缩脖子。街两边店铺的霓虹灯光映射在大理石地面上，色彩斑斓。走到街口时，钱融见孙德明与两个青年男子喝得歪歪斜斜的，横在路中央。身上酒气冲天，不知是中午在哪里喝了酒，还没清醒。

"是钱行长，弟兄们，这就是我说的钱行长。"孙德明在钱融面前一个楞征，嘴里含糊不清地说。

"噢，我们见识见识，咱们再去喝一瓶吧。"孙德明身边的一高一矮两个青年人围住了钱融，与钱融拉扯起来。

"你们都喝多了，还是抓紧和德明回家吧。"钱融挣脱开他们的拉扯，表情温和地说。

"不行，今天必须喝，你要给弟兄们说明白，为啥让德明下岗，你这是太岁头上动土！"一人边说边用力去拧钱融的胳膊。

一听这无赖的口吻，钱融奋力挣脱："今天你们喝多了，有话明天到我的办公室去说。"钱融见两人歪瓜裂枣的样子，根本没把他们放在眼里。

"吆，你还动手，我陪你练练。"高个青年趁钱融不备一拳打在钱融的脸上，一股热乎乎的鲜血涌了出来。

钱融知道他们都喝了酒，不能和这帮无赖纠缠。边躲闪着边说："孙德明，打人是犯法的，你快让他们住手，不然，出了事情你要负责。"

话音未落，矮个男子已将钱融重重地摔倒在大理石地面上。钱融一个急劲站了起来，高个青年歪歪斜斜地挥舞拳头照着钱融头部打来。这时，钱融已有了准备，并不急着躲闪，而是等他靠近时，往右轻轻一个侧闪，顺手一拽，高个青年早已收不住脚，像一个装满重物的麻袋，疾速地向前俯冲，然后头朝下死死地摔倒在路牙石上。钱融这才活动了下右臂，感到一阵剧烈的疼痛，"啊"的大叫一声。

"好个小白脸，敢打我大哥。"矮个男子见高个摔倒在地，嘴里不干不净地骂着，从地上抄起一块砖头要拼命似地冲了上来。孙德明见钱融满脸是血，白衬衣上也溅满血迹，头上鲜血还在流着。酒意顿时吓醒了一半，抡起右掌冲着矮个男子一掌劈下去，咆哮般大嚷一声："住手，妈的，你找死啊。"矮个子被他这突如其来的一掌劈倒在地。这时，高个子男子正从地上爬起来，已是满脸血污。见孙德明像雄狮般暴怒的样子，趔趔趄趄地惊呆在一旁。

"看什么，还不赶快送去医院。"孙德明命令着两男子。

"滚，都给我滚，不用你管。"钱融完全失去了往日的儒雅，大声吼道。抬手要给家里打电话，右臂却抬不起来，又是一阵剜心地疼痛，他用左手拿出手机向家里回了话。不到十分钟，孙莉、梅霞和孔云飞赶到。孙莉将他扶起，"你这是咋了？"孙莉见钱融浑身是血，焦急地话也说不成块。钱融艰难地动了动手臂，说："别问了，去医院。"小车向医院急驰而去。

经诊断右臂韧带受伤，包扎后，他们回了家。晚上，大家都听说了钱融受伤的事，张军副行长和鲍凯都到家里看望他。钱融轻轻挪动了吊着的右臂想下床。

"别动，你安心养伤，要对孙德明严肃处理，绝不能让这些歪风邪气抬头。"张军副行长说道。

"算了，孙德明是喝醉了酒，再说，他也当场认了错。"钱融还是边说边下床来到客厅与大家坐在沙发上。

送走了张行长他们，一会儿，行里部门员工也纷纷到家里来看望钱融，这让钱融非常感激。他由衷地感到了一种集体的温暖感。孙莉热情地迎送着一拨一拨的客人，似乎看透了钱融脸上所流露出的满足感，不满地说："你干的行长，整日不顾家不说，还要挨打，你就别再硬撑了。"

"你这叫什么话，俗话说在其位谋其政，先不说事业、使命，可总还有个责任吧。"钱融辩解着。

"行了，就你的责任重，我们娘俩也不需要你照顾，你自己照顾好自己就是我们的福。"窗外细雨还在下着，已由先前的雾一样的细雨下成了淅淅沥沥的小雨，像剪不断、理还乱的思绪。钱融想这会儿可能不会再有人来了，才走向卧室。门铃又响了，孙莉忙去开门，见冒雨前来的是孙德明的妻子刘晓云和母亲，两人提了两箱礼物，老人进门就说："真对不起，我养了这不争气的儿子，让大融受罪了。"

钱融忙迎出来说："下着雨，你们还来看我，德明就别说他了。一是他喝了酒，二是他可能对我们这次人事改革认识上还不够，我们的工作没做到家啊。"

老人看了钱融的伤，落下泪来，知道自己儿子闯了大祸，啜泣着说："他是不知天高地厚，咱这宿舍区里，人家都在戳你老师的脊梁骨，说那个逆子伤天害理，你老师都没脸出门。上次晓云的事可多亏了你，他竟恩将仇报。大融你受了疼，我们给你道歉，咋处罚俺也认，你老师在家正打骂他，看在你老师的面子上，你可千万不能砸了他的饭碗啊。"说完，老人的眼泪哗哗地流下来。

"大姨，你这是哪里话，怎么能开除他呢，经过教育，德明还是我们的好同事嘛。老师，过几天我就去看他。"钱融安慰着她们。

"听了你这话，我们可就踏实了。来时，听人说要开除德明，我们不知怎么才好。"老人说着让晓云拿出1000元放到了茶几上。

钱融说："钱你收起来吧，你的孩子正上学，家里正用钱，只要德明知道错改正就好。"孙莉本来还是仇恨满胸的，见了这家人的诚心，平时本就是一副热心肠的孙莉把一切仇恨早已抛到了脑后，为老人端水递茶。

"不早了，让钱行长歇着，我们回吧。"老人说完，向楼下走去。

送走了客人，钱融就想，这人与人之间，往往会从一些生活中的突发事件上相互沟通和理解起来的。论说这轻微伤按法律已足够进去十五天，处分和开除那也是行里说了算。但钱融感受到的是孙德明身上那种还没有被规矩的自然真实，或者说他身上散发出的或多或少的野性。在看到他受伤的一刹那，孙德明不是吼叫着重重地扇了那人一耳光吗？面对生活和工作，孙德明可能有一些不好的表现，但从钱融无端被伤害这件事上看，孙德明是保留了本色的。说不定调教好了，还会成为工作上的能手。

钱融刚想去休息，电话又铃响了，是父亲的电话："大融，听说你受了伤，自己要多注意，工作上的事要多和大家商量，一个人浑身是铁能捻几根钉啊。俗话说心急不开壶，凡事都要慢慢来。"

"爸，我没事，您放心吧，我会照顾好自己，明天就上班。妈最近好吧？"钱融说着，心里酸楚楚的，自己没空照顾父母不说，还让他们二老担心了。

"家里没事，你妈也好多了，你们就安心工作吧。"放下电话，钱融心中一阵空落落的。

第二天，钱融就上班了。

十四

吃过晚饭，天渐渐黑了下来。钱萍去了学校上晚自习。孙莉收拾好厨房，又整理客厅，一百二十平方米的房子，也足够她忙活的。平常钱融回到家已很晚，收拾家务，孙莉从不指望他。拖了两遍地，又去擦桌椅、沙发和橱子。泰城女人的干净、利索、厉害在齐州闻名，从日常生活中就能体现出来。在泰城有句常言，说泰城女人大扫除叫"擦桌擦角角，扫地扫旮旯"。墙旮旯有灰尘，要挪了桌子打扫，桌子的抽屉要拉开来擦。泰城人说话少"儿"无"子"，桌子叫"桌"，哪儿叫"哪"。一方水土养一方人，正是小城这灵秀的山水，凝成了小城这特有的方言，听上去更加干脆、利落。孙莉看到基本满意了，才去冲了个热水澡，将一头蓬松的长发用热吹风机吹干。在睡衣上稍稍洒了点淡雅的茉莉花清香的香水，点到为止，让你能感觉到从她的身体里向外散发着香味，但只是似有若无。孙莉去了卧室，整理好她特意制作的浅粉色窗帘，关闭了大灯，只留一只壁灯，整个卧室幽幽暗暗的，充满了温馨的暖意。然后，她才坐回到沙发上打开了电视。他们已好长时间没交流了，她盼着钱融早回来。

钱融是在晚上十点多回到家的，孙莉给他开了门，接过提包，说："还吃点东西吗？”

钱融闻到她那特有的香味，一股暗流在全身涌动和膨胀。“萍萍呢？”钱融轻轻地问道。

“今天回来早，睡下了。”孙莉从后腰抱住钱融，喃喃道：“从你回到泰城，天天就知道忙，也没了大礼拜，还不如在市里，好歹能有个星期天，不知道人家想你了嘛。”这声音细若游丝，像浮在他的耳旁。钱融回过身来，正撞了孙莉那洁白如玉的酥胸，粉白细嫩，充满了性感诱惑。

钱融轻轻地抱了抱她，转了一圈，两手缓缓向下，停在那双丰满的乳房上，轻轻一按，说：“喝碗杏仁茶吧。”

“你先去冲个澡，一会儿就好。”孙莉挣脱开，去了厨房。

钱融洗完澡，孙莉的杏仁茶也做好了。孙莉将一碗清香的杏仁茶端到钱融眼前，也许是回到家，心性渐沉渐静的缘故，看到那淡褐色的茶汤不急不躁的散发着杏仁清香，钱融想，好的饮品值得回味，好书值得品读，正像好女人值得去疼爱。钱融和孙莉对视的一刹那，感觉她的眼神里透着别样的妩媚。平常忙于工作，这些年来，钱融还从来没有像今天这样去静静地品读孙莉。突然的对视，孙莉不知所措地低眉看自己的睡衣，拿手去抚弄那半系的纽扣。蓦然间，钱融感到一种不可名状的朦胧风韵弥漫其间，一种男人的冲动和欲望被唤醒。他幸福地享用着这美味，赏读着自己的女人。喝完茶点，孙莉去收拾餐桌。钱融去了卧室。掀起被子，他看到了被子下面铺的那床蓝底碎花的方方正正小半褥，一时钱融感到对不住她，这段时间是忽视了她。小半褥是孙莉的创作，她把两人的爱看得很神圣，每当两人在一起要进行爱的交流时，孙莉极讲究，身下总会铺上这床褥子。就像写小说，她总要把气氛烘托到极致。这也成了两人过幸福生活的信号，彼此早已心照不宣。

此时的宿舍区特别的安静，窗前那一排高大的白杨树，树叶在月色下婆娑摇曳，这寂静能让人听到秋风轻轻地吹拂树叶的哗啦啦响声。孙莉进了卧室，轻轻地将卧室门反锁，钱融感到一股烈火在身体里燃烧……这时，钱融的手机嘟的一声响，是市行办公室发来的召开全市工作会议的通知短信，要求各行重点汇报指标完成情况。钱融一想到任务上的差距，刚刚燃烧起来的爱之火，顿时，被这个短信给浇灭了。他欠欠身去床头橱里摸过包香烟，坐起身，抽出一支点燃，闷闷地吸了一口，对孙莉说："对不起，是个会议通知，我还要再去整理一下材料，你先睡吧。"钱融说完起来去了书房。

孙莉被他弄的全没了情致，她最了解钱融，此时的状况，无论如何是无法再调动起他的性趣来，孙莉心烦意乱而又知趣地侧过身培养睡意去了。

肖珊的父母是在三十日中午到了泰城，同行的还有肖珊的姑姑、叔叔、哥哥和堂哥六人，钱进安排他们住在了陶镇的陶苑宾馆。一是离家近，二是陶苑宾馆可是陶镇最好的宾馆。早晨，钱融、孙莉在家里张罗，肖珊和钱进去宾馆陪亲人们用过早餐后，九点钟去了家里。钱融和父母热情地将他们接进家门。

十点钟，钱进、肖珊换好新婚礼服，笑容可掬地站在门前迎接着来宾。今天是他们的新婚庆典，按他们的要求，没有大摆宴席。银行里只请了张军副行长、鲍凯书记、梅霞、秦友、孔云飞、路江晖、公司业务部主任和肖珊储蓄所的几个姐妹，连同家里亲戚共安排了四桌酒席。钱融的岳父母、钱芳的公公、婆婆也早早到来陪远道而来的肖珊父母和亲人。婚礼开始前，大家簇拥着肖珊、钱进去石榴树前合影留念。

上午十一点十八分，结婚庆典开始。孔云飞将肖珊和钱进拉到院中事先摆好的桌子前。平常落落大方的肖珊被孔云飞两手一拉，倒羞羞答答起来。钱进只是傻笑，云飞又将钱融的父母、岳父、岳母请到桌前。大声宣布："肖珊、钱进同志结婚典礼现在开始，鞭炮齐鸣。"十二支满地红响了起来。

接下来新郎新娘向双方父母鞠躬，向来宾鞠躬。"让叔叔和姑姑谈谈恋爱过程！"不知是谁让萍萍跑到前面对孔云飞说。孩子的一句话把肖珊说红了脸，把大家都说乐了。

在大家的笑声和掌声中，钱进大大方方地走上前去，说："感谢大家今天来参加我们的婚礼，我们就表个态吧。"说着，拿起水果递给岳父、岳母和父母，"今后，我们要更加孝敬父母，"老人满意地点着头。转回身，钱进又将一盘糖举到了张行长、梅霞和同事的面前，"上班后，我们将更加努力地工作，珍惜我们的友情，祝愿我们的生活，祝愿我们工商银行的明天更美好。"

钱进简短的话语，说的大家心里都热乎乎的，使在场的人都受到了感染。喜庆的氛围愈加浓厚了。

宴席开始，孔云飞说："祝新郎新娘，白头偕老，甜甜蜜蜜，早生贵子，计划生育。典礼到此结束，请长辈们、高朋好友们入席，请新郎、新娘入洞房。"此时，庄重热烈的《婚礼进行曲》奏响，萍萍跑上前去拽起了肖珊的结婚礼裙。众人欢欢乐乐地入席了。

第二天，按泰城风俗，一家人陪亲家吃过三日水饺，钱融、孙莉和钱进、肖珊去祭了祖坟，回到家整理好包裹，他们向父母和哥哥、嫂子、姐姐道了别，随父母一行乘车去了苏州。

钱进和肖珊正在苏州度着婚假，接到了支行的电话，根据支行要求，新一轮不良资产处置工作开始。泰城支行有 7 户企业被列入范围，要迅速补齐各种资料，要他立即停止休假回行。听了行里会议的一些情况，钱进早已无心去欣赏天堂一般的苏州风光，与肖珊匆匆返回了泰城。

回到行里，钱进便立即投入到工作之中。跑法院、工商局、企业整理资料，常常加班到很晚。婚后，肖珊更加疼爱钱进，常陪他加班。小两口恩恩爱爱，工作上互相帮助，生活上关爱有加，尽管工作累一点，但日子过得却是幸福甜蜜。

十五

伴随着新年钟声的敲响，崭新的一年又开始了。

春节过后不久，各项股改的前期工作全面展开。

三月二日上午，春寒料峭，齐州市工商银行八楼会议室里却是春意盎然，暖意融融。全市房地产确权工作会议正在召开。市行欧行长和计财部经理端坐在主席台上。台下是各支行行长和办公室主任。钱融、梅霞在前排就座。

九点钟，会议准时开始。欧行长传达了省、市行工作意见。部署完任务，他看了台下一眼，十分严肃而又意味深长地说："同志们，昨天我参加了全省'三清'工作会议，总行股份制改革工作已全面启动，进入了倒计时，节奏更快，一步跟不上，步步跟不上，必须按改革时间表去认真细致地做好每一项工作。我们这次固定资产清查、评估是改革工作中投入人力、财力最大，要求时间最短，也是难度最大的一项艰巨工作。大家一定要高度重视起来。要结合支行实际，制定切实可行的方案，无论怎样艰难都要全力克服。支行办不了的及时与市行沟通，绝不能拖全省的后腿。"欧行长说到这里顿了顿："大家都知道，我们工商银行的房地产，多数都是人、工两行分设时留下的，它的组成和形成过程比较复杂，特别是上个世纪七十至八十年代又与企业联合投资组建了一些网点，有的只是签订协议长期使用，没有办理两证，虽然1995年因清产核资，绝大多数都进行了补办，但一些难点尤其是土地与村委居民有牵扯的迟迟未办理两证，留了尾巴。1995年以后，各行又有新建房产，有的也没有办证。这次"三清"工作，就是要达到两证齐全，明晰产权，彻底解决这些遗留问题，为股改上市和产权重组打好基础。这是历史赋予我们的责任，必须扎实圆满地完成。"

钱融认真地听着行长的讲话，日记本上密密麻麻地记了几页，他还结合泰城的实际，在笔记本上注释着自己的思考。欧行长特别强调说："确权工作各支行要达到'四个保证'，保证组织领导，落实责任；保证挑选业务骨干专职负责，提高效率；保证时间，三月底全面完成确权工作；保证工作质量，严格按市行要求做好。同时要搞好两个协调，一是对外协调，尽可能做好与地方土管局、房管局等政府部门的协调，减少成本支出；二是行内各部门要积极协调，确保全行工作的整体进度。"

会后，钱融和梅霞立即赶回了支行。

下午六点多钟，钱融在办公室里召集公司业务部主任和张军、梅霞开会。研究支行土地房产的确权工作。钱融首先通报了上午市行的会议精神，接着提出了支行工作的重点、难点。他打开早已准备好的材料，说："目前我行的工作重点和难点，一是陶镇办事处房产，土地是原泰城陶瓷厂的，和我行产权置换后，因该厂与当地居民委员会有土地纠纷，至今未能办出两证。二是兵工厂办事处土地是厂里的，房产归我行，该厂不愿将土地转让给我行。三是有三个证的图号、宗地门牌号要完善。对此，一是要迅速与企业联系尽快促成统一意见，补办两证；二是要与土管、房管局联系完善两证要件。"

钱融的讲话，简明扼要，而又清清楚楚地点明了支行的工作任务和存在问题。沉思良久说："大家看还有什么意见？"几个部主任都没提出相反意见。钱融说："那我们就按这个意见，立即行动，时不我待，现在省行一天一个进度表，对确权进度每天下班前要通过 NOTES 网书面上传情况。会后，大家按各自分工，落实责任，扎扎实实地做好各项工作，绝不能拖市行的后腿。现在全行上上下下都在加班加点，股改上市前是全行压力最大的一段时间，历史包袱及存在的各种问题不解决，将是工行的罪人。我们这一代人注定要有所付出，这是历史所赋予的神圣职责。大家在流汗、在熬夜，有的连轴干，掉了十几斤肉，没领一分钱的加班费，也没有怨言，仍然在埋头干。这正是我行'吃苦耐劳、顾全大局'的工行精神。"

十六

日子像水一般的流过去，不觉又是仲春了。

2005 年 4 月中国工商银行股份制改革方案经国务院批准，股改工作全面启动。

晚上七点钟，支行办公楼小会议室里灯火通明。钱融正组织领导小组全体成员召开会议。他宣读了市行和支行的几个文件，然后拿过一摞表，说："当前最紧要的是做好尽职调查工作，要认真按照资产评估所需资料清单和格式要求认真准备、准确把握，严格审核。特别在资料的收集、分类、审核、装订等方面要进一步提高质量，确保资产、物业评估所需各类资料及报表内容的完整性、准确性、一致性与格式的规范统一性。"

梅霞、孔云飞和钱进认真地记录着。钱融放下手中的报表接着说："我们这项工作时间紧，任务重，每一项上报时间市行都做了规定，谁都耽误不起。因此要坚持统一领导、集中审查、分工复查的原则，物业由云飞具体负责，资产由钱进负责，营业部要组织好人员全面配合，落实岗位责任制。在资料的收集、整理、汇总和初审上要根据业务性质进行多个部室的协同配合，确保各项工作保质保量完成。大家还有什么需要行里统一协调的事，如果没事，从现在起开始工作。"

梅霞、孔云飞组织办公室人员紧张地整理着资料。支行的全套综合文件资料，每一项装订起来都上百页，统计数据几千条，查阅档案卷宗几百个。

晚上十点钟，综合档案员朱月还在认真地填着表。钱融走进来，见办公桌上叠摞的文件和正在忙碌的朱月，说："休息一会儿再干吧，这段时间，大家都辛苦了。"

"钱行长，这个干法还真是撑不住了，可能是老了。时间那么紧，市行夜里十二点前要电子文档，谁还敢歇着啊。"朱月说着，可手里的活却没停下来。她已年近四十，工作起来却并不比年轻人差。她参加工作已经二十二年了，高挑身材，白净脸庞，一双明亮的眸子里透出一种温和宁静，整个人有一种优雅书卷气，看上去长相要比实际年龄小很多。上世纪八十年代她便是业务能手，参加全省业务技术比赛获得过冠军。干工作有股子拼劲，人也聪明漂亮，接受新东西比较快。五年前，支行综合档案员内退，孔云飞在进行业务检查时，发现她工作认真，还有一手漂亮的钢笔字，在业务科室里整理的档案受到市行领导赞誉，便向钱行长推荐调到了办公室。她很快便适应了办公室的工作，综合档案的检查评比在全市获得第一名。

"朱月姐可是不服输的人，干不完她是不放手的。"孔云飞赞赏道。

"也要让你朱月姐注意休息啊，等会儿电子文档传到市行后，我请你们吃夜宵。"钱融说完又去了公司业务部。

钱进这段时间和钱融一样，只顾忙，已是一个多月没回家看望父母了。办公桌上放了两大摞文件资料，公司业务部的人员一人一台微机在整理材料。

钱融没有惊动他们，悄悄来到钱进身边。

"哥，你坐吧。"钱进给他拖过一把椅子。

"肖珊有身孕你可要多注意照顾她啊。"钱融坐在钱进的对面温和地说道。

"这我知道，不过咱这股改咋这么多事，每天准点下班和休息日回家成不正常了，工资不提，工作量每天在增加，大伙儿意见可大了。肖珊的事更多，这基金，那银行卡的，还有最头痛的存款，没有一天消停过。有人曾戏弄我们工商银行，说咱有个郑重承诺：'星期六保证不休息，星期天休息不保证，年前保证不发钱，年后发钱不保证，中午保证不回家，晚上回家不保证'这样的工作还照顾的了谁啊？"钱进显出一脸的无奈。

钱融对钱进的这些看法，早有耳闻，不过不像钱进说得这样直白，金融改革的步伐似乎是在一夜间加快了，今天的事做不好，你都无法去弥补。大家有牢骚也是情理之中，他也是身心疲惫。身为支行行长不便于说出来就是。"你们自己多保重吧，工作再忙也要注意休息。"

零点二十分，孔云飞把电子文档的基础数据上传了市行，明天还有大量的数据要核准补充。

这天，一场细雨冲击着白天的燥热，泰城笼罩在水雾之中。

钱进冒了雨，手提两兜东西走进家门时，肖珊坐在书房写着什么。钱进收起雨伞，将还滴着水滴的雨伞放置在卫生间，换了拖鞋急急跑进书房，将两兜食品往书桌上一放，说："我的大主任，不要再写了，看我给买的啥？"

肖珊接过食品袋，见里面有各种新鲜水果、糕点还有两大瓶饮料。

肖珊很不满地说："谁稀罕你这些东西，又要出差啊？"每次钱进出差前，都要带回大包的食品，这已成了习惯。因此，肖珊就格外地怕他带东西回家。最近一段时间，肖珊忙着所里的事，妊娠反应又厉害，还要在外跑来跑去的，钱进常去分行，肖珊都一直没说别的。不料，到了这紧要时候，人家需要照顾了，他又要外出，心情自然不好。

钱进看了肖珊的肚子，也觉得怪难受，挤到肖珊身旁，两手从后面轻轻抱了肖珊，无比愧疚地说："真得对不住你，这段时间太忙，没来得及陪你、照顾你。倒是你忙完所里的事，还替我抽空去看望父母，也实在太委屈你了。"

肖珊挣脱钱进，放下了手中的事，回过头来，说："时间不早了，明天还要早走，快去洗漱休息吧。"说完，去了卧室。

钱进洗刷后，来到卧室，从皮包里拿出一个精致的小盒，堆着笑递给肖珊："市行同事出国，我让他们给你捎了一条时来运转的铂金项链。来，戴上看看。"

肖珊接过项链，见吊坠是一匹精巧的小马，肖珊属马，自然甚是喜欢。"你怎么买这么贵重的礼物，我们的住房贷款还有五万多没还呢。"

"看你说的，平常我常出差，却是很少给你买礼物。结婚后，为了还住房贷款，你也不舍得买套像样的衣服。想来，真愧对你啊。"钱进靠着肖珊躺下，觉得亏欠她的太多了。

肖珊见钱进沉默不语，双手捧住了钱进长满短髭的脸颊，视线集中在他那永远充满欢乐神气的眸子中，深情地说："忙过这个单位的不良资产处置，我找找咱哥，你就换一下工作吧。这段时间，你瘦了，也黑了。我不需要什么礼物，只要你平安、健康，那就是给我最好的礼物。"

钱进感激妻子对他的理解，看着肖珊那充满深情与关爱的双眼，一种幸福感涌上心头。他轻轻地将肖珊拥入怀中，心中油然生出万般感慨，夫妻之间，再贵重的礼物，又怎能比得上心灵的沟通呢。

钱进双手抚摸着肖珊的肚子，说："肖珊，等咱孩子出生，要是男孩就叫康康，若是女孩像你一样美丽就叫桥桥，行吗？"

"看把你美的，行，不愧是徐志摩的徒弟，很有徐派风格嘛。"说完，肖珊轻轻地揽住了钱进。

这时，窗外细雨依旧。夜已深，沙沙的风雨声像情人夜话，如倾如诉，缠缠绵绵。

十七

肖珊的产期提前了近一周。凌晨两点钟，钱芳陪母亲赶到医院，带了一篮子煮鸡蛋和一包红糖。

三点钟，肖珊生下个男孩，那有力的啼哭声，让在产房外等候的母亲高兴得合不拢嘴。

三天后，钱进把肖珊和儿子也接回了家。岳父母也已到了泰城，为肖珊伺候月子。

转眼，孩子已过了满月。钱进把岳父母送回了苏州，把母亲接了来。钱进的工作也更忙碌了。

经过近一个月的努力，总行已将泰城支行不良资产列入了处置日程，只等处置方案的审批。

这天下午刚上班，省行资产风险管理部来电话，要支行立即带齐全部资料，到省行汇总，一块儿去北京汇报处置方案。张军找来钱进，让他今天就带了资料先去省行，张军安排一下行里的工作，明天直接赶到北京。

钱进在行里将有关资料整理装订，整整装了一大旅行包。

整理好后，钱进急急忙忙回了趟家。母亲正在哄着儿子，赶紧朝屋里喊："肖珊，钱进回来了。"母亲还以为钱进今天是早下班了。

肖珊正在卧室为儿子做着衣服，听母亲喊，忙走出来说："我的大忙人，今天咋早回家了？"

"想家了吧，来看看咱儿子。"钱进说着来到儿子小床边，一边逗他笑，一边对母亲说："您也歇歇吧。"

"别哄人了，一定又要出差了吧？"肖珊瞅了他一眼说。

钱进盯着肖珊，这一个多月只顾工作了，猛然发现，肖珊又白又胖了，要不是有了儿子，看上去可是年轻多了。"我来家看看，咱行里的那笔不良贷款总行要审批，今天我先去省行，明天张行长直接去北京，估计快了也要两周时间。家里可就辛苦你了。"钱进无奈地说。

"可别说这话了，这个家指望过你吗？你忙你的去吧。"肖珊有些埋怨地说道。

母亲最疼儿子，对肖珊说："珊珊，别看这天热得厉害，说变就变，天气预报说下午有大到暴雨，夏天的雨可凉着呢，给钱进带好外出的衣服啊。"

肖珊去卧室给钱进拿换洗的衬衣。

肖珊已为他准备好旅行包，将换洗衣服和用具都放进包里。望着钱进说："我去包水饺，在家吃了走吧。这些日子你也好久没在家吃顿饭了。"

钱进接过包，说："不用了，司机一会儿在行里等我，省行领导还等着看材料。"钱进说完，突然感到一阵前所未有的情愫袭上心头。和肖珊结婚一年来，每次出差从来没有这样的感觉，好像有许多的话要对肖珊说。

钱进赶回行里，天已阴得又黑又厚了。

司机小王将钱进准备的资料箱放进了车里，这是一辆崭新的桑塔纳轿车。张军拉着钱进的手抬头望了望天，说："去省城，离高速路还有段行程，天不好，路上小心。明天我直接去北京，咱们再见面。"

"放心吧张行长，今晚我一定在省行把材料整好。另外，备份材料我让青山交给办公室存档了。"钱进精神十足地说道。

钱融走近钱进，说："这次处置不良资产是上级行充分利用政策，对我们是一次难得的历史机遇，可就看你们了。家里有我和你嫂子，你就安心在外工作。"钱进点了点头。

钱进回头向大家望了一眼，摆了摆手，踏进轿车，小车急驶而去。

这时，天空黑云越聚越多，随着一道闪电裂空，轰隆隆的一串响雷滚过。一场暴雨即将来临。

钱融刚回到办公室，尚未坐稳，外面狂风大作，支行大院的几棵高大梧桐树，好像要被连根拔出。霎时，一场瓢泼大雨从天而降。这是入夏以来的第一场大暴雨。"钱进怎么赶了这么个鬼天气，一定要保重啊。"钱融默默地为钱进祈祷。

望着窗外如注的暴雨，钱融无心工作，端着水杯在办公室来回地踱着。

雨越下越大，平地里已满了水，支行院子里的排水口根本排泄不迭，积水一会儿到了台阶。钱融的心情莫名地烦躁不安起来。

大雨整整下了近四个小时。

下班前，总算减弱，天边露出了小片蓝天。钱融回到家时孙莉已到家，正在洗着被雨水淋透的衣服。"这老天，说下就下。"孙莉头发也被雨水淋湿了，钱融忙去帮着洗衣服。

孙莉去厨房做饭，钱融说："挺晚了，下面条吧。"

孙莉知道钱融爱吃面条，再说被雨水淋了，也不想做饭，就陪着吃面条。

钱融刚端起碗，接到张军电话，说钱进的车在大雨中出事了。钱融的脑袋嗡的一下，这突如其来的电话，把他给惊呆了。忙问："人怎么样？"

张军万分焦急地说："一切都还不清楚，只是接到镇上领导的电话。"

钱融放下碗对孙莉说："我先赶去看看。你在家听我的电话，先不要告诉肖珊和母亲。"

钱融接着给梅霞去了电话，说："梅霞，钱进的车出事了，你马上派车让李青山跑一趟省行，务必把材料送到。省行领导正等着看材料。"梅霞已知道了钱进的事，并立即安排李青山去送材料。

孙莉呆呆地坐在那里，还没反应过来，钱融已穿上鞋破门而去。

钱进的车是在出城里往高速路上赶时出的事。那段路正在整修，他们改走小路，由于暴雨，又是土路，水洼较多，司机小王根本无法辨清哪是路，哪是水洼。在崎岖泥泞的路上，翻进了一个蓄满水的乡村池塘里。当地110、交警和镇上人员赶到救起时，钱进已停止了呼吸。司机小王因会水而得救。

钱融、张军、梅霞、孔云飞和行里人员赶到时，钱进已躺在了镇医院的太平间。

钱进带着泰城支行的希望之托，丢下了他的事业，丢下了肖珊，丢下了儿子，丢下人世间的一切美好，匆匆去了，永远地离开了他热爱的世界。他那么年轻，他才刚满三十二周岁啊。

一床洁白的床单覆盖了钱进的遗体，覆盖了他的脸。

"钱进，我的亲弟弟啊！"钱融疼痛穿心，泣不成声地扑在了钱进身上。

张军抹着泪，说："钱行长你要节哀，这个家好多事可要你支撑啊。"说着拉起身子有些颤抖的钱融。

钱融的眼泪流下来，他不停地用手抹去，可它们怎么也不听话，哗哗地流个不断。梅霞拿出纸巾递给他，他接过，哽咽着，努力控制着自己。

梅霞、孔云飞看见朝夕相处的充满青春活力的那个鲜活生命，就那么猝然去了，就那么一动不动地躺在冷冷的板面上，早已嚎啕大哭起来。

这时镇上的领导赶来约钱融、张军他们去接待室议事。孔云飞搀扶钱融来到接待室。

钱融感到天旋地转，大脑一片混沌。

张军连喊了他几声，他才回过神。

"钱行长，我们都很沉痛，但事情已发生了，我们的弟弟再也回不来了，还是考虑一下怎么办吧。"张军说。

钱融才想起离家时，孙莉还在等他的信。他拿出手机见有孙莉的八个未接电话，钱融痴痴的，全无了主意。

"钱行长，让梅主任和云飞回家一趟接肖珊过来吧。"张军含着泪说。

钱融木然地望着出出进进的同事，对张军说："张行长，我一时让悲痛袭昏了头，家里还是我回去说吧。肖珊和母亲在一起，让她们一块儿来吧，早晚都要叫她们知道啊。"

梅霞、孔云飞陪钱融和司机赶回家里。路上，钱融拨打电话告诉了孙莉，让她通知妹妹钱芳和妹夫一齐赶到肖珊那里。

钱融踏进肖珊的家时，家人已到齐了，母亲放声大哭着。肖珊面无表情地坐在儿子身边，一双红肿的大眼浑浊无神，头发凌乱，脸上泪痕道道可辨，像换了一个人。钱融知道孙莉已向她们说了实情。

母亲见钱融进门，哭声愈大了，"大融，你弟弟咋了？走时还好好的呀，这让我咋活啊。"

听到母亲的哭泣，钱芳、孙莉、肖珊也都哭成了一团。钱融抹了把眼泪，"你们都知道了，张行长还在医院里，先回老家把父亲接来，我们再一块儿去医院把钱进接回来吧，不能让钱进一个人在外面啊。"钱融话还未讲完，已是珠泪滚滚，泣不成声。

孔云飞带过面包车，扶着钱融的母亲，说："伯母，您保重，钱进兄弟没给您丢脸，他是好样的。我们都是您的儿子，您可要保重身子啊。"说完和司机老李去接钱融的父亲。

到家后，钱融将钱进的事对父亲说了。父亲曾是多么坚强的人啊，听后，哭声哽咽。走到肖珊面前，说："珊珊，事情已经发生，你要坚强些，还有孩子啊。钱进是为了工作而走的，相信领导们会安排好一切的。"

第二天，在泰成殡仪馆为钱进召开了追悼会。

2006 年 10 月 27 日，中国工商银行 A+H 股成功上市。

工行 A+H 股的发行上市，创造了八个中国第一和十六个世界之最，是全球证券市场史上集资规模最大的首次公开募股（IPO）。

（2011 年 10 月由中国文联出版社出版；获"聚焦工行"金融文学大奖赛金奖、第二届中国金融文学奖）

长篇小说卷（三）

NO.5

电视门 3：职场进化论（节选）

■ 罗桃仙

▌作者简介

罗桃仙，笔名翁想想，中国金融作家协会会员，中国农业银行作家协会理事，湖北省作家协会文学院第十届签约作家，黄石市作家协会副主席。著有《电视门》《性别女》《怎么了婚姻》等十部长篇小说。创作的诗歌、散文、评论、报告文学、通讯等作品，入选各类选集，获各类奖项，部分作品被改编为电影和广播剧。现供职于中国农业银行黄石分行。

作品简介

本文曾以《永不言弃：银行丽人》为题参加 2008 搜狐首届全国文学大赛并获职场小说冠军，2011 年更名为《电视门 3：职场进化论》，由中国出版集团现代出版社在全国公开出版发行，获第二届中国金融文学奖。本书共 26 万字，视角对准银行一线，描写了一个女大学生毕业后进入银行，在经历了丧母、待岗、家庭变故、爱情遭遇第三者等变故后，仍坚守永不言弃的决心，最终重返岗位并获得成功的故事，展现了一个银行人由稚气走向成熟的奋斗历程，对当代青年具有积极向上的鼓舞意义。

一、我叫翁想想

江南出美女，是自古以来公认的。江南的灵气来自于这里明媚的青山绿水，来自于夏有凉风冬有雪、四季分明的雨水滋润。在被钢筋水泥高楼大厦裏挟着人们日益透不过气来的如今，能够坐拥"半城山色半城湖"，款款穿梭在这种美景中实在奢侈，而如果这个美景中再配上一个堪比仙子的美女，这幅画面就更添了几分灵动妩媚的气息了。

皮肤白皙、长发飘飘、身姿妖娆的翁想想正走在这幅画的最美处，沿着珍珠一般镶嵌在这座城市中央的湖岸寻她梦想的起点。还在读大学的时候，她就因酷似明星孙俪，被同学们推为校花，所以这样的她走在路上很让人侧目，几个半大小子骑车经过她的身边，一边将铃铛摇得脆生生的，一边还响亮地吹一两声口哨。要在平时她会皱起眉在心里骂他们无聊，但是今天她的心情不错，所以一直面带微笑。

是人间三月。春天的风很柔和，吹得人身上暖洋洋的。翁想想脑海中浮起一句古诗："吹面不寒杨柳风"。远远望见那幢坐落在湖边的犹如大鹏展翅般的大楼，翁想想的心就没来由地怦怦直跳。她暗暗骂了句没用，不过是去填张表罢了，值得如此激动吗？

终于慢慢走到大楼门前，翁想想抬头看了看大门的名字，确认是自己要找的银行，便走近门房，露出一个极甜的微笑说："你好，我找人力资源部。"

戴着老花镜的门房老头上下打量了她一番，很负责任地问："找谁？"

"人力资源部通知我来填表。"翁想想仍然甜甜地笑着。

"请你填一下会客单。"老头不知给谁打了个电话，就递给翁想想一张单子。翁想想接过单子刷刷写好了。她的字粗重有力，不知道的还以为是男人写的。

"好，你进去吧。十楼。"门房老头朝大楼入口指了指，又将目光粘在电视上。

翁想想再次笑着谢过，步履轻盈地走进大楼。电梯门缓缓打开，翁想想一眼看到电梯的地板上写着：欢迎光临。翁想想轻巧地踏进去，调皮地想，希望以后可以经常见到这几个字。

按了十楼的数字，很快就到达自己要找的楼层。心里嘱咐自己露出微笑，这样可给人留下好印象。

这是一间由多个格段组成的开放式办公室，里面坐了七八个人，看样子不止一个部室在此办公，不知道哪里是人力资源部？她站在门口，犹豫着找人问问，没想到，一个热情的声音主动问她，"请问你找谁？"

她循声望过去，是一个有着灿烂笑容的年轻人。她顿生好感，很礼貌地自我介绍："我叫翁想想，人力资源部通知我来填表。"

"哦，你就是翁想想？"年轻人的心里暗赞了声，这个美女可真养眼！可惜将来要分配到基层，不然的话，能在同一层楼办公该多好！"我就是人力资源部的，我姓乔。"

"乔经理好！"翁想想不知道怎样称呼，就随便给他安了个职务。

"呵，叫我小乔就好了。"年轻人笑着说。

"小乔？"翁想想抿嘴一笑。

"哈，可不是三国里的小乔。"年轻人反应很快，马上笑道。

她有被人识破心思的尴尬，脸微微红了。

"哈哈，没事，每个人听到我这样介绍都是这样想的。"年轻人善解人意，拖了把椅子过来招呼她坐下，然后递给她一张表。无非是姓名、简历之类，这段时间填得太多了，她几下就搞定了。

他拿起表格细看，"好漂亮的字！"他赞。

她的脸又一红，说："哪里，太潦草了。"

"像男人的字呢。"他又表扬。

她的脸更红，却仍忘不了说："谢谢。"

过了两天，银行通知她去报到，跟其他几个大学生一起参加培训。她忍不住欣喜，想起前几天还为招聘考试发挥不好而懊恼，没想到竟然通过了。

其实她不知道，她的父母早就找到行里打招呼了。她属于行内职工子女，可以优于其他人被招。本来填表那天母亲要陪她一起来的，但她不想被人误会像赶考的小学生，执意自己单独前来。反正自己大了，总不能永远在父母的荫蔽之下。

母亲笑骂："好啊，翅膀还没长硬，就想单飞了？"

"哎呀，只不过是去填张表，看你们紧张的？我就这么没用？"翁想想噘起了嘴。

"好吧，好吧，你能！"母亲拗不过她，就同意她单独前往。但是，她刚一出门，母亲就给行里打了电话，问了情况，才放了心。

翁想想和其他六个人一起被安排到省里集训，这次一共是三女四男。

"我叫翁想想。"大家自我介绍，翁想想便说了自己的名字。

其他人都说了自己的名字，分别是男生李立、王乐飞、陈尘、胡杨阳，女生潘媛、任红舞。翁想想悄悄打量过这几个人，男生里王乐飞长得比较英俊，个高、鼻直、嘴阔，性格也显得开朗。陈尘除肤色较黑，也算是一表人才。李立个子不高不矮，貌也不丑，但是眼睛里透出点狡黠。胡杨阳个子较矮，人也长得普通，看起来是个很安静的人，一直闭着眼睛听音乐。

女生中，潘媛属于那种不是一眼就感到惊艳的类型，小巧的鼻子、小巧的唇，秀气的面庞，好像是从古代走来的小家碧玉，却非常耐看，我见犹怜。而任红舞的长相却是典型的现代女子，有着时下流行的长脸，却因略嫌生硬的脸部线条，破坏了她的阴柔之美，她可能明白这个缺陷，试图用细致的妆容弥补：装了长长的假睫毛、画了浓浓的紫色眼线，使得一双眼睛显得很大，却又显示出与年龄不相符的成熟。她的性格看起来十分开朗，不停地拉着身旁的帅哥聊天，说完一句就旁若无人地大笑，惹得全车的人特别是男生都朝她坐的方向偷窥。

翁想想在偷偷观察别人，没想到自己也被别人在观察。几个男生被她不加粉饰的清丽气质所吸引，情不自禁地在偷偷研究她。而任红舞却为同行中有一个这样美丽的女子暗生嫉妒。她的性格属于那种凡事要争先的人，当她发现男生的目光在翁想想上车后就不约而同地从自己身上挪开，立即心生不爽。好在，还有令她高兴的事情，王乐飞竟然是自己的高中同学！于是一路上，她缠着王乐飞回忆曾经共有的时光，以此显示他们关系的亲密，而王乐飞似乎有点心不在焉。

这次培训时间是两周，主要是学习银行柜面操作、点钞、营销技巧等课程。大家满以为银行业务就是简单的存款取款，等到学习起来才知道原来根本不是这回事。银行业务不仅有日常的存、贷、汇等传统项目，还有代理保险、基金代销、电子银行、代收代付、本外币理财等中间业务，在柜面上最常见的是开户、销户、开卡、销卡、转账、汇款、查询、挂失等，令人眼花缭乱的业务品种和繁琐复杂的操作程序，让大家第一次觉得未来的工作并不轻松。

翁想想没过多久就摸清了操作的规律，无非就是些死程序，熟记步骤、熟记各项业务的操作代码是关键，还有一条，头脑要灵醒，不然糊里糊涂地将取款操作成存款就会出乱子，搞不好就当了冤大头。翁想想原以为自己学的会计专业会比其他人更有优势，现在才发觉原来都一样，都是一张白纸，所有的知识，都得重新学习。来之前的轻视心理被陌生的业务知识所打破，她不得不认真起来，除了专心上课认真笔记，她还争分夺秒地利用中午休息和晚饭后的时间。她忽然想起母亲的话，不要以为自己是银行子女就骄傲，父母不能代替你工作，一切得靠自己。看来，母亲早就知道自己在想些什么了，姜真是老的辣。翁想想不得不佩服母亲的老练。

翁想想表面温婉，却有一颗不服输的心。她从小就是个极认真的人，对待读书更是不拿前三名不罢休，所以从小学到大学，她的学业都学得很好，当然也付出了比别人多几倍的艰辛。她不是那种天分很高的人，只是骨子里很要强，她相信勤能补拙，所以她不怕吃苦，不怕比别人更加辛劳。只短短几天，众人就领略了翁想想学习的狠劲，每天不到转钟不休息。任红舞笑她是走火入魔，"哪有人时时刻刻想着点钞、背诵那些操作条款的？又不是高考，至于这样紧张吗？"

翁想想不以为然地一笑，很谦虚地说："笨鸟先飞。"

任红舞一边拿眉笔对着小镜子仔细地描着眉，一边恬不知耻地得意道："那是，本小姐貌似天生比某些人聪明些哈。"

翁想想也不做辩驳，只是淡淡一笑。潘媛见不得任红舞那个张狂的样子，便故意拿了教材坐到翁想想的床边，话里带刺地说："来，我也是个笨鸟，我们一起飞吧。"

　　任红舞知道潘媛是针对自己刚刚那句话说的，也不以为意。这次与王乐飞重逢，抓紧时间跟他培养感情是比培训更重要的事情，她得分秒必争地跟王乐飞重叙旧情，以燃起这个帅哥沉睡的热情。再说自己记忆力好，那些呆板的操作规程看两次就能记个大概了。

　　翁想想却不想只记个大概，要做就做到最好，是她一贯坚持的原则，所以即使是一个简单的程序她也要记得滚瓜烂熟才罢休。晚上她躺在床上想，从此以后，将每天跟钞票、电脑打交道了，她会是一个优秀的银行人吗？想起同学听说她被招进银行的祝贺语，争取将来当个女行长！她恍然觉得，有些梦大概应该做做？她想象着自己穿上藏青色的高级西服套裙坐在银行柜台里的样子，有点骄傲，也有点担心，她能应付那些繁琐的柜面业务吗？特别是当她那些硬硬的点钞纸将她的手指头磨得生疼的时候，她真怕她会将客户的钱数错。

　　预想到前面的种种困难，她更加不敢有丝毫懈怠，更是十二万分地认真对待培训。在三十人的培训班里，翁想想是老师点名最多，也是表扬最多的一个人。这难免引起别人的嫉妒。特别是漂亮女生任红舞就很不服气，暗暗琢磨着如何引起老师的注意，所以每到上课，她总是打扮得很抢眼，坐在最靠前的位置，抢着举手回答问题。而翁想想恰好相反，总喜欢坐在最后一排。但即使如此，她仍然是培训老师的最爱。

　　对此，任红舞不屑一顾。她认为那个戴眼镜的白面老师是个色狼，不然他不会总是只盯住翁想想。她这样想，也是这样私下跟潘媛说的。

　　潘媛是个内向的女孩，最不喜在背后对人说三道四，妄加评论，何况她对翁想想还颇有好感，所以她听了任红舞的话，立刻生出几分反感，正色道："快不要说了，当心人听见。"

　　任红舞不管这些，仍高声大嗓地说："本来就是。不就是看她长得漂亮，逗人喜欢，才总是点她嘛！其实，她哪点比我学得好？手脚慢得像蜗牛。"

　　潘媛说："都是刚刚才学，哪有那么快学好的？这样说，我不是更没有地方站了？"

任红舞白了她一眼，不满地说："我又没有说你，你将自己扯进来干什么？"

"我生来就笨，怕被你们比下去了呢。"潘媛淡淡地笑了笑，柔声说。

"真是的，这哪跟哪？"任红舞原想找个人发泄一下，没想到却受了老实丫头潘媛的闷气，好比一记重拳砸在棉花堆上，左右不舒服。她"啪"地扔下手里的书，"呼"一声跳下床，气哼哼往门外走去。没想到，一头撞到刚进门的翁想想身上。

"哎哟！"任红舞夸张地叫起来，"撞死我了！"一边说一边还夸张地揉着胳膊。

"呀！对不起，对不起，我没看到。"翁想想赶紧笑着赔礼道歉，还牵起任红舞的手臂察看。

"你哪能看到我们平民百姓？你的眼睛都被那个戴眼镜的蒙住了。"任红舞撇着嘴话里有话地说。

翁想想玩不透她说的什么意思，一时愣住，大惑不解地问："你说什么？"

"我说的什么你自个知道！"任红舞甩了甩右手，一扭身出了门。

翁想想丈二和尚摸不着头脑，呆呆地看着任红舞妖娆的背影。半晌，才回过头来问潘媛，"她到底在说什么？"

"谁知道？一个疯子！"潘媛轻轻皱了皱眉说："别理她。"然后她拿了本书，向翁想想讨教一些课程上的问题。

翁想想不是钻牛角尖的人，便也不再细想，两个人在安静的房里讨论起来。翁想想喜欢这个秀气文静的同乡，跟任红舞的霸气比起来，温和的潘媛更适合做自己的朋友，这也是她俩吃饭上课都在一桌的原因。王乐飞说，这两个人在一起，就像一幅现代版的仕女画。

这是王乐飞、李立、胡杨阳、陈尘几个人没事闲聊时说的。

李立说，他喜欢身材高挑的任红舞，那叫一个性感！

"那个丫头，太张扬了，看她每天穿的。"胡杨阳说。

"她穿得怎样？"

"像那个。"

"像什么？"

胡杨阳不说，其他几个人却暧昧地笑起来。李立回过神来，突然意识到他们笑中的邪恶。他气愤地跳起来，伸手掐住了胡杨阳的脖子。

二、谁是翁想想

几个人在宿舍乱成一团，打的打，拉的拉，好不热闹。正在不可开交的时候，任红舞在门外喊，王乐飞。

有美女光临，帅哥形象第一！屋里的人立时住了手，慌张地各理仪容。任红舞半晌不见有人答应，也顾不了其他，推开门径直闯进来，见到几个人发立衣乱狼狈不堪，不禁大吃一惊。

"你们这是干吗呢？一个个像经过世界大战似的。"任红舞张大嘴惊讶地说。几个人急忙收拾凌乱的床铺。

王乐飞赶紧抢上去遮掩道："没什么，没什么，刚才我们练柔道呢。"

"柔道？"任红舞左顾右盼了一番，心想这里不像能练这种功夫的场所呀！局促的空间，几张床一放，本来就不宽敞，几个人高马大的男孩子一站，如何展得开身子？再说地板也是硬邦邦的，摔在上面还不骨折？她一边摇着头，一边对王乐飞说，"搞不懂你们男生。走，咱们散步去。"任红舞一向大大咧咧，边说边亲热地去挽王乐飞的胳膊。

李立有些受到打击似的愣在那里，胡杨阳一副幸灾乐祸的样子，嘴边挂着嘲讽的笑，暗自想，怎么样，还为人家打架呢，原来是咸吃萝卜淡操心，表错了情！人家早就心有所属啦，哈哈！为了配合他的嘲笑，他的嘴里还含糊地哼着："我说，我的眼里只有你……"

李立的脸色眼看着就变了。王乐飞机灵得很，怕再生事端，马上一边一个拉住正在暗暗斗气的两个人，说："走，走，走，一起到湖边散步去。"

任红舞也兴高采烈地附和："好，一起去热闹。"

任红舞仗着跟王乐飞是高中同学，显得与王乐飞亲近些，神态举动甚至有点像男女朋友。但是她不知道王乐飞早跟李立和胡杨阳说过，他跟任红舞就是纯粹的同学，除此之外什么也不是。这话让李立看到希望。

李立倒是很想去的样子，只要是跟任红舞有关的事情，他都乐意参与。可胡杨阳就不同了，刚刚还为这个女孩打了一架呢，去了，就显得自己太没立场了。于是他"砰"地往床上一躺，顺手拿过一本书遮到面前，说："我不去了，我看会书。"

任红舞不了解内情，还想游说。王乐飞知道胡杨阳性子倔，怕任红舞自讨没趣，赶紧拉住她："不去就算了，我们走。"

培训很快结束了，几个人返回银行等待分配。由于是新进员工，按规定，全部分到基层网点锻炼。几个人基本分散了，只有任红舞和翁想想分到城区同一个支行做柜员。她们打听了上班时间，由于要提前接钱箱、开晨会等，必须比正常时间早到半小时，即七点半前就要到达。她们起了个大早，一起去支行报到。

翁想想特意买了一套跟银行服装类似的藏青色西服套裙，里面穿了白衬衣和 V 字领薄羊毛衫，颈上还系了条红黑条纹相间的丝巾，既精神又不致受寒。翁想想提前到支行观察过别人的装扮。母亲说，像她这样的新进员工，是暂时没有行服可穿的，不如自己先买一套穿着。虽然行里不会因为她没穿行服批评她，但是尽量跟大家保持一致还是很有必要的，不然就显得鹤立鸡群、格格不入了。

任红舞却穿了一套很休闲的服饰，长毛衣短外套加紧身牛仔裤，跟穿着严肃的翁想想站一起显得很是惹眼。主任张枚在打量任红舞的时候不易察觉地皱了皱眉，然后微笑着对她们说："欢迎欢迎！"三个人在主任室坐下，张枚说了些上班的规定，比如不能干私活、头发不能染异色、夏天不能穿拖鞋、上班必须佩戴工号牌、统一着装等，任红舞听着听着悄悄尴尬起来，她刚刚染了一头时尚的黄发，以为很漂亮，现在看来明天必须去将头发再染黑了。然后她低头看了看身上的服装，又斜眼瞟了下翁想想，心想，"她倒是穿得符合要求了，自己怎么就没有想到这点！"想到昨天还为上班的事跟翁想想联络过，可她只字未提着装的事，看来城府够深的，于是心下对翁想想起了些许恨意。

翁想想昨晚听母亲介绍过张枚的情况，说张主任是她当人事科长时进的银行，今年才三十四岁，是个外貌端庄而且很能干的女人。翁想想今天一瞧，才知道母亲的介绍很保守，张枚的外貌何止是端庄，简直可以用美丽来形容。如果不是听母亲说，她都不相信张主任已经三十多岁，她看上去比实际年龄年轻五、六岁。

陆续有员工进来，是班前例会。网点的欢迎仪式简单但很亲切。支行魏行长亲自在例会兼欢迎会上致辞，说欢迎两个新人入行，"你们可是我们支行最新鲜的血液呢，好好干，相信你们的前途光明。"长了一张弥勒佛般胖脸的魏行长说得唾沫横飞，很有激情。翁想想被这个大约五十岁、慈眉善目的领导鼓动得热血沸腾，好似看到一条金光大道铺在前面，心里暗暗攒了股劲。

欢迎会后，翁想想跟着大家走进营业室。以前虽然到过银行，但是从来没有进入里间，一旦身临其境还是感到非常新鲜。只见营业室里挨着柜台放了十张桌子，都是两张两张相对而放，上面摆了液晶显示器，每张桌前又放了跟客户交流的小麦克风。因为营业室的柜台是全封闭的，防弹玻璃一直装修到顶，只留一条细小的缝隙和一个方便存折、现金等进出的小槽。每个员工的脚边又分别放了银色的铁皮箱子，打开来，就见一扎扎红红绿绿的各样票子，挤满了箱子的空间。翁想想的心跳突然加速，从小到大，她真的没有亲眼看过这么多的钞票。

翁想想强压住激动，抬眼朝窗口外望去，只见客户们有的在叫号机前取号，有的安静地坐在大厅的休息椅上等待，有的人巴巴地望着正在开机的工作人员。翁想想忽然暗自得意起来，从今天起，自己就是一名银行员工了，这是多么令人兴奋的事情！前几天她的同学在得知她进入银行工作后，一个个羡慕得要死，都恨自己怎么没有一个做银行工作的老爸或老妈？这让翁想想忽然生出几分优越感。

虽然两人经过培训，但是毕竟临柜经验不足，张主任吩咐老员工多带带她们。她和任红舞又跟班实习了大约半个月，每天边看边记笔记，才正式单独临柜操作。

带翁想想的是个比她大三岁的女柜员，姓刘，叫刘洁，据说被评过市分行优秀柜员，业务很过硬。翁想想本来想叫刘师傅，可是刘洁笑着说："别，可别这样叫，听起来像大街上修鞋的，如果你真要讲礼，不如叫我刘姐。"

翁想想被刘洁热情的话给逗笑了，赶紧叫了声刘姐。刘洁看起来似乎很喜欢翁想想，教得很细心。只几天，她们的关系便很融洽了，有时候，刘洁还拉着翁想想逛街，然后说些同事之间的八卦传说。通过刘洁的介绍，翁想想才知道，原来行里几乎人人都有背景，要么是内部子弟，要么是在社会上有极硬的关系，虽然有少数貌似什么关系都没有，其实也许后面的背景会更深。所以，对行里任何一个人都不能以藐视的目光看待。

翁想想听着这个职场前辈的八卦消息，忽然觉得自己以为是银行子女的优越心理是多么可笑。幸好刘洁说了，不然哪天自己不小心得罪了人还不知道根源。好在翁想想是个只听不说的人，对于刘洁提供的这些信息，翁想想只是微笑，并不妄加评论。刘洁以为她是因为初涉职场比较拘谨，便笑了笑，心想，过不了多久，这个单纯的丫头也会像自己这样八婆。在压力巨大的前台，如果再不懂发泄，可就要累死了。况且，你不八卦，别人还会以为你清高，不合群，时间长了便成了孤家寡人。

第一天临柜，翁想想心里很激动、很紧张，也很谨慎，生怕出错。刘洁拍了下她的肩叫她不要慌张，就跟实习时学习的一样操作。张主任也在她上柜前过来鼓励她不要紧张，先求稳，操作宁可慢点，也不要出错。

第一笔业务是存款。翁想想接过客户递进来的现金，手微微发抖，心里扑通扑通地跳个不停，有一秒钟的大脑短路。她深深吸了口气，让自己平静下来，然后问了客户存款数，是五千元。她先用手点了一遍，还好，数字准确，然后又将现金放进验钞机正反各验了一遍，很顺利，金额正确，也无假币。她又将客户的借记卡在刷卡机上刷了一下，卡号立刻显示在面前的屏幕上。她回车，输入数字，确认无误，便点了提交，然后打印传票，再递出窗口，请客户核对签名。

办了几笔业务后，翁想想稍微平静下来。但是每笔业务仍然很小心，特别是付款时更是紧张，担心自己数错了，如果多付了钱，不仅丢人现眼，还显得自己太没水平，更会给同事留下糟糕的印象，这是一心想表现得很优秀的翁想想不允许的，所以暗暗在心里鼓励自己不要激动。

坐她对面的是一个长得有几分帅气的小伙子，听说是去年分来的大学生，叫肖晓。他看起来跟自己年龄相仿，却因为比她多一年的工龄，翁想想对他很恭敬，口口声声"师傅师傅"地叫。她将所有先她入行的人都视为前辈，再说，刘洁还说了，这里的同事人人都有背景，所以翁想想看到前辈就礼貌地打着招呼，这一招很招人喜欢。肖晓对这个嘴甜而貌美的女孩心生好感，对她很关照，看得出，他在尽量加快速度，以减轻翁想想窗口的压力。特别是遇到一些复杂的譬如基金、开卡之类的业务，他会主动承办，事后再教给翁想想正确的处理方法。翁想想对他暗生感激。

任红舞对面坐的是个三十多岁的老员工丁雅鹃，如果不是脸上星星点点的雀斑，也还算标致。这个丁雅鹃平时寡言少语，据说离婚独过。后来翁想想听刘洁说，丁雅鹃离婚是因为她老公怀疑她跟客户有染，所以坚决离了。丁雅鹃以前是个性格活泼的人，也爱争强好胜，为了工作经常应酬到很晚。老公因此很不满，竟然偷偷跟踪她，有一次还当着客户的面痛骂她，并冲动地打伤了客户，在行里引起不小的影响。

丁雅鹃行龄十几年，不仅资格老，业务也过硬，什么疑难问题到了她那里就迎刃而解，所以行里指派她带任红舞。翁想想曾经看到有个客户拿了不知道哪个年代的小存折过来取款，但是其他柜员都束手无策。存折转到丁雅鹃的手上，她凭存折上面的印章就看出是以前撤并网点的，像这样的客户是可以通过原始开户记录和电脑查询查出现在的账号，然后通过转换系统办理的。那样一个看起来非常麻烦的业务，三两下就被丁雅鹃搞定了，翁想想暗暗佩服，并留心学习，将要点记到笔记本上。

任红舞是个急性子，又天生有点自负，她为了表现自己并不弱，第一天临柜特意将钞票点得飞快，语速也很快，客户听不清，脾气好的要求她重复一遍。遇到脾气火爆一点的，人家就不客气了，大声嚷："你说什么呢，像打机关枪，不能慢点说？"

任红舞原想表现一下，没想到却遭到人家抢白，很是不痛快，脸上不免带了情绪。中午休息的时候，丁雅鹃微笑着对任红舞说："人上一百，种种色色。你不要跟客户计较。"

任红舞心里很不爽，语气里便带了出来，不知轻重地回道："我哪里有跟他们计较，是他们不讲理。"

丁雅鹊又是微微一笑，高傲地说了一句："你有没有听过'客户永远是对的'这句话？"然后也不等任红舞回答，迅速隐了笑低了头吃自己的饭。任红舞愣住，忽然明白自己刚才的语气似乎不大尊重，连忙一边喊着师傅，一边诚恳地认错。她是个聪明人，知道不能得罪这些资深前辈，更不能得罪面前的这个师傅，不然，以后就没有人会教她了。任红舞生来八面玲珑，从小就懂得人际关系比什么都重要。她的父亲身在官场，将人际关系处理得非常圆滑，这一点，任红舞深得真传。但是，跟父亲的城府比起来，任红舞稍微肤浅了些，常常锋芒毕露。好在，她能很快就察觉到这些，及时予以纠正。

翁想想初次临柜也比较顺利，虽然业务量不小，但下午下班盘点的时候，她的账目现金一丝不差。当她将清点好的现金锁好，然后交给荷枪实弹的押运人员，心里感觉如同交出一份满意的答卷，充满自豪。但是第二天，翁想想就不顺了。她接待了一个老人，那个老人眼神不大好。老人说："要取一千元现金。"翁想想麻利地办理这笔业务。可是老人输了两次密码，仍然错误。翁想想请老人仔细回想一下，看是不是记错了。老人大声说："没错，我一直用这个密码的。"

翁想想说："老人家，如果今天密码输入三次，你就不能再输了。还是想清楚好。这样，你将柜台上的眼镜戴着，看是不是按错了。"

老人依她说的，戴了眼镜再输密码，但是仍然不对。老人皱着眉说："怪了，每次都不错的，不信你问他们。"他手指着柜台里面其他人。突然，他好像发现新大陆一样，说："你是新来的吧？肯定是你不熟悉业务，害我取不了钱。"

翁想想一下子愣住，脸刷地红了。她不知道如何回答老人的话，只知道毫无底气地辩解说："我的操作没错呀！"她不说还好，一说老人却如火山爆发般发起脾气来，埋怨翁想想不让他顺利取钱。

眼看事情不好收拾了，大厅很多人不知道发生了什么事，伸长脖子朝翁想想的窗口望。翁想想越发着急了，不知道怎么办好。

主任张枚从外面进来，正好看到这一幕，知道是新手遇到麻烦，她快步走到老人身边，将他请到一边询问。肖晓赶紧安抚坐立不安的翁想想说：

"没事，主任会处理的。"

翁想想深吸一口气，静了静心情，迅速调整好状态，继续接待下一个客户。虽然接下来的业务非常顺利，但是因为上午那个老人的事情，翁想想一直觉得自己很丢人，这样一点小事都处理不好，以后还不知道要遇到什么样的怪事呢，她忽然对未来有了些许担忧。

任红舞这一天却非常顺利，不仅业务量比前日上升许多，帐务处理也很不错。张主任在第二天例会上表扬了她，鼓励她再接再厉。任红舞得意地朝翁想想瞟了一眼，以为翁想想会因此嫉妒她，没想到，翁想想正热烈地为她鼓掌。任红舞有点意外，心里那颗紧绷的好胜之心忽然莫名其妙地柔和了许多。

主任也对翁想想当天的表现进行了评点，说虽然是客户的不对，但翁想想处理业务不成熟，以后要多留心老员工的柜面处理经验，多练习口才。

"柜面语言是门艺术。"张主任说，"有个笑话，说有个银行人员在接待客户时是这样问的，'你好，请问你办什么业务？'客户不懂银行行话，就说存一个死期。那个工作人员也不知道纠正客户，还顺着说，'请问你死多久？'客户当时听着刺耳，怒气冲冲地反问，'那你们一般死多久？'所以说一句话可以说得人跳，一句话也可以说得人笑，我们在柜面上一定要注意避免这些误会。"

"柜面语言是门艺术。"翁想想牢牢记住了这句话。当天下了班，她将银行柜面服务规范复印了一份，又跑到新华书店购买关于演讲、口才方面的书籍，晚上发疯似地看。母亲见女儿如此用功也很高兴，专门炖了银耳莲子汤，要女儿补补。

翁想想一边吃，一边问："妈妈，你那时候在银行有没有错过帐？"

母亲笑着说："常在河边走，哪有不湿鞋。记得有一次我错付了十元，急得差不多哭了。要知道，那时候我一月工资也才三十元呢。后来通过查账，确定是错给谁了，可也不敢贸然去要。因为银行有规定，错了账要报告，由单位出面协调。当时觉得自己真是没用，好在那时候的人觉悟高，第二天人家就将我多付的钱送回来了。从那以后，我有空就练点钞，练算盘，直练到手指头出血、长茧。后来，再也没有错过账了。"

翁想想暗暗想，原来母亲也错过账，看来银行工作时时埋伏着风险。

第二天，翁想想刚刚在柜台前坐定，就有一个穿戴很体面的年轻人走到肖晓的窗口问："请问，谁是翁想想？"

翁想想闻声抬头朝年轻人望去，只见是一个西装革履的陌生人，但那模样却仿佛似曾相识，特别是那个微微勾着的鼻子，太眼熟了。她仔细想了想，还是没有想起这个人是谁。

肖晓朝她一指，说："她就是。"

年轻人眼光朝翁想想望过来，正好碰到翁想想疑惑的目光。

三、遇到财神爷

年轻人看见翁想想，心头一震："好标致的女孩！"她的样子，就像某位明星。是谁呢？年轻人脑中飞快地转了转，对，是那个演《玉观音》的孙俪！他竭力压住惊艳的兴奋，很礼貌地问："你好，是翁想想小姐吗？"

在得到确认后，年轻人热情地说："你好，翁小姐，我今天来，一是给你道歉，二是来办业务的。"

翁想想有点迷惑了，望了望客户："道歉？对不起，我好像不认识你呢。"

"嘿。是这样的，昨天，我父亲到你这里取钱却忘了密码。"客户忙解释，边说边递进一张银行卡。

翁想想以为是他想办密码挂失，就说："挂失最好本人来办理。"

"不是。"年轻人微笑，"他昨天对你发了脾气，是不是？其实，是我父亲不对，他拿错了卡，将我的拿来了，所以密码才会出错。他心里很过意不去，说他还朝人家小姑娘发了火，非要我今天来道歉不可。其实我父亲就那个脾气，说过就忘了，所以请你原谅。"年轻人声音诚恳，很热情地望着里头漂亮的明星。

翁想想这才想起昨天的事情，眼前便浮现那个老人的样子，也是微微的鹰钩鼻，事后肖晓还开玩笑说，鹰钩鼻的人最阴险。难怪自己见到年轻人第一眼就觉得眼熟。她微笑着淡淡地说："哦，是这样啊，老人年纪大记性不好，没事。"

翁想想的大量更博得年轻人好感，他打开手边的皮包，说："总之对不起了！我回去会跟我父亲说，以后存钱一定还找你。这里是五万，麻烦存到这个卡上。"

翁想想立刻抖擞精神，麻利地给年轻人办好了。年轻人临走递给她一张名片，说："认识你很高兴，有空多联系。"

中午休息，肖晓跟翁想想聊天。肖晓开玩笑地说："翁想想，今天有人给你送名片，明天说不定就是玫瑰花呢。"

翁想想跟肖晓相处了一段时间，知道肖晓和同事们闲了都喜欢开些玩笑，大概是工作太累了，以此缓解一下紧张而疲劳的神经。有一次他讲了一个笑话：一日时逢中午饭点，一同事惦记着中午只有米饭，但想吃面条。客户来办理取款业务，临走时，该同事十分体贴地说，请拿好你的面条，欢迎下次再来！其实应该是请拿好你的现金！

任红舞笑得前仰后合，翁想想一口饭差点噎在喉咙里。其他同事笑着说："什么同事的笑话，明明就是你编出来哄这些小姑娘的。"然后又对翁想想和任红舞说，"这个家伙滑头得很，别信他的哟。"

所以，对肖晓的话翁想想见怪不怪："什么呀，不过一张名片而已。"

"才而已？你知道那个人是谁吗？"肖晓一本正经地问。

"谁呀？不就是个客户。"翁想想轻描淡写地回答。

"他可是我们市里有名的'十杰青年'张永一，经营房地产的。知道华府花园吗？就是他开发的。"

"哦。"翁想想记起电视里经常看到这个正在开发中的楼盘广告，号称全市最豪华的庄园。"想必他很有钱了。"翁想想随口说。

"是啊。"肖晓兴奋地挥着手，"你遇到财神爷了，可不要错过机会哟。"

"什么呀。"翁想想对肖晓暧昧的语气不大喜欢，就讪讪地回道，脸色微微泛红。

肖晓把翁想想的反应尽收眼底，反而捉弄地大笑起来："哈，你不要想歪了。我们行里想接近这个人已很久了。你等着，主任等一下就会来找你。"翁想想似懂非懂。她刚进银行，对有些业务还很陌生。

果然不出所料，吃过饭，张主任来找翁想想，说有事跟她谈。翁想想跟着她到主任办公室谈话。张主任开门见山地说："听说张永一给了你一张名片？"

　　"嗯。"翁想想老实地点头。

　　"给我看看。"张枚伸出手。

　　"在营业室放着呢。"翁想想讷讷，"我去拿。"说着就要起身。

　　"哦，先不用。"张主任阻止，起身给翁想想倒了杯茶："你妈妈是行里的老领导，过去是人事科长，我还是从她手上进来的呢。你妈妈可是了不起的人噢。"翁想想受宠若惊，觉得跟她的距离一下子拉近了，而且听到她对母亲的评价，翁想想心里也感到很自豪。

　　"你妈妈早跟我说了，让我多照顾你的。"张主任笑眯眯地，"可是你来这么长时间了，我还没有好好跟你谈一次心呢。"

　　翁想想赶紧朝张主任侧过身子："你对我很关照，谢谢主任。"

　　张主任笑了，看起来很满意："你这个丫头还蛮灵光。我跟你说这些是希望你能向你妈妈学习，做个优秀员工。"翁想想连忙点头。

　　"做个优秀员工不仅仅是要会处理柜面业务，营销也很重要。"张主任微笑着话题一转。

　　翁想想坐直身子，神情认真听得入神。在她看来，这都是前辈在向自己传授经验，自己可不能马虎。

　　"你看，我们行每个人都有营销任务，因为你和任红舞初来，所以没有给你们下任务，但是你们平时也要留心这些，为行里圆满完成计划做贡献，知道吗？"

　　"嗯。"翁想想双手放在膝上，背部挺直，声音小而坚定，透着一股不服输的劲，"我会努力的。"

　　"其实做营销就是要善于发现资源。比如，你今天收到的那张名片，你就可以好好利用。"张主任终于将话题引到此次谈话的中心。

　　翁想想总算听明白了，主任要她主动跟张永一联系，看看能不能将他们开发的楼盘房贷项目和代发工资等业务拿下来。

　　张主任说，虽然张永一在行里开有借记卡，但仅仅是小部分现金进出，他的基本户不在这里。据说这个人有上亿的资产，如果能够公关下来，将对行里的效益有很大作用。但是行里多次去找他，他总是以各种借口推脱。现在，他主动将名片给翁想想，一定是想进一步与翁想想交往。这是绝好的营销机会！

张主任还意味深长地说："翁想想，你有相当好的条件，我相信，你一定可以成功的。如果需要行里配合，我们一定全力以赴！"

翁想想从主任办公室出来，一直想着张主任的话，"你有相当好的条件"。这是什么意思？我才进银行，什么也不懂，竟然说我有条件。她边走边摇头，直到撞到一个人的怀里。

原来是魏行长。

翁想想现在才知道，其实魏行长只是副行长，是分管营业室的。但是大家称呼时习惯将那个副字去掉，统一称某行长。

魏行长急忙扶住翁想想的肩。

翁想想被一双陌生的男人大掌扶着，感到有些尴尬，赶紧从那双大掌中逃出来，说："对不起，魏行长！"

魏行长哈哈的笑声从胖胖的脖子间滚出来，听起来像老鸭的叫声。他的眼因为笑而眯成了一条缝，说："没关系，没关系。小翁呀，听说你很出色哟，好好干喔！"

翁想想红着脸，"嗯嗯"地答应着，飞一般逃开了，只剩下魏行长若有所思地立在原地。翁想想走了好远，还感觉到背后仿佛有一双深沉的眼睛盯着自己。她有些莫名其妙的紧张和畏惧。

翁想想不知道怎样跟张永一联系，对接近这样的大人物，她有点胆怯更有点心生畏惧，所以一下午心神不安。肖晓洞穿心事般地朝翁想想眨眨眼，意思是说，"怎么样？我说对了吧？"

快下班的时候，王乐飞到行里来了，说是到市分行办事，顺便过来看任红舞和翁想想。翁想想一高兴，就忘了跟张永一联系的事情。

任红舞兴高采烈，大声喊着王乐飞的名字，那种亲昵的样子搞得全行的人都以为王乐飞是她的男朋友。任红舞不管大家异样的目光，一张脸洋溢着快乐的光彩，很有此地无银的意思。王乐飞反倒不好意思起来，掉过头问翁想想好了没有？

翁想想再次仔细地检查了一下整洁的办公桌面，确信没有拉下印章等物，才愉快地说："好了，走吧。"

任红舞感觉到王乐飞的冷落，突然感到很不开心，她气咻咻地走进更衣室，换上早上带来的一件包身长裙，然后走出大门。

翁想想朝王乐飞吐了吐舌头，调皮地对王乐飞说："你的任妹妹生气了。"

王乐飞悄悄地举了举拳头，轻声地对翁想想说："别乱说。"

翁想想没心没肺地笑着。在她心里，很喜欢这个高高大大的小伙子，觉得他就像一个知心兄长，跟他在一起令人无比放心。虽然，他们只是通过培训才认识的，但是彼此好像已经相识多年。

任红舞在门外等得不耐烦，便叫道："磨蹭什么呢，还不出来。"

王乐飞也悄悄吐了吐舌头，赶紧应着声跑了出去。几个人站在路边拦车，没想到正是下班时间，那些出租司机像后面有鬼撵一样飞快地赶着去交班。翁想想正要提议不如走着去，一个声音突然从后面传过来，"翁小姐！"

四、银行都是帅哥美女

翁想想回过头来一看，竟然是张永一！突然想起主任说的话，糟糕，自己竟然忘了与他联络的事情！于是她轻声让王乐飞和任红舞先走，说她随后就到。正好来了辆出租车，任红舞拉了王乐飞就迫不及待地上了车。她巴不得跟王乐飞单独在一起。

翁想想笑着问候一声，"张总好！"

"翁小姐好！"张永一抬头看了看镶了绿色玻璃幕墙的银行大楼，然后笑着说，"路过这里，正好看到你，所以来打个招呼。"

翁想想点头："谢谢张总！改天我去拜访张总。"

"哈，是吗？欢迎欢迎！"张永一热情地说。

翁想想也不管张永一是否客套，立刻顺着说："真是感谢了。什么时候张总有空，我给张总打电话。"

"哈，好啊！"张永一爽朗地笑，"其实我现在就有空，不如我们现在就找个地方聊聊？"

翁想想没想到张永一如此直截了当，反而有点措手不及。她很想拒绝，因为刚刚答应了王乐飞的邀请。但是想到主任的话，她有些左右为难。俗话说，一回生，二回熟，也许今天是接近这个高端客户的不错机会。

"怎么，有约会吗？"张永一探询的目光望着她。

"啊？哪里，没有。"翁想想红了脸，急忙否认。

张永一笑了，"既然没有，那就赏光？"他的眼神殷切。翁想想实在找不到别的借口，而且她也实在对拒绝的艺术不太擅长。

张永一绅士般拉开车门，手潇洒地一挥对翁想想微笑："翁小姐，请！"

翁想想只好说："这样，我还有两个朋友……"

"就是刚才走了的那两个吗？怎么不早说？要不，你打电话，叫他们一起过来，就在，哦，就在前面不远的三九贵宾楼。"张永一手指着前面拐弯处的酒店。

翁想想走到一边给王乐飞打电话，王乐飞和任红舞还在出租车上，翁想想让他们到三九贵宾楼。王乐飞问："谁请客？"

翁想想说："一个客户。你不要管，去就是。"

王乐飞答应了。任红舞不无嫉妒地说："哼哼，看来人长得漂亮就是好哦，有人请客呢。"

王乐飞朝她望了一眼，虽然才是四月天气，任红舞已经迫不及待地穿了一件连衣长裙，脸上化了艳丽的妆容，显得十分时尚，乍一看，还是很吸引人的。就笑着说："你不是也很漂亮？"

听到有男生夸奖自己，况且还是自己颇有好感的王乐飞，任红舞的心情刹时像五月的阳光，无比灿烂起来。她不禁朝王乐飞抛了个笑眼，说："以后要常来看我哟。"

王乐飞听出她话里的暧昧，就转了话题说，"好啊，下次将李立和胡杨阳一起叫来，我们好好聚聚。"

"真的呢，好久没见他们了呢，不知道他们现在怎么样？"任红舞顺着王乐飞的话说。

"昨天跟李立通了电话，他说后悔到银行，说一天到晚紧兮兮的。其实他不习惯坐柜台，他想当客户经理。胡杨阳也不想在银行呆，准备考研。"

"哈，还没学会走就想跑了。"任红舞笑，她是指李立的奢望。

"他说他现在简直是度日如年。"王乐飞同情地说。

"做柜员确实累。"任红舞深有同感地叹口气，"遇到刁蛮的客户，怎么解释也说不通，真是很烦人。一个字，累！两个字，累！累！三个字……"

"打住，打住！"王乐飞急忙打断她的话，他怕任红舞会无休止地说下去。看情形，任红舞对这个柜员工作是由衷地厌烦了。于是就说道，"你才上几天班？耐点心就好了。"

"耐心？你知道吗？翁想想是脾气够好的吧？昨天还不是被一个老头气得差点哭了。"

"是吗？怎么没听她说？"王乐飞诧异地说。

任红舞酸溜溜地望着王乐飞说："看来，你们经常联络的哦？这样丢人的事，她不会告诉你的吧。"

"这有什么丢人的？在柜台上什么人碰不到？"王乐飞不赞同任红舞的话。

"哼，我看你是在包庇她。"任红舞说。

"这都哪跟哪呀？"王乐飞笑了，"算了，不说这些了，知道吗？其实李立很喜欢你。"

任红舞�’着嘴说："不听你胡说。"

"是真的。培训的时候李立为了维护你跟胡杨阳打了一架。"王乐飞说。

任红舞吃了一惊，没想到还有这样的事情。虽然她喜欢的是王乐飞，但是听到有其他的男生为了自己打架，还是有种被重视的光荣，她的脸上不禁泛出虚荣自得的神色。

王乐飞看到她脸上的变化，故意说："要不，我给你们当红娘？"

"呸！"任红舞朝王乐飞啐了一口，"想甩开我？别忘了我以前就是你的口香糖！"

王乐飞不在意地一笑。他喜欢温婉一点的女生，就像翁想想那个类型的，即使像潘媛那样内向的性格也很不错。可惜，任红舞太热烈了，这样的类型做朋友倒不错，在一起可以热闹到忽略性别。

他们赶到酒店，翁想想和刚才在银行门口见到的陌生男子已经候在包厢。看那个男子，大概三十岁的样子，头发梳得一丝不苟，模样长得虽然普通，但一身名牌一眼就看得出是个有钱人。原以为应该不止这几个人的，当听说就他们四个人时，王乐飞还是暗暗吃了一惊，不知道翁想想怎么认识了这样显赫的人物，心底有点说不出的滋味。

翁想想给他们介绍，张永一彬彬有礼地同大家一一握手。特别是介绍到任红舞时，张永一的眼光在她脸上停留了片刻，才说："哈哈，这银行就是与众不同，尽出帅男美女呢。幸会，幸会！"

张永一不吝表扬的言辞立刻博得了任红舞的好感，她主动坐到张永一的身边，说："张总过奖了，你才算得上青年才俊呢。"

张永一哈哈笑着，对任红舞的吹捧似乎很受用，但嘴上仍礼貌地说着"过奖了过奖了"。

翁想想不知道任红舞在哪里练就这样的口才，比起自己的讷言，她实在太出色了。不过想到如果不是她来，自己恐怕还不知道如何应付呢，心下对任红舞的主动有了几分感激。

王乐飞却有点不痛快。他看不惯任红舞喧宾夺主的样子，心想，这样太主动的女子是坚决不能娶来做老婆的。

翁想想安静地喝着茶，张永一让服务员将菜单拿来，殷勤地请翁想想点菜。翁想想老实地说："我不会。张总，还是你点吧。"

见翁想想坚持不点菜，张永一又礼貌地请任红舞和王乐飞点菜，两个人均礼貌地推辞了。任红舞还娇滴滴地说："客随主便啦，张总。"

翁想想不知道她从哪里学到这些场面上的应酬话，在心里暗暗佩服，觉得自己跟她比简直是社交菜鸟。倒是王乐飞，越发看不惯任红舞的主动和张扬，于是他伸出脚踩了任红舞一下。任红舞很聪明，立刻觉察到王乐飞的不快，便正了正脸色，但笑仍然在脸上挂着。

张永一点了八个菜，一瓶红酒。翁想想说："点多了，点多了。"

张永一豪爽地说："这多个什么，今天能认识银行的几位帅哥美女，是我的荣幸。再说我父亲昨天对你无理，今天也当是赔礼酒，值得，值得！"

王乐飞诧异，问："什么赔礼酒？"

张永一就将头天的冲突说了。王乐飞才明白是任红舞来之前车上说的那件事，不禁望了翁想想一眼，没想到翁想想的样子很平静，只是微笑。张永一赞不绝口地说："翁小姐真是好性子，我父亲那样的火爆脾气，家里没几个人受得了的，我妹妹常常跟他针尖对麦芒。"

翁想想不好意思地说："哪里，是我没有做好。"

"不怪你，不怪你。"张永一赶紧端起酒杯，"来，来，来，我先敬大家一杯，非常高兴认识你们。"大家端起高脚酒杯互相碰了个脆响，张永一仰脸一口干了，接着任红舞和王乐飞也干了。只有翁想想为难地看着酒杯说："我不会喝酒，喝一口，可以吗？"

不等张永一开口，任红舞却先说话了："翁想想，我也不会喝呢。人家张总请客，你不能不喝呀。"

张永一本来想让翁想想少喝，但见任红舞这样说了，便也笑着说："是呀，第一杯酒，是我敬你的，就干了吧，不然，就是不原谅我父亲哟。"

话说到这份上，翁想想再也不能推辞了，再说，她还是带着任务跟他接触的，她听同事说了，在中国，做营销就要会喝酒，就要会拉关系，何况面前的还是高端客户？虽然她并不会喝，眼下也只好心一横，脖一仰，将一杯酒生生吞了下去。立刻，她便觉得有一种怪怪的酸涩的液体顺着喉咙滑到胃里，慢慢地有种热气从身体里升腾起来，不一会脸上也热起来。

张永一见了，只觉得她的脸仿佛一朵盛开的桃花，魅惑非常。而王乐飞却在一旁担心得要死，怕翁想想会醉倒当场。他知道这种红酒看起来度数不高，但是后劲很冲。翁想想一看就是不擅饮的人，他思索怎样才能保护她。

五、身不由己

那天喝酒，翁想想还好只是爱红脸，没有醉倒。而任红舞虽不上脸，却在连喝几杯后醉了，不过她仍硬撑着。还是王乐飞看出了问题，便给翁想想使了个脸色，两人一前一后出了包厢到卫生间洗了个手。王乐飞对翁想想说："任红舞喝醉了，我看我们还是散了吧。"

翁想想暗暗惊讶王乐飞观察入微，看来是个细心人。返回包厢，果见任红舞用手撑了头将肘部抵在桌上，眼却望着张永一醺然地笑。翁想想便对张永一说："我吃好了，不知道张总怎样？"

张永一立刻明白，便也笑道："我也好了。"

翁想想和王乐飞一左一右扶了任红舞出门，任红舞还强自挣扎着要自己独立走。王乐飞轻喝了句："不要再出洋相了。"任红舞才安静下来。

出了门口，张永一说："要不，再去唱唱歌？"

翁想想看了任红舞一眼，说："我看算了，还是下次吧。"

张永一往任红舞那里瞟了一眼，立刻明白眼前形势，便笑道："也好，有缘自会再见，我送你们回去吧。"翁想想不再推辞。看任红舞软软地靠着自己的样子，大概一刻都不能在街上站了。

任红舞住分行宿舍。张永一将他们送到目的地，看着王乐飞将任红舞扶到楼上，然后才调转车头送翁想想回家。张永一问明了翁想想住址，便沿着湖慢慢往前开。此湖是这个江南城市著名的城中湖泊，比西湖还要大几倍。周润发游过此地后，赞叹说太美了。本来只有一天的行程，他又多留了两天，带着相机四处拍摄美景。

夜晚的湖边，灯火辉煌，仿佛天上银河，分外迷人。张永一摇下车窗，清冷的带了湖水腥气的风立刻迎面吹来，令刚刚喝了酒而致燥热的脸舒服很多。张永一从车镜中往后望，只见翁想想的脸仍然红若桃花，就问："你没事吧？"

翁想想笑了笑，并不回答，却说："我是第一次喝酒。"

"其实女孩子在酒桌上还是不要喝酒的好，喝饮料就行了。"张永一说。

翁想想用手抚了抚滚烫的脸颊，有点尴尬地："以后不喝了。"

"记着一句话，凡在酒桌上劝女孩喝酒的男人都不是好人。"张永一貌似关切。

翁想想微微一笑，却没有说话。

"唉！"张永一叹口气。"可是，有时候人都是身不由己的。"他似有感触地说，"比如我们在外应酬，一般喝的都是白酒，一杯一杯看似喝得潇洒，其实难受得很。像今天这样喝红酒还算是比较舒服的事情。"

翁想想同情地感慨："喝酒这样难受，为什么大家还要喝？"

"没办法！在中国，不喝酒就办不成事。这就是中国千年酒文化的影响。"张永一调侃道。

"千年酒文化？"翁想想思索着张永一的话也笑起来。

"我看你的脸这样红，不如我们下车在湖边吹吹风，去去酒气。"张永一提议。

"很红吗？"翁想想将脸凑到车镜前看了看。确实红得吓人，整张脸如同红布，更恐怖的是，连脖子都红了。这个样子回去恐怕会吓到母亲的，可是跟一个陌生男子在湖边漫步，好像也不是很妥当。心想即使被母亲骂，也好过深夜归家吧？翁想想看了看手机，已经晚上八点多了，往常自己六点多就回家了，还好跟母亲提前打了电话，不然母亲要担心了。于是她摇头说，"不用了，将车窗开大点，吹了风就没事了。"

张永一不再勉强，依言将车窗都下了半截，说："夜风凉，也不能开太大，免得感冒。"

翁想想没想到张永一如此细心，本来一直提着的紧张一下子减轻了不少。时令四月，气温已不是很低，往常的五月就穿短袖衬衫了。翁想想是标准的工作打扮，今天穿了一件长袖的白色衬衣和短西服裙，又因刚喝了酒，虽然吹着风，并不觉得很冷。

两个人一路闲聊着到达翁想想家，是一栋自建两层小楼，有大大的院子，看得见大树华盖，很是雅致。张永一赞赏房子好漂亮，说在城里有这样的住房真是难得。翁想想笑着："是爷爷留下的地基。"她父亲是这里的原住民，城市加快建设后，原本是郊区的此地便成为炙手可热的开发区。

张永一跟翁想想道别，说今晚非常愉快，希望今后还能见到她。翁想想对这个传说身家上亿的青年富豪并不反感，他的身上并没有通常富豪具有的财大气粗的俗气，相反，他的一言一行显示出良好的教养。特别是一路上他细致的关照，令她对他生出几分好感。何况，他还将是自己营销的对象。

一想到营销，翁想想忽然想起张主任的话，今晚她竟然全都忘了。还好，张永一还希望见到她，那么等熟悉了再做营销也不迟。想到这里，翁想想愉快地说："谢谢，我也非常愉快，以后再联络，再见！"

"再见！"张永一目送翁想想苗条的身姿消失在朱漆大门里，才开车离开。

翁想想打开门，却只见母亲一人坐在沙发上，靠垫落在地上，看来父亲又不在家。从小到大，翁想想已经习惯了家里缺少父亲的日子，开始父亲是因为工作而不得不与家人两地分居，退休后又迷上了打牌，家里就更少见到他的影子了。

"爸呢？"虽然知道这句话有可能是白问，翁想想仍忍不住问了一句。

"谁知道！"母亲面带不悦地说。

"怎么了？又吵架了吗？"翁想想坐到母亲身边，轻轻地带了娇气的口吻问。

"谁稀罕跟他吵架！他又出去打麻将了，输了回来拿钱，我不给，他就发脾气了。"母亲气冲冲地说。

"原来是这样啊。妈，爸也不可能赌多大的博，了不起就是玩点小牌，就让他玩玩，只是叫他别熬太晚就是了。"翁想想轻言细语地劝母亲。

"呵，你倒向着他了！"母亲点了一下她的鼻子，翁想想笑着将嘴翘起来。

"好浓的酒气！丫头，你喝酒了？"母亲皱眉凑到翁想想跟前嗅了嗅，又望望她微红的脸惊讶地说。

"嘿，就喝了一点红酒。"翁想想面对母亲严厉的语气嬉皮笑脸地说。

"女孩子家，少喝酒！"母亲严肃地说。

"是！母亲大人！我以后再也不敢了！"翁想想蹦跳着站起，故意夸张地敬了个礼。

"好了，好了，你这个丫头！你现在工作了，有些时候也是迫不得已，但要注意控制就是了，特别是女孩子，在酒桌上喝醉就是失态，一定不要跟人拼酒。"母亲谆谆教导说。

翁想想搂住母亲的脖子，脸贴了脸说："谢谢妈妈！理解万岁！我知道了！"

"调皮！快去洗个澡！厨房有银耳汤，要不要喝一碗醒醒酒？"母亲被女儿活泼的样子逗得笑起来。

"嗯，好，等我洗了再来喝。"翁想想"叭"地在母亲脸上亲了一下，哼着歌到自己房间找睡衣去了。

母亲望着女儿跳跃的背影，刚刚还堵在心口的闷气一下子消散了许多。她起身去厨房盛了一碗银耳汤，放在微波炉里温热。女儿大了，自己也老了。但是只要女儿有出息，就是自己再老也是幸福的。母亲站在厨房里，想着女儿的未来出了神。

第二天，翁想想刚到行里，张主任就找到她，脸上还笑眯眯的。翁想想不知道张主任遇到什么喜事这样开心，便打了个招呼："张主任早！"

"早！翁想想，跟张永一联系了吧？"张主任仍然笑着问。

"哦，是啊，昨天一起吃了饭。"翁想想老实回答。

"好！说业务的事了吗？"张主任关切地问。

"还没呢。"翁想想歉意地说。

"不要紧，慢慢来。营销不是一天两天就能成功的，继续努力！别放弃！跟客户多接触。"张主任给翁想想打气，说完便转身进了办公室。

翁想想望着她的背影，心想，主任真是消息灵通，她怎么知道我跟张永一联系了？难道她有透视眼？走到营业间，才知道，是任红舞这个多嘴婆传播的消息。只听任红舞说："天哪，那一桌吃了几千块呢！够我一个多月的工资了。"

有人附和着说，"哈，在那些人眼里，这算什么？听说在私房菜一桌就要上万呢。"

任红舞叹口气说："哎，真是人比人气死人呀，有钱可真是好哦。"

又有人说，"那你嫁个有钱人呀，不是一样可以享受荣华富贵？听说那个张永一可是独身呢！"

"啊？他竟然没有结婚？"任红舞惊讶地叫起来。

"不是没有结婚，是结了又离了，不过他没有小孩。"同事解释说。

任红舞正想多打听一些情况，却见翁想想一脸不高兴地进来，便不再说了。她知道这个人是翁想想的客户，自己虽然有心抢过来，但是她也听说了行里规定，不许重复公关搞内耗。不然，自己真要抢在翁想想前面动手了。她看出翁想想脸皮薄，见到客户不好意思开口。而她却知道，不开口，就做不成营销。所以在柜面营销上，她总是落落大方，主动跟客户介绍新业务，虽然做的单子不大，倒也有些成效。带她的丁雅鹃别看平时言语少，可是在柜面，对客户是很有两手的，常常是几句话就将客户说得动了心，她成功的关键就是主动开口，抓住产品的主要特点然后转换成客户容易接受的语言，将高深的银行专业术语都说得通俗易懂。在这方面，翁想想就输给了任红舞，但是翁想想的母亲经常带客户过来，使翁想想的业绩好看不少。翁想想有了母亲这根扎实的"拐杖"，工作算得上顺风顺水，再加上她本人的聪明和虚心，渐渐也能在柜面独当一面了。

翁想想也听到了任红舞跟同事的议论，便皱了皱眉，暗暗在心里说："浅薄！"

六、被前辈当枪使

一大早，翁想想刚踏进营业室，丁雅鹃就劈头一句话甩过来，"翁想想，这笔业务你什么时候办的？"

翁想想被丁雅鹃怒气冲冲的表情吓了一跳，以为是自己办错了账，于是怯生生地问，"怎么啦，丁姐？"

"怎么啦？你自己做的事自己清楚！"丁雅鹃仍旧气冲冲地说。

翁想想委屈地立在原地，不知道自己究竟错在哪里，看样子，自己不仅仅是办错了账，而且还得罪了这位资深前辈。她想起刘洁的八卦消息，说过关于丁雅鹃正跟魏行长走得近的事情，还说是秘闻，只告诉她，让她千万不可外传，不然会被人掐死。翁想想小心翼翼地保守这个秘密，从来没有对外人说，难道，丁雅鹃是从哪里知道这件事，以为是自己传播了什么，才一大早来兴师问罪？

翁想想只在内心猜测，又不敢问出来，怕万一说错，引起更大的误会。何况那个八卦消息还涉及到行领导。翁想想这才知道，"有些事还是不知道的好"这句话是多么有道理。

丁雅鹃见翁想想哑口无言，以为她是理亏，更加怒不可遏，说："你等着，等会我要问问张枚，看她究竟是你什么人，竟然这样护着你！"

翁想想更惊诧了，这件事怎么又扯进张枚？难道事态已经发展得很严重了吗？可是消息是刘洁告诉自己的，关张枚什么事？但是，刘洁是自己的师傅，自己总不能出卖她，为此，翁想想哑巴吃黄连，有苦说不出，后悔听到了那些乌七八糟的八卦新闻。

正想着，张枚走了进来，见丁雅鹃恶狠狠地训斥翁想想的样子，就皱了皱眉，说："一大早不做班前准备，在吵什么？"

丁雅鹃见了张枚，啪地甩过去一张纸，说："这是你报的台账？"

张枚脸色一变，台账是她昨天给魏行长过目的，怎么现在数据却到了丁雅鹃的手上？她见营业时间快到，就说："你到我办公室来说。"

丁雅鹃去了一会儿，又怒气冲冲地回到座位上。翁想想也没有心思去观察丁雅鹃的表情，直到肖晓伸出手指敲着她的桌子说，"翁想想，主任在叫你。"她才回过神来。

翁想想站在主任张枚面前的时候很像看见亲人，眼圈立刻红了。

张枚让她坐下来，说："今早的事别放心上，丁雅鹃是对我意见，才拿你出气的。"

翁想想诧异："为什么？"

张枚苦笑，说："我不小心将她的一笔保险业务记到你账上，她误会了，以为我是在帮你。"

翁想想这才明白，丁雅鹃一大早的脾气是因为这个。她的心情一下子轻松了起来，说："那记回去不就是了，干吗发那么大的火？"

张枚再次苦笑一下，说："她心情不好。你也别计较，别因为这事搞得不团结，知道吗？"

"嗯！"翁想想点头，然后回到营业室。经过丁雅鹃座位的时候，见丁雅致鹃已经恢复常态在给客户办业务了。

张枚坐在办公室，却思绪万千。这个丁雅鹃看来对自己的误会更深了。

在银行前台工作，要提高收入，最主要的是靠做业绩，银行员工如果只靠基本工资，根本过不了生活。在银行，工资构成一般是基本工资加绩效工资，近年又实行产品计价，比如营销一张卡、一笔保险、一笔基金等都有相应的奖励，这样一来，员工们的收入就高了很多，做得好的员工，有时候收入比行长还高。当然，这样的人一般是凤毛麟角，比如丁雅鹃就是这样的人物。而在银行，最难做的不是银行自身的产品，而是那些代销业务，如代理保险、代销基金等，这其中又以代理保险为难中之难，大部分员工自己都没有跨越对保险的认识，忽略了保险的保障功能，而将收益作为主要比较指标，认为做保险基本上就是昧着良心骗客户，所以对这个业务很抵触。但是代理保险的任务又很重，大家不得不硬着头皮做，好不容易完成一笔，就如同攻下一座坚硬的堡垒，很能让人沾沾自喜。

虽然如此艰难，但是丁雅鹃的业绩却做得风生水起，特别是她做保险的事迹还上过行内简报，多次获得保险公司提供的外出旅游的奖励，真正是名利双收。她的高收入令大家艳羡不已。可是丁雅鹃却没感到舒心，因为她认为自己再如何出色，也不能像张枚那样风光。她更需要那个权力上的成功。可惜，今生，她估计是无望了。所以，她对自己每一笔辛苦拼来的业绩非常看重，每个月核对业绩台账的时候非常细心，因为这关系到她的每一分收入。

营业室的业绩台账由主任张枚亲自登记，然后上报，行里再根据这个台账计算每个员工的奖励。张枚那天记账的时候不小心记串了，将丁雅鹃做的业务记到了翁想想的账上。她已经给丁雅鹃道了歉，说马上更正过来，但是丁雅鹃却口气强硬地说："我知道你想还人家的情，但是也不必做得这么明显啊！"

张枚一愣，立刻明白她是有所指，于是眼光一冷："丁雅鹃，我已经说了是疏忽，会纠正过来，请你不要扯其他的事。"

"我是不想扯，可是你做得太明显，谁不知道你对这小丫头好是因为她妈？你要还情也做得隐蔽一点呀，何必拿我做垫背的？我们这些当兵的都是靠真本事拼来钱的，不像别人，命好！不用出力也能拿高薪！"丁雅鹃依然牙尖嘴利地讽刺道，全然不像一个沉默寡言的人。

张枚皱着眉，不再跟她争论。她了解她的性格，太争强好胜，心胸也有点狭隘，自以为能力强，在谁的面前都不示弱，这才令她得不到重用，可是她还不自知，以为自己怀才不遇，摆出一副高人的样子。其实年轻的时候，她们还算是不错的同事，随着那次她竞聘主任职务的失败，她对自己是越发嫉恨了。张枚有时候很想跟她好好沟通一下，但是她每次都语带讥讽，这令她非常不快，渐渐地跟她越发疏远了。

今天丁雅鹃说的还情，是张枚的一个隐私。当年她跟一个不能成为夫妻的男人有了孩子，是翁想想的母亲悄悄陪她去做掉的，这件事只有丁雅鹃知道。张枚心里一直对翁想想的母亲心怀感激，加之后来自己卷进一起违规操作事件，差点丢掉工作，也是翁想想母亲出面说了话，自己才幸免于难。所谓受人滴水之恩，当涌泉相报，自己平时对翁想想是关照一些，也只是在某些营销上帮她一把，但从没有枉私，这次只不过是记错了账户，就被丁雅鹃如此质问，并扯出十几年前的旧事，令张枚非常非常恼火，心想，"下次轮岗的话，这个人是绝对不能放在自己手下了。即使她不调开，自己也一定要调离。"她是一刻也不想跟这样的人做上下级了，这样的人管起来别扭。

这也算张枚厚道，如果遇到心狠的上司，丁雅鹃的小鞋不知道穿过多少双了。即使她现在攀上了魏行长，只要张枚动个心思，丁雅鹃一样没有好日子过。但是毕竟是一起进的银行，丁雅鹃现在又弄得家庭破裂，性情才变得如此古怪，张枚想到自己的家庭，不禁叹了口气，心想，"算了，女人何苦为难女人！都是同事，也难得缘分一场。"

张枚在这里为自己原谅丁雅致鹃找借口，丁雅鹃却没有立刻忘掉此事，甚至迁怒于翁想想，几天看见翁想想都没有好颜色。有几次，翁想想遇到业务上的难题，低三下四地去跟她求教，她竟然小肚鸡肠地说："不知道，我也不会。"让一旁的刘洁看得愤愤不平。

后来刘洁打电话请教别的支行同事，然后将处理方法告诉翁想想。翁想想虽然解决了难题，却为无意中得罪丁雅鹃这个前辈惴惴不安。刘洁安慰她说："没事，她这人就这臭脾气，过段时间就好了。你别老放在心上。她呀，都是离婚才变成这样的，以前是很好的一个人。"

翁想想叹口气。看来行走职场，不仅是处处小心就能安全，有些暗箭实在是防不胜防。她心里苦闷，又不想将这样的人事矛盾告诉母亲，怕母亲担心，就在网上跟潘媛诉苦。潘媛说，她最近也很郁闷。一个老员工跟她调班，她想也没想就答应了，后来主任见老员工的窗口无故关闭，就打电话去问，老员工振振有词地说，她已经跟潘媛调好班了。主任很生气，质问潘媛，"你在贵宾窗口上的长白班，她上的半班倒，你如何跟她调班？"潘媛才明白自己一心想与人方便，却给自己找了麻烦。

翁想想呵呵笑起来，原来两个初入职场的人都是傻子，都被前辈们当枪使了。后来，翁想想听刘洁说，丁雅鹃那天发怒并不是针对她，只是不好直接找张枚开炮，就拿她做了开枪的子弹，转着弯跟张枚交上火。刘洁说："有时候跟领导跟得太紧了并不是好事，枪打出头鸟。"

翁想想很委屈，觉得自己并没有刻意去跟哪个领导，怎么会给同事这样的印象？她可不想被人看作是马屁精，这些是她不耻的。为此，她决定以后没事就少去主任办公室，免得被人误会。

七、谁是老鼠谁是猫

翁想想一有空就主动与张永一联系，彼此慢慢熟悉了。张枚事先跟她面授过机宜，对这样的大客户先别急着介绍业务，要多接触，先建立关系，除了电话，见面是最能笼络人心的办法。所以有时候，张永一约她出席一些酒宴，翁想想也不轻易推辞。当人们探询的时候，他总是笑着说："我小妹，小妹！"大家就哈哈一笑，笑容里满是暧昧。

翁想想却从没将这些言笑放在心里，一个是因为她心性简单，二个是她故意淡然化之，即人家说的大智若愚，表面看起来笨笨的，其实心底比谁都清楚这些人话里的调侃。即使跟张永一很熟了，翁想想仍然没有开口说过营销的事情，她要等时机，等人家心甘情愿地与她合作。好汤要慢慢熬，做营销也是这样。况且张永一这个人也很狡猾，明知道翁想想每次不忍拒绝他的邀请，一定怀有目的，但他就是不主动开口，他也等着翁想想主动求他，他要让翁想想欠他的情，这样一来他才有机会跟这个银行美女有更深入的接触。两个人都盘算着猫捉老鼠的好事，但是最后到底谁是老鼠谁是猫，暂时还真看不出结果。

连着好多天，翁想想的窗口都有人送玫瑰进来，却不见真正的送花人出现，这在行里成了新闻。

只是一枝玫瑰，其他什么都没有。会是谁送的呢？翁想想纳闷。大家也都在猜测。

"一定是那个'十杰青年'。"有人说。

"怎么会？人家那么有钱，怎么只送一枝玫瑰？"

"这个叫一心一意。"

"也可能是另外的人送的。那个'十杰青年'都三十多了吧。"

"现在什么年代了，人家八十多岁的杨振宁还娶了二十多岁的小丫头呢。这个年头，没有什么不可能。"

在银行前台柜面，几乎是女性的天下。而女性多的地方也是盛产谣言的地方，任红舞听着这些谣言，却暗生酸意。年轻的女孩总想引人注目，她懊恼自己怎么跟翁想想分在一起，让她遮住自己的光芒。如果自己想引起大家注意，必须剑走偏锋。她希望能够一鸣惊人，不是表现在个人生活方面，而是在工作上超越翁想想，目前更重要的是做笔大单子。她想象着自己认识某位大客户，一下子营销了行里最大的单子，被众人刮目相看。她甚至还幻想，行长还会因此将她调离柜台，去做客户经理。

虽然只坐了不长时间的柜台，任红舞就厌烦了这个枯燥乏味的工作，每天接待几百个不同性格的客户，还要顾及服务质量，避免被人投诉，压力太大了，人一上柜，精神就没有一刻可以放松。她的性格不是可以忍受每天刻板地坐着，她更喜欢做客户经理，可以四处跑，即使辛苦，也有份自由。而且做客户经理，不用每天穿得一板一眼。那身看不出性别的工作套装，将自己曼妙的身材和活泼的个性都埋没了，只有到下班才能微微炫一下。更重要的是，做客户经理，可以认识一些有层次的人，织就自己的职场关系网。

但是要实现梦想，关键是要有资源。任红舞并不是本地人，她的家在离这里一百公里的另一个城市。她的父母在当地还算有点权力，也认识一些商场达人，但要想帮到自己毕竟鞭长莫及，一切得靠自己。任红舞对自己的现状非常清醒，她必须尽快认识一些朋友。

她想到了那天请他们吃饭的张永一，虽然不能抢到他，但是如果通过张永一打开另外的资源也不错。丁雅鹃有一次好像无意中问过她，是否跟张永一熟。任红舞点头，说："那是翁想想的客户。"丁雅鹃微微一笑，"谁说他是她的客户？他是我们银行的目标客户，谁有本事谁就去攻下来。"任红舞疑惑，说："行里不是说不能重复公关的？"

丁雅鹃又高深莫测地一笑，说："你有没有看到行内别网点的人到这里来取款？那就是来挖客户的。行里每轮岗一次，行里资金就会体内循环一次，从这家网点搬那家网点都是大家心知肚明的事。谁真的是神仙，资源永不枯竭？不打自己客户的主意，都去挖新战场，我看，这样的人还没有生出来。再说，你又不花行里一分公关费，如果你能够攻下来，是你的能力。"

任红舞似懂非懂，却听懂了一个意思，按丁雅鹃的说法叫"上有政策下有对策"。鱼有鱼路，虾有虾路，只要客户最后归行，谁公关来的，行里不会深究的，难道行长会傻到去追究功臣的错误？因此她深受鼓舞，没事就给张永一发个短信，但张永一似乎很忙，很少回复。

那些红艳艳的玫瑰在短时间内成为同事们茶余饭后的谈资，人人都当自己是福尔摩斯，想要窥破其中的秘密。任红舞心思不在这个上面，反而对同事们反常的热情生出鄙视，不明白这些貌似高雅的白领怎么如此浅薄。偏偏肖晓不知道这些，还没心没肺地跟她说："任红舞，看人家翁想想每天收到玫瑰花，你让你男朋友也给你送呀。"

任红舞白他一眼，"你给我送呀？"

肖晓并不恼，反而嬉皮笑脸地说："好啊，那我可真送的哟。"

"你敢送我就敢接，有什么了不起的。"任红舞提高了嗓音，故意将"有什么了不起"说得脆响，然后还狠狠瞟了翁想想一眼。

大家哄地笑起来，说："肖晓，你明天要是不买，小心人家骂你骗子哦。"其实大家都知道肖晓已经有女朋友了，也知道他喜欢玩笑，就故意起哄。

"我一定买，一定买。"肖晓故意装得一本正经，然后对着任红舞怪声怪调地唱，"送你一支玫瑰花……"

任红舞脸色一变，端起碗出了食堂。张主任批评肖晓没正形，就喜欢逗人家小女孩，小心被女朋友甩掉。

肖晓一扬脖子："不怕，天下何处无芳草。"

"哼，看你这会嘴硬，等会你女朋友来了，跑都跑不赢。"大家笑他。这个肖晓见到女朋友就像老鼠见到猫，立刻变了样子。据说他的女朋友是个检察官，厉害得很，柔道练得相当不错，肖晓经常鼻青脸肿伤痕累累地来上班，却自嘲地说，"猫抓的，嘿嘿，猫抓的。"大家就都心照不宣地笑，以后一见他带了伤上班，就调侃他，"又被猫抓了？"他也不恼，还笑嘻嘻地说："是啊，是啊。"

翁想想也知道同事们在议论她，却只当没有听见，埋头做自己的事，张主任见翁想想虽然年轻，却很能沉得住气，煞是欣赏。当翁想想的母亲打电话询问女儿表现时，张主任满口赞扬。翁想想的母亲很是安慰，客气地请张枚多教教她。

令翁想想没有想到的是，陈尘突然来向她求爱，还当着很多人的面，这使翁想想很尴尬。翁想想立刻拒绝了，陈尘黯然神伤。他这次贸然的行动是因为听到一些对她不好的传言，他天真地以为只要有个男人跳出来承认是她男朋友，这些谣言便会不攻自破。翁想想不理解陈尘的这些自以为很伟大的想法，让陈尘一腔美好的感情深受打击。翁想想望着他离去的背影感到很无奈。陈尘的个性，太过严肃，她怕自己的人生和这样的人永远连在一起。那样，她会觉得沉闷。

谁也没有想到，那些娇艳的玫瑰花，是王乐飞的杰作。

当他知道陈尘已经先自己一步去表达爱情时，他有点慌了。看来不能当无名英雄，护花要护到明处。他原计划要送到九十九朵再去表白的，他希望能有足够的时间勾起翁想想的好奇心。虽然有首歌唱的是"送你九百九十九朵玫瑰"，但他算了算时间，恐怕还没等他送完，人家已成别人怀抱里的新娘。

眼下，人家陈尘就已经捷足先登了，搞不好翁想想还以为那些玫瑰是他送的，他决定改变策略了。但是，知己知彼，百战百胜。要打动心上人的心，首先要摸清对手的情况。于是，他首先在电话里试探。

"听说陈尘向你求爱？"他给翁想想发信息。

“听谁说的？”翁想想反问。

“到处都在传，说你每天都收到玫瑰花。”

“呵，我又不是明星，人家有什么好传的。”

“哈，你不知道大家封你‘行花’吗？”

“你封的吧？”

“如果是我封的，你高兴吗？”

“吃了没事做呢。”翁想想回个调皮的表情。

“江苏卫视有个节目叫‘非诚勿扰’，可我更喜欢浙江卫视的‘为爱向前冲’，知道为什么吗？因为我喜欢这句话，非常男人，非常有勇气！想想，我想你。”

翁想想的心没来由地跳了下，很快又平静下来。她跟母亲说过，工作两年内不谈恋爱，一心一意学业务，而且，她也听说了一条理论，不要跟同事谈恋爱，这样将来一旦单位不景气的话，一损俱损。找男朋友还是外单位的好，这样家庭收入可以互补。

“嘿，任红舞说明天去看你。”翁想想聪明地转了话题。

“我在想你！”王乐飞仍纠缠不放。

翁想想半天不回信息。

“难道真的做陈尘的女朋友了，所以就不理我们？”王乐飞的短信仍然在试探。

“没有的事。”翁想想赶紧澄清。

王乐飞要的就是这个答复。尽管翁想想并没有对自己的表示有所反应，但他已感到无比放心，起码对手跟自己一样，没有成功。这就表明，自己仍有希望。

“那些玫瑰漂亮吗？”王乐飞又试探。

“是！”翁想想的回复很简洁。

王乐飞捉摸不透这里面包含的信息，于是继续追问，“喜欢吗？”

“美丽的东西谁不喜欢？”翁想想的回答仍很巧妙。

“嘿，知道是谁送的吗？”王乐飞进一步试探。

“不知道。”翁想想回复。

"就不想知道？"

"谁知道是哪个傻瓜。"翁想想虽然很想知道是谁送的，但在王乐飞面前，她故意保持不在意，毕竟他是个异性，女孩子的矜持让她小心地守住自己的好奇心。

其实她心里有时候也猜测过，她也知道大家暗地里猜测是张永一送的，但翁想想清楚张永只是一个客户。而且，张主任对她说过，跟客户交往，要有度，不要随便将工作关系演变成私人关系。最高明的营销是使客户既喜欢你又尊重你，然后信任你。所以，她真的不希望这花是他送的。况且她从来没想过要找一个大自己十岁的男朋友，她觉得这样会有代沟。有时候她会跟潘媛在电话里讨论这个问题。潘媛笑着说："也许很多人会认为你傻呢。"

"各人人生观不同。"翁想想说。

"嘿，那么你理想的对象是什么样子，想过没有？"潘媛问她。

"那你呢？"翁想想不答，想知道潘媛的理想型。

"我呀，希望他善良、诚实、能待我好，当然，身高不能矮于我，就这样。"潘媛说。

"就这样简单？"翁想想很意外，她以为像潘媛这样内秀的女孩一定要求很高，特别是在精神层面上应该有更高的要求。

"当然。难道你的标准很复杂？"潘媛笑。

"我呀，希望他帅气、高大、有学问，能够帮助我解决生活中的难题。我妈说了，我自理能力不行，所以要找个能照顾我的。"翁想想说。

"看来，要求可不低哟。现在的人都娇生惯养，你这个条件看似简单，可不好找。"潘媛皱着眉说。

"啊，那怎么办？难不成我要当尼姑？"翁想想笑哈哈地说。

"只怕你想当尼姑也当不成，你不知道背地里有多少双眼睛盯着你呢。"潘媛哈哈笑起来，"你不用上'非诚勿扰'，追你的人也会排队来找你，呵呵。"

翁想想轻轻捶了潘媛一拳，笑骂："小丫头自己心痒痒想上'非诚勿扰'吧，要不，我帮你报名，我看你上那个节目要把马伊咪也比下去了，哈。"

最近这个节目大热，特别是女同事没事就拿这个节目中的人说事，禁不住把身边的人对号入座。潘媛有一回笑说："如果任红舞上去，估计压赛马诺了。"所以，这次，翁想想故意把这话回给潘媛了。潘媛脸红了一下，也笑骂道："狗咬吕洞宾。"

那场谈话后，翁想想常常想："我的人生，到底会是什么样的？"她虽然长了一张明星脸，却从没想过去钻娱乐圈。虽然经常有同事撺掇她报名去参加湖南卫视选秀或央视星光大道，她有一副不错的嗓子，同事们说她上电视一定会一炮而红，可是她的心里想的就是把眼前的事做好，好好做一个继承母志的乖女儿，将来有机会上上央视的"状元360"，这样的名出得才有意思，才叫扬眉吐气呢。她想证明的是，美女不光是花瓶。况且娱乐圈那些吓人的潜规则，凭她的性格是走不通的。能够吃上稀粥就不指望满汉全席，是这个丫头最朴素的活法。

后来，玫瑰仍然日复一日地送，却不见主人公出现。她就想，可能真的是哪个傻瓜送错了吧。这个人如此坚持，看来也算得上情深义重了。但她从心底不希望送花的人是张永一。她甚至想，哪怕是陈尘，哪怕是胡阳杨，哪怕是李立，所有她认识的年轻人她都希望是，唯独不希望是那个有着阴勾鼻子的男人，有人说阴勾鼻子的人心思很深，翁想想害怕跟城府深的人交往。如果不是出于工作，她也许见都不会见张永一，虽然她知道很多人在眼热她跟他的交往。

至于王乐飞，她一直以为，他应该是任红舞的男朋友。因为任红舞常常当着她的面给王乐飞打电话，那语气显得非常亲密。可是，她没想到，这个送花人恰恰是她认为是别人男朋友的那个人。所以，当手机上显示一行字："我就是那个送花的人。"翁想想立刻呆住。

她从来就没想过要从别人手上抢到什么，从小到大，都是别的孩子抢她手上的东西，或者她明明喜欢，也要让给更喜欢的人，因为，母亲一直教导她，应懂得礼让。而任红舞，虽然有时令人讨厌，可是，她是自己的同事，而且她们有过同室之谊，有过同训的经历，她们也可以说是同学。

抢同学、同事或者朋友的爱人，是非常可鄙的事情。她会在心里唾弃，所以她更不能容忍自己犯这样的错误。于是，她很坚决地回复："谢谢你的花。以后不要送了，到此为止！"

王乐飞满以为自己的表白可以抢占先机，没想到翁想想却果断地拒绝了。他想不通，在表白以前，他已经对自身条件作了综合考评，第一他长得帅，外表跟翁想想相配；第二自己家庭背景不错。父亲是富商，母亲是省行某处处长，舅舅是省银监局副局长，这样的条件也算门当户对；第三他觉得自己跟翁想想有共同爱好，都喜欢看电影，都喜欢旅游，都喜欢过简单的生活……更重要的，他觉得自己已经爱上她。可是，翁想想说："到此为止！"

"为什么？"他不死心。

"我不想抢别人的男朋友！"翁想想迅速回复后关上手机。但是，为什么，她的心会隐隐地痛起来呢？

八、失而复得的私章

这天开例会的时候，张主任严肃地跟大家通报了一件事，说省分行"飞检"队正在对各网点进行突查，请大家平时工作一定要注意，按操作规程走，千万不要违规。还有，每天上班必须按规定佩戴工号牌。她说有的员工为了逃避监督，故意将工号牌戴到胸以下，几乎到了腋窝里。这种现象从现在起一定要杜绝！

说起这个工号牌，以前大家是戴得很工整的，后来有的客户对柜员服务不满意，动不动就抄了工号牌的号码去上级行投诉。所以有的员工为了讨巧，故意将工号牌戴到胸以下位置，干扰客户的视线。翁想想以前不明白有人为何那样戴牌，现在忽然明白了其中奥妙，就咧开嘴无声地笑了一下。

"翁想想，不要笑！"张主任严肃地说，"你跟任红舞是新员工，这段时间一定要注意，这些检查人员常常会来暗访，或者问些刁钻的问题，你们多看下业务书，免得到时候答不上来。"翁想想急忙点头。任红舞用指甲剪挫着小指甲，似乎并不在意。

张主任有点不喜欢任红舞这种漫不经心的表情。这个丫头，人也很聪明，就是有时候仿佛聪明过了头，仿佛谁都不放在眼里，如果她能像翁想想那样谦虚点，也许她会更出色。张主任不明白，同是八零后，为什么一个沉静，一个就如此张扬呢？张主任朝任红舞望了望，似乎想说点什么，但最终没有说出来。

任红舞对张枚漫不经心的态度是有原因的。有一次她去找行长，刚一推开门，就看到张枚垂首低泣，黄行长关切地给她递纸巾。任红舞见此情景进退两难。倒是张枚机警，立刻背过身迅速擦干泪水，然后还对任红舞极力展现出一个微笑，掩饰地说，"感冒了，鼻子像关不住的水龙头。"然后告辞出去。任红舞有点恍惚，刚才听到的抽泣声难道真是抽鼻子的声音？

任红舞心里疑惑，有话又藏不住，就跟她的师傅丁雅鹃悄悄说了看到的情形，丁雅鹃从鼻子里冷哼一声，说："有什么稀奇的？这也当新闻？"任红舞揣度着师傅话里的鄙视，立即就猜到是怎么回事，便也不细问，但是从此对张枚有些不屑。

其实，任红舞不知道，这个丁雅鹃当年跟张枚、黄行长都是一起进的银行，三个人的关系曾经非常好。后来丁雅鹃暗暗喜欢上了黄行长，可是黄行长却爱上了张枚，虽然最后这段感情不了了之，但丁雅鹃的心里却存下了疙瘩。巧的是，后来当两个人又竞争同一职务，丁雅鹃落败。她固执地认为张枚当选主任与黄行长的暗中作用不无关系，所以对张枚在心里更是存了恨意，觉得张枚是自己命中克星，表面上两人还像同事，但是背后对张枚却嗤之以鼻，认为她只不过会用裙带关系而已。唉，"能力算个鸟，关系最重要"！丁雅鹃在银行工作了这么多年，总算明白这条真理。

丁雅鹃一直有一套自己的理论，能不能当官，其实并不需要多大的才能，重要的是能否有个平台供自己发挥表现，如果自己上了也许比她干得更出色。她知道行里即将股改上市，应该会在人事上有些动作，她还想抓住最后的机会，即使不能提拔，如果能够离开柜台，做客户经理也不失为一条出路。万一不行，自己买断直接走人。往年行里买断工龄的分流政策缺点是补偿金太少，听说今年会有些变化，而且有可能是最后一次机会，如果补偿金提高些，也许她会毫不犹豫地离开。自己都三十五岁了，再做下去，一点前途都没有，只能永远做个普通柜员，活在巨大的压力中。这个工作现在在丁雅鹃眼里如同鸡肋，扔又舍不得，留下又烦恼。最近有条小道消息，说银行股改后有可能搞员工持股，这样行内员工基本上就一夜暴富了。这条天方夜谭似的消息又激起丁雅鹃的斗志，她决心不惜一切代价最后一搏。

翁想想却每天小心翼翼起来，生怕撞到枪口上。一共才上了两个多月的班，她真怕自己回答不上那些专业问题。好在，一连过了几天，也没有看到什么检查的人来。她想张主任说了，只是抽查，有可能不会来的罢？于是，心下的紧张稍稍放松了。

头一天，她跟同学到小吃一条街吃了一顿香辣虾，还喝了些冷饮。当天晚上肚子就痛得不行。她想，可能是那些东西不干净，吃坏了肚子。连着跑了几趟卫生间，人就软得不行了。半夜跑到客厅翻箱倒柜地找止泻药，却一无所获。捂着肚子站了会，突然想起，在网上看过一个方子，说喝浓茶可以治这个，急忙去烧了开水，抓了一大把茶叶丢进去，也不管是否烫嘴，边吹边慢慢喝了，一下子感觉到似乎真的舒服许多。

第二天醒来，仍然觉得肚子不好，就想着去药店买点药。可是她上班一般都很早，那个时候人家药店都没有开门。她只好忍着不适，照常坐到柜台前。上到九点，腹内突然绞痛起来。正好窗口没有人，她也顾不得其他，捂着肚子三步并作两步跑进卫生间。再回到柜面的时候，她忽然发现，她的私章不见了！按照规定，人在章在，离柜收起。平时她都做得很好，可是今天匆忙间疏忽了，竟然犯了这样的错误！她急得团团转，头上冷汗直冒，不知道私章到底被谁拿走了。忽然想起有"飞检"，心里头就如鼓一般敲起来，以为是被"飞检"队查到了。

正在焦急间，刘洁笑嘻嘻地走过来，将一个东西放在她的桌上。翁想想定睛一看，正是自己的私章。她惊慌地问："刘姐，我的章子怎么在你手上？是不是刚才检查的来了？"

刘洁忙解释："不是的，我刚才过去拿空白传票，路过你这里，发现你的私章没收，怕被检查的看到，就替你收好了。"

翁想想急忙说："谢谢。"刘洁微微一笑，嘱咐她以后小心一点。翁想想急忙点头。

中午吃饭的时候，翁想想特意坐到刘洁的身边，再次对刘洁表示感谢。刘洁笑道："刚才不是谢过了，怎么又谢？"

翁想想感激道："还好是刘姐收好了，不然不知道会出现什么状况呢。

要是被检查的撞上，不是糟糕了？"

刘洁说："是啊，平时你是很细心的，今天怎么了？"

翁想想皱眉："拉肚子，疼死了。"

刘洁立刻热心地说："我的抽屉里正好有药，你怎么不早说，还忍到现在？"说着，饭也不吃，去拿了药来，又端了杯温水，催促翁想想快点吃。

翁想想非常感动，觉得刘洁真是个好人。

晚上，翁想想跟母亲说了这件事，还感叹刘洁真是个好人。母亲一愣："她将你的章子拿走了？"

"是啊，她帮我收着的，不然叫检查的看见就完蛋了。"翁想想心无城府地回答。

母亲有点疑惑，却没有说出来，而是讲了个故事。她说她工作那时候，有个同事大大咧咧，经常将印章随便丢在桌上，主任批评他不遵守制度。他反而说："一个章子有什么？又不是现金，再说都是朝夕相处的同事，谁会害我？"说着还当主任的面问大家，他说得对不对？主任很生气，说是为他好。章子虽然不是现金，但是如果被起心不良的人利用了，就关乎金钱了。那个同事当时也立刻表示改正，但是后来仍然大大咧咧地，印章随便放在桌面上，人离开了也不收起，总以为是很好的同事，没有人害他。可是偏偏有个同事起了心思，有一回开了张假存单给客户，而那上面的私章盖的就是他的。一年后事发，假存单上真真切切是他的私章，让他哑口无言，活生生地赔了人家几千元，人还被处分了。教训深刻呀！

翁想想听母亲这么一说，冷汗立刻又从背上下来了。她疑惑地问："难道刘姐会拿我的章子去开假存单？"

母亲笑道："只是举个例子给你听，并不是说你那个刘姐就是这样的人。也许她是真的好心帮你收起呢？再说现在制度比我们那个时候严谨多了，又都是电脑操作，哪那么容易开假存单？我们那时都是手工操作，那个人是用作废的存单开出去的。"

翁想想似懂非懂，对母亲那个年代的工作方式一点也不了解。但是有一点她明白了，现在的银行内控抓得特别严，像存单、支票等都属于重要空白凭证，每用一份是要通过电脑销号的，而且必须顺号使用，不像手工时代，还有跳号使用重要空白凭证的事情，这样就给一些不法分子以可乘之机。

翁想想刚刚放下心来，母亲又嘱咐说："还有一点你要记住，人心隔肚皮，知人知面不知心，你按制度做就没有错，即使有时候坚持制度还会得罪人，你也一定不要放弃。还有句话你要记住，害人之心不可有，防人之心不可无。"翁想想连连点头，心里暗暗希望刘洁真的只是好心帮自己收起私章。

这样过了很多天，没听说什么案件之类的事情，而且刘洁还经常带她出去逛街。刘洁花起钱的潇洒程度让翁想想惊讶，什么贵就买什么，特别喜欢名牌。刘洁幸福地说，她男朋友在贸易公司做出纳，是高薪族。有时候她那个阔气的男朋友来请她吃饭，她还主动邀请翁想想参加。翁想想不想做电灯泡，刘洁就笑："怕什么，他也是我们的客户，你就当是跟客户沟通好了。"而那个姓李的男人也真是大度，也极力邀请翁想想，说人多热闹。翁想想见刘洁对自己是真的心无芥蒂，心想，看来，是自己多心了。本来还提着的一颗心，渐渐放了下来，觉得自己对刘洁，简直是以小人之心度君子之腹，暗地里愧疚不已。

那次"飞检"，翁想想所在的支行安然度过，但是其他行就没有这么幸运了。听说两个支行因为违规平行调运现金（即不经市分行总库互相调用）被查处。当事人即时待岗，两家支行负责人被扣发三个月绩效工资，并被记过。

后来邯郸金库大案一事，使各行对合规操作更加重视，行里三番五次开展学习，并要求写学习体会。翁想想对这个不内行，便请教师傅刘洁，拜读刘洁体会后，发现她结合工作实际，写得非常深刻感人，行里特别将她的体会放在学习园地的醒目位置，主任告诫翁想想等新员工向她学习。

九、营销基本功

潘媛忙乱中不知道怎么错了几百元钱，仔细查找无果，只好自己补上了短款，这下子，她几乎弹尽粮绝，又不好意思找父母要，就想着找谁借点钱。可是同事们都没有关系十分亲密的，更开不了口，心里郁闷，就给翁想想打电话。没想到，翁想想却说，她正和单位的人在外面吃饭，很吵。

潘媛羡慕翁想想分在市区。翁想想所在的那个行在市区最繁华的地方，是全行业绩最好的单位之一，听说每年的绩效工资总比别的行拿得多。翁想想却说："越是这样的单位，压力越大。因为人家都做得好，你不做，不仅收入少，还会被人耻笑。"

也许是这个情况吧？潘媛听说在其他单位最不会做营销的到了那个支行，忽然变成营销能手，因为那里有争先的氛围。不像自己所在的分理处，大家对分下来的任务总有抵触，何谈主动营销？甚至有的人对做得好的人还出言讽刺，说他是猪鼻子插葱——装象，拖累别人不得轻闲。于是大家都懒懒地，都不敢怎样冒尖了。

潘媛觉得，过不了多久，自己就会在这样的环境里磨掉自己所有的锐利，被那些工作多年的职场老油条们同化，然后丧失上进的信心。她害怕自己成为庸庸碌碌的妇人，所以，她平时就写点文字，充实自己。当听说翁想想正在灯红酒绿之中，潘媛就在纸上写下这几个字："人和人的生活，往往有着质的区别。"

其实翁想想是和同事在一起。上午，上个月的考核通报下来，支行各项指标在全行名列榜首，看来这个月大家又有一笔不错的进项，大家闹着要行长请客，行长爽快地答应了。翁想想第一次跟同事这样聚会。当她看到酒桌上那些女同事喝酒如喝水时，目瞪口呆。

主任张枚碰了她一下，问道："翁想想，愣着干什么？喝酒呀。"

"我，我不会喝。"翁想想红着脸说。

"谁天生会喝酒的？都不是练出来的？不会喝酒，将来怎么做营销？"张主任给她倒了满满一杯啤酒，示意她喝下去。

大家见翁想想愣愣的样子，怂恿说："喝呀，听说你妈妈当年的酒量闻名全行，可是有名的女中豪杰哟。说你不会喝酒，哪个信？"

"是啊，是啊。"大家附和。

肖晓笑着说："翁想想，你要想跟那个张大老板做成单子，这酒你还真得喝不可。"

"为什么？"翁想想有点愚笨地问。

"哈哈！"肖晓和大家都笑起来，"基本功！"肖晓说。

翁想想这才明白，他跟主任张枚说的是一回事。肖晓说："你知道吗，我们的张主任曾经一杯酒喝回一千万！"

"一千万？"任红舞和翁想想都睁大眼睛，有点半信半疑。

张枚温和地止住肖晓，说："你太夸张了！"

"不是夸张。"黄行长点上烟吸了一口，"有一次月底，我们行的存款任务差五千万的缺口，为了完成计划，我们找到一个客户，然后我们请他们喝酒。就是那次，张主任以一杯酒一千万的代价喝回了五千万存款，也让客户佩服得五体投地，后来见到张主任就甘拜下风。"

肖晓得意地朝翁想想眨眨眼，那意思说："怎样，我没有骗你吧？"

任红舞本来对张枚有失尊敬，这下听了介绍，心里立刻一震，心想，原来张主任是真的有两把刷子的！暗暗想在这酒桌上出点风头，见翁想想端着杯似乎踌躇的样子，她突然表现得异常的活跃和热情，主动说："翁想想不会喝，要不，我给她代了吧。"

翁想想吓了一跳。上次任红舞喝酒醉得一塌糊涂，酒量还不如自己，如何能让她代？但同时，她也很感动，别看任红舞平时牙尖嘴利，关键时刻她还是很照顾自己的。于是翁想想赶紧端起酒杯说："谢谢，谢谢，我自己来吧。"

任红舞得意地笑了，说："看，还是要用激将法吧。"

大家哄地笑了，乱七八糟地嚷："先敬行长。"

行长有三个，一正二副，分别姓黄、李、魏。其中魏行长分管营业室，比较熟悉，其他两位中黄行长是一把手，李行长和魏行长一样是副的。但大家一律喊三位领导"行长"。

翁想想只好一一敬过来。黄行长爽快，也不推辞，自己先干了，然后温厚地看翁想想如何行动。领导都干了，翁想想没理由不喝。李行长似乎有点架子，非要翁想想先干了不可。轮到魏行长，他反而说："不会喝，就少喝点。"话语中满是关怀，说着自己反而一口干了。

翁想想受宠若惊，见魏行长都干了，自己也不好再蜻蜓点水，只好一口喝完杯中的酒，立刻觉得胃里胀得很。翁想想没想到啤酒虽然不辣，但是装到胃里更撑人。

魏行长见翁想想喝干了杯里的酒，便露出赞赏的神色。坐在他对面的丁雅鹃看了，心里隐隐感到不快。她最近去魏行长办公室多一些，其实是想抓住最后的机会。她听说营业室要配一名副主任，虽然自己并不想跟张枚做搭档，但是只要能够升职，其他的走一步看一步。再说一些表面工夫不难做，所以虽然知道会因此招致一些议论，但是自己目前单身，也无所谓了。以前自己就是太放不开，所以才失去很多机会，不然自己也不会到了三十五岁还活得中不溜秋的，被这些年轻的丫头、小伙们背地里喊门卫一样叫她老丁。

偏偏魏行长还接着表扬翁想想，说她工作表现不错。丁雅鹃的脸便更沉了，低了头默默吃菜。

翁想想反而觉得惭愧，跟主任和其他老员工比，自己要学习的地方还有很多很多。母亲常说，谦虚是美德，她一直将此话记在心里，于是她谦虚地说："我做得不够，还要大家多帮助我。"

黄行长坐在翁想想对面，笑容满面地看翁想想诚惶诚恐地跟同事们碰杯，他没想到一个这么漂亮的姑娘，竟然如此地自谦，这在不知天高地厚的八零后中，是非常难得的。看来这个后辈是个可塑之材，有机会，可以培养一下。最近分行有个理财师的培训项目，他已经准备推荐行里的大学生们参加，但是名额有限，在翁想想与任红舞之间他还需要多观察。对于员工，他更喜欢沉稳一些的。以前有个女员工，性格开朗，业绩也做得不错，但是在跟客户交往的过程中不清不白，引起很多误会，后来他不得不将她调走了。这样的员工，还是疏远一些好，免得有一天会将自己牵连进去。

任红舞原本是想个人出风头的，没想到无意中给翁想想做了垫背的，反而陪衬了翁想想。她郁闷地仰头喝下一大杯酒，然后热情地频频和在座人碰杯。翁想想担心极了，几次想阻止任红舞。不知内情的人却暗暗佩服任红舞，以为她酒量很高，于是纷纷和任红舞拼酒，翁想想看任红舞喝得天昏地暗，只觉得惊心动魄。

吃过饭大家又闹哄哄地去歌厅唱歌。翁想想第一次参加这样的集体活动，她发现原本严肃的领导们到了这样的场合竟然都如鱼得水，谁都可以喊一嗓子，特别是黄行长和张枚的对唱可以称得上珠联璧合。

翁想想唱了一支邓丽君的老歌《美酒加咖啡》。她无意中发现魏行长和丁雅鹃跳着跳着就跳到旁边的小包厢去了。脑海中忽然就想起刘洁的话，赶紧站得离小包厢远远的，免得又被丁雅鹃误会她在窥探隐私。

十、人生才刚开始

翁想想突然接到两条短信，分别是王乐飞和一个不很熟的手机号码，想了好久，才记得，那个陌生号码是一个大学同学，叫黄蒲。同学们给他取了个外号：黄浦江，他倒也呵呵地答应。黄蒲说，他现在在电视台上班，正在打造一档交友节目，类似于"非诚勿扰"，什么时候请她上节目做嘉宾。

翁想想觉得这更像玩笑。读书的时候，黄蒲就是个爱恶作剧的人，虽然个子小，却经常拿一条假蛇或者癞蛤蟆将女生吓得尖叫，翁想想不相信这个遥远的邀请。早说过了，这样的梦她不做，况且这样的节目，上的都是比较另类怪异的美女，譬如"宁愿在宝马里哭也不在自行车后笑"之类的话她可说不出口。银行是个比较严肃的职业，这样的名她还是不要出的好，况且，这个人的话三句听不得一句，信不得。而且更搞笑的是，他在短信的最后貌似深情的加了句："我很想你。"

翁想想笑起来，心想："我才不上当呢。谁知道又是和谁一起想捉弄我呢。"所以她不理他。但是王乐飞的短信却让她烦恼，她不知道在自己明确表态后，他为什么还要穷追不舍？

她决定两个人的短信都不回复，无论真假，就让他们的感情慢慢冷却吧。她相信他们都是一时冲动。人生才刚开始，她不想现在陷在感情的漩涡里。

可是，王乐飞却焦虑不安。自他挑明了玫瑰是他送的以后，翁想想已经拒绝收那些花了。他没想到这个看起来柔弱的女孩如此坚决和倔强。不是所有的女孩看到花就怦然心动的吗？难道那些所谓的爱情宝典都是骗人的？

在得知王乐飞求爱受挫后，李立在床上笑得哈哈直滚："我们的白马王子也出师不利了，哈哈！"李立不知道为什么觉得这事如此好笑，竟然笑出了眼泪。

王乐飞气得擂了他一拳："你这个小子，人家让你帮我出主意，你在这里鬼笑什么？"

"要我帮你，也好办，不过，你要先请我喝酒。"李立乘机要挟。

"好小子，又想敲诈我呢，你说，哪一次聚会不是我请客的？"王乐飞说。

"谁让你有个有钱的老爸呢，你权当是给我们低保户发救济吧。"李立故意夸张，"再说，你这次请客，可是会有所获的。嘿，军师可不是好请的，人家刘备当年还三顾茅庐呢。"李立故意摇头晃脑，拿腔拿调。胡杨阳也在一旁起哄。

"可悲呀，这就是我所谓的好兄弟！"王乐飞也故意仰天长叹，"罢，罢，舍不得孩子套不住狼，我且牺牲一回是——了！"王乐飞最后一句拉着京腔。

"这哪跟哪呀？"几个人笑成一团，但是为了能吃到美味，他们鼓动李立给王乐飞当一回情感军师。李立得意地笑了。几个人勾肩搭背地找了个大排档，点了五个菜，叫了四瓶啤酒。

李立嫌酒少了，说："不行，搬一箱过来。"

王乐飞赶忙阻止："呵，看这酒不要你掏钱，就瞎灌，是不是？几时见你有这大酒量的？小心醉死你。"

李立笑着回敬道："哟嗬，心疼钱了是吗？要知道，李白斗酒诗百篇，我李立是杯酒计千条。你要不想我出个好主意，尽管将酒都拿走。嘿，到时候可别怪我出的是馊主意！"

几个人又笑起来。王乐飞只好说："好好，看你小子有多大能耐，如果今天不把这些酒喝完，我要你喝不完兜着走，全灌你身上。"说着，抓住李立的衣服，做了个灌的动作。

"别，别，还没开始呢。你犯规了，我要罚你。"李立说。

于是，不等菜上来，几个人空肚子就喝上了。几个人先分别说了几个笑话，其中李立关于银行的笑话立刻引得大家开心不已。他说："一天，在给一客户办理完取款业务后，我说，请你把卡收好。再看，发现客户手包拉链没拉好，又说，请你把拉链拉好。客户立即低头查看自己的裤子，周围同事笑成一片。"

接着胡阳扬也说了一个："某客户持一张现金支票来柜台取现，同事说，'请你在小写金额前挂个羊头，谢谢！'那客户很听话，站在柜台前在支票上写了足足五分多钟，等他一脸严肃并慎重地将支票从柜台外递过来，天！你们猜怎么着？那位客户真的在金额前画了一只惟妙惟肖的羊头！"

大家爆笑起来，说："不怪客户，人家又不知道挂羊头是写人民币'羊'字符号！"王乐飞也跟着笑了会，后来见大家只顾说笑话，忘了此顿酒的目的，就敲着桌子："哎哎，言归正传。"

李立喝了一口酒，然后慢条斯理地说："其实呀，这个男女的感情是要培养的。现在你们俩又不在一块，又不能天天去见她，她的注意力很容易被别人吸引过去。再说人家那么大个美人，那盯着她的还不海了去？所以，你现在最关键的是感情投资，打动她。"

"可是我每天一枝鲜花，也没有打动她。"王乐飞委屈地说。

"呵，现在谁还用送花这招？老土！"李立不屑一顾。

"电视里不都这样演的？"王乐飞迷惑地说。

"那是导演瞎编的。"李立说："现在什么年代了？送花是上世纪的事情，你现在要做的事情，是从小处着手，出其不意。"

"说得这样深奥。"王乐飞撇嘴，"你别吹，我要实际的方法。"

"这个从小处着手，就是，比如说吧，你现在不能每天见到她，就要每天坚持给她发短信，说些问候的话，如果她不反感，再乘机说些甜言蜜语。女孩子嘛，就是要哄的。"李立老到地说。

"看来，你哄过不少女孩子吧？"几个人立刻捉住他这个话题，起哄着要他坦白。

"嘿，嘿，这个嘛。一般来说，只要我盯上的女孩子，没有不投降的。"李立故作不好意思地摸摸后脑勺。

"哈，原来是个花花公子！"大家取笑。

"打住，打住！"王乐飞赶紧阻止大家将话题扯远，说："我要的是计谋，哎，计谋。"

"嘿，别光顾着说，先喝点酒。来来来，干杯！"李立却卖起关子来。

王乐飞也不好表现得太猴急，就和大家你推我让起来。喝过几巡，李立接着说：“听说过这样一个故事吗？”李立环顾四周，见众人一副洗耳恭听的样子，李立有被关注的得意，于是更加添油加醋地说起书来。

　　“话说有一对男女。”李立学着说书人的口气，“这男的非常喜欢女的，却苦追不得，用尽办法，也没有打动她的心。有一天，他蹲在地上，突然看到一队搬家的蚂蚁，忽然心生一计。”李立说到这里，故意顿了顿。大家急了，都催着他快说。

　　李立装模作样地喝了口酒，继续说：“这男孩马上想到一个办法，就是在女孩上班的楼下撒上蜂蜜。第二天，很多蚂蚁都跑来舔食这个蜂蜜。大家都看到这个奇迹一样的景象，都帮男孩在楼下大喊女孩的名字。女孩立刻被感动了，答应做男孩的女朋友。”

　　“切，只不过是一群蚂蚁吃蜂蜜，有什么好感动的。”王乐飞听完很失望。

　　“你笨呀！”李立见王乐飞不明白自己故事的含义，就骂他。众人也哈哈笑起来。

　　“难怪你追不到女孩。哎，悟性太差，太差！”李立故意装模作样地摇头，将一颗花生米丢到嘴里咬得咯嘣响。

　　王乐飞迷惘地想了半天，忽然拍了拍大腿：“你是说？”

　　李立一仰头：“哎，可别告诉我，你终于想到了。你反应也太慢了，怎么追女孩？”

　　王乐飞红着脸，窘道：“是不是将那女孩的名字在地上写好然后浇上蜂蜜？”

　　“嗯，猜到一部分。”李立得意地卖关子。

　　王乐飞低了头，筷子在桌上画着心形。

　　李立伸过头看了看，又诡异地点点头，“你还只猜到一部分。”

　　“是不是在那个女孩子的名字后写了我爱你？”胡杨阳疑惑地说。

　　“哎，对，聪明！”李立朝胡杨阳竖起大拇指。

　　“你是说让我在她上班的门前也这样做？”王乐飞也比较老实，以为要现学现用。

　　“嘿，我可没有叫你这样去做，我只是说个故事启发你。”李立一副指点江山的样子，好像自己真成了诸葛亮似的。

"不这样做，你说了还不是白说？"王乐飞有点气馁。

"真是朽木不可雕也！"李立摇头。

"去你的！"王乐飞这才知道被李立耍了。他故意装作生气地说："这顿饭你自己掏腰包。"

"啊？"李立瞪大了眼睛，然后起身做了个逃跑的动作。

大家立即一起按住他，王乐飞抓起酒杯说："灌他，灌他个龟孙子。"

一行人嘻嘻哈哈喝了个痛快，到散场时脚步基本上歪歪斜斜了。

李立临分手前，还在朝王乐飞醉醺醺地喊，"你个傻东西，发短信，你现在最关键的，是，是培养，感情，晓，晓得不？"

王乐飞回到宿舍，倒在床上睡了会儿，想起李立的话，便掏出手机，给翁想想发了条短信。

十一、是否红颜薄命

陈尘被翁想想拒绝后沉闷了很多天，一个人在宿舍喝闷酒。潘媛看到陈尘消沉的样子，气得夺过他的酒杯说："看你没出息的样子，难怪人家看不上你。"

陈尘心里本来就不痛快，又被潘媛如此批评，他更不高兴了，恼怒地喊道："你凭什么这样说我？"

潘媛指着他，痛心地说："是男子汉，你就好好振作，在工作上做出点成绩，让她知道她拒绝的是一个多么优秀的人。可是，你看你现在，活像一个落魄的醉鬼，你有什么资格去向人家求爱？"潘媛越说越激动，有恨铁不成钢的愤怒。

陈尘傻了般望着这个激动得满脸通红的女孩，不明白平时看起来温顺的女孩怎么像变了一个人。潘媛看他那个不开窍的样子，气得跺了跺脚，说："你自己照镜子看看，你这样，连我都看不起你，何况人家那么优秀的翁想想！"

潘媛机关枪似的指责似乎起了点作用，陈尘停止了喝酒，呆呆地望着潘媛。半晌才像泄了气的皮球软软地倒在床上。潘媛心疼地打来一盆水，拧了一条毛巾帮他擦了擦脸，然后将毛巾叠成长方形放在他的额头上。

陈尘睡得沉沉的。潘媛坐在他床边，看着他因焦躁扭结的眉毛，叹了口气，在心里说："唉，你这是何苦？天下何处无芳草，何必为一个不爱你的人伤心？"这样想着，又想到自己何尝不是这样暗恋他，不禁又叹口气，心想，"都是傻子。"

陈尘半夜醒来，却发现潘媛趴在自己床边睡着了。他怔怔地望着潘媛闭着的双眼，突然发现这个女孩其实有一张无比清秀的脸，有着小家碧玉般的气质。他悄悄地将毛毯盖在潘媛的身上，不忍打搅她的睡眠。没想到潘媛很警醒，立刻睁开眼睛。见陈尘正为自己盖毛毯，她的心不禁柔软地动了一下。

"你没事吧？"潘媛见陈尘似乎已经清醒，便关切地问。

"麻烦你了，我没事。"陈尘不好意思地说。

潘媛看了看手机，已经凌晨一点，急忙站起来，说："我该回宿舍了。"

陈尘说："外面很黑。"

"不怕。"潘媛笑一笑，"又不远，楼上而已。"

"我送你吧。"陈尘下床，但稍一动，就感到头晕，身子晃了晃。

"你还是躺下吧。"潘媛急忙阻止他。

"不行，天太黑，我还是送你。"陈尘执拗地站起来，送潘媛出门。

潘媛不再坚持，默默地走在陈尘前面。楼道没有路灯，潘媛的视力不好，像个瞎子一样小心翼翼地往前摸。忽然，黑暗中有一只温热的手掌握住了她的手。潘媛的心激烈地跳动起来，这是第一次被男孩这样握住。虽然知道他是怕自己摔跤，但潘媛仍有说不出的激动。

陈尘一直没有说话。潘媛也不敢开口，怕自己的惊慌失措被对方知道。她是个很自重的女孩，虽然心头喜欢，但她绝不会开口表达自己的感情，她认为女孩天生是被男孩追的，这样的爱情才更美好。

陈尘一直看到潘媛进了屋，才返回。这一夜，潘媛几乎彻夜未眠，眼前尽是陈尘的样子。这种美好的想念，她一直想告诉一个人。可是，她的身边没有这样可以诉说的朋友。她只有跟翁想想发短信说这件事。

"我爱上了一个人。"潘媛说。

翁想想正在公交车上，忽然听到手机响，拿出来一看，是潘媛。

"我爱上了一个人。"翁想想看到潘媛发来的消息，立刻笑了。这个文静秀气的女孩，会爱上什么样的男孩呢？

于是，她立即编好信息回过去："是个怎样的男孩？"

"沉稳、帅气、诚恳、傻。"潘媛说。

"呵，听起来很不错。他知道你爱他吗？"翁想想问。

"不知道。"

"那就是暗恋了。"翁想想笑。

潘媛发了个红脸过来。

"是谁呀？我认识吗？"翁想想好奇。

"你不认识。"潘媛撒了个谎。她知道陈尘刚刚被翁想想拒绝了，她不想让她误会自己像捡别人剩下的东西。

"真是可惜了，不然我可以帮你牵线呢。"翁想想笑着回复。

"谢了，缘分不可强求，顺其自然。"

"那么，祝你好运！"翁想想刚刚将这条短信发出，公交车突然发出一声沉闷的撞击。接着，翁想想的头撞在前面的椅背上，发出剧烈的疼痛。她马上意识到，出车祸了。

满车的人都发出惊恐的尖叫。一直站在她身旁的一个高大的年轻人站立不稳，倒在翁想想身上，翁想想的手臂被他沉重的身体压住，发出一声痛苦的尖叫。

公交车是因为躲避一辆逆行的摩托车，撞到了路边的栏杆上。公交车挡风玻璃已经被撞碎，司机满脸是血。当公交车终于平稳，年轻人一边扶着座椅试图站起，一边还不忘给翁想想道歉，"对不起，对不起！"

翁想想忍着疼，说："没事，没事。是意外。"

确实是意外。但是翁想想觉得自己最近遇到的意外简直太多了。前几天，她出门时在楼梯崴了脚，这还没有好完全，今天，又遇到这倒霉的车祸。她摸了摸头，却摸到一手鲜红的血。

"你的头破了！"年轻人说，"要赶快到医院包扎一下。"翁想想的手机也不知道摔到哪里去了。车厢一片混乱。

"现在几点钟了？"翁想想只好问年轻人。

年轻人掏出手机看了看："快八点了。"

"糟糕，我迟到了。"翁想想懊恼起来。行里规定，迟到十到二十分钟扣五十元，迟到半小时算旷工，翁想想很遵守时间。

"你这个样，还怎么上班？"年轻人说："不如给单位请个假。"

时间紧迫，也只有这样了，迟到和早退都会被记违规积分，何况目前自己看来根本到不了工作现场。翁想想借了年轻人的手机，给主任张枚请假说："主任，我遇到车祸了。"

张主任吓了一跳，高声说："什么，你遇到车祸了？严不严重？在哪里？"她惊讶的声音令刚刚开完早会的同事们都关注起来。

"头好像破了。"翁想想摸了把正在流血的头说。

"报警没有？叫120没有？"主任关切地问。

翁想想看了看车窗外面，好像看到警察来了，然后，也听到救护车的声音。她还想回答主任的问话，却觉得头一阵晕眩。张主任只听到一声轻轻的"嗯"，然后电话就断了。张主任赶紧安排了今天顶班的人员，焦急地拨打翁想想的手机，却一直无人接听。于是再拨刚才打来的电话，也没有人接。"难道她？"张主任心里掠过不详的预感。

过了一会，就有客户来办业务。只听一个客户惊慌地说："前面出车祸了，我刚刚逃出来，真是吓死了。"众人对这样的消息果然很感兴趣，七嘴八舌地问。张主任张枚估计就是翁想想说的那场车祸了，马上走过去问："你看到一个漂亮的姑娘吗？"

"什么样的？"客户惊讶地问。

张主任将他带到大厅挂服务明星照片的地方，指着翁想想的相片说："就是她。"

"她呀？是有一个，好像头破了，在流血。"客户肯定地说，他记得翁想想长得像明星，所以印象深刻。

全营业室的人不禁都揪起心来。任红舞虽然对翁想想怀着妒意，也不禁担起心来，心想，这个翁想想，她不会有什么事吧？这么年轻，也太可惜了。任红舞想到的是最坏的结果。她想象翁想想那张美丽的脸躺在白布单下的样子，不知道是否仍然动人心弦。这个时刻，她才从心底承认，翁想想确实是个美丽善良又聪明的好姑娘。

可是是谁说的，红颜薄命？任红舞不禁浮想联翩。

"喂，想什么呢？办不办业务了？"窗口一个声音气冲冲地说。

任红舞回过神来，赶紧向客户展现一丝微笑，接过客户的卡。

十二、送人玫瑰手留香

翁想想从昏睡中醒来，见到那个陌生的有着国字脸庞的年轻人立在床边。她立刻意识到是年轻人送她过来的。于是她欠起身，想坐起来致谢，却感到头疼。年轻人赶紧按住她的被角，示意她躺好。

"谢谢！"翁想想还是由衷地说。

"又没做什么！"年轻人有点不好意思，"再说，我还压到你的手臂。年轻人满是歉意。"

"呵，那样的场合，纯属意外。没事！"翁想想微笑着说。

"对了，你的手机找到了。"年轻人从口袋里掏出一部红色的手机，正是翁想想的。

"谢谢！"翁想想伸手接过，又谢了一回。

"能知道你贵姓吗？"翁想想望着年轻人，希望能知道这个好心人的名字。

"嘿，你太客气了。我免贵，姓赵。"年轻人憨厚地说。

翁想想笑了一下，说："赵先生请坐，别站着。你有没有受伤？"翁想想自己受伤还不忘关心别人。

"呵，还好，就是手掌蹭破了点皮，没事。"赵先生摊开手看了看说。

翁想想看到，他整个右手手掌已经又红又肿了。便说："你也去上点药吧，不然会感染的。"

"嘿，不要紧。"赵先生仍然憨厚地说。

翁想想笑起来，看起来是个很老实的人。正想接着劝他去看看，这时，手机响了。是母亲焦急的声音。

"想想，你怎么样？你在哪儿？听说你车祸了是吗？"

母亲一连串地问着，翁想想都不知道该先回答哪个问题。

"我没事，妈！我在中心医院，你别着急。"翁想想平静地说。其实她的眼里已经含了泪了。刚才的车祸太吓人了，翁想想回忆起来就觉得后怕。万一，自己有个三长两短，母亲该怎么办？翁想想很少遇到这样严重的意外，所以一听到母亲熟悉而亲切的声音，她的心立刻脆弱了许多，但是怕母亲焦急，所以强忍着。

赵先生见翁想想联系上了家里人，便舒了一口气，准备在她的家人到达后就离开。他看她还在输液，怕有什么需要帮助的，所以没有急着走。其实，他今天本来急着去一个公司应聘的。但现在自己的样子已经狼狈不堪，所以他便罢了去的念头。

翁想想以为是自己耽误了赵先生去应聘，所以很是歉意。赵先生解释，不关她的事。还开玩笑地说，要怪，也只能怪车祸。翁想想为他的善良感动。脑中突然灵光一闪，张永一不是开着大公司吗，不知道他那里需不需要人？

于是她问赵先生准备找个什么样的工作？

赵先生说他是学室内设计的。不过也兼学过动漫，原想进电视台，但是听说进电视台得很硬的关系，"可惜台长不是我家亲戚。"他自嘲地笑笑。

翁想想脑中急转，好像张永一的公司下面也开有装修公司？记得他有一次跟人说以后要装修可以找他的。管他呢，先打电话问问看。

翁想想便跟赵先生说了自己的想法。赵先生一听，是有名的大公司，便喜出望外，同意引荐。翁想想是个急性子，立即问了赵先生的名字。原来他叫赵光映。乍一听，还以为是那个宋朝开国皇帝，翁想想一下子乐了。

张永一很久没有见到翁想想了。他现在正在外地，看到翁想想三个字在手机屏幕上闪现，立刻按了接听键。

翁想想便谎称赵光映是她的朋友，学室内设计，想找个相关的工作。张永一立刻明白了翁想想的意思，便说："我的公司下面有个装修公司，你让他过来看看。"

翁想想如释重负，没想到事情如此顺利。她很高兴帮上了赵先生的忙。这样，也算是对赵先生帮助自己的回报吧。

赵光映没想到，自己无意中的好心竟然得到这样的回报。所谓送人玫瑰，手有余香，就是这样的意思吧？虽然事情八字没有一撇，但他仍然对翁想想心存感激。

翁想想刚才一下子说了太多的话，神情显得很是疲倦，脸色苍白。赵光映倒了杯水，要翁想想喝一口。正喂着，翁想想的母亲急匆匆地推门而入。当她看见一个英俊的年轻人正在喂自己女儿喝水，便愣了一下，立刻快步奔到床边。

"想想！"母亲握住女儿的手，仔细端详女儿头上的伤口。见女儿的头上裹满纱布，血刺目地渗出来，母亲的眼里渐渐有了泪意，"傻孩子，也不知道给家里打个电话。"母亲抹着泪。

"我没事，妈！"翁想想努力露出一个微笑："你看，我不是好好在这儿吗？放心，大难不死，必有后福的。"翁想想调皮地开着玩笑。

"你这个傻孩子，到这个时候还开玩笑。"母亲仍然掉着泪。

"嘿，妈，有外人在呢，可别让人家笑。"翁想想伸手抹母亲脸上的泪。

母亲捉住女儿的手，心疼地轻轻抚摸着："傻孩子，可把妈吓死了！你们张主任打电话来，说你出车祸了，我急得不得了，又打不通你的电话。你的那个死鬼老爸的手机也停机了，也不知道他在那个角落里摸他的二五八万，妈连个商量的人都没有。"

"我没事，妈。你不是看见我了吗？"翁想想安慰母亲。

"没事就好，没事就好。傻孩子，这下，你不知道要疼多久呢。"母亲的心仍然在女儿的身上。

"嘿，我很快就好了，你别光顾着说我。这位赵先生是我的救命恩人，妈，难道你不想谢谢人家救了你的宝贝姑娘？"

母亲这才仔细瞧了瞧站在一旁的年轻人。刚才她还误会他跟翁想想的关系，现在听翁想想一说，她立刻露出笑容，说："谢谢谢谢！谢谢你救了我女儿。"

赵光映仍然一副不好意思的样子,说:"哪里,哪里,是我撞到你女儿,帮她应该的,应该的。阿姨,你女儿是个好心人,好心总会有好报的,你放心。"

翁想想的母亲不知道女儿帮这个年轻人找工作的事情,虽然不懂他为什么要说女儿是好心人,但听到有人赞美自己的女儿,她还是很高兴的。就点头说:"是呀,我女儿从小就心肠好,看到一只流浪狗都要送点吃的给它。每次上街,看到残疾人或者乞讨的,她总是要给人家钱。有的人说那是骗子,她也不信……"说起女儿的好,做母亲的就滔滔不绝了。

翁想想闭着眼笑了,轻轻地说:"妈,不要再说了,再说,人家要笑你护自己姑娘了。"母亲不好意思地朝赵光映笑了笑。

赵光映见翁想想已经有人照顾,而且翁想想看起来也很虚弱,应该让她好好静养,于是乘机告辞。翁想想的母亲将赵光映送到病房门外,一再说了谢意,搞得赵光映觉得更不好意思,立刻逃也似地走了。

翁想想的母亲转回身,在翁想想的床边坐下。只见女儿已经睡着了,半边脸还是肿的,眼睛也乌着,做母亲的心不禁深深地痛起来,泪再一次涌上她的眼眶,悄悄地淌了一脸。

正在心痛之中,几个穿着银行职业装的人轻轻走了进来。

十三、忍耐是制胜法宝

走进病房的是翁想想的同事们。主任张枚带头,任红舞走在最后。

翁想想的母亲听到有人叫自己"罗科长",回过头,看见是张枚和刘洁等几个人,马上客气地站起来,招呼道:"你们好,你们好。"

张枚有些歉意:"一直没空,只有下班才能来看看,怎么样,不要紧吧?"

翁想想的母亲说:"伤到头,估计得十天半月才能好。唉,还好,捡回条命。"

"是啊,一听说车祸,可担心死我了。"张枚说。刘洁趁张主任跟翁想想的母亲寒暄,已经躬下身子查看翁想想的伤口。

任红舞站在后面,听她们寒暄,也乘机打量翁想想的母亲,这个传说中的强女人。只见她穿了件掐腰豆绿色短袖衬衣，下着一条飘逸的黑色真丝长裤，头发高高地盘起，眉眼间显得干练、利索。任红舞暗暗佩服众人描绘不差，看来这个女人年轻时确实是个不简单的人物。

但是，翁想想却看起来有几分柔弱，和她母亲的干练比起来逊色不少。但翁想想的美丽却超过她母亲很多。仔细看起来，翁想想和她母亲并不是很相像。也许翁想想更像她父亲，再或者，是上天厚待她，让她结合了父母之间的遗传优点。

任红舞正在暗自揣测，却听到翁想想的母亲问："这个是谁？看，我老了，连自己一个单位的人都不认识了。"

张枚赶紧将任红舞拉过来，说："她叫任红舞，是和你家想想一起进银行的。"

任红舞很机灵，赶紧甜甜地叫了声："阿姨。"

翁想想的母亲笑着应了："常听我们家想想夸你，说你比她能干，工作主动敢开口，她说要向你学习呢。"

任红舞没想到翁想想会这样在她母亲面前赞她，心底实在意外。

翁想想的母亲感谢大家来看自己的女儿。正聊着，翁想想醒了。刘洁立刻拉了她的手问好，众人也急忙围上去，关切地问长问短。

翁想想看到朝夕相处的同事来了，刹那间生出无限的感动，说："看到你们真好。我以为再也见不到你们呢！"

"又瞎说！"张枚亲切地用手拂了下翁想想垂到眼前的头发，"好好养伤，我们都等着你重返岗位。"

任红舞看到主任那和蔼可亲的样子，却认为她很做作。她一定是做给翁想想的母亲看的。她心想。

众人坐了片刻，便告辞了。翁想想的母亲送他们到门口。

翁想想没想到，因为这次意外，她失去了一次宝贵的学习机会。

行里接到省行通知，要选拔人到总行参加理财师培训，学成之后，便是行里稀有人才了。据说，这次培训费用每人大约近两万元。任红舞和肖晓都被选上了。

任红舞兴奋地给王乐飞打电话报喜，没想到，王乐飞也将参加。任红舞更兴奋了。她已经很久没有见王乐飞了，给他电话，他也总是说忙。这下，又可以经常见面，她一定会把握机会，好好培养两个人的感情。

翁想想不知道行里这些变化。她一边养伤，一边看业务书籍。等她半个月后重返岗位，才知道，她失去了一次多么宝贵的学习机会。她有点郁闷。但更让她郁闷的是，因为她休假半个月，她的业务量和业绩都排在支行末位，所以，当月服务明星评比的时候，她理所当然地落选了。而上月，她的综合考评排在第一，大幅照片挂在营业厅里，服务明星几个字闪闪发光。

这让曾经踌躇满志的她感到意外。当她看到自己的照片被别人取代时，她的心第一次感到失落起来，有种挫败的感觉。虽然潘媛安慰她都是因为病的缘故，下次，她一样可以夺回明星称号的。但是，翁想想一想到自己最近接二连三地遇到意外的事情，心情仍然好不起来。

但是，不管怎样郁闷，工作还是要认真做。可是在柜台工作，每天会发生一些意想不到的事情，或者说是刁难，但是自己还得小心翼翼地说话。心理素质稍弱的人，会被这种日复一日的巨大压力搞得崩溃。她听说行里已经出现两个精神分裂的员工，都是做柜员的，现在已经办了病退。所以当她碰到难缠的客户，常常自认倒霉。眼前这位客户是个年约四十岁的男子，留一脸络腮胡。翁想想从小就害怕这样的人。在她的记忆里，有这样的胡子的人非常恐怖，他们会拿坚硬的胡子扎人。这是翁想想对邻居叔叔的记忆。现在看到这个客户，翁想想一下子想起已经搬家的邻居叔叔，但此刻的记忆已经因为时间而过滤得非常美好。所以，她见了客户，便微笑起来。

"取钱。"客户憋着生硬的普通话说。

翁想想接过卡，在刷卡器上轻轻刷过，问："取多少？"

"三千。"客户答。

"哦。以后两万元以下可以在外面的柜员机上取，不用到这里来排队。"

翁想想一边麻利地操作，一边好心地提醒道。说到这里她突然想起一个笑话：某行 ATM 机在客户输入支取金额前屏幕会有一段提示，大意是本机可为你提供一百元和五十元票面人民币现钞，请你输入金额后按确认即可。有天来一客户，在柜台要求用卡取现两千元，柜员提示说也可到门外窗口的 ATM 机取，客户坚决摇头，不行！你们的机子太落后，每次只能取一百元，我上次取一千五百元，取了十五次……翁想想想到这里，笑容爬了满脸，认真地将取款机指给客户看。

"我就喜欢到柜台来取，怎么，不想为我服务？"客户话语很冲地说。

翁想想一愣，知道自己遇到不讲理的人，便不再讲多余的话，打了取款条递出窗口请客户签字。客户潦草地签了。翁想想仔细检查了一下，却发现与卡上名字不符。

"对不起，这张卡是你的吗？"翁想想礼貌地问。

"怎么不是我的？"客户反问。

"我看你的签名与卡不符。"翁想想说。

"是我老婆的卡。怎么，不行啊？"客户看起来要发火了。

"是这样的，如果你是代取，麻烦你签某某某代某某某。"翁想想仍然耐心地说。

"真他妈麻烦！"客户嘟囔一句。

翁想想听到了他的脏话，却只当没听见。每天要面对几百个客户，忍耐，是制胜法则。

客户再次签好。翁想想数好三千元，全部是一百元的票面，沙沙地在点钞机上正反过了两遍，然后又飞快地点了一遍才递给客户。眼看客户收好钞票，翁想想正待叫下一个，客户突然又说，"我还要取两千元。"

翁想想心里有点烦躁，冲动之下真想问他怎么不一次办好？但是，如果吵起来，吃亏的会是自己，轻则挨批评，重则会受处分，搞不好被举报到上面，那样的结果会很糟糕。翁想想深吸了口气，强迫自己忍耐，忍耐。

仍然麻利地办好业务，客户这次没有签错。看起来很顺利。翁想想确认客户不会再有什么新的要求，便准备接待下一个客户。可是，令她没有想到的是，客户突然叫起来，"有假币！"他的惊叫立刻引来大厅所有人的关注。银行竟然出现假币，这可不是小问题。

可是翁想想很沉着。所有的钞票进出她都过了点钞机，她确信自己现金箱里没有假币。况且，刚才给客户的钱，是当面过了两次机的，她的操作很规范。于是，她肯定地说："不会有假钱。"

可是客户不依不饶，高声在窗口叫起来，说到激动处，还用手擂窗口玻璃。这样意外的场面令翁想想怎么也想不到。她接过客户手上的两张百元大钞在点钞机上一过，机器马上"嘀"地鸣叫起来。确实是假币！

可是，自己真的没有收过假币。不仅操作规程不允许，自己的职业道德也不允许自己这样做。大厅里的目光齐刷刷地投过来，怀疑的、嘲笑的、惊讶的、好奇的……翁想想觉得，自己好像被这些目光从里到外地透视了一遍。她感到被冤枉的屈辱。但是，她却不能跟客户争论。这样，势必引起更大的骚乱。她立刻给张主任打电话汇报了此事。她知道，关键时刻，应该依靠组织。

姜还是老的辣。张主任确信翁想想没有做违背职业道德的事情后，果断地决定，报警。客户还洋洋得意地坐在大厅里，等着看翁想想被处理的好戏，等她乖乖赔他的款。没想到，他等到的是警察。客户一下子慌了。原来，这个客户是从外地打工回来的，手上不知道是谁给他的五张假币，他自作聪明地利用取款的机会来栽赃，没想到银行里那个看似单纯的丫头一点也不慌张。

警察当场从那个人身上搜到另外的假币，立刻将他带走了。大厅里恢复了平静。可是，翁想想的委屈却泛滥起来，她当着主任的面哭出声来。只有她明白，这个哭声里夹杂着失去进修机会的无奈和失落。

下班的时候，刘洁死活拉了翁想想一起去吃饭，一边走一边还开导她不要将这件事放在心里，说在柜面工作，什么样的怪事都能碰到。她还举例说，有一次一个客户来存款，明明只有三千元，硬说是三千二，那次她也委屈得不行。后来见多了这些事情，就能够以平常心对待了。翁想想很感动，觉得刘洁真是善解人意，遇到这样的师傅真是幸运。那次饭后，刘洁又拉着她逛了会街，给她买了个水钻发卡。翁想想无论如何不肯要，说即使送，也应该是徒弟送师傅礼物，怎么可以倒过来。刘洁就笑："什么师傅徒弟，能够在一起共事是缘分，都是姐妹才对。"说得翁想想心里暖烘烘的，觉得再推辞显得生分了，便笑着伸手接了。刘洁说："是嘛，开心点，你看你笑起来多漂亮！"

十四、不要感情用事

接连几天，翁想想的心情都不是很好。而令她更郁闷的是，这几天，似乎遇到的也都是些烦心事。

刚刚开了机，就有人来办业务。客户是个头发花白的老太婆，大约六十岁的样子。她要存一笔款，不多，就一千元，还零零散散的，有百元票面的，有五十元票面，还有二十、十元甚至一元的硬币。翁想想心想，这些钱她可能攒得很不容易吧？

翁想想一向心善，对这样的客户更是充满同情，所以，她很认真地将票面分开，仔细地手工点一遍，然后再过点钞机。她很希望能够顺利完成这笔业务，让老太婆不多的存款赶快添上一笔，好让老太婆增加一些快乐。可是，点钞机却令人心碎地叫起来。

"有假币！"翁想想的心往下一沉。按规定，发现假币是要没收上交的。可是，老太婆看起来那么可怜，她一定会伤心欲绝的。果然，当翁想想将那张粉红色的百元钞票举起来，凑到窗口，告诉老太婆这是一张假币必须没收时，老太婆的脸色立刻变了，声音颤抖着说："不会吧？怎么会有假币？"翁想想看到老太婆眼底无限的不相信。

"确实是张假币，老人家！"翁想想将钞票又塞进点钞机，点钞机兼有验钞功能。可是还没等钞票过，它就尖利地叫起来。

"看，假币过这个机子会叫，真钱就不会。"翁想想为了让老人相信，特意又将一张真钞票过了一遍。这次机器悄无声息。老太婆终于相信了。于是，翁想想看到，一滴泪从老人眼中慢慢落了下来。

"我要没收了。"翁想想赶紧低下头忍着心头的难受，在那张逼真的假币上盖了假币的印戳。

半晌，老太婆好像才醒悟过来，忽然发出一声凄厉的哭喊，"不——"

大厅里等候办业务的其他客户不知道发生了什么事，纷纷涌过来。保安赶紧过来维持秩序。翁想想被那声突然发出的凄惨的哭喊吓了一跳，她急忙站起来，试图跟老太婆解释。

"那个杀千刀的，一定是那个杀千刀的骗了我！"老太婆听不进翁想想的话，一屁股跌坐在地上，哭天喊地地控诉。翁想想听老人断断续续的哭诉，终于明白，老太婆是被人骗了。

原来，老太婆是个孤老，她一个人做点小生意维持生活。每天，摆个小摊，在学校附近卖点卤鸡蛋、香烟和饮料之类。附近的人都知道老人可怜，也很照顾她的生意，所以她每天还能有个二三十元的收入，而她又非常节俭，除去每天吃喝等费用，还能节余几个钱。所以，她就将这些钱攒着，怕一时病痛好救急。

老人心好，看到哪里受灾，哪个孩子没了爹妈，她总要将不多的钱资助几个。她总是想，多积福，多行善，来生可以托生个好人家。但是，她万万没有想到，自己这么好心的一个人，竟然被人骗了。

昨天，一个戴墨镜、骑摩托车的小伙子匆忙在她的小摊前停下，说要买两包香烟。老人很高兴。那个烟是她小摊上最好的烟了，一下子卖出两包，今天可以多赚点钱。她喜滋滋地拿了两包烟，还仔细地用衣袖揩了揩，怕路边灰多，弄脏了烟。

可是小伙子似乎很急，说："行了，行了，我还有事，不用擦了，你快找钱吧。"说着，就递给她一张崭新的百元大钞。老人一边答应着，一边哆嗦着手找钱。小伙子不耐烦，只要了几张十元的票子，几枚硬币说是送给老太婆。老太婆还以为遇到好人呢，还一个劲地说："谢谢，走好，走好。"

后来，旁边一个书摊的女老板说老人收的是假钱，她还不信，说这钱这么新，也有毛主席的水印，怎么会是假的呢？为了印证真假，她一大早特意带着一千元来银行存款，没想到，还真被女老板说对了。

翁想想看老人哭得那么伤心，心里也酸酸的。她对老太婆说："老人家，我也没办法，收到假钱应该没收，这是规定。"

老人抹了把泪，双手扶着柜台说："姑娘，我知道你们有规定，可是，我赚钱也不容易，能不能不没收这张钱了呢？"

老人这么说，意味着她将会拿这张钱去骗别的人。假币能够在市场悄悄流通的原因，就是大家为了减少自己损失，不惜昧着良心将假钱以购物等方式混出去。翁想想轻轻摇了摇头，说："老人家，我也很同情你，可是这钱不能再流到社会上害人了。"

老太婆怔怔地望着翁想想，突然，她将头狠狠地撞向窗口玻璃，说："不，求求你，不要收我的钱，不要收我的钱……"

窗口玻璃在老人的撞击下发出哗啦啦的响声。翁想想又惊又痛，很想冲出去抱住老人，但是，她在岗位上，不能随便脱岗。她的眼圈慢慢红了，然后，迅速在心底做了个决定。

这时候，张主任和保安已经在劝老太婆，张主任还细心地将真假币的区别和辨别方法告诉她。老人渐渐收了泪，一旁的人一边同情地叹息着一边认真听张主任的讲解。窗口里面，翁想想也迅速办好了老人的存款业务。

张主任帮老人将存折拿过来，正想再安慰老人几句，可是一看存折，却发现，老人的存款栏里，电脑打印的数字是一千元。

张主任诧异地望向翁想想，翁想想微笑地点点头。张主任迷惑不解地盯住她看了片刻，然后恍然大悟。她摇摇头，然后，又无奈地点点头，将存折递给老太婆说："老人家，是这样的，那张假币我们必须收回，不能让它继续害人。但是，我们也知道你老人家不容易，所以刚才我们将你损失的那一百元钱给你垫上了，只当是我们工作人员的一点心意。你看，存折上存的仍然是一千元，老人家，以后收钱要小心啊。"

老太婆没想到最后的结果是这样的，她愣了很久，才突然弯下腿，就要给张主任跪下。张主任赶紧拦住老太婆说："别这样，别这样，你是老人，我们可受不起。"

老太婆的泪又下来了，不停地说："好人哪，好人哪。"临走，她又回到翁想想的窗口，挥着手对翁想想喊："好姑娘，刚才给你添麻烦了，对不起，对不起了！"

翁想想摇摇头，大声说："没关系，老人家，走好！"老太婆走出去好远，还不禁回头，朝银行挥手。

下班后，主任叫住翁想想，说："你来我办公室一下。"翁想想暗暗得意着，以为张主任会为今天的事情表扬自己，没想到，张主任一开口就说："翁想想，你今天做错了一件事。"

翁想想惊讶地睁大眼睛，愣住。今天，她已经很细心了，刚才扎的帐也很平，没有一丝错，她怎么也想不起自己哪里做错了。

"你今天处理那张假币的事情，出发点是好的，但是做法错了。"张主任见翁想想没有意识到自己的错误，就严肃地说。

　　翁想想更惊讶。她只是个人替老人垫了一百元，又没给银行损失什么，有什么错？

　　但她只是在心里这样想，表情上仍然露出愿闻其详的样子。张枚想，这就是她跟任红舞的区别，如果是任红舞，此刻可能已经激动地辩解起来了。所以即使没有翁想想母亲这层关系，张枚也是会喜欢这个性格温婉的丫头的，所以对这样的员工，她会要求更严格一些，也更愿意将一些职场经验传授给她，于是她毫不留情地说起来。

　　"你以为你今天的做法很伟大，是不是？"张主任仿佛看穿翁想想的心思，说："假币要没收，是规定。你今天也看到了，假币给社会和个人带来的危害是多么大。遇到假币，必须没收，这是制度，我们只有不折不扣地执行。你今天替老人出了一百元，我知道，你是好心，我也觉得老人可怜。但是，我们毕竟不是慈善福利机构。今天，一个老太婆，你给出了，明天，一个老爹爹也遇到这种事情，你也出吗？如果后天，是一个残疾人，或者比这个老人更可怜，你怎么办？继续垫吗？你有多少钱可以做这些事情？

　　"再说了，如果这个老太婆理解错误，将这个事情到处宣扬，说银行收到假钱可以替换的，那怎么办？当然，我是说万一，我想那个老人应该不会这样做。但是你这样处理，会让同事们执行制度时感到为难。大家以后遇到这样的事情会想，翁想想那样好心，我们总不能表现太无情吧？如果都自掏腰包去帮人家垫钱怎么办？那制度不是成了摆设？"

　　翁想想认真听着主任的批评，越听越觉得自己幼稚。是啊，自己怎么没想到这些呢？

　　张主任见翁想想低下了头，又说："当然，你这种善心还是值得表扬的，只是用的地方有点欠妥。记住，你坐在银行柜台里，一言一行代表的不仅仅是你个人，而是我们银行。以后，处理问题不要感情用事了。"

　　翁想想惭愧地点头。最后，主任说："今天的那一百元由单位出，不要你个人垫。"

　　翁想想马上反对，"不……"

张主任挥挥手，果断地说："不要说了，就这样定了。"

翁想想的好心情被张主任的一番话完全搅乱了，所以刘洁约她去听音乐会都没有兴趣。她垂头丧气地走在回家的路上，有点难过。没想到，今天做了好事却挨了批评，真是太意外了。她望着波光粼粼的湖水，对未来充满担心，不知道自己还会犯什么样的错误。

十五、学会放下

接连的不顺心，让翁想想工作很小心。她不想再出什么岔子。

王乐飞从北京发短信问候她。翁想想正好郁闷，便向王乐飞诉苦，说："还是你好，可以躲到一边深造，一线好苦啊！"

王乐飞很吃惊。翁想想对工作一向很敬业，从来没听她叫过苦的。有时候，他们几个人聚会时常倒倒工作上的苦水，翁想想还要狠狠批评他们。可是今天，翁想想竟然也叫起苦来，这太不正常了。他马上意识到，翁想想可能遇到困难。这个时候，她最需要倾诉和被倾听。于是，他马上回复："怎么了？能跟我说说吗？"

"唉，一言难尽！"翁想想回答。

"这么严重？"王乐飞迅速回复，"到底怎么回事？"

"工作不顺。"翁想想说。

"是什么事情，能说详细点吗？"翁想想的短信勾起王乐飞的担心。他希望能够为她分担。

"其实，也没什么，都过去了。"翁想想本来想细说，突然又觉得，没什么值得说的。

"不相信我？说吧，说出来，心里会好受点。"翁想想越是不想说，王乐飞越是想知道，这大概是人的本能。但对于王乐飞，他更将每一次沟通当成拉近和翁想想关系的最好方式。所以，翁想想越不说，他越着急。

翁想想半天没回音。等了大约两分钟，还不见短信过来，王乐飞焦躁地在宿舍里踱来踱去。在再一次确信没有收到翁想想的短信后，他终于将电话拨了过去。

翁想想正坐在电脑前上网。她每次心烦，就到网上找些时装、装饰品之类的网站看，好让自己的坏心情舒坦一些。她正聚精会神地浏览时装，手机焦躁地叫起来。翁想想此刻不想说话，她就想一个人静静地待着。可是手机固执地响，翁想想终于熬不过手机的不断叫唤，按了接听键。

"翁想想，你还好吧？"电话那头，是王乐飞焦急的声音。翁想想忽然有点被关怀的感动。看来，王乐飞是真的关心她。

"我没事。"翁想想轻轻笑了一下。

"急死我了，给你短信也不回，以为你出了什么事。"王乐飞的语速飞快、急促。

"我能有什么事？"翁想想笑起来，被王乐飞的大惊小怪逗得反而轻松起来。

"可是你的短信却说工作不顺。到底怎么了，能告诉我吗？"王乐飞听到翁想想的声音似乎轻松了些，却仍然想知道她到底遇到什么麻烦。如果翁想想愿意说，说明她对自己还是比较信任，如果不说，说明自己在她心目中无足轻重。

"其实也没有什么。"翁想想见王乐飞打电话就是为这个，叹了口气，就将最近遇到的不顺心的遭遇都说了。王乐飞认真地听着，不时地应几声。翁想想絮絮叨叨地说完，一看时间，过了快一个小时。难怪手机摸起来发烫呢。

"原来是这些事情。"王乐飞说："其实我们直接面对的就是千奇百怪的客户，遇到这些奇奇怪怪的事情也很正常。我有一次还遇到一个疯子到银行来闹，差点要打人呢。所以，你不要将这些事情搁在心里，工作是工作，生活是生活。下了班，工作的事就放下，不要再想。这样，你会觉得轻松许多，知道吗？"

翁想想点头。是啊，可能是自己太敏感了，仔细一想，这些烦恼又算什么？自己就是放不下，所以才会不开心。

"谢谢你！"翁想想真心地感谢王乐飞。她觉得王乐飞就是性格开朗，凡事总往乐观的地方想，所以他才显得那么阳光。身边有个这样的同事真是令人愉快。

"以后，有什么事记得要告诉我。不是有句话说了吗？一个人的快乐告诉另外一个人，就变成两份快乐，一个人的苦恼让另一个人分担，你的苦恼就减少一半。"王乐飞乐呵呵地说。

"好，我会的，谢谢你！"翁想想由衷地感谢。

挂了电话，翁想想的心情真的好了许多。她看中网上一件韩版白色连衣裙，便毫不犹豫地买下了。她想象着自己穿上这件裙子美丽的样子，一定会有更多的回头率吧？她沉浸在自己美好的想象里，多日积压的郁闷一扫而光。她愉快地找了件粉色碎花睡衣，哼着歌钻进浴室。

她今天在超市买了玫瑰沐浴盐，是第一次使用这种产品。因为心情好转，她迫不及待地想试试这种产品抹在身上到底是什么感受。一打开包装，玫瑰的香气便立刻在浴室蔓延开来。她挤了一些抹在身上，细细的盐粒和柔软的沐浴液令她的身体格外舒服。她躺在白陶瓷的浴缸里，闭上眼睛享受这些香气四溢的泡沫包围身体的舒适，然后美美地叹了一声。此刻悠然自得的她不知道，她将会遇到另一场困扰。

任红舞去找王乐飞，走到门口，却听到王乐飞在和谁说话。听那语气，是前所未有的温柔和愉快。一定是个女孩！任红舞有点吃醋了。

虽然知道以王乐飞出色的外表，足以吸引很多女孩子，但任红舞就是不甘心。才到北京几天，就听说有几个女孩子对王乐飞表示了好感。虽然不知道是真是假，但王乐飞的身边总是围绕着别的女孩，令任红舞很不放心。所以，今天她特意来找王乐飞说说心里话。她觉得，自己爱王乐飞，必须认真告诉他，不能傻傻地等王乐飞表白。这个年代，谁大胆谁就能拥有真爱。她决定主动出击。

王乐飞见是任红舞，眉毛不易察觉地皱了一下。这个任红舞，现在越来越放肆了，竟然到处宣扬自己是她的男朋友。他总想找个机会跟她好好谈一下，现在，她来得正好。

"你来了？"王乐飞将她让进来。

"我有话跟你说。"任红舞刚一坐下，两个人不约而同地说。

任红舞笑起来，以为这就是别人说的心有灵犀，不然怎么会同时开口说一样的话？想到此，她心情舒畅，就说："你先说。"

"还是你先说。"王乐飞说："女士优先，你说吧。"

任红舞又误会了，以为王乐飞故意在她面前表现绅士风度，以博她的好感，便妩媚地一笑，将身子朝王乐飞靠了靠。王乐飞闻到她身上浓浓的香水味，带着成熟女人的脂粉气。王乐飞皱着眉耸了耸鼻子，毫不客气地说："你洒的什么香水，太刺鼻了。"

"啊？你不喜欢呀？那我明天换一种。你喜欢什么味道的呀？"任红舞好像对王乐飞的批评很不在意，反而温柔地问。

"最好什么也别洒。"王乐飞毫不客气地说。

"好，我听你的。"任红舞又温柔地说。那声音，完全没有平时的高声大嗓，令王乐飞听起来很不习惯，觉得很别扭，任红舞这样说话反而显得很做作。

"你不是有话说吗？快说吧。"王乐飞不想跟她扯太远。

任红舞的表情突然扭捏起来，"王乐飞，我，我爱……"

王乐飞突然意识到任红舞要说什么，马上打断她说："还是我先说吧。"

任红舞羞怯而充满希望地望着他，仍然极尽温柔地说："好。"

"你不要到处说我是你男朋友了。"王乐飞厌恶地说："我跟你是不可能的。"

任红舞脸色一暗，立即感到很受伤，表面上却仍尽量保持话语里的温柔，问："为什么？"

"因为，我心里已经有人了！"王乐飞更果断地说。

任红舞的心被深深刺痛了，好像从高高的山峰坠下无望的悬崖。"不！"任红舞突然大声尖叫起来，"你不能抛弃我，你不能！"

任红舞突然站起来，从王乐飞后面抱住了他。王乐飞心里一震，感觉到一个柔软的身体贴了过来，让他有片刻的神思混乱。

"不，不要抛弃我。"任红舞低泣。她将脸贴着王乐飞的背，这个男孩的身体散发着青春的成熟气息。她迷恋他，她不能想象这个令她迷醉的身体被别的女孩拥有。

王乐飞在片刻的失神后，迅速转身推开任红舞，语气决绝地说："我没有抛弃你！你从来不是我女朋友，又哪来的抛弃？"

"可是，我早就把你当成我的男朋友了！"任红舞抬起泪眼。

"那是你一厢情愿。"王乐飞不想再跟她多说，抓起一件衣服进了浴室。任红舞失魂落魄地跌坐在王乐飞的床上。她从没想过这样的结果。

忽然，王乐飞放在桌上的手机响了一下。任红舞突然想到，从手机里一定可以知道谁是那个夺走她爱情的人。她迅速拿起手机翻看，有一些陌生的暧昧短信在手机上，但王乐飞并没有回复。突然，她看到有好几条"想"的短信，虽然没有说什么甜言蜜语，但王乐飞回复却很多。任红舞仔细地将认识的人在脑海中过了一遍，突然想到一个人。"翁想想！"她咬牙切齿地在心里念道。

翁想想正在上班，忽然接到任红舞猖狂的电话："翁想想，你给我听着，王乐飞是我的，你休想夺走他！"

翁想想丈二和尚摸不着头脑，张着嘴吃惊地听任红舞在电话里大喊大叫。

（2011年由现代出版社出版，获第二届中国金融文学奖）

长篇小说卷（三）

NO.6

月亮不在云里（节选）

■吴应佑

▌ 作者简介

　　吴应佑，海口市琼山区人，海南省作家协会会员。先后担任中国人民银行海南省分行办公室主任、海口市信托投资公司总经理。主要作品有长篇小说《太阳是这样的》《月亮不在云里》《星星在眨眼》和长篇文集《好长的梦》。其中，《太阳是这样的》荣获 2017 年第三届中国金融文学奖长篇小说奖，《月亮不在云里》荣获 2016 年海南省文学双年奖。

作品简介

椰山市富城镇一幢不大不小的烂尾楼——大洋洲国际商贸城，竟引发了五宗官司。一时间，硝烟四起，刀光剑影，一场场生与死、灵与肉的博弈随之而至……

肖朋月和方南洋是 20 世纪中期在海南岛北部的农村里一块长大的一对情侣。两人因故分手后，肖朋月背上沉重的精神枷锁。后来，他们陷入了与大洋洲国际商贸城的几宗官司中，肖朋月全力以赴帮助南洋脱离困境。两人并肩作战，生死与共，与对手斗智斗勇，终于战胜了心狠手辣的合作伙伴欧海洲及其黑暗势力，成功粉碎了这场"货币战争"，打赢了官司，还清了 2500 万贷款。肖朋月和方南洋又重新走到了一起，两人纯洁且高尚的爱情升华到了新境界。

小说展现的是 20 世纪 90 年代我国的金融界与商界中发生的故事。在作家笔下，人性的善恶、情场的凄美、命运的悲怆、商海的残酷……人生的苦乐与精彩都在小说里轮番上演，让人们的心灵一次又一次地受到震撼……

行长有约

"好，好，就这么定，晚上见。"

放下电话，肖朋月又后悔了。她怎么也想不明白，自己对方南洋总是有求必应的。是方南洋的要求合理，还是自己的心肠慈软？要么是上辈子就欠过方南洋的债？还是真的跟他还藕断丝连……肖朋月总觉得自己在方南洋面前显得很窝囊，对方南洋总是这样的百依百顺，毫无招架之力。就说刚才这个电话，她明明知道方南洋提出晚上见面，肯定同2500万贷款有关，可是她还是不假思索就答应了方南洋的要求。四年前，方南洋下海经商时，在红椰支行贷了2500万元至今连利息都分文未还。根据央行和省分行的要求，红椰支行决定起诉贷款单位，用法律手段收回这笔逾期贷款。恰恰在这个时候，肖朋月从国商银行省分行调到下属的红椰支行任行长。肖朋月走马上任的第一桩大事就是抓这项工作。当她从资料中看到这笔贷款企业的总经理法人代表写着"方南洋"这三个赫赫醒目的大字时，肖朋月差点昏过去了，她抽了一口凉气，暗暗叹道："方南洋啊方南洋，你怎么干这种蠢事呢！难道真的是应验了冤家路窄这句古话？"可不，现在方南洋找上门来了。如果晚上见面，方南洋对起诉他提出异议或别的要求，我该怎么回答呢？我能拿出什么办法来对付方南洋呢？想到这里，肖朋月确确实实又抽了一口冷气，感到六神无主，她像个泄了气的皮球，一屁股坐到了大班台后面的皮椅上去。

肖朋月今年刚满四十，高挑匀称的身材，远看上去像个年轻姑娘。近看比一般姑娘更漂亮：一对新月眉挂在一双乌黑明亮的眼睛上方，笔挺秀巧的鼻梁下，两片殷红的嘴唇和一口皓齿，更显得楚楚动人。据说，肖朋月在读中学时，已获"校花"的美誉。因此，后来也有传肖朋月是凭着这副漂亮的脸蛋和身材，被招进县的社会主义路线教育工作队，才被安排正式工作的。这些传说毕竟无据可查，也没有人吃饱了撑着去干这滑稽的事。但如果肖朋月没有真本事，没有她的艰苦奋斗，她是绝对坐不上今天这行长的第一把交椅的。

这时，肖朋月坐在皮椅上，紧锁双眉在思考着。平心而论，肖朋月也很想见见方南洋。自上次和方南洋见面后也有一个多月的时间了，这主要是因为她调动工作的缘故。但今天方南洋电话里的口气不同，很焦急的样子。看来方南洋真的是"无事不登三宝殿"了。如果这样，晚上真的不能见面。因为现在她实在是理不出一个头绪来。肖朋月想还不如解约，给方南洋再去个电话，说晚上有急事不能见面了。想到此，肖朋月便伸手抓起坐机话筒，当她正要拨号码时，办公室的大门被推开，进来了一个人：

"肖行长，律师已准备好了起诉南洋公司的法律文件，请你审查。"来人边走边说着把一卷宗放到肖朋月的办公台上。尔后，转身要走。

"喂，何股长，你别走，过来坐一坐。"肖朋月急忙招呼何股长坐下，她想向何股长再深入了解这笔贷款的情况。

何股长听到肖朋月喊他，急忙转过身来，脸带歉意，说："我看你正打电话，公事很忙，就不好打扰了。"说完，坐到了沙发上。

"叫你坐下，也是公事呀。怎么，看到我这个新行长觉得不好意思？还是认为我不好接近？"女人一般快言快语，说话很少留有余地。当上领导的女人就更不客气了，对部下说的话是毫不畏惧的。这时的肖朋月就这个样，弄得何股长一时不知说什么好，只是轻轻哼着："不，不，我没有这个意思，只是看到……"然后就哑了。

何股长名叫何开平，四十多岁，中等个子。一张长方脸黑里透红，头发很黑，留着三七的分头，配上一双炯炯有神的小眼睛，给人一种严谨精干的感觉。他是红椰支行的信贷股股长，所以肖朋月让他坐下聊聊。

"来，喝茶。"不知什么时候，肖朋月已泡好茶，她一只手把一个白色的茶盅放到何开平沙发前的茶几上，一只手抓来办公台前的活动椅，拖到茶几旁，在何开平对面坐下。

"何股长，你在支行工作不少年了吧？"肖朋月一坐下便问道。

"二十多年了。"何开平答着。

"一直在搞信贷？"肖朋月又问。

"从借贷员干部起，一直干到现在。"何开平又答。

"啊，那是老信贷了。"肖朋月不知是感叹还是赞叹。

"老也没有用，要与时俱进呀。"何开平说。

肖朋月说："好，那你谈谈南洋公司这笔贷款的情况，看我们如何收回这笔逾期贷款。好吗？"

"好吧，我说说。不过对南洋公司这笔贷款我还是说不清楚……"何开平不知是过于拘束还是过于谨慎，话也是说得不太清楚。

"你就直说吧，有什么说什么，知道多少说多少，你认为怎么办你就怎么说。好吗？"肖朋月觉得自己刚来，与下属和员工还不太熟悉，一下子要求他们一步到位，显然是不现实的。因此，她对何开平说的话尽量显得和蔼一些，亲近一些。

果然，肖朋月的话起到了作用。何开平笑笑道："肖行长真的是平易近人。既然肖行长这么说，我也不客气了。我认为，起诉南洋公司是一桩非常棘手的事。表面上看，这是一宗普通借贷活动，但实际上，背后有着千丝万缕的关系，复杂得很，这里的水很深呀。"何开平说到这里，脸上一副严肃的样子，倒让肖朋月心中暗暗吃了一惊。

"有这么复杂吗？"肖朋月问。

何开平接着说："南洋公司的这笔贷款是用于同海洲公司合作开发大洋洲国际商贸城项目的。海洲公司的总经理就是欧海洲，这是个黑道人物，在椰山市有着盘根错节的社会关系，红的黑的都来。肖行长，如果我们收回这笔贷款，不就等于砸了欧海洲的锅了吗？欧海洲会罢休吗？"

"大洋洲国际商贸城不是早就停工了吗？"肖朋月又问。

何开平说："是停工了。现在算是半拉子工程烂尾楼了，但这不等于它的产权不存在。虽然产权有一半是南洋公司的，但毕竟欧海洲也有百分之五十呀。这样，如果到法院执行时，难度就很大。"

肖朋月说："何股长，我们收回的是南洋公司的贷款，也可以说是收回南洋公司的资产，这跟海洲公司有什么关系。"

何开平说："从法律角度讲是这个道理。但在实际上就难于操作了。他们合作兴建的大洋洲国际商贸城现在还没有完工，据我所知，他们还没有进行财产分割，就是说他们的产权还搅在一起。在这种情况下，我们又怎么收回南洋公司的资产呢？"

肖朋月："何股长，你说得有道理。那我们向司法部门提出请求，先来个债权保全，把大洋洲国际商贸城查封起来。"

何开平摆摆头说："那也不行。海洲公司在我们红椰支行没有债务，他们会抗诉的。"

肖朋月不再说什么了。她把茶杯推到何开平跟前："来，喝茶。"

何开平端起茶杯呷了一口："唔，这茶不错。"又将茶杯放到茶几上，说："肖行长，我就说这些，不一定对。你忙，我走了。"

肖朋月见何开平主动要走，也就不留了："好吧。我们再找个时间好好聊聊。行里还要开会好好研究一下，看如何收回这笔贷款。"

何开平起身走时，又转身来对肖朋月说："肖行长，我总觉得南洋公司的这笔贷款收回的难度很大。但不要紧，在你这位新行长的领导下，我们红椰支行一定能完成任务。谁不知道你在省分行是收贷高手呀。行长，我不是恭维你。反正你有事就尽管吩咐，我一定好好配合你干。"说完，何开平走出了肖朋月的办公室。

望着何开平的背影，肖朋月回味着刚才的对话，脸上舒展出一丝不易觉察的笑容。也许，她对收回这笔贷款有了新的理解；也许，她对晚上与方南洋的见面消除了顾虑。是的，她在省行信贷处那么多年，哪一笔贷款的回收不是艰难的，有些说是腥风血雨也不过分。按何开平说的，南洋公司这笔贷款的收回棘手复杂，肖朋月想也不过如此而已，难道会引起什么爆炸而硝烟四起？或爆发出一场什么"战争"来？

肖朋月走到窗前，把玻璃打开，对着前面的红椰湖远眺着。红椰湖波涛不惊，一片涟漪，闪闪发亮。她想，晚上同方南洋的见面也许是这般的灿烂美好。难道方南洋会对她摆"鸿门宴"？难道……肖朋月反而下定决心，晚上这个面一定要见，一定。

一幢烂尾楼和两个退伍兵

下午三点，海南南洋实业发展总公司的副总经理唐诗白在一间破旧的工棚里，在一张简陋的八仙桌上，正铺着一张旧报纸，忽然一阵风吹过来，唐诗白急忙伸出左手要把纸压住。只见他的左手只有大拇指和食指，其余的三个手指全没了，留下一块大大的伤疤。他费了好大的劲才把纸压住。正开始挥毫写字时，门口来了个高个子，高个子在门板上重重敲了三下"咚、咚、咚"。

"谁？"唐诗白头也不抬，边写字边问。

"我，方南洋。"

"啊！"唐诗白惊慌地放下毛笔，急忙转过身来："方总，你什么时候来的？"

"我说你这个人脑子就有问题，我不是现在来的吗，怎么又问我什么时候来呢？"方南洋似乎对唐诗白不满意，这样说他。

唐诗白嘻嘻笑着："我以为你去富城什么地转转才来的。"

方南洋："我像你，有事没事都爱出去转一转。你现在干吗呢？"

唐诗白又是嘻嘻笑："没事，我练练毛笔字。"

方南洋："没事？人家都拿刀架到我们的脖子上了，还没事？"

唐诗白这回不笑了，换成一副苦脸："那我也没有办法。"

方南洋："没办法，那就等死。"

唐诗白的脸色又改变过来："不会的，有你在，我们死不了。"说完又嘻嘻笑起来。

方南洋真的是哭笑不得，看着唐诗白的这副样子，说："你呀，什么时候才能改掉这毛病呢？"

方南洋与唐诗白是一块当兵的。1971年冬他们两个从椰山武装部入伍，被分到驻守在天涯海角的守备十七团四连六班。两人都是红桥镇的老乡，这样就更亲密无间了。在班上，互相帮助互相照顾，像亲兄弟一样。入伍半年后，方南洋因工作积极，军事技术提高得快，个人组织能力强被提为副班长。而唐诗白肚里有点墨水，写得一手好字，也调到连部当文书。两人的进步让连队的战士刮目相看，羡慕不已。然而，这两个人的性格却差别很大。方南洋雷厉风行，说干就干，而且极为认真，做事从不马虎，完全一派军人作风。可唐诗白却不同，办事拖泥带水，一副无所谓不急不慌的样子。为此，方南洋在连队经常指点劝告唐诗白，可唐诗白的改进却不大。有一次，唐诗白到团部领取弹药，回连队后发现少了一盒54式手枪子弹，吓得脸色发白，浑身冒汗，立即去找方南洋求救。方南洋说："找！就是掉到大海里也要捞起来。"这样，他俩在连队中午休息时间向连部请了假，冒着火辣辣的太阳一路找到团部。结果是唐诗白在团部装备仓库取货时，漏了这盒子弹没有拿走。仓库保管员说，是唐诗白走后才发现的。他准备下午告诉你们连队，你们中午来了就拿走吧。气得方南洋想给唐诗白一巴掌。从此，方南洋对唐诗白的这个毛病是铭记在心。直到现在，方南洋还是时常说他。

照说，唐诗白尽管有这些毛病，但他能当上一个公司的副总，应该是混得不错的。其实不然，唐诗白任南洋公司的副总经理，是方南洋照顾安排的。1991年，方南洋从机关下海经商，注册了自己的公司，他就想到了唐诗白。唐诗白从部队退伍后，一直在农村，养儿育女，糊口过日子。因此，方南洋首先想到让这个在部队上的生死之交到自己的公司工作，共同努力，也许能让唐诗白有个翻身的机会，将来能过上好日子。就这样，唐诗白又一次同方南洋走到一块来了。

"方总，我去沏茶喝，上等的白沙绿茶，是一亲戚从五指山带来的。"毕竟是战友，唐诗白不顾方南洋的口气，热情招呼着。

方南洋摆摆手："不用了，留着你自己喝吧。我们到外面走走看。"

两人一前一后走出低矮的工棚。

方南洋高大魁梧，一张国字脸上浓眉大眼，笔直的鼻梁，乌黑的头发，十分帅气。唐诗白身材清瘦，眉清目秀，戴着一副血红色边框的眼镜，像是在街上买的老花镜。背有点驼，略显书生气。方南洋走在前面，俨然一个老总，唐诗白走在后头，十足的副手甚至是打工仔的态势。

方南洋是同唐诗白出来看看大洋洲国际商贸城的，这是两个退伍兵这几年来的一块"杰作"。

大洋洲国际商贸城位于红椰湖北侧，占地50亩，按城市部门的批准，中心将建八层的现代化商城，四周是二层的连体铺面。方南洋请了广州一家设计公司做了整体设计。如果按设计图纸施工，工程竣工后，这座商城将达十万多平方米。这在当时是全省规模最大最现代化的商业中心了。可现在除了中央的两层楼外，四周空荡荡的，杂草丛生。就在大门进来的右侧有两间破旧的工棚。是当时施工队保留下来的，唐诗白就住在那里。

方南洋和唐诗白来到中心的商贸城大门前停了下来，商贸城主楼的上方镶着"大洋洲国际商贸城"八个古铜色的魏体大字，在阳光下闪闪发亮。这八个字每个字比人都高，是方南洋专门请海口一个朋友制作的。现在除了这八个字还显生气外，主体大楼只建到两层，而且还没有完全封顶。四周的脚手架七斜八歪摇摇欲坠。几年了，这个项目就这样拖着，变成了烂尾楼。

方南洋凝视着门口上方的大字，良久，从嘴里吐出了一句气话："这狗娘养的欧海洲，这项目要真烂了，老子非毙你不可。"

唐诗白听方南洋这么一骂，也附和道："是呀，当初要是不与欧海洲合作，现在就不会落到这个地步了。"

方南洋白他一眼："是呀，是呀，你就懂是呀。人家有地，不与他合作跟谁合作呢？再说，合作还是你拉的线呢，你忘了？"

唐诗白不作声了。

方南洋继续说："算了，过去的事不提了，想想我们现在怎么办吧。我打听清楚了，红椰支行要起诉我们收回贷款。"

唐诗白一听，惊了："怪不得你刚才说，刀架到我们脖子上了，原来如此。我们哪有钱还贷啊？"

方南洋指着前面的商城说："我们不是有这个吗，没有钱还，人家就来收楼了。"

唐诗白："那我们不完蛋了。"他想一想，又说："这个项目是与欧海洲合作的，他是不会让银行来收楼的。"

方南洋："你还算聪明，不过你可能忘了，这个项目我们占55%股份，银行收回我们55%权益，也够抵债了。"

唐诗白又瞪大眼睛："这样真的彻底完蛋了。"突然他眼睛一亮："方总，听说红椰支行调来一个新行长，就是肖朋月，你俩不是老相好吗？又是老乡，你去找她肯定买你的帐。"

方南洋："你胡说什么，找肖朋月用你告诉我吗，我已联系好了，晚上要同她见面。"

唐诗白："那好，我们有救了。我知道，肖朋月肯定买你的帐的。"

方南洋："别想得那么美。银行有银行的规矩，肖朋月又是一个原则性很强的女人，要想从她那里网开一面，我看也难啊。现在我们要先走这步棋，也许有活路。"

唐诗白眼睛又一亮："真的，什么棋？"

方南洋："把项目和主楼一起卖掉。"

唐诗白惊愕："卖掉，那欧海洲会同意吗？"

方南洋："按双方合作协议，我们到国土局把我们的55%权益过户到南洋公司名下，就是说能把55%的土地面积过户公司名下，我们就可以进行转让了。"

唐诗白带点疑惑："过户，怎么过？"

方南洋又白了唐诗白一眼："我看你真笨，就是把原来的土地使用权证到国土局去分割办成两个土地证，55%办成我们南洋公司的，45%是欧海洲的，懂吗？"

唐诗白正要张嘴，忽然从主楼门口传来一个喊声："方总。"随后从里面跑出一个人来。

"老宋，"方南洋眼快："你跑到里面干什么来？"

被方南洋叫老宋的人是商贸城的保管员兼保安，实际上是勤杂工。他年纪比方南洋和唐诗白大几岁，加上什么都干，所以方南洋和唐诗白从不称呼他的姓名，只因为他姓宋，所以都叫他老宋，带着有点尊重他的意思。

老宋跑到方南洋跟前："方总，你来了。"随手打开一个尼龙袋，"我掏了一窝老鼠崽，刚下胎的，好东西呀！"

方南洋一看，尼龙袋里有七、八个小东西，眼睛还没睁开，压在一堆，蠕动着粉红色的身躯，有点吓人。唐诗白一看，退到一边："老宋，你去抓这些东西干吗？"

老宋还陶醉在胜利的喜悦中："喂，这些小东西能吃的咧，很补身体的。方总，你来一个。"

方南洋神色不动："我不吃，你敢吃？"

老宋："好，那我吃了。"他闭上双眼，把头一仰，张开嘴巴，手抓着老鼠崽对着喉咙一丢，然后闭上嘴，用力一吸，只见他脖子上的喉结一滚，小老鼠崽就钻到他的胃里去了。

"哇，好精彩呀，比看《动物世界》还过瘾。"唐诗白叹道。

老宋带着歉意说："吓着两位老总了。我以前也没有吃过这东西，只听老人说刚下窝的鼠崽很补身体，我看你们两个都不敢吃，我就试试看，其实也没有什么，就像吃片感冒通一样。"

方南洋拍拍老宋的肩膀说："对，有胆量，有精神，敢为人先，好！"

老宋听方南洋这样表彰他，来劲了："方总，你来了，我真有许多话要跟你说。咱们这个项目，这座楼再也不能拖下去了。现在里面有很多老鼠窝，不光老鼠，就是猫呀狗呀也经常跑到里面过夜，甚至跑进里面交配，又嚎又叫的真惨不忍睹。更可怕的是，红椰湖附近的那些吸毒仔，经常跑到里面吸毒，这要叫公安局发现了，我们还得了呀。那不变成了我们窝藏吸毒分子了。好多次，是我把他们赶出去的，不然真成了一个吸毒场地了。"

听着老宋的一番话，方南洋双眉紧皱着，他凝视着面前的这座烂尾楼，半晌才回过神来，对着老宋问道："说完了？你不是有很多话想给我说吗？"

老宋笑笑道："我笨人笨嘴的，有很多话也不知道怎么说，就这些了。反正，方总，你和唐总都是从部队退伍回来的，又是西沙战斗英雄，一定要把这大楼搞好，不能半途而废。"

方南洋："好，你说得很好。"他抬手看看手表："时间不早了，我得走了，还有事。"

唐诗白："方总，吃完饭再走。我去买斤黄牛肉，我们喝点小酒。"

方南洋："不用了，我约好别人了，你们两个喝吧。"说罢他从口袋掏出三百元交给老宋说："老宋，好几个月不发工资了，你先拿三百元当伙食费，欠的工资今后一定补发。"

老宋把方南洋的手推回去，说："方总，你对我们够照顾了，你现在也很困难，这钱我不要，我现在还过得去，钱你留着自己用吧。"

方南洋坚决道："那不行，这点钱你一定要拿着。"说完，右手抓着老宋的一只手，左手把钱迅速地塞到老宋的口袋里，一个急转身，大跨步走了。

情人相会

方南洋约肖朋月晚上见面的地点在红椰湖的南面。同大洋洲国际商贸城遥遥相对，是一家三星级酒店，叫翡翠酒家。肖朋月所在的红椰支行在红椰湖的东面，正好形成一个三角形。方南洋选定的这家酒店就是为了肖朋月好找。方南洋自己沿着红椰湖畔的人行道绿化带慢慢走过去。

红椰湖位于椰山市政府所在地的富城镇西北侧。富城，是海南历史上的一个重镇、名镇，是一块人杰地灵的风水宝地。在历史上曾留下"一里三贤，五里三进士"的佳话，流芳千古。不久前，椰山市被国务院批准为"国家历史文化名城"，富城正是这一历史名城的核心地位。所以就有人说，富城人杰地灵同红椰湖这块风水宝地有关，这可能是一些文人墨客的说法，没有任何依据。其实，红椰湖这个名字的由来，真正是和海南的椰子树有关。海南的椰子树中结的果有两种，多数的果是青皮的，或淡绿色的；另外一种椰树结的果是带有暗红色的，甚至开的花也多为红色的。因此，海南人把这种椰树叫红椰。红椰的树根是良好的药材，用它炖猪肚加上胡椒，是治胃病的良方妙药。红椰湖的四周就种着一排排的红椰树，构成全方位的绿色长廊。富城人称这座湖为红椰湖，久而久之红椰湖的美名就这样传下来了。

红椰湖的确是风景如画。夕阳下，宽广的湖面上波澜不惊，弯弯曲曲的涟漪泛着金光，整个湖面就像一张无垠金网在起伏着。四周高大挺拔的红椰树随风摇曳，伸出巨掌，在蓝天白云之中挥舞，给人一种心旷神怡的感觉。湖岸上，用白玉石围起的栏杆，古香古色。人行道铺的花岗岩石整齐平坦，让人踩在上面觉得四平八稳，无所顾虑。人行道旁种着的大叶榕、小叶榕像一把把巨大的遮光伞，把宽阔平坦的人行道掩盖得严严实实，让人走在人行道路上感觉非常清爽。方南洋好久没有这样的享受了，他知道离约会时间还早，不禁放慢速度，尽情欣赏这美丽的湖光景色。当他慢慢走时，20年前他和肖朋月的一次约会情景不禁跃到眼前。

1974年冬。方南洋参加西沙自卫反击战后不久，他所在的部队守备十七团撤回原地驻守。方南洋向连队请探亲假，结果拖了两个多月才批下来。原因是部队参战后，思想问题不少，需要稳定一段时间做思想政治工作，另外老兵几乎同一个时间内都请探亲假，方南洋的家乡就在岛内，所以安排到年底。

方南洋回到故乡时，乡亲们为这个西沙之战的英雄摆庆功酒，席上没有见到肖朋月，他一打听，肖朋月已被选拔进县的社会主义路线教育工作队了，正在富城集训，住在她的一个在县政府工作的姑妈家里。方南洋立马赶到富城，约好肖朋月晚上在红椰湖畔见面。

记得当天是农历十五，明镜般的月亮悬挂在椰子树上空，银光洒满大地。方南洋站在一棵椰子树下，看见远处一个姑娘走了过来，他猜是肖朋月了。他们已经四年没见面了，虽然通过许多书信也寄过相片，但现在走近一看，两人完全变样了。肖朋月变成了一个亭亭玉立的大姑娘，方南洋当时穿着军装，脸色红黑，更显得阳刚帅气。两人见面时显得拘束，他们没有拥抱，没有握手，更没有接吻。阔别四年相见，两人的对话竟是这样开始的：

"吃饭了吧？"

"吃了。"

"你呢？"

"我也吃了。"

"在哪里吃的？"

"在街上的小店。你呢？"

"在我姑妈家里吃的。"

然后是一阵可怕的沉默。

突然，肖朋月像变魔术似的，拿出一束鲜花，递到方南洋的面前："献给你，我的英雄。"

方南洋被这突如其来的行动惊呆了，他没有伸出手去接花，嘴里喃喃说道："英雄，什么英雄？"

"喂，西沙自卫反击战的英雄呀！"肖朋月开始笑了。

"啊，是这样。"方南洋恍然大悟："我不算英雄，英雄是我们整个部队。"

"你是参战部队的一员，也是英雄一个呀。来，快把花接上。"

这时，方南洋才伸手把花接上。

气氛慢慢改变了，两人开始在红椰湖边转了起来。

他们两个人不知道在红椰湖边转了多少圈，也不懂得谈情说爱卿卿我我，肖朋月一个劲地要方南洋讲部队的生活，讲西沙战斗的故事。方南洋也非常起劲地给肖朋月讲个没完。

月亮老人没有照顾这对久别重逢的恋人，悄悄爬到了当空。这时，肖朋月对方南洋说："时间不早了，我得回去了。"

方南洋依依不舍，但也不好坚持，说："四年不见，今晚就这样分手？"

"要怎么样才分手，难道……"肖朋月不知道该怎么说。

方南洋："我是说今晚见面的时间太短了。"

肖朋月："来日方长，我们两个还怕没时间吗？"

方南洋："好吧，我送你。"

肖朋月："谢谢了，我自己走。"

方南洋："怕人家看见？"

肖朋月："我们两个的关系已是公开的秘密了。不过，我现在不想让家里人知道。"

无奈，方南洋站在椰子树下，呆呆看着肖朋月的身影在夜幕中消失……

"叭！叭！"两声刺耳的喇叭声把方南洋从追忆中惊醒。他一看表快到6点了，便疾步向翡翠酒家走去。

方南洋来到酒家时正好6点，但肖朋月还没到。方南洋找好一间靠窗户能看到红椰湖的雅座坐下。这种雅座当地人叫卡座，跟省城的形式差不多，中间是餐桌，两边是固定的沙发，只能供四个人就餐。实际上多数情况只是坐两个人。因此当地人又把这种雅座叫情侣座。今晚方南洋与肖朋月这对老情侣要在这里就餐。

"先生，请用茶。"服务小姐端来热茶，彬彬有礼给方南洋招呼："先生是用餐吗？要不要现在点菜？"方南洋看着窗外："不用，等老板来再说。"

方南洋凝望着红椰湖，20年前肖朋月的那句话，现在又响在他耳边："我们两人的关系已是公开的秘密了。不过，我现在不想让家里人知道。"难道，他们两人爱情的破裂，在当时就埋下了玄机？我怎么当时一点也没有察觉到呢！方南洋用手捶着自己的头："我真他妈的混蛋！"

六点一刻，肖朋月来到了，她一坐下，就对方南洋道歉："不好意思，迟到了。"

方南洋："行长嘛，大忙人，可以理解，不像我大闲人，就来早些。"

肖朋月："你向来是很准时的，军人风格。你说的对，当个芝麻大的官，真忙得不亦乐乎。事无巨细，什么事都得行长拍板点头，烦死人了。"

方南洋笑笑："这是中国特色。放个屁也得第一把手批准，不然你就憋着吧。"

肖朋月也笑笑："你就会说。喂，点菜没有？今晚我请客。"

方南洋："我们俩谁请都一样，不过当上行长，我应该为你祝贺祝贺，再说，今晚是我约你来的，应该我请客。"

肖朋月用手一摆："别来这一套了，你现在是焦头烂额，我不知道吗？"说着，把头一摆："服务员，来点菜。"

菜上齐了，三菜一汤，都是方南洋爱吃的文昌鸡、香煎马鲛鱼、虾酱地瓜叶，还配冬瓜海螺汤。肖朋月把菜推到方南洋跟前，又问道："喝什么酒？"

方南洋："你不喝，我一个人喝没味。"

"好，我喝，来瓶二锅头。"肖朋月知道方南洋平时喜欢喝二锅头。

"不，你要喝，就来瓶啤酒。"方南洋知道肖朋月喝不了烈度酒，不能让她喝二锅头。

两个酒杯在空中轻碰了一下，就开始了今晚的情侣餐。

席间，俩人东西南北聊着。肖朋月几次想问方南洋这么急找她是否有事，可话到嘴边又打住了，她不想破坏这晚餐的气氛。她知道方南洋肯定另有安排，会找个清静空间俩人好好谈的。果然，一用完餐，方南洋就直奔主题，对肖朋月说："我开好房间了。"

肖朋月附和道："在哪里？"对这种事，俩人都心知肚明，习惯了。

方南洋用手指向头顶，然后起身转到侧面，用食指在餐桌上写了"316"三个阿拉伯数字。

肖朋月不动声色："知道了。你先上，我结完账就去。"

方南洋进房间没多久，肖朋月也进来了。

肖朋月还是那么漂亮，迷人的脸蛋，迷人的身材，令人招架不住。今晚肖朋月没有刻意的化妆，一是她和方南洋这样的约会记不清是多少次，二是她从办公室出来，穿的是银行制服，白色短袖衬衣，配上深蓝色的西装裤，显得非常得体匀称。她一进房间，看到方南洋站在窗台旁向外眺望着，便问："南洋，看到什么好风景了吗？"

方南洋转过身来："朋月，你看，红椰湖太美丽了。"说着，向前搂住肖朋月的腰，俩人一起站在窗台的旁边。

一会，方南洋开口了："朋月，你还记得 20 年前我们俩在红椰湖约会的情景吗？"

肖朋月抬起头，深情地看着方南洋："记得，不仅那次，我们每次在红椰湖的约会我都刻骨铭心。"

方南洋："是呀，红椰湖都成了我们俩的恋爱基地了。"

肖朋月："是呀，红椰湖是我们俩的爱情阳光雨露。"

方南洋："你说的不对，我们两个爱情的决裂就是在红椰湖边立下契约的。"

肖朋月："往事如烟，不要再提了。南洋，我欠你的太多了，我对不住你。"说完转过身来，一下子扑到方南洋的怀抱里："南洋，我们的爱情没有决裂，我永远爱你。"说着她仰起头含情脉脉看着方南洋，两只眼珠里滚着晶莹的泪花。

方南洋双手抱住肖朋月，说道："我知道，可是……这样，我对不住你。"

肖朋月："我不怕，只要我们俩真心相爱就心满意足了。"说罢，将两片滚热的嘴唇贴到方南洋的脸颊上，狂乱吻着。

片刻，肖朋月好像是想到什么，仰着头问："南洋，你今天找我是不是还另外有事呀？"

方南洋这时慢慢推开肖朋月的双手，认真地说："是有事，而且是非常重要的事。"

肖朋月："就是 2500 万贷款的事吗？"

方南洋："是的。"说着他拉着肖朋月到房间的沙发前："我们坐着谈吧。"

两人一坐下，方南洋问："听说你们支行要起诉我公司吗？"

肖朋月："你怎么知道？"

方南洋："我公司在你们支行贷款 2500 万几年了，没有几个耳目能行吗？"

肖朋月："啊，原来是这样。那他们告诉你什么呢？"

方南洋："这些你不要管，但他们也没有告诉我什么。关键是你这个新来的行长怎么办？"

肖朋月："欠债还钱，天经地义。我不起诉你，贷款怎么收回？"

方南洋："这个我知道，但我问你，你起诉我就能收回贷款吗？"

肖朋月："应该说我是有信心才决定这么做的。"

方南洋："你错了。你是一个老银行了。你们银行的这种官司打了多少，有多少银行拿到法院判决书、执行书，到头来还不是一纸空文，根本没有效力。特别是在这个法制不健全的社会，你打一场官司付出的代价有多大，收到的效益又有多少，肖行长，难道你不清楚吗？"

肖朋月摆摆手："好了，我明白你的意思了。你是要我不要起诉你，那又有什么办法呢？"

方南洋见肖朋月让步了，他从沙发上站了起来，在地上转了一圈，说："起诉也好，别的途径也好，不管采用什么手段，目的就是收回这笔贷款。我尊敬的肖行长，我说得没错吧。"

肖朋月："你方南洋别来恭维我，我不吃你这一套。我猜你绝对是想好对策了，我还不了解你这一点吗？鬼窍门多得很。"

方南洋："算你了解我，其实你并不真正了解我。就拿这贷款来说吧，你以为我会赖账吗？你以为我会耍花招对付吗？你以为我会暗箱操作，逃避银行债务吗？你……"

肖朋月急了："方南洋，你不要再说了。我从来没有像你说的那样，误解你、怀疑你，甚至要伤害你。我知道你会想方设法还贷款。但从银行的立场出发，站在行长的位置上，我不这么做，行吗？"说着，肖朋月眼眶涌出了泪花。

方南洋见状，冷静了下来，说："好，好，不说了。请原谅我出言不逊。"他伸手按住肖朋月的双肩，接着说："你刚才不是说我有新招吗？好吧，我就把我的想法说给你听一听，看你认可不认可。"接着，他把土地过户办证把南洋公司所有权益转让出去的策略及如何操作的想法对肖朋月粗略说了一遍。

肖朋月听后想了想，说："理论是可以的，但能否如愿以偿，还得打个大问号。"

方南洋："这我也想到，但走一步算一步吧，再说办理土地证过户，是南洋公司与海洲公司合作协议中写清楚了的，应该是一件容易的事。土地证过户一办妥，我就着手第二步。这不比你去打官司好吗？因此，今晚见你这位大行长，有两个要求，你能答应吗？"

肖朋月："什么要求，说说看。"

方南洋："第一，你把起诉我的法律文件撤了，不要起诉。"

肖朋月："可以考虑你的这个要求，起诉的事缓一段时间再说。那第二呢？"

方南洋故做思考状："第二，第二嘛……"他突然抱起肖朋月放到床上说："第二就看行动了。"

肖朋月："你真坏。"说着用手指了指窗台。原来他们两个在窗边时，把窗户和窗帘拉开了，方南洋见状，立即去拉上关紧。

肖朋月也随手把房间的灯摁灭了……

好消息坏消息

方南洋同韩总分手后，几天来都处于兴奋之中。他想要快点把这好消息告诉肖朋月，让她高兴高兴，给她一颗定心丸，对撤诉更有把握。下午五点多钟，方南洋给肖朋月打电话说，出来一起吃晚饭。肖朋月在电话里说，行里晚上要加班，晚饭同员工一起吃，不能出来。方南洋问："加班到几点？"电话里回答说十点左右。方南洋说那太晚了，能不能早点结束。肖朋月电话里说，工作量很大，而且今晚一定要搞完。又反问方南洋有什么急事吗？一定要今晚见面吗？方南洋顺口答道说是很急，而且是一桩大好事。肖朋月在电话里停了一下，回答说，好吧，我把加班工作交代完后就出来。方南洋问，那要几点？电话里说八点半吧。又反问方南洋，在哪里见面。方南洋很高兴地说，老地方——红椰湖，不见不散。肖朋月在电话里说"好"就挂机了。

放下电话，方南洋一个人到富城一家老字号的猪脚店点了一份猪脚，一份牛腩，还有芋头梗，黑豆芽，两碗鸡油饭，干得精光。这几年，自他离婚后，就这样打游击过日子。大家都劝告方南洋，赶快找一个女人回来，好结束这种光棍生活。方南洋总说："不急，不急。"其实他也不是不想找，只是大洋洲商贸项目搞得他焦头烂额，生活根本没有着落，他才没有去考虑这些个人问题。再说，他同肖朋月这对旧恋人的关系也无法割断，也就把他的个人问题置之脑后。当然方南洋的心里明白，同肖朋月的关系只能是这样的"地下党"关系，绝对不能超越底线。肖朋月已是成家立业的人了。方南洋是绝对不会去拆散一个家庭的。现在，方南洋反而习惯这种孤身生活，觉得自由轻松无所牵挂。天马行空，独来独往，何乐而不为呢！

方南洋吃完饭，觉得时间还早，便一个人朝着红椰湖慢慢走去。

夜幕降临，华灯初上。

海南的夜色确实迷人。

一轮明月冉冉升起，凉爽的晚风吹拂着琼州大地，夏日的炎热此时消失得一干二净。方南洋漫步在古城古老的小街上，回想到同韩总商谈转让商贸城的结果，心中不禁升腾起一股无法言状的喜悦。他抬头望着圆月，更是喜上眉梢。方南洋仿佛看到了商贸城项目的前景，就像这轮明月一样的圆满诱人。触景生情，方南洋顿时想起宋代苏轼的《水调歌头》，轻轻朗诵着：

明月几时有？
把酒问青天。
不知天上宫阙，
今夕是何年？
……

"人有悲欢离合，月有阴晴圆缺，此事古难全。但愿人长久，千里共婵娟。"方南洋念到最后几句时，几乎是一字一顿的。诗人的经典词句，引起了方南洋的共鸣，感慨万分。是呀，人有悲欢离合，他自己不就是这样吗？这些年来，酸甜苦辣样样俱全，他哪样没有尝过？初一和十五的月亮，晴天和阴天的月亮完全两样。今天是十五，万里无云，才能看到明月。到初一，到下雨天，阴云密布的天空，到哪里找月亮呢？连影子都找不到。所以宋代的大文豪苏轼才发出这样的感叹与祝福："但愿人长久，千里共婵娟。"世道无常，人间万变，谁人能超脱？理想中的美好结局能实现吗？能得到吗？

方南洋的思潮随着诗变得无边无际。多年以前他和肖朋月决裂的那一幕，又出现在眼前，也是这样的夜晚，也是这个明月，可是却令人刻骨铭心，肝肠寸断，不堪回首……

那一年，方南洋记得是 1975 年冬，他退伍回乡。本来方南洋年初就可以退伍的，可部队上硬要他留队。领导对方南洋说，你是个优秀战士，再干两年，也许情况有变化，准能提干。方南洋同意了部队的安排，留队干到年底，他就坚决不干了，要退伍回家。他说既然提不了干，还留队干吗？部队无奈才决定让方南洋退伍。退伍那天，方南洋是乘长途客车到红桥镇下车又步行回老家的，他回到村口的大榕树时，碰到他的堂叔。堂叔用异样的眼光打量他一下，问："你怎么现在才回来呢？"方南洋痛快答道："我现在才退伍呀。"堂叔边走边摇头："晚了，晚了。"方南洋纳闷，还要问堂叔，可他已走远了。他想，坏了，是不是家里出什么大事了。他拔腿就跑，回到家时，见父亲呆若木鸡，看到儿子回来，没有一点的高兴劲，只是在嘴里喃喃哽咽着："迟了，迟了，儿子你现在回来太迟了。"方南洋看到父母俩人还健在，心中的一块石头才落了地。却又听他这样呢喃着，真不知道到底发生了什么事，便问："爸，家里发生什么事了吗？"他父亲还是那副神态："儿子，你回来慢了，阿月嫁人了！""啊！肖朋月嫁人了？不可能！"方南洋简直不相信自己的耳朵，去年年底回来还和肖朋月见了面，才半年多时间，怎么会这么快结婚呢？"人家看到她跟那个男的去公社办结婚登记，儿子，你命苦呀！"站在一旁的母亲这样对方南洋说道，眼睛里湿透了泪水。

方南洋放下背包，立马去找肖朋月。村里人告诉他，肖朋月吃上"皇粮"了，现在住在富城，不在村里了。方南洋马不停蹄奔向富城，在政府大院找到肖朋月。肖朋月没有把事情做绝，她答应方南洋晚上见面，好好谈一谈。天一黑，方南洋便同肖朋月来到红椰湖边。

那一晚，方南洋与肖朋月的爱情终于迸出了火花，却一瞬间又消失了。

月光下，俩人默默无语，几乎绕了红椰湖一圈。

终于，肖朋月开口了："南洋，我知道你气恨我，有火就发吧。"实际上，肖朋月说此话时已变成了一个泪人。

方南洋调侃道："你应该笑才对呀，为什么哭起来呢。"

肖朋月用手擦擦泪水，说："南洋，你骂我吧，骂得狗血淋头。这样，也许我能好受些。"

方南洋冷笑着说："你想占便宜，可我不是傻子。"

肖朋月恳求道："那你打我，怎么打我都能忍受。"

方南洋说："我这战斗英雄是打敌人的，不会打女人。"

肖朋月抬起头望着月亮，近似绝望地叫道："那怎么办呀，老天爷帮帮我们吧！"

方南洋转头瞪了肖朋月一眼，说："肖朋月，别装模作样了，我问你，真的是跟人结婚了吗？"

肖朋月惴惴道："我们登记了，但还没有举行婚礼。按农村风俗，还不算真正的夫妻。"

方南洋气愤道："什么鬼话，俩人都登记了，还不算夫妻，那要等你们都进棺材那天才算夫妻吗？"

肖朋月抬起头怯怯地看着方南洋，说："南洋，你千万别生气，别伤着身体。我是被迫的，也可以说是被骗的。一时也说不清楚，以后再慢慢给你说，好吗？"

方南洋哼哼两声，接着说："以后，我们还有以后吗？好一个良家少女，我看不是陈世美，都胜过陈世美，还来跟我说什么以后。"

肖朋月无言以对，仰望长空。月光下，只见她美丽的脸蛋上，两行泪珠滚滚而下……

片刻，肖朋月转过脸深情地看着方南洋，说："南洋，我有个请求，你答应吗？"

方南洋嗔道："你都快结婚了，还求我干啥，是请我给你当伴郎吗？"

肖朋月说："南洋，别这样，都怪我不对。我请求你给我拥抱一下，好吗？"

这突如其来的请求，让方南洋来不及回答，肖朋月就一下子扑到他的怀里，双手从他的肩膀绕过紧紧抱着。

方南洋愣住了！多少个日日夜夜，多少回卿卿我我，多少次花前月下，俩人却从没有相互接触过。今天这样的拥抱竟然是第一次！肖朋月那丰满的胸脯，那细柔温暖的双手，那滚烫的脸颊，女人那诱人独有的气息，今晚方南洋全得到了，那么的突然，那么的容易，让方南洋不知所措，愣愣地站在地上，让肖朋月尽情释放着。

这时，肖朋月伸出双手轻轻地抚摸着方南洋的脸颊，低吟道："南洋，我爱你，我真的很爱你。今晚，我把身子给你，把我的一切都给你。"

肖朋月这么一说，反而惊醒了方南洋："你胡说什么，你要把身子给我？"方南洋轻轻推开肖朋月的双手："不行，绝对不行。"

肖朋月又说："南洋，我欠你的太多了，我真的对不起你呀！你就答应我，好吗？"

方南洋说："你对不起我，也要我对不起你吗？也要我以牙还牙，以其人之道还治其人之身吗！朋月，你已经结婚了，是人家的人了，我能这样做吗？我能干这种伤天害理的事吗？"

……

那晚，方南洋与肖朋月最后是如何离开的，到现在方南洋都想不起来。

8点30分，肖朋月准时来见方南洋。方南洋说就在湖畔走一走，肖朋月说老一套了，还是换个环境，喝杯咖啡吧。两人便来到了一间咖啡馆。

一坐下，肖朋月就问："什么好事？"

方南洋便把大洋洲商贸城项目和琼侨公司的情况说了一遍。说罢，方南洋有意问肖朋月："你说，这不是大好事吗？"

肖朋月说："的确是一件大好事。来，庆祝一下。"说着，习惯性伸手到桌上拿杯，才发现桌上空空的。"你看，我们光高兴，还没有点东西呢。"

方南洋立即叫来服务员，点了两杯蓝山咖啡，接着说："如果我们把土地过户证办完后，可以说是大功告成了。"

肖朋月："那你抓紧去办，土地过户不会有什么问题吧？"

方南洋："没问题。我同欧海洲合作的合同写得清清楚楚的。"

肖朋月："我都想问你一下，当初为什么同欧海洲这种人合作呢？如果拿下整个项目，自己干，现在不就不存在过户的问题了？"

方南洋："现在看来是这样。可是当初我根本没有土地，欧海洲手中有地，就现在这块地。而他没有资金开发，他通过唐诗白介绍认识，就找到我的。我看在唐诗白的面子上，就决定同欧海洲开发这个项目，起名叫大洋洲国际商贸城。"

肖朋月："名字不错。喂，那你点到的唐诗白又是什么人，你为什么要给他面子？"

方南洋："唐诗白？他是的我救命恩人。"

肖朋月惊愕："救命恩人？你有过生命危险？"

方南洋沉静地说："是的。那是在西沙战场上……"突然方南洋的手机响了，他拿起一看，是他最熟悉的号码，抬头对肖朋月说："是老唐的电话，真是人不能点。"尔后对着手机说："老唐吗？"

手机里却传来一个女人急促的声音："方总吗，我是冯惠娟。"

"啊，是阿娟，有事吗？"

"是有事，出大事了！"

"啊，出大事了，什么大事？"

"你快来吧，老唐他跑了！"

"啊，老唐跑了，跑到哪里去了？"

"不知道。他拿了我300元，从中午出去到现在还没有回来。"

方南洋抬头对肖朋月说："不好意思，账得你结了，我得马上走。"说罢拔腿就跑出咖啡厅。

血染商贸城

这一天，对于老宋，甚至是对南洋公司所有的人来说，都是难忘的一天。

上午八九点，灿烂的太阳照样从东方升起。海南的十月，天气还有点炎热。老宋在大洋洲商贸城里，绕着主楼兜了一圈后，已是汗流浃背了。他绕回主楼大门东侧站着，掏出一支烟正要点火时，突然发现大门口进来了一个车队，尽是风采车、人力三轮车，老宋感到奇怪，今天这么多车进来干什么？他把火灭了，伸了脑袋仔细一看，发现那些车上装的尽是桌子、板凳、木板、横条等，似是家具，他又纳闷了，是有人搬家到商贸城住吗？他不觉往前走几步。这时，风采车、三轮车在主楼的大门口，分两边停下，车上的人跳了下来，又从车上搬下东西往地上摆放。"有情况！"老宋心里嘀咕着。他急跑到工棚里把唐诗白叫了出来。唐诗白从工棚里跑出来，看到一个中年胖子似是带队的，在指挥着那些人摆放桌椅。唐诗白和老宋都认识那个中年人，叫欧福玉，原是商贸城的包工头，商贸城主楼停工后，此人已有两年多不来商贸城了。今天他突然来这里干什么呢？他带来那些人又在干什么呢？唐诗白急忙跑到欧福玉的跟前大声问道："喂，欧老板，你这是干什么？"

欧福玉认识唐诗白，而且知道他是南洋公司的副总经理。因此开始还比较客气，说："没干什么，我们在摆摊子。"

"摆摊？"唐诗白莫名其妙："摆什么摊？"

"我们在这大门口开一个小市场。"欧福玉边指挥摆放东西边说，"就是农贸市场，卖猪肉，卖菜什么的。"

"农贸市场？"唐诗白更惊诧了："这门口怎么能开市场？"

欧福玉稍站稳，说："怎么不行，他们一把摊位摆好，就成市场了。"

唐诗白说："你这不是胡来吗，谁叫你这么做的。"

欧福玉说："没有人叫，是我自己要干的。"

唐诗白说："你怎么这么胆大包天！这不是你的地皮，你能这么干吗？"

欧福玉说："这你管不着。"

"我管不着？"唐诗白有点火了。他向老宋摆手："老宋，叫他们搬走。我就管给你看看。"说着，唐诗白一转身，从一个摊主的手里抢过一张板凳，放到三轮车上。

欧福玉见状急了。他一个箭步跑上去，挡住唐诗白，气汹汹地说："你再敢搬，我今天就对你不客气。"

唐诗白也不示弱："好，今天就看谁对谁不客气。欧福玉，我告诉你，你敢这样干，今天我也让你看看我对你怎样的不客气。"唐诗白的口气很硬。

欧福玉缓和了一些，说："实话告诉你吧，是欧海洲同意我这么做的。"

唐诗白说："欧海洲同意也不行，大洋洲是我们两家的财产，没有我们方总同意，谁也不能占用这里的一寸地盘。"

欧福玉说："那我占用欧海洲的，行吗？"

唐诗白说："那也不行，现在财产还没有分割，说不清是谁的，再说，你这样搞，把这里搞乱哄哄的，还像个大项目吗？"

欧福玉说："我不管这些，我也没有时间同你啰唆。"说着他一转身，指着那些人："快，按你们的编号，摆好摊位。"

"站住！"唐诗白大声吼着："叫你们不能动，就不要动。"

这时，那些人中有人说道："我们是订了合同的。"又有个人说："我们都交了一年的摊位费了。"众人七嘴八舌嚷起来了。

欧福玉乘机对唐诗白说道："看见没有？你能把他们赶走吗？"

唐诗白又惊诧了："订合同？交了摊位费了。"他转身问欧福玉："他们跟谁订了合同了？摊位费交给谁了？"

欧福玉诡异地说："你可以去问问他们呀。"说着用手指了指那些人。

唐诗白走近那些人问道："你们订的合同呢？"

一位中年妇女拿出一张白纸，递给唐诗白说："这是我的合同，你们吵不关我的事。"

唐诗白从妇女手中接过那张纸一看，开头写着：市场摊位租赁合同。甲方欧海洲，乙方就是租赁者（摊主）签名。内容很简单，写着为了搞活经济，甲方在大洋洲国际商贸城主楼大门口有摊位出租，经营农副产品，经营期两年，先交一年的摊位费用，市场摊位由欧福玉管理与受益，等等。

唐诗白看完这份合同后，头都快气炸了，骂道："欧海洲这个歪鸡，诈骗银行贷款后，又瞒着我们出租大洋洲的场地，是个流氓，大骗子！"

欧福玉说："唐总，你就尽管骂欧海洲吧！我们继续干活了。"

"不行！"唐诗白厉声呵斥道："叫欧海洲这个大骗子来说清楚，他今天不来，你们就别想在这里摆下一张凳子。"

欧福玉用眼瞄了一下唐诗白，说："你有本事去把欧海洲叫来吧，我可是找不着他的。"说着，他从那妇女手中拿过合同，又说："欧海洲都同我们签合同了，我们也不用再找他了。"

欧福玉又一次点到欧海洲和合同，这对于唐诗白是火上加油。这时的唐诗白已到了忍无可忍、怒发冲冠的程度，他喝令老宋道："把他们的东西搬走！"老宋跟唐诗白一样，情绪非常愤怒，听到唐诗白这么一喊，他一个箭步冲到人群里，抓起一张板凳就往三轮车上掷……

就在这时，一个年轻人抓起一根木棍朝老宋猛打过来……

"老宋！"

唐诗白大声喊着，冲到老宋跟前，可老宋已被打到右手，鲜血直流。

唐诗白一反手抓住那青年人的木棍，大声呵斥道："你怎么打人？"

青年人也不示弱："谁叫你抢我东西。"青年这么一说，那些人也放胆来说："是嘛，你要抢，我们就打。"

唐诗白几乎失去理智了："打就打，老子今天就是豁了命，也绝对不会让你们在这里摆摊！"

唐诗白的话一出嘴，场地上真的厮打起来……

这时，老宋不顾手受伤，又抓起一块木板，正要往三轮车一甩时，被一名中年汉子一棍打到背上，老宋"啊"的一声，身体向前一斜，倒到了地上……

"老宋！"唐诗白声嘶力竭喊着，像一只发疯的雄狮，挥舞着木棍向那两个人打去……

那两人拔腿就跑。

是冯惠娟报的警，几分钟后，警车呼啸而至，这场械斗才平息下来。

方南洋赶到大洋洲商贸城时，商贸城主楼的大门口空荡无人，只有唐诗白一个人在风中站着发愣，刚刚发生的这一幕，实在是太突然、太惨烈了。

方南洋一见到唐诗白就问："老宋呢？"

"送去医院了。"唐诗白回答得很简单，看来他一时还回不过神来。

方南洋又问："欧福玉呢？"

唐诗白说："那个混蛋也跟惠娟的车去医院了。"

方南洋在地上转了一下，发现那些摊位用的木板、木框、板凳、横条都堆放在地上，便问："老唐，这些东西他们怎么不搬走。"

唐诗白这时又显得气愤起来，说："这些都是下坎村的刁民干的。他们还威胁我说，谁敢动他们的一块木板，他们下坎村的全部村民就找谁算账。我看这肯定是欧海洲教唆的。"

一会，方南洋又问："那警察最后怎么处理这件事了？"

唐诗白说："处理个屁。那两个打人凶手跑了，警察要抓我与老宋。我说，我们又没有打人，凭什么抓我们。欧福玉也证实这个事实，并对警察说，今天的事由他来负责处理。所以警察就撤了。"

方南洋说："他来处理，欧福玉怎么处理？"

唐诗白说："欧福玉恐怕是担心警察最后抓到他，便打发干警走了。"

俩人正说着，冯惠娟开着风采车进来。车一停稳，欧福玉从车上跳了下来。

欧福玉走到方南洋跟前，说："方总，不好意思。我们都没有想到今天会发生这样的恶性事件。"

方南洋瞥了一眼欧福玉，说："是没有想到，还是早有预谋？"

欧福玉说："方总，你误会我了。我刚才在医院也给老宋道歉了。"

唐诗白说："欧老板别来这一套了，你赶快把那两个打人凶手交出来吧。"

欧福玉说："唐总，真对不起。那两个人是下坎村的人，我真的不认识。这样吧，方总、唐总，老宋的医疗费由我负责，就等于替那两个打人凶手垫付吧，我真无法找到他们，话说回来，就算找到人，又能怎样？他不抢你算好了，你就甭想医疗费了。"

方南洋说："欧老板话说到这份上了，我们就信你一次。你还有什么话要说吗？"

欧福玉说："方总，我从医院起回来，就是想把事情的来龙去脉跟你解释一下，因为我知道你在这个时候肯定会赶来商贸城的。我想当面和你说清楚，免得我们之间产生误会。"

方南洋说："好呀。既然欧老板有这样的出发点和诚意。那我们就进屋坐着谈谈。"

原来，今天的恶性事件的始作俑者就是欧海洲。欧海洲拖欠欧福玉的几十万工钱，欧福玉多次找他，还是赖着不还。这次他突然对欧福玉说，你到商贸城摆摊位出租吧。这样每个月会有两三千元的租金收入，算作我还你的工钱，积少成多，慢慢还，好吗？欧福玉觉得这个主意还行，也是没有办法的办法。再说商贸城门口的空地现在也闲置着，这样摆摊位出租也许是个好办法。因此他同意了欧海洲的意见，并要求由欧海洲出面签订合同，才有法律保证。欧海洲也答应了他的要求，就这样，今天欧福玉就带着那些摊主进场了。欧福玉说，他是完全没有想到唐诗白和老宋俩人今天的态度如此坚硬，加上下坎村的村民是签了合同的，他们也绝对不会做出让步，所以……

欧福玉最后说："方总，我也希望你们能谅解我的难处，我是万不得已才这样做的。我请求方总通融一下，这些摊位还是让他们摆下去，不然的话，后果不堪设想。"

方南洋紧锁着双眉，一会站起来对欧福玉说："欧老板，我考虑一下，再答复你好吗？"

欧福玉也站了起来，握着方南洋的双手说："好的。我知道方总是个好人，你不会让我失望的。好了，我先走了。"说着转身走出门外。

半个月后，老宋的伤口痊愈了。出院这天，欧福玉带钱到医院结清了账，又拿出两百元给老宋当营养费。老宋住院期间，做全面检查，没有发现有什么内伤，也算幸运了。方南洋开着车接老宋出院，俩人回到商贸城时，唐诗白和冯惠娟已站在门口等着他们两个归来。

四个人都没有进屋，而是都站在大门口的土地上，情不自禁地回忆起那令人难忘的一天，个个感慨万分。

唐诗白说："欧海洲这个人太坏了，这简直是一条疯狗恶棍。"

方南洋说："是呀！这个人诡计多端，可以说是无恶不作。今后，我们要多动脑筋，提防着他。我现在就很担心，真不知道哪一天，欧海洲又会给我们添什么乱子！"

赌鬼见鬼

欧海洲一上车，对阿七吐出三个字："中国城。"

阿七没有出声，看了看欧海洲，投去了异样的目光。

欧海洲明白阿七的意思，便说："你以为我又去赌呀，告诉你今晚不赌，今晚去考察。"

阿七惊愕道："考察？"

欧海洲："对，考察赌场。今晚我带你去看一个百家乐场。"

阿七："老板真的要开赌场了？"

"开赌场是你向我提议的。"欧海洲伸出手拍了拍阿七的肩膀："看不出你还有两下子，不错。"

阿七："那赌场地点呢，找到了吗？"

欧海洲："那还用找，大洋洲商贸城不就是现成的吗？我马上要进行装修了。"

阿七想了想，问："那南洋公司知道吗，要不要跟他们商量呢？"

欧海洲："商量个屁。我干我的事，管他知道不知道。"

阿七不再说什么了，开着车朝中国城方向跑去。

欧海洲要去考察的这家百家乐场用富城人的话说是一家"暗场"，也就是地下赌场，在中国城的一个角落里，七拐八拐才能进去。欧海洲看来经常光顾这里，他轻车熟路就找到了地方，一进去，赌场老板很热情地给他打招呼："欧老板，请坐。"还给他递上一盒软包中华烟："欧老板，拿着抽。"

欧海洲进入赌场时，百家乐刚刚开始第一局。他对赌场老板的热情全然不顾，接过香烟就径直走到赌台旁坐着观看。

"百家乐"是赌场的一种玩法。这种赌法在东南亚很流行，特别是澳门的葡京赌场，据说，中国内地的不少大老板大赌客到澳门赌的就是百家乐。海南的百家乐是舶来品，赌具玩法同澳门的基本相同。中国城的这家百家乐暗场，据说老板后台很硬，方方面面的关系都很铁，从开业以来就一直没有关过门，所以赌客很多，欧海洲就是其中的一个。

赌场上已开到第三局了。前三局全是"庄"赢。押"庄"的赌客开怀大笑，局局收钱。押"闲"的赌客捶胸顿足，骂爹叫娘。欧海洲在旁边看着，结果他坐不住了，起身问阿七带钱来了没有，阿七说没有。欧海洲向赌场老板招手："借3万元码来。"他拿到码后，看了看，把3万元码全部押到"庄"的位置上。

发牌了。"庄"的押注是欧海洲的最大，该他看牌。他伸出左右手将两张牌分别压住，又轻轻前后搓着，似是想要改变牌的数字，以达到他要求的9点。然后，又慢慢将两张牌掀开：一张方块4和一张梅花2，6点。

轮到"闲"看牌了。押"闲"看牌的赌客抬眼看了一下欧海洲，然后用两个食指压住一张牌，两个拇指慢慢顶着牌掀开，是一张黑桃K，再用同样的动作看另一张牌后，用力一甩，是一张红桃7。

荷官宣布：闲7点，庄6点，闲赢。

欧海洲暴跳起来，声嘶力竭喊道："娘啊！"

欧海洲坐在椅子上愣了一会，又叫来阿七："回去叫我老婆拿5万元来。"

阿七为难地说："嫂子不会给的。"欧海洲呵斥道："你就不会说是领导要用吗？"阿七才转身走了。

欧海洲回过头来，又招呼赌场老板再拿2万赌码给他。

下一局快开局了，欧海洲义无反顾地把2万赌码全部压到"闲"的位置上。

荷官发牌了。"庄"家是1点，一张红桃Q（Q算0或10点），一张梅花A；轮到"闲"看牌，欧海洲押最大，又是他看牌，他又吹又顶的，弄出个0点来，一张方块K，一张黑桃10（10也算0）。这样，场上要各增发一张牌，结果"闲""庄"各来一张K，"闲"还是0点。

荷官又宣布：庄1点，闲0点，庄赢。

这时的欧海洲是千夫所指，场上无人不骂他：祖宗三代都没有积过德，霉透了。在一片骂声中，欧海洲退到旁边，躺在沙发上，喘着粗气，又骂道："他妈的，今晚真见鬼了。"

不一会，阿七进来了。欧海洲接过阿七手中的5万元转身交给赌场老板，说："再给我五万码。"赌场老板笑笑："欧老板，你刚才拿了5万码，先还了再说吧。我看你今晚手气不好，算了，别玩了，改天再来，啊。"

阿七趁机劝告："老板，你不是说今晚是来考察的吗？别赌了，我们走吧。"

无奈，在阿七的推拉下，欧海洲一步一回头，退到了门外。

车子开出中国城，欧海洲还在为赌场上的事发着火。

阿七说："老板，才半个小时，就输了5万，太可惜了。"

欧海洲说："5万算什么，我有一个晚上就在这个场也是半个小时，就输了50万哩。阿七，明天就叫人进场装修，把赌场开起来，我不信我赢不回钱。"

阿七说："好。开赌场就能把钱赚回来了。你看今天这个老板赢钱多容易啊。"

第二天上午，欧海洲正和阿七研究赌场事宜时，孟律师进来了。

孟律师一进来就对欧海洲说："老板，椰山法院对大洋洲商贸城案的判决书下来了。"说着，他从公文包里拿出判决书递给欧海洲，"你看看吧。"

欧海洲一甩手，"我不看，这种案件还用看吗？"

孟律师迟疑着："那，我们要不要申诉、上诉？"

欧海洲斜眼看着孟律师："你看上诉有用吗？"

孟律师说："难说。不过，像这种欠债还钱的官司，你债务人能胜诉的很少很少。"

欧海洲："那你还问我。"

孟律师："那就放弃不管了？"

欧海洲："不管了。由他法院联社爱怎么样就怎么样。"

孟律师："好。不过像这宗官司，椰山法院也执行不了。"

欧海洲："为什么？"

孟律师："因为是两宗官司，两个法院搅在一起，最后肯定是由上级的海南中院提级执行。"

欧海洲一听，眼睛一亮："这样好呀，气死联社那个臭婆娘。"

孟律师不得不佩服欧海洲这种清醒的头脑，说："老板说得对。不过，由海南中院提级执行，对我们也很不利。"

欧海洲头脑确是一点也不糊涂，说："我懂，不执行对我们才有利是吗？亏你还是当律师的。所以，我告诉你，快把申诉状写出来，交海南中院。知道吗？"

孟律师说："申诉状写好了，老板你要不要过目一下？"

"不用了。"欧海洲头也不抬，在一张图纸上同阿七比划着。

孟律师见状，问："老板这是忙什么呢？又有大的项目要做？"

欧海洲说："装修，准备开赌场。"

"开赌场？这……"孟律师想说"这是政府禁止的"这类话，可话到嘴边他马上打住了。他知道对这种人说这样的话是毫无作用的，而且会引起他的反感和恼火。

果然，欧海洲说道："这，这什么，我知道你想说什么。我告诉你，我不管那么多，什么赚钱我就干什么。赌场是一部印钞机，你懂吗？"

孟律师忙说："对、对。摸着石头过河，海南现在那么多赌场，见到谁管了？老板，有远见。"

欧海洲神气地说："唔，有远见。我还告诉你吧，赌场一装修，这固定资产就是几百万了。联社那娘们不是说我抵押资产不够吗？赌场装修起来就够啦，让她来收吧。"说罢哈哈大笑起来。

孟律师恍然大悟："老板英明，一箭双雕，一举两利，厉害。"

第二天下午，欧海洲带着一帮人开着一辆装满材料的大卡车，到大洋洲商贸城来了。

老宋是第一个看见欧海洲这些人进来的。他吸取上次的教训，急忙跑去把唐诗白叫了出来。

唐诗白出来一看，就明白欧海洲进来要干什么了。出于职业道德，他还是走上前去，拦住了欧海洲。

上次欧海洲对唐诗白说，要在商贸城里开赌场，唐诗白就在第一时间向方南洋汇报了。方南洋在电话里说，虽然我们合作的财产还没有明确分割，但欧海洲他毕竟占有 45% 的面积，在 45% 的区域内，他怎么干，干什么，我们真不好阻拦。唐诗白说，可这个人不讲理，是什么坏事都干得出来的，我们不能让他这样胡来。他开的是地下赌场，总有一天要出事的，到时公安局追究起来怎么办？方南洋说，他开的赌场，当然他欧海洲负责任，难道会轮到我们吗？方南洋这么一说，虽然唐诗白心里还有些纳闷，但口头上还是接受了，此后也不再提赌场的事了。可今天，一看到欧海洲真的要进场，唐诗白对欧海洲的那股怒火，顿时升腾起来。

"欧老板，你带那么多人干什么？"唐诗白一见欧海洲就这样问道。

"干什么，你管得着吗？"欧海洲头也不回，径直往里走。

唐诗白又追上一步，厉声道："欧老板，商贸城的财产还没有分割，你擅自这么干，是很不讲理的。"

"讲理？"这时，欧海洲真的站住了，他不但站进来，还转过身来，用手指着大楼门外的两间工棚，凶凶地说道："你讲理吗？这两间工棚财产分割了吗，是你南洋公司的吗？你唐诗白在这里住几年了。告诉你吧，这两间工棚还是我欧某人盖的呢。你再说讲理，我明天就叫人把它拆了，你到大街上去住吧。"说罢，就转身往里走了。

"咱们走吧。"这时老宋伸出手来拉着唐诗白："别跟这种人计较了。"

不一会大楼底层的西侧，传来了"叮叮当当"的响声，像钉子似的扎在唐诗白的心上，他仰天叹道："老天爷，您哪一天惩罚这个恶棍呢……"

苦口婆心

一上班，肖朋月匆匆走进办公室，抓起办公台上的座机给方南洋打电话。电话一接通便传来方南洋的大笑声："怎么这么巧呀，我正要给你打电话，你却打来了，我们真是心有灵犀。"肖朋月说："是吗？你打我电话有事吗？"方南洋说："官司进入执行阶段了，我把一些事情向你汇报汇报。那你打我电话也有事吗？"肖朋月说："是的，我找你也想谈关于这方面的事。"方南洋说："那我们找个地方见见面，去哪里好呢？"肖朋月说："你定。"方南洋说："我定……"话筒里沉默了一下，又传来了这样的对话：

"你是想去高档的地方，还是中低档的？"

"随便。"

"你要什么情调的呢？是温柔的，还是浪漫的？"

"你要什么情调就什么情调。"

"好！那你喜欢什么款式，是欧式的，还是港台式的？"

"我喜欢南洋风味。喂，你有完没完呀？我挂电话了。"

电话里方南洋哈哈大笑，又说：

"好。最后一个问题了，是白天呢，还是在晚上？"

"晚上……白天我忙着呢。"

"那就这么定，晚上八点，红椰湖，老地方，不见不散。"

……

一弯明月悬挂在天空，在红椰湖上投下淡淡的银光。湖边的椰子树随风摇曳，投下斑驳的光影在地上闪烁着，给人一种神秘的感觉。虽然是夜晚，却没有一点寒意，在海风的吹拂下，人们感到十分的舒爽惬意。

这时，方南洋和肖朋月在湖边坐下。一坐下方南洋就问："你不是有事跟我说吗，是什么事呢？"

肖朋月："你不是要情调吗，一坐下就问我什么事，怎么会有情调？"

方南洋："我是开玩笑，现在哪来的情调，浪漫不起来了。"

肖朋月说："我知道你浪漫不起来。那你说，法院执行有什么情况？"

方南洋："情况还好，就是费用问题太棘手了。现在马上要向法院缴纳第一笔执行费，如果不缴，他们可能就不给我们执行了。"

肖朋月："法院不是发了所有的法律文件吗？据我所知，不缴纳执行费，法院是不给你下发这些文件的。"

方南洋："是的。是孔律师出面找法院的领导，才同意我们缓缴的，但也不能超过他们的规定时间。"

肖朋月："所以，我现在要跟你说的就是这方面的经费问题。"

方南洋："经费？你认识法院的人，能为我们免缴执行费？"

肖朋月摇摇头，语气坚定地："不是。是我要给你再放一笔贷款。"

"贷款？"方南洋惊愕了："你要再给我贷款？贷多少呢？"

肖朋月："50万，够吗？"

方南洋摇摇头，却不说话。

"不够。"肖朋月痛快地说："那我给你加码，你说要多少？"

方南洋说："不是不够，是这种款根本不能贷。朋月，你不要跟我开这种玩笑了。"

肖朋月说："哎，这不是跟你开玩笑，我是跟你说真的呀。"

方南洋说："朋月，你又不是不知道，我在你们省行是上了黑名单的。2500万贷款分文不还，在这种情况下，你还要给我贷款，这符合逻辑吗？合乎常规吗？你不觉得太离谱了吗？我们连想都不敢想的事，你却说得出来。"

肖朋月说："也许你不了解银行的情况，为了救活一个企业，保证一个项目的完成，银行连接放几次款是常有的。甚至濒临破产的企业，银行还贷款去抢救呢。"

方南洋说："银行业务我是不懂，但我对南洋公司的这笔贷款是最知情的。朋月，我问你，为什么在这个时候还要给我贷款？"

肖朋月说："因为你没钱，因为你在这个时候没办法找到钱，没有钱就不能保证这宗官司进行到底。知道吗？"

方南洋说："企业缺钱的不止一个，身上没钱的人一大把。朋月呀，你为什么不对他们伸出援助之手，而偏偏要对我这样的慷慨解囊呢，不就因为我是方南洋吗？"

　　肖朋月说："我明白了，你是把我们两个捆到一块了。但我告诉你这是公事，而不是私事。"

　　方南洋说："这能扯得清吗。朋月，我实话告诉你吧，为什么我不同意贷这笔款，就因为我们的特殊关系。这对你的影响极大，你想过没有，你要贷这笔款，省行会同意吗？行里的员工怎么看你，社会上的人怎么议论你，说不好听，你会身败名裂的，你的前途，你的事业，搞不好都给毁了。朋月，你知道吗？你想过后果吗？"方南洋越说越激动，竟然站了起来，用手重重地拍着假山的石头："朋月，你千万千万别干蠢事呀。"

　　肖朋月抬头望着天空，神情沉重地说道："你说的这些我都想过，但我想得更多的却不是这些。南洋，你知道吗？每当我看你焦头烂额的样子，我心里就像刀割一样难受，在你经受折磨时，我恨不得一下子扑上去，和你抱成一团，一起去抗争，去搏斗。我们两小无猜，青梅竹马，好不容易走到今天。这是什么样的今天呀，让人欲哭无泪。现在我身边几乎没有什么亲人了。老天爷算长眼，还让我们相爱着。方南洋，你是我在这个世界上最爱的人了。你知道吗？我不帮你帮谁呢！我有这个条件，你为什么要拒绝呢？而且，在这个时刻，只有这个办法了，只有这条路了。你刚才说了，我这样做，也许会毁了我的事业，我的前途。方南洋，我告诉你，当我从小一起长大的男朋友受煎熬的时候，我不能把他救出火坑；当我心爱的人快身败名裂的时候，我不去拉他一把，我又有什么资格来谈个人的前途事业呢？一个人得不到爱情，得不到幸福，这种事业前途又有何用呢！我肖朋月是不会去要这种事业前途的……"肖朋月全身抽搐着，呜呜哭出声来："方南洋，你知道吗！"

　　这时，一片乌云飞过来，挡住了月亮，大地上一片朦胧。肖朋月还在哭泣着。方南洋走过去坐到了她的身旁，伸出手搭在肖朋月的肩上，说："好了，别哭了，你说的这些我都理解。"

　　肖朋月抬起头："你理解？你理解为什么要拒绝我的要求呢？为什么

不同意贷这笔款呢？"

　　方南洋说："但是，朋月，你为什么也不考虑别人的感受，也不理解我呢？你总强调你的一面，你怎么也不设身处地去想一想别人呢？"

　　肖朋月凝重地说："我不理解你？我不设身处地为别人着想？我为什么要给你贷款，不就是因为我最清楚你方南洋现在最需要的是钱吗？我清楚，你方南洋如果无法解决这笔经费，就可能前功尽弃，甚至倾家荡产！我不为别人着想，我能想到这么多这么细吗……"

　　方南洋说："是的。你是想得很多，也很周全，甚至是费尽口舌，苦口婆心来说服我接受这笔贷款，可是你这背后隐藏着什么，难道我方南洋就没有一点感觉吗？"

　　肖朋月疑惑地问："你这话什么意思，我的背后隐藏什么了？难道我会暗藏杀机？"

　　方南洋说："你口口声声说，我方南洋现在缺钱了，走投无路了，又说只有你肖朋月能救得了我，不然官司打不下去，就会倾家荡产。难道你不是摆出一副救世主的架势，怜悯我方南洋，给我方南洋赐恩施舍吗？"

　　"啊……"肖朋月完全被震惊了，她把方南洋拉了过来，怔怔地看着方南洋，半晌才说道："原来如此，真是好心遭雷打，想不到你方南洋竟然这样理解我，竟然会有这样的想法。……方南洋，我告诉你，你错了，你完全错了！"

　　方南洋说："肖朋月，我也告诉你，我方南洋现在虽然贫穷潦倒，身无分文，但我绝不会向困难低头、向死神投降的。我是个男人，是一条堂堂正正的汉子。我既然能在战场上冲锋陷阵，抛头颅，洒热血，为捍卫祖国献身，我同样也能在商海里击风斗浪，战胜邪恶，保证我的人格不受污染，保证我的奋斗到达胜利的彼岸。肖朋月，你放心，这2500万我是要还的。我就是砸锅卖铁，倾家荡产，我也要把所有债务还清，我不会把一分钱的欠款带进棺材的，你明白吗？肖朋月，我再次告诉你，你用不着怜悯我，我是不会接受你的施舍的，知道吗？"

　　方南洋咄咄逼人的话语，仿佛是受了莫大的委屈似的，毫不保留地向肖朋月发泄着，使得肖朋月浑身颤抖。肖朋月抬头看天空，又转头环视了红椰湖的四周。这时，她突然发现一个挑担子卖甘蔗的妇女从人行道走过，才想起口干了，便伸出手招呼着："喂！过来，买两根甘蔗。"那个挑担的妇女很快就走过来，从箩筐里挑出两节甘蔗削皮后递给俩人，说："小姐，买点香蕉吧。这香蕉不放化肥，是自家种的，很香。"肖朋月说："我不是小姐，我年纪和你差不多。"挑担的妇女说："看不出来，你年轻多了。不像我，下岗了，整天挑着这副担子，到处叫卖，都晒得像黑锅了。"肖朋月说："是辛苦了，给我来两斤香蕉吧。"挑担妇女称好香蕉，肖朋月问："多少钱？"挑担妇女走到方南洋跟前说："一共三块。"肖朋月笑了："过来，这边给钱。"挑担子妇女接过钱后说："多谢了。"就挑着担子走了。

俩人口都干了，啃了半截甘蔗后，肖朋月说："南洋，你刚才说的话，我想了一下，也有道理，我理解你。但是，说到底，你也是站在你的立场去说话，带有为你个人辩护的片面性。你想一想，如果我是王朋月、李朋月，你会这样认为吗？就因为我是肖朋月，又同你有这层特殊的关系，你就把它扩大化、片面化了。我就是一个女人，一个行长，一个女行长。我现在有这个条件，有这份能力，我把它发挥出来，是理所当然的，我又何乐而不为呢！怎么能是怜悯你，向你施舍呢？怎么能把我同救世主扯到一块呢？"肖朋月说着，把目光死死投到方南洋的身上。

方南洋却不吱声，继续埋头啃着甘蔗，发出的响声，给这场面带来了一种异样的气氛。

肖朋月接着说："当然，我是行长，对于你们来说，也许认为我所做的一切都是举手之劳，不值得炫耀。没错，是这样。但是，我做的这一切，我付出了多少爱，倾注了一个女人的多少心血，方南洋，我可以坦白对你说，假如我不是行长，现在是个村姑或是个下岗工人，为了支持帮助我心爱的人，我一样会好好种田，种菜去卖，也会像刚才这位妇女一样，挑着担子沿街去叫卖，或晚上摆着小摊，努力赚钱来支持你方南洋，你相信吗？相信我肖朋月是这种女人吗？海南的女人就算喝米汤，也要捞米给她的男人吃，好让她的男人有精神去干事业，赚钱养家。为什么我们女人的这种精神却被你误会、被你歪曲了呢……方南洋，你怎么能这样呀……"

肖朋月累了，心也累了，但她还是不吐不快，咬了两口甘蔗后，又继续说道："南洋，我不知道你是怎么理解'怜悯''施舍'这些字眼的。我们俩小时候看过琼剧《张文秀》，还演过《张文秀》。张文秀和王三姐是一对爱情忠贞者。他们不离不弃，才换来了幸福。当张文秀含冤出走时，王三姐'嗟梅香，赶去赠银把话嘱'，这个时候，如果像你说的，张文秀要是认为王三姐赠银是怜悯他，是向他施舍，从而拒绝这些银子，那张文秀能赴京攻读，考中状元吗？王三姐在赠银的时候，又有过这种意图吗？没有，完全没有。他们连想都没想过，他们绝对不会认为这种行为会是施舍与被施舍的关系。可是，我们……方南洋，我真不知道怎么说你才对呀。"

……

这时，弯月已挂到了西边的天空上，满天星斗对着这俩人不断地眨着眼，似乎是暗示着什么。方南洋伸出手搂着肖朋月的腰，又把她紧紧抱住。深情说道："朋月，委屈你了，是我的不对。我知道，你很爱我，我也很爱你。我们俩会不离不弃的，会浪漫到老的。你不是唱那首歌，'最浪漫的事，是我和你一起慢慢变老'吗？"

肖朋月破涕为笑："我苦口婆心，才换来你这句话，值得。"说着，把脸贴到方南洋的脸上，狂吻起来……

完璧归赵

两个月后，一个秋高气爽的下午。

唐诗白和老宋在大洋洲商贸城的大门口正站着，看到欧福玉走过来，便对他说："欧老板，下午法院就要来执行了，你怎么还不叫他们把摊位搬走？"

欧福玉说："我不知道叫多少遍了，他们就是不肯搬。"

唐诗白说："不搬，就掷出大门外了。"

欧福玉说："掷就掷，反正也不关我的事了。"

唐诗白说："不关你事，到时他们要和你打架，我可帮不了忙。"

欧福玉说："不会的。前年是我收了他们一年的摊位费，后来我改为当天收，卖一天收一天。这样，他们就没有理由同我吵了。"

唐诗白说："噢，是这样的，那就不理他们了。欧老板，这三年摊位也收了不少钱了吧。"

欧福玉气愤地："别提了，我都白干了。"

唐诗白不解地："怎么是白干？"

欧福玉说："那个姓朱的鬼队长，每个月都拿好处费，不然他就要找我麻烦，变成我给他干活了。"

唐诗白说："活该，你尽是跟着这些土匪干活。当初给欧海洲卖命，现在又为朱队长打工，你是上辈子欠过人家债吗？欧海洲欠你的工钱拿不回来了吧，你最近没有找他吗？"

欧福玉说："找了，他又跑了。"

唐诗白惊愕地说："欧海洲又跑了？他干吗又跑呢？"

欧福玉说："你们不是起诉欧海洲搞假房产证吗，他怕法院抓他就躲起来了，不知道跑到哪里去了，我找好几次都没有找到他。"

唐诗白叹道："欧老板，你真的好惨呀。"

欧福玉说："唐总，我真羡慕你，跟着方总多好呀！现在是大赢家了。"

唐诗白说："可是，你知道这些年我们是怎么样走过来的吗？其实我们不算什么大赢家，只是把我们应得的收回来，没有想到要付出这么大的代价。"

欧福玉说："是呀，真像是做了一场噩梦，又像演了一场戏。唐总，你看你们到底演的是喜剧、悲剧还是闹剧呢？"

唐诗白说："我对看戏是外行。我想大洋洲商贸城就好比是一个字，一个很大很大的字，写这个字时，从下笔、行笔、运笔到收尾都很不容易，都不好写。不过看来我们的收笔还是有力的、完满的、成功的。"

欧福玉说："唐总说很好。那个欧海洲就是败笔，一败涂地。"

唐诗白说："恶有恶报，善有善报。欧海洲作恶多端，坏事做绝，天理不容，老天爷肯定不会放过他的。"

正说着，门口进来了一辆中巴。

唐诗白一看，是法院的车，果然，车一停稳，方南洋、孔律师就和几个法警下来了。

唐诗白对欧福玉说："看到没有，法院来执行了。"

欧福玉说："我就是知道今天要执行，才赶过来看看的。"

唐诗白拍拍着欧福玉的肩膀："不错，够朋友。"

这时，孔律师走到摊位的旁边，指着这些摊位对法警说："就这些东西，公告已贴出去10天了，他们就不搬。今天就把它清理出去。"

执行官问："摊位的主人呢？"

方南洋说："他们是故意躲开的，就看你法院是不是动真格的。"

执行官说："我们是执行法律，不是来跟谁较量。好吧，既然这样，大家动手，把这些东西全搬到大门口外，让他们来认领。"

执行官的话音一落，唐诗白、老宋和欧福玉立即动起手来。

法警也动手拆掉摊位。

就在这时，大门口冲进来几个人。为首的是一个中年妇女，大喊大叫地冲到法警面前："你们不能搬我的摊位呀……"

执行官见状，上前问这位中年妇女："这块地是你的吗？"

"……"中年妇女又哭又叫不搭理。

执行官又问："你经过这块地的主人同意在这里摆摊吗？"

中年妇女还是不搭理。

执行官还问："你办了工商部门的合法手续了吗？"

中年妇女不但不回答执行官的问话，反而是叫得更凶了："我不管那么多，我的摊位你们不能动，这是我家的命根子呀……冤枉呀！"

执行官严厉地对中年妇女说："你不回答，就是你没有任何合法证据，你是非法占用别人的土地又非法经营，知道吗？好了，你走开吧，不要影响我们执行任务了。"执行官说着，手一挥，大家搬得更快了。

又在这时，中年妇女像一条疯狗似的跳到一个摊位坐着："你们来搬啰，谁敢来搬啰。"

两名法警走到中年妇女的面前，一左一右把她抬下来，又拿出一副亮铮铮的手铐，"啪"的一声把中年妇女的双手扣上，厉声道："你妨碍公务，到车上坐一会去。"中年妇女吓得脸发青，眼发白，张开嘴巴吐着白沫。

唐诗白和老宋把这一幕看得清清楚楚，高兴得差点跳起来，举着双手，在头上拍着。看到方南洋瞪了他俩一眼，才把手放下来抿着嘴巴笑着。

　　就一个小时，从进场到撤回，海南中级人民法院的法警干净、利索、漂亮地把大洋洲国际商贸城的摊位执行结束。中巴车缓缓开出大门口时，方南洋他们报以热烈的掌声，表示万分感谢。

　　这时，中巴车突然又停了下来，大家正惊奇时，看见那中年妇女走下车来。中巴车一开走，她就像个疯子似的瘫倒在地，嚎啕大哭。

　　方南洋他们见状没有一个人去拉她，反而哈哈大笑起来。

　　唐诗白说："她这叫垂死挣扎。欧老板，是不是也像你一样，欧海洲当的导演呀？"

　　欧福玉说："这一对夫妻都会演戏，自编自演，不用导演。"

　　原来，这个中年妇女是欧海洲的老婆！这时欧海洲老婆的声音渐渐嘶哑了，叫不出声了，手脚摆累了，慢慢没有动静了……

　　大地恢复了宁静。

　　大洋洲商贸城的主楼的大门口，又重新出现了以前空旷平坦的情景。

　　方南洋伫立着。

　　唐诗白和老宋也伫立着。

　　方南洋望着这块空地，感慨万分："她终于回到大洋洲商贸城的怀抱里了。"

　　孔律师说："这叫完璧归赵，是你方总努力的结果。没有方总，大洋洲商贸城就不会重新回到我们的手里。"

　　孔律师的话引起大家的共鸣，望着这块失而复得的土地，久久不愿离去……

　　……

　　又一个花好月圆的夜晚。

　　肖朋月同方南洋、唐诗白一起在大洋洲商贸城的工棚里用完晚饭后，走出工棚，不禁叫了出来："哇，今晚的月亮真圆呀！"又转身对方南洋说："南洋，出来看一看，月亮不在云里，多美呀。"方南洋放下碗筷，也走出了工棚。

这段时间，唐诗白到国土局办理土地过户登记手续，凭着两家法院的判决书和协助执行通知书，手续办得很顺利。今天一切手续完成了，南洋公司的那本红色土地使用权证也拿到了，方南洋把这些情况告诉肖朋月后，肖朋月很高兴说："那太好了，我马上过去看看，晚上我们喝几盅，庆祝庆祝。"说得俩人都哈哈大笑起来。

方南洋走出工棚，看到那轮明月，又转身喊道："老唐，拿茶几出来，我们到门口喝茶。"

唐诗白正在大门口的空地上摆放茶几时，一辆白色的面包车缓缓驶入停稳，大家正纳闷时，海南琼侨投资公司的韩正飞总经理从车上跳了下来。

"韩总！"大家都不约而同地喊着。方南洋一个箭步上去，握着韩总的手说："韩总，你好，你这么晚……"方南洋突然语塞了，因为他觉得后面的话怎么说都不合适。

韩总笑着说："晚吗，我看正是时候。方总，我给你送花黎椅来了。"

"送花黎椅？"方南洋顿时明白过来了："韩总，你这真是，我还没还贷呢，你怎么现在就把抵押品还给我呢？"

韩总说："这还不清楚吗，你不用直接还贷了，到时候在收购项目中，一起结算就行了。再说，我明天要去泰国，所以今晚就把椅子送过来了。"

方南洋歉意地说："韩总，要送，也不能让你亲自送，应该是我到你那里取才对呀。"

韩总说："不，这么珍贵罕见的海南花黎家私，我要亲手交给原主，完璧归赵。方总，你要好好保存起来呀。"

方南洋说："好、好。看来我的传家宝是丢不了了。"

唐诗白插话："是有肖行长，不然，方总的传家宝早就卖了。"

方南洋接着："对、对。是肖朋月，还有韩总，不然这花黎椅早就物易其主了。看来是缘分注定，我们是传家宝的共有人了。"说得大家一阵大笑。

笑罢，这几个人开始用茶了。

韩总呷了一口茶后，把茶杯轻轻地放到茶几上仰首看着空中的明月，深有感触地说道："海南真好，月亮都不一般，是那么的迷人。"

方南洋说："那是因为今晚万里无云。记得有一年中秋乌云滚滚，结果使富城人整整一个晚上看不到中秋月。"

肖朋月说："富城看不到，不等于别的地方看不到。地球就一个月亮，不可能每一个地方每个人看到的都一样。"

韩总说："肖行长的话，说到点上了。有时，我也在思考这个问题，月亮到底在哪里？你以为月亮是在云里行走的吗？那你就大错特错了。其实，月亮一直是在云的外边行走的，只是你在地球的这边首先看到的是云层。就像刚才方总说的那个中秋节，被一种假象迷惑了，造成了这样的错觉，以为月亮是在云里，实际上月亮离你看到的云层还很遥远呢。宋代文豪苏东坡有这样的词句，"人有悲欢离合，月有阴晴圆缺"，他说月亮的阴晴圆缺同人的悲欢离合都是不可避免的。这也是错误的。其实月亮永远是圆圆的，永远是在自己的轨迹上运行着，永远是在云的那边行走着。"

肖朋月感慨道："可是云这边的人们就没有月亮的福气了，悲欢离合，酸甜苦辣样样俱全。有时我就想，人，什么时候才能像月亮那样，毫无牵挂、悠然自得地活着呢？"

方南洋附和着："是呀，人要像月亮那样，该多好呀。"

肖朋月仰首凝望着那轮明月，又发出一阵感叹："原来，月亮一直不在云里。可我们呢，为什么总是在这乌云密布的云层里行走，难以自拔呢？为什么我们每取得一份成果，都要付出十倍的代价呢？"

肖朋月的话，又一次震撼着这几个人的心灵。

大家仰望夜空，默默无语……

这时，方南洋说："不管怎么样，我们是胜利了，来，我们以茶代酒，举杯邀明月，共享人间秋色。"

"好！"几个茶杯举向空中，碰到一块……

尾声

半年后。

唐诗白和老宋又一次伫立在大洋洲国际商贸城的大门口。

他们紧紧握着双手，笔挺着身躯仰首凝望着大洋洲国际商贸城主楼的上方。这时"大洋洲国际商贸城"的牌子已不见了，换上"海南南洋电子股份有限公司"的招牌，在阳光下熠熠闪亮。

唐诗白抬起右手在老宋的肩膀上重重拍了两下，说："老宋，你现在是保安部经理了，好好干！"

老宋也还原唐诗白的动作，不过他的手是紧紧按在唐诗白的肩上，说："真舍不得你们走呀。回家后，有空就来老地方坐坐喝喝茶。"老宋说这话时眼里噙着不易发现的泪花。

唐诗白哽咽着："是呀，八年了，这曾经是我们浴血奋战的地方，我也舍不得走，但是……"说着，唐诗白毅然松手，一个急转身，缓缓走出了大门外，却又回首望着那两间低矮的工棚，一步三回头……

在这半年里，琼侨投资公司的韩总花巨资把大洋洲国际商贸城项目，整体转让过来。韩总同方南洋和联社分别签订了转让合同后，引进了泰国的海南华侨伍多真先生来琼侨投资办实业。在大洋洲商贸城注册了"海南南洋电子股份有限公司"。伍先生说，他很喜欢"南洋"这两个字眼，而用这个名称也出自对方南洋先生的敬佩。伍先生公司的首期工程是电子元件加工厂。他发挥泰国钟表大王的优势，主要生产表盒产品，产品一上市就受到各种表厂的青睐。瑞士表厂、法国表厂纷至沓来……

经方南洋推荐，老宋留在伍多真先生的公司里当保安，且一步到位坐到了保安部经理的位置上。

唐诗白拿到方南洋的一笔可观的安家费后，立马杀回老家修建了祖屋和一幢三层小楼，并决定留在老家不再出来了，原因是父母年事已高，来日不多，他再不在双亲的身边照顾二老，让老人家安度晚年，就没有机会了。再说他老家有十几亩荒地，唐诗白夫妻决定回去开发起来，种上橡胶等热带作物，好好经营这片绿色"银行"，今后的日子也不会差到哪去。不过唐诗白也说过，如果方南洋还需要他，他会一如既往，同方南洋一块并肩战斗。

这半年里，欧海洲死了。

欧海洲是被欧福玉用棍子打死的。

欧海洲在大洋洲国际商贸城所得的资产全部被执行给椰山农村信用社联社，在椰山市政府办公大楼的工程垫资款被财政局从中扣除抵偿欧海洲在财政局的借款，分文不剩。欧福玉得知这消息后，立即带着几名兄弟去找欧海洲讨回工钱。在同欧海洲拉拉扯扯的过程中，欧海洲从抽屉里掏出一支64式手枪，对准欧福玉开枪。但欧海洲操作笨拙，在子弹刚刚上膛之时被欧福玉的一名兄弟一棍子把欧海洲持枪的手打断，而在同一个时间，欧福玉也一棍子砸到欧海洲的脑袋上，由于用力过猛，欧海洲的脑浆四溅，当场毙命。欧福玉被公安机关逮捕，关进牢房。

也在这半年中，也可以说是在半年之前，把大洋洲国际商贸城搅得天昏地暗的那个腐败分子——椰山市副市长郑涛被纪委"双规"，不久后又被纪委"双开"。又过不久，椰山市的市民在《椰山晨报》上看到了这条消息，原椰山市副市长郑涛犯贪污受贿罪，且数额巨大，获刑十七年。因此有人说，这个郑副市长把欧海洲送给死神时，也把自己送上了不归路。

椰山市财政局长莫得安在一次外出途中遇车祸身亡，至今半年过去了还查不出原因……

恶有恶报，善有善报……古人之云所言极是也。

方南洋成功转让了大洋洲国际商贸城项目后还清了所有债务，包括银行的贷款和亲戚朋友的借款，他回到省城海口市，另外注册了一家农业开发公司。他说他是从农村出来的，最终还是回到农村去，为海南的农业奋斗余生。而肖朋月打赢了这场"货币战争"，收回方南洋的贷款的生动事迹被省分行编印材料发至全省各分支行学习取经。年初，肖朋月的任职刚满，就被调回省分行任信贷处处长。但肖朋月没有去报到，而是请病假，现在正在家休息着。然而，人们关心的还不是方南洋和肖朋月的这些，大家更为关注的是这两人的爱情长跑到底有没有划上完满的句号。但半年多来，还没有确凿的迹象表明两人要结婚，他们似乎还在爱情的遥遥路途中长跑着……

对此，唐诗白在离开大洋洲国际商贸城之前，说要写一幅字送给方南洋和肖朋月。他想写宋朝文豪苏东坡的《水调歌头》，又觉得篇幅太大不好布局，最后唐诗白干脆在宣纸上写下这十个大字：

但愿人长久，千里共婵娟。

（2015年由花城出版社出版发行，2016年获海南省文学双年奖）

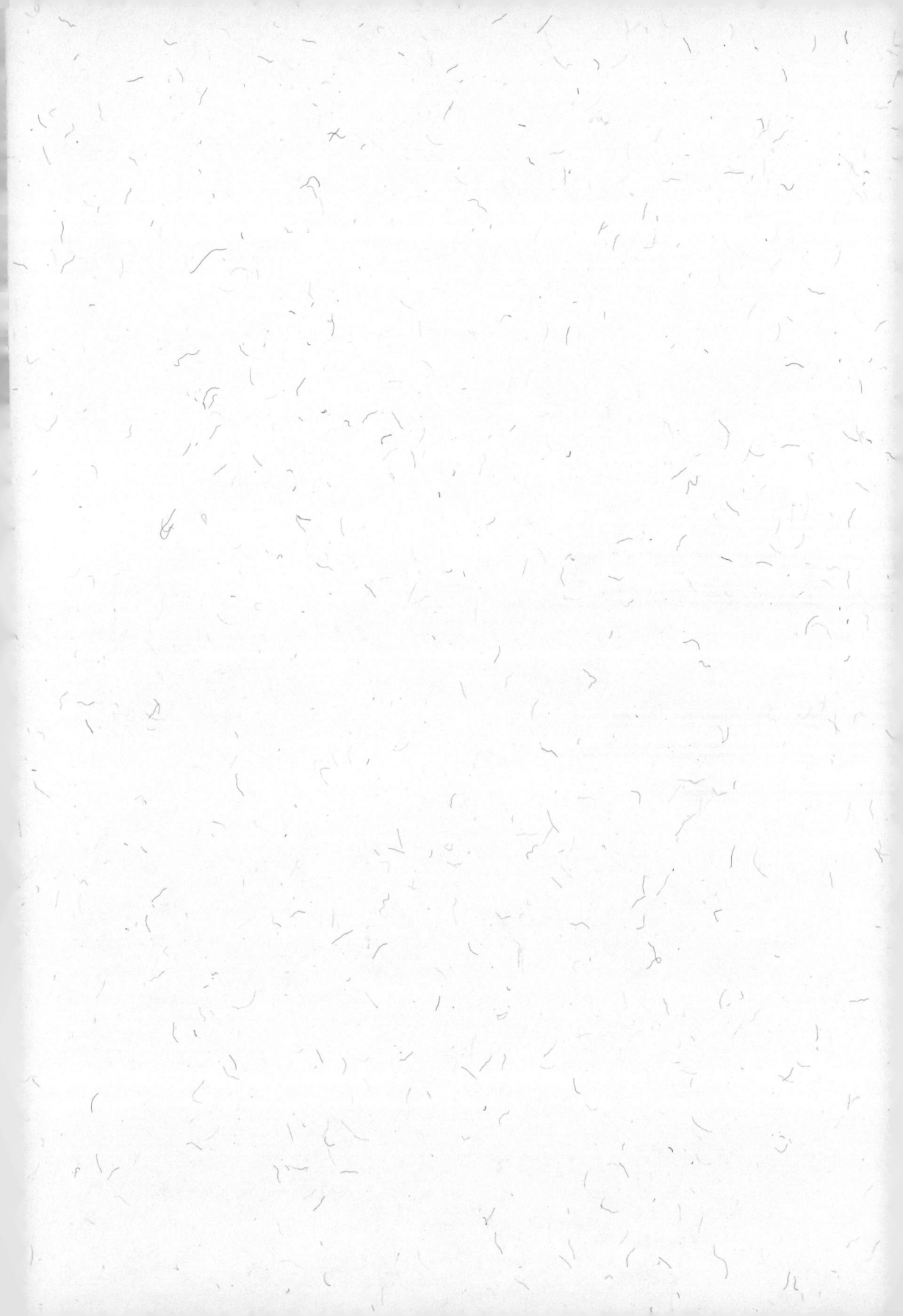